EDIÇÕES BESTBOLSO

Os servos de Deus

Taylor Caldwell (1900-1985) nasceu em Manchester, Inglaterra. Em 1907, emigrou para os Estados Unidos e lá viveu até sua morte. Começou a escrever aos 8 anos e aos 15 finalizou seu primeiro romance, *The Romance of Atlantis*, embora ele só tenha sido lançado em 1975. Ganhadora de diversos prêmios, teve mais de quarenta obras publicadas nos Estados Unidos e já vendeu mais de 30 milhões de exemplares. Entre seus sucessos literários, muitos deles inspirados em personagens bíblicos, estão *O fiel da balança*, *A terra de Deus*, *A cidade de aço* e *Médico de homens e de almas*.

Taylor Caldwell

OS SERVOS DE DEUS

Tradução de
FERNANDO PIRES DE MORAES

1ª edição

EDIÇÕES
BestBolso
RIO DE JANEIRO – 2019

CIP-BRASIL. CATALOGAÇÃO NA PUBLICAÇÃO
SINDICATO NACIONAL DOS EDITORES DE LIVROS, RJ

Caldwell, Taylor, 1900-1985
C152s Os servos de Deus / Taylor Caldwell; tradução Fernando Pires de Moraes. – 1ª ed. – Rio de Janeiro: BestBolso, 2019.
12 × 18 cm.

Tradução de: Grandmother and the Priests
ISBN 978-85-7799-148-8

1. Romance inglês. I. Moraes, Fernando Pires de. II. Título.

CDD: 823
14-14644 CDU: 821.111-3

Os servos de Deus, de autoria de Taylor Caldwell.
Título número 407 das Edições BestBolso.
Primeira edição impressa em julho de 2019.
Texto revisado conforme o Acordo Ortográfico da Língua Portuguesa.

Título original inglês:
GRANDMOTHER AND THE PRIESTS

www.edicoesbestbolso.com.br

Design de capa: Marianne Lépine sobre imagem Getty Images intitulada “Overlooking Monte Carlo”.

Direitos exclusivos de publicação em língua portuguesa para o Brasil em formato bolso adquiridos pelas Edições BestBolso, um selo da Editora Best Seller Ltda.
Rua Argentina, 171 – 20921-380 – Rio de Janeiro, RJ – Tel.: (21) 2585-2000.

Impresso no Brasil

ISBN 978-85-7799-148-8

Prefácio

Este livro é dedicado à heroica memória dos servos de Deus reunidos na sala de visitas de minha avó há tantos anos, no início deste século, e à igualmente heroica memória de todos os outros servos de Deus a cuja devoção não fazemos jus, de cujas orações não somos dignos, de cujo amor não somos merecedores e cujos trabalhos incessantes são conhecidos apenas por Deus.

Para aqueles que não estejam completamente familiarizados com os termos empregados neste livro, todos os bispos de todas as crenças são chamados, nas Ilhas Britânicas, de "meu senhor", e são referidos como "sua senhoria". O termo "faixa púrpura" era comumente usado, há meio século ou mais, referindo-se aos monsenhores, independentemente de sua ordem usar ou não uma "faixa púrpura" nas vestimentas.

Usei escocês, galês e dialeto irlandês o mínimo indispensável para dar um sabor autêntico a essas várias sagas, de modo que elas serão prontamente entendidas por qualquer pessoa que não seja dessas origens étnicas.

Para os galeses e escoceses, um inglês era um *sassenach* e para o irlandês, um *sassenagh*, ambos termos deploravelmente pejorativos.

Segundo alguns, o final do século XIX e o início do século XX foram "anos difíceis". Mas todos os anos são "difíceis", em diferentes medidas. Estou certa de que nossos missionários e clérigos modernos também acham os dias atuais assim e seu heroísmo é tão pouco apreciado quanto o seu trabalho é difícil, árido e exigente. Na verdade, não somos merecedores do nosso clero, em nenhum lugar do mundo.

Esta é então uma história de heróis, cujas vidas foram verdadeiramente duras e perigosas e que, também, como o seu Senhor, muitas vezes não tinham lugar para deitar suas cabeças e só ao acaso tinham abrigo. Eles viveram em uma atmosfera de fé, fantasia, milagres e alegria de viver, e contaram histórias maravilhosas sobre si mesmos e sobre os outros. Além disso, apesar de quase sempre oprimidos, eram homens verdadeiramente livres, muitas vezes desprezando riscos e nunca com medo. Eles, mais do que quaisquer outros, entendiam Emerson quando este escreveu: "De que adiantam o arado e o veleiro, a terra ou a vida, se a liberdade é perdida?"

Taylor Caldwell

1

Rose McConnell disse ao marido, William, girando um anel no dedo:

– Nunca olho para esta esmeralda sem pensar em como sua cor se parece com os olhos da vovó. Olhe. Há um sinal de azul nela também. E cintila, exatamente como os olhos dela cintilavam quando estava aprontando alguma brincadeira ou diabrura. Mas nunca encontrei alguém como vovó. Ela era um produto do século XIX, embora tenha vivido bastante também no século XX. Na realidade, vovó era eterna. Veja como a esmeralda brilha, William! Ela parece piscar para mim, como vovó costumava piscar. Eu tinha o hábito de admirar a pedra no dedo dela. Estou feliz que a tenha deixado para mim. Esmeralda como os olhos dela; esmeralda como sua terra natal irlandesa.

William McConnell, que havia encontrado vovó poucas vezes, disse:

– Sim, ela era eterna. Parece tão viva hoje como quando a encontrei pela primeira vez. Você tem o mesmo nome que ela, não? Rose Mary. Um lindo nome.

Vovó Rose Mary O'Driscoll era irlandesa, a última filha de uma família de 17 irmãos, todos eles tendo vivido mais de 90 anos, e alguns mais de 100. Mas vovó nascera na Escócia, não na Irlanda, pois sua família se mudara para lá antes de seu nascimento. Eram construtores de navios em Clyde e alguns de seus irmãos entraram mais tarde para o negócio de uísque ou de estradas de ferro. Mas isso foi depois. Nesse ínterim, Rose Mary O'Driscoll foi criada na Escócia, em meio ao luxo. Era a filha favorita dos seus pais, sua temporã. Absolutamente nada lhe era negado, e, depois que se casou (tendo desposado um tal de Bruce Cullen, um escocês-irlandês), continuou não negando nada a si própria. Disciplina era uma palavra que ela nunca tinha ouvido. Todos os irmãos e irmãs tinham enérgicos olhos azuis, pele branca e o espesso cabelo negro dos verdadeiros irlandeses que possuíam sangue espanhol. Eram também altos e melancólicos, calados, mas algumas vezes silenciosamente violentos. Vovó era diferente dos irmãos mais velhos. Era pequena, viva e alegre. Seus olhos eram verde-azulados e resplandecentes. Os cabelos eram vermelhos, o nariz grande, romano, a pele eternamente sardenta.

Além disso, possuía muita classe e instinto, vivacidade e inteligência, desde a mais tenra infância. Ninguém jamais a chamara de bonita, nem mesmo os numerosos amantes que teve após o nascimento dos quatro filhos. Mas ela compensava a falta de beleza com vivacidade, uma risada rouca e alta, anedotas e absoluta malícia. Sua voz era como uma sirene, áspera e alta, que deve ter feito seus irmãos, com suas macias vozes irlandesas, estremecerem. Eles a adoravam. Chamavam-na de "nossa Rose". Perdoavam-lhe tudo, e tinham muito a perdoar.

Rose Mary teria dito à sua neta Rose Cullen que, quando criança, mantinha, desde o berço, a casa sob o seu domínio. Isso continuou durante toda a vida, até seus últimos dias, sob a complacência dos austeros filhos, com suas consciências de partidários da reforma protestante na Escócia, seu moralismo e sua sólida repugnância ao menor sinal de frivolidade e alegria. Como nunca puderam entendê-la, e por causa do pai deles, Bruce Cullen, que respeitavam e temiam, acabaram considerando a mãe má. Mas Rose Mary era simplesmente a costumeira gargalhada, voz alta, hilaridade e personalidade endiabrada, como tinha sido durante toda a sua vida, o que, paradoxalmente, atraiu de imediato o marido – ele que era tão reservado, controlado e desprovido de alegria. (O fascínio que exercia sobre ele durou pouco, infelizmente.) Ela nunca foi hipócrita. "Seja você mesma", diria a Rose, sua única neta. "O diabo leva os sérios." Lamentavelmente, o marido e os filhos eram todos "sérios", algo que ela jamais perdoou.

Todas as lindas irmãs de Rose Mary, com profundos olhos azuis, peles cor de neve e cabelos pretos, estavam bem casadas antes dos 17 anos. Os irmãos desposaram moças com bons dotes. Mas Rose Mary, que se divertia muito com sua legião de namorados em Barhead, preferia não se casar. Aos 17 anos continuava solteira; aos 18, a mãe ia à missa todas as manhãs, fazia novenas e se desesperava. Quando completou 19 anos, seu pai foi pessoalmente falar com o bispo. O que estava errado com sua querida filha mais jovem? Os rapazes eram loucos por ela, mas Rose Mary não estava interessada em nenhum deles. Ela simplesmente amava todos. Além disso, divertia-se muito. Danças. Passeios. Chás. Recepções. O bispo, de bom grado, aceitou um convite para jantar, lembrando-se com prazer dos excelentes jantares do Sr. O'Driscoll, ele que raramente tinha suprimento para pouco mais de uns dias na sua própria despensa. Conversou com Rose Mary na sua voz grave e musical e ela energicamente disse que seu coração não pertencia ainda a nenhum homem. Sim, meu senhor, ela havia passado dos 19 anos. Mas era paciente. O bispo encarou os oscilantes olhos verdes e pensou em elfos. Mas logo lembrou-se de que elfos não existiam.

Rose Mary adorava música de qualquer espécie, embora não gostasse de cantoras mulheres, nem mesmo de Jenny Lind.

– Ela berra – disse uma vez à neta. – Arranca as orelhas da cabeça.

A própria Rose Mary cantava como um papagaio, ave à qual foi devotada durante toda a vida, imensos pássaros como urubus, selvagemente coloridos, sempre dando à pequena Rose a impressão de estarem aguardando o momento exato de arrancar-lhe os olhinhos. Mas ela amava os cantores, não a canção, o que se tornou penosamente evidente logo após a visita do bispo.

Rose Mary era fascinada por pantomimas, bailes públicos, teatros, concertos e outras reuniões cheias de gente, independentemente de quem estivesse presente. Nessas ocasiões, ela brilhava com seus vestidos de Paris, as luvas cheias de lantejoulas, as plumas (atadas com diamantes aos seus luminosos cabelos vermelhos), os mantos de veludo ou de pele, as joias. Naqueles lugares, ela logo assumia sua personalidade natural, os olhares seriam dirigidos ao camarote que ocupava com os pais e os ouvidos estariam atentos a suas observações irreverentes, sua gargalhada rouca e estridente, o chocalhar de seus braceletes. Ela parecia estar sempre em movimento, infatigável, agitado, brilhante. Seu sorriso audacioso atraía os jovens dos balcões inferiores e eles ficavam maravilhados com a pequena e alegre moça acima deles, piscando e abanando com malícia o leque. Os cachos longos e faiscantes caíam nos pequenos ombros nus, cheios de sardas. Mesmo possuindo um busto infantil, ele era iluminado pelas joias herdadas de suas ancestrais. Tinha uma cintura bem fina, ornamentada com um cinto de turquesas e topázios encastoados em ouro. As anquinhas eram pregadas com alfinetes de diamantes. Podia não ter beleza alguma, mas possuía estilo e encanto, apesar do rosto pequeno e sardento, da grande boca risonha de cintilantes dentes brancos, do queixo pontudo com uma profunda cova e do imenso nariz com narinas grosseiras. Não precisava de beleza. Ela brilhava.

Ela encontrou seu destino, como era então chamado, quando assistia a um concerto com os pais, já se aproximando dos 20 anos. O cantor que se apresentava era um rapaz dos seus 18 anos, alto, bonito, melancólico, com feições pálidas e bem talhadas, silenciosos olhos azuis, um incipiente bigode dourado, ombros largos e imponentes e uma boca vigorosa, cheia de melancolia escocesa. A voz era bonita e forte. Cantava baladas da Escócia e da Irlanda, e o auditório chorava, inclusive Rose Mary, a cínica. Ela nunca se importara com tais baladas antes, mas agora estava subitamente perdida nos olhos de um jovem escocês e não ouvia nada além de sua voz. Rose Mary ficou instantânea e profundamente apaixonada pela primeira, se não pela única vez na vida.

Ela nunca explicou muito claramente a ninguém como tramou encontrar o rapaz chamado Bruce Raymond Cullen. Mas conseguiu, bem debaixo do nariz dos pais. Encontrou-o ainda em outras ocasiões.

– Ele ficou doido comigo desde o princípio – diria ela à neta. – Ele, um escocês presbiteriano, e eu, católica. Fugimos para Gretna Green, onde poderíamos nos casar sem o consentimento de nossos pais, e em um mês estávamos casados.

Mas não na presença de um padre. O rapaz podia estar louco por Rose Mary, mas "não teria um padre", deixou bem claro. Rose

Mary ficou com ele mesmo assim, fato que, quando revelado a seus pais, causou-lhes impotente sofrimento. Nem haveria um segundo casamento. Rose Mary estava apaixonada por Bruce e permaneceria apaixonada por cinco anos, tempo em que os quatro filhos nasceram. Então a paixão acabou, tão rápido como havia começado, e Bruce raramente era visto por muito tempo em casa. Ele continuou com seus concertos e morreu quando o filho mais velho completou 10 anos, e se Rose Mary o pranteou, isso não ficou muito evidente.

Ninguém havia jamais acusado Rose Mary O'Driscoll Cullen de ser uma moça paciente, e assim ela tomou para si a responsabilidade de criar os filhos – tarefa que considerava enfadonha e monótona, quase desde o nascimento deles –, impacientemente. Os filhos faziam-na lembrar-se do marido, de quem ela havia se cansado terrivelmente, muito antes de ele morrer. Agora que não havia nenhum marido escandaloso por perto, envolvido em um casamento que consideravam inválido, os pais de Rose Mary foram em seu auxílio, lamentando a terrível situação. Rose e os filhos não ficaram exatamente pobres, mesmo do ponto de vista dos dias modernos, pois ela havia herdado da avó materna 2 mil libras anuais, ao completar 21 anos, e Bruce Cullen, pessoalmente, também obtivera uma boa fortuna nas turnês de concerto nas Ilhas Britânicas e ganhara mais dinheiro ainda com os sentimentais imigrantes irlandeses e escoceses na América. Rose Mary havia gastado a maior parte do dinheiro na compra de joias para aumentar sua coleção, e agora morava em Glasgow, numa casa modesta que não ficava em uma vizinhança sofisticada. Mas ela e os filhos não passavam fome, embora os tolos O'Driscoll assim imaginassem. Portanto, eles estabeleceram um fundo para Rose Mary, e seus igualmente tolos irmãos e irmãs contribuíram para ele. (Claro que não era importante que Rose Mary dissesse aos pais que o marido lhe havia deixado considerável soma.)

Ela ficou humildemente grata aos parentes e mostrou-se muito afeiçoada por tudo que fizeram por ela; ninguém notou aquele brilho debochado em seu olhar. Como queria, mais do que qualquer outra coisa, retirar os filhos debaixo de suas asas, enviou-os para um internato particular, longe de Glasgow. Fez então uma longa jornada turística pelo continente, para renovar velhos e fascinantes conhecimentos, e envolveu-se num romance com um cavalheiro italiano bem-nascido, romance do qual ninguém nas Ilhas jamais ouviu falar e nem ficou sabendo. Satisfeita e cheia de sede de viver, ela retornou às Ilhas, viveu algum tempo em Londres e se mostrou interessada em aumentar a fortuna por meio de investimentos. Como era incansável, mudava-se de cidade em cidade enquanto o tempo passava, montando suntuosas residências e vendendo-as depois, com ótimo lucro.

Seus filhos se casaram razoavelmente bem, mas Rose Mary não se interessava por eles nem pelas esposas ou netos. Declarava, entretanto, que sempre desejara uma filha e, quando um dos filhos, o terceiro, teve uma menina, Rose Mary ficou temporariamente entusiasmada; deu à criança sua própria roupa de batismo e pôs-lhe seu próprio nome. A criança, Rose Mary Cullen, tinha o mesmo cabelo da avó, os mesmos olhos verde-acastanhados e as mesmas feições, mas infelizmente herdara a personalidade obstinada e taciturna do vovô Cullen. Assim, a avó perdeu o interesse nela, se é que ainda retinha alguma afeição casual em relação à neta. Lembrava-se da criança no Natal e no aniversário, mas poucas vezes a visitava, até que a pequena completou 4 anos. Rose Mary estava então morando em Leeds, numa bela residência, no centro de um quarteirão de casas que ela estava restaurando para uma lucrativa venda posterior.

No inverno, a pequena Rose Cullen ficava por longos períodos na casa da avó, sempre que os pais tinham suas amargas e prolongadas brigas. Ela jamais descobriu por que as brigas aconteciam e realmente nunca se incomodou com isso, pois era uma criança calada e solitária. Aceitava a vida com interesse profundo e apaixonado, mas não era um interesse pessoal. Ela quase gostava das brigas, pois assim podia ir para a casa da avó em Leeds, que era repleta de tesouros divertidos, tinha um ou dois papagaios para serem provocados e observados a uma distância segura, um ar de luxo e, sempre, a presença vibrante, mas não afetuosa, da avó e de seus estranhos e exóticos hóspedes. Além disso, havia uma cozinheira muito expansiva, com quem Rose se sentia muito bem e de quem dependia para as delícias da mesa da vovó, como os bombons e as castanhas com cobertura, as balas de gengibre e as saborosas tortas. E os jardins da avó, mesmo no inverno, eram misteriosos, cheios de orvalho, de silêncio, de corvos e de pássaros selvagens; e acima de tudo, não havia pais briguentos.

ROSE SEMPRE DIZIA ao marido, William McConnell:

– Lembro-me de uma vez, na casa da vovó, em 1904. Ela, entretanto, sempre insistia para chamá-la de avó; para ela parecia ser mais jovial do que vovó e muito menos monótono e untuoso. Eu me lembro...

Sua primeira lembrança de Leeds, Inglaterra, e da casa da vovó Rose Mary O'Driscoll Cullen, era justamente de quando ela tinha menos de 4 anos e uma briga feia estourou em casa. Seus pais prepararam-lhe a mala, puseram-na sozinha num trem e voltaram para casa, para continuar a briga descontrolada. O cocheiro e a carruagem de vovó a esperavam, em silêncio, na estação de Leeds, e do mesmo modo partiram para a casa da matriarca. Rose se recordava com nitidez daquela primeira ocasião solitária. As ruas avermelhadas estavam inundadas pela chuva fria e pela fuligem. A água respingava no teto da carruagem. As luzes oscilavam quando passavam por casas solitárias e o ar era invadido pelo cheiro de gás de carvão, de couro e lã molhados e de fumaça. O cavalo fazia barulho nas pedras do calçamento. A escuridão chegara pesada, e a carruagem dançava de um lado para outro. As mãos de Rose estavam dormentes de frio, mesmo protegidas nas luvas. Ela ouvia o sopro do vento de encontro à carruagem, seu distante lamento em direção a oeste. Não se sentia assustada, nem mesmo solitária, pois acostumara-se à solidão. Carruagens passavam com as lanternas acesas. Em uma ocasião, um desses novos e barulhentos veículos a motor passou encostado na carruagem, assustando o cavalo e fazendo o cocheiro amaldiçoar e ameaçar com o chicote. Os bueiros trepidavam; as pedras da rua refletiam os lampiões. Mas Rose estava animada. Ia fazer sua primeira visita à avó e ao misterioso mundo onde aquela lendária figura vivia.

A casa era muito grande e tinha quase todas as janelas iluminadas, e havia um reflexo de trêmula luz vermelha da lareira nas cortinas ainda não cerradas. A construção tinha um pórtico pequeno, com quatro pilares brancos de madeira e um grande leque de degraus de tijolos, conduzindo da rua até a porta. O cocheiro, com um olhar mal-humorado, abriu a porta da carruagem para Rose. Ele foi então movido por um súbito sentimento de gentileza pela desamparada criança. Suspendeu-a nos braços com uma palavra cordial, o queixo e o rosto ásperos arranhando-lhe as faces, e carregou-a na escada, dizendo animado "aqui está você, mocinha". Colocou-a no chão, bateu na aldrava e voltou para pegar a bagagem. Nesse meio-tempo, uma elegante empregada uniformizada parou na entrada, olhando-a sem benevolência.

– Uma criança na casa – murmurou, logo puxando Rose para dentro. – Comporte-se e não crie problemas.

A avó estava oferecendo um jantar e não havia tempo para saudações. A inamistosa empregada, irritada, empurrou Rose para uma imensa escadaria de madeira branca atapetada de veludo, que dava para um longo corredor cheio de portas fechadas. Um lampião envolto em um globo vermelho estava aceso no fim do corredor. A criada abriu a porta de um quarto pequeno, gelado, e acendeu uma vela. Rose viu a grande cama com dossel, as cadeiras de crina de cavalo, o pequeno sofá verde, a lareira vazia, o tapete de Bruxelas, as cortinas de veludo azul presas com finas rendas bordadas.

– Já tomou o chá? – perguntou a criada, com ar ameaçador. Rose balançou a cabeça. – Agora vou ter de preparar chá para uma criança – resmungou. – Muito bem. Sente-se e fique quieta. – Suspendeu-a e sentou-a com violência em uma gigantesca cadeira de balanço, cujo assento de crina de cavalo logo irritou-lhe as coxas. – Não quero ouvir uma palavra – avisou a empregada, e bateu a porta atrás de si.

Rose de repente se sentiu muito cansada e sonolenta, bocejando, com o balanço da cadeira. Acordou vendo a criada acendendo, com irritação, um pequeno fogo. Havia na mesa uma bandeja com sanduíche, chá, leite, açúcar, bolo, uma ou duas broas quentes e geleia.

Logo Rose percebeu que estava faminta, desceu da cadeira, parou junto à mesa e começou a devorar a comida. O fogo pegou; o vento uivava na chaminé. As janelas chocalhavam. Era uma noite fria.

Assim que ela terminou de comer, a empregada a esfregou com água morna numa bacia grande, escarneceu do seu pijama de flanela sem rendas ou botões bordados e atirou-a na cama gelada.

– Onde está vovó? – perguntou Rose.

– Há coisas melhores para fazer do que se aborrecer com alguém como você – disse a criada. – Vá dormir. O urinol está debaixo da cama. Veja se o usa de acordo.

Rose não dormiu durante um longo tempo. Ficou observando o pequeno fogo na lareira e ouvindo os estalidos animados. Escutava o vento soprando com violência nas janelas, na chaminé, uivando nos beirais do telhado. A chuva fazia barulho como uma catarata. Ela estava na casa da avó, em Leeds, na primeira das tantas visitas que não eram bem-vindas. Mas já havia aprendido que há poucas boas-vindas para qualquer pessoa no mundo, por isso não ficou aborrecida. Fez as orações muito tranquilamente, rezando com carinho para os queridos papai e mamãe e para todos os pobres. Deus, tinha certeza, estava em pé bem ao lado da cama. Já sabia bastante sobre Ele, desde que fizera 2 anos, bem antes de qualquer pessoa mencionar Seu nome para ela. Rose virou a cabeça para o travesseiro docemente perfumado e avistou, sobre a lareira, um crucifixo, o primeiro que via na vida. Era muito grande, e o corpo de Cristo parecia feito de ouro. Rose nunca ouvira falar Dele explicitamente, mas, no mesmo instante, compreendeu tudo. Ela dormiu debaixo das bênçãos de um Guardião que não dorme.

Isso era tudo de que se lembrava da sua primeira visita à casa da avó em Leeds. Parecia que aquelas visitas nunca acabavam, até o fim de sua vida, e ela as repassava na memória, como alguém que volta a uma velha catedral em suas lembranças mais profundas – embora a casa da avó nada tivesse de catedral.

Rose tinha quase 5 anos na visita seguinte, e foi essa visita que ficou gravada para sempre em sua memória, pois foi o princípio de sua amizade com os homens santos da avó. Eles foram as únicas criaturas santas que entraram na casa da avó, até o fim de sua vida.

2

Rose fizera 4 anos no último mês de setembro, e as crianças britânicas começam seus estudos nessa idade. A garotinha foi enviada a uma escola particular muito pequena, dirigida por uma deprimida mas disciplinadora Srta. Brothers, numa casa decadente mas que mantinha a dignidade. Rose não gostou da professora e era importunada pelas outras crianças, cujas idades variavam entre 4 e 14 anos. As crianças de 4 anos aprendiam as primeiras letras e logo começavam a ler, ou Deus as ajudava.

Depois dos feriados do Natal, ela foi mandada de novo para a casa da avó. Estava muito feliz por se livrar da Srta. Brothers e dos colegas e tagarelava livremente enquanto a mãe arrumava sua mala, uma ocasião única, que observava com atenção.

O trem a emocionou como antes. Rose leu um livro de histórias na cabine partilhada com adultos. Eles não riam para ela. Crianças, na Inglaterra, não são olhadas como objeto de interesse, mas como incômodo. A chuva começou, a monótona chuva cinzenta do meio-inverno, bem como os ventos barulhentos. Aldeias passavam lentamente pelas janelas, e ruelas estreitas eram reveladas, cheias de carroças ou de trabalhadores apressados. O pôr do sol do ocaso se aproximava.

O trem resfolegava; homens farfalhavam seus jornais; senhoras tricotavam, cochilavam ou conversavam em voz baixa, parando apenas para olhar com arrogância pela janela quando o trem parava em alguma estaçãozinha cheia de fuligem. Nela se viam as pessoas de "classe baixa" que corriam para tomar os vagões da segunda ou da terceira classe – principalmente os da terceira –, comprimindo cabeças e ombros, apertando-se contra o vento e a chuva. Rose tinha pena dessas pessoas. Eram os pobres, por quem deveria rezar todas as noites. Parecia haver uma porção deles, e se mostravam frios e maltrapilhos, os rostos muito vermelhos e rachados.

Estava escuro, e a chuva e o vento eram realmente impressionantes. "Leeds!", anunciou o funcionário do trem. Rose apanhou sua pesada mala e lutou com ela para chegar à porta do corredor. Nenhum adulto, naturalmente, se ofereceu para ajudá-la. Era uma criança e, portanto, capaz de tomar conta de si mesma. Mas o funcionário, na entrada do vagão, sorriu-lhe gentilmente e falou:

– Ei, isto é bem pesado para uma mocinha. Vou lhe dar uma mãozinha.

Rose ficou muito surpresa. Ele até a suspendeu para subir os altos degraus da carruagem. Ela se sentiu embaraçada, pequena e incompetente. Um novo cocheiro e a carruagem da avó a esperavam. O funcionário do trem colocou sua bagagem na carruagem enquanto o cocheiro observava impassível. O funcionário tocou o boné como se ela fosse uma senhora, e, como não sabia o que fazer para retribuir-lhe a gentileza, Rose fez-lhe uma reverência. O cocheiro dirigiu-lhe um olhar zombeteiro e cuspiu.

– Procurando gorjeta – murmurou, dando a partida. – Você não deu gorjeta a ele, deu?

– Não – disse ela. – Só tenho três xelins, para emergências.

Ela falou com o tom indiferente que aprendera na escola da Srta. Brothers e o cocheiro ficou calado. Quando chegaram à casa da avó, ele desceu e a carregou junto com a bagagem.

– Não fique muito convencida – preveniu-a. – É a madame que tem o dinheiro, não o seu papai!

A avó, claro, estava jantando com hóspedes; pelas vozes, todos homens. E que vozes! Eram vozes de gigantes, rindo, interrompendo, discutindo, explodindo entre gargalhadas. Eram musicais também, como os sotaques típicos dos escoceses e irlandeses. E trechos de canções galhofeiras. Vozes varonis, fortes e poderosas.

– Os padres, novamente – disse o cocheiro com desdém para a empregada. – São eles de novo, certo?

– Sempre – disse a empregada, no mesmo tom. – O que ela vê neles?

– Uma vez romano, sempre romano – concluiu o cocheiro, saindo.

– Como é um romano? – perguntou Rose a Elsie, curiosa.

– Não se preocupe com isso, menina. Apenas fique longe das vistas deles. Suba logo e controle a língua.

Mas Rose era mais velha agora, quase 5 anos.

– Controle a língua você, Elsie – disse com arrogância. – Você não tem o direito de me corrigir.

Ela havia aprendido uma coisa ou outra com a Srta. Brothers, e uma dama não devia tolerar desaforos de criados.

– Você vai ver só! – gritou Elsie, malvadamente.

Mas dessa vez não arrastou Rose para cima. Seguiu-a com a bagagem, três degraus atrás, resmungando para si mesma. Acendeu o fogo. O quarto estava tão cruelmente frio quanto Rose se lembrava. Em seguida, Elsie desceu para buscar o chá de Rose, mas voltou de mãos vazias.

– A senhora quer você na sala de jantar – disse, incrédula. – Você! Uma criança! Para onde vai o mundo, diga-me? Mas então – acrescentou, como se isso explicasse tudo, e provavelmente explicava –, os padres querem dar uma olhada em você.

Os "romanos". Rose estava curiosa. Sentia fome também.

– Quero meu chá – lembrou a Elsie.

– Ah! – disse Elsie, jogando as mãos para o alto. – Há um lugar para você na mesa. Na mesa! Vamos logo, tão depressa quanto puder. Mas lave as mãos primeiro. – Esfregou as mãos e o rosto de Rose com violência. Penteou seus cabelos. – Vermelhos! – falou com desdém. – E nenhum cacho. Reto como um bastão. Seu laço está malfeito. – O pente e as unhas revolveram a cabeça de Rose. Elsie até mesmo limpou a poeira das botas da menina, endireitou-lhe as meias e escovou a saia de lã xadrez. – Nenhuma beleza – disse com prazer –, magra e cheia de ossos, e nem tem 5 anos ainda. Pelo jeito, você será alta como um homem, e madame é tão elegante!

Ela falou como se ter 5 anos fosse um crime, mas Rose estava acostumada a esta atitude por parte dos adultos. Ia passar dos 5, certamente. Seguiriam os 6 e os 7, e o tempo se encarregaria do pecado de ter menos de 5 anos. Rose aprendera também que o tempo ainda iria cuidar de outras coisas desagradáveis, como sentar nos bancos da escola da Srta. Brothers. O verão viria com certeza. O Natal não havia chegado, justamente quando ela havia perdido a esperança? (Papai havia finalmente se rendido ao "catolicismo carola" do Natal, depois de implacável insistência da mamãe, pois, como verdadeiro escocês, ele desprezava e ignorava o Natal e celebrava apenas o Ano-novo. Mas mamãe não havia ainda introduzido o ultraje de uma árvore de Natal.)

Rose desceu serenamente as escadas. Como seriam os "romanos", aquelas criaturas estranhas de quem papai falava em tom sombrio, numa combinação de medo e repugnância? Ela aprendera a não levar em conta tudo que os pais falavam e, ademais, mamãe muitas vezes ria das assombrosas histórias de padres e freiras contadas por papai. Rose fez sua entrada pela porta forrada de feltro da sala de jantar, que lhe pareceu grande demais, brilhante demais, intimidante demais. Era um deslumbramento, desde o lustre resplandecendo no teto até os ofuscantes cristais e prataria colocados na toalha branca rendada da mesa. Pior, a sala estava cheia de homens monumentais, com imensas faces vermelhas. A única senhora presente era a avó. Ela estava corada pelo vinho, pelos risos e pela alegria, usava um vestido de sua cor favorita, verde, de cetim, estava cheia de joias. Havia um fogo forte na lareira e a sala estava muito quente. O cabelo da avó estava arrumado no alto da cabeça e era da cor da chama.

– É a própria rainha Vitória voltando à vida! – falou alto vovó, fixando o olhar na menina e gesticulando em direção à porta. – Com a saia feia e tudo, e o mesmo rosto sério! – Ela gritou com alegria e levantou um fino braço nu, cheio de sardas, em um afetado gesto de saudação. Seus ombros estavam surpreendentemente nus e eram pequenos.

Os homens, todos vestidos de preto e com estranhos colarinhos, voltaram-se ao mesmo tempo para olhar Rose. Pela primeira vez em sua vida, cada rosto adulto sorria para ela e seus olhares eram ternos e gentis. Parecia haver dezenas dessas amáveis e gigantescas criaturas. Não eram provavelmente mais do que 11. O que estava mais próximo estendeu a mão, cumprimentando-a. Ele falou, num tom afável:

– Venha até aqui, mocinha. Quero ver você de perto.

Surpresa e fascinada por um adulto querer vê-la "de perto", Rose caminhou devagar até ele. A avó sorriu.

– Ela não vai pôr fogo no mundo com essa cara solene – comentou ela, em tom áspero. – A menina não tem estilo. Eu, na idade dela, era uma atração.

O padre acariciou o cabelo e o rosto de Rose, e havia amor em seu toque.

– Ela tem um rosto esplêndido – disse, com um suspiro.

E foi assim que Rose veio a conhecer os padres da vovó, tudo sobre eles e todas as histórias que eles contavam. Ela os amou e confiou neles, como jamais amara ou confiara em alguém. Eles tinham muitos rostos diferentes, eram estranhos e algumas vezes impossíveis de ser compreendidos por uma criança, mas nenhum tinha a voz áspera ou expressão cruel e, apesar de seus corpos volumosos e da impressão que transmitiam de misteriosa autoridade, eram amáveis.

Crianças inglesas bem-educadas não fazem suas refeições com os mais velhos, exceto em ocasiões especiais, como Natal, Ano-novo, Páscoa, aniversário e outras datas importantes.

Por isso, quando vovó, com outro gesto de seu braço pesado de diamantes, indicou que Rose deveria se sentar à mesa entre dois padres, ela ficou aturdida. Jamais havia se sentado na presença de adultos em uma mesa de jantar, exceto nas mais extraordinárias ocasiões. Sentou-se com cuidado na cadeira de tecido adamascado, temerosa de ser despejada dali por sua gritante impertinência e mandada para a cama sem ao menos um leve chá. Mas ninguém a perturbou. A conversa continuou como se ela não estivesse presente. Rose viu o lindo prato de porcelana de Sèvres diante dela, branco leitoso com as fundas bordas em azul-escuro e ouro, e as pesadas taças de prata e cristal cheias de vinhos variados. Rose estudou furtivamente o desenho da toalha de renda, delicada como uma teia. Uma criada colocou um prato de sopa quente diante dela e Rose olhou curiosa as pequenas coisas marrons boiando; não sabia que eram cogumelos. Abafando qualquer som possível que pudesse fazer, tomou a sopa, cheia de encantamento. Depois veio uma deliciosa truta no seu próprio molho e pequeníssimas cebolas com creme. Seguiram-se um grosso pedaço de rosbife, pudim de Yorkshire e os vegetais ingleses usuais. Observando pelo canto do olho uma mão grande ao seu lado, Rose descobria que garfo usar. Vieram depois a sobremesa e um novo vinho.

Durante toda a refeição, vovó se agitava, falava alto e ria, de modo que as paredes amarelas pareciam vibrar. Ela estava de ótimo humor. Havia desejado ter filhas e depois netas. Mas detestava mulheres. Raramente podia suportar-lhes a presença, mesmo das mais sábias e inteligentes, nos seus próprios jantares festivos, e nunca aceitava convites para jantares ou chás só de mulheres. Preferia os irmãos às irmãs, o pai à mãe, os primos às primas. Os únicos homens que realmente havia detestado foram o marido e os filhos. Não gostava deles porque não lhe deram automaticamente o que ela considerava como dever: admiração, afeto e apreciação ao seu formidável charme e magnetismo. Indignava-se com um homem cujo olhar vagava entre ela e outra mulher, e isso não acontecia com frequência, porque ela era fascinante, travessa e sempre estava maravilhosamente vestida. Vovó adorava viver, e na sua presença até a pessoa mais triste poderia encontrar alguma alegria na vida, algo a que se agarrar, uma nova sedução ou colorida feitiçaria.

Nada disso era baseado na mais singela virtude. Vovó não era imoral; simplesmente não era moralista. Era dada a explosões de extravagância em favor de "uma pessoa muito importante", mas lhe faltava total senso real de caridade. "Ajude o seu próximo, se você quiser", disse certa vez a Rose, "mas corra depressa, menina, para o bem da sua vida." Vovó nunca arriscava a vida e, como raramente ajudava qualquer pessoa, não fazia inimigos.

Como uma católica relapsa, mas ao menos uma católica batizada, nascida em uma família católica, vovó era objeto de constantes e ansiosas orações dos irmãos e irmãs, todos devotos. De acordo com a lenda da família, seus parentes estavam sempre em novenas e missas, ajoelhados muitas vezes por dia, com rosários nas mãos, orando pela despreocupada, flutuante e hilariante alma de vovó e pelo seu retorno aos sacramentos. Como todos estavam bem de vida, visitavam incansavelmente santuários famosos pelo bem dela. Quando a visitavam, escondiam medalhas santas em locais obscuros, o que lhe causava grande diversão quando um criado as descobria.

– Eles vão ficar com a minha alma, não vão? – perguntava, às gargalhadas. Seu pai lhe deu o grande crucifixo que Rose vira no quarto, abençoado pessoalmente pelo Santo Padre, com a humilde pertinácia de sua bisavó.

Como sua família havia sido tão devota aos padres e aos religiosos quando ela era criança, Rose Mary passou a encarar todos eles com afeição. Padres naquele tempo não eram elegantes cavalheiros ingleses, mas homens de vigor, força e imaginação. Tinham de sê-lo, para sobreviver naqueles dias, na Escócia e na Inglaterra. Os fracos não tinham nenhuma chance. Mas mesmo os que sobreviviam eram cronicamente pobres e famintos, como a maioria de seus paroquianos, maltrapilhos e andrajosos, com remendos cuidadosos nos joelhos, cotovelos e botas. Se usavam cachecóis de lã, eram tecidos por parentes ou pelas velhas senhoras de suas miseráveis paróquias. Ademais, a maioria dos padres tinha muitos irmãos e irmãs paupérrimos, sobrinhos e sobrinhas, sem falar nos velhos pais, e, para esses, ia a maior parte dos seus ínfimos rendimentos e todas as escassas doações.

Não eram perseguidos, naturalmente, nem na Escócia nem na Inglaterra, mas eram ignorados por todos, menos pelos católicos. Pareciam viver em um mundo que os achava invisíveis. Não tinham amigos, exceto os que professavam a mesma fé, e se algum dos mais ousados tentasse se aproximar, na busca de uma possível amizade diferente, era logo acusado de proselitismo. Raro era o ministro protestante, ainda que cheio de boa vontade, que ousasse desafiar sua própria congregação, convidando algum jovem padre esfomeado para jantar. Um ministro que parasse na rua para falar a um colega "romano" atraía para si as piores suspeitas e os piores olhares. Irmãs de caridade que, submissas, pediam donativos nas lojas eram em geral postas rudemente para fora, a menos que o dono do estabelecimento também fosse católico.

Assim, padres da Inglaterra, Escócia e Gales, naqueles dias, levavam vidas muito rigorosas e necessitavam de todo humor, afeto, simpatia e cortesia que pudessem conseguir de seu próprio rebanho. Não havia lugar para os covardes, os tímidos, os demasiadamente dóceis ou os muito sensíveis. Filhos de um povo brigão, não hesitavam em proteger abertamente a vítima de um bando em alguma rua sórdida. Não saíam correndo à procura de um policial. Eles próprios socorriam a vítima, batiam e chutavam com vigor. Seus hábitos não os protegiam de ser, às vezes, objeto de galhofa. Inúmeros padres tiveram uma costela ou uma cabeça quebrada nas suas missões de misericórdia violenta, mas se pode ter certeza de que bateram tanto quanto apanharam. Cada um deles teria impulsivamente oferecido sua vida em martírio, por sua fé e seu Deus, e considerado esse martírio a mais abençoada das graças. Mas uma mulher indefesa espancada pelo marido bêbado ou uma criança atormentada por adultos cruéis tinham sempre razão de rejubilar-se ao encontrar um padre por perto, atraído por seus gritos e lamentos. A profunda humildade de suas almas, que evitava que defendessem a si próprios, exceto quando em perigo de vida não lhes permitia ver impassivelmente os fracos sendo atacados ou torturados. Muitos padres morreram de ferimentos nos guetos de Londres, Liverpool e Manchester, quando sua tentativa de salvar um homem, uma mulher ou criança falhava, ou mesmo quando eram bem-sucedidos. Tinham de ser vigorosos e musculosos, corajosos, firmes e fortes. Eles encontraram o diabo muitas vezes em suas vidas, cara a cara, e frequentemente davam o sangue e a vida na luta contra ele. Contudo ainda conservavam o bom humor sob o mais aterrorizante dos desafios e eram tão poderosos quanto simples e gentis, os primeiros a prestar ajuda, os primeiros a confortar, os primeiros a oferecer bondade.

Claro que não eram nobres. Poucos daqueles padres escoceses e irlandeses tinham sangue azul. A maior parte provinha das classes trabalhadoras, nascidos na pobreza, no meio de uma prole extensa, com fome e frio. Conheceram o trabalho duro tão logo começaram a dar os primeiros passos. Nunca questionavam sua vocação para o sacerdócio, nem permitiam esse pensamento. Um rapaz sabia com certeza se tinha vocação, e a seguia sob a mais atemorizante das circunstâncias, quase sempre sem uma moeda no bolso ou nada mais possuindo a não ser a roupa do corpo. Ele sabia o que a vida lhe havia legado e assim, desde o princípio, não tinha nenhuma dúvida. Um menino ou um jovem indeciso jamais se tornaria um padre naqueles tempos.

Não é de espantar, portanto, que o povo os amasse e reverenciasse, pois todos sabiam que esses homens, por causa de seu amor a Deus e aos semelhantes, se sacrificavam por eles. Eram poucos os católicos ricos na Escócia, Inglaterra e Irlanda naquela época. As casas dos ricos se tornavam oásis de repouso, descanso temporário e comida, e de quanta caridade pudessem conseguir de seus bolsos. Tal caridade nunca era muita, pois homens que nunca haviam conhecido dor, angústia, fome ou desabrigo eram frequentemente duros de coração. O pouco dinheiro que encontrava o caminho dos padres, nos pratos de coleta, vinha de mãos calosas, sofridas e desfiguradas pelo trabalho árduo. Não obstante, os lares dos católicos ricos estavam abertos a eles, quase sempre, desde que não pressionassem com muita insistência por dinheiro para a escola, para novos sinos, para um orfanato ou um convento, e que tivessem tato quando fossem fazer um pedido. Era o caso de "não estou vendo você tirar alguma coisa da minha bolsa, desde que não chame minha atenção para isso".

Vovó conhecera padres durante toda a sua vida. Como mantiveram seu próprio senso de humor, vitalidade, astúcia e amor à vida, ela permanecia gostando deles. Eles também a faziam lembrar sua infância mimada, quando havia sempre pelo menos dois padres em cada jantar. Tinha respeito por eles, ela, que não respeitava nenhum outro homem. Os padres sabiam como sobreviver.

Todos estavam conscientes de seu calamitoso estado de alma, já que os outros membros da família sempre colocavam os padres a par dos pecados da "nossa Rose Mary". Sua casa estava franqueada a eles, que compareciam. Não restava a menor dúvida de que cada padre, mesmo enquanto comia do bom e do melhor na casa de vovó, estava rezando pela sua alma e seu retorno à santidade.

Assim, os padres iam à casa de vovó quando passavam por Leeds, pois, embora católica negligente e obviamente vivendo em pecado, ela era ainda a filha de uma família católica e havia sido batizada na fé, e sempre existia a possibilidade de que influência, paciência e preces a levassem de volta ao aprisco. Eles eram também grandes mexeriqueiros, trazendo-lhe recados de velhos amigos e parentes da Escócia e da Irlanda. Eram conhecedores de inúmeras histórias, pois sagas estavam sendo faladas e escritas naqueles dias.

Esses padres estabeleciam um limite e se recusavam a pernoitar na casa de vovó, embora, com alegria demonstrada nos olhos, ela invariavelmente os convidasse, descrevendo o conforto da lareira, da água quente dentro de casa, os macios colchões de pena e os finos lençóis. Eles lançavam um olhar melancólico, enquanto balançavam as cabeças. Então, horas após o jantar e depois de muitas histórias, partiam para abrigos menos pecadores, apertados em seus casacos finos.

– A senhora saberá onde me achar – dizia esperançoso cada um deles antes de sair, pressentindo repentinos alarmes na noite, quando a única ajuda possível era a de um padre. Mas vovó era esplendidamente saudável.

– Não vou morrer esta noite – respondia, balançando os cachos vermelhos do cabelo e os adicionais. – Nada receie, padre. – Eles queriam "recear", mas vovó nunca pediu um padre. Sobreviveu a todos que conheceu. Embora eles ainda mantivessem esperanças.

Rose aprendeu tudo isso ao longo de muitos anos. Mas, mesmo quando criança, na sua segunda visita à casa da avó e finalmente deduzindo que aqueles "romanos" eram eles próprios "pequenos ministros", ficava curiosa para saber o que eles estavam fazendo na mesa de vovó. Rose sabia que a avó era, na realidade, uma mulher muito má.

ROSE NUNCA SE sentara à mesa com a avó, pois mesmo quando ela visitava os filhos em Londres não queria crianças por perto, "as detestavelmente chatas". Assim, a menina mal podia crer, aquela noite em Leeds, que vovó lhe permitira se sentar à mesa cintilante na presença de 11 padres. Os homens tinham convidado Rose. Por isso vovó não podia protestar contra "a menina chata sentada na minha presença". Mas ela ignorou a existência da neta como se ignorasse uma mosca. Continuou a divertir seus convidados com as histórias mais chocantes.

Os padres, porém, não esqueceram Rose. Uma mão enorme pegou gentilmente sua faca para cortar a carne, e ela corou com essa atenção. Lançou um olhar tímido para seu ajudante. Seu enorme rosto vermelho sorriu para ela como se não fosse uma criança, mas uma pessoa cuja companhia era agradável. O padre à sua esquerda estava sendo tratado de monsenhor e, embora lhe tivesse concedido um breve sorriso quando ela o fitou, tinha uma certa austeridade fria e um ar mais distante do que o padre McGlynn. Era o monsenhor Harrington-Smith, um dos poucos ingleses entre todos aqueles escoceses e irlandeses. Porém, por ser padre, era tolerado pelos colegas. Tinha também um longínquo grau de parentesco com um dos primos de vovó, que havia desposado uma *sassenagh*. Rose logo percebeu que, de certa forma, ele dava o "tom" da festa, não só por ser o único monsenhor presente na ocasião, mas também por causa de suas imponentes serenidade e maneiras.

Um prato de sobremesa foi posto diante de Rose. Ela já estava exausta por todo o barulho, brilho e ostentação e pelo calor da sala de jantar, e um pouco confusa pelos goles de vinho que havia tomado.

– Se eu fosse você – falou o monsenhor Harrington-Smith –, não comeria isto, Rose. – A palavra de um adulto era lei. Ela pôs o prato de lado.

Vovó, sempre desejando agradar a um padre, tocou a sineta chamando uma criada e perguntou se haveria algum pudim de maisena na casa, um prato simples em geral comido só pelos domésticos. Havia. Um pedaço foi trazido para Rose em um pires dourado, e o monsenhor aprovou com a cabeça. A menina comeu obedientemente. Tinha gosto de grude.

Havia champanhe, que o monsenhor agilmente impediu Rose de provar. Ela decidiu que, embora ele fosse gentil o bastante para tolerar a presença de uma criança, era igual à Srta. Brothers, que servia sardinha seca ou torrada seca como se fossem iguarias. O monsenhor, aparentemente, era conhecedor de champanhe, pois o provou com elegância e senso crítico, antes de aceitá-lo. Mas seus colegas se rejubilaram com a bebida, pobres homens sem muito paladar.

– Agrada-lhe, monsenhor? – perguntou vovó, com uma piscadela.

– Um bom ano – disse, um tanto pomposo. Examinou a garrafa que o criado lhe estendeu. – Um bom ano – repetiu –, embora não o melhor. Parece que não houve bastante sol durante as semanas finais.

– Estou encantada em ver o senhor tomá-lo – disse vovó gravemente. – Pois dizem que Vossa Senhoria foi banhado em champanhe no seu batismo.

– A senhora sabe muito bem, Rose Mary, que sou um segundo filho.

Ela sorriu e inclinou a cabeça com falsa humildade. Em seguida, juntou os pequenos pés – que estavam cobertos com sandálias de cetim e adornados com joias –, e os padres se levantaram com ela.

Rose se levantou também. Monsenhor Harrington-Smith uniu as mãos e rezou. A criança estava fascinada por todos aqueles rostos subitamente solenes ao redor dela – inclusive o de sua avó – e pensava nisso durante os movimentos após a oração, quando sentiu um beliscão forte no ombro e notou o perfume quente e almiscarado de vovó.

– Suba para o seu quarto – disse.

Rose começou imediatamente a obedecer, mas sentiu a mão pousar no seu ombro. Seu novo e querido amigo a estava detendo.

– E por que a pequena não pode ficar conosco?

– Sabedoria demais para a idade – disse vovó, sombriamente, balançando os ombros e falando na sua curiosa mistura de sotaque irlandês escocês e – não é boa coisa para uma mocinha ter; é um toque do próprio demônio.

Dirigiu a Rose um olhar de censura, que murmurou que era passada a hora de ir para a cama. Mas foi guiada para a sala de visitas, na qual poucas vezes lhe fora permitido entrar. Teve a impressão de que o salão tinha pelo menos a metade do tamanho da rua em que morava em Londres, e estava cheio de pequenas cadeiras douradas, cobertas com tecidos adamascados de várias cores, tapeçarias cor-de-rosa brilhando nas paredes, sofás em todos os cantos, grandes lustres de cristal, quadros, espelhos e mesas carregadas de pequenos enfeites estranhos, armários cuidadosamente decorados em cada canto, repletos de objetos artísticos e leques espanhóis.

Um fogo forte crepitava em uma lareira, na qual cabia um boi de tamanho médio, e acima dela pendia um retrato da rainha Vitória, maravilhoso, com quem vovó em nada se parecia. Se a sala de jantar havia atemorizado Rose, o salão a petrificou, com seu tamanho, brilho e magnificência. As janelas, cobertas com seda cor-de-rosa, enlaçadas com tapeçaria azul adamascada, pareceram-lhe estender-se até o infinito.

Padre McGlynn conduziu Rose até um pequeno tamborete de aço liso, que ficava diante do fogo, colocou nele uma almofada e suspendeu-a para sentá-la ali.

– Bem, está confortável – disse, com uma palmadinha em seu rosto.

Ofuscada, trêmula de expectativa pelo desconhecido, ela ocupou o banquinho. Os padres se sentaram ao redor do fogo, com vovó no semicírculo, todos com grandes copos de conhaque nas mãos. Havia apenas uma porção do líquido dourado no fundo dos copos; eles balançavam o líquido, inalavam o vapor e diziam "ah!" em vozes profundas, tomando um gole ocasional. Rose estava fascinada.

Vovó suspendeu a saia para aquecer as canelas – estava sempre com frio, apesar da incrível quantidade de álcool que consumia diariamente – e disse ao monsenhor Harrington-Smith:

– É a sua vez, monsenhor, de contar sua história.

– A senhora sabe que não sou supersticioso, Rose Mary – falou à vovó.

Os padres pareceram deprimidos. "Superstição" era, inexoravelmente, proibida pela Igreja, mas eles acreditavam, como Shakespeare, que havia mais coisas entre o céu e a Terra do que os ingleses poderiam reconhecer, ver ou ouvir. Ou talvez acreditassem que nenhum *sassenagh* era capaz de contar uma história que deixasse um guarda acordado ou arrepiasse um simples cabelo de uma criança mais suscetível.

– Muito bem, pelo visto é a minha vez! – manifestou-se logo um padre.

– Não – disse vovó, piscando os olhos com malícia. – É a vez do monsenhor Harrington-Smith.

– Não sou supersticioso – disse o monsenhor, como se esse pequeno interlúdio não tivesse acontecido. – No entanto...

Os padres sentaram-se com expressões muito esperançosas. O monsenhor estava balançando a cabeça e franzindo o cenho.

– Ah! – disse o padre McGlynn, com uma voz profunda, cheia de expectativa.

Qualquer coisa que pudesse desconcertar um *sassenagh* deveria ser realmente extraordinária. Ora, se São Miguel aparecesse perante eles, iam querer examinar a autenticidade da sua armadura, suspeitando que ela tivesse sido roubada do Castelo de Windsor e indubitavelmente iam escarnecer dizendo: "Aço de Sheffield", enquanto percorriam os dedos céticos ao longo da espada.

– Sim... – disse o monsenhor, e se lançou à história com crescente relutância, como se, de alguma forma, tais coisas não ocorressem na devida ordem dos acontecimentos a ingleses educados. – Foi na Irlanda, claro – começou ele.

– Ah! – exclamaram os padres em coro, acenando com a cabeça e puxando as cadeiras mais para perto. Se tivesse acontecido na Inglaterra... nada teria acontecido. Mas na Irlanda!

Monsenhor Harrington-Smith e o encontro pavoroso

Edward Albert Harrington-Smith era o segundo filho de um nobre britânico. Muito jovem, ele já sabia que tinha vocação para o sacerdócio. Era o mais bonito dos filhos e seu pai havia nutrido a esperança de que sua criação, aparência, boas maneiras e inegável inteligência atrairiam uma moça de boa família e dinheiro ou, talvez, uma americana rica. O pai economizara o suficiente para enviar o jovem à América em busca de seus anseios. Mas Edward queria ser padre. "Se ao menos fôssemos anglicanos", disse o pai, com um pouco de avidez. "Mas nós, católicos, mesmo aqueles dentre nós com nomes ilustres, fortunas e castelos, não somos verdadeiramente aceitos nesta sociedade. Ora, se fôssemos anglicanos, poderíamos ter certeza de que Edward seria bispo em pouco tempo."

Edward foi para um seminário e seus padres superiores não ficaram particularmente impressionados por ele ser "um segundo filho". Exigiam fé, caráter, verdadeira vocação, dedicação e sinceridade. Ele reunia tudo isso. Decerto seria ordenado padre. Tinha, entretanto, características que não contavam exatamente com a aprovação dos seus superiores. Era inclinado a ser orgulhoso e a ter um remoto desdém pelos "inferiores". Seus superiores acreditavam que uma paróquia em uma área remota da Irlanda teria um efeito salutar sobre ele. ("Irlanda!", exclamou seu pai com horror, não se esquecendo em momento algum de que era inglês. "Vou escrever imediatamente uma carta à Sua Eminência! Irlanda!")

Sua Eminência foi cortês, mas realista.

"Um padre deve aprender a ir a qualquer lugar", escreveu ao seu amigo. "Isso fará bem a Edward."

Edward não estava certo disso. Mas guardou as dúvidas para si mesmo e seu confessor, que também não apreciava muito os irlandeses. Assim, Edward logo se viu em uma paróquia muito erma, onde os paroquianos acreditavam em fadas, bruxas e espíritos e eram muito "supersticiosos". Além disso, ficaram assustados e ressentidos por ter um *sassenagh* como seu pastor, mais ainda, um homem de Oxford. Edward tentava desesperadamente ser humilde, como Seu Senhor tinha sido humilde, mas não podia mudar sua orgulhosa postura, a cabeça levantada, o rosto bonito e frio, a falta de calor, simpatia e simplicidade. Rezava para que sua natureza pudesse ser alterada, para se tornar um igual entre os paroquianos. Consentia na reverência usual devida a um padre, como tirar o chapéu ou uma mesura, porém nada mais. A residência paroquial era um lugar pequeno e arruinado e não tinha empregada. As mulheres pobres da aldeia, mas só as velhas, limpavam, alternando-se, os cômodos minúsculos. O teto rústico de palha tinha goteiras. A casa era muito fria. Seus rendimentos eram praticamente nulos. Devolvia os pequenos cheques que os pais lhe enviavam, e dessa forma estava sempre faminto. Nunca exigia dos paroquianos nada para si mesmo, e eles acreditavam que ele "nadava em dinheiro". Ninguém se oferecia para limpar sua privada do lado de fora, por isso ele mesmo fazia o trabalho malcheiroso. "Isso levará embora o seu orgulho, decerto levará", cacarejavam os homens da paróquia, certamente alegres demais por se verem aliviados de uma tarefa que lhes competia.

Sua igreja era apenas um pouco mais bem conservada do que sua casa. Tinha dificuldades em conseguir coroinhas. As mulheres velhas lavavam e passavam as toalhas do altar. Um velho ficou de cara amarrada por ser nomeado sacristão, embora tivesse exercido essa função a maior parte da vida. As irmãs de caridade, que tinham um convento miserável e uma escolinha, eram todas irlandesas e não gostaram do padre inglês, que era rigoroso em questão de horário e exigia disciplina absoluta. Em suma, a vida do padre Harrington-Smith foi transformada em um pequeno inferno pelos seus paroquianos, em especial pela madre superiora do convento, uma velha com um cérebro de ferro e a determinação de uma lâmina de Toledo. Ela chamava-o de "aquele moço". Quando as irmãs riam disso, ela, de modo fingido, franzia as sobrancelhas. Edward enfrentou a hostilidade de frente, e perdeu.

Ele tinha apenas duas alegrias: a celebração da missa e os passeios pela região selvagem e incrivelmente bonita. A terra era uma campina, ligeiramente plana, mas que nuvens maravilhosas! Lentamente, ele começou a entender que essas paisagens formadas pelas nuvens eram a origem das estranhas lendas irlandesas. Durante um pôr do sol, parou, perplexo, para observar um espetáculo que jamais veria em qualquer outro lugar.

A terra verde estava envolvida em uma névoa desbotada, estava escondida, sem forma. Desmanchava-se languidamente em direção ao horizonte. As nuvens, em qualquer outro lugar do mundo, têm um modo de se manter no céu. Mas na Irlanda elas parecem tocar a terra, emergir dela, nascer dela, unir-se a ela, fundir-se com ela. Edward viu uma nova terra, um novo chão nas enormes nuvens. Primeiro, assomando contra um céu vermelho, formava-se um castelo perfeito, com torres, ameias e muralhas, um fosso e janelas estreitas. Abaixo, aparecia uma aldeia completa, com minúsculas casas arrumadinhas, telhados vermelhos, ruas tortuosas e um riacho verde descendo para um pasto ainda mais verde. Na realidade, Edward podia discernir as formas de carneiros nos pastos e as diminutas figuras de pastores. Via luminosidade nas janelinhas das casas e o facho de um lampião no fim da rua. Mas tudo era tão silencioso!

– Impossível – murmurava Edward com espanto. – Fada Morgana, miragem.

Enquanto ele observava, a torre flutuava para o nada; as muralhas se desvaneciam; a aldeia se envolvia numa névoa cor-de-rosa e se escondia de sua vista. Os prados verdes se tornavam difusos e desapareciam. As nuvens escureciam, fazendo-se sombrias, perfuradas por um sol escondido, em forma de brasa. Um vento frio subia, e Edward ouvia o sino das vacas e os lamentos do gado sendo tangido para seus estábulos. Em algum lugar, um cão latia raivoso; um velho empurrava uma carroça, tirando o boné ao ver o jovem padre e dando de ombros. O longo crepúsculo púrpura se aproximava e Edward parava, pensativo.

Ele sabia que não possuía muita imaginação. Era pragmático e inglês demais para isso. Mas fora tomado por uma estranha agitação. Seria possível que cenas e épocas passadas ficassem indelevelmente impressas na retina do Tempo, de modo que o Tempo pudesse reproduzi-las de acordo com o seu desejo caprichoso? Edward perambulava pelo campo nas suas raras horas de lazer, observando e ouvindo. Claro, a "superstição" dos "nativos" não podia ser tolerada por um padre piedoso e intelectual, mesmo que ele estivesse morando em uma casa de sapê, velha, cheia de chiados e gemidos ao luar, e que ouvisse sons estranhos e inexplicáveis no escuro da lua, como o uivo de lobos fantásticos ou o grito de bruxas. "Há mais coisas entre o céu e a Terra..." Bobagem, dizia a si mesmo, abrindo a igreja de madrugada e procurando ansioso, nas ruas da aldeia, pelos coroinhas e pelo sacristão atrasados. O sacristão raramente estava lá, e o próprio Edward muitas vezes tinha de puxar as cordas do sino, fato que os aldeães pareciam apreciar às escondidas. "Ele tem músculos para isso", diziam as velhas, puxando os xales sobre as cabeças e apalpando os rosários nos bolsos das saias. "Não fará mal nenhum a ele."

A missa é a sagrada celebração magna na Igreja, Edward sempre havia percebido isso intelectualmente. Agora que as nuvens o haviam perturbado, entendia a missa como um tremendo mistério. Ele sempre tinha sido reverente. Agora se tornara serenamente estático. Queixava-se menos ao seu povo e assim começou a encontrar um jantar simples – aparentemente colocado pelos "gnomos e duendes" – na mesa gasta da sua escura e minúscula cozinha. Um pedaço frio de ganso ou frango, um peixe às sextas-feiras e dias santos, um prato coberto de batatas quentes, uma fatia de bolo, fruta fresca da época, uma porção de queijo, um jarro de leite de cabra, uma caneca de chá no fogão de tijolos. Nunca perguntando, ele comia vorazmente, pois era jovem. Ficou simplesmente agradecido – e calado – quando seu telhado foi misteriosamente consertado, durante sua ausência. Como os paroquianos tinham concluído, bem devagar, que ele finalmente se tornara um deles? Era um mistério, mas também um fato. Mesmo a velha face enrugada da madre superiora se abria num sorriso para ele. Mas isso foi muito, muito depois da tragédia Cunningham.

Edward tentava, mas sabia que nunca seria verdadeiramente humilde. Essa era a sua cruz e ele a carregava. Mas se descobriu flexível. Parava para falar com meninos jogando bola de gude nas sarjetas lamacentas. Examinava os bebês que tinha batizado. Ouvia, com deliberada paciência, as queixas das donas de casa; censurava, porém em tom compreensivo, os homens que gostavam demais de cerveja. (Por isso, às vezes encontrava um jarro de cerveja na sua mesa à noite e ocasionalmente uma pequena botija de uísque bruto irlandês.) Era menos inexorável no confessionário, e mais gentil. Suspirava, em vez de encontrar palavras frias e amargas, quando alguma moça oculta no xale lastimava-se porque "não fui muito boa, padre", nos campos selvagens da primavera iluminada pela lua, com suas pequeníssimas margaridas e botões de ouro. As penitências que infligia eram dadas com uma dose de piedade. Às vezes de madrugada, antes da missa, ele entrava na igrejinha decrépita, parava em meditação perante o crucifixo e tinha pensamentos estranhos para um inglês. Não achava mais a pobreza degradante, nem a maneira descansada da sua gente "irresponsável". Havia mais na vida do que uma bela casa e um trabalho elegante.

Quando era chamado a uma choupana por um pai perturbado, que temia que sua esposa-menina morresse durante o parto e olhava para a garota enquanto ela lutava para dar à luz, ele invocava a ajuda de Maria com todo o seu coração e com grande irreverência: "*Salve, sancta Parens, enixa puerpera regem qui caelum terramque regit in saecula saeculorum. Eructavit cor meum verbum bonum...*" Pois quem sabia o que a criança que estava chegando seria? Talvez um homem grande e humilde, talvez uma inspiração e uma alegria para o seu povo, talvez um libertador da guerra, talvez um padre que um dia se sentaria na cadeira de Pedro. Ou talvez, acima de tudo, uma moça bondosa que daria uma santa para a Igreja. Todas as mulheres eram unidas a Maria na hora de dar à luz. Ela não estava no céu distante. Estava aqui com a filha sofredora. Ele nunca havia pensado nisso antes. Mas essa mudança de compreensão só chegou ao padre muito mais tarde, depois do caso Cunningham.

Havia apenas uma família nas vizinhanças que poderia ser chamada de "nobre". O chefe da família era Michael, o lorde Cunningham, sua jovem esposa, Dolores, e seu irmão, o honorável Henry Laurance.

– Nomes importantes – disse monsenhor Harrington-Smith ao seu atento auditório constituído por vovó e os padres – e uma importante família irlandesa, muito antiga. Eles remontavam aos reis celtas da Irlanda, às lendas e histórias das Cruzadas. Também eram muito pobres, tanto quanto eu.

Michael, lorde Cunningham, vivia com a esposa, Dolores, no lugar onde uma vez havia um nobre castelo, séculos atrás. Agora, menos de um quarto dele era habitável. O resto estava se desintegrando, as paredes com as pedras soltas, o fosso seco com uma trincheira que cheirava mal na primavera e ficava cheio com uma mata de flores silvestres no verão. Estava situado em uma colina baixa, com vista para a aldeia. Duas das suas três torres eram apenas ruínas agora e a única que permanecia de pé havia sido construída três séculos depois das outras. Apesar disso, a torre tinha lentamente se separado do castelo; havia uma rachadura de uns 10 centímetros entre ela e o castelo propriamente dito. Os tetos de vários cômodos haviam desmoronado, de modo que apenas fragmentos recortados permaneciam, onde antes grandes salões efervesciam em festividades. Havia uma capela privada, transformada também em ruínas, esmagada pelos séculos. Os lindos jardins tinham se tornado uma selva emaranhada de árvores moribundas. O castelo destacava-se contra o céu em completo silêncio, exceto pelos ferozes gritos das gralhas ou pelos uivos agudos das raposas. Cinzento, desolado, as paredes remanescentes cobertas de hera; era difícil crer que alguém habitava ali, especialmente dois jovens repletos de alegria e de prazer em viver.

O irmão mais novo morava em uma choupana a uns 500 metros do castelo e vivia tão rudemente quanto os pastores. Os parcos rendimentos que a família auferia vinham de aluguéis na aldeia e da venda de lã e de carne de carneiro para os taciturnos comerciantes ingleses. Mesmo a pequena renda era diminuída pelos impostos exigidos pelo governo inglês. Havia apenas uma velha criada no castelo. Lady Dolores, de 19 anos, vestia-se tão pobremente quanto qualquer moça da aldeia. Se lorde Cunningham, de 28 anos, saía para caçar, era em busca de alimentação, não por esporte. Ele era pobre demais para ser bem-vindo, mesmo entre os empobrecidos colegas de outros condados, e, por ser calado e acanhado, era deixado completamente sozinho.

Lady Dolores era a filha única de uma família tão pobre quanto a de lorde Cunningham, nobre e antiga, embora sem título. Nascera no condado de Mayo e desde o nascimento era dona de uma extraordinária beleza, com grandes olhos azul-escuros, pele como pétalas de margarida branca e cabelos que pareciam seda preta. Sua família a enviara para uma escola de freiras em Dublin e sonhava que, algum dia, Dolores se casaria com alguém rico e que possuísse um título. Eles reuniram suas últimas libras e deram uma recepção quando a filha completou 18 anos, convidando a nobreza e a aristocracia de muitos quilômetros ao redor. Lorde Cunningham e o irmão, Henry Laurance, sentindo a oportunidade de diversão e comida de graça, dança e brincadeiras, aceitaram. Houve muita pressa em preparar a roupa, vender alguns carneiros, contrair algumas dívidas. Mas quando apareceram na casa em ruínas do Sr. Patrick MacMuir causaram boa impressão, pois eram belos jovens. Henry era até mais bonito que o irmão. Michael era um pouco mais baixo, mas ainda assim alto; seu cabelo era castanho e maio, e o do irmão, dourado; os olhos, azul-claros, os do irmão eram de um azul mais brilhante; o nariz era bastante grande, e o de Henry, aristocrata. Tinha um queixo mais suave e um aspecto mais retraído do que o irmão e não se destacava na recepção.

Ainda assim, ele teria sido considerado muito bonito – não fosse pela ofuscante presença de Henry, que se parecia com um jovem Tara irlandês, com um toque de Apolo no perfil.

Os dois irmãos possuíam a indiferença irlandesa pela prosperidade imediata e o amor irlandês pela serenidade e pela vida. Michael, para horror de sua gente, havia se alistado na Marinha de Sua Majestade e ganhara uma bala em "algum lugar pagão", e consequentemente havia recebido uma pensão, o que era mais do que podia ser dito de Henry. Nenhum dos dois fora educado para ganhar a vida. Afinal, lordes não vão ao mercado, principalmente lordes irlandeses. E Henry gostava da vida bucólica.

– Ninguém nunca suspeitara, exceto eu, que o pobre Henry era de fato estúpido – disse o monsenhor. – Belo como um deus grego, mas um completo idiota. – Monsenhor Harrington-Smith hesitou, mas continuou, resoluto: – Vê-se isso em famílias decadentes. Michael era o que tinha cabeça, embora pouco a empregasse. Preferia viver no seu castelo arruinado a se alojar em Londres e aprender uma profissão. Amava sua terra. – O monsenhor refletiu. – Isso diz muito sobre a pessoa, mesmo nestes tumultuosos dias modernos. O amor à terra parece estar se degenerando em toda parte, e quando isso acontece... a insensibilidade toma conta.

Dolores MacMuir era realmente uma grande beleza. Mas não tinha dinheiro, assim como seus conterrâneos e pretendentes. Seus pais só podiam deixar para ela duzentas libras por ano. Os filhos dos nobres estavam sempre ao redor deles, bebendo cerveja e uísque de graça, mal possuindo uma moeda. Naturalmente havia famílias ricas em Dublin, mas filhos de famílias ricas queriam se casar com filhas de famílias ricas, e mesmo grande beleza e família não impressionavam os dublinenses que aprenderam muito com os *sassenaghs*, os comerciantes. Dolores dançava como uma fada; podia manter uma conversa em francês; sabia costurar bem; era muito devota e sabia comandar uma casa. Parecia flutuar em vez de andar. Possuía um caráter puro e muito senso de humor. Estava com 18 anos e era adorável. Mas não tinha dinheiro algum.

Tornou-se logo evidente no baile que Dolores se sentiu atraída pelo honorável Henry Laurance. Quanto ao pobre Henry, ele ficou interessadíssimo pela moça. Andava deslumbrado; tremia visivelmente quando dançava com ela. Tropeçava nos seus calcanhares quando ela andava na frente dele. E ela sorria para ele com felicidade. Os pais ficaram alarmados, enquanto transcorriam os dias da festa. (As festas irlandesas não terminam num dia, e algumas vezes nem mesmo em uma semana.) Henry era apenas um honorável, embora um distinto honorável. Seu irmão, Michael, era um fidalgo. Ele certamente se casaria e produziria um herdeiro para o título, que era um dos mais altos da Irlanda, e seus herdeiros teriam sempre aquele pequeno pedaço de terra. Henry nunca teria nada. Tinha amor para dar; mas isso era tudo. Mesmo um sorriso irlandês não podia vestir uma moça nem conseguir, por mágica, um jantar na mesa ou uma moeda de ouro no bolso.

Michael também estava apaixonado por Dolores. Mais tímido do que o seu resplandecente irmão, ele só podia admirá-la a distância. Algumas vezes, quando ela brincava com ele, sua única resposta era gaguejar ou ficar corado. Dolores ria dele, e o rapaz parecia arrasado. Ela flutuava, e ele derramava o coração pelos olhos. E Henry estava sempre ao lado dela, com seu belo sorriso, dançando magnificamente, sorrindo como o próprio sol. Os pais concluíram que Dolores havia se apaixonado pelo irmão mais novo.

Ficaram alarmados, chamaram o padre e, desesperados, colocaram o assunto diante dele. Ele teve uma conversa tranquila com a jovem. Os irmãos voltaram ao castelo em ruínas. Mas logo Henry estava escrevendo diariamente a Dolores, e Michael uma vez por mês.

– E o que o senhor está fazendo, padre, para nos ajudar? – perguntaram os parentes angustiados.

– Paciência – dizia o padre.

Como Dolores havia lhe falado em confiança, ele não podia revelar absolutamente nada. Apenas sorria. Os pais, perdendo a esperança com o mau desempenho do padre, correram em socorro da filha confusa. Se ela se casasse com algum desses rapazes pobretões, então seria Michael, o lorde Cunningham, decretaram. Dolores ouviu com olhos tristes. Então ela concordou com os pais. Seria Michael ou nenhum outro. Era uma filha obediente. Seu rosto se manteve inexpressivo.

– Oh, e ela quebrou seu pobre coração – disse vovó com uma entonação sentimental, ela que era sentimental como um crocodilo.

O monsenhor pareceu não ouvir. Disse, meditativo:

– Há aqueles que não conhecem nada sobre os irlandeses e portanto sustentam que são um povo jovial e uma raça efervescente, que externa todas as suas copiosas emoções a qualquer provocação. Esquecem-se de que existe muito da austeridade espanhola nos irlandeses e esta melancolia e dignidade os impede de ser vulgares e de espalhar seus sentimentos e os segredos da sua alma. Estes, eles só expressarão em canções e poesias.

Os dois irmãos, Michael e Henry, amavam-se um ao outro profundamente, mas por sua natureza não podiam expressar esse amor, exceto no companheirismo das caçadas ou nos aborrecimentos que causavam as contas e os impostos.

– Mesmo Nosso Senhor – dizia Michael – achava o coletor de impostos, o publicano, o homem mais necessitado da misericórdia de Deus, pois ele não é mau por natureza, e condenado ao inferno, a menos que se arrependa? (Isso era muito profundo para Henry, embora ele também odiasse os publicanos; ele só conseguia balançar a cabeça e pensar na maça, uma bola de ferro com pontas afiadas ao seu redor. Os publicanos, para Henry, eram os ingleses.)

Os dois sempre foram mais unidos, desde a infância, do que muitos irmãos, pois tinham passado uma vida isolados e cercados pela beleza exuberante da natureza. Eram mais afinados às canções dos pássaros do que às vozes dos homens, ao cerne de um carvalho do que às cidades. O castelo deles era literalmente o castelo deles, sua defesa contra um mundo crescendo mais apressado, mais frenético e maior a cada dia, mais incoerentemente barulhento e sem significado. Órfãos quando Michael tinha apenas 18 anos e não possuindo quaisquer outros parentes, eles se agarraram um ao outro silenciosa e firmemente. Frequentaram juntos a mesma escola, iam juntos à missa e à confissão. Comiam, trabalhavam e andavam juntos, o quieto e tímido irmão mais velho e o brilhante irmão mais jovem. Os aldeões não esperavam que os dois aparecessem na taberna da aldeia. Mas contavam com que tivessem seus próprios amigos entre os nobres da cidade. No entanto, era raro vê-los. Algumas vezes, a aldeia conseguia ouvir Henry chamando seu rebanho e o latido do seu cão, e ainda o estampido da espingarda de Michael na floresta atrás do castelo. E viam os dois irmãos na missa, sentados juntos, como se protegendo um ao outro.

– Eles eram rigorosos no desempenho dos seus deveres espirituais – afirmou o monsenhor. – Não havia um sábado em que os dois não fossem se confessar. Não me recordo de um domingo em que tenham faltado à missa. Muitas vezes, vinham durante a semana e, com frequência eram os únicos comungantes, recebendo a santa hóstia, lado a lado, na mesa de comunhão. Apesar da sua pobreza, eles eram tão generosos quanto possível, pagando os dízimos rigorosamente. As irmãs nunca apelaram para eles e saíram de mãos vazias, nem que fosse uma perna de cordeiro ou um pão, que muitas vezes era tudo o que tinham. E, dando aquilo, estou certo de que eles próprios ficavam com fome. Vocês, meus amigos, devem saber o quanto eles eram bondosos e o amor que um sentia pelo outro e pela Igreja. Henry pode ter sido estúpido, mas era nobre como o irmão. – O monsenhor suspirou.

Quem sabe o que Henry, o simples e afetuoso, pensou quando seu irmão Michael ficou noivo da bela e jovem Dolores?

– Podia-se ter certeza – disse o monsenhor, que ele não gritou ou investiu contra o irmão, nem amaldiçoou seu destino ou fugiu.

Aparentemente, aceitou a situação. Foi padrinho do irmão quando o casamento foi realizado na igreja onde Dolores tinha sido batizada, e seus ancestrais antes dela. Notou-se que Henry estava muito pálido e subitamente muito magro e que, embora sorrisse, havia um quê de agonia nos seus olhos. Ele não retornou ao castelo. Quando o jovem casal voltou de uma curta lua de mel em Londres, Henry já havia estabelecido residência em uma cabana de pastor. Foi entendido, entre os três, que isso era melhor para todos.

– Embora eu duvide – disse o monsenhor – que tenha sido trocada uma palavra sobre isto.

Michael e Dolores acreditaram que Henry fora embora discretamente, deixando o jovem casal, a sós, movido por uma reserva natural.

– Um homem de inteligência racionaliza sua desgraça após algum tempo – continuou o monsenhor. – Ele aceita o que tem de aceitar. Não espera nada de muito espetacular da vida no mundo. Mas o homem mais simples é como uma criança. Ele confia na vida, implicitamente. Ela não pode ser cruel para ele; não pode tirar dele tudo o que tem. A vida é agradável, é carinhosa. Sofrimento é só um sonho. Ele certamente vai acordar de um pesadelo e se encontrar nos braços da mãe. Tais pensamentos são excelentes se espiritualizados, mas podem matar um homem simples se ele o relaciona ao mundo objetivo.

Henry, para surpresa do monsenhor, apareceu um dia na sua casa. Sentou-se em uma cadeira, torcia as mãos e olhava para o padre com a angústia simples e frustrada de um carneiro que está sendo torturado. Quando o padre lhe fez perguntas, ele conseguiu apenas mexer os lábios, sem emitir som. O que o estava perturbando? Henry balançou a cabeça sem falar nada. Toda a luz que sempre parecia flutuar no ambiente, como uma aura, ao redor dele estava extinta. Ali, na casa paroquial, estava um camponês sentado, com a luz do ano que terminava batendo fracamente em seu rosto. Ele estava à procura de socorro, completamente perplexo.

– Eu era muito mais jovem na época – disse o monsenhor tristemente. – Vi à minha frente apenas um jovem muito simples que, de alguma maneira, havia sido ferido. Não vi um homem prestes a morrer seis meses após o casamento do irmão. Como era possível atribuir sentimentos tão profundos a um jovem cujos prazeres principais na vida consistiam em brincar com seu cachorro, caçar com o irmão e abater algum carneiro nos belos dias de primavera? Estava ele ali sentado, com as calças de tecido grosseiro feito em casa, as meias de lã e grossas botas cheirando a excremento de carneiro. O cabelo amarelo caía sobre a testa. A boca estava entreaberta. O tormento entorpecido de seus olhos era o tormento de um animal ferido, pensei. Deus me perdoe, mas eu não sabia que ele estava sofrendo por causa do seu amor por lady Dolores! Pensei que fosse outra coisa, e não sabia o que era.

O monsenhor, confuso, tentou ajudar, com presteza, conversando vagamente com Henry. Todos os homens tinham suas desgraças, ele não podia se intrometer. Se o jovem quisesse falar, seria ouvido. Mas um homem precisava ter coragem... ele tinha algo a dizer? Henry negou com a cabeça. Finalmente levantou-se, apertou as mãos do padre, saiu e foi embora cavalgando seu cavalo.

– Falhei com ele – disse o monsenhor, suspirando. – Dei-lhe uma pedra, quando ele morria por pão. Dei-lhe generalidades quando ele desejava ouvir que alguém sabia de sua dor e que Deus sabia mais do que qualquer outra pessoa qual era ela e estava pronto a consolá-lo.

Aquela noite, atormentado, confuso, completamente sem compreensão, sem conforto, Henry enforcou-se em sua cabana, atando a corda a um prego nos caibros.

O monsenhor, incrédulo após o choque inicial, estava diante de um problema. Henry era um suicida. Se ele tivesse se matado com a força plena do seu desejo, com inteira concordância e uma decisão fria, então não lhe seria permitido o enterro católico. Mas Michael, aos prantos, discutiu a situação com o padre. Henry nunca havia sido muito inteligente; nunca havia crescido mentalmente além da idade de 12 anos, se tanto. De fato, não havia completado os últimos anos na escola: fora mandado para casa com 13 anos, um caso sem esperança, como seus professores tinham dito. Não era um homem que havia assassinado a si próprio. Um menino, sem discernimento, tinha deixado o mundo, inconsciente do seu grande pecado. Henry havia amado Deus profundamente. Tinha desejado voltar ao Pai, que poderia lhe dar o que os homens não puderam.

– E eu não sabia que foi por causa da minha mulher, Dolores – disse Michael, emocionado. – Ele foi ao castelo aquela noite, andando casualmente. Sorriu para mim. Então se reclinou, beijou meu rosto, pegou a mão de Dolores e a beijou também. Saiu, sem uma palavra de despedida ou de saudação. Eu continuaria sem saber até agora, se um dos meus pastores não me tivesse falado sobre Henry, gemendo no seu sono e chamando desesperadamente por minha esposa, chorando mesmo quando dormia. Ah, se o patife apenas me tivesse falado mais cedo e não tivesse esperado até meu irmão se encaminhar para a morte! Meu irmão estava enlouquecido; não sabia o que estava fazendo.

Assim Henry, corpo de homem, mas alma de criança, foi enterrado em solo consagrado, junto aos pais e a todos os ancestrais, debaixo das vigorosas árvores de carvalho. Pensando na sua atormentada agonia, o monsenhor não poderia se lamentar pelo jovem. Só poderia se maravilhar da dor dos simples, para os quais ele não tinha palavras, e só poderia rezar para que Henry agora tivesse paz. Ele disse a Michael, tão sensatamente quanto possível:

– Henry está nas mãos de Deus. O futuro e a vida estão ainda em suas mãos, meu senhor. Sua jovem esposa terá uma criança em cinco meses. Seja tão paciente com ela quanto lhe for possível, pois ela também está chocada.

– Eu deveria ter sabido – disse o monsenhor com alguma amargura. – Sou inglês e não conhecia o longo e sombrio desespero dos irlandeses.

Uma semana após o funeral, a jovem esposa visitou o padre, na única carruagem desgastada que o marido possuía. Sentou-se, chorou e não pôde falar por um longo tempo. Então ela balbuciou que nunca de fato havia amado Henry, que desde o primeiro momento Michael tinha sido seu amor. O casamento não havia sido forçado, como o padre pensava. Foi apenas seu senso de brincadeira que a fizera ficar submissa quando os pais sugeriram o casamento com Michael.

– E o senhor acha, padre – chorava ela –, que se o meu coração estivesse com Henry eu teria desposado Michael? Pode uma mulher cometer tal violência em seu coração? – Ela balançava a cabeça continuamente, com os cachos de cabelos negros esvoaçando sobre as pálidas faces molhadas. Sentou-se, escondida na capa e no chapéu, e chorou convulsivamente. – É Michael agora que está perturbando meu coração; ele não fala; anda pela casa à noite; suspira, geme. Vai todos os dias ao cemitério. Não consigo estar com ele.

– Não me ocorreu – disse o monsenhor, agitando o conhaque no copo diante da lareira na casa de vovó – sugerir à menina que ela deveria assegurar ao seu marido que só o amava. Eu pensava que isso era evidente para Michael. Eu não sabia que a moça estava me pedindo para fazer alguma coisa que eu acreditava que ela já tivesse feito. Tudo que pude dizer-lhe foi que o tempo cura todas as feridas, o aforismo mais tolo de todos. Ela deveria dar tempo a Michael; deveria ser paciente; sobretudo, deveria pensar na criança. Eu falava com ela como se falasse a uma senhora inglesa, sempre no domínio de si. Esqueci-me de que estava conversando com uma moça irlandesa, acanhada, insegura e assustada. A alma irlandesa é mais distante e solitária do que a inglesa, vivendo mais dentro de si, presa da melancolia, preferindo o silêncio à palavra.

A moça ouviu em silêncio, e depois se foi.

– Ela não estava preocupada consigo mesma – disse o monsenhor –, como poderia saber disso, porém, sendo eu um inglês? Estava preocupada exclusivamente com o marido. Henry tinha se matado não só por causa de sua própria dor, mas porque acreditava que Dolores estava sofrendo mais ainda, por amá-lo. Removendo a própria presença, ele pensou, estava livrando Dolores da dor. O amor maior...

A parte terrível da situação era que Michael estava tão enganado quanto o irmão.

– As pessoas – continuou o monsenhor – conversam entre si constantemente sobre as coisas mais banais. O mundo comumente soa como uma selva de tolias com as vozes dos homens. Mas raramente falam uns aos outros sobre o que de fato é importante. Se assim procedessem, haveria muito menos sofrimento na vida, menos pecado, crueldade e falta de entendimento.

Michael tinha percebido que Dolores havia flertado afrontosamente com Henry, com seu modo inocente e despreocupado. Mas, na ocasião, ela também tinha flertado com ele e com outros jovens. Se Henry tinha parecido perturbado durante a época das festividades na casa de Dolores, o próprio Michael também ficara perturbado demais para notar. Os irmãos retornaram ao castelo e nenhum dos dois mencionou o flerte de Dolores, motivados pelo acanhamento e pelas dívidas ameaçadoras que os perturbavam o tempo todo em que estavam acordados. Henry olhava para o irmão como uma criança olha para o pai, com admiração e respeito pela sua inteligência superior e pela sua engenhosidade. Confiava em Michael; para ele, o irmão não podia errar, e Henry nunca o questionava. Assim, quando Michael, de maneira natural, disse que ia fazer uma viagem, Henry sequer perguntou seu destino. Michael, claro, foi falar com os pais de Dolores e pedi-la em casamento, que era a maneira apropriada de proceder naqueles dias. Um rapaz não se aproximava diretamente de uma moça. Foi aceito, embora tivesse ocorrido uma aborrecida discussão sobre dinheiro. Michael foi para casa, para anunciar, da maneira mais sucinta possível, que Dolores seria em breve sua esposa. Estava tão cheio de alegria que não notou nenhum pesar em Henry. Quanto a este, sem dúvida acreditou que era justo que o maravilhoso irmão se casasse com o seu próprio amor, mesmo estando convencido, na sua simplicidade, que Dolores o amava. Não havia ela escrito para ele cartas alegres, em resposta às suas missivas infantis?

Quando Dolores ficou grávida, ficou também pálida e indiferente. Michael não considerou necessário informar o irmão de que esperava um herdeiro. Afinal, havia uma crise no negócio de carneiros; muitos deles haviam morrido no inverno rigoroso; muitos outros estavam doentes. Os *sassenaghs* haviam aumentados os impostos. A colheita seria menor naquele ano. Essas eram as coisas importantes para os irmãos. Camponeses não discutem sobre as esposas, nem mesmo com os parentes de sangue, e muito menos naqueles dias reservados e discretos. Henry raramente via Dolores. Na última vez em que a viu, ela estava em lágrimas e muito branca. Tivera uma briguinha sem importância com Michael naquela manhã e quando viu Henry gritou, fora de si: "Oh, queria não ter me casado com ele!" Não ocorreu a Henry, que nunca amara antes e não sabia nada sobre mulheres, que era a condição física da tão jovem Dolores que a fazia histérica; além disso, ela sentia falta da mãe, estava assustada e tudo lhe parecia exagerado. Henry chegou à única conclusão possível para ele: Dolores o amava e havia sido forçada a um casamento indesejável. Se ele deixasse de existir cessaria o impedimento à futura felicidade entre ela e Michael. E, assim, ele se enforcou naquela noite, por causa do amor que sentia pelas duas únicas pessoas no mundo que amava.

– Era simples de entender – disse o monsenhor. – A culpa foi minha. Eu era um homem da cidade, de Oxford, de livros e de sofisticação e de muitas coisas complexas. Não havia ainda aprendido que pessoas como aquelas têm vidas descomplicadas e sinceras e que suas emoções são diretas e turbulentas. Ainda estava tentando transformar irlandeses em ingleses, e os irlandeses são muito mais honestos em seus corações. Ainda tentava conversar com os velhos camponeses em suas carroças, assim como eu tinha conversado com os seus irmãos, sabichões e cínicos, nas roças da Inglaterra. Não era de admirar que olhassem para mim embaraçados e amargurados, como se eu estivesse deliberadamente zombando deles.

Depois da morte do irmão, Michael passou a acreditar que Henry e Dolores tinham se amado, que os pais de Dolores haviam forçado o casamento porque ele, Michael, era o irmão mais velho com o título e que havia destruído duas vidas jovens e encantadoras. Tivesse então conversado com Dolores, ou ela com ele, o que acontecera não teria jamais acontecido, o terror e a angústia. Ela sabia que algo estava terrivelmente errado com o marido e tinha ido procurar o monsenhor Harrington-Smith, solicitando, em silêncio, o seu auxílio, que ele não pôde dar porque não entendeu a situação. Ela desejava que o padre fosse a Michael e dissesse a ele, em palavras que ela própria não saberia usar, que ele estava lhe despedaçando o coração com suas aflições, assustando-a, e que ela o amava com devoção, mesmo não sabendo, por sua extrema juventude, como confortá-lo.

Assim, certo dia à meia-noite, o jovem padre foi acordado por uma forte batida à porta. Correu escada abaixo vestido com roupa de dormir, pois sabia que tais mensagens não eram sem importância e que vidas estavam ameaçadas. Encontrou um dos cabeludos pastores de Michael, um mocinho, ofegante à porta.

– Ele próprio, meu senhor, estava se enforcando, também! – gritou o pastor, amassando o boné nas mãos – Sua senhoria... é ela mesma que quer o senhor, padre. Venha, imediatamente!

Uma carroça aguardava-o, com um cavalo manso. O padre trocou rápido de roupa, com mãos trêmulas, e rezou enquanto se vestia. Botões voaram com a pressa. A noite estava fria e nublada; uma lua pálida, muito alta, agitava nuvens errantes, e a neblina escondia a terra numa cerração inquieta. O padre colocou um xale cinzento sobre os ombros e se enfiou na carroça, que tinha duas grandes e inseguras rodas e cheirava a feno, esterco e maçã podre. Sentou-se ao lado do pastor e teve de agarrar-se em defesa de sua querida vida, enquanto o pastor tocava a carroça, que sacolejava, inclinava-se e saltitava na estrada esburacada. Estava grato, pela primeira vez, pelo xale que uma velha da aldeia havia tricotado para ele. O frio penetrante da noite úmida e escura o congelava, exceto nos ombros, pescoço e peito, protegidos pelo xale. O cavalo resfolegava e recuava; a carroça derrapava, quase capotava. As árvores escuras se inclinavam sobre a cabeça do padre. De repente, uma roda se desprendeu, o cavalo se livrou e o padre foi atirado ao solo. Sua respiração desapareceu. Amaldiçoando, o jovem pastor ajudou-o a se levantar e achou uma pedra onde pudesse se sentar.

– Não se preocupe comigo! – gritou o padre, nervoso. – Volte imediatamente a lady Dolores e diga-lhe que estou a caminho, e se você ama seu patrão, converse com ele. Converse, converse com ele!

– Ele está trancado no quarto – choramingou o jovem pastor.

– Ele não se matará se você falar com ele. Não entende, seu tolo, que a alma dele está em perigo mortal? Vá, vá, correndo! – Quase bateu no garoto, na sua desesperada ansiedade. – Vá, diga a lady Dolores para conversar com o marido também! Você tem pernas mais velozes do que eu, agora vá. Corra como se o diabo estivesse atrás de você!

O padre receava ter quebrado a perna, que estava entorpecida e latejando. Desesperado, sob um luar frio como gelo, e tão mutante como sombras, esfregou a perna e rezou. Sentado sozinho na pedra, arregaçou a perna da calça: havia um talho feio, profundo e sangrando. Envolveu a perna com o lenço, ofegando de dor e desespero. Flexionou-a com cautela. Não estava quebrada. Entretanto, quando tentou firmar o pé, quase desmaiou de dor. Aparentemente tinha rompido ligamentos. O calcanhar e o joelho ardiam em fogo e agonia. A aldeia estava longe, à direita, e se tentasse alcançá-la para obter ajuda e uma carroça, perderia tempo. O castelo estava mais perto, embora não pudesse ser visto através da floresta de grandes árvores e arbustos emaranhados.

– Mesmo que tenha de me arrastar, preciso chegar lá – disse com tristeza e rezou ainda mais fervorosamente, como nunca havia rezado na vida.

Movendo-se devagar e debilmente, suando, cheio de dor, quase desfalecendo, sentindo o sangue se esvair da perna, mexeu-se de árvore em árvore, a respiração difícil, gemendo. Espinhos o arranhavam; quando a lua se escondia, colidia com as árvores, batendo a cabeça; ouvia corujas piando e os gritos roufenhos de gralhas perturbadas, apressadas nos seus voos rasantes. Com satisfação, lembrou-se de que não havia cobras na Irlanda. Uma ou duas vezes, sem vontade, tentou um grito fraco de socorro, e só as corujas ou algum pássaro assustado o responderam. Às vezes se esquecia para onde estava indo ou onde estava, pois a dor aumentava e se tornava insuportável. Tinha de puxar a perna, agarrar-se às árvores, às copas dos ramos vigorosos. A cabeça retinia como um grande sino. O sapato da perna ferida parecia uma forma de ferro, pois a carne inchava com rapidez.

Talvez tenha sido a dor e o desespero que fizeram o luar tomar uma forma estranha, tremulando e dançando. Estava agradecido por poder enxergar um pouco melhor. Machucara a testa nos encontrões com as árvores. Todo o seu corpo torturado clamava por socorro. A perna ferida se arrastava atrás dele, como um tronco grosso, queimando como fogo.

Não conseguia enxergar o chão. A neblina subia até os joelhos. Captava instantâneos de formas brancas flutuantes na mata, quase humanas, formadas pelo nevoeiro. Alcançou uma pequena clareira aberta na floresta, iluminada pelo luar curiosamente em movimento.

Um homem jovem estava sentado num toco, na clareira, fumando (à meia-noite!) um cachimbo de maneira tão natural como se estivesse em casa diante da lareira. Um homem bonito, elegante, vestido com um costume inglês de caça: casaco cor-de-rosa, calças na moda, botas lustrosas e luvas. Tinha uma cabeça comprida, coberta com cabelos louros macios e um rosto sereno, pensativo. Um chicote estava cruzado nos joelhos, com o qual ele brincava com uma das mãos. O chapéu de caça estava ao seu lado, no toco.

O padre piscou, pensando que o homem desapareceria. No entanto, em vez disso, ele ficava mais visível a cada piscadela. "Não estou sonhando", pensou o padre. Mas o que está tal homem fazendo aqui, nas matas secretas da Irlanda, à meia-noite, fumando prazerosamente um cachimbo como se fosse meio-dia e estivesse à espera de companheiros de caçada? "Oh, estou sonhando. Minha perna me fez delirar."

O homem levantou os olhos, um sorriso agradável no rosto.

– Boa noite, ou antes, deveria ser bom dia, não, padre Harrington-Smith?

A boca lívida do padre murchou com assombro. Então sentiu um repentino assomo de esperança.

– Seu cavalo está aqui? – perguntou, esquecendo o espanto. – Eu... eu me feri. Tenho de ir àquele castelo ali, imediatamente.

– Sim, eu sei – disse o jovem, pensativo. – Por isso estou aqui.

– Seu cavalo!

– Suponho – disse o homem, como se estivesse pensando nisso – que eu poderia conseguir um cavalo. Para levá-lo de volta à casa. Você está gravemente ferido, não está? – completou, num tom de voz solícito.

– E o que importa isso? – gritou o padre, mal ouvindo o homem. – Devo ir ao castelo imediatamente.

O jovem suspirou e balançou a cabeça.

– Sinto muito. E sinto muito também, embora você não vá acreditar, que eu tenha mandado a roda se soltar daquela carroça pavorosa. Que veículo para um cavalheiro inglês! Por favor, descanse. Receio que tenha rompido uma artéria na sua perna. Sinto muito sobre isso também.

"Decerto estou louco, sonhando ou delirando", pensou o padre. De olhos arregalados, observou o rapaz se levantar e viu seu sorriso branco e resplandecente à luz da lua, que parecia imensa, apanhada nos próprios galhos das árvores retorcidas.

– Por favor, descanse – repetiu o jovem, com um tom caloroso de simpatia e com o melhor dos sotaques ingleses. – Falemos sobre o assunto.

O padre agarrou-se a uma árvore próxima, respirou ofegante, fechou os olhos por um momento. Via o vermelhão da agonia e da exaustão atrás das pálpebras. Abriu os olhos para constatar que o jovem o olhava com gravidade. A fria floresta escura e a lua apavorante deslizavam por ele, enquanto lutava para recobrar a consciência.

– Em nome de Deus – gemeu –, ajude-me. Tenho que alcançar aquele castelo. Um jovem...

O rosto do estranho ainda sorria, mas era um sorriso gélido.

– Michael Cunningham? Sim, eu sei. Está a ponto de se matar. Enforcamento. Um modo muito desagradável e triste de se despachar. Mas de qualquer modo, a vida de um homem pertence a ele, não é?

– Não – disse o padre debilmente. – Pertence a Deus. – Ele lutava para manter-se ereto. – Não entende, quem quer que você seja, que se Michael se matar, com pleno conhecimento de sua alma e de seu desejo, a sua presença perante Deus será para sempre barrada?

– Você crê nisto? – perguntou o jovem, indulgente. – Ah, sim, tinha me esquecido de que você é padre. Meu caro amigo! Você é um cavalheiro, de família e cultura. A seu modo, é um filósofo e possui alguma lógica. Realmente não é supersticioso, ou é, com toda aquela bobagem sobre a ira eterna de Deus?

Um mal-estar, como nunca havia conhecido, atingiu o padre. "Estou prestes a ter um colapso", pensou. Pôs as mãos no estômago; podia sentir as batidas do coração. Então, muito devagar, retirou a mão.

– Como você sabia a respeito de Michael Cunningham? – murmurou.

O estranho deu de ombros.

– Um pastor foi avisá-lo, não foi? Talvez eu também tenha falado com ele.

– Se você o conhece, é capaz de deixá-lo morrer em pecado mortal?

O estranho deu uma risadinha.

– Caro companheiro, é por acaso problema meu? Tenho algum respeito pela dignidade do homem; o que quer que ele decida fazer é inteiramente assunto apenas dele. Sim, sei que você é um padre e padres têm ideias peculiares. Mas, repito, você é um cavalheiro, e de uma família de cavalheiros. Surpreende-me que possa articular tais idiotices a respeito da ira de Deus e de "pecado mortal". Terá Deus tomado você dentro da Sua confiança para que conheça Seus pensamentos? Você conhece a extensão da Sua misericórdia! Por acaso considerou a vida do homem, cheia de miséria e dor, e se vale a pena a vida? Deixe Michael Cunningham ter a paz que procura; é assunto seu desviá-lo do seu rumo?

O padre engoliu em seco e fez um débil gesto com a mão.

– Deixe-me passar – pediu, com a voz entrecortada. Deu um passo. Foi como se tivesse encontrado face a face com uma lâmina de vidro invisível que lhe impedia a passagem. Horrorizado, suspendeu a mão para pô-la de lado e foi como se tocasse pedra. Era transparente e além dela via o estranho, que o olhava com seriedade, e falou de novo.

– Você é um homem jovem, embora seja um padre. Tem estado envergonhado, não tem? Envergonhado com as absurdas superstições das velhas e do povo desta aldeia? Você os tem admoestado pela sua crença em fantasmas, fadas, anões e duendes, pela volta dos mortos, vampiros e pela convicção que têm de que a virtude reside em alguns objetos e o mal em outros. Excelente. Você está completamente certo. Tenho muitas vezes ouvido seus pensamentos, as dúvidas no meio das suas orações. Você conhece os ensinamentos da Igreja, que Satanás é um espírito absoluto, como são seus anjos. Desta forma, ele não pode perturbar ou aborrecer os homens com pequenas travessuras e diabruras, como sua gente tola crê. De fato – continuou o estranho, contemplativamente –, você uma vez considerou se o mal não podia, de fato, ser apenas a natureza perversa do homem. Seus superiores ficaram alarmados quando você discutiu isso com eles e disseram-lhe que o grande triunfo de Satanás era quando ele convencia os homens de que não existia. Você aceitou a palavra deles por um ato de sua vontade. Mas não acreditava na pessoa real de Satanás, certo?

O padre teve uma fria e mortal convicção. Seus lábios se mexiam sem som algum. O sinistro globo branco da lua brilhava mais perto.

– Deixe-me passar – conseguiu finalmente dizer, pondo a mão na garganta.

O estranho arqueou as sobrancelhas.

– Não o estou impedindo, nesse seu terrível estado, de ir a qualquer lugar que deseja, caro senhor. Você mesmo está se impedindo. – Ele apalpou o bolso e tirou um relógio de ouro, que brilhou ao luar. – Ah – disse –, Michael está ajustando a corda em volta do pescoço. Há alguma tagarelice junto à porta trancada. Sua tola mulherzinha e aquele pastor. Estão argumentando com ele. Ele não ouvirá. Grita que matou o irmão, que é culpado de assassinato e que deve ele próprio morrer. Mas os dois são tagarelas!

– Pai das mentiras, mentiroso desde o princípio – disse o padre, arremetendo os ombros contra a parede invisível.

– Meu prezado senhor! Agora você fala como um dos seus camponeses! Eu fazia melhor juízo de você, Edward Albert Harrington-Smith! Sua inteligência tem declinado nestes últimos meses. – O estranho atirou a cabeça para trás e riu de forma indulgente.

Mesmo no terror inenarrável desses momentos, o padre viu quão elegante ele era, como estava à vontade, como era jovem. Lembrou-se então do que lhe haviam ensinado, que Satanás é espírito puro e que pode assumir a forma e o aspecto que desejar, a qualquer tempo.

– Você é Satanás – disse o padre, estremecendo.

O jovem olhou-o com olhos franzidos, altivo.

– Meu caro Edward! Isso é um absurdo. Pensava melhor da sua inteligência. Satanás é só uma abstração.

Michael estava a ponto de se matar e viver para sempre em um reino sem Deus, por toda a eternidade. "Faz apenas uma semana", pensou o padre, no auge do seu desespero, "eu considerava que, como a misericórdia de Deus é infinita e que, apesar de seguramente existir inferno, fosse impossível uma alma humana habitar nele! Faz apenas uma semana, repito, eu pensava que o mal estivesse só no próprio homem..."

– Deus, tende piedade! – gritou em voz alta e abafada. – Deus, tende piedade de mim! Cristo, tende piedade! Senhor, tende piedade! Cristo, tende piedade!... – Caiu de joelhos, benzeu-se e cobriu o rosto com as mãos. Gemeu, como se estivesse morrendo. – Senhor, tende piedade! Cristo, tende piedade! Perdoai-me! Ajudai-me! O mais inútil dos Seus servos, o mais detestável! Mas deixai-me salvar Michael! Livrai-me do Mal... do Mal... do Mal!

Rastejou em sua aflição, angústia, remorso. Suas mãos caíram nas pedras, nos espinhos e nas folhas mortas da floresta e desapareceram no nevoeiro. Levantou a cabeça bem devagar e viu o jovem observando-o impassível. Lentamente, centímetro a centímetro, se pôs de pé, apertou os lábios para não tremerem com a dor, e não tirou os olhos fixos do estranho. Seus lábios se mexiam em ladainha, na mais simples oração que já proferira. Agarrou o galho de uma árvore e se endireitou. Deu um passo. A parede desaparecera. Ainda fitando o estranho com absoluto horror e repulsa, cambaleou mais para perto dele. Agora estavam frente a frente, olhando nos olhos silenciosos um do outro. O estranho recuou um passo, só um passo e, cambaleando e vacilando, o padre passou por ele, as vestes encharcadas com seu próprio suor frio.

Continuou, arrastando-se passo a passo. Após algum tempo, olhou receoso sobre os ombros. O estranho ainda o observava. Então, repentinamente, ele não se encontrava mais lá, e o luar estava mais sombrio. De algum lugar, perto ou longe, ouvia-se o uivo de um lobo.

– Livrai-me – sussurrou o padre. – Livrai-me do Mal.

Aceitou a dor como punição por sua sofisticação urbana. Alegrou-se com seu sofrimento.

– Mas, por favor, querido Senhor. Não puna Michael. Ele... aquele horror... onde está ele? Terá ido atrás da alma de Michael? Maria, a mais ter...

Houve um repentino branco em sua mente, preenchido com escuridão e clarões escarlates. Quando pôde enxergar de novo, viu diante de si o castelo, pousado na suave elevação. O cansaço e a dor o superaram outra vez e ele caiu de joelhos. Ouviu passos apressados nas pedras e a queda de cascalhos e seixos. Estremeceu e se encolheu. Viu em seguida outro dos pastores de Michael diante dele, e o jovem, exclamando com piedade e com medo, estava ajudando-o a se pôr de pé.

– Depressa. Vamos depressa – sussurrou o padre. – Não, não se importe comigo. Apenas deixe eu me apoiar no seu ombro, no seu braço.

– Certo, e o senhor está ferido, padre...

– Não, não. Não é nada. Apenas me ajude um pouco.

O pastor era forte e jovem e arrastou e carregou o padre até em cima. Algumas vezes, resfolegando, teve de descansar, e o padre ficava de pé como podia, estremecendo com a dor desumana de sua perna e suplicando tenazmente para se apressarem. O castelo parecia descer em direção a eles, cinzento, desintegrando-se à luz da lua, com uma única fresta de brilho perfurando aqui e ali seu volume silencioso, com sua única torre remanescente interceptando o brilho das estrelas.

A lua flutuava entre nuvens negras apressadas e ocasionalmente desaparecia diante delas, deixando um brilho descorado no chão preto.

– Depressa, depressa, em nome de Deus – sussurrou o padre, e o suarento rapaz empregou todas as suas forças. Suas roupas cheiravam a gordura de carneiro, carne de cordeiro cozida e repolho; o hálito era carregado de uísque puro. Muitas vezes o padre já havia fastidiosamente fechado suas narinas contra esse cheiro, nos limites de seu confessionário. Agora ele o aspirava profundamente, com gratidão, pois era cheiro humano de alguém que o estava ajudando a alcançar outro homem no próprio limite do inferno.

Se eu não alcançar Michael a tempo, não ousarei mais ser um padre, dizia a si mesmo, enquanto as pedras e seixos chocalhavam ao redor deles e corriam sob seus pés. Não sou digno. Terei sido rejeitado, se Michael morrer. Fechou a mente ao indizível mal que havia visto na floresta, pois só de pensar, aquilo o deixava aterrorizado. Ele sabia, como Satanás havia deixado implícito, que o muro invisível não era mais do que suas próprias dúvidas intelectuais a respeito das qualidades absolutas e impessoais do Mal. Com a aceitação da pavorosa verdade, o muro desapareceu.

Ele já havia estado no castelo algumas vezes, mas após observar que os irmãos eram apenas um pouco menos pobres do que ele próprio, e que estavam esticando seus recursos para alimentá-lo no jantar, encontrou delicadamente uma maneira de evitar convites. Além disso, o castelo não era muito mais atraente do que a sua pequena e destruída casa paroquial. O salão, eternamente frio, com suas bandeiras antiquadas e esfarrapadas, sua armadura chocalhante, a luz mortiça, as gotejantes paredes de pedra, o teto ressonante e o cheiro de umidade e decadência, sempre deprimia seu espírito durante muitos dias após as visitas. No passado aquele salão havia resplandecido com archotes e com as joias de lindas mulheres, o fogo saltando da enorme fornalha, e havia o som de música e do riso de reis irlandeses e de nobres, de cavalheiros, de canções e da música das gaitas de foles e dos volteios de dança. Algumas vezes, menestréis haviam se sentado ali e contado sagas de antigos homens poderosos, com o vinho sendo servido em jarros adornados com gemas preciosas. Tudo isso já se fora, através da pobreza causada pelos impostos, através da perda da fortuna, através da opressão. O salão era habitado por fantasmas lúgubres, que choravam em silêncio sobre as harpas, a liberdade e a glória da velha Irlanda.

Naquela noite havia mais melancolia e desalento do que jamais houvera antes. A escada de pedra conduzia à escuridão. De longe, ouviam-se os gritos frouxos de uma mulher e os apelos de um rapaz.

– Vou falar com lady Dolores que Vossa Reverência está aqui – disse o pastor, mas o padre balançou a cabeça. Já não tinha forças para falar. Só pôde indicar os degraus com um ligeiro movimento da mão e se inclinou na direção deles. O sangue de sua perna ferida gotejava no chão úmido. O pastor o guiou, protestando, em direção às escadas e com as mãos e joelhos, como um penitente desesperado, o padre galgou as pedras, uma por uma, a mente rolando em ondas vermelhas e pretas. As arestas dos degraus o torturavam de novo; mas agora ele quase não sentia. Só tinha um destino. Uma eternidade se passou enquanto ele subia, os lábios se movendo numa prece inaudível. Dois pares de mãos o auxiliaram nos últimos degraus e dois fortes ombros viris o estavam amparando. O padre olhou além deles para uma porta de carvalho fechada, onde Dolores estava agachada, soluçando desesperada, à luz de uma lanterna que balançava na parede de pedra. Quando a moça viu o padre, soltou um grito entrecortado e lançou-se aos seus pés pedindo socorro, sem poder dizer uma palavra. Ele respirou ofegante. Bateu na porta com o punho.

– Michael! Em nome de Deus Sagrado! – gritou.

Havia um silêncio cruciante. Até que uma voz abafada e amarga veio de trás da porta.

– O senhor não pôde ajudá-lo! O senhor não pôde salvá-lo! Meu irmão! Eu pequei contra ele, e minha vida está perdida!

O padre arquejava cada vez mais, apoiado pelos pastores. Seus olhos saltaram para a chorosa Dolores. Cochichou para ela:

– Deixe seu coração apaixonado de mulher guiar você. A torre... ela fica em frente à janela deste quarto. Suba até a torre...

– Padre – ela soluçava –, a torre está velha, em ruínas. Só tem uns poucos degraus – colocou as mãos sobre o corpo, como para proteger a criança. – Está escura, e se desmanchando. Como posso subir lá? – Seu rosto úmido, marcado com poeira, estava em desordem, aterrorizado.

– Deus estará com você – falou o padre –, como ele estava comigo. – Sua força havia voltado um pouco, atingia seu limite. – Vá. Estou aqui.

A moça se pôs de pé. A luz do lampião iluminou-lhe os cabelos negros desgrenhados caindo sobre os ombros, com um angustiante azul nos olhos, lábios brancos, o vestido de lã cinza inchado sobre o contorno do bebê.

– Sim – sussurrou ela. Saiu tropeçando e desceu as escadas, enquanto o padre dizia a um dos pastores:

– Vá com ela para a torre. Ajude-a. – O padre prendeu a respiração; encostou-se na porta. – Michael – disse, com voz tranquila e firme –, você tem mentido para si mesmo. Isso já é pecado bastante. Mas você está pensando em um pecado mortal; se morrer nele sem absolvição, então estará eternamente separado de Deus...

– Também meu irmão – disse Michael, cansado. – Vá embora, seu padre.

– Seu irmão não morreu em pecado mortal, e você sabe muito bem disso. Ele era uma criança em alma e mente. Ele não queria verdadeiramente morrer; o mesmo não ocorre com você. Seus pais, irmãos, Nosso Senhor... Você nunca mais os verá, estarão para sempre separados de você, para sempre.

– Não acredito em nada – Michael tinha uma voz terrível. – Se existisse um Deus de misericórdia, Ele jamais teria deixado meu irmão morrer, sozinho e sofrendo, a criança que era... – ouviu-se um som de choro – eu tirei dele este amor. Casei-me com a moça que o amava. Por causa da minha ganância e negligência, não pensando em ninguém, só em mim mesmo.

– Mentiras tolas – disse o padre. – Mentiras para você mesmo. – Desde que conservasse Michael falando, ele se manteria vivo.

Havia uma janela na grossa parede de pedra e por ela se viam buracos e rachaduras da torre, poucos metros além. Através desses buracos, o padre podia ver a luz de um lampião subindo, mas muito devagar, muito devagar. Uma vez a luz vacilou, vacilou e recuou. E recomeçou a subir, centímetro por centímetro. Pensou na escuridão lá em cima, nos degraus quebrados, nos morcegos, nas teias de aranha, no som do vento uivando através do teto redondo em ruínas, no bruxulear da lua sinistra batendo contra as pedras, na combativa menina. E se ela caísse, morresse, com a criança no ventre? Oh, Deus, gritava o padre para si mesmo. Terei cometido um erro? Foi um pensamento, uma ideia... será que fiz mal?

Ele sabia que o quarto de Michael tinha um imenso vão, com uma janela, de modo que ficava em frente à torre, perto o bastante quase para tocá-la. Ele mentalizou Michael no quarto, com a corda ao redor do pescoço.

– O senhor fala de mentiras – disse Michael, em voz baixa e agonizante. – Há mentiras que não são pronunciadas. O que o senhor deu ao meu irmão, para salvá-lo, confortá-lo? Ele se foi com o coração partido e o senhor murmurou banalidades. A alma dele estava ferida e o senhor lhe deu frases polidas.

– Sim – disse o padre. – Perdoe-me. Pequei perante Deus, mas eu não sabia! Mas você sabe, Michael, você sabe! Pequei, na minha estúpida ignorância, mas você deseja pecar com o inteiro consentimento da sua vontade.

– Então me dê sua absolvição, antes do fato – pediu Michael, zombando. – Perdoe-me, padre, pois estou a ponto de pecar.

– Abra a porta, Michael, deixe-me ouvir sua confissão.

– Ah, não, isso não farei. Pensa que sou criança? O senhor vai me agarrar, me segurar, me prender.

– Não posso fazer isso. Machuquei minha perna – fez uma pausa. – E encontrei o próprio diabo, na sua floresta, que tentou me impedir de vir ao seu encontro.

Michael riu alto.

– É o senhor que está falando, padre? O senhor, que falava de "superstição"? Que chamava a atenção das velhas por causa de suas histórias de encontros com Satanás e de diabos uivando à noite nas matas? Onde está sua educação de Oxford, padre, e seu refinado desdém por tais histórias?

– Eu estava errado. Vi Satanás. Ele estava à espera da sua alma. Tentou me impedir, Michael, e estou aqui em pé com uma perna machucada e meu sangue no chão da sua casa. – Falava com a voz humilde e ofegante.

Fez-se silêncio. Agora, a voz de Michael estava mais próxima da porta.

– Ah, foi assim? Diga-me, padre, com que se parece Satanás? Ele tinha chifres, rabo e o hálito de fogo? – A zombaria era mais intensa.

– Não – disse o padre. A luz estava agora bem perto, debaixo da arcada em ruínas da janela alta da torre. Estava vacilante, mexendo para os lados. – Não se parece em nada com isso. Parece conosco, Michael, suas feições podem agradar a qualquer um de nós, de modo a nos ludibriar com mais facilidade.

– Essa não é a fala de um *sassenagh*, certamente? – Michael soltou sua horrível gargalhada de novo. – E não foi como um distinto cavalheiro de Oxford que ele apareceu, padre?

– Não – disse o padre, agora surpreso. – Apareceu para mim como os que conheci como meus amigos nos dias de Oxford. Sim. É isto!

– Então como vai aparecer para mim, padre? No disfarce do meu irmão? Então, será bem-vindo. – Ele tinha perdido os sotaques de suas escolas de Dublin e Londres. Michael falava como sua própria gente. – O senhor sabe o que estou fazendo agora, padre? Acabei de lançar a corda na viga. Estou subindo na cadeira. *Confiteor Deo omnipotenti... quia peccavi nimis cogitatione, verbo, et opere...*

O padre caiu de joelhos, fechou as mãos e encostou o rosto na porta trancada.

– *Domine, convertere, et eripe animam meam; salvum me fac propter misericordiam tuam...!*

O pastor começou a se ajoelhar e então soltou um grito alto e apontou. O padre levantou-se com esforço e olhou através da janela estreita. Dolores estava em pé no parapeito da janela de pedras quebradas da torre, de frente para a janela do marido. Suas mãos pequenas agarravam as laterais. Ela balançava ao luar e parecia um fantasma no seu vestido esmaecido e o cabelo flutuando ao vento.

– Michael, olhe! Sua mulher, Dolores, na janela da torre. Ela vai cair!

Houve um breve silêncio, depois a arremetida de pés, a queda de uma cadeira dentro do quarto. Um grito alto e desesperado ecoou por todo o castelo.

– Dolores! Meu amor! Dolores, desça!

A voz da moça era fraca, mas clara.

– Não, não vou fazer isso, Michael, a menos que venha me tirar daqui. Se você se matar, como jurou, então eu e o nosso filhinho morreremos com você, pois me atirarei da torre e viveremos no inferno para sempre... juntos!

– Dolores!

– Você não sabe que o amo, que você é meu coração e minha vida, e que não há vida sem você, Michael? Mas não, é você que não me ama, e assim, por que deverei viver? Enforque-se, Michael, e leve-me com você. – Ela parou, tremendo, segurando-se, num plano mais elevado do que a janela do marido.

O padre ficou parado em sua própria janela, estremecendo, rezando, entorpecido. A moça olhou para a lua. O luar estranho iluminava-lhe o rosto, a órbita negra dos olhos, o sorriso tenso. O vento levantou-lhe o vestido cinza, e ela pareceu estar velejando com ele. Michael gritou.

Em seguida, o vento cessou e ela estava lá, ainda segura, mas sem firmeza, balançando no peitoril da janela.

– O quê? – perguntou. – Você não se foi ainda, Michael? Para eu me juntar a você?

– Dolores! Meu amor, minha vida.

Ela balançou a cabeça.

– Não sou seu amor, não sou sua vida. Se fosse, você viria para mim, pois estou exausta e sozinha e não posso voltar por estas escadas outra vez. Estou cansada, Michael. É tão fácil morrer. Um passo e cairei. – Pôs para fora o pé pequeno, e Michael gritou outra vez. Dolores soluçou desditosamente e se debruçou para a frente.

Então ouviu-se o barulho estridente de uma fechadura enferrujada, a porta de madeira foi aberta com violência, e Michael, ainda com a corda ao redor do pescoço, precipitou-se para fora do quarto. Não viu o padre, por isso derrubou-o com força no chão. Seus passos retiniram estrepitosamente nos degraus. A porta de fora balançou para abrir e houve um movimento nas pedras soltas.

– Dolores! Dolores! Espere, estou indo!

Não era possível que ele pudesse atingir aquelas escadas perigosas, o espaço vazio tão depressa. No entanto, ele o atingiu. O padre, pondo-se de pé, inclinado contra a janela, viu com incredulidade Michael atrás da moça, suspendendo-a do peitoril da janela, segurando-a e chorando, com a esposa em seus braços.

– Batizei o belo menino deles poucos meses depois – disse o monsenhor. (O grande relógio de parede de vovó bateu meia-noite.) – Permaneci naquela paróquia durante cinco anos e batizei ainda uma linda menina e outro menino, filhos deles também.

Mas isso não tinha nenhuma importância para vovó. Ela balançou a mão resplandecente e ergueu a cabeça para o monsenhor Harrington-Smith.

– E o senhor viu, com certeza, o próprio diabo na floresta, monsenhor? – perguntou, piscando os olhos verdes, com sarcasmo.

– Sim, vi – disse ele com serenidade. – Nunca o havia visto e nem o vi nunca mais desde então. Que eu saiba – acrescentou, vagarosamente. – Quem sabe com que frequência todos nós o vemos? Quem pode dizer quando o encontraremos? Ele sempre fala na língua que conhecemos e com o orgulho dos nossos próprios corações. Se ele viesse até nós odioso e medonho, este mundo seria um lugar de pureza em vez de terror, desespero e morte... pois o evitaríamos. Mas ele aparece para nós na forma em que nos engana mais, e algumas vezes essa forma é a aparência de um amigo.

Os outros padres tinham ouvido com os rostos solenes e grandes olhos brilhantes.

– Nem sempre – disse o padre McGlynn. – Isso me lembra...

Monsenhor Harrington-Smith lembrou-se da presença de Rose.

– Não é hora de uma menininha estar na cama? – perguntou.

– Ah! Ela dorme pouco, e duvido que dormirá esta noite! – exclamou vovó.

Rose dormiu, entretanto. Mas suas preces foram muito mais fervorosas antes disso.

3

Chovia, claro, quando Rose acordou na manhã seguinte.

Seu quarto estava muito úmido e frio, por isso ela se lavou apressadamente, se vestiu e desceu para a cozinha, seu lugar favorito. Primeiro porque era quente, e calor não é para ser desprezado na Inglaterra. Era também muito grande, com paredes e chão de lajotas vermelhas, tinha uma lareira que vivia crepitando e um fogão preto de ferro sempre deliciosamente soltando fumaça. Uma parede comprida era tomada por vasilhas de cobre dependuradas, desde uma tão pequena que só dava para cozinhar um ovo, até outra na qual a maior parte da lavagem da roupa era feita. Todas as vasilhas eram rigorosamente graduadas. Uma das empregadas não fazia nada a não ser polir estas vasilhas com vinagre e trípoli, tão logo eram retiradas do fogão. Sempre havia também uma chaleira de cobre fervendo no fogo, sibilando, e ainda um grande bule de cerâmica marrom fumegando o bom chá preto, como só os ingleses sabem fazer, e que era capaz de deixar qualquer pessoa forte e valente.

Havia também Cook, a cozinheira, que era uma mulher gorda e pesada, com uma admiração secreta por crianças, que escondia sob uma expressão rabugenta. Ela fazia, invariavelmente bem-feito, um bolo cozido no alto do fogão, redondo e grosso, com manteiga, farinha de trigo, açúcar e leite condensado, inegavelmente delicioso. Cook era enérgica com a ajudante, com a copeira e com "o homem", um baixinho humilde que fazia trabalhos variados na casa. Pelo que Rose sabia, ele não tinha língua, pois nunca o ouvira falar. Mas era dono de um enorme bigode negro, que se espalhava além das bochechas, e que a fascinava. Nunca descobriu que espécie de cosmético ele usava para conservar o bigode tão duro e em tão perfeita ordem. E tão brilhante. Seu nome era Egbert.

Uma janela de vitral, na parede oposta à das panelas, dava para a horta da vovó. Ia quase de um canto a outro e tocava o teto. Havia um banco debaixo da janela, com muitas almofadas, e ali Rose costumava empoleirar-se, tomando um bom chá quente e comendo o bolo que Cook havia assado para ela, demorando-se em cada gota e em cada pedaço.

Assim, com expectativa, ela tomou o seu lugar no banco esta manhã, sorvendo a fragrância do bolo, o cheiro de fumaça do fogo e o forte aroma do chá. As empregadas estavam se lamentando, e Cook tinha o aspecto de um ciclone ameaçador. Rose conhecia os sintomas. Vovó estava de novo com o Fígado.

O Fígado de vovó sempre fez da casa um verdadeiro inferno. Ele tinha uma personalidade definida para Rose, embora ela não soubesse nada sobre aquele interessante órgão, onde estava localizado e nem mesmo que era ligado à vovó. Ele vivia à parte, mas iminente, como um meditativo bicho-papão, e era sempre acompanhado das pragas de vovó, ouvidas por qualquer um, mesmo ali na cozinha.

– Ele, outra vez, o Fígado – murmurou Cook. Ela misturou sal amargo com água e mandou Egbert levar à vovó. Ele se encolheu. – Vá logo – disse em tom autoritário, mas não sem alguma simpatia. – Ela não vai mordê-lo.

– Ah! – fez o jovem criado, dando uma risadinha.

– Covardes, todos vocês – disse Cook, no seu sotaque de Lancashire. Egbert olhou o copo na sua mão e sua expressão era a de alguém prestes a se debulhar em lágrimas. – Vá depressa. Ou ela própria virá aqui!

Isto foi o bastante para apavorar Egbert ainda mais, se fosse possível, e ele se arremessou para fora da cozinha com o copo efervescente.

– Por que não leva você mesma, Cook? – perguntou a lavadeira de louças, com descaramento.

Cook, que estava mexendo um caldeirão de sopa, suspendeu a concha ameaçadoramente.

– Conserve sua língua dentro da boca – repreendeu a garota. Olhou carrancuda para Rose. – É você que está aí?

Era Rose, obviamente. Lançou um olhar discreto para o lado, confiando na boa natureza de Cook e viu o jardim de março lá fora, todo cinza e preto, murcho e sem vida, debaixo de um céu agourento. A chuva lavava as janelas; o fogo crepitava. Água sibilante era despejada no chá fresco. Ouviu vovó gritando lá de cima.

– São a bebida e a comida muito generosas – murmurou Cook, ela própria viciada em ambas.

De repente, Rose viu uma panela grande perto dela, no banco da janela. Estava cheia até a borda de cotovias mortas, pequenos cantores assassinados, cujas vozes maviosas nunca mais iriam gorjear na porta do céu, pequenas asas quietas que nunca mais se levantariam da terra quente outra vez, num brilho de alegria e exaltação, garrinhas que jamais iriam marcar seus hieróglifos na poeira de novo. Rose olhou para a grande quantidade delas na panela e gritou de repulsa e dor, quase caindo do banco.

– Pelo amor de Deus – disse Cook, nervosa –, o que há de errado com a pirralhinha? Fale direito. O que há de errado com você?

Rose só conseguiu apontar, aos prantos, para as cotovias. Cook balançou os ombros, olhando espantada.

– O que é? Cotovias frescas, vindas do mercado esta manhã; para um empadão para a madame e seus convidados. Um empadão – repetiu, tentando fazer a criança entender. – Uma grande torta. Muito boa, de verdade. Muito boa, mesmo.

Rose estava horrorizada. Ela poderia aceitar a morte, mas não iria comer seus frutos. Levantou-se correndo do banco e sentou-se no tamborete junto ao fogo, chorando alto. Não tinha palavras para expressar sua angústia e repugnância. Desviou o rosto.

– O que houve com ela? – perguntou Cook, perplexa, às criadas. – Não pegou o Fígado também, pegou?

As criadas riram baixinho. Uma delas foi até o banco, retirou a panela e disse:

– Melindrosa.

– Não são piores do que galinhas, e galinhas são as aves mais sujas, são! – disse Cook. – Agora, pare com essa choradeira; aqui está o bolo e está muito bom, e chá fresco.

Mas Rose engasgou-se com o bolo e não conseguiu engolir o chá. Voltou para o quarto e chorou, mas não sabia a causa. Sabia apenas que estava sozinha, e que o vento estava uivando, e que a chuva estava batendo nas janelas, e que de um modo ou de outro não havia ninguém no mundo, exceto ela própria, embrulhada num cobertor e aconchegada a uma cadeira, à procura de calor.

Ela deve ter dormido, pois logo alguém a estava sacudindo, e viu Cook com uma bandeja e com um sorriso desconfortável no rosto.

– Trouxe-lhe um caldo quente, de carneiro e cevada, e um ou dois bolinhos, marmelada e chá. Bolinhos saídos do forno, cheios de manteiga. Agora, você vai ser uma boa menina, não vai, e comer tudo para Cook?

Cook sentou-se na beirada da cama e alimentou Rose como a um bebê, e Rose não podia ofender a boa mulher. Após certo tempo, Cook disse:

– Não é bom chorar por causa de coisas que não pode evitar, minha pequena Rose. E quanto mais cedo endurecer seu coração, menos sofrerá enquanto caminhar pela vida. Agora, assim. Você acabou a sopa; coma um pedaço de bolinho.

– Não tenho de comer... – disse Rose implorando.

– A torta? Não, claro que não – disse Cook, de modo firme. – Vou fazer um pastelão de carne e rim só para você. Agora, dê um sorriso. E se for uma boa menina, poderá jantar lá embaixo comigo, na cozinha.

Na realidade, isso era mesmo um favor, pois Cook comia sozinha, majestosamente, e nem mesmo vovó ousava perturbar suas importantes refeições.

Rose foi para a cozinha com Cook, que havia assado o pastelão de cotovias enquanto a menina dormia e o havia discretamente escondido na despensa. Era divertido ali, no fim da tarde, com o fogo dançando na parede de tijolos, a chaleira sibilando, as moças brincando, e Cook sempre ameaçando o pequeno e simplório Egbert, que entrava e saía com suas escovas, baldes e panos de limpeza, uma figura pequena, embrulhada do pescoço ao tornozelo num avental de listras azuis e brancas. A chuva e o vento aumentaram, mas isso só fazia crescer o ar de calor e conforto da cozinha. As vasilhas de cobre na parede brilhavam como ouro, e havia uma rica fragrância de bolo e sopa e uma aragem de assado atravessando o cômodo. Para o chá, Rose teve sanduíche de geleia, uma fatia de bolo e um ovo cozido. Aquele era o lugar mais gostoso do mundo. E ela iria jantar com Cook. Rose a fazia lembrar-se disso a todo momento, até que ela reagiu com exasperação.

Tiveram um fino jantar juntas, de pastelão de carne, e as cotovias quase ficaram esquecidas.

A campainha da cozinha tocou com vigor, e Cook lançou-lhe um olhar furioso.

– Ela sabe que é o Meu Jantar – disse, sem se mexer. – Ela pode esperar. A campainha tocou freneticamente. – Hum – deliciou-se Cook, passando manteiga em outro bolinho.

A empregada da cozinha fora dispensada antes do jantar. A copeira não tinha permissão para transitar por determinadas partes da casa. Ela apareceu no vão da porta do cômodo onde estava lavando os pratos.

– Ela está querendo arrebentar o sino em pedaços? – perguntou.

– É – respondeu Cook, comodamente.

– Talvez tenha tido um ataque – sugeriu a moça, com alguma alegria.

– Não – disse Cook. – Ela é que dá ataque nos outros. Vai esperar até que eu termine.

Mas vovó não esperou. Decorridos cerca de cinco minutos, adentrou a cozinha, embrulhada em um roupão vermelho de seda, o que dava a seus cabelos, ou aos cachinhos de criança, uma coloração alaranjada. Rose nunca havia visto vovó sem "tinta e pó". O Fígado, seu gênio e a falta de cosméticos tornavam sua pele áspera, de um tom amarelo-escuro e toda salpicada de sardas ruivas. A boca pálida estremecia de raiva, e o inferno habitava seus olhos verdes.

– Você não me ouviu tocar, sua danada? – gritou para Cook.

Cook virou bem devagar as imensas nádegas, como um navio tomando posição. Fitou a fumegante vovó com desapaixonada dignidade.

– É o Meu Jantar, madame – disse, apontando para o relógio da cozinha. – Creio que foi concordado, madame, quando entrei nesta casa, depois de lady Humphrey ter me feito uma oferta muito melhor, e onde estava o meu juízo não sei, foi concordado que Meu Jantar não seria perturbado sob nenhuma circunstância. E não sou pessoa de quebrar minha palavra, nem espero que outros façam isso. – Pousou a chávena, resoluta.

Vovó esperou. Mulheres como Cook não eram para ser chamadas ao estalar de um dedo. Ela disse, ainda irritada, mas numa entonação mais suave:

– É o dia de folga de Elsie e você sabia, Cook. Você poderia ter me feito o favor, com o seu maldito jantar ou sem o seu maldito jantar. Não me admiro que você tenha o traseiro igual ao de um cavalo de carga.

– Minha anatomia – disse Cook pomposamente – pertence a mim. Não lhe dei nenhum direito sobre isso, madame, para ouvir seus comentários gratuitos.

Rose olhou para Cook com admiração, amedrontada com a sua linguagem altaneira.

– Oh, sua... – disse vovó, e subitamente riu.

– O que posso fazer pela senhora, madame? Acho que se deve viver e deixar que os outros vivam.

Vovó riu com desprezo. Voltou o olhar azul-esverdeado para Rose.

– Não era você que eu queria, Cook. Era a criança que eu estava procurando e, como não pude achá-la, toquei o sino. É que meus amigos gostaram muito dela e querem a presença de Sua Senhoria. Depois do jantar – concluiu vovó depressa, sem dúvida compreendendo que Rose havia inocentemente colocado freio na sua língua na noite anterior. – E por onde tem andado Vossa Senhoria? – perguntou a Rose, com os olhos penetrantes, parecendo fogo verde.

– Comigo, madame. Convidei-a para jantar comigo – disse Cook.

– Não! – exclamou vovó, maravilhada. – E você não aceitaria nem o anjo Gabriel no seu jantar, se ele próprio pedisse!

Cook suspendeu solenemente os grandes braços e despejou outra xícara de chá.

– Faço exceções algumas vezes, madame. Algumas vezes – acrescentou.

– Bem, bem – disse vovó, admirando-se mais ainda. Contemplou Rose pensativamente. – E você não tem um vestido melhor do que essa terrível saia xadrez?

– Não, vovó. Exceto minha roupa de lã azul para a Escola Dominical. E hoje ainda é quinta-feira.

– Então vista a maldita roupa de lã azul – disse vovó. – Domingo! – Riu de novo, com sarcasmo. – É uma vergonha que você não tenha roupas apropriadas. Eu tinha vinte vestidos na sua idade.

– Acho – disse Cook – que Leeds tem lojas, embora estejam fechadas agora. Mas amanhã...

Vovó não gostou da insinuação.

– Cuide de sua vida, Cook. Não é o seu bolso. Preste atenção – disse para Rose. – Às nove e meia.

Embora vovó fosse da escola que acreditava que as crianças só raramente deveriam ser vistas, ou mesmo nunca, antes do seu 21º aniversário, não mantinha nenhum interesse por seu horário de dormir. Cook balançou a cabeça enquanto vovó saía apressada da cozinha.

– Foi bom você ter tirado um cochilo à tarde, Rose.

Ela deixou Rose ajudar a copeira a enxugar os pratos e depois levou-a para cima, para lavá-la e pentear-lhe os cabelos e atá-los com uma fita azul. Abotoou os botões do fino vestido azul de Rose, que estava começando a ficar um pouco curto demais.

– Há algumas pessoas – comentou, gentilmente – que não apreciam cabelos vermelhos. Eu gosto. Amanhã vou enrolá-los apropriadamente, com o ferro. Agora é tarde demais. – Encaminhou Rose para a porta do salão de visitas, recomendando-lhe para se comportar, e Rose se viu outra vez sozinha.

Ela reconheceu alguns dos padres da noite anterior, mas três não estavam presentes. Três estranhos haviam tomado seu lugar.

Os antigos amigos de Rose saudaram-na com afeto e ela foi apresentada aos três corpulentos estranhos. Ela concluiu, mais tarde, que um deles havia acabado de chegar da Escócia com mexericos e recados e tinha ido à casa de vovó esperançoso, como os outros estavam, de que poderia salvar a alma dela. Seu forte sotaque soava calorosamente na sala, embora fosse um homem muito velho e Rose o ouvisse de seu cantinho da lareira. Ela não notou que o padre escocês ria muito menos do que os outros, e pensou a princípio que ele estivesse doente, apesar de todo seu peso e de seu ar de vitalidade. Quanto à vovó, tinha conseguido uma recuperação maravilhosa; os lábios estavam muito vermelhos, o nariz muito branco, e os cabelos arranjados num penteado elaborado. Usava um vestido de veludo azul, de corte mais discreto que o da noite anterior, pois escoceses são pedantes e mesmo os leigos, se aceitam a imoralidade, o fazem do modo mais modesto possível.

– Ah, padre MacBurne, o senhor não vai nos desapontar vai?

O padre MacBurne era alto e magro, com o rosto vermelho proeminente dos escoceses, o curvado nariz semita e os olhos agudos dos verdadeiros celtas. Mas os cabelos eram muito brancos, apesar de grossos, e as mãos, ligeiramente nodosas.

– Muito bem, Rose Mary – disse ele. – Mas não é uma história triste como as outras.

Padre MacBurne e o chefe valente

– Quando eu era criança – começou o padre –, os escoceses das montanhas, das ilhas Órcadas e das Hébridas ainda ignoravam a Inglaterra, e, se forçados a reconhecer sua existência, o faziam de maneira sangrenta. Não queriam nada com os *sassenachs*, seu parlamento, seu monarca, seus coletores de impostos e sua religião. O feudo deles ainda era o dos reis desaparecidos, chefes e clãs, e era uma companhia de valentes ingleses, na realidade, que os enfrentava nas sombras de suas colinas escuras e diante de seus rostos escurecidos. A clava e o punhal ainda eram chamados para o serviço ativo, e muitos *sassenachs* descuidados foram enterrados em alguma ravina selvagem junto aos seus papéis de impostos e mandados de prisão.

Os clãs, ainda poderosos, tinham suas próprias leis, as quais eram administradas com rigidez pelos chefes locais. Não era costume para qualquer escocês, nesses lugares remotos, recorrer aos magistrados das cidades, exceto para grandes crimes que requeriam enforcamento ou prisão por longo período, ou outros da mesma espécie. Quando, porém, se um homem simplesmente brigava com seu vizinho, como de hábito, ele se encaminhava ao próprio chefe do clã e colocava o assunto perante ele. Os casos de assassinato – que ocorriam com frequência –, algumas vezes, mas só algumas vezes, eram submetidos aos juízes da cidade para decisão sobre o uso da corda do carrasco.

Era uma coisa terrível ser entregue àquelas cidades de granito, com estátuas de granito guardando cada esquina e com um céu de granito arqueado sobre elas, como pedra congelada. O chefe do clã odiava aquelas cidades, pois normalmente era católico, e as cidades tinham cheiro de Calvino e de Knox, e não se permitia cruz nas torres de igreja, nem mesmo nas católicas. E os escoceses tinham seu próprio parlamento, como têm até hoje.

Às vezes, Londres via-se chocada por alguma quantidade incomum de sangue sendo derramado "lá em cima, entre os avermelhados escoceses", e fazia investigações sobre o caso. Os londrinos, no entanto, preferiam não tomar parte nesses assuntos. Poderia ser perigoso. E o que significavam alguns escoceses a mais ou a menos? Deixe-os em paz, dizia Londres sabiamente, lembrando-se dos ataques de fronteira, não muito distantes no passado da história, das aldeias queimadas e dos gritos loucos das gaitas de foles nos buracos escuros das colinas. Londres só solicitava, razoavelmente, que os impostos fossem pagos, e não pressionava demais nesse aspecto, se o retorno fosse fraco. Os cobradores de impostos tinham aprendido a não olhar muito perto das cercas vivas, onde arcas de ouro pudessem estar enterradas. Eles aceitavam a palavra do homem pelo que ele "devia". Se isso parecia muito pouco, em vista dos grandes rebanhos de carneiros, dos ricos campos, e do tamanho da casa, um acordo, como sempre, era a melhor forma de taxação.

O montanhês desprezava o citadino humilde com seus livros, seus documentos bancários e sua ânsia para fazer tudo legalmente. Onde estava o espírito de malandragem, então? Onde estava seu sangue, seu orgulho? Onde estava a paixão da sua alma, a lembrança dos seus ancestrais? Tudo havia morrido nas cidades de granito. Tudo havia morrido, com anuência. Sim, e ele, nos feriados, desfilava nas ruas com seus saiotes indignos, parecendo um homem corajoso, com as gaitas retumbando e as pernas marchando, mas, apesar disso, era uma raposa fraca, com a cara branca da cidade e os olhos efeminados. Não era um filho verdadeiro da Escócia. Ao diabo com ele.

O escocês – ao contrário do irlandês, apesar de serem irmãos de sangue – raramente é sentimental. Ele é de uma raça mais dura e mais amarga, com uma memória fria e duradoura e um coração que não perdoa. Uma contenda com um irlandês pode quase sempre ser resolvida com uma explosão de bom humor e bom gênio e depois de uma bebida ou duas, especialmente se um padre intervém, com espírito de conciliação e amor fraterno. Mas uma disputa com um escocês é pela vida. Ele dará sua palavra com relutância – e a manterá –, mas Deus ajude o homem que dê a palavra a um escocês e não a cumpra. E se ele está querendo algo de fato ruim, vai conseguir.

Agora, a história do chefe valente.

Douglass MacDougall era o senhor de uma ilha tão remota, que mesmo os habitantes da ilha de Skye raramente tinham ouvido falar nela. Muito fria, cheia de penhascos e invadida pelo mar, duvidava-se que até batata, nabo, cevada e aveia pudessem crescer lá, e poucos acreditavam que o gado ou mesmo os robustos carneiros pudessem sobreviver naquele clima hostil. Os Somerled haviam uma vez governado todas as ilhas e deram origem aos senhores de Lorne, irmãos de sangue e de guerra, e de incursões à Noruega e à Suécia. Todos, então, haviam chamado a si mesmos de MacDougall. Mais tarde, porém, vieram os clãs de Argyll, Campbell, MacLean, MacNaughton e MacDonald e vários outros, para tornar a vida animada para o forasteiro e para si mesmos. Robert the Bruce havia explorado as ilhas e fora autor de alguns feitos sangrentos aos senhores de Lorne, e especialmente aos MacDougalls. Quase todo mundo acreditava que estes últimos tinham sido completamente exterminados por Bruce – que perseguia seus patrícios durante tediosos intervalos de paz com o cachorro saxão. Um escocês pode ser um dos homens mais corajosos da terra, mas ele sabe quando se retirar e amargar a derrota, e os poucos MacDougalls que sobreviveram à carnificina se retiraram para aquela ilha distante e ruminaram longos pensamentos homicidas. As poucas famílias, entretanto, enfrentaram a realidade. Depois de muito tempo, eles pensaram em pedir a ajuda das grandes casas de MacLeod e MacNeill e outras, mas descobriram que elas estavam sob a influência de Guilherme III e da rainha Anna e estavam recebendo polpudos subsídios em troca do cessar fogo entre todos os clãs da Escócia e entre esta e a Inglaterra. O protestantismo também havia invadido os grandes clãs católicos, e os MacDougalls eram católicos empedernidos. Nada havia a fazer senão os odiar cada vez mais, adaptar as canções de guerra e de crime, tocar estridentemente as gaitas de fole e, na esperança de que o mundo novo esqueceria sua existência, conservarem-se escondidos.

Eles se mantiveram escondidos durante séculos, mas seu ódio não cessou.

Um povo guerreiro não se reproduz com prodigalidade, pois é difícil ficar acordado para o amor depois que o braço ficou ocupado o dia todo em batalhas, decepando cabeças e arrebentando crânios com uma clava. Além disso, o guerreiro possui uma larga faixa de modéstia e medo de mulheres, sendo este último o resultado de uma simples e primitiva perspicácia. Nenhuma dessas coisas ajuda a colocar grandes famílias ao redor da lareira. Depois de séculos seguindo Bruce, os habitantes da ilha de Douglass MacDougall eram menos de três mil almas secretamente católicas, contando inclusive os bebês mais novos nos seus berços, e os homens mais velhos. O gado e os carneiros representavam uma população maior e tinham uma taxa de reprodução mais alta, mesmo no tenebroso clima onde o sol da meia-noite podia ser esperado a cada verão.

O jovem padre Robert MacBurne tinha acabado de se ordenar em Edimburgo quando foi levado pelo bispo à sua casa. Sua Eminência era, por ser o irmão mais velho da mãe de Robert, seu tio, e tinha uma alma generosa. Sua casa era pobre, nua e fria, e o fogo era parco – tudo o que ele podia ter. Olhou Robert com afeição, perguntou pela família e mexericou um pouco. Era naturalmente recatado, e Robert começou a sentir uma desagradável premonição. Como sobrinho do bispo, não esperava propriamente tratamento preferencial ou uma paróquia que lhe desse luxo, pois sabia que os escoceses preferem se inclinar para trás até que as cabeças lhe tocassem os tornozelos a usar favoritismo, mesmo sendo isso natural e esperado entre outros povos. Assim, ele começou a temer que o tio estivesse empenhado em designá-lo para uma paróquia onde seria feliz se conseguisse um pernil de carneiro uma vez por mês, onde as velhas senhoras punham botões nos pratos de coleta em vez de moedas, e onde sua igreja seria o prédio mais pobre de todo o país.

O bispo era um homem baixo. Era também robusto, o que chegava a ser surpreendente, considerando os reduzidíssimos fundos que tinha à disposição e as condições de sua despensa. Robert passara a vida convencido de que, misteriosamente, os anjos devem ter alimentado o bispo enquanto ele dormia seu sono inocente, ou que só a devoção lhe teria dado tal arredondamento do rosto e da figura. Não podia ser outra coisa – os anjos e a devoção. Evidentemente não podia ter sido rosbife, tortas e outras comidas suculentas, ou mesmo batata. O bispo era também rosado e espirituoso, sendo esta última característica pouco usual em um escocês, e tinha um humor fino e sutil, além de outros traços em geral não encontrados em seus patrícios. Era um filósofo e um homem culto, possuidor de miraculosa paciência e grande bondade. A bondade era incrível, considerando o estado da Igreja na Escócia. Esse caráter do bispo era meramente um bônus celeste garantido por Deus aos sofridos padres. Se ele podia fazer tudo aquilo como homem, então um padre também podia cumprir o seu dever; e sempre cumpria.

Robert, incessantemente faminto porque era jovem, bem como pobre, havia desviado suas premonições calamitosas quando descobriu que, de certa maneira mistificadora, seu tio tinha sido capaz de garantir um pernil de cordeiro, batata, couve-de-bruxelas, pão branco e cerveja em honra da visita do seu sobrinho, para não mencionar as tortinhas de limão, que davam água na boca só de olhar para elas. (Junto a tudo isso, o bispo, com gestos nobres, exibiu um quarto de garrafa de conhaque, escondida justamente para a ocasião.) Robert ficou ainda mais atônito quando lhe foi oferecido um copo do melhor uísque da Escócia. Ficou tão dominado e surpreso com a demonstração de afeto que quase esqueceu seus pressentimentos. Então, ele entendeu: estava sendo engordado como um cordeiro para o matadouro. Ou para usar outro símile, era a última refeição do homem condenado.

Entretanto, o cordeiro e o condenado, ambos presentes simultaneamente no jovem Robert, não atrapalharam seu apetite. Ele até se esqueceu de olhar apologeticamente para o rosto pesaroso do tio quando pegou a quarta oferta do cordeirinho, depois de ter tomado uma imensa tigela de sopa, engrossada com aveia, cevada, cenoura e batata, um prato que, sozinho, teria saciado qualquer um, menos um jovem padre faminto.

– Meu Deus! – maravilhou-se o bispo, quando Robert havia comido cinco tortinhas e tomado várias xícaras de chá enriquecido com creme e açúcar. – Dá prazer a um velho coração ver tamanho apetite. Eles não o estão alimentando bem no seminário, jovem Bob?

Robert, alegre com a comida, a cerveja, o uísque, o conhaque e as tortas, suspirou pesarosamente e balançou a cabeça.

– Não faço uma refeição como esta desde que era rapaz.

E nem mesmo naquela ocasião, pensou o bispo, suspirando; nem, acrescentou para si mesmo, eu próprio terei outra. Tudo aquilo lhe custara três libras, que economizara por um longo tempo para aquela noite. Retiraram-se para o que o bispo chamava de sua biblioteca, um mero buraco de um pequeno cômodo, solidamente forrado com livros, frio como a morte e com um punhado de carvão na lareira. Havia uma mesa no centro do cômodo e duas cadeiras duras à frente do fogo, que não fornecia praticamente nenhum calor. Robert, sentindo-se sonolento e empanturrado, teria gostado de absorver aquela quentura, porém o tio agora falava animadamente de negócios. Estava estendendo um mapa na mesa, a cabeça calva brilhando como um grande ovo, à luz de uma lâmpada mortiça, e, vendo aquele mapa e a animação do bispo, as premonições de Robert retornaram com força total e sombrio desânimo.

– Você ouviu falar dos antigos MacDougalls – disse o bispo, alisando o mapa, com as pequenas mãos gorduchas.

Para Robert, os MacDougall, haviam sido tirados do caminho por Robert the Bruce e pelos clãs mais fortes, porém o tio logo o desiludiu. Agora, aqui neste mapa, se Robert pudesse, por favor, chegar até ele, havia uma pequena ilha, simplesmente uma merdinha de mosca nas Hébridas Exteriores, que, na verdade, não constituía, por si mesma, nenhuma massa de terra. O tio informou-o, com orgulho, de que nem mesmo Haakon IV da Noruega tinha sido capaz de desembarcar seus chefes escandinavos na ilha, por causa do valor dos MacDougalls e, acrescentou o bispo, após pensar um pouco, por causa também da conformação do terreno. (Robert, muito mais tarde, suspeitou do terreno.)

– Católicos à risca – disse o bispo, com um sorriso feliz. – Não há Igreja Livre Unida lá, rapazinho!

Um escocês prefere ter as más notícias de imediato, em vez de procrastiná-las na esperança de que desaparecerão, se ignoradas. Em outras palavras, disse Robert ao tio, a ilha precisava de um padre, e ele seria a vítima. O bispo tentou parecer chocado, então dirigiu-se a uma das cadeiras e admitiu que esse era o caso. Robert queria receber todas as notícias ruins de uma vez; não havia bom senso em cortar o rabo do cachorrinho centímetro a centímetro, para preservá-lo da dor de um grande corte. Assim, o bispo fez o corte, depois de, a princípio, tentar expor a beleza, a rusticidade, o mistério das Hébridas. Robert não estava enganado. Apenas fixou em seu tio seus implacáveis olhos pretos, as mãos rigidamente plantadas nos joelhos.

A ilha de MacDougall mantinha-se com a criação de carneiros e a produção da lã mais resistente que havia. ("Posso entender isso bem", advertiu Robert.) A lã era muito procurada para roupas externas, mas também para ceroulas. ("Arranham o couro do homem, sem dúvida", comentou Robert, no seu desalento, esquecendo-se da bela refeição.) A ilha tinha também negócios de pesca, pedreiras de ardósia e, melhor do que tudo, destilarias.

O bispo balançou a cabeça.

– Foi o uísque deles que você tomou esta noite.

Robert deu o mais leve dos sorrisos, pensando num vigoroso copo daquele uísque toda noite antes do jantar, no seu próprio cantinho ao lado do fogo, talvez com um amigo que fosse ao menos um pouco civilizado. Perguntou então sobre o clima. O clima das Hébridas era conhecido. Era orgulho nacional que um homem poderia viver com o nariz congelado, em pleno verão, e todos portavam cores excepcionalmente vivas, em razão de estarem sempre rachados pelo frio. Quanto às tempestades... bem, eles admitiam, não sem alguma vaidade, que Deus usava as ilhas como campos de prova para as tempestades que tinha em mente para as regiões polares. Ele queria descobrir quanto vento, quanta chuva, neve, temporal, granizo e o inferno em geral qualquer pedaço de terra podia suportar, sem se romper em pedaços.

E a ilha de MacDougall, sugeriu Robert, era um dos locais preferidos por Deus para esses testes. O bispo sentou-se, como se subitamente se sentisse cansado e balançou a cabeça.

– Ela não desapareceu ainda – disse o bispo.

Robert replicou que isso era muito ruim para ele. E quem governava aquele quase-paraíso na terra?

O bispo hesitou. Porque, claro, o senhor era Douglass MacDougall. Quem, senão ele? Um moço elegante, 20 e poucos anos, um pouco rude, ainda solteiro. Robert comentou que ele talvez carregasse o punhal nos dentes, pois as mãos estariam ocupadas com instrumentos mais mortais, tais como clavas e armas de fogo. Sem dúvida, era tão analfabeto quanto um selvagem do Congo. O bispo recuperou o entusiasmo. Não, o rapaz fez um curso médico em Edimburgo, rápido, mas eficiente. A razão era óbvia para o alarmado Robert. Não havia médicos na ilha e, além de possuir e dirigir a indústria de pesca, as pedreiras, as manadas de gado e os rebanhos de carneiros, manter a paz geral e a ordem e agir como magistrado, o jovem atuava como obstetra, ortopedista, clínico geral e veterinário.

– Em poucas palavras – admitiu o bispo.

– Pelo menos ele não terá tempo para maldades – disse Robert, de forma lúgubre. – Não me admira que ele nunca tenha se casado. Sem dúvida é virgem, por necessidade.

Não havia sentido em ser jocoso, repreendeu o bispo, lembrando-se subitamente que ele era um bispo e o rapazinho, embora fosse seu sobrinho, era só um padre inexperiente. MacDougall devia ser admirado. Em adição aos seus estudos médicos, havia se tornado proficiente em artes liberais, leis, latim e grego e em várias outras coisas. Robert se maravilhou, sem, contudo, acreditar em tudo que o tio dizia.

Ele teve um terrível pensamento. Como a ilha se comunicava com as outras, em caso de necessidade? Havia um telégrafo, não? Não havia, confessou o bispo. Mas havia barcos de pesca e barcos a vela que qualquer homem na ilha podia manejar – se o vento não estivesse muito violento, nem o mar tão bravo. Durante pelo menos quatro meses por ano, barcos dos grandes navios de Glasgow ancoravam na sua única baía utilizável, trazendo o necessário e levando arenques salgados, lã, ardósia e grossos *tweeds* caseiros. E, pelo menos cinco vezes por ano, os barcos da ilha de MacDougall iam buscar o correio na ilha maior mais próxima.

– Acho que eu preferiria o Congo – disse Robert.

Mas ele falou sem muita esperança. Por oito meses então só havia MacDougall para apelar, para desgraça ou trabalho. Não, disse o bispo, ele estava errado. Havia seis irmãs dominicanas lá. Robert rosnou e segurou a cabeça entre as mãos, e o bispo olhou para ele com simpatia.

Mas era um lugar sólido e razoavelmente próspero, assegurou o bispo. MacDougall era um homem a favor da ordem, da economia e da operosidade, e não era tolo. Era também devoto – a seu modo. A igreja era pequena, mas bem arrumada.

– As coisas podiam ser muito piores – disse o bispo, tentando animá-lo, enquanto Robert naufragava mais fundo no desânimo. – E lá é muito saudável.

O último padre, que havia morrido dois meses antes, tinha vivido até completar 110 anos, uma idade nada excepcional na ilha de MacDougall. Na realidade, morrer antes dos 95 era considerado morrer na meia-idade. Robert, insensível, declarou que a raça ainda estava, evidentemente, pronta para a batalha com os fortes. Mais almas nobres morriam praticamente ao nascer, sem dúvida. Por falar nisso, aquelas irmãs dominicanas... O bispo mudou drasticamente de assunto.

Por dois dias, Robert deixara de encontrar MacDougall em Edimburgo. MacDougall tinha vindo falar com o bispo à procura de um pastor, sabendo que ele estava ordenando uma leva de jovens seminaristas.

– E como ele sabia? – perguntou Robert. – Será possível que a ilha envie sinais de fumaça, como os índios americanos, e as outras ilhas respondam?

O bispo riu, alegre. Mas os olhos desalentados de Robert ainda ardiam no tio como carvão.

– Sim – disse o bispo, deprimido. Ele continuou com um entusiasmo obviamente falso sobre MacDougall. – Um bravo rapaz.

MacDougall tinha mais de 1,90 metro, era todo músculos, e possuía uma força extraordinária; era notavelmente bonito, com olhos cinzentos como o Atlântico, cabelos pretos cacheados, um nariz vivo, forte e pesado e uma boca alegre e resoluta. Não havia nada que ele não pudesse fazer, ou pelo menos não havia nada que não tentasse.

– Há uma diferença lá – comentou Robert com um pressentimento.

O bispo gostaria de tê-lo detido para conhecer seu... hã... novo pastor, mas MacDougall havia sido subitamente chamado de volta à ilha porque os cachorros estavam matando os carneiros e não sei mais o quê. Um telegrama de outra ilha lhe tinha sido enviado. Robert não estava interessado.

No dia seguinte, Robert estava a caminho das Hébridas, com todas as roupas e objetos que possuía em uma maleta. A velha governanta do bispo dera-lhe um grande pacote – muito maior do que a sua própria maleta – contendo as sobras do pernil de cordeiro, alguns pães com manteiga e geleia, meia garrafa de uísque, bolos de aveia e bolinhos de mel, para não falar de um pote do seu melhor doce de morango e o resto das tortinhas de limão, que lhe serviriam muito bem no frio e terrível vagão de terceira classe do trem "para o fim do mundo". O bispo deu ao sobrinho um pesado xale xadrez, que Robert tentou recusar, sabendo o quanto o próprio velho necessitaria dele. Mas o bispo insistiu, alisando ternamente as grossas pregas. Deu também outro tesouro a Robert: um rosário, cujas contas eram pérolas orientais verdadeiras, todo iridescente; o crucifixo era de ouro maciço, com o corpo primorosamente entalhado em madrepérola. Aqueles eram os únicos tesouros que o bispo possuía e ele insistira para que Robert ficasse com eles, pois os estava guardando exatamente para esse dia. O xale exalava forte odor de cânfora, mas foi uma bênção no trem, quando Robert se sentou com ele nos ombros; quando ele se deitou no banco duro para dormir e o xale o cobriu quase da cabeça aos pés, como um cobertor quente; e quando, ao descer nas estações solitárias e tristes para um chá quente, carregando o pacote de suprimentos comestíveis, o xale o protegeu completamente.

Ele viajou sozinho no vagão, pois a região rural ficava movimentada nesta época do ano. Acostumado à solidão e solitário por natureza como eram todos os escoceses, não se sentiu só. Rezou, leu um bom livro religioso, comeu, dormiu um pouco, e a certa hora apanhou sub-repticiamente um romance de baixa categoria, onde saciou e escandalizou sua alma inocente. Os trechos mais picantes eram narrados em francês, e foi puramente no interesse de relacionar francês ao latim que Robert o estudou com atenção, balançando a cabeça de tempos em tempos e lamentando o gosto moderno e a corrupção da juventude. Apesar do xale, os pés, enfiados nas grandes botas pretas, estavam ficando dormentes com o frio, enquanto o trem disparava para o norte. Casas de pedra cinza-escuro moviam-se pelas janelas, além de cercas vivas aparadas, exibindo um verde desbotado, e queimadas de um marrom turbulento, e aqui e ali remendos de neve que mal começavam o degelo nas margens. Era uma região mais selvagem do que a Inglaterra, lugubremente encoberta por um céu cinza, desolada e ameaçadora. Uma forte chuva começou a cair misturada com granizo, e árvores com os troncos cobertos de líquen pressionavam os vagões sob um vento congelante. Quão estéril é esta terra, pensava Robert com tristeza, ele que já estava acostumado à tristeza, mas não tanto.

Abetos, lariços, faias. Será que algum dia se tonariam verdes e quentes neste amplo e belicoso território? Cinzentas ovelhas atarracadas eram vistas nos campos, com cordeiros de caras pretas e, entre eles, os pastores solitários embrulhados da cabeça aos pés nos seus xales axadrezados, com os cães pastores correndo para todo lado, latindo de maneira penetrante no silêncio gelado. Os pastores eram homens grandes, muito maiores do que os seus primos citadinos, e Robert podia ver seus perfis rudes, tão rudes quanto suas escarpadas colinas marrons. Linhas ameaçadoras dessas colinas agora apareciam a distância, castanho-avermelhadas ou tingidas de púrpura, e, uma ou duas vezes, Robert enxergou o terrível Atlântico, de cor de pedra mas tumultuoso, quebrando-se em monstruosas rochas negras e rugindo furiosamente nas enseadas, um furor de espumas brancas. Possa Deus perdoá-lo por me enviar para esta distância, pensou

Robert, referindo-se nos seus pensamentos ao tio, mas não teve esse pensamento com espírito de caridade e sinceridade absolutas.

O trem gemeu numa parada sacolejante de uma aldeia anônima, e alguns homens e mulheres com vestimentas pesadas, cobertos por bonés ou capuzes, subiram desajeitados no vagão de Robert. Algumas mulheres fizeram uma mesura ao vê-lo, um ou dois homens suspenderam o boné de lã, os outros olharam de modo frio e penetrante como suas montanhas nativas. Robert havia se espalhado sobre o banco. Reuniu os restos do lanche e dos chás, escondeu o romance vagabundo e respeitosamente abriu o breviário. As senhoras mais idosas comentavam entre si a respeito da sua óbvia juventude e os olhos frios delas abrandaram um pouco. Uma delas falou com ele, de maneira maternal:

– Este é um bonito xale, padre, feito por sua mãe, sem dúvida?

Os protestantes olharam sem simpatia, mas o padre era tão infantil, apesar da altura e da expressão severa, que eles mantiveram o desdém com alguma dificuldade.

– Não, senhora – disse Robert, aquecido por algum contato humano e mudando suas nádegas doloridas de posição no banco. – É presente de meu tio, o próprio bispo, em Edimburgo.

– Eu sei quem é – disse um senhor idoso. – Ele crismou o meu mais novo!

– Um bom homem, com a língua contra os *sassenachs* – disse um dos protestantes, o rosto áspero corando com aprovação.

Os pensamentos de Robert sobre o tio tornaram-se mais amáveis. Deixou as senhoras examinarem o xale, e elas aprovaram a textura, mas discordaram quanto ao clã que representava. Os homens deram sua própria opinião. Um Royal Stuart; um homem com metade de um olho poderia ver isso claramente.

– Não, olhe a linha azul! – disse uma velha senhora animadamente. – Tenho feito tecidos xadrezes e não há linha azul neles!

– Um xale presbiteriano – disse um homem de meia-idade, com o espírito impertinente de seus patrícios.

– Sim, sem dúvida – disse outra senhora. – É sempre o azul, como o nariz deles.

Como olhares diversos começaram a surgir, e como se houvesse no ar alguns fortes sentimentos desagradáveis e belicosos, Robert mudou rápido de assunto, após um guarda entrar para acender o lampião de parafina que pendia do teto esfumaçado. Ele ofereceu sua bolsa de fumo e os homens se animaram. Então Robert perguntou sobre a ilha de MacDougall. Todos o olharam fixamente. Bem, não há tal ilha, nem mesmo nas Hébridas Exteriores; ele estava enganado.

– Eu mesmo nasci em Skye – disse um homem – e nunca ouvi falar da ilha de MacDougall; eles acabaram com os MacDougalls há muitos anos.

Robert a princípio ficou deprimido, depois começou a ter esperança. Se não existisse tal ilha, então não haveria MacDougall nem havia nenhuma paróquia assustadora com irmãs dominicanas. Suas esperanças, porém, ruíram quando um homem muito velho ergueu a mão calejada.

– Vocês estão errados – disse, triunfante. – Fica ao Norte do Norte, e eu próprio a vi, quando era rapaz. – Olhou com piedade para Robert. – O senhor não está indo para lá, não é, padre?

– Estou sim – disse Robert com desalento. – O antigo pastor morreu.

Eles sentiram pena dele. O velho discorreu sobre o assunto da ilha de MacDougall e as mulheres, mesmo as protestantes, disseram que era uma pena um jovem como ele ir para um lugar tão remoto.

– Não é assim – disse o velho conhecedor da existência da ilha. – É um paraíso, eu ouvi falar, mas também é um despotismo com o jovem MacDougall.

– Como o lago de gelo do inferno de Dante – observou Robert.

Eles ignoraram a alusão. Estavam curiosos a respeito de MacDougall e da ilha. Então se lembraram de fatos da infância. Ninguém conseguia matar os MacDougalls! Robert the Bruce e os outros, para não mencionar os *sassenachs*, que tentaram, mas ninguém conseguiu liquidar os MacDougalls. Se muitos deles permaneciam vivos, então algum dia ouviríamos falar deles, sem dúvida! Eles tinham disposição. É pena que não há muitos assim nestes dias decadentes. Se a Pedra de Scone pudesse algum dia ser recuperada do trono dos *sassenachs* na abadia de Westminster, seria por um MacDougall! Então a Escócia seria livre, com seu próprio rei mais uma vez.

Os novos amigos de Robert saltaram na aldeia seguinte, deixando os mais calorosos desejos de felicidade para o fim de sua viagem. Pelo que ele entendeu, isso representava também o fim da linha. Estava apreensivo e com medo. Rezou um pouco, depois abriu um jornal de Dundee que encontrou, com manchetes atrativas referentes a duas moças solteiras que haviam desaparecido de Edimburgo havia três dias e a Scotland Yard tinha sido chamada. A Srta. Mary Joyce e a prima, a Srta. Pamela Stone, eram damas importantes em Londres e estavam de visita a amigos em Edimburgo, tendo saído sozinhas para um passeio de carruagem pela cidade. O cocheiro e a carruagem tinham voltado para a casa dos amigos. As moças foram dar um passeio na Princes Street e se evaporaram no ar, jamais retornaram. Robert passou as páginas sem nenhum interesse e depois leu a coluna de pessoas desaparecidas com profundo interesse, sendo um homem jovem e imaginativo. Isso serviu para distraí-lo até chegar a hora do breviário outra vez. Do lado de fora da janela a escuridão era total. O frio se tornou mais intenso. Robert tirou as botas e esfregou os pés dormentes. Enrolou o xale neles, subitamente abençoando o tio. Comeu o último pedaço de cordeiro e a torta remanescente. Não havia mais paradas para um chá quente. Estava tão congelado quanto a morte. E o trem ainda resfolegava pesadamente. O lampião oscilava, fumacento.

Uma grande lua branca e brilhante subia pelas colinas, inundando os campos áridos com sua luz. O padre pensou, com tristeza, como a mesma cena era repetitiva, observando a desolação muda, com uma ou outra luz visível aqui e ali. O trem agora corria rente ao mar; o cheiro pungente penetrava no compartimento. Uma ou duas vezes, Robert viu cristas radiantes de prata congelada e ouviu o estrondo da arrebentação. O estrondo e o trovão tornavam-se a cada momento mais altos, até que as próprias paredes do vagão retumbaram em resposta. Viu faróis piscando ao longe no mar. A lua se tornou mais brilhante, quase penetrante em seu esplendor ártico. E os fragmentos de neve, embora fosse maio, eram maiores e mais brancos. Havia um perfume de pinheiro e abeto também, comovente, arrasador.

Então o trem, resfolegando, esgotado, parou abruptamente e emitiu um silvo de vapor. Robert sentou-se. Um guarda se aproximou, arqueando as sobrancelhas polidamente.

– É a parada final – disse.

– Sim, é isto – disse Robert, levantando-se rígido e cambaleando um pouco, por causa das pernas muito frias e entorpecidas. Arremessou o xale por sobre os ombros, colocou o chapéu, meteu os últimos restos da sua jornada no saco de viagem e murmurou uma prece. Olhou através da janela. O trem havia parado em um mero agrupamento de pequenos edifícios de pedra, como cabanas. Um lampião oscilava contra a lua. Não havia vivalma.

Robert, tropeçando no corredor, parou como se tivesse levado um tiro. Um lamento sonoro o invadiu, como todos os demônios do inferno. Um fulgor avermelhado iluminou as janelas do corredor, e Robert viu que eram tochas. Agora tambores de guerra se juntaram aos gritos e lamentos e ao som de pés em marcha, e Robert entendeu que um imenso destacamento de montanheses, completamente equipados com gaitas de foles (e sem dúvida com punhais e clavas), esperava impaciente do lado de fora e fazia uma serenata pela chegada de alguém. Ele imaginou para quem seria. Um rico senhor ou um grande proprietário de terras. Não lhe ocorreu, na sua infantil humildade, que a música arrebatadora e as luzes ardentes e escarlates e todos aqueles tambores eram para ele próprio.

O corredor permaneceu vazio. O trem parecia inteiramente vazio. Não havia granizo. Mas as tochas se inflamavam em um vermelho profundo e oscilavam como bandeiras. A música se tornou mais triunfante, mais empolgante. Os montanheses capturaram a visão do seu rosto pálido, visível fugazmente pelas janelas do corredor. Então os tambores se enfureceram até ribombarem como trovão, e um áspero e poderoso grito subiu no ar. Pelas luzes das tochas, Robert pôde ver, naquele momento, os montanheses completamente vestidos, com seus saiotes axadrezados rodopiando ao redor dos maiores joelhos que ele já vira na vida; cada rosto monolítico se abriu num bramido de saudação. O mestre de cerimônias arremessava o bastão, recuperando-o com um grito. Robert sabia da existência de escoceses de todos os tamanhos, mas estes eram imensos. Nenhum homem tinha menos de 1,82 metro, e vários eram muito mais altos, de modo que seus enormes chapéus de pele de urso os elevavam a uma altura de gigantes.

– Não, não pode ser para mim. – Robert rezou, enquanto os homens marchavam para cima e para baixo diante das janelas do corredor. O funcionário do trem sorriu para ele e inclinou a cabeça, logo tomando a bagagem de sua mão, segurando seu cotovelo com deferência e guiando-o para a porta.

– Ah, é o próprio MacDougall que veio buscá-lo, senhor – disse o funcionário, ele mesmo surpreso de que toda aquela selvagem e tumultuada recepção pudesse ser para alguém tão magro, sombrio, insignificante e pouco mais do que um rapazinho.

– Oh, não – murmurou Robert. Então ele mesmo gritou, pois foi literalmente capturado por um par de tremendas mãos e levantado dos degraus, como se fosse uma criança fraca e delicada. As mãos o derrotaram e, mesmo não sendo muito baixo, teve de olhar para cima para ver um rosto bonito de olhos cinzentos inquietos, nariz grande e uma boca sorridente com enormes dentes brancos.

– Sim, são as boas-vindas para o senhor nesta esplêndida noite, padre! – foi dito por uma voz explosiva, e Robert viu que tinha sido MacDougall, nas suas magníficas vestimentas de gala, que o havia manejado como uma criança.

As gaitas de foles berravam, os tambores retumbavam, as tochas dançavam e os homens marchavam em volta do seu senhor e do seu padre, com os joelhos bombeando para cima e para baixo, os calcanhares caindo como terremoto no chão duro e rochoso. MacDougall pôs suas mãos de titã na cintura e inspecionou o padre com olhos críticos e com um largo sorriso.

– Eles não me mandaram um velho – falou alto –, eles me enviaram um meninninho chorão com cara de leite! Não se preocupe, padre. Nós vamos engordá-lo. – E com isso ele atacou Robert vigorosamente nas costas e segurou-o com habilidade num meio voo, colocando-o com delicadeza de novo no chão. Robert tossiu, quase sufocou e piscou, e quando pôde recuperar o fôlego, lembrou-se de que era um padre "apesar de tudo", com direito a respeito, mesmo que se tratasse de MacDougall em pessoa.

- Deixe suas mãos com você mesmo - disse, com tênue severidade, contendo a última tosse.

A pequena parada desfilou ao seu lado. O vento, agora penetrante, se fez violento, parecendo fazer esforço para rasgar seu xale, as calças, o chapéu; seus joelhos tremiam de frio; os olhos estavam úmidos pelo fulgor e pelo brilho das tochas, os ouvidos zumbiam. Nunca havia visto tanto tecido xadrez como ali, agora exibidos aos seus olhos aos quilômetros. Seu próprio xale escocês, supostamente Royal Stuart, empalideceu-se como a lua diante do sol. Era o mais maravilhoso tecido que já havia contemplado, e ele recuou. Se os MacDougalls não fizessem nada mais, pelo menos acreditavam nas cores mais selvagens. Bandeirolas agitavam-se para todos os lados; botas batiam com força, xales dançavam no vento como velas de um barco; e havia um rifle pendente de cada ombro vigoroso.

MacDougall, recriminado pelo jovem padre, dobrou profundamente a cintura, mas não antes de Robert ter visto o lampejo de diabrura naqueles olhos refinados.

- Não é nada mais do que a recepção de boas-vindas para o senhor, padre - disse ele -, e estamos alegres em vê-lo. Rapazes! - gritou, e os rapazes, cada um deles digno de posar para uma estátua de Atlas, pararam abruptamente e soltaram um grito que levantou os cabelos de Robert. As colinas ecoaram-no de volta, até mesmo o bramido do mar foi abafado.

Sua bagagem desapareceu. Agora percebera, atordoado, que estava muito perto do oceano. Rochas escuras, como montanhas em miniatura, porejavam água e espuma. O nariz e as mãos de Robert perderam de imediato toda a sensação. Havia barcos parados em pequeníssimas enseadas e ali, perto deles, Robert viu seis irmãs dominicanas, altas e carrancudas, com as mãos enfiadas meticulosamente em suas mangas, as toucas reverberando na mistura de luar e de luz das tochas. Todas, pensou ele vagamente, calçadas com botas para este tempo.

Subitamente, ele desejou estar deitado em algum lugar e dormir e acordar no seu pequeno quarto do seminário ou na casa paroquial do tio. Estava exausto. Não se lembrava de ter subido em um barco, que balançava debaixo dele. A cabeça estava girando e doendo, e ele tremia, certamente a ponto de expirar de frio. Gemeu, vendo grandes ondas se agitando debaixo dele e outros barcos seguindo. Os homens agora estavam cantando alguma balada bárbara a respeito da liberdade da Escócia e particularmente dos MacDougalls.

Embora fosse escocês, Robert não era marinheiro. O menor lago em dia de verão fazia seu estômago embrulhar. Disse a si mesmo, com veemência, que seu estômago não faria isso a um padre jovem e à sua vocação, compelindo-o a dobrar-se na borda do barco e a expelir restos de cordeiro frio e bolos de aveia e geleia. Lamentou principalmente as duas últimas tortas de limão que havia comido uma ou duas horas atrás. Agarrou-se à borda do barco, rezando desesperado para não ficar enjoado. MacDougall estava sentado como um gigante em frente a ele e sorria à luz da lua, enquanto os homens cantarolavam. Todos os MacDougalls faziam coro.

O terrível oceano estava todo iluminado pela lua, e assim os barcos pareciam balançar em refulgente prata líquida. A iluminação era tão intensa que Robert foi forçado a fechar os olhos; era uma lua de pesadelo que pendia do céu, polida por ventos polares, lustrada pelo gelo ártico. Ela descoloria as estrelas; fazia todo o desolado oceano cintilar. Via-se uma sucessão de pequenas ilhas, que ficavam para trás e desapareciam, e logo outras se levantavam soturnamente, como se feitas e esculpidas de basalto, avançando sobre os barcos, como monstros rastejando ou tartarugas sonolentas, depois recuando como as outras.

Nunca chegaremos lá, ficaremos perdidos no mar, pensou Robert desesperado, tateando o bolso à procura do rosário do tio. O pânico era tanto que se esqueceu de que estava enjoado. Ouvia o entusiástico remar dos homens; os barcos pulavam sobre as ondas, rebelavam-se contra elas, deslizavam para dentro de valas negras e brilhantes e pulavam outra vez sobre as cristas iluminadas pelo luar.

MacDougall cantara sozinho por algum tempo e agora entoava uma balada pungente que ribombava de volta da água. Sua voz se dispersava:

As piores tempestades do infortúnio
São impelidas para vós, são impelidas para vós;
Vosso refúgio deveria ser meu peito
Para partilhar ele todo, partilharmos a sós.

Robert virou a cabeça com cuidado, já meio tonto, e pensou com algum rancor que a donzela convidada a partilhar aquele peito teria muitos metros para escolher, tão largo era, tão musculoso. De fato, ele poderia abrigar ali uma cabana. Mas não havia dúvida, quanto a MacDougall, que continuava a oferecer à sua amada o poder de seu braço, a espada e outros instrumentos de luta, como canta quem está apaixonado e se rejubila por isso.

Era evidentemente um homem de empatia singular, pois havia percebido o terror e a aflição do padre e o esforço que fazia para não envergonhar o sacerdócio, sabendo que estava com frio e desesperado, pois embora Douglass sorrisse de forma encorajadora para Robert, continuava cantando. Agora era Mary O'Argyle, e Robert não podia deixar de pensar que ele tinha uma voz surpreendente, apesar dos seus gigantescos ecos.

– Foram seus olhos, minha gentil Mary – cantava ele, com um tremor na garganta, os olhos reluzindo ao luar, como se umedecidos por lágrimas de paixão e devoção.

"Gentil Mary! Neste lugar abandonado por Deus, de vento e oceano e ilhas pretas deslizando no silêncio sem luz? Decerto os fazendeiros iam para a cama com o sol, se fossem homens sensatos", pensou o padre. Só cobertores e acolchoados poderiam consolar um homem vivendo em tal lugar. Os barcos continuaram velozes sua marcha sobre a água.

Quando Robert havia desistido de toda esperança, MacDougall cessou a canção no exato momento de descrever a beleza da fisionomia da namorada, e apontou o que pareceu a Robert ser uma imensa massa de rocha projetando-se no solo argênteo do oceano.

– Ilha de MacDougall – disse, orgulhoso. – E todas as suas almas, padre.

– Não... aquilo? – indagou Robert com voz trêmula. – Não é mais do que uma montanha contra a lua.

– Ilha de MacDougall – repetiu Douglass, alegre. Levantou a mão enorme como se fosse agarrar Robert outra vez em boas-vindas, mas parou no ar enquanto o padre recuava assustado, esperando ser atirado à água. MacDougall tossiu de forma apologética.

– É o meu lar, o lar de todos os MacDougalls, e ninguém pode aportar se não conhece o caminho e a enseada. – Sorriu para o padre. – Não está longe agora, padre. É o vento oeste que temos hoje à noite por causa da lua, e o senhor logo estará aquecido no seu próprio fogo, na sua própria cabana, com um bom jantar debaixo das costelas.

O pobre Robert sobressaltou-se outra vez.

– E amanhã – continuou MacDougall – vou levá-lo pela ilha para que sua gente o veja e sinta orgulho. – Era muito generoso; não podia ver como seria possível sua gente ficar orgulhosa dele, um rapaz esquelético, que para qualquer perfil escarpado de um bom escocês era estreito demais nos ombros.

Ao mesmo tempo – e isto os teria surpreendido, se tivessem sabido –, ambos, Robert e MacDougall pensaram no pobre e velho bispo, tão distante em Edimburgo, e seus pensamentos eram menos do que caridosos. Perderam-se em pensamentos desfavoráveis ao bispo; MacDougall por mandar tal jovem e Robert por ter sido mandado para a ilha de MacDougall. São muitos os pecados que tenho de expiar, então, pensou Robert, e ofereceu seu verdadeiro sofrimento em benefício das almas do purgatório, as quais, sem dúvida, iam apreciar uma ou duas golfadas de ar glacial, dadas as atuais condições delas. Isso seria capaz de congelar o tutano do próprio Satanás, refletiu ele e imaginou se algum dia sentiria calor de novo.

Os barcos rasparam a areia áspera, e a ilha elevou-se sobre eles, negra como a meia-noite, terrível como uma fortaleza, silenciosa como a morte. Dessa vez, Robert não esboçou nenhum protesto quando MacDougall suspendeu seu corpo gentilmente para fora do barco e colocou seus pés na areia escorregadia, de maneira tão cuidadosa como se ele fosse um bebê. Para falar a verdade, Robert teria apreciado ser carregado assim, tão facilmente, para casa, e teria abençoado MacDougall por sua caridade. Começou a andar involuntariamente, pois os gaiteiros recomeçaram a tocar, as tochas foram acesas de novo e os tambores retumbaram. Ia ser levado à casa paroquial ao som das gaitas, e por um momento desejou que estivesse morto e em silêncio, enterrado em algum lugar doce sob um cipreste.

Não havia carruagem para levá-lo, informou MacDougall com sua abominável jovialidade. Não havia carruagem na ilha, pois as ruas, algumas delas, eram muito íngremes, e não havia necessidade delas. Um homem não precisa de mais do que um cavalo, e havia um belo cavalo para o padre, gentil como um cordeiro.

– E sem dúvida sobe como um cabrito – disse o enfastiado Robert.

MacDougall achou a anedota esplêndida e rugiu, agarrou o braço do padre firme debaixo do seu, e o ajudou a subir por um pequeno caminho de pedras quase vertical, pavimentado pelo luar. Os gaiteiros e os tocadores de tambor seguiram sem a menor dificuldade, mas Robert tropeçava. Ficou curioso sobre as irmãs dominicanas que vieram dar-lhe as boas-vindas, mas parou de imaginar quando as viu animadamente e sem rodeios suspender as saias até o topo das botas e subir com tanta facilidade quanto os homens, logo atrás do padre e de MacDougall, e seguidas pelos fazedores de música. Nunca mais, jurou Robert veementemente, sentirei emoção com o som de tambores e gaitas de foles outra vez. Nunca, nunca mais nesta vida!

Sua primeira sensação quando chegou ao topo do morro e sentiu-se em chão um pouco nivelado, apesar de tudo, foi que havia chegado a um pequeno mundo construído só de pedras pretas cintilantes e de luz prateada resplandecente. O calçamento das ruas, as pequenas casas largas, muros, edifícios de toda espécie, tudo era do granito mais brilhante, mais escuro, mais ofuscante; as ardósias dos telhados eram escuras; mas as janelas brilhavam com lâmpadas em homenagem ao padre que chegava, e homens e mulheres embrulhados em xales levantaram um grito de boas-vindas ao qual Robert, ainda cambaleando da viagem de barco, não pôde responder, exceto levantando a mão muito trêmula. Viu a torre iluminada da igreja e o povo decidido, descendo a rua, e notou que a casa paroquial estava perto, pelo que agradeceu fervorosamente a Deus. Ele tropeçava no calçamento, mas MacDougall o segurava com firmeza, os gaiteiros tocavam, as tochas atiravam sombras vermelhas nas casas escuras e os tambores retumbavam nas montanhas e na frente das casas. Robert viu, de relance, mais ruelas estreitas seguindo-se umas às outras, cada janela iluminada com alegria. Rezou para que ninguém entrasse com ele em casa, ninguém o "ajudasse" e que fossem piedosos e apenas o deixassem cair na cama ou mesmo no chão. Apesar de esbelto e jovem, era forte e resistente, mas a longa jornada de um dia, o frio intenso e, sobretudo, a extenuante viagem de barco deixaram-no estafado. Seu estômago ainda embrulhava, a rua balançava debaixo de seus pés. Então uma porta se abriu, e uma luz vermelha do fogo e de um lampião fluíram como braços amorosos para abraçá-lo, e ele se viu no seu presbitério. Olhou para o fogo, libertou-se de MacDougall, correu para o fogo e permaneceu inclinado sobre ele o mais perto possível sem se queimar. E isto foi no mês de maio, alegre maio, florido maio, adorável maio... o mês da Rainha do Céu!

As gaitas de foles continuaram seu uivo desolado do lado de fora e os tambores ainda retumbavam, mas as paredes eram grossas, com quase meio metro de largura, o que era uma bênção que Robert iria apreciar mais tarde. Como resultado, a valente música das gaitas emudecia dentro da pequena sala, mobiliada de maneira aconchegante, com cadeiras de balanço, forro nas cadeiras e tapetes de lã em cores brilhantes, largas mesas e um bom número de lampiões. E uma enorme lareira, acima de tudo. As irmãs entraram com MacDougall, que estava gritando alguma coisa e um pequeno corpo rechonchudo, com cabelos brancos, todo de algodão cinza e avental branco chegou balançando na sala.

– Sra. MacDougall! – disse MacDougall em sua grande voz viril. – Um escalda-pés quente para o baixinho, já! Ele está meio congelado!

A Sra. MacDougall, idosa e extremamente rosada, fez uma mesura para o trêmulo padre e pulou de volta para a minúscula cozinha, gesticulando e sorrindo. Robert agachou-se mais para perto do fogo. Seu estômago tinha parado de embrulhar; estava emitindo sons saudáveis e queixosos, exigindo jantar. Robert espiou por cima dos ombros e encolheu-se à visão das formidáveis irmãs, nenhuma que não fosse quase tão alta quanto ele próprio, e todas, a julgar pelos semblantes severos, já haviam formulado uma impressão desfavorável do novo sacerdote. A madre superiora, uma senhora de proporções gigantescas e muito sinistras, olhou-o através dos seus óculos de aros de aço e Robert pensou: aí está uma que pode fazer picadinho de um homem com uma olhada.

MacDougall, que parecia nunca parar de falar e a quem as irmãs concediam gelados mas afetuosos sorrisos, depois de ajudar a velha governanta a carregar um tacho de cobre de água quente soltando vapor, empurrou Robert para uma cadeira diante do fogo. Não adiantou protestar; as botas e as meias pretas compridas foram tiradas, e então as pernas das suas calças e das ceroulas foram arregaçadas num piscar de olhos, e suas finas panturrilhas brancas expostas aos imóveis olhares das irmãs. MacDougall agarrou as panturrilhas com mão poderosa e empurrou os pés de Robert para dentro do caldeirão. Agora ele gritou alto, demoradamente, sem inibição. MacDougall ouviu de forma aprovadora.

– É uma voz esplêndida – admitiu, e as irmãs pela primeira vez olharam sem rancor para Robert, que tinha a certeza de que sua carne estava sendo derretida de seus ossos na água quente. Ondas de vapor subiram-lhe às narinas, mas depois de um ou dois segundos de agonia, a pele fresca se expandiu, agradecida.

– Bem, vamos deixá-lo com seu fogo e seu bom jantar, mocinho – disse MacDougall depois de se certificar que Robert não ia virar bolha no tacho. – A missa amanhã é às quatro e meia, pois os homens devem ir para o trabalho, e há missa às seis para as mulheres e as crianças. Uma boa noite para o senhor, mocinho, e um bom sono. É tarde agora, oito horas. – Ele saiu a passos largos, seguido pelas caladas irmãs, as gaitas recomeçaram a tocar uma vez mais, e a porta bateu.

"Mocinho", pensou Robert com indignação. "Eu, um padre!" Ele estava furioso também por ser chamado "baixinho", ele que tinha mais de 1,80m, embora não fosse um monstro como MacDougall. Gritou de repente, pois a Sra. MacDougall estava despejando mais água quente de uma chaleira dentro do tacho.

– Chega, mulher!

A Sra. MacDougall pôs uma mesa a seu lado. Robert não havia ainda ouvido sua voz, mas sabia que suas compatriotas eram tão frugais de palavras como eram os homens. "Exceto quanto a MacDougall", pensou, com considerável consternação. "Se não está falando, está cantando e Deus sabe o que é pior", um pensamento injusto do qual Robert se arrependeu logo. Lembrou-se de que ninguém, exceto MacDougall, tinha lhe dirigido uma palavra sequer, apesar de os gaiteiros terem gritado alto o bastante. A madre superiora não lhe dera ao menos as boas-vindas, embora devesse, por obrigação, ter dito umas poucas frases. Apesar de não ser falante, desejava alguma comunicação humana. Dirigiu-se à governanta:

– A senhora também é uma MacDougall?

– Nós todos somos MacDougall, padre – respondeu em seu sotaque montanhês. – Cada homem, mulher, criança e desmamado na ilha – falou com orgulho, enquanto despejava diligentemente uma grossa sopa de cordeiro em uma tigela branca, junto ao cotovelo de Robert. – Mas ninguém é orgulhoso, bom e forte como Douglass MacDougall, nosso senhor.

A voz dela baixou reverentemente, e pela primeira vez Robert sentiu uma tênue intranquilidade, que não conseguia ainda identificar. Mas mergulhou a grande colher de estanho na tigelona da apetitosa sopa, consumiu várias colheradas quentes, antes de poder falar de novo. Os pés estavam esquentando na chaleira; o ombro direito estava quase fervendo por causa do fogo; as finas bochechas estavam muito quentes. Todo seu jovem corpo exultava com o conforto doméstico. Terminou a sopa e viu os olhos cintilantes da Sra. MacDougall brilhando para ele com aprovação. Ela trouxe então um prato de cordeiro frio, mostarda, repolho e batatas quentes cozidas, biscoitos quentes, bolos de trigo e uma garrafa de uísque. Despejou uísque no copo de Robert, ele o pegou, cheirou e agitou o copo.

– O melhor do mundo – disse com orgulho a Sra. MacDougall. – É de Sua Senhoria mesmo, e feito na ilha.

Bem, isso era ilegal, a menos que MacDougall tivesse uma licença dos *sassenachs*. Robert, sem nenhuma dúvida, imaginou que ele não teria tal licença, e que se a ilha de MacDougall era pouco conhecida, não era só por causa do seu ártico isolamento. Havia certa discrição.

– Quatro e meia é uma hora incomum para a primeira missa – disse ele.

– MacDougall decretou este horário para nossa conveniência – disse a criada, com uma voz reprovadora. Seu rosto era como uma maçã redonda madura, ligeiramente enrugada e os olhos azuis brilhantes esfriaram de repente. – Um conselho para o senhor, padre. Não se meta com MacDougall.

Robert se empertigou tanto quanto pôde, com um pedaço de cordeiro nas mandíbulas e uma grande mordida de biscoito com manteiga quente na boca.

– Vou me meter com MacDougall – disse, após várias engolidas – sempre que houver necessidade.

A criada dobrou as mãos sob o avental. Olhou para cima, mas não para o crucifixo colocado sobre a lareira de granito com castiçais de ferro ao lado.

– Será pior para o senhor, padre. O Sr. MacDougall – e ela baixou a voz de novo naquela maneira que Robert tinha ouvido antes, para sua intranquilidade – não tolerará interferência. Ele é o senhor.

– Há um Senhor acima dele. E a Ele sirvo, não a MacDougall.

A Sra. MacDougall persignou-se respeitosamente, mas seus olhos cintilaram. Estudou Robert como alguém estudaria um bezerro fraco, pensou o jovem sacerdote com ressentimento. Ela sorriu. Balançou os ombros. Trouxe o bule de chá de estanho, fumegando, e encheu uma enorme xícara e apresentou o açúcar mascavo e um jarro de creme tão espesso que mal tocava nos lados da vasilha. Também bolos recheados com passas. Robert esqueceu os ressentimentos, por um momento, enquanto experimentava aquelas delícias.

– O senhor tem bom apetite, graças a Deus, padre.

– Vou precisar dele aqui – disse Robert, comendo mais um bolinho.

– Bem, suas roupas... elas não são muito quentes. Mas MacDougall cuidou disto. E das vestes eclesiásticas. Um príncipe não ia querer mais bonitas, estão à sua espera na sacristia.

– Tenho as minhas próprias – disse Robert severamente.

A Sra. MacDougall balançou a cabeça com indulgência.

– O senhor usará as que MacDougall, o senhor, comprou em Londres e não as pobres que vi na sua mala, senhor.

Robert estava imediatamente determinado a usar sua própria roupa, ainda que viesse MacDougall ou o próprio inferno. Não era à toa que era um escocês. Sua intranquilidade voltou, procurando em sua mente por um nome.

– Todos amam MacDougall como a senhora?

O rosto dela mudou para uma expressão que era mais apropriada para mesa de comunhão do que para um ser humano.

– Ah, isso sim! Ele é nosso amo e senhor, padre!

– Por quê?

– Por quê? A palavra dele é lei – baixou a voz para o servilismo e os cabelos escoceses de Robert se arrepiaram. Escoceses eram os mais orgulhosos de todos os homens; servilismo nunca apareceu em suas línguas, mas servilismo aparecia agora nos lábios da Sra. MacDougall.

– Isso é tirania! – exclamou Robert, cujos patrícios haviam assinado a Declaração da Independência da América, e cujo sangue corria orgulhoso e livre através das Carolinas e das cidades do Novo Mundo e de todas as colônias, e cujos ancestrais e parentes haviam lutado em Bannockburn e com Robert the Bruce e com Bonnie Prince Charlie, cujas sagas heroicas ressoavam ao redor do mundo.

– Tirania, padre? – A Sra. MacDougall estava embaraçada. – Nós devemos muito a MacDougall e ao pai dele, e ao pai do pai, e a todos os pais deles. Ele é a Lei...

– E os profetas também, sem dúvida – disse Robert, cujos olhos pretos estavam cintilando. – Veremos a respeito disto! E vocês se consideram escoceses!

A Sra. MacDougall, com um olhar que não prometia que o jovem sacerdote continuaria vivo por muito mais tempo, nada mais disse. Em silêncio, com gestos insignificantes, ela apresentou Robert ao seu presbitério. Durante esse tempo, ele havia colocado as meias e botas. O quarto possuía uma pequena lareira, pela qual ele ficou agradecido, apesar de estar fumegando por dentro e por fora. A cama era grande e com colchões de penas e acolchoados, e arredondada com enormes cobertores e travesseiros brancos. O chão era de madeira e nada tinha do liso granito preto da pequena sala. Havia um jarro branco na cômoda, uma bacia e toalhas brancas ásperas, assim como uma cadeira de balanço, onde poderia se sentar um gigante, e uma mesa na qual se via uma vela comprida, tão grossa quanto a cintura de um homem, queimando vivamente. Deu uma olhada na cozinha com paredes de pedra e um grande fogo, e na despensa, mais cheia do que jamais estivera a despensa de seu bispo. E o vento oeste rugia nas pequenas janelas de vitrais. Mas tudo ali dentro estava aconchegante.

Robert olhou a grande cama com dossel e de repente foi tomado pelo desejo de se enfiar debaixo de todas aquelas penas e cobertores. Dispensou a Sra. MacDougall, que morava na casa ao lado com o marido e três filhos. Ele se apressou, lamentavelmente, com as orações, tirou a roupa e caiu dentro da brancura íntima da cama de penas, e se mexeu nela voluptuosamente. Por alguns instantes, ficou ouvindo o vento e depois mergulhou num dos mais profundos sonos da sua vida, pelo menos uma vez inconsciente da grande lua branca esquadrinhando sua minúscula janela.

ROBERT ACORDOU NA mais absoluta escuridão, com o som dos sinos da torre pontiaguda de ferro colorido da igreja. Tateou à procura da caixa de fósforos e depois esforçou-se por achar a vela e a acendeu. Quatro horas de uma gelada manhã de maio. O fogo havia desaparecido há muito tempo. Entendeu que a Sra. MacDougall não estaria na casa até após a missa das 6 horas. Estava sozinho então. Não tinha mais do que meia hora para se vestir, correr para a igreja e se preparar.

Com relutância, pois era ainda tão jovem, desceu do aconchego da cama quente e logo se arrepiou, mesmo debaixo da camisola de flanela. Tocou a água do jarro, recuando. Correu para se barbear e banhar. Aí olhou para a roupa que havia largado com tanta pressa na noite anterior e pensou com tristeza em como poderia usá-la naquele clima. Tinha sido suficientemente quente até para Edimburgo, onde nunca fazia calor. Descobriu então que, enquanto dormia, suas roupas de baixo haviam sido substituídas por outras que pareciam ter sido tecidas com farinha de aveia e eram tão espessas quanto cobertores. Conteve-se, mas decidiu que conforto não era proscrito pela Igreja, e esperava-se que os padres tivessem o dever de se cuidar razoavelmente. As roupas de baixo não eram macias, lembrando as roupas grossas que os religiosos ascetas usavam como penitência. Contudo, entrou logo dentro delas e, abotoando-as, tornaram-se como penugem naquele frio. As meias de lã, tecidas com tanto amor por sua mãe, haviam sido trocadas por meias pretas tão pesadas que se sustinham de pé por si só. Colocou-as rapidamente. Os dedos dos pés já estavam frios. Sua batina tinha sido substituída por outra mais adaptável ao clima, e ela também poderia ficar de pé sozinha. Havia ainda um blusão de lã preto, que ele enfiou às pressas. Franziu as sobrancelhas. Era uma questão de princípio, se não de conforto, decidir que deveria se queixar aquele dia à Sra. MacDougall. E a quem mais ouvisse, quanto a isso.

Embora vestido com roupas quentes, ainda tremeu quando fechou a porta da casa atrás de si, pois o vento ártico era afiado como uma lâmina. Se estivesse usando as próprias roupas, admitiu, pegaria uma pneumonia antes de anoitecer.

Grupos disformes de homens enormes estavam já percorrendo seu caminho silenciosos, ao longo das ruas escuras e quietas, quando Robert entrou na igreja. O sacristão já estava esperando, um homem velho e vigoroso, e dois coroinhas, vestidos com tanta roupa quente que pareciam sem forma, os rostos empoleirados no topo de todo aquele tecido como peras maduras em cima de tonéis pequenos. Eles o saudaram com respeito. A alva, ele descobriu, era de lã branca grossa, e não de linho. Hesitou diante disso e então, como estava tremendo na sacristia, vestiu-a e disse suas orações.

Era a quarta terça-feira depois da Páscoa. Robert achou as vestimentas eclesiásticas dispostas para ele pelos orgulhosos coroinhas e pensou que nem o bispo, seu tio, jamais havia usado vestes tão finas, tão lindamente bordadas, tão brilhantemente sedosas, tão delicadas. Quase teve medo de tocá-las. O pequeníssimo cômodo pareceu-lhe pequeno e confortavelmente quente enquanto rezava e não pensou nas grossas roupas de baixo que usava. Enquanto estava sendo ornado com esplendor, espiou através da porta da sacristia.

A igreja era pequena e tudo nela, incluindo mesmo o altar-mor, era de cintilante granito preto. O chão era de granito, bem como as paredes, lisas como as mãos de uma menina, e toda iluminada à luz das velas. Aquele lugar devia ser tão frio como a morte, mas delicados cestos de flores de maio estavam dispostos diante de cada imagem, e cada imagem era italiana, da melhor qualidade, e o crucifixo sobre o altar maravilhosamente grande e muito bem trabalhado, digno de uma catedral. Ainda era noite escura lá fora, mas as velas reverberavam na beleza dos pequeníssimos vitrais, como joias. Robert pôde perceber que as toalhas de linho eram também da mais fina qualidade, ricamente dotadas de rendas e que brilhavam como a neve. Os bancos já estavam cheios de homens e, naturalmente, as irmãs estavam na primeira fila, as formidáveis irmãs, com expressões devotas, mas vigilantes. Um homem tossia roucamente.

Robert, a pouca distância, viu que os vasos e taças cintilavam e pensou, com algum espanto, que deviam, no mínimo, ser de prata com um forte banho de ouro.

Era uma missa falada, em dia de semana, e não havia música de órgão. Robert se perguntou se haveria um órgão e então, finalmente vestido, pensou em MacDougall, de quem estava começando a não gostar - Deus o perdoe - e estava certo de que haveria um órgão para missas solenes aos domingos e missas de réquiem e missas de casamento. Um ligeiro tremor percorreu o jovem padre. Sua própria igreja, seu próprio povo, sua própria paróquia e ele próprio haviam sido atirados para tudo aquilo sem a menor introdução ou preparação. Firmou os joelhos e entrou decidido na igreja ao som áspero de pessoas se levantando.

Seus olhos embaçaram, mas não por causa da luz das velas. Rezou para ser digno.

– *Alleluia, alleluia. Dextera Domini fecit virtutem, dextera Dommi exaltavit me...* – Sua voz soou aguda e forte de encontro ao granito e isso o encorajou.

Quando, depois da missa, Robert voltou-se para a sua gente, e já pensava nela como tal, e deu a bênção final "Que a bênção de Deus Pai Todo-Poderoso, Filho e Espírito Santo, caia sobre vós", estava quase pronto para chorar. A velha madre superiora viu sua emoção e, enquanto inclinava a cabeça, rezou de modo melancólico por ele e teve esperança de que estivesse preparado.

Estava ainda escuro quando Robert saiu da igreja. Não havia iluminação na rua, é claro, mas os homens carregavam lampiões, que por economia não acendiam enquanto havia iluminação da lua.

Agora eles os acenderam, inclinaram a cabeça e tocaram o boné à vista do padre. Ele receava encontrar as irmãs cara a cara agora, relembrando sua forçada exposição indecente de pernas nuas perante elas na noite anterior, e correu para sua casa. Havia um azul-cinzento muito pálido no lado oeste do céu, e esfriara mais. Não havia ninguém em casa e eram apenas 5h10. Faltava ainda quase uma hora para a próxima missa, e Robert já estava selvagemente faminto. A lareira estava arrumada na sala – a Sra. MacDougall certamente não tinha saído antes que ele tivesse ido para o seu quarto, e havia apanhado suas roupas velhas e disposto as que haviam sido preparadas para ele –, e Robert cerrou os dentes. Ela havia, porém, preparado o fogo e ele o acendeu, observando-o pegar sob o carvão. Não teria o desjejum até 6h40, e isso lhe daria três longas horas desde a hora de se levantar. Robert resolveu que uma modificação seria feita, começando praticamente de imediato: mulher ou não mulher, criança ou não criança, a segunda missa seria às 5h30, nem um segundo a mais. Refletiu, pensando melhor, que deveria até insistir para que a primeira missa fosse às 5 horas. Pensou na sua cama macia, com saudade; pensou também com saudade ainda maior no seu desjejum. Não se sentia mais sentimental, o que era um ato pecaminoso, decidiu sem muito arrependimento.

A fria madrugada começou a se infiltrar através das apertadas janelinhas, e seu estômago reclamou da fome. Acendeu o fogo na cozinha; acendeu o do quarto. Orou. Andou. Era hora de retornar à igreja, e dessa vez ele marchou sob uma luz baça e pensou quão lúgubre e inexpressiva era a aldeia encarapitada nos recôncavos das montanhas. Teve uma vaga ideia da topografia e sentiu simpatia por – qual era o seu nome? – aquele que tinha tentado desembarcar seus homens nesta ilha e falhara. Ele não sabia o que tinha perdido, pela Graça de Deus, pensou, com pena.

O que ele havia pensado ser uma montanha era um grande penhasco, desbastado, uma plataforma, na qual a aldeia amontoava suas escassas ruas estreitas. O restante da ilha, embora não pudesse ser considerado plano e ainda quase inacessível, possuía campinas montanhosas e outras terras cultiváveis, pequenos lagos, lagoas e fontes. Havia uma carreira de barcos de pesca preparando-se lá embaixo junto à enseada e agora, enquanto a madrugada brilhava gelidamente, podia-se ouvir as exclamações dos homens, viris e poderosos, de encontro ao ar implacável. Ele apareceu à porta e viu o misterioso Atlântico, cinzento e turbulento, precipitando-se em cristas. E nada mais. Aparentemente, aquela era a ilha mais remota; o bispo havia se enganado; os grandes navios de Glasgow nunca poderiam atracar ali; eles deveriam ficar bem longe e mandar seus grandes barcos buscar o arenque salgado, as ardósias, as lãs, os tecidos e o que mais este lugar abandonado pudesse produzir. Como faziam, por milagre, MacDougall e seu povo para viver naquele lugar selvagem, encharcado e pedregoso? Ah, ele, Robert, tinha a resposta! Eles produziam uísque nos alambiques das montanhas, de forma ilegal. E o contrabandeavam! Os finos paramentos da igreja eram agora explicados. E, possivelmente, pensou Robert entrando outra vez na igreja, havia mais do que uísque contrabandeado. Armas de fogo da Noruega, sem a menor dúvida, para serem vendidas secretamente para as outras ilhas e para o próprio continente. O que foi que ele ouviu no trem? "Eles" nunca puderam "matar os MacDougalls". Especialmente não o MacDougall, e Robert pensou que ele valia por pelo menos uma companhia de homens.

O próprio MacDougall estava na última missa, entre as atemorizadas e respeitosas mulheres e crianças meio crescidas, rodeado por seus homens. (Será que não trabalhavam? Ou eram seus guarda-costas?) MacDougall era a própria imagem da devoção. Foi até a mesa de comunhão e presenteou Robert com um breve e fulgurante olhar cinzento, tão frio e indomável como o oceano. Robert ficou um pouco amedrontado ao ver aquele olhar. Não tinha nada da amizade cordial da noite anterior e quando abriu a boca para receber a comunhão, era a boca de um urso.

Ele estava esperando por Robert quando o jovem padre saiu da igreja e seus brutamontes pararam próximo dele, com os rifles pendendo dos ombros. Mas agora MacDougall estava tão alegre como um jovem, e muito afetuoso. O padre lhe daria a honra de partilhar o seu jantar aquela noite, aprender mais sobre sua paróquia e inspecionar o cavalo, agora esperando nos estábulos do senhor? Robert quis recusar. MacDougall estendeu a mão enorme e descansou-a rapidamente no ombro do padre. Os rapazes iriam buscá-lo à noite. Quanto ao resto do dia, o padre poderia inspecionar a escola e se reunir com a madre superiora, madre M. Dominic, que por acaso era prima em segundo grau de MacDougall.

Robert olhou para a mão no seu ombro, sem se mexer, e nada disse. MacDougall ficou calado. Robert ainda olhava a mão. MacDougall retirou-a e disse:

– O antigo padre era primo do meu pai.

– Não sou seu primo, senhor – disse Robert e o grande guarda-costas olhou para ele com espanto.

– Triste, isso – retrucou MacDougall. Seus bonitos lábios vermelhos estavam sorrindo sem falsidade. – Todos nós aqui somos MacDougall.

– Endogamia – concluiu Robert, friamente.

– Não mais do que os irlandeses – disse MacDougall. Analisou Robert. – Há um pequeno toque de irlandês no senhor, talvez, padre?

– Se o senhor me der licença – pediu Robert, e saiu andando para casa, batendo a porta ao entrar.

Podia ouvir o eco do barulho retornando do grande penhasco que dominava a aldeia e pensou, com simplicidade, se algum dia se acostumaria a ele. A Sra. MacDougall já estava se apressando na cozinha e havia no ar um cheiro gostoso de mingau de aveia, biscoitinhos assados, arenque defumado e chá, e Robert, cujas bochechas estavam bem avermelhadas pela mistura de frio e fome, tornou-se muito interessado. Decidiu que era "indigno" falar da troca de suas roupas; sentou-se e comeu um dos mais – se não o mais – suculentos desjejuns da sua vida, e a Sra. MacDougall ficou orgulhosa do seu apetite. Ela tornou-se tagarela o suficiente para lhe falar sobre algumas das pessoas da aldeia, dos fazendeiros e suas terras rochosas, dos carneiros, mas, de cada duas sentenças, uma era para bajular MacDougall até fazer Robert ficar saturado.

– Nenhum de vocês, homem, mulher, criança, pastor de ovelhas, fazendeiro, lojista, têm vida própria?

– Mas, padre, ele é MacDougall, o senhor.

– Isso a senhora disse ontem à noite. Mas ele não é o seu dono, Sra. MacDougall, nem o dono da sua vida.

– Se não fosse por MacDougall, e seu pai, e seus pais antes dele, ninguém estaria vivo neste momento – disse a velha senhora com ar de reprovação. – Se não fosse um, era outro. Todos nos matando.

– Mesmo reconhecendo que ele seja um herói, e seus pais antes dele, é apenas um homem, embora o seu senhor atual – disse Robert.

O pensamento de MacDougall ser apenas um homem chocou a velha senhora. Ela evidentemente acreditava que ele era maior do que a vida.

– E ele não se casou, não criou outro MacDougall – continuou o padre. – Não é seu dever para com a senhora e todos desta ilha?

A Sra. MacDougall ficou muito corada e logo mudou de assunto, e Robert ficou intrigado.

– Ele irá a Skye ou a uma das outras ilhas procurar uma noiva – disse ele com satisfação. – Há um limite para a consanguinidade.

– O senhor deseja mais chá, padre? – perguntou a Sra. MacDougall, apressada.

Robert descobriu que não obteria muito mais dela. Retirou-se para orar em seu quarto, depois foi à igreja de novo e estudou um pouco mais. No entanto, não havia nada mais. Ele teria de encontrar seu povo na aldeia – e as irmãs, particularmente madre M. Dominic. Não foi sua culpa ter sido indecentemente mostrado perante as irmãs, acima dos joelhos, além disso, elas estavam acostumadas aos saiotes escoceses e viam joelhos nus todo o tempo. Havia, porém, algo a respeito de arregaçar as pernas das calças de um padre, particularmente as pernas das ceroulas, que senhoras não deviam ver. Era um assunto complexo e pouco razoável, mas não havia nada que ele pudesse fazer a respeito.

Não havia ninguém que não falasse de MacDougall, a ponto de Robert não aguentar mais ouvir o nome outra vez. Mesmo as irmãs dominicanas falavam nele mais do que de qualquer outra coisa. Madre M. Dominic abordou um pouco dubiamente uma "rara agitação" entre as pessoas da aldeia e das fazendas, mas o que causava isso ela não sabia. As crianças estavam mudas, assim como os homens e as mulheres.

– Lembre-se, padre – disse ela –, não confie neste silêncio, mas ninguém dirá nada. Devemos pensar bem; MacDougall tem alguma surpresa para nós.

– Ele sempre deve ter surpresas – disse Robert, num tom de tal aspereza que a velha senhora levantou as sobrancelhas em reprovação.

É verdade que ele havia construído a igreja, surpreendendo todos, para o "velho padre", pois ela custou caro, e os homens haviam trabalhado meses, polindo o granito. Não era uma bela igreja? E os navios haviam trazido as imagens e os vidros encaixotados da Itália. Não havia nada mais fino, disse a velha senhora, mas isso era esperado de MacDougall.

– Se ele está escondendo algo da senhora, madre, embora todos saibam, então não pode ser boa coisa – disse Robert, ganhando outro olhar de censura, que, no entanto, não foi tão rigoroso dessa vez.

– Ele mesmo não lhe contou, padre?

– Não, mas terei um jantar com ele esta noite.

– Então ele lhe dirá – disse a velha freira, com algum alívio pelo padre ter tido alguns pensamentos preocupantes. Se esta mulher tão santa estava abrigando dúvidas e apreensão, então a situação era perigosa. Estava tão perturbada que o levou para outro giro pela escola, enfatizando a excelência das mesas e do mobiliário, de maneira tão distraída que o padre sentiu aumentar sua tensão.

Notou que havia algo sinistro a respeito dos brutamontes de MacDougall que esperavam por ele naquela fria tarde luminosa quando saiu da igreja, embora cada rosto vermelho e duro parecesse bastante respeitoso, e cada joelho vermelho e rachado debaixo do saiote tenha dobrado um pouco, em sinal de respeito. Não haveria gaitas de foles esta noite, pelo que Robert ficou profundamente grato. Mesmo assim ele se sentiu como um respeitado mas bem guardado prisioneiro quando foi guiado através das ruas em direção ao que o capitão se referia como o castelo de MacDougall. O capitão, quase tão alto como o próprio MacDougall, olhava Robert de cima, ele que sempre havia se considerado bem alto. Sinto-me agachado, pensou, ressentido. Será que não criam nada, a não ser gigantes aqui?

Os pés da escolta retiniam no calçamento, como se os homens estivessem calçados de ferro. A fumaça mantinha as chaminés ocupadas sobre todos os telhados de ardósia. Não havia nenhuma cor, exceto nos jardins, onde surpreendentemente se via uma floração escarlate, púrpura e amarela. Mas a cor dominante da aldeia, exceto nos jardins, era preto e cinza, a não ser uma porta ocasionalmente pintada de creme ou mesmo de um azul vivo. Entretanto, a vista de todos os lados era magnífica e amedrontadora, pois o oceano estava em todo lugar, enfileirado nas vagas distantes com toques de sangue do sol, no seu irresistivelmente amplo céu, um céu do mais pálido e frio azul-celeste. E o Oeste! Era uma conflagração, como se o mundo estivesse em brasas, subindo em uma explosão grandiosa, porém silenciosa, de fogo vermelho, verde e amarelo, um olho do destino exatamente no seu centro, maior do que qualquer sol que Robert tivesse visto anteriormente, um olho vermelho que poderia ter abrigado uma dúzia de sóis comuns.

Não havia nem mesmo outra ilha à vista. A ilha de MacDougall ficava sozinha, um penhasco preto de encontro ao pôr do sol, o último posto avançado do homem em holocausto à destruição celestial.

De terror, a disposição de Robert passou à depressão e a uma espécie de medo impregnante e sem nome. "Apocalíptico", pensou. Como estas pessoas conseguem suportar tais revelações de terror e medo toda noite? Elas deveriam ter também a aurora boreal, bem como o sol da meia-noite em junho. Eram católicas; haveria ainda algum paganismo aqui também, alguma lembrança de druidas e Thor e de todos os deuses de todos os trovões?

– Uma bonita vista – murmurou Robert para o capitão. Mas o capitão e seus homens olhavam remotamente para o pôr do sol, e Robert viu seus rostos e pensou: eles podem ser católicos e devotos, mas há formas estranhas moldando sombras nas suas almas, e eles, afinal, não são meu próprio povo. Repentinamente, e ainda sem motivo, sua depressão aumentou, tornou-se uma espécie de exaltação, como se também se lembrasse indistintamente de coisas já esquecidas no seu mundo monótono e prosaico de homem moderno, coisas de vastidão, glória e alegria exultantes que poderiam ter sido conhecidas apenas pelo homem na primavera da vida, na manhã do seu mundo, coisas perdidas, mas amorosamente cobiçadas com apaixonada nostalgia. Os filhos de Adão tinham suas memórias, mas nas cidades elegantes as memórias eram revestidas de morte e escarnecidas. Aqui, elas viviam.

As ruas das aldeias tinham cedido lugar às cercas vivas, pungentes com a vida de maio. Havia um perfume de lilás e de terra inocente e carnal.

E havia o "castelo", com seus caminhos de cascalho. Uma casa de granito cinza-escuro, três andares, maciça, ameaçadora, mas iluminada em cada janela e guardada por dois gigantes vestidos com pompa e rifles caindo dos ombros. Saudaram Robert quando ele se aproximou com sua escolta. Quatro chaminés fumegavam vigorosamente. A porta dupla de carvalho reforçada com ferro escancarou-se, mostrando o salão de granito com lampiões de ferro e velas, bandeirolas antigas se agitando, a enorme lareira e a armadura, os assentos de carvalho preto parecendo tronos, os tapetes de pele de urso, e o brasão da família.

A escolta deixou Robert, e um homem alto, de saiote, aproximou-se dele. Fez uma leve inclinação e guiou-o para uma ampla sala parecida com a da entrada, com um fogo crepitando em uma lareira da largura de seis homens parados, ombro a ombro, e tendo retratos veneráveis nas paredes revestidas. Aqui estava todo o orgulho dos MacDougalls, rostos pálidos e pintados, olhos negros penetrantes, cabelos encaracolados longos ou curtos, saiotes, espadas, joelhos musculosos, seios delicados. Luz do fogo e luz de velas: eram parte do passado e estavam vivas. Nunca haviam morrido em MacDougall, ele que se parecia com os da parede e que eram pó há muito tempo.

Então o próprio MacDougall entrou, ardente de cor e vitalidade, vestido de saiote, com o punhal pendente, cabeça nua, estendendo cordialmente as mãos, com a palma para cima para mostrar que não trazia arma escondida, e apertou efusivamente as mãos do seu hóspede.

– Seja bem-vindo, padre. Esta casa fica honrada em recebê-lo – disse. – E espero que o senhor deixe sua bênção.

Robert desejou dizer algo irascível, à moda dos escoceses, mesmo quando estão de boa paz uns com os outros, mas se viu apenas apertando as mãos do anfitrião e admirando sua elegância, altura e o aspecto geral de poder viril. Depois, naturalmente, recuperou-se e perguntou:

– Tive escolha, Douglass? A respeito de vir esta noite?

MacDougall riu, alegre. Pediu uísque e puxou para o padre uma cadeira grande perto do fogo, e sentou-se em frente a ele, com os imensos joelhos avermelhados e brilhantes, cheios de rachaduras e saúde. Balançou a cabeça.

– Ah, o senhor deveria ter conhecido o velho padre! Ele vinha aqui todo sábado à noite e deixava sua bênção. Pobre velho!

– Ele morreu, penso, com mais de 100 anos?

– Pobre velho – repetiu MacDougall com tristeza, como se estivesse falando de um homem na sua vigorosa meia-idade e que havia sido chamado prematuramente à sua sepultura.

– E a idade de seu pai quando morreu? – perguntou Robert.

Os grandes olhos pretos de MacDougall se entristeceram ainda mais.

– Bem, foi um acidente, pode-se dizer. Não tinha mais de 60. Mas meu avô... morreu há um ano e tinha 108 anos até aquele dia, coberto de cicatrizes.

– Não duvido – disse Robert.

MacDougall, desejando deixar em paz assuntos tristes, perguntou a Robert como encontrou sua paróquia, e as boas irmãs, e tudo o mais. Robert admitiu que estava muito melhor do que esperava e perguntou quando chegaria o verão, o que fez MacDougall se alegrar de novo. Ele assegurou ao padre que este mesmo dia era praticamente pleno verão. Tempo digno de um rei, maravilhoso para os pulmões, revigorante, animador. O fogo crepitava, mas as novas ceroulas grossas de Robert não eram nada pesadas. Se aquilo era o verdadeiro verão, ele ponderou em voz alta, como seria o inverno?

– Dá trabalho aos pulmões! – exclamou MacDougall. Nada parecido com este clima. Amplo, largo e franco, como sinos nos ouvidos. Robert podia imaginar e estremeceu.

MacDougall prometeu-lhe um casaco forrado de pele para o inverno.

– Sem dúvida vou dormir nele também – disse Robert. Mas não, haveria cobertores de pele para a cama também.

– O senhor não vai congelar – disse MacDougall, com um leve desprezo pelo homem da cidade. Tornou a encher o copo de Robert. O uísque era excelente, e os olhos de MacDougall cintilaram de prazer quando Robert o elogiou. – O velho padre tomava uma garrafa por dia, para seu sangue.

Esta afirmação teria horrorizado Robert há apenas 24 horas, mas agora elogiava o velho sacerdote pela sua perspicácia e por seu cuidado com a saúde neste clima.

– O senhor estará bem suprido pelos meus próprios barris – prometeu MacDougall, com voz generosa.

Robert desejou comentar que não pretendia permanecer ali até a passagem do século, mas em vista da hospitalidade e da gentileza do anfitrião, restringiu prudentemente as palavras. Elas teriam sido descorteses.

– E agora teremos o licor para as senhoras – disse, tocando a sineta ao seu lado, que soou como um gongo.

– As senhoras? – perguntou Robert.

– Minha futura noiva, Mary Joyce e sua prima e acompanhante, Pamela Stone – disse MacDougall, com uma insinuação de impaciência. – Ninguém lhe falou ainda da presença delas em minha casa?

Os nomes ecoaram vagamente no cérebro de Robert, que já estava badalando com o uísque; ele admitiu sua ignorância.

– Senhoras *sassenachs*. Minhas hóspedes. Nunca pensei que um MacDougall tomaria uma noiva *sassenach*, mas Deus dispõe, não é verdade?

– Isso mesmo – disse Robert. – Ninguém me disse.

– Ah, bem – prosseguiu MacDougall de modo estranho e com uma ponta de orgulho que Robert não compreendeu de imediato. – Eles não são de falar, meu próprio povo.

Robert lembrou-se então do jornal de Dundee que havia lido no trem e teve um sobressalto tão violento que o uísque do seu copo respingou-lhe na mão.

– As senhoras que desapareceram em Edimburgo, com a Scotland Yard à procura delas! – exclamou Robert.

– Elas não desapareceram – falou MacDougall racionalmente. – Se fosse assim, por que estariam aqui?

– Mas e os amigos que elas estavam visitando! – gritou Robert. – Eles não sabiam!

– As pessoas de Edimburgo sabem alguma coisa? – perguntou MacDougall, majestosamente.

Robert fixou seus olhos nele. Um pensamento horrível passou de relance em sua mente. Recusou-se a crer nele por um momento. Então gaguejou:

– As moças vieram por vontade própria?

– Eu as escoltei – respondeu MacDougall e tocou a sineta outra vez. – Eu e meus rapazes.

– Você... não, você não! – exclamou Robert, apavorado.

– Sim – retrucou MacDougall. – Vejo que não temos um padre estúpido e agradeço a Deus por isso – acrescentou, devotamente. – Não gosto de ter de rachar a cabeça de um homem para enfiar-lhe um pensamento.

Robert pôs o uísque de lado, com cuidado. Estava pálido.

– Você foi à mesa de comunhão para receber a Sagrada Hóstia. E está em pecado mortal!

MacDougall olhou para ele, e estava agora terrível.

– Um MacDougall escolhe sua noiva. Não é a moça que o escolhe.

– Sequestro! Um crime! Um criminoso!

MacDougall tornou-se ainda mais terrível.

– Não seja duro com as palavras más, padre. Escolhi minha noiva e a trouxe aqui para se casar comigo, e o senhor testemunhará o casamento. Não é o bastante?

– Não o bastante – retrucou o jovem padre, apertando os punhos nos joelhos. – Não vou casar um raptor criminoso com uma moça contra a vontade dela.

– Não é contra a vontade da noiva. Que moça rejeitaria MacDougall e tudo que ele é? Ela só é tímida. Se o senhor, padre, está achando que já a usei à força, remova esses pensamentos não cristãos. A moça é tão virtuosa quanto no dia em que nasceu. No dia em que a vi...

A mente chocada de Robert mal conseguia absorver a enormidade da história. Há pouco mais de uma semana, MacDougall tinha ido a Edimburgo falar ao bispo a respeito de um novo pastor para a sua ilha. Estava aproveitando uma bela manhã de sol e flores na Princes Street quando passou uma carruagem na qual estavam duas bonitas jovens. Apaixonou-se de imediato por uma delas, que revelou ser a Srta. Mary Joyce, de Londres. As duas jovens desceram da carruagem, abriram as sombrinhas e passearam entre as flores. MacDougall seguiu-as e planejou se apresentar a elas. Robert não teve dúvidas, no entanto, de que a aparência dele havia imediatamente intrigado as recatadas moças. Elas lhes disseram os nomes de seus amigos que, por acaso, eram parentes muito distantes do próprio MacDougall. De fato, ele jantou com aqueles parentes naquela mesma noite e cativou as visitantes. No mínimo, o que se pode dizer é que a Srta. Joyce pareceu muito "caída". Então MacDougall decidiu se casar com ela, e como o tempo era curto, a corte foi um pouco abrupta.

Mary tinha rido alegremente. As coisas não eram tão fáceis assim. Ela não era de ser cortejada e conquistada, se o fosse, como um bárbaro. Douglass deveria visitar os pais dela em Londres, de preferência no Natal seguinte, quando ela faria 20 anos. A própria ideia de visitar Londres horrorizou MacDougall e o próprio pensamento de esperar um ano para o noivado o enraiveceu. Não podia compreender o nervosismo, a timidez, o "faz de conta" da moça. Mas ele poderia ir imediatamente a Londres com as duas e informar os pais de Mary de que a estava desposando e levando-a "para casa". Sem dúvida, eles ficariam honrados por esta condescendência de MacDougall.

Todos, as duas moças e os anfitriões, acharam tudo muito engraçado demais para discutir. Não levaram Douglass a sério, de modo que ele se perdeu em pensamentos. Voltou à pequena hospedaria onde se instalara e meditou a noite toda. Foi de manhã cedo à casa onde as moças se hospedavam. A anfitriã – "não é do meu sangue; o marido dela era, mas muito afastado, no décimo grau" – recebeu-o com uma frieza que ele não pôde tolerar. O marido dela havia informado as moças sobre a ilha, e Mary tinha ficado "chocada até o fundo do coração", e assim, ela pedira à anfitriã que explicasse a MacDougall que não queria mais vê-lo, nunca mais. Douglass não podia, de jeito nenhum, acreditar. Rondou a Princes Street à procura da carruagem. Nesse meio-tempo, visitara o bispo, que havia lhe prometido o próprio sobrinho. ("Que perfídia! Eu nem mesmo sabia, na ocasião", pensou Robert com um pensamento amargo dirigido ao tio.) As moças não foram a Princes Street, de modo que ele começou a vasculhar as ruas vizinhas.

Então, estando com alguns dos seus homens, teve uma visão interessante.

As moças estavam em uma carruagem com as anfitriãs, indo em direção à estação ferroviária, pois tinham ficado saturadas de Edimburgo. Uma carroça as seguia, carregando Agnes, a empregada, e todas as consideráveis bagagens. Mais tarde, as moças, as anfitriãs, a criada e a bagagem formavam uma ilha no centro da movimentada estação, num dia escuro de chuva e vento. Um dos seus montanheses, em roupas da cidade, chegou até a anfitriã com um "recado" do seu marido na cidade, e como era confidencial, eles se afastaram um pouco. A estação estava muito cheia, com os trens apitando e soltando vapor e fumaça, os passageiros correndo com guarda-chuvas e lanternas balançando para todo lado. Ninguém ouviu a criada gritar, mas a anfitriã, que na verdade recebera um recado muito banal e totalmente inexistente, conforme descobriu mais tarde, voltou ao local onde havia deixado as hóspedes e a bagagem e não achou nem sinal delas ou da bagagem. A criada estava gritando que "homens mascarados" haviam capturado as meninas, sumiram com todas as malas e sacolas e carregaram-nas "tão facilmente como se fossem bebês". (Os homens mascarados existiram só na imaginação acesa de Agnes; ela vira apenas brutamontes em roupas comuns, que atiraram as moças por cima dos ombros e desapareceram com elas em meio a pessoas preocupadas.)

– Trouxe Pamela Stone conosco – disse MacDougall ao padre, virtuosamente. – Não seria bom ela viajar sozinha com homens, desacompanhada.

Os homens, movendo-se como o vento, tinham colocado as jovens senhoritas, sua bagagem e um homem para ajudá-las em uma carruagem que MacDougall comprara pouco antes, certamente por um valor tão alto que o cocheiro desapareceu discretamente de Edimburgo. De qualquer modo, ele não foi visto por meses – e isso o padre não descobriu até muito mais tarde. Sua carruagem, ele tinha dito, fora roubada enquanto estava ocupado com uma xícara de chá numa taverna.

MacDougall e seus homens tinham vindo do norte em seus cavalos. Eles cavalgaram todo o caminho de volta com a carruagem e as jovens prisioneiras chorosas. Pamela tinha parado de chorar no terceiro dia e começado a cantar, para o prazer de MacDougall, que se juntou a ela. Mas Mary continuava aos prantos, comprimindo as mãos, e se comportando como uma tola, disse MacDougall com indulgência.

– Você chama sua raptada de tola? – gritou Robert, em desespero.

– Um homem escolhe sua noiva – disse MacDougall, surpreso como alguém podia ser tão obtuso para não entender este simples fato –, e isso é tudo, exceto quanto ao casamento. Se o antigo padre estivesse aqui, não haveria esta conversa de rapto, crime e tolice. Estaríamos casados no mesmo dia. – Irritado, ele tocou a sineta outra vez, um criado entrou e disse que as senhoritas haviam pedido para ser dispensadas esta noite do jantar com seu anfitrião compulsório. – Elas não insultarão o padre! – gritou MacDougall, levantando-se em sua imensa altura. – Traga-as já, ou irei eu mesmo e as carregarei para baixo!

O criado tossiu. As moças, explicou, apreciando cada momento, eram da Igreja Anglicana. Não queriam a companhia de romanos, em especial padres.

Robert não sabia se ficava irritado ou aliviado. Mas MacDougall disse ao homem para dar o seu recado às senhoritas ou elas iriam se arrepender. Robert teve uma visão de MacDougall tomando de assalto o quarto das moças e trazendo-as para baixo, uma debaixo de cada braço, como gatinhas, e com a mesma facilidade. As moças com certeza o acharam capaz disso – e ele era – e em poucos minutos chegaram orgulhosas e em silêncio.

A primeira a entrar era sem dúvida Pamela Stone, pensou o padre; alta, magra e ágil, em um vestido de anquinhas de seda azul e de chinelos azuis de seda nos delicados pés estreitos. Era toda inglesa, pela magreza, pela cor rosada, os duros lábios cor-de-rosa, grandes olhos azul-claros e os macios cabelos dourados jogados para o alto da cabeça, de onde caíam numa cascata de cachos brilhantes até os ombros. Não olhou uma única vez para MacDougall, mas concedeu a Robert um olhar glacial debaixo das pálpebras brancas como mármore, e então deu meia-volta no centro da sala. Robert imediatamente antipatizou com ela.

A outra jovem, sem dúvida a Srta. Mary Joyce, era o oposto, pelo que Robert, levemente tonto, ficou grato. Menor, mas com a delicada figura vestida de seda amarela, com o rosto oval, pontudo, pintado animadamente de vermelho e creme e os cabelos negros, cacheados e brilhantes caindo até os ombros, por trás das bonitas orelhas. Era cativante e bonita à primeira vista, com covinhas ao lado de uma boca ampla e generosa, um nariz inclinado, que sugeria sangue irlandês, e olhos tão cheios, negros e brilhantes e tão transbordantes de travessura e alegria que Robert logo se tornou seu admirador, pronto a defendê-la com a vida e a resgatá-la de sua triste situação. As orelhas faiscavam com longos enfeites de ouro e diamantes e havia um colar de brilhante ao redor do delicado pescoço feminino.

Mas não foi diante dela, esta encantadora e deliciosa garota, que MacDougall primeiro se aproximou e se curvou. Foi diante da atraente e orgulhosa senhora alta e rígida como uma árvore jovem, e quase tão dócil quanto esta. Ela recusou a mão estendida, mas a boa educação e cortesia a compeliram a se virar majestosamente sobre os calcanhares e mirar o padre, com um olhar frio e repelente.

– Srta. Mary Joyce – disse MacDougall, quase humilde e com visível orgulho –, nosso novo sacerdote, padre MacBurne, lhe dá as boas-vindas em minha casa.

"Eu não!", pensou Robert com veemência, e ele não soube se a revolta veio do pensamento do sequestro ou da ideia de que MacDougall, com todo o seu esplendor e sua glória, deveria amar uma moça como esta – encantadora, sim, mas fria como granito e tão gentil quanto ele!

A outra moça estava estudando tudo isso com os olhos brilhando de contentamento, e suas covinhas ficaram mais acentuadas quando Robert foi-lhe apresentado. Srta. Pamela Stone. Ora, pensou Robert entusiasmado, quando ela tocou-lhe a mão, com dedos macios e quentes, esta é a mulher para MacDougall e não a outra, que não tem coração nem sangue. A garota até mesmo se curvou para ele, de maneira um pouco desdenhosa, mas disse, afetiva:

– Uma boa noite para o senhor, padre.

Seu sotaque inglês não ecoou com aspereza no ouvido de Robert; permaneceu nele, como música.

Mary aceitou uma cadeira, sem encarar MacDougall, mas Pamela jubilosamente espalhou saia e anágua amarelas e preparou-se para se divertir nesta noite singular.

– E o que o senhor acha da nossa prisão? – perguntou ela ao padre, enquanto aceitava um cálice de licor, com um olhar jovial e superior para MacDougall.

Robert não sabia o que falar. Não fora ensinado no seminário como um padre deveria se conduzir em tal situação. Pensou no assunto, as faces em brasa.

– Fria – disse, por fim.

Pamela riu. Foi uma gargalhada cheia, sem reserva ou timidez. Era a gargalhada de uma mulher que amava viver e que achava cada dia cativante, mesmo um dia como aquele.

A Srta. Joyce nada disse. Recusou o licor, com um simples gesto de cabeça. Robert não ouvira a voz dela, mas tinha certeza de que deveria ser fria e metálica, e sobressaltou-se quando ela voltou a aristocrática cabeça para ele e mirou-o com aqueles pálidos olhos azuis, cintilando como pedras entre os cílios dourados.

– Ele... – disse, indicando MacDougall como se fosse um criado, sem fitá-lo, mas simplesmente virando o dorso da longa mão branca em sua direção – está nos mantendo prisioneiras aqui ilegalmente e contra nossa vontade. Espero que o senhor possa nos ajudar e também fazer com que ele seja punido.

Sua voz era exatamente como Robert havia esperado. Ele lutou, mas antipatizou com ela ainda mais.

– Não aprovarei nenhuma ilegalidade em minha paróquia. – Olhou para Douglass, que estava parado em frente à lareira e sorrindo presunçosamente para a noiva que tencionava tomar e que, de modo bastante óbvio, não pretendia aceitá-lo. Na realidade, ele a ouvia como se ela estivesse proferindo palavras ternas, cheias de graça e amabilidade.

– Então, liberte-nos – disse Mary Joyce imperativamente, e seus modos eram os usados para os subordinados acostumados apenas a obedecer.

Robert corou um pouco.

– Estou certo de que o senhor não recusará seu regresso, se este é o seu desejo – disse e quis acrescentar: e rezo ao bom Senhor para que ele não recuse!

– Oh, agora são férias – disse Pamela –, e Douglass prometeu que podemos escrever cartas para nossas famílias em Londres, que seguirão pelo próximo barco que visitar a ilha com o correio.

Robert estava certo de que o correio ainda estava distante para partir. Olhou para MacDougall e franziu o cenho com súbita ansiedade e aborrecimento.

– As famílias destas jovens não sabem onde elas estão? E o senhor é tão sem coração que as deixa sofrer?

– Ah, não diga sem coração, e elas sabem muito bem disto – disse Douglass, sem tirar os olhos da gélida Mary. – Elas escreveram cartas com suas próprias mãozinhas, e foram postadas em Dundee.

– Além de criminoso, ele é um mentiroso e devia ser enforcado – disse Mary. – É verdade que ele me permitiu escrever aos meus pais, mas me deixou escrever apenas que Pamela e eu estávamos em Dundee com novos amigos. Quanto a Pamela, ela tem só uma bisavó e ninguém mais, lady Clarice Stone, e a velha senhora ficará satisfeita. Ele até "permitiu-me" – continuou a moça com amargura – dizer na minha carta que meus pais não deveriam se preocupar. É possível que tenham recebido minha carta hoje, e se a polícia estiver à nossa procura não continuará na busca. – Olhou para Pamela friamente. – Lady Clarice é senil, Pamela. Ela não ficará preocupada, mas meus pais vão imaginar como duas jovens poderiam ter sido tão imprudentes em viajar para Dundee sozinhas.

– Nós viajamos de Londres sozinhas – disse Pamela, retribuindo o olhar com outro, não mais amistoso do que o que lhe concedeu a prima. – A não ser por aquela sua tola criada, Aggie. Se ela não retornar a Londres, agitada por toda espécie de loucuras, seus pais não ficarão ansiosos, querida Mary, e espero que nossos amigos de Edimburgo tenham inteligência bastante para deter a idiota, até que possamos dizer às nossas famílias exatamente onde estamos e quando pretendemos voltar.

Pela primeira vez Mary encarou MacDougall, cuja presunção cresceu. Não era possível, pensou Robert, que aqueles olhos azuis tão protuberantes na realidade tivessem amaciado um pouco! Ele curvou-se à frente para ver mais claramente. Sim, estavam mais macios, embora a boca permanecesse afetada e fechada. Ela dará uma esposa dura e exigente, pensou o padre, e vai fazer murchar o coração de um homem, mesmo o coração de MacDougall.

– Quando Vossa Alteza vai permitir-nos ir embora? – perguntou Mary em sua meia-voz entrecortada, como som de prata golpeada. – Sei que já lhe perguntamos isto antes, mas agora perguntamos diante de uma testemunha.

– Quando nos casarmos, minha querida – disse MacDougall, em tom bastante suave, o que surpreendeu Robert pela profundidade da emoção. – Então iremos juntos visitar seus pais.

– Então jamais reverei meus pais – disse Mary, sem emoção na voz. – Eles vão começar a imaginar quem são nossos amigos inventados em Dundee quando não receberem outras cartas nossas, e lhe asseguro que não pretendo escrever para eles de novo. Farão outras perguntas; irão a Edimburgo, se já não estão lá...

– Não sua doce mamãe, meu bem – disse Pamela, com um sorriso alegre. – Ela não está inválida desde que o seu último irmão querido nasceu e permanece acamada com três enfermeiras, em assistência permanente? Quanto ao seu querido papai, seria ele tão impetuoso para deixar seu escritório de contabilidade e procurar furiosamente por você, ainda mais se recebeu sua carta hoje, como é provável? Você se lembra da vez em que seu irmão Will teve um acidente na estrada de ferro e não se ouviu nada dele por duas semanas, até se descobrir que estava de cama, a salvo, em alguma casa de fazenda? Seu querido papai não correu para o seu lado, nem se preocupou muito, apesar de gostar de Will mais do que de todo o resto de vocês juntos. – Voltou o rosto alegre, cintilante, para Robert. – Não receie, padre, que nossas famílias estejam em desgraça. Acho que só Mary está.

Mary ficou tão vermelha que Robert logo descobriu o mau gênio dela, na realidade um mau agouro para uma pretensa esposa. Ele não gostava de ver as mãos de uma mulher se apertarem com raiva, mas as de Mary estavam se apertando agora. E, de certa forma, viu que seu ódio era dirigido a Pamela, que a havia, de maneira tão radiante, menosprezado perante estranhos.

Pamela, olhando de esguelha para Douglass, levantou o copo.

– Mais licor, Douglass, por favor – pediu ela. A voz era sedutora e a cabeça de Robert se virou para ela. Ele viu seus olhos muito negros e brilhantes, viu-os cintilar e descobriu de imediato que aquela moça encantadora, de coração alegre e realista, amava MacDougall, e o amava com paixão. Tinha ouvido falar em brilho do amor nos olhos de alguém, mas jamais presenciara antes. Reconheceu-o como se reconhecem imediatamente todas as coisas verdadeiras.

Mas MacDougall não tinha nenhum pensamento para Pamela. Ele reabasteceu o copo dela e só tinha olhares para sua Mary, que, de repente, estava olhando só para Pamela, com uma expressão bastante interessante. O rosto de Mary se alterou; endureceu, se contraiu:

– Um copo não é o suficiente? – perguntou ela.

– Nunca é o suficiente – retrucou Pamela. Seus dedos tentaram tocar os de MacDougall, mas aparentemente não conseguiram, pelo que se pôde perceber.

Uma curva de desgosto, obviamente falsa, apareceu no lábio superior suspenso de Mary, e revelou dentes que eram muito grandes para uma mulher, e muito úmidos e brilhantes. Os dentes de Pamela, mostrados agora em um atrevido sorriso para a prima, eram tão miúdos e brilhantes como pérolas. Mary virou novamente a cabeça e o pescoço comprido para Robert.

– Vê o nosso apuro, padre? – disse ela. – O senhor deve influenciar este homem, para que nos liberte e nos devolva às nossas famílias.

– Não tenho pressa – interrompeu Pamela, com uma maliciosa piscadela de seus espessos cílios para Douglass, que infelizmente não percebeu.

– Desavergonhada! – gritou Mary. Ela apertou as mãos e tornou a olhar para Robert. – Ajude-nos! – implorou.

– Farei o que puder – prometeu ele, com voz dura e grave.

– Como o senhor o fará? – perguntou MacDougall com genuíno interesse. – Nenhum MacDougall levará a mensagem para a ilha mais próxima e muito menos levará o senhor. Não pode subornar um MacDougall, padre. Se pudesse, o homem nunca ousaria mostrar a cara para seu próprio povo outra vez, e isto é morte para os MacDougalls. Nem o senhor pode dizer a uma irmã para levar um recado em seu nome, pois ninguém a atenderia, embora as irmãs sejam amadas e também sejam MacDougall. O senhor poderia ameaçar e recusar absolvição, mas eu... eu sou MacDougall. Aguente sua alma com paciência, padre, pois Mary e eu logo estaremos casados.

E, pensou Robert com tristeza, lembrando o abrandamento do olhar de Mary e o tênue amaciamento da sua expressão e seus olhares para a espirituosa prima, este será possivelmente o caso. Poderia lhe desejar um destino melhor, mesmo a prisão.

– Eu sou o juiz – disse MacDougall, com bom humor. – Sou a lei. Não me fale de lei de Deus, padre. Houve mais de um homem na Bíblia que tomou esposa como tomei minha Mary, e o casamento foi abençoado pelo próprio Senhor, que o recomendou.

– Bravo, muito bem – disse Pamela. – Exceto por uma coisa, Douglass. Acho melhor devolver Mary.

Fina mocinha, pensou Robert, sorrindo para si mesmo. Deixar Mary ir embora e que bons ventos a levem. Ela será uma praga nesta casa, se ficar.

Mary prendeu as mãos no lindo busto e, com um gesto dramático, inclinou-se para MacDougall.

– Solte-nos, solte-nos! – gritou. – Não registraremos queixa contra você! Solte-nos!

– Fale por você mesma – murmurou Pamela, mas só Robert ouviu.

MacDougall olhou para Mary com o coração dentro dos olhos. Robert assombrou-se com a estupidez dos homens quando amam.

– Mary, peça-me tudo, menos isto – disse.

– O senhor deve deixá-la ir – falou Robert, alteando a voz colericamente. – Quanto mais cedo, melhor! Ainda que eu próprio tenha que remar com ela por todo o caminho!

Isto divertiu muito MacDougall.

– O senhor se afogaria na primeira onda, pobre padre. Se antes o senhor não vomitar o coração.

As duas moças olharam Robert com profundo interesse e ele ficou tão mortificado que se levantou e disse:

– Não vou ficar em uma casa em que estou sendo insultado, meu sacerdócio humilhado e minhas solicitações são chacota. Mas o previno, meu senhor, de que esta moça deve deixar esta casa, e quanto mais cedo, melhor para todos.

– Ah, está indo embora, rapazinho? – disse MacDougall. – Temos um maravilhoso pernil esta noite, bom peixe fresco, arenque quente e os melhores vinhos.

Robert sentira o perfume sedutor do jantar, mas já havia tomado sua decisão. Disse a Mary em tom jovial.

– Srta. Joyce, vou encontrar uma maneira de libertá-la. Enquanto isso, quero lhe dizer que não serei testemunha de nenhum casamento forçado, ou que a noiva não deseje – disse, com súbita inspiração. – Além disso, não serei testemunha do casamento de um católico com uma mulher que não é de sua fé. Prometo-lhe tudo isso, e assim ele terá de deixá-la ir, e ele sabe disso.

A cabeça de Mary se inclinou solene em concordância, mas seus olhos, fixos nos do padre, se tornaram de súbito opacos e velados, e o coração de Robert afundou na angústia.

– Ora, padre – disse Pamela, empalidecendo um pouco –, tenho uma amiga católica que se casou com um homem protestante... Não houve problema.

– Há restrições – insistiu Robert, e não pôde deixar de confortá-la com um sorriso. – Uma moça deve receber os ensinamentos da religião e ser admitida na Igreja ou, se não quiser, deve só prometer que seus filhos serão criados como católicos.

Pamela deu uma risadinha.

– Aí está, Mary – disse com voz vibrante. – Você só tem que recusar tudo isso e assim não pode haver casamento, nem mesmo oficiado por outro padre. Seja firme, querida, seja firme e tudo terminará bem.

Mary concordou com a cabeça, mas seus olhos brilharam com repentino ódio pela prima.

– Vou me lembrar. Serei firme.

– Graças a Deus – disse Pamela e agora, pela primeira vez, Douglass olhou para ela, e pareceu vê-la. – Quanto a mim, se um homem adorasse um deus pagão, todo de pedra e fogo, eu lhe diria: "Vosso povo será meu povo, e vosso Deus será meu Deus, e levai-me, meu querido, para onde quiserdes, para o próprio fim do mundo... se este for o vosso desejo." – Sua voz tremia, lágrimas apareceram-lhe nos olhos. Ela produziu um som abafado, levantou-se de um salto e saiu correndo da sala.

Houve um breve silêncio. O fogo fazia barulho. A campainha do jantar soou. Mary olhou para MacDougall, e seu rosto agradável estava bonito, e não havia dúvida de que seus olhos azuis estavam macios e tenuemente embaçados. MacDougall olhou para a porta através da qual Pamela tinha desaparecido e coçou a cabeça, murmurando algo para si mesmo.

Robert, rezando fervorosamente com o coração, saiu, parando somente no salão embandeirado para farejar pesaroso as fragrâncias do jantar. Mas ele tinha seu orgulho.

A Sra. Mary MacDougall, não o esperando, tinha saído. Ele teve de satisfazer seu apetite de homem jovem com carneiro frio e verduras ainda mais frias, chá e pão. Mas, não estranhamente, comeu quase satisfeito.

Robert contou às irmãs de caridade, no dia seguinte, o que todos os leais MacDougalls na ilha já sabiam. Elas ficaram chocadas até o âmago de seus corações dominicanos, não, descobriu Robert, pelo "crime" de raptar uma jovem contra sua vontade, mas pelo fato de a jovem não ser católica nem ter intenção de se tornar uma, mesmo casando-se com MacDougall.

– Não houve um só protestante herege entre os MacDougalls desde que existem os MacDougalls, padre – disse madre M. Dominic, quase em lágrimas. – É certo que o Sr. MacDougall vai ficar com ela?

Robert falou da lei. Madre M. Dominic meneou a cabeça.

– Além disso, uma *sassenach* – disse ela, e agora as lágrimas eram sinceras.

Robert repreendeu-a por usar tal termo, mas ela não estava arrependida. Falou da lei outra vez, mas MacDougall era a lei, assegurou-lhe a freira, o que tornava as coisas ainda mais terríveis. Ela iria até ele imediatamente. Foi, e na volta fez um relatório para Robert, num estado tão perto da histeria quanto possível a uma escocesa.

– Vi a moça, eu mesma – resmungou. – Passeava no jardim com a prima, a pequena morena. Ela não é uma mulher de verdade, padre, embora eu só tenha tido uma rápida visão, tão arrogante e fria, e sem falar com a morena, que me viu, veio falar comigo e sorriu como um anjo. Por que ele não quer esta, e sim a outra?

– Quem sabe? – retrucou Robert, sombrio. Disse à velha senhora que ela podia persuadir algum pescador a entregar uma mensagem dela para a maior ilha mais próxima, onde havia autoridades. Madre M. Dominic ficou outra vez chocada.

– Mas MacDougall é a lei! – exclamou.

Era inútil. O que MacDougall fazia era correto aos olhos das pessoas, muitas das quais eram servis em sua estima por ele. Era um homem orgulhoso, superior. Era um déspota. Ele não reapareceu na missa, nem mesmo aos domingos, e naturalmente não foi se confessar. Robert escreveu-lhe um bilhete:

"O senhor está vivendo em estado de pecado mortal. E bem sabe disso. O senhor cometeu um crime, não o confessou, e não prometeu repará-lo, nem recebeu absolvição, e desta forma sua alma imortal está em terrível perigo. O senhor vive muito perigosamente. E se morrer sem a Graça Santificada? Nenhum ser humano deveria ser mais importante para o senhor do que Deus. Além disso, o senhor é um homem de muito orgulho e é um tirano. Vou chamá-lo de déspota, também.

"O senhor disse que todos os MacDougalls têm sido déspotas, o que não torna isso justo ou perdoável. Dirá que é benevolente, mesmo sendo déspota, e lhe direi que um déspota benevolente é um mal maior do que um cruel, porque o povo se rebela contra a crueldade a tempo, mas nunca - em sua mesquinharia - contra a benevolência. Tal é a natureza corrupta da humanidade. O senhor é um homem de inteligência e leitura, e assim sua corrupção ao seu povo é muito mais reprovável, é deliberada, feita com pleno conhecimento e com o pleno consentimento de sua vontade. Não preciso lembrá-lo de que quem compra sua gente com presentes e gentilezas, em retribuição à liberdade que Deus nos concedeu como direito de nascimento, é amaldiçoado. Ele aceita para si mesmo a natureza de satanás.

"O senhor deve, pelo bem de sua alma, libertar aquelas jovens damas e entregá-las em Edimburgo aos amigos delas, como as encontrou; deve libertar sua gente. É uma alegria para o seu coração ver a servilidade deles, ter a subserviência deles, a inquestionável obediência - porque dá-lhes presentes e assim compra sua lealdade? Aqueles que o amam verdadeiramente não são servis em relação ao senhor. Aqueles que não o amam realmente são como servos sob sua mão. É este o amor que deseja? Tenho caminhado por entre seu povo há dias e tenho conversado com eles. O senhor diz que ninguém o trairia. Eu digo que os servis o farão por um preço, pois não são homens de boa vontade, mas só de espírito matreiro e ganancioso.

"Em todas as coisas, portanto, o senhor tem ofendido a Deus profundamente. Faça as pazes com ele."

Sublinhou as palavras em que dizia que os servis trairiam MacDougall por um preço. "Se nada o trouxer à razão, isto o trará," pensou Robert, fechando a carta antes de passá-la à Sra. MacDougall para entregá-la. "Aquele coração presunçoso!", pensou o jovem sacerdote e o fez com compaixão, entrando na igreja para rezar por

MacDougall. Rezou também por Pamela, para que suas esperanças fossem efetivadas.

Não lhe ocorreu, nem uma vez, tentar subornar um servil para trair MacDougall – e não teria ocorrido mesmo que tivesse dinheiro, o que não tinha. Despotismo benevolente precisava limpar-se por si mesmo, pois as pessoas não se limpariam por ele.

Não soube, até muito mais tarde, que o que escrevera não havia sido lido de modo desdenhoso por MacDougall, mas em profunda meditação.

Então um dia, quase junho, MacDougall foi procurá-lo, saudando-o com exuberância e retraindo-se um pouco, antes de dar tapinhas no ombro do padre.

– Minha Mary me quer, finalmente, padre! – gritou.

Robert sentiu-se doente e perdido. Tateou à procura de uma cadeira na sua sala e sentou-se pesadamente. Não conseguia falar.

– Há condições – disse MacDougall, parecendo encher o cômodo.

O padre balançou a cabeça desesperadamente.

MacDougall riu.

– Ela se casará comigo perante o senhor, padre, e prometerá sobre as crianças. E assim que nos casarmos, ela irá receber instruções religiosas.

Não se podia desprezar uma alma.

– Por que não receber as instruções religiosas antes do casamento?

– Não vou esperar. A hora de instruções é depois, nós decidimos.

– E a outra jovem? – perguntou Robert, mais doente do que antes.

– Pamela? – MacDougall ficou calado por um momento. – Se eu não tivesse amado Mary primeiro, ou se tivesse visto Pamela em primeiro lugar, então iria querê-la, pois ela tem um grande coração e um rosto encantador. – Sua voz tinha mudado por completo e Robert deu uma olhada de esperança. – Mas um rosto não tão encantador quanto o de minha Mary – completou.

– Há um ditado chinês – disse Robert, rezando fervorosamente na mente. – Um homem que se casa com uma mulher por causa do seu rosto é igual a um homem que compra uma casa pela sua pintura. A beleza se irá, e quanto ao coração, com o passar dos anos?

– Ela tem um coração orgulhoso e altivo – disse MacDougall.

– Como o seu – retrucou Robert. – É o que quer?

MacDougall deu um risinho.

– Eu sou o senhor de todas as mulheres.

– Nunca houve um homem – disse Robert, com amadurecida sabedoria – que jamais tenha sido senhor de todas as mulheres. Bem, deixe-me ouvir o pior.

MacDougall ficou em silêncio de novo e Robert olhou-o com atenção. O jovem coçava o negro cabelo, e suas faces eram de um vermelho brilhante.

– Então, há ainda coisa pior? – perguntou Robert, esperançoso. O riso de MacDougall foi muito alto e demorado, mas era falso.

– O senhor já ouviu falar de lady Godiva, padre? – indagou quando parou de rir de repente, no meio da hilaridade simulada. – Bem, então, minha Mary... de coração grande, orgulhoso... pensa em me rebaixar. O senhor chamou-me de déspota, e assim também pensa minha Mary e ela vai me humilhar. Assim, vai me aceitar se eu andar através das ruas da aldeia ao pôr do sol, quando todos estão em casa, homens, mulheres e crianças, no dia primeiro de junho, na mais completa nudez, sem nem mesmo uma bota nos pés.

Robert só conseguiu encará-lo fixamente e piscar. MacDougall riu outra vez, mas agora um pouco sem graça.

– Não tenho medo de que meu povo me veja desonrado, padre, apesar de o senhor ter escrito que alguns são servis e me trairiam por um punhado de libras. E estou feliz que o senhor não as tenha!

– Eu não o trairia por nada, absolutamente por nada – gritou Robert e logo ficou horrorizado, relembrando suas ameaças.

MacDougall, muito sério agora, até solene, olhou com profundidade nos olhos do jovem sacerdote e os seus próprios, cinzentos e penetrantes, amoleceram.

– Sei disso. O senhor não me trairia, ainda que o matassem para fazer isso. Deus ama o senhor, padre.

Robert gemeu. Estava confuso, amargurado e sentindo-se infeliz.

– Estranho – continuou MacDougall –, mas a mocinha, Pamela, também falou, quando lhe contei as ordens de Mary, que alguém de minha gente me trairia. Mas eu lhe disse: não, não é assim. Eles vão puxar as cortinas e fechar as portas e nenhum homem, mulher ou criança vai me olhar, ao contrário, se esconderão nas suas casas, como se fossem dormir e vou caminhar pelas ruas sem ninguém para me ver.

– Você puniria e humilharia a si próprio assim? – perguntou Robert, incrédulo.

– Não mais do que ficar em pé ou andar em meu quarto ao pôr do sol, padre, sozinho, nu.

– Ela pediria isso ao senhor? Uma mulher que alega amá-lo?

– Para me humilhar, como disse a querida moça. É o bastante para minha Mary. Mas depois que nos casarmos...

Robert pulou e gritou:

– Não foi para provar seu amor ou para amolecer seu despotismo, que Mary conhece, que lhe pediu esta coisa tola e vergonhosa! É para ganhar comando sobre o senhor por toda a vida, seu pobre tolo, botar os pés no seu pescoço todos os dias de sua vida, rir na sua cara pelo que o senhor fez em sua insanidade! Vê, homem? Eu o chamei de déspota benevolente. Mas sua Mary é uma déspota cruel, e o senhor vai se arrepender até o dia da sua morte, e que Deus tenha piedade de sua alma! – O rosto de MacDougall escureceu perigosamente. – O senhor nem mesmo a ama! – disse Robert nos seus limites. – Sei disso, em meu coração! O senhor é um déspota, mas benevolente, e é também um bom homem. Não é possível para alguém como o senhor amar tal mulher. É o seu orgulho, seu insensato orgulho que não é sensato e não compreenderá! O senhor tem dito que vai se casar com ela e quer se casar com ela, se Deus não parar isso, porque quando o senhor põe nessa cabeça tola uma decisão, se sentirá menos homem se não mudá-la!

– Silêncio! – ordenou MacDougall.

Robert recuou perante o furioso trovão de sua voz. Mas sua coragem retornou:

– Faça o que quiser. Não há oposição ao senhor, pois é orgulhoso e completamente sem juízo. Mas vou lhe dizer que, se eu testemunhar o seu casamento, como devo, pois sou o seu sacerdote, e o senhor católico, apesar de todos os pecados, será com um coração pesado e uma tristeza como nunca conheci antes. Mas, primeiro, o senhor deverá fazer as pazes com Deus, no confessionário e receber absolvição, pagar penitência e uma das penitências será libertar a jovem Pamela Stone.

MacDougall tinha recuperado o bom gênio usual.

– Isso eu farei, tudo isso, e no dia seguinte em que fizer o passeio, pela minha Mary, naquele dia farei Pamela voltar para Edimburgo. – Pegou o chapéu e disse: – Minha Mary vai visitá-lo, padre, antes de nos casarmos. Mas o senhor não desejaria jantar conosco?

– Não – disse Robert. Não tinha desejado chorar desde os 10 anos e agora estava com medo de que isso aconteceria bem diante de MacDougall, a menos que ele saísse depressa.

As novidades já haviam percorrido a aldeia antes do pôr do sol e cada alma jurou pelos santos que se esconderia e que não olharia. Mas Robert de modo algum acreditou neles. Não acreditava nos servis, que se alegrariam em ver o poderoso rebaixado, apesar de toda a sua professada adoração.

Robert pensou em falar com todos os do seu rebanho e dizer para se esconderem e não olhar o senhor, mas todos, mesmo os servis, iriam jurar e prometer. Não se podia confiar nos servis! Eles olhariam, "acidental" ou inadvertidamente. Ficariam cobertos de pesar, e, em seus medíocres corações, acreditariam em seus protestos. Então confessariam a traição ao seu senhor e ficariam tão honestamente – para eles – arrependidos com a quebra da promessa que o padre não poderia fazer mais nada senão absolvê-los e dar penitências; e eles sairiam do confessionário e fariam ampla exibição das suas penitências – se ousassem cumpri-las em público, sentindo-se de fato muito virtuosos. Quem poderia penetrar no escuro e tortuoso coração do homem? Nem mesmo um padre.

Mais tarde, esquecendo tanto o remorso quanto a traição, eles ignobilmente dariam risadinhas para a esposa, um vizinho, um amigo. Assim era a espécie humana. Um povo servil, perdendo o temor e o respeito por seu déspota, se tornaria um povo caótico, e a ilha ia sofrer, especialmente os inocentes. Eram sempre os inocentes, em última análise, que sofriam com a crueldade e a indignidade.

Robert não sabia o que fazer. Procurou madre M. Dominic, que pensava exatamente como ele e que carregava no coração pouca compaixão pela humanidade.

– Já vivi uma vida longa, padre, e tenho visto muitas coisas, e poucas foram as boas. Tenho lidado com crianças por 60 anos ou mais, e foi rara a criança que estimulou meu coração e alegrou minha alma. MacDougall foi uma das poucas, e o senhor diz que ele é um déspota e é mesmo, e meu coração está pesado.

Robert sabia que mulheres frias e orgulhosas eram egoístas e que pessoas egoístas não amam ninguém a não ser a si mesmas. Não tinha dúvidas de que Mary Joyce estava fascinada, apesar de sua natureza, por MacDougall. Mas era uma fascinação, e até uma gratidão, baseada no seu próprio egoísmo e no seu orgulho em saber o quanto MacDougall a queria e que seria capaz de extremos para possuí-la. Apreciava-a, portanto, pelo que ela pensava ser, e assim podia estender um pouco seu amor-próprio para aqueles que haviam confirmado sua opinião sobre si mesma. Sim, era só gratidão e aprovação; mesmo que não tivesse percebido o óbvio amor de Pamela por ele e não tivesse seu amor-próprio sido raivosamente despertado, ainda assim o teria rejeitado. Era, então, despeito misturado com fascinação. Ela não teria suportado que, finalmente, MacDougall preferisse Pamela. Boatos andam depressa mesmo em aldeias isoladas que só ocasionalmente recebem jornais do mundo lá fora. Havia rumores de que o pai de Mary Joyce tinha vários filhos, todos no seu escritório de contabilidade, e, como muitos escoceses, ele preferia os filhos às filhas. Mary, com toda sua graça e aparência, não era, na verdade, uma herdeira. Para ele, uma beleza como a dela deveria se casar por sua própria conta. MacDougall não era mau partido. Era realmente rico. Uma moça rica, única herdeira, já teria há muito tempo sido requisitada por outros homens, tivessem eles a certeza de um dote substancial. Neste caso, o dote não viria.

De modo que para Mary, linda mas sem dote, poderia acontecer coisa pior do que casar-se com MacDougall. Ele a adorava. Nesta aldeia, ela seria uma rainha. Assim, suas exigências para ser devolvida à família tinham sido pura encenação. Uma vez convencida da riqueza de MacDougall e uma vez fascinada por sua beleza e adoração, o que confirmava sua própria autoadoração, concordou completamente com ele.

Contudo, Robert, em sua angústia, tinha esperança de que Mary pudesse ter algum amor por MacDougall. O pensamento de um casamento forçado era demais para ele carregar. Milagres tinham acontecido antes. O temperamento forte de Mary poderia mudar. Robert tinha dúvidas. Se MacDougall era um déspota, e um déspota benevolente, era certo que a esposa seria ainda mais despótica, cruel e gananciosa. Gastaria metade do seu tempo em Londres, e seria mãe e esposa negligente. Para alcançar isso, ela primeiro devia envergonhá-lo e fazê-lo seu escravo. Não havia outra explicação. O futuro mataria o espírito de MacDougall.

Foi MacDougall, mais tarde, quem confessou a Robert que sua carta o fez pensar em sua situação e em seu despotismo.

Um déspota benevolente, Robert pensou, é muito ruim e pode se tornar insuportável, mas uma déspota cruel, como Mary se tornaria quando tomasse de um marido insensato as armas do poder, faria desta ilha um inferno. Neste meio-tempo, no entanto, a ilha fermentava de empolgação, como não experimentara há mais de vinte anos, quando um bando de criminosos noruegueses fugitivos tentara desembarcar lá e havia forçado os ilhéus a esconderem-nos de seus perseguidores. (Os habitantes da ilha dominaram-nos, amarraram fortemente e logo os entregaram à lei em Skye, depois de um dia e uma noite no oceano em um barco a vela. Se alguns dos noruegueses ficaram ligeiramente feridos durante a operação, não tinham a quem culpar senão a si mesmos.) Agora, a ilha ia ter uma senhora, bem como um senhor, e sem dúvida uma atraente moça com o rosto e o porte de uma rainha. Alguns que haviam visto Pamela a achavam mais bonita e mais parecida com eles próprios em aparência e maneiras, mas MacDougall estava fascinado pelos longos cabelos dourados e pelo rosto pálido de Mary.

Para ele, chegara a hora de se casar e produzir herdeiros para o bem e para a paz da ilha.

Na véspera do dia em que MacDougall ia "mimar" sua futura noiva, andando nu pelas poucas ruas da aldeia, Robert considerou se poderia chamar de pecado mortal os olhares para o evento. Mas o seminário não havia previsto, nas suas regras, esta contingência, de modo que solenemente ele falou na missa sobre Peeping Tom, que tinha ficado cego quando espreitava a virtuosa e "desvestida" lady Godiva. Infelizmente, os fiéis ficaram mais fascinados pela história do que pela lição moral. Robert discursou sobre "respeito" e "obediência aos desejos das autoridades", mas apenas os servis, e portanto os traidores em potencial e fracos de coração enrugaram os lábios, concordando francamente. Os que realmente amavam MacDougall e portanto não gostavam de seu despotismo, pareceram envergonhados pela simples menção, pelo seu pastor, de que eles o espreitariam.

Aquela tarde, caminhando por uma rua de pequenas lojas, Robert deparou com Pamela, que estava apática, olhando as pequenas vitrines, com a sombrinha inclinada sobre a cabeça, os cachos escuros sobressaindo de um chapéu florido com fitas cor-de-rosa e um vestido da mesma cor, meio escondido sobre uma compridíssima capa preta bordada de rosas, que descia até quase os tornozelos. Quando viu Robert, ela sorriu e suas covinhas apareceram, mas um momento depois, as lágrimas brotaram nos seus olhos.

– Vou deixar vocês todos, logo, logo – disse. – Sinto muito, padre.

– Sentirá falta deste lugar frio? Aqui já é quase meio-verão e está tão frio quanto Edimburgo em abril.

– Ainda amo o lugar – disse Pamela, aspirando profundamente o forte ar frio. – Sinto-me já como uma MacDougall! Parece que conheço bem o povo! – As lágrimas eram como diamantes nos seus cílios espessos, naquele sol frio e brilhante. – Ah, bem – disse, tentando sorrir outra vez –, nunca me esquecerei desta ilha. Estarei aqui em espírito, se não em corpo. Douglass mandou nossas cartas para nossas famílias em Londres, embora minha bisavó, coitada, nem mesmo saiba direito que estou fora. Ela sempre me confunde com minha mãe morta e com outros parentes, de forma que ficou a salvo de qualquer ansiedade. Mas Mary escreveu aos pais dizendo que se casará, quase imediatamente, com um "rico e poderoso chefe escocês", e que todos os presentes devem ser enviados para ela aqui.

Ela não perdeu tempo, pensou Robert. Ficou pesaroso pela palidez e pelo tênue sorriso assustado de Pamela.

– Você não ficará para o casamento, Pamela?

– Não. – Pamela hesitou e uma maldade deplorável brilhou nos seus lindos olhos negros. – Se eu ficasse, iria contestar todos os proclamas! E se isto não fosse bastante, eu contestaria no próprio altar!

– Compreendo – disse Robert com gravidade. Ela era capaz de fazer exatamente isso, esta espirituosa, apaixonada e dedicada garota. – Você não gosta de sua prima?

– Mary? Ah, ela está muito bem no seu próprio meio, em Londres. Eu queria muito visitar Edimburgo – acrescentou Pamela, pensativa –, mas não podia visitá-la sozinha e detesto carregar criadas comigo. Queria uma companhia e me ofereci para levar Mary e a criada de sua mãe, Agnes... aquela boba!... E eis por que estamos agora aqui. Se eu soubesse... – A generosa moça havia então pagado todas as despesas desta curiosa viagem e não Mary, a arrogante e orgulhosa. – Deixei meus brincos de brilhantes para ela. Meu presente de casamento. – Olhou para os diminutos pés calçados com sandálias, e a garganta estremeceu. – Tenha um bom dia, padre. Acho que está na hora do chá. – Ela saiu apressada, com curtos passos rápidos, de cabeça erguida, e quando passava por outras pessoas na rua, elas a miravam com afeto involuntário, e ela cumprimentava com polida gentileza.

"Era Pamela, a de coração nobre, a amável, que deveria ser a senhora desta ilha", pensou Robert, e sentiu uma pequena revolta contra Deus. Então se lembrou, com arrependimento, que se os homens são inclinados a se destruírem, Deus não pode interferir. Não obstante, entrou na igreja e rezou algumas orações fervorosas. Lembrou-se que a hora marcada para o que ele considerava a vergonha de MacDougall, era o pôr do sol. Disse à Sra. MacDougall, que estava muito esperta e apressada em casa naquele dia:

– Para que ninguém seja tentado, Sra. MacDougall, a senhora e eu nos sentaremos aqui sozinhos com as cortinas abaixadas, perto do fogo... é bom esquentar um pouco?... e assim, quando MacDougall tiver passado, nós teremos nosso chá.

O rosto da mulher era o retrato da consternação; desviou o olhar. Robert olhou para ela com amarga satisfação. Ela, como os outros servis, sempre se apressava impaciente para obedecer aos menos importantes editos de MacDougall. (Era estranho como os servis e, portanto, os destruidores, amassem tanto a legalidade e tivessem tanto prazer com a letra da lei!)

– Meu homem, em casa – murmurou ela.

– Ah, vocês se esconderão detrás das cortinas, virtuosamente? Convide-o então para tomar chá comigo, pois não o tenho visto com frequência.

A Sra. MacDougall pareceu deprimida. Então, ele meneou a cabeça.

– Ele é tímido, padre. E gostaria de ficar em casa, à minha espera.

Naquele momento, Robert decidiu que, no dia seguinte ao evento, substituiria a Sra. MacDougall. Devia haver uma mulher de espírito na aldeia, que de fato amasse Douglass e precisasse em segredo, se não abertamente, se rebelar contra ele à maneira de um verdadeiro escocês livre, uma velha senhora, cujo sangue corresse livre e não traiçoeiramente nas veias.

Ele estava realmente assustado agora; uma vez que os servis tivessem visto seu senhor humilhado, iam zombar mesmo das mais simples e mais justas leis da moralidade e do amor-próprio, e a ilha se tornaria o maior desastre. Ah, se os déspotas ao menos soubessem o que faziam em seus corações benignos mas tão orgulhosos! Sabiam melhor, como pensavam, do que a sua gente, o que era bom para eles e assim tentavam destruir a independência nascida com o homem. Deus deu ao homem livre-arbítrio; os déspotas não tinham uso para ele.

Robert tinha esperança de haver trovões, relâmpagos e céu escuro e chuvas com céu encoberto no dia seguinte, mas este amanheceu como uma rosa, e como uma rosa, doce e quente. Uma pequena nuvem branca sobre o ameaçador penhasco preto deu a Robert uma esperança mínima, mas ela desviou-se para o oceano, que estava tão azul como o olho de bebê recém-nascido. O pôr do sol teria feito um boi, um poeta. E justamente na hora em que os sinos da igreja tocaram 18 horas, Robert puxou firme as cortinas sobre as janelinhas de vitral do presbitério, acendeu uma lâmpada, olhou a Sra. MacDougall diretamente nos olhos e se sentou com o seu breviário. Olhava só para o fogo, com o grosso lábio superior mexendo sem parar com os pensamentos indignados.

Havia só silêncio do lado de fora e nenhum som de passos, ou voz, ou movimento. As pessoas de bons princípios e os que amavam MacDougall deveriam também estar com o olhar fixo nas suas lareiras; os servis estariam calados, mas espiando e regozijando-se. Então Robert ouviu débeis passos rápidos na rua – como os passos de uma criança. Os pés de MacDougall não fariam som algum no calçamento, pois estariam descalços. Que mãe tola tinha deixado aquela criança sair em tal dia tão significativo? Robert se pegou no ato de ir à porta e ordenar, de forma peremptória, à criança que entrasse até que MacDougall passasse, e os olhos da Sra. MacDougall brilharam esperançosos. Robert voltou para o seu assento junto ao fogo.

– Algum menino tolo que escapuliu – comentou Robert. O relógio batia; o fogo cantava para si mesmo.

Meia hora mais tarde, as ruas estavam cheias de risos animados e vozes altas, e Robert correu até a porta para encontrar homens tagarelando jovialmente, mulheres aos gritos e risos. Chamou o sacristão, que viu entre os aldeões, e o velho veio logo, rindo tão espalhafatosamente que o rosto estava vermelho e lágrimas rolavam-lhe dos olhos.

– Veja, padre – disse, depois de Robert ter lhe dado umas palmadas vigorosas nas costas, quase tão fortes quanto as dadas por MacDougall. – Não vi com meus próprios olhos, mas alguns viram e estão contando.

– O quê? – perguntou Robert, com os mais terríveis pressentimentos. Os servis não tinham perdido um momento para zombar do seu patrão.

Então ele ouviu com espanto e escutou a história toda.

Ao pôr do sol precisamente, ou quando o sol escorregava detrás do rochedo e começava sua solitária caminhada em direção ao oceano ocidental, MacDougall apareceu sozinho na porta de sua casa, nu como no dia em que havia nascido. Ele ficou parado lá, olhando as ruas vazias e silenciosas, e então saiu.

Que grande figura deve ter parecido, como os heróis de mármore e os deuses da Roma antiga, alto, largo, musculoso, heroico e esplêndido na sua masculinidade, e absolutamente seguro de que nenhum olho o veria na sua nudez! Este foi o pensamento de Robert, lembrando-se dos seus próprios dias em Roma e da sua própria surpresa.

Mas havia olhos para ver e espreitar, atrás das cortinas, o grande senhor que tinha sido humilhado por uma simples mulher, e zombar dele. Os olhos ficaram subitamente desalentados e piscaram. Pois MacDougall, mal tinha colocado os pés no calçamento, "a mocinha, Srta. Stone" se arremessou atrás dele, atirou o manto preto com as rosas sobre os ombros dele – "descendo o manto até o comprimento de um saiote para ele", disse o sacristão, enxugando as lágrimas de alegria e contentamento. E então ela tomou-lhe as mãos, com força e, em silêncio, "e ele, olhando para ela como um anjo subitamente visto como seu próprio par", caminhou ao seu lado através das ruas silenciosas e fechadas da aldeia.

– Os dois não tinham pressa – disse o sacristão. – Caminharam como amantes ao crepúsculo, MacDougall com a capa oscilando exatamente acima dos joelhos e a pequena mocinha com o rosto todo aceso pelo pôr do sol e algumas vezes encostando a cabeça no ombro dele.

Robert podia vê-los com o olho interior, o nobre e despótico MacDougall e a intrépida e compreensiva moça junto dele, e se alegrou. Que revelação tinha sido dada a MacDougall naquele momento, que compreensão? "Os dois caminharam como amantes ao crepúsculo." Ele não havia repudiado a moça e seu manto. MacDougall tinha segurado sua mão; ele havia abaixado os olhos, vendo nos seus ombros o tumulto de cachos negros; tinha visto seu rosto fascinante, apaixonado e premente, o rosto feminino e encantador. Tinha visto amor como nunca havia visto antes, reconheceu-o e correspondeu a ele. MacDougall descobriu tudo, num momento de revelação.

– E assim – disse o velho padre MacBurne a seus companheiros, ao redor da lareira de vovó – MacDougall foi humilhado no seu coração, mas não como Mary Joyce tinha pretendido. Foi humilhado como todos nós devemos ser, na presença do amor inquestionável e ilimitado, o qual tem muito de Deus. Ele viu tudo o que era para ser visto, e que a poucos homens é dado ver daquela maneira. Eram os passos dela que eu tomara por passos de uma criança no calçamento de pedra, seus passos fiéis e seguidores, os únicos a quebrar o silêncio.

Foi Mary Joyce quem foi devolvida no dia seguinte, com toda sua bagagem, não com o marido que tinha desejado na sua arrogância, mas só com dois pescadores. Foi Mary Joyce quem foi colocada em um trem para Edimburgo. Robert, de certa forma pecaminosamente, muitas vezes se divertia com conjecturas sobre seus pensamentos enraivecidos, ela, a rejeitada, a dispensada, a abandonada, e em última análise indesejada, ela, que nunca tinha tido nada para dar, exceto seu coração estéril e seu insensato orgulho.

– Estou alegre em dizer que toda a ilha se rejubilou com o casamento de MacDougall e da encantadora noiva que era tão bela de alma como de rosto – disse o velho Robert. – A fé de seu marido tornou-se a dela, como uma vez ela prometera ao homem surdo, em seu próprio salão, na noite em que a vi pela primeira vez, e seu povo se tornou seu próprio povo, e ela trouxe amor-próprio aos servis, e liberdade, através de sua sutil insistência, aos livres. Não que MacDougall lhe fosse subserviente. Pamela simplesmente o instruía, e ele via, e possam os déspotas do mundo ver antes de ser tarde demais! – O velho Robert suspirou. – É demais ter esperança. Mas não devo me queixar. Eu, que, à primeira vista, não gostei da ilha de MacDougall, nunca resolvi sair e assim acabei ficando. Batizei as crianças dos MacDougalls e os filhos de seus filhos e breve batizarei seu bisneto. E MacDougall e a mulher parecem tão jovens como a manhã, tal é o ar da ilha, e lá não sinto nenhuma dor, e também sou tão jovem como a manhã, como são eles, pelo menos no meu coração.

– Mas e os brincos de diamantes que Mary recebeu da prima? – perguntou vovó, avidamente, depois de remover uma lágrima emotiva.

– Mary os levou – respondeu padre MacBurne. – O que poderia um homem esperar senão isso? Os brincos eram parecidos com ela!

4

A pequena Rose ficou tão extasiada com a romântica história do chefe valente e sua noiva perfeita que sonhou aquela noite com estridentes gaitas de foles, com nobres montanheses de saiotes e com o oceano cinzento.

Imaginou se MacDougall teria um filho ou neto com quem pudesse um dia se casar e aninhou-se debaixo dos edredons, de manhã cedo, para sonhar outra vez.

Manteve-se fora do caminho de vovó naquele dia, para não ser proibida de se unir ao fascinante grupo, à noite. Ficou sabendo, por Cook, da chegada de dois novos padres. O padre MacBurne tinha saído "com um punhado de libras" para uma das suas caridades favoritas, deixando um recado para Rose. Ela seria de fato uma boa menina, e Deus a amaria sempre.

Padre Hughes ouvira com atenção, na noite anterior, a história de MacDougall, de modo que quando o grupo estava ao redor do fogo depois do jantar, ele disse:

– Também conheço uma história de amor, mas é uma história muito estranha e não é para ser compreendida, embora desde o início de minha experiência religiosa eu tenha ouvido similares. Quem sabe se o céu está ao nosso redor, não para ser visto por nossos olhos cegos, não para ser ouvido por nossos ouvidos surdos? Deveríamos ficar assustados, como crianças? Então Deus é misericordioso, escondendo quase tudo de nós, a fim de não morrermos de medo, ou perdermos o interesse na vida que deveremos viver.

Padre Hughes era inglês, educado e elegante, com finas mãos brancas e um ar distraído. Como todos os outros padres, era velho também, mas apresentava tanta vitalidade e seus olhos azuis eram tão jovens que a gente se esquecia de que não era um jovem.

– Sim – confirmou ele. – Uma história de amor muito estranha, de fato, e algumas vezes penso se tudo não foi um sonho, pois aconteceu há tanto tempo, e nunca me foi explicada nem interpretação alguma foi obtida.

PADRE HUGHES E A PORTA DE OURO

– Eu era o único sobrinho de minha velha tia Amanda, que era viúva – começou padre Hughes, com uma expressão profundamente terna no rosto. – Tia Amanda tinha várias sobrinhas, minhas primas, mas as detestava enfaticamente, embora, em aparência, elas lhe fossem devotadas. – Padre Hughes tossiu. – Titia era muito rica. Eu era o único que carregava seu nome de família... Hughes. Minhas primas eram filhas das irmãs de tia Amanda, mas eu era filho de seu único e amado irmão. Ela havia sido como uma mãe para o meu pai, pois era 15 anos mais velha do que ele; criara-o depois que seus pais morreram, e quando ela fez 21 anos, de acordo com a vontade de seus pais, foi nomeada sua tutora. Assim, por vários motivos, havia um relacionamento maternal e filial entre os dois. As duas irmãs mais novas de papai... bem, tia Amanda parecia não ligar muito para ambas. Fazia o melhor para elas, mas só por dever. Meu pai era o seu favorito.

"Tia Amanda e meu pai vinham de uma velha família de partidários da reforma protestante na Escócia, e tia Amanda ficou muito chocada quando meu pai se casou com uma jovem católica órfã. Escreveu-lhe imediatamente dizendo que o estava "deserdando". Não com as proverbiais libras, pois o patrimônio havia sido dividido igualmente entre os quatro, tal como estava. Nunca mais falou com meu pai, nem qualquer das outras irmãs, que servilmente faziam tudo o que tia Amanda fazia, ganhando assim seu total desprezo. Tia Amanda havia se casado com um comerciante local riquíssimo e não tinha nenhum filho, e minhas outras tias haviam se casado muito modestamente e eram cheias de filhos.

"Tia Amanda escreveu ao irmão, James Hughes: 'Certamente, embora tenha se casado com quem se casou, seus filhos não abraçarão a igreja católica.' Eu era o único filho e, naturalmente, fui batizado na igreja. Tia Amanda, soube, teve um pequeno ataque por causa do assunto, mas, zelosamente como sempre, enviou a roupa do batizado – que meu pai, meu avô e todos os meus tios tinham usado na ocasião – para mim. Ela não compareceu. A roupa foi devolvida depois que a usei por aquele curto espaço de tempo, e tia Amanda nunca respondeu a qualquer das carinhosas cartas de meu pai."

James Hughes era um homem gentil e sonhador, que escrevia poesia quando deveria estar estudando processos e outros assuntos legais no escritório, onde era um advogado principiante. Era um trabalhador meticuloso e esforçado e fora designado para aquelas pesquisas enfadonhas e sumários que aborreciam terrivelmente os colegas mais velhos. Ele não se incomodava. Gostava muito de detalhes, e eles não ocupavam todos os seus pensamentos. E continuava a escrever poesias, que eram sempre duramente rejeitadas pelos redatores de revistas de poesias e outros editores. Evidentemente eram poesias de má qualidade, na verdade, e seu filho, lendo-as anos mais tarde, achou-as quase embaraçosas, de tão ingênuas e simples. Mas o coração doce e inocente do homem brilhava em cada linha.

A esposa, Dorothy, era igual a ele. Estava contente com sua minúscula casa hipotecada em Londres, em rua das mais isoladas. Era uma coisinha feliz e não pensava em nada a respeito de dinheiro e só em seu Deus, sua igreja, o marido e o filho. Se ela se sentia infeliz, era por ter tido apenas um filho, a quem chamou Benedict, em homenagem ao seu santo favorito. Ela e o marido eram unidos como árvores novas, abraçando intimamente tanto o espírito como o corpo.

James queria melhorar a situação da família, e assim investiu sua pequeníssima fortuna em um dos bônus especulativos que periodicamente assolavam as Ilhas durante aqueles anos. Perdeu tudo. Desta forma, nada mais possuía a não ser o salário. Ele e Dorothy não ficaram muito preocupados. Levavam uma vida sonhadora e devotada à parte do mundo que desconhece o desânimo e a decepção. A vida deles, sob vários aspectos, era um idílio. Liam poesia um para o outro ao redor do fogo, depois do chá. James tornou-se católico. Parecia impensável para ele que a mais ínfima coisa pudesse dividi-los; recebeu ensinamentos, e com o seu coração simples de sempre entrou para a

Igreja. Se alguém como Dorothy, raciocinava ele, podia ser católica, então por que deveria ele permanecer fora do portal?

James tinha um sofrimento: sua separação da irmã Amanda. Escreveu-lhe toda semana, embora sem receber resposta, até o dia de sua morte, quando seu filho, Benedict, tinha 10 anos. Ele foi morto por um bonde, dez minutos depois de ter saído de uma igreja das vizinhanças e ter recebido a santa comunhão. Homem da mais extrema virtude, havia se confessado apenas um dia antes. O padre assegurou tanto à esposa quanto ao filho que James havia morrido em estado de graça. Era possível, como insinuou o bondoso padre, que James tivesse entrado no céu de imediato. Tivera uma vida sempre pura como o leite, e tão inofensiva quanto água da fonte.

Dorothy, a boa católica, ficou contente por receber tal consolo. Mas o gosto pela vida desaparecera na pobre mulher, que tinha apenas 28 anos na ocasião. Mesmo quando tia Amanda veio para o funeral simples – James conhecia poucas pessoas –, Dorothy não pareceu estar muito consciente da sua presença e continuou virando os grandes olhos vagamente atordoados para a formidável mulher, e só em algumas ocasiões se inteirando da presença dela. Quando Amanda, que era tão controlada, de repente rompeu em violentos soluços e lágrimas, Dorothy ficou confusa e alarmada e tentou confortá-la, olhando para os outros como se questionando por que a estranha chorava. Quando alguém dizia gentilmente, mais de uma vez, "irmã de seu marido, querida", Dorothy balançava a cabeça e murmurava: "Claro", mas era só um murmúrio polido. É bem possível que, afinal, Dorothy conscientemente não reconhecesse Amanda como cunhada e irmã de James.

Um mês depois do enterro, tia Amanda escreveu a Dorothy: "Como agora compreendo sua situação financeira, vou, no primeiro dia de cada mês, enviar-lhe um cheque satisfatório e serei responsável pela educação do filho do meu irmão, Benedict."

Dorothy leu a carta com ceticismo e então proclamou em voz alta:

– James, querido, recebi uma carta muito curiosa! Por favor, desça e venha lê-la! – Obteve o silêncio como resposta e balançou a cabeça, dizendo ao angustiado menino: – Você viu seu pai sair, amor? Ele não está lá em cima.

Benedict só tinha 10 anos e compreendeu que a mente da mãe a havia subitamente abandonado, pelo sofrimento e solidão. Escreveu uma carta tensa para a tia Amanda e o papel ficou cheio de marcas de suas lágrimas. Tia Amanda chegou na sua resplandecente carruagem, quatro dias depois – ela vivia em Grosvenor Square –, para descobrir que Dorothy havia morrido enquanto dormia, poucas horas antes. O frágil coração de passarinho tinha se partido. Deus, na sua misericórdia, compreendeu que, sem James, Dorothy não estava realmente viva, não era mais do que um resíduo dilacerado e esfrangalhado.

– Há ovelhas que podem suportar tempestades de neve e as fúrias do vento – disse padre Hughes – e sair delas mais resistentes, animadas e ativas, como exortou o poeta, cheias de vigor e de amor à vida. Mas há as ovelhinhas e cordeirinhos macios, frágeis e confusos, que morrem na primeira tempestade que os ataca. Nosso Senhor, é o que se diz, era particularmente terno com elas e as procurava para tirá-las da tempestade. Minha mãe foi uma destas ovelhas, e Nosso Senhor levara-a para casa. Gosto de pensar nos meus jovens pais no céu – acrescentou padre Hughes, com a luz do fogo brilhando nos seus cabelos brancos e a teia dos anos engrossando seu rosto magro. – Sou tão mais velho do que eles eram. Será que me reconhecerão?

Mas Amanda, com certeza, de repente entendeu que espécie de cordeiros e ovelhas o irmão e a mulher dele tinham sido, e tomou-se de extremo remorso e pesar. Depois do enterro de Dorothy, ela levou o pequeno e pálido Benedict para sua mansão, que ele jamais havia visto. Naquela noite, ela colocou as mãos nos ombros dele e disse:

– Sou uma velha má e detestável, realmente odiosa. Espero que seu pai possa descobrir isto no seu coração para perdoar-me – disse ela, franzindo a testa. – Mas lembre-se, meu jovem patrão, de não levar vantagem naquilo que você possa considerar uma fraqueza minha neste momento! Você irá na próxima semana para a escola preparatória, e até um próprio príncipe de sangue real está lá!

Benedict então disse, com a delicadeza e firmeza do próprio pai:

– Não, tia Amanda. Quero ser padre!

Tia Amanda jogou as mãos para cima horrorizada, e seu grande rosto ficou roxo. Ela ameaçou. Jurou. Como seu marido tinha sido um homem cheio de vitalidade, ela aprendera algumas blasfêmias com ele, e as gritou de modo trovejante. Mas o pequeno Benedict não ficou assustado. Pelo menos, não tão assustado – e repetiu:

– Quero ser padre. Papai e mamãe sabiam, e ficaram felizes.

Tia Amanda bateu-lhe no rosto com violência, irrompeu em soluços e apertou-o de encontro ao peito. Então mandou trazer conhaque para si própria e um pouco de vinho doce para o rapaz. Beberam juntos no gigantesco e atulhado salão de visitas da sua casa, chorando à luz da lareira.

Ela não era mulher de desistir com facilidade, e Benedict não era um rapaz crescido. Tia Amanda adulou-o nos dias seguintes; descreveu sua situação solitária com comovente autopiedade; abraçou-o, esbofeteou-o, empurrou-o, apertou-o no peito. O menino iria obedecer-lhe ou ela quebraria seu ânimo! O ânimo de Benedict permaneceu singularmente inteiro. Amanda esbravejou:

– Você é tão obstinado quanto seu pobre pai, que não tinha miolo na cabeça! Cachorrinho ingrato!

No oitavo dia, ela subitamente anunciou que Benedict iria para uma boa escola jesuíta, em Londres, e que isso encerrava o assunto. Por alguns anos. Ele foi para Oxford e a querela recomeçou. Os dois agora se amavam muito, como só pessoas solitárias podem se amar, e brigavam quase todo o tempo sobre a decisão inflexível de Benedict. Diversos padres iam conversar com Amanda; ela os insultava, dava-lhes conhaque e uísque, mandava que jantassem com ela e dava-lhes muito dinheiro. Aquilo não tinha o objetivo de suborno, tia Amanda apenas os considerava homens sensíveis que deveriam entender sua posição e a de Benedict, como seu herdeiro. Eles entendiam, e também entendiam que Benedict possuía uma vocação verdadeira.

E assim Benedict foi para o seminário que escolheu, e tia Amanda não lhe escreveu por dois meses. Ela, então, presenteou o seminário, que era muito pobre, com uma quantia tão impressionante que o próprio bispo veio visitá-la para expressar sua gratidão e para se assegurar, provavelmente, de que não estaria sonhando e de que o cheque era autêntico.

– É o dinheiro que o pai dele deveria ter tido, senhor – disse tia Amanda, limpando os olhos, e ao mesmo tempo franzindo a testa. – Tivesse eu dado isto àquele cordeiro tolo, e ele não estaria vagueando pela rua naquele dia, na neblina, e estaria vivo agora, pois teria sua própria carruagem.

Benedict anunciou de modo muito tranquilo à velha tia que queria ser um padre missionário. Amanda teve outro ataque, desta vez sério, que serviu para trazer Benedict para o seu lado com mais frequência, situação que a acalmou e a fez esperançosa. Mas quando estava andando de novo, embora com uma bengala, Benedict avisou-lhe que sua decisão permanecia de pé. Ela o atingiu com a bengala e daí em diante nunca mais a usou para andar.

– Não sei onde está Deus para permitir isto! Meu único filho vivo, com o nome de meu pai!

Benedict foi ordenado, e tia Amanda estava lá, como estava na igreja quando ele celebrou a primeira missa. Ela se sentou ereta, extremamente gorda e alta e observou com olhar crítico cada gesto seu. E lágrimas de alegria misturada com tristeza correram-lhe pelas faces rosadas.

– Agora posso morrer em paz – disse-lhe, na rica e abundante recepção que deu em sua homenagem depois da missa, e ajoelhou-se para a sua bênção, com os olhos se mexendo de forma comovente. Ela viveu até os 94 anos, e a ordem de Benedict prosperou bastante graças às suas doações. Ela deixou-lhe uma fortuna magnífica e mil libras a cada uma das suas sobrinhas, que o levaram à justiça, naturalmente, reclamando influência indevida, mas perderam a causa.

Durante os longos anos em que viveu sozinha, só com os criados, na sua mansão da Grosvenor Square, Benedict a visitava sempre que podia e lhe escrevia várias vezes por semana. Havia muito, desde quando tinha 11 anos, que deixara de chamá-la de titia. Chamava-a de mãe.

– E nenhum menino jamais teve mãe melhor, mais amável e mais carinhosa – disse o padre Hughes. – Ela me mimou absurdamente toda a vida e me amedrontou até não poder mais.

Certa ocasião, quando ela estava com 76 anos e Benedict com quase 40, recém-retornado da África, onde passara dois anos, foi logo para a casa da tia Amanda, para ficar com ela. Tia Amanda não estava perceptivelmente mais velha. Ia dar um magnífico jantar em sua homenagem, na noite seguinte.

– Quero que conheça um querido velho tolo – disse a Benedict. – Por que eles fazem você usar um colarinho tão desconfortável? Graças a Deus, pelo menos não precisa de polainas. Realmente não sei por que os pobres clérigos da Igreja Anglicana as usam; uma coisa idiota, sempre achei. Não importa. Agora, sobre o meu querido velho tolo. Oh, ele é vários anos mais novo do que eu. Nunca se casou. Faz-me lembrar seu pai. Devo observar, aqui e agora, sem querer ofender, que você superou seu pai em sonhos e emoções, e tudo para melhor. Mas o Sr. Joshua Fielding permanece quase exatamente igual ao seu pai. Mencionei que ele é solteiro? Sim. E nenhum parente. Mas nada o preocupa, ele passa pela vida como aquela mulher danada que se apaixonou pelo Sr. Lancelot...?

– A lady de Shalott – disse Benedict, colocando mais conhaque no copo da tia.

– Que tola – disse Amanda. – Ela podia ver o maldito homem no espelho, não? Era necessário correr atrás dele, depois morrer? Por falar nisso, qual foi a maldição sobre ela?

– Eu nunca soube – respondeu Benedict, sentando-se em frente à indomável tia e sorrindo amorosamente para ela. – Mas acho que há moral ali, e aqueles que não ousam ver a vida deveriam olhá-la de relance através de seus espelhos. A realidade produz um efeito chocante em algumas pessoas, a senhora sabe. Muito triste. Com frequência, fico imaginando como elas podem ser tão fracas.

– Hum – disse Amanda, com alguma irritação –, nunca fui de olhar nos espelhos. Como estava o pernil esta noite?

– Excelente. A senhora tem realmente de dar aquele jantar chato amanhã, mãe?

– Sim, é claro. Convidei muitos romanos, para o seu benefício. Não lhes fará nenhum mal dar a você alguns soberanos para a sua ordem. Gente rica gruda em soberanos como moscas no mel. Pode-se entender isto. Joshua é um romano também, e muito bom. Delicado e generoso. É exatamente como a lady de Shalott.

– Ele se recusa a ver a vida?

Amanda refletiu. Depois balançou a cabeça, desconcertada.

– Não sei, querido Benedict. Mas como ele pode ver a vida, se é que vê, com tal serenidade e tranquilidade, se está completamente acima de mim? Nunca fala de religião com ninguém. Cita muito Shakespeare, em especial Hamlet. O que ele está sempre falando? Talvez eu não o esteja citando com exatidão. "Há mais coisas no céu e na terra, Horácio..." Aí está, não consigo me lembrar do resto.

Benedict sentou-se muito interessado.

– Ah, claro, eu me lembro. Não era uma das minhas citações favoritas – hesitou. – O Sr. Joshua é supersticioso?

– Deus meu, filho – disse Amanda, irritada –, nada posso dizer a respeito disto. Como você entra em irrelevâncias! O que tem superstição a ver com o Sr. Joshua, que vive num mundo de sonhos? Quero que o encontre para ver como o seu pai teria sido, tivesse o doce cordeiro vivido. Poderia – acrescentou Amanda com uma tintura de malícia – assustar você.

Algum velho trêmulo, possivelmente senil, que apanhou uma ou duas ideias nas suas viagens, pensou Benedict. Perguntou à tia:

– O Sr. Joshua já esteve na Índia?

– Ele tem estado em todo o mundo, embora eu não saiba por quê. O resto do mundo é tão não inglês, não é? Deve ser desgastante e monótono, não se pode confiar na água, segundo ouvi, e outras maldades iguais acontecendo.

Benedict riu de repente, lembrando-se das pungentes observações de Disraeli sobre a moralidade britânica.

– Ele fala da Índia com frequência?

– Não. Absolutamente não. E ele não tem nenhum destes assustadores pratos de bronze, esculpidos com símbolos e serpentes, mobílias estranhas e coisas dependuradas – tudo da Índia –, tão em moda hoje em dia. Dão-me náuseas. Muito depressivo. A gente fica à espera de cobras saindo, deslizando debaixo do sofá. Não. A casa de Joshua é exatamente tão confortável e prática como a minha, e de muito bom gosto. – Amanda olhou em redor com complacência.

Benedict também olhou em volta e pensou, como sempre havia pensado, quão atulhada e tão sem gosto era esta rica sala e pensou também como a amava como seu lar.

– Não acho – disse Amanda – que ele tenha gostado da Índia. Mas o que a Índia tem a ver com isto, Benedict? Como sua mente vagueia! Isto vem das febres que você tem apanhado em lugares pagãos.

De fato, Benedict havia sofrido várias febres em selvas e desertos, e estava em casa porque seus superiores acharam que ele precisava de tempo considerável para se recuperar. Seus superiores gostavam muito de Amanda agora, e cada vez eram mais reconhecidos. E ela estava velha.

Não havia ninguém na festa sequer da sua própria idade, e ele já não era tão novo. Não havia uma senhora ou um cavalheiro presente com menos de 65 anos. Muitos deles eram muito mais velhos. Eram todos muito gordos e tinham opiniões honestas, como Amanda, e todos exalavam aquele ar sereno que lembrava altas contas bancárias e sólidos investimentos. Riam de modo alegre e caloroso e estavam satisfeitos e contentes. O Sr. Joshua Fielding não era nada parecido com eles.

De fato, o Sr. Joshua parecia, surpreendentemente, com um grande número de velhos e elegantes monsenhores de antigas famílias italianas que Benedict encontrara com frequência em Roma. Tinha a mesma altura esbelta e dominante, a debilidade, os finos e aristocráticos perfis romanos. Seus olhos brilhantes e místicos, as cabeças nobres, as maneiras delicadas, o ar de desinteresse e serena benevolência. Benedict se perguntou por que ele não tinha se tornado padre, este esplêndido solteirão, cuja voz era ao mesmo tempo macia e ressonante, embora calma, e que mostrava em torno de si, como uma aura quase visível, a sublime santidade daqueles que são genuinamente bons e inocentes de espírito. E, como os monsenhores italianos, ele parecia bem consciente da realidade, apesar da opinião fixa de Amanda a seu respeito. A mistura de inocência intrínseca e compreensão do mundo era uma intrigante combinação. E Benedict logo se tornou fascinado, só em observar seu rosto sutil, os gestos graciosos e leves, a maneira como levantava o copo e inclinava a cabeça, os repentinos e doces sorrisos e a risada nunca malévola, que se mexia furtivamente nos cantos de sua boca refinada. Ele era o tipo de pessoa de quem usualmente se diz quando jovem, "ele não é verdadeiramente uma criança", e de quem se fala quando velho, "ele será sempre jovem".

O Sr. Joshua e Benedict se tornaram amigos quase de imediato. Ele falava da vida de Benedict com interesse e tinha o maravilhoso dom de ouvir e interpretar em seguida. Quando ouvia, os olhos alegres, tão joviais e vivos, podiam se tornar macios e graves. Então Benedict percebeu de repente, bem no meio do jantar, que de certa maneira a tia Amanda estava certa: o Sr. Joshua vivia um sonho, e vivia nele também, completamente à parte de sua vida mortal, da qual parecia certamente gostar muitíssimo. Não havia pesar, tristeza ou anseios em tal sonho, como notou Benedict, nenhuma superstição sentimental, nenhuma obsessão fanática, nenhuma fuga à realidade.

Benedict começou a pensar. Teria ele amado uma moça que tivesse perdido ou uma virtuosa mulher casada que não pôde conseguir? Decerto havia um distante brilho de amor em seus olhos, mas era o brilho de realização, de posse e alegria. Um homem não se comporta assim depois de ter perdido o seu amor.

Ele começou a investigar com discrição e curiosidade, pois o Sr. Joshua era apenas humano, quando os homens foram deixados sós com seus conhaques e as mulheres se retiraram para a sala de visitas. Havia encontrado um assento perto do Sr. Joshua, que era favorito de todos mesmo entre estes homens robustos e mundanos. O gigantesco lustre despejava suas luzes de arco-íris na brilhante toalha branca da mesa, os painéis das paredes faiscavam à luz do fogo. O jantar fora excelente. Os cavalheiros, romanos e não romanos, sentiam-se um pouco constrangidos por ter um padre entre eles e, além disso, tão jovem. Sua velha obscenidade teve de ser suprimida, e isso os fazia um pouco melancólicos. Assim, para lhes dar uma oportunidade de cochichar suas malícias entre si, Benedict inclinou-se em direção ao Sr. Joshua e começou a investigação pelo modo que considerava mais discreto. Repentinamente, os olhos do Sr. Joshua começaram a cintilar com graça paternal, o que fez Benedict corar. O homem mais velho puxou a cadeira para mais perto de Benedict, de modo que formaram uma pequena ilha em meio aos cochichos alegres e às barulhentas e bruscas risadas.

A chuva eterna e paciente da Inglaterra caía do lado de fora, naquela noite prematura de outono, e Benedict pôde ouvir os sussurros misteriosos de encontro às janelas cujas persianas estavam cerradas. Era um murmúrio muito pacífico. Como diziam os ingleses, fazia "uma noite suave".

– Nossos amigos estão tendo consideração com você – disse o Sr. Joshua. – Estou certo de que você poderia contar-lhes coisas mais ultrajantes do que as que eles estão cochichando agora. São homens muito bons, você sabe, meu caro rapaz. O forte, pulsante coração da Inglaterra. O robusto e forte coração. Espero que pulse para sempre! Espero que o império nunca se desintegre, como ocorreu com outros impérios no passado. Se isso ocorrer, todo um mundo de ordem e caráter, de disciplina e de liberdade estará perdido. Sim, esses são o coração da Inglaterra. Acho que é muita gentileza deles me aceitarem de modo tão sincero, não acha?

Benedict ficou surpreso. Encarou o rosto aristocrático sorrindo para ele, e em seguida olhou para os outros rostos um pouco grosseiros e superalimentados do "coração da Inglaterra".

– Veja você – disse o Sr. Joshua, removendo com graça a cinza do charuto –, meu querido e maravilhoso pai foi só um viajante. Ele carregava a trouxa nas costas por três cidades a cada ano, caminhando todos os passos da estrada exausto. Por pior que fosse o clima. Era assim o tal homenzinho. Uma vida inteira de privações, fome e pobreza e de trabalho duríssimo tinha contido o desenvolvimento do seu corpo, mas não da sua alma. Penso que ele é um santo agora, desconhecido pela Igreja, mas não por Deus. E minha mãe, para conseguir fazer o dinheiro render, aceitava costura e lavagem de roupa. Não podia ir às casas ricas para trabalhar, pois era uma criança doentia. Devo minha vida a ela, aos seus cuidados infinitos e ao seu carinho amoroso. Eu era o filho único. Assim, você vê que meus amigos são muito tolerantes, de fato, em me aceitar entre eles, como se eu tivesse nascido com a sua prosperidade e em uma de suas casas.

Benedict estava espantado. Olhou para o excelente tecido da roupa do Sr. Joshua, para as longas mãos brancas, tão curiosamente jovens e flexíveis, para as feições nobres e os olhos brilhantes. Um bonito anel se via no dedo anular da mão esquerda, usado à maneira de uma mulher comprometida. Ofuscava e cintilava com mil luzes intercambiáveis. Não era uma opala, ainda que apresentasse as incansáveis e cambiantes cores da opala e um ígneo, embora frio, coração. Benedict viu-se olhando aquele estranho anel, mesmo enquanto pensava a respeito do que o Sr. Joshua lhe falara.

– Você está imaginando – disse o Sr. Joshua – como agora sou rico e posso pagar pelo que tenho, e manter este padrão. Não trabalhei para ganhá-lo. Nem uma simples moeda. Meu pai, em suas viagens, acabou descobrindo que as mulheres pobres das fazendas, das vilas e aldeias, ansiavam, como todas as mulheres, por algumas fragrâncias em suas vidas, algum luxo a que pudessem ter acesso, e que as fizessem se sentir acariciadas. Então meu pai, quando estava em casa, com a ajuda de minha mãe, criou um sabonete oval, macio, fabricou-o com materiais perfeitos porém baratos, e que exalava um perfume muito forte. Era um perfume doce e muito poderoso, e parecia ser composto de rosas, lírios e lilases...

– Perfumes Fielding! – exclamou Benedict. – Sabonetes e sachês!

– Exatamente – disse o Sr. Joshua, sorrindo. – Então você os conhece.

– E quem não os conhece? – disse Benedict. – O mundo inteiro os conhece, e não só o império. O sabonete, seis *pence* o pacote. Os sachês, em saquinhos de cetim, dois por um xelim. O perfume dura para sempre, dizem.

O rosto do Sr. Joshua mudou subitamente.

– Para sempre é um tempo longo, graças a Deus – disse, olhando para o anel no dedo. Por um momento, Benedict o perdeu por completo. O velho senhor pareceu ter se retirado para trás da elegante fachada de seu corpo e rosto e estava agora saboreando alguma íntima delícia, além da imaginação. – Eu estava com 12 anos e pronto para o trabalho quando meu pai fez os primeiros pacotes de sabonete e os primeiros sachês – disse o Sr. Joshua, finalmente. – Eu ajudava meus pais a despejar o líquido em um molde que meu pai fabricara. Ele fez também a própria estampa tosca para o sabão, que permanece a mesma até hoje: o nome entrelaçado entre botões e flores, folhas e raminhos. Durante os primeiros anos, até eu fazer 18 anos, os produtos venderam pouco, mas de modo contínuo, e minha mãe deixou de lavar e costurar e trabalhávamos juntos, enquanto meu pai mascateava suas outras mercadorias, os sabonetes e os sachês nas suas viagens. E então a fortuna chegou de repente, como em geral ocorre. Grandes fábricas de sabonetes descobriram o sabonete e os sachês, depois que as mulheres de todas as cidades se recusaram a comprar quaisquer outros a não ser os de meu pai. Sua fama chegou até mesmo a Londres e a Edimburgo.

"Meu pai pode ter sido um santo, mas conhecia o valor de seu trabalho. Aceitou a oferta mais vantajosa e os *royalties* permanentes: a um *penny* por pacote, e dois *pence* pelos sachês, para ele próprio e para seus herdeiros, para sempre.

"Infelizmente, uma vida inteira de privações fez sua existência terminar quando se encontrava no exato limiar de sua nova vida. Minha mãe, que havia sofrido junto com ele, morreu de tuberculose. Eu tinha então 22 anos. Era um milionário, ou melhor, quase isso. Não era inculto. A longa enfermidade de minha infância conservou-me na cama, e eu lia muito. Não há nada como a audácia da juventude! Armado com minha fortuna, fiz o que meus pais me obrigariam a fazer. Fui para o exterior, para as grandes escolas da França e Itália, pois, naturalmente, não seria aceito na Inglaterra. Quando voltei, depois de vários anos, contratei um cavalheiro inglês para me dar aulas, polir minha pronúncia e transformar-me também em um cavalheiro! Esnobismo puro, não foi? – O Sr. Joshua riu com educação. – Sim, claro. Construí a casa onde ainda vivo, exatamente como meus pais a teriam feito e vivo como sonhavam viver. E a rainha aprecia a minha companhia. Ela pode ser da realeza, mas não se incomoda com o passado de um homem, se ele tem outras virtudes, e Sua Majestade parece achar que possuo tais virtudes.

– Estou certo de que o senhor as tem – disse Benedict, com o ardor de um jovem. Mas de repente ficou ruborizado. Estava sendo infernalmente rude. Havia forçado este fino senhor de idade a falar sobre sua vida e estava, além disso, sendo muito condescendente. Envergonhava-se de si mesmo. Os monsenhores italianos, por toda a antiga fama de suas famílias, não teriam feito isto e teriam olhado o Sr. Joshua com respeito e admiração e o reconheceriam como o grande cavalheiro que era. – Perdoe-me por me intrometer, acontece que minha mãe... minha tia... parece ser grande admiradora sua, e ela mencionou especialmente que queria que nos encontrássemos.

– E ela tem falado tanto em você. Estou alegre por nos encontrarmos. Só conheço Amanda há dois anos, pois viajo muito. Quero saber se há algum lugar neste mundo tão bonito quanto...

– Quanto? – disse Benedict, quando a voz eloquente do Sr. Joshua se interrompeu abruptamente.

– Como um lugar que conheço – completou o velho. – Devo lhe falar sobre ele algum dia. E você será a primeira pessoa a ouvir sobre ele. – Olhou o anel outra vez.

Os cavalheiros se levantaram para se juntar às senhoras.

Mais tarde, Benedict falou com cautela à tia.

– Um maravilhoso senhor, aquele Sr. Joshua Fielding.

– Não é mesmo? – perguntou Amanda, gratificada. – Eu sabia que vocês se apreciariam, logo de início. E todo aquele dinheiro, também. Milhões. Sabonete e sachê. As empregadas o adoram. – Ela parou e riu. – Eu também. Um pouco esmagador, o perfume. Mas, realmente, um bom sabonete. Melhor do que Pears e do que os importados franceses, acredito. – Seus espartilhos estalaram. – Realmente devo subir para a minha cama, querido. Não sou tão jovem quanto antes. O Sr. Joshua lhe falou das suas imensas caridades e da fortuna anual que ele doa para a Igreja de vocês? Uma maravilhosa pessoa, o querido Joshua.

Pouco antes de dormir, Benedict lembrou-se das estranhas palavras do Sr. Joshua: "Quero ver se existe neste mundo um lugar tão bonito quanto... um lugar que conheço."

Havia algumas almas, refletiu Benedict, tão puras, inocentes e nobres, tão repletas de virtude, que a elas são concedidas, em êxtase, alguns lampejos do céu. Seria o Sr. Joshua uma delas? Seu rosto tinha sido o de um amante, de um homem amando, um homem jovem.

Benedict visitou o bispo e alguns padres que conhecia em Londres. Sondou-os sobre o assunto Joshua Fielding. Invariavelmente, suas faces se enchiam de luz e afeição. O bispo não podia falar melhor do velho senhor.

– Um verdadeiro filho da Igreja – disse a Benedict. – Um santo. Falou-me dos seus desejos, vai deixar tudo para a Igreja, incluindo todos os *royalties* depois de sua morte. Houve vários invernos em que quase temi que morreríamos de fome aqui em Londres, se não fosse por Joshua. Não espera que lhe peçam: ele sabe quando os outros estão necessitados.

– Vossa Eminência diria que ele é um místico?

O bispo o encarou.

– Um místico? Não, não penso assim. Somos muito bons amigos. Eu saberia. Sobre o que está falando, Benedict?

– Ele parece ter uma expressão mística, algumas vezes – explicou o jovem padre, sem muita convicção.

O bispo sorriu.

– Sim, já percebi. Mas ele é muito culto, você sabe, e pessoas cultas frequentemente assumem essa expressão, distante e pensativa, não é assim? Não, eu saberia se Joshua fosse um místico. Ele, de fato, é uma pessoa muito sensata, apesar de sua casa ser completamente sem gosto, não é? Ele explicou que era a espécie de casa com que os pais tinham sonhado, e por isso a construiu assim. Estou certo de que seu gosto, que é muito sofisticado, não conduz àqueles caminhos, mas ele amava os pais de modo muito terno. Tem uma galeria particular de antigos mestres maravilhosos e uma coleção de bibelôs que não pode ser encontrada em nenhum outro lugar em Londres. Objetos de arte. Estão em outra parte da casa. Um místico, você diz? Não, na verdade, não. O Sr. Joshua é muito sagaz a respeito de assuntos de negócios, pode estar certo, tem os melhores advogados para examinar os livros da fábrica de sabão anualmente. – O bispo riu. – Ele tem os mais seguros investimentos, que administra pessoalmente. Um trapaceiro tentou enganá-lo alguns anos atrás, e, quando Joshua descobriu, botou o homem na justiça. Ele não tem nenhuma piedade com mentirosos e os detesta mais do que detesta qualquer outro criminoso. Em alguns aspectos, Joshua pode ser impiedoso, tanto quanto o aristocrata que intrinsecamente é.

– Vossa Senhoria alguma vez observou aquele anel especialmente grande e bonito que ele usa, uma pedra que parece composta de todas as opalas do mundo?

– Sim – disse o bispo –, ele pediu para ser enterrado com o anel.

Benedict pensou nisso por um momento, então começou a falar ao bispo das palavras peculiares do Sr. Joshua, por ocasião do jantar de tia Amanda. Mas parou, depois da primeira ou segunda palavra. O Sr. Joshua não lhe pedira para manter o assunto confidencial. "Contudo, havia insinuado que sabia que Benedict não seria um falador fútil e que não trairia a sua confiança, caso houvesse algo a ser confiado", pensou o jovem padre.

Passadas algumas noites, o Sr. Joshua pediu o prazer da companhia da Sra. Amanda Seldridge e de padre Benedict Hughes para jantar em sua casa. Eles aceitaram. No dia do jantar, porém, Amanda teve um simples resfriado e o médico ordenou-lhe repouso. Ela insistiu para que Benedict não deixasse de ir.

– Ele tem alguns tesouros notáveis, o querido Joshua – disse. – Você realmente deve vê-los, Benedict. E sua estufa, bem no meio de Londres! As mais raras flores. Ele cuida delas como um pai. E tem uma flor que ninguém viu antes. Ele a chama C'est Égal. Linda. Incrivelmente notável.

– C'est Égal – repetiu Benedict. – "É igual." Extraordinário. Uma rosa?

– Não. Simplesmente não posso descrevê-la, meu filho. Ele nunca diz onde a encontrou. Talvez nas maravilhosas selvas escuras que tem visitado em suas viagens. É como brilhante. Quando tive um resfriado forte enquanto você estava fora, ele me mandou quase uma dúzia delas. Encheram completamente a casa com o mais maravilhoso perfume. Impossível de ser descrito. E apesar de serem flores colhidas, elas viveram durante semanas! Literalmente semanas! E então... agora o que é extraordinário! – Amanda parou.

– O que é?

– Acabei de me lembrar. Na última noite em que as vi, e elas estavam ao lado do sofá, no meu quarto, estavam tão frescas e perfumadas quanto no primeiro dia. E quando acordei de manhã, tinham desaparecido. Perguntei à minha enfermeira sobre elas, e aos criados e todos juraram que não haviam tocado nelas. Sim, extraordinário. Mas há uma explicação simples. A enfermeira era muito intrometida. Atirou-as fora enquanto eu dormia, sem dúvida. Enfermeiras parecem ter aversão a flores, não acha? Estão sempre jogando-as fora.

– Cada vez mais curioso – murmurou Benedict.

– Alice no País das Maravilhas – disse Amanda, orgulhosa da sua memória.

Sentindo-se ele próprio um pouco como Alice no País das Maravilhas, Benedict foi jantar na casa do Sr. Joshua Fielding. Não sabia o que o esperava, mas descobriu que era o único convidado, e que a grande mansão era uma decepção, embora riquíssima e tão feia quanto a da tia. Todo o mau gosto e a opulência vulgar, os bricabraques amontoados e o mobiliário chocante da era vitoriana estavam lá. Era o sonho de um pobre trabalhador satisfazendo as suas fantasias. Não havia nem mesmo o menor toque de elegância, em nenhum lugar, nem graça, nem encanto, nem delicadeza. O Sr. Joshua saudou o jovem padre tão calorosamente como se fossem amigos há muito tempo, expressou seu pesar pela doença de Amanda e ofereceu uísque.

– Sou um autêntico plebeu – disse o Sr. Joshua. – Nem mesmo borrifo um pouco de soda no meu copo. Tomo uísque puro. E nunca toco em licor. Suponho que você esteja imaginando como obtive meu título?

– Não, não me ocorreu – respondeu Benedict.

– Simplesmente dei uma grande soma de dinheiro para uma das instituições de caridade favoritas da rainha. Ostentação minha, não é? Mas eu estava sinceramente interessado na caridade. Ela ficou tão satisfeita que me conferiu o título. E daí nos tornamos bons amigos. – Tornou-se subitamente grave e disse, após sorver a bebida por uns momentos: – Ela jamais conseguiu esquecer o príncipe Alberto. Nunca esquecerá. Alguns dizem que este longo sofrimento é autopiedade. Não, não penso assim, Benedict. Você se lembra da história do velho e sua mulher que foram visitados por um dos deuses, e eles o trataram tão amavelmente, apesar de estar vestido como um mendigo, que na manhã seguinte ele lhes pediu para formular o desejo mais ansiado? Eles lhe disseram que rezavam para que nunca fossem separados e assim o visitante os transformou em árvores, lado a lado, e seus galhos se misturaram entre si. – Ele parou e Benedict pensou em seus jovens pais, que pouco viveram, exceto nos sonhos dele. O Sr. Joshua continuou: – Há muitos que só amam uma vez. São da espécie que, uma vez amando Deus, por exemplo, nunca o traem ou o ferem, mas o servem com encanto, alegria, e fé por todos os dias da sua vida, e há as pessoas que só amam uma vez no mundo. Quem pode dizer que o amor mortal é transitório e acabará? O Amor, que é o próprio núcleo ardente do Ente Supremo, é eterno. Um homem e uma mulher que se amam verdadeiramente nunca podem esquecer, mesmo quando resignados depois da morte de um deles, e algumas vezes eles nunca se resignam, apesar de dizerem a si mesmos que se curvam ao desejo de Deus. Apesar de tudo, somos seres humanos. Um pouco mais de uísque, Benedict?

Benedict, aceitando, refletiu. Teria o Sr. Joshua amado uma mulher que tivesse morrido, e vivia sob aquela lembrança? Suas palavras poderiam induzir alguém a pensar assim. Se isso era correto, então ele vivia com o pensamento nela, e todos os seus dias e noites eram permeados com a alegria, não só da sua memória, mas de sua viva pulsação.

– O coração humano, a alma e a carne são bem conhecidos de Nosso Senhor – disse o Sr. Joshua –, pois Ele próprio não os possui? Quem pode duvidar que Ele tenha amado Sua Bendita Mãe e tenha pensado nela quando ficava ausente e depois, quando subiu ao céu, não tenha se lembrado dela? Quem pode negar isto, depois de pensar um momento? Sei que não é ainda um dogma da Igreja, nem mesmo doutrina ou artigo de fé, mas algum dia será infalivelmente conhecido que Deus não esqueceu Sua Mãe, nem deixou de amá-la, pois Ele tinha sido, e é, carne de sua carne e coração de seu coração. A tradição de que ela subiu ao céu em corpo se tornará inteiramente aceita, e então será um dogma. Se Ele, que foi criado na eternidade, não pôde esquecer Sua Mãe, então seguramente nós não podemos esquecer aqueles que amamos, e esperamos ansiosamente para vê-los outra vez em um lugar muito melhor do que este mundo tumultuado, este mundo de pecados, erros, tristezas e maldades. Esquecê-los é insultá-los, diminuir sua memória, rejeitar seu amor por nós. Tenho medo de estar falando de uma maneira imponente, Benedict, mas sou da velha geração, você sabe.

"Eu o vi só duas vezes", pensou Benedict, "e ele é velho o bastante, quase, para ser meu avô. Será que confia em mim porque sou padre?".

– Converso muito com Amanda sobre você, Benedict. Ela me falou dos seus pais, da sua infância e de como você sofreu por seu pai e sua mãe. Pensei, então, que, se algum dia o encontrasse, eu lhe contaria... uma história muito estranha e completamente verdadeira. Se – e o Sr. Joshua sorriu – você fosse como a sua tia apaixonada disse que era.

– E sou? – perguntou Benedict.

O Sr. Joshua estudou-o.

– Acho que sim – disse, após um instante. – Mas serei capaz de saber melhor em breve. O que você acha de minha tese?

Benedict hesitou.

– O senhor sabe que somos ensinados a rezar pelos mortos e que pedimos suas orações para nós. Mas não podemos nos lamentar e rebelar sempre. Devemos ficar felizes supondo que estão seguros com Deus.

– Você não acha que a Bendita Mãe sentia falta do seu Filho e que talvez Ele sentisse falta dela, no céu?

– Como o senhor salientou. Nosso Senhor possuiu, e ainda possui, um coração humano e uma alma humana. Assim, eu deveria responder "sim". Apesar de que, naturalmente, não existe tempo com Deus, só eternidade, Sr. Joshua.

– Acho que nosso jantar está servido, Benedict.

Os dois foram para uma imensa sala de jantar, em cada detalhe tão feia e tão atulhada de móveis quanto a de Amanda. Benedict pensou que o jantar, no mínimo, seria refinadamente francês, com um traço de sabor italiano, pois, afinal, não se pode levar a extremos o amor filial. A casa era desagradável o suficiente. Mas o jantar era exatamente como um dos de Amanda e sem inspiração. Nem o vinho combinava.

O Sr. Joshua, o homem de nobre perfil e elegância aristocrática, apreciou cada pedaço do sangrento rosbife, da couve-de-bruxelas, do purê de nabo, das cebolas e das batatas cozidas. Olhou com prazer para o pudim que Benedict, que tinha um toque da doença do Fígado, não podia comer.

– Ouvi sobre suas febres, Benedict. Talvez você prefira um abricó ou uma pera, em vez deste delicioso pudim?

– Nesta época do ano? O senhor importa as frutas da Espanha, em papel prateado?

– Oh, não. Cultivo-as na minha estufa. – O Sr. Joshua tocou a campainha e o criado trouxe um prato com abricós e peras, suaves, frescas e cheirosas.

– Na sua estufa? Em Londres? – perguntou Benedict, incrédulo.

– Certamente. Eles são uma variedade anã, em geral não conhecidas. Eu mesmo as cultivo. Prove-as.

Benedict, descascou com cuidado a fruta com a faca apropriada e comeu-a. Nunca havia provado tal sabor, nem na Espanha, nem na Itália ou no Oriente. Não só eram as frutas refrescantes, como também deliciosas. Eram deliciosas demais para serem estragadas, mesmo com o melhor dos queijos. Um vinho rosado foi servido com elas.

– Nunca bebi um vinho como este – disse Benedict.

– Vem do Chile – disse o Sr. Joshua, satisfeito com o prazer do jovem.

– Já ouvi falar da sua estufa, Sr. Joshua, por minha tia.

– Gostaria de visitá-la após o jantar?

– Sim, claro!

– E a minha pequena galeria de antigos mestres? – Joshua riu um pouco. – Não, suponho que não. Você tem visto o melhor no Vaticano e no Louvre, e assim, por que deveria se aborrecer com os que coleciono, que são tudo o que tenho? Prefiro artistas modernos, mas eles são um pouco fortes para o estômago. Em vez disso, vou mostrar-lhe minha estufa.

Depois do jantar, o Sr. Joshua guiou Benedict através de uma série de cômodos grandes e lúgubres, piscando à luz do fogo. Depois percorreram um longo corredor e saíram no interior de uma imensa estufa. O ar estava pesado, quente e úmido, e fez Benedict pensar nas florestas. Então viu que não se tratava de uma estufa comum, cheia de palmas presas, rosas sem naturalidade, pálidas gardênias, orquídeas e outras flores exóticas com as quais estava familiarizado, nunca vira flores como estas! Caminhou ao longo das bancadas e examinou-as de perto. A atmosfera estava carregada com fragrâncias langorosas. Havia certa quantidade de árvores frutíferas, verde-escuras e carregadas de folhas, resplandecendo de frutas tropicais e semitropicais, e havia um sentimento de vida ali, debaixo dos inúmeros bicos de gás.

– Procurei flores no mundo todo – disse o Sr. Joshua, e citou o nome de algumas –, muitas delas são bem pequenas no seu estado nativo, mas um cultivo cuidadoso e enxerto... uma nova arte na horticultura... resultaram nestas grandes florações. – Ele se deteve perante uma caixa simples, cheia de terra escura e rica, e Benedict parou com ele.

A caixa estava apinhada de botões e compridas folhas rígidas. No meio destas folhas ficavam as flores, grandes e brilhando como se tivessem vida própria, e amarelas como ouro. Pareceu a Benedict que elas emitiam uma aura, mais tênues do que elas mesmas, e tremulantes. As pétalas eram tão grossas como as de uma rosa, intimamente agrupadas. Nem uma simples pétala estava murcha ou manchada. Os estames pareciam abafados em ouro em pó. E seu aroma era incrivelmente doce, fresco e puro.

– C'est Égal – disse Benedict com admiração. – Minha tia me contou.

Não precisou se curvar para cheirar as flores, pois eram altas. Olhou-as com carinho e, certamente na sua imaginação, elas pareceram se curvar em sua direção, como se reconhecendo seu amor e retribuindo-o. E – o que a imaginação podia fazer! – elas pareceram também luzir de maneira brilhante, como se sorrindo para ele.

– C'est Égal – repetiu o Sr. Joshua.

– O senhor encontrou-a em algum lugar distante?

– Não – disse o Sr. Joshua. – Em Londres, quando eu tinha 26 anos, uma jovem me deu uma única flor na rua, e esta é a descendência desta flor.

– Mas onde teria sido possível ela ter obtido esta flor, Sir Joshua?

O Sr. Joshua olhou as flores que se curvavam em direção a Benedict, como se agitadas por uma brisa, e então sorriu e segurou o braço do jovem sacerdote.

– Vamos voltar para dentro de casa, e vou lhe contar. Criei a estufa para fazer companhia a elas. – Ele apagou as luzes. Uma indistinta escuridão verde imediatamente tomou conta da estufa, mas C'est Égal continuou a brilhar como se estivesse iluminada, o mais brilhante ouro puro que Benedict já vira na vida. Enquanto os dois passavam pelo corredor, Sir Joshua disse: – Se as flores não tivessem... poderemos dizer, conhecido você?, eu não teria nem mesmo sonhado em lhe contar sobre elas.

Que homem fantasioso, pensou Benedict. Mas olhou para trás, ansiando por outra visão da flor maravilhosa. Quando estavam na sala de visitas de novo, bebericando conhaque, o Sr. Joshua ficou muito calado e olhou o fogo por vários e longos minutos. Foi como se tivesse se esquecido de Benedict.

– Acho que devo lhe contar – disse, finalmente. – Mal tive tempo de conhecê-lo, mas sinto que devo lhe contar, e jamais contei isso a qualquer pessoa antes. – Voltou a cabeça requintada e Benedict viu metade do seu rosto na luz vermelha do fogo, exaltada e festiva. – Eu tinha 26 anos. Meus pais estavam mortos, e eu era muito rico por causa de todo o trabalho deles. Na ocasião, estava construindo esta casa, esta querida casa feia, e morando no Claridges. Sim, no Hotel Claridges. Eu tinha voltado da França, da Itália e da Alemanha, e meu professor morava comigo. Algumas vezes eu me tornava muito intranquilo com a lembrança dos meus pais, e assim, com frequência, saía do hotel, tomava um bonde e depois andava longa distância até o meu antigo lar, onde meus pais e eu havíamos vivido.

A vizinhança era muito melancólica e decadente. Quando os pais de Joshua moravam lá, o lugar era apenas um pouco melhor do que uma favela. Agora era uma favela completa. Muitas das casas apodrecidas tinham sido demolidas e duas ruas antes de sua velha casa havia um armazém recém-construído. Podia-se olhar seu monótono contorno elevado acima de um alto muro de tijolos, mas só a parte mais alta e o telhado escuro. A área dentro do muro só poderia ser alcançada por meio de um portão de ferro, na rua dos fundos. Não havia gramado dentro da área, nem uma árvore ou um arbusto. O chão era de argila e pedra compactada. Carretas entravam através do único portão, com mercadorias para serem estocadas e depois vendidas a varejistas.

– Mercadorias muito baratas – disse o Sr. Joshua. – Chitas, morins, mobília de má qualidade, louça inferior, potes e panelas, utilidades usadas em quantidade pelas pessoas muito pobres. O descolorido do muro de tijolos velhos, sua área cercada sem vida e o abominável depósito tornavam a decadente favela ainda mais depressiva. Era uma rua muito movimentada em dias de semana, com a entrada e saída das carroças e dos cavalos, as brincadeiras das crianças no calçamento, o grito de mulheres nas portas cheias de lixo e o berro de homens. Era um lugar calamitoso, como toda pobreza e todo comércio naqueles dias eram calamitosos. Falava-se sempre com desdém dos "bêbados pobres". Mas o que faz um homem beber? Ele deseja esquecer, e o pobre precisa ter seu paliativo tanto quanto o rico. Eles precisam mais dele; e morrerão para obtê-lo, pois como poderão suportar suas vidas? Um homem não pode viver sem esperança. Não havia esperança naquelas ruas. Eu não ia lá por afeto, mas apenas porque queria lembrar meus pais e os vizinhos, os amigos, de modo a jamais esquecer a miséria e poder entendê-la. Eu agora era rico, mas estava determinado a nunca esquecer, em benefício da minha alma.

– O senhor nunca esqueceu – disse Benedict.

– Não. Nunca esqueci o horror. Ou a alegria que Deus me deu lá.

Aos domingos, até a favela parecia morrer. O armazém ficava silencioso, assando-se ao sol ou esparramando água escura com cascalho e barro. As pavorosas casinhas ficavam quietas; para variar, as crianças faveladas eram lavadas e se sentavam quietas e caladas nos degraus batidos. A região toda exalava cheiro de gás, de carvão, fumaça, poeira e carniça.

Um domingo, um domingo tão mofado e cinzento como cinza apagada molhada, Joshua caminhava por lá ao longo do alto e interminável muro de tijolos que guardava o depósito. A cidade rumorejava a distância. Ali tudo era quase mudo. E estava vazio.

Joshua olhou para os lados do caminho e depois para longe. Foi então que viu uma jovem, caminhando apenas a alguns passos na sua frente. Parou, surpreso. Ela não estava lá há um momento atrás. Deve ter entrado na rua no momento em que ele olhava para longe. Notou uma coisa curiosa quase de imediato. Só os passos dele faziam ruído no calçamento. A moça andava em silêncio, como se fosse carregada. Era magra e um pouco mais alta do que a média, e maravilhosamente formada, os ombros retos, a cintura fina. Usava um longo vestido amarelo de algum material que ele nunca tinha visto antes e que não pôde identificar, mas com certeza não era algodão, linho, lã ou mesmo seda. Ela flutuava sobre os quadris, e os pés estavam calçados com sandálias amarelas. Era um dia frio, mas ela não usava manto ou capa, a cabeça estava descoberta. O cabelo era extraordinário, como prata banhada a ouro, grosso e macio, caía sobre os ombros e descia bem abaixo da cintura.

Joshua estava atônito pela caminhada silenciosa da moça, a vestimenta, o cabelo. Ela se movia com facilidade e leveza, como se fosse alguma princesa passeando pelo seu jardim recluso. Ele teve o mais poderoso e urgente desejo de ver-lhe o rosto. Como se ele a tivesse chamado, a jovem se virou, sorrindo, e ele ficou paralisado.

Nunca havia visto um rosto tão belo, nem mesmo nas telas dos velhos mestres no continente.

– Como posso descrevê-la? – perguntou o Sr. Joshua a Benedict, com a voz de um jovem radiante. – Realmente não há palavras. Quando eu lhe disser que ela tinha olhos da cor de lilases, um nariz tão delicado quanto alabastro, uma boca como uma rosa e uma compleição como um lírio, na verdade não lhe estou dizendo nada. São só palavras. É como um cego, cego de nascença, que tenta descrever a aurora. Eu só conseguia ficar parado e encará-la. Só posso lhe dizer que me apaixonei por ela imediatamente e que nunca amei de novo e que nunca mais amarei ninguém a não ser aquela moça.

– Mas o que aquela moça, vestida daquele modo, num frio domingo deserto, estava fazendo em tal lugar? – perguntou Benedict.

– Estava esperando por mim.

– Por você?

– Por mim, meu pobre rapaz. Seus olhos estão arregalados. Você deve colocar de lado, por um momento, seu realismo e aceitar simplesmente os fatos de que eu estava lá, que a moça sorriu para mim e que estava esperando por mim. Estava tão obviamente esperando que arrastei meus pés desajeitados até ela, com a boca aberta, caindo como a sua está caindo agora. Ela segurava uma flor comprida na mão, a ancestral daquelas que chamo de C'est Égal. Quando alcancei a moça, pude sentir a fragrância da flor e ver seu bonito coração brilhando. Fiquei estupefato, claro. Olhei para seus olhos e ela, gentilmente, colocou a flor nas minhas mãos. Então disse: "Espere por mim. Não me esqueça." Eu nunca tinha ouvido tal voz na minha vida, nunca antes daquele dia, nunca desde então. Tenho ouvido as maiores cantoras femininas, mas elas não têm tal voz. Ouvi o que ela falou e fiquei mais estupefato do que antes, e terrivelmente enamorado. Então, enquanto eu segurava a flor, ela caminhou cerca de 6 metros à frente e tocou o feio muro de tijolos, e pela primeira vez percebi que ele tinha uma portinhola. Tão amarela e cintilante quanto a flor que eu segurava. A porta se abriu, a moça sorriu de novo para mim, e então passou através da porta e a fechou. Consegui arrancar meus pesados pés do chão e correr para a porta, mas quando a alcancei não havia nada ali. Nada, senão tijolo duro.

Benedict ficou em silêncio. Seus pensamentos eram confusos. Havia certamente uma explicação racional. Uma linda jovem, andando para divertir-se naquele lugar horrível, carregando uma flor...

– Não havia porta – disse o Sr. Joshua. – Mas eu a vira e vira a moça entrar por ela.

"A pobre alma velha está insana", pensou Benedict, apreensivo, "ou está sonhando".

Como se ouvisse o pensamento discordante, o Sr. Joshua abriu um amplo sorriso.

– Não estou louco, Benedict. Não estou senil. Sou considerado muito sensato e realista. E estou lhe contando a verdade. "Há mais coisas no céu e na terra, Horácio..."

– Sim, conheço – disse Benedict com alguma impaciência. – Cada... hã... pessoa mística, supersticiosa ou sentimental, cita isso alguma vez na vida, e regularmente, já observei.

– Você é padre. Ensinam-lhe que o sobrenatural está tão perto de nós quanto a respiração. Sabe que os anjos são uma nuvem de testemunhas. A Bíblia Sagrada fala com frequência destas coisas. E temos Lourdes para lembrar...

– O senhor não está dizendo...! – gritou Benedict, chocado e insultado.

– Por Deus, não! Como você pensou tal coisa, Benedict?

Benedict afogueou-se.

– Sinto muito, Sr. Joshua. Mas o senhor deve admitir que o que me contou é extraordinário. Poderia talvez ter sido um sonho?

– Eu tenho C'est Égal.

A cabeça de Benedict rodopiou com pensamentos de floristas muito perversas, fantasias e devaneios. E disse:

– Naturalmente o senhor nunca mais a viu.

O Sr. Joshua achou graça.

– Eu a tenho visto muitas vezes desde então, vezes demais para contar. E estive dentro da porta dourada.

Benedict olhou fixamente. Depois vagueou os olhos pelo grande cômodo quente e feio, encontrando o amontoado de bricabraques, os tapetes indianos vívidos demais, as paredes rosadas, chifres e espelho sobre a lareira, os horrorosos vasos indianos cheios de juncos dourados e plumas de avestruz, a mobília depressiva e os banquinhos para os pés.

– E o que havia dentro da porta dourada, a porta que atravessava o muro de tijolos que circundava um terreno de lama e pedregulhos? – indagou o jovem padre, cauteloso.

O Sr. Joshua acendeu um charuto, depois de Benedict recusar um. Formou-se uma pequena brasa, que o velho soprou vigorosamente.

– Ah! Não há nada melhor que um bom fumo, Benedict. O que havia atrás da porta? Não fui admitido lá por algum tempo. Ia lá todos os domingos, depois daquele primeiro. Passou-se aproximadamente um ano antes que meu amor viesse de novo me ver, um ano de profunda miséria, saudade e esperança. Ela estava lá, tão subitamente como antes, entre um instante e outro. Dessa vez me chamou pelo nome e colocou a mãozinha branca no meu braço. Ternamente. Falou-me seu nome, o qual jamais repeti para qualquer outra pessoa, e não o direi nem mesmo a você. Então passou diante de mim, enquanto eu estava pregado no chão, abriu a porta dourada e a fechou após entrar.

Benedict pensou descontroladamente em diabos, demônios e possessão, e desejou se benzer.

– Passaram-se pelo menos seis meses antes de novamente rever meu amor, naquela rua, perto do muro. Não sorriu naquela vez. Apenas disse: "No devido tempo de Deus, Joshua, deve ser paciente. E deve rezar."

"Claro que nunca parei de rezar. Algumas vezes me ocorre imaginar por que meu amor veio até mim, um jovem cuja fortuna veio de sabões e sachês e outras coisas vulgares. Não havia nada de notável em mim, nada excepcionalmente bom, virtuoso ou piedoso. Eu assistia às missas aos domingos, de fato, como meus pais tinham me ensinado. Era um dever. E nunca tinha dado muita importância àquele santo sacrifício. Apenas ia lá, era uma coisa que eu aceitava desde a infância. Não aceitamos este mundo misterioso e belo, o ar que respiramos, as glórias do céu, o brilho da água? Tudo é mistério... Aceitamos o sol, a lua, e as estrelas como lugares-comuns... essas coisas majestosas e milagrosas da mão de Deus. Não somos surdos e mudos. A menor flor do campo é uma maravilha; um pássaro é uma revelação, um vento é indescritível. Mas os aceitamos casual e irrefletidamente.

"Como sempre tenho feito", pensou Benedict, com nova humildade. Mas seus pais não os haviam aceitado tão casualmente. Tinham sonhado cada dia com um novo milagre, fresco e cheio de vida, e seu pai escrevera seus vacilantes poemas em patética celebração do que tinha visto, mesmo na sombra espalhada por uma árvore seus pais haviam tido seus próprios vislumbres na Beatífica Visão. Nada jamais viera para ele. Tinha sido um padre zeloso, devotado e trabalhador, movendo-se sempre entre a miséria e tentando levar luz à escuridão. Tinha sido obediente; pregara com todo o seu coração e conhecera a paz. Mas... ele tinha aceitado tudo tão materialmente quanto a tia Amanda. Eles estavam lá. Havia trabalho a ser feito. Trabalhara tanto que há muitos anos não olhava as estrelas e nunca havia pensado nelas. Trabalhava na vinha do Senhor, mas não havia captado a fragrância das uvas. Tinha sofrido com humildade, oferecendo sua dor a Deus para ajudar os vivos e os mortos, mas nunca havia realmente visto o rosto de Deus, por causa da poeira da terra e de todo o trabalho que diligentemente havia desempenhado. Mesmo Cristo tinha parado para admirar o lírio do campo. Tinha ido ao lago da Galileia, tão bonito, tão calmo, tão santo e comovente, para pronunciar o Sermão da Montanha. Amara a doce face das crianças. Falara das gorjeantes andorinhas. Amara, além de todo amor possível, o jardim encantador que era o mundo, o fascinante jardim que Ele tinha feito. Na última noite, Ele havia oferecido sua vida pelos homens, por quem havia rezado no Getsêmani, um lugar de oliveiras, ciprestres e flores. De suas palavras exalavam poesia e beleza, pois Ele era a própria beleza.

"Não me admiro", pensou Benedict, "que tia Amanda tivesse sido um tanto maliciosa e comentasse que eu deveria encontrar o Sr. Joshua, que era tão parecido com meu pai! Será que ela própria sabia quão tedioso eu havia me tornado, ou estava zombando de mim? Tia Amanda tinha chamado o Sr. Joshua de 'meu querido velho tolo', mas seus olhos apresentavam um curioso brilho quando comentara isso."

"Ousei ficar embaraçado pela poesia do meu pai!", pensou Benedict. "Eu que não tenho absolutamente nenhuma poesia." Havia se orgulhado do seu realismo – e realismo tinha cerrado seus olhos com lama.

Olhou para o Sr. Joshua. O velho deve ter estado só sonhando, mas que sonho ele teve!

– Depois da segunda vez que vi o meu amor – disse o Sr. Joshua –, ia todos os dias à missa e recebi a sagrada comunhão. De algum modo, isso parecia me puxar para mais perto dela, trazê-la para mais junto de mim e me dar um sentimento místico de alegria... um sentimento que eu deveria ter conhecido durante toda a minha vida pregressa se não estivesse tão absorto com o trabalho e se tivesse agido sem pressa. Quando recebemos a sagrada comunhão, não apenas recebemos nosso Divino Senhor e Seu amor, mas amamos os outros mais profundamente, por essa indescritível graça. Não apenas nos unimos a Ele mas unimo-nos em amor àqueles que Ele também ama. Compreendi, pela primeira vez, o que o sacrifício da missa realmente representa. A vítima Imaculada é não só oferecida pelos nossos pecados, mas traz-nos alegrias, luz e a iminência do céu. Se não sentirmos isso, então não sentimos nada.

"Eu não assistia à missa depois daquele fato como um mero dever católico, arduamente compreendido. Assistia pelo meu amor por Deus, meu novo amor por Ele, minha nova compreensão. E assim fiquei em paz e contente para esperar no seu devido tempo, como a moça me dissera...

"Mas por que um homem como eu, um jovem comum, embora ambicioso para aprender, ambicioso para ser o que meus pais queriam que eu fosse? Na realidade eu não era exatamente nada. Meus pais tinham despejado uma fortuna em minhas mãos. Queria agradar a todos, mas depois de ter visto meu amor pela segunda vez, soube que precisava agradar apenas um: Deus.

"Entendi então que toda minha grande fortuna, em verdade, não pertencia a mim, mas a Deus. Guardava-a sob custódia Dele, era o Seu administrador. Ele a deu a mim para usá-la em Seu nome, para o alívio dos desventurados e dos desesperados, para iluminar aqueles que viviam na escuridão, para ajudar aqueles que espalham a fé, a coragem e a assistência. Eu devia trazer tudo isso à terra, era apenas o banqueiro de Deus, devia distribuir os fundos que pertenciam a Ele. – O Sr. Joshua fumou tranquilamente por uns momentos. – Você sabe, Benedict? Quando entendi isso, e o entendimento não chegou de repente, minha própria aparência mudou. Oh, nada radical, claro. Sempre tive uma boa aparência, mas era grosseira e comum. Não estou sendo fútil, apenas factual. Minhas feições, na realidade, não se transformaram em outras feições, apenas perderam sua concupiscência, ficaram mais leves e animadas. Em minha longa existência, tenho visto essa mudança ocorrer nos rostos de moças robustas e coradas quando se tornam freiras. Tenho visto a mudança acontecer nos rostos de fortes e musculosos jovens quando se tornam padres. Não todas as freiras, nem todos os padres. Mas em tantos, que o fato tem sido observado por outros além de mim. Naturalmente, são pessoas santas, não eu. Mas partilho uma revelação com eles, eu, que não era absolutamente nada. E isso é um grande mistério."

– O senhor parece um cardeal italiano que encontrei há alguns anos.

– Você é muito gentil, meu caro rapaz. Mas devo lhe contar o restante. Meu amor me aparecia com mais frequência naquela rua à medida que eu ficava mais perto de Deus. Dois anos se passaram, três. Minha casa estava pronta. Mobiliei-a. Vivia duas vidas, uma preocupado com os curtos encontros com o meu amor e a outra preocupado em aumentar minha fortuna, de modo a poder ajudar cada vez mais a Igreja. Entretanto, era uma única vida: era como duas folhas em uma haste.

"Então, certo domingo, meu amor me disse: 'Hoje você pode vir comigo pela porta.' Deu-me a mão que eu nunca havia tocado antes, pois parecia preciosa demais para o meu toque. Era quente, macia e firme. Eu tivera vagos pensamentos de que, quando a tocasse, minhas mãos não tocariam senão ar. Mas a sua mão parecia tão de carne quanto a minha. Ela me levou até a porta de brilho dourado, pressionou-a, e a abriu, e pisamos lá dentro juntos. Não sei o que esperava ver, com a minha mente meio preenchida com a lembrança do barro, dos pedregulhos e do depósito. Estranho, mas realmente não havia pensado muito nisso, exceto que imaginara que, atravessando aquela porta, a moça simplesmente desapareceria da minha vista. Você pode, então, entender com que admiração eu vi o que estava além daquela porta.

"Imagine, se puder, um primoroso jardim, mas um jardim sem limites, sem muros, sem horizonte real. Era tão amplo quanto a terra, e sem fim. Era o Éden, antes do pecado original. Gramados, e incontáveis flores, dentre elas minha C'est Égal e árvores vigorosas, que eu nunca havia visto, fontes e árvores, vales e montes. O lugar estava cheio de pássaros canoros e o vento soava como mil harpas suaves. Mas, acima de tudo, havia a luz, a luz imutável, não exatamente como o sol, mas mais profunda e mais intensa. E que paz, que sentimento de alegria, que felicidade! E não havia em lugar algum nenhuma imperfeição, nada estragado, nenhuma mancha, fealdade, doença, nem mesmo na menor flor ou na mais plena. Parecia não existir tempo, apenas eternidade.

"Não sei quanto tempo permaneci lá. Andamos juntos, suavemente, de mãos dadas. Perfume, doçura e o calor mais terno nos envolviam. Não lhe contei o que havíamos conversado na rua. Não vou lhe contar o que dissemos um ao outro no jardim. Só vou lhe dizer isto: falamos do nosso amor recíproco, mas tudo o mais é só meu, exceto que falamos também de Deus e de Seu amor. Não havia desejo entre nós.

"Certa hora, meu tempo ali terminou e fomos para a porta. Antes de empurrá-la, ela disse: 'Não nos encontraremos mais, até que você venha para ficar. Mas lembre-se de mim e seja paciente.' Fiquei pesaroso? Um pouco, talvez. Mas qual a duração da vida de um homem? Uns poucos anos, uns poucos anos de ilusão, de espera. É uma espera cheia de paz, fé e alegria. Sabia, mesmo quando fiquei sozinho na rua outra vez, que meu amor estava no jardim, me aguardando, e que a espera não seria para sempre. Mas quando eu for outra vez para dentro daquele jardim, será o fim da espera, e só a eternidade existirá lá. – O velho sorriu e suspirou. – Vou com frequência àquela rua, como você pode imaginar, esperando que seja a última vez. Mas só existe o muro de tijolos e o opressivo silêncio dominical. Decerto, minha hora ainda não chegou. Estou ficando muito velho. Não pode demorar muito, não é?"

Benedict não respondeu. Lutava consigo mesmo. Seu bom senso lhe dizia que ele ouvira um sonho, um conto de fadas. Inofensivo, pois tinha transformado um jovem ambicioso em um quase santo. Inofensivo, pois havia levado um homem bastante comum para Deus. Não havia nada realmente errado com isso tudo, e certamente nenhum mal. O mal não eleva o coração de um homem para Deus; o mal não encaminha os passos de um homem para a trilha da justiça. O mal não faz nascer os frutos da alegria, da caridade e do amor em uma árvore cheia de espinhos. O mal não conserva um homem casto e sereno por todos os longos anos de sua vida e o encaminha para o serviço de Deus. O mal não traz paz.

E, quem sabia? Benedict sacudiu seus pensamentos de volta para um padrão sensato.

– Já contou isso a outro padre, além de mim, Sr. Joshua?

– Não achei que fosse necessário. Mas julguei necessário contar a você.

– Por quê?

– Não sei, Benedict.

– Perdoe-me, mas já lhe ocorreu que o senhor possa sofrer de alguma ilusão?

O Sr. Joshua deu um largo sorriso. Então estendeu a mão para Benedict.

– Meu amor deu-me este anel, no último dia em que a visitei no jardim.

Benedict examinou o anel que o havia maravilhado antes. Olhou seu núcleo brilhante e resplandecente e viu as cores cambiarem como as cores do céu mudam ao pôr do sol. Elas mudavam e brilhavam: azul, dourado, escarlate, pérola, rosa, fogo e chama. Elas se misturavam e se movimentavam, tornavam-se límpidas e imóveis e depois giravam outra vez, como se estivessem vivas. A pedra estava encravada em um metal pálido e brilhante, diferente de qualquer outro que Benedict já vira.

– Lembra uma opala – disse o jovem padre. – Mas não é uma opala.

– Não – disse o Sr. Joshua um momento depois. – Tenho procurado em todo o mundo um lugar tão encantador quanto o jardim, pois, como vê, estou com saudades. Se tivesse achado um, só um pouco parecido, teria ficado lá por algum tempo, pelo menos.

– Alguma vez o senhor já pensou, Sr. Joshua, por que tudo isso... tudo isso... lhe aconteceu?

– Claro. Mil vezes. E não sou digno de modo algum.

Benedict franziu a testa.

– Sr. Joshua, o senhor sabe que não há casamento ou noivado no céu.

– Sei. Assim falou Nosso Senhor. Mas temos a promessa Dele de que vemos outra vez aqueles que amamos. Os pais não conhecerão e amarão seus filhos outra vez, e um homem a sua filha, e um filho a sua mãe? Aquele que amava Sua Mãe e a levou para o céu negaria esta alegria a um homem? Aquele que está rodeado pelos Seus santos que conheceu na terra negaria a outros amigos se reencontrarem e amarem uns aos outros com um amor maior? Um homem e sua mulher que se amaram em Deus aqui na terra não cairão nos braços um do outro outra vez, em êxtase e felicidade? Deus, que é amor, nunca negará o amor, nosso amor humano, pois Seu Filho assumiu nossa natureza e nossa carne, e Ele sabe. Não só possuiremos Deus, mas também o amor que conhecemos na terra. "Além de todo o restante." Nossos tesouros nos esperam, pois nos foram dados livremente, por Ele.

– Ainda não sei por que o senhor me contou, Sir Joshua.

O velho olhou-o gentilmente e com seriedade.

– Nem eu, Benedict.

– Quem é aquela moça?

– Isto não posso dizer. Não me pergunte, Benedict.

A VELHA AMANDA estava à espera de Benedict quando ele chegou. Ele viu luz debaixo da porta do quarto e então ouviu sua voz barulhenta:

– Entre, menino.

Entrou e disse severamente:

– A senhora deveria estar dormindo, mãe.

– Bobagem. Ah! O que é isso? Você parece perturbado. O meu velho tolo o perturbou, filho?

– Não. Não acho. Ele só é um pouco estranho.

Amanda deu um sorriso travesso.

– Estava de fato interessado em saber por que eu queria que vocês dois se encontrassem? Era para você ver do que não teria escapado se o seu pobre e doce pai tivesse vivido. Ele era exatamente como Joshua. Ele o transformou num sonhador também, Benedict, e este não é um mundo para sonhadores, embora eu admita que Joshua esteja indo muito bem.

– Há coisas piores do que sonhos – retrucou Benedict.

Amanda olhou-o fixamente, estreitando os olhos audazes. Depois disse, calmamente:

– Estou feliz por você saber disso, meu querido. Pensei que tivesse esquecido, por ser padre. Pois eu, veja você, nunca tive sonhos, nenhum mesmo. Seu pai os teve, e também sua mãe, e eles foram muito felizes. Nunca fui completamente feliz, Benedict. Nós realistas, você e eu, podemos ter muitas virtudes, sobretudo você, mas se deixamos de ter um sonho, então somos mais que meio cegos. Não, nunca fui feliz. E tenho sido muito infeliz, ultimamente, achando que fiz de você um realista completo, também. Você, que pode celebrar uma missa! Pense nisso.

Benedict refletiu bastante nos dias seguintes e enquanto sua saúde melhorava.

Um dia, foi procurar o velho bispo e disse:

– Vossa Senhoria podia, por favor, ser franco comigo? Qual a sua opinião a meu respeito?

O bispo não pareceu surpreso. Disse, cordialmente:

– Benedict, você é um padre inteligente, valoroso, diligente e devotado. Tem sacrificado sua saúde e quase a vida a serviço de Deus. Tem sido inteiramente obediente e firme. Nada tem sido demais para você. Duvido que tenha cometido seus pecados, mesmo veniais. Você tem servido a Deus nobremente e o servirá de novo.

– Obrigado, meu senhor. Acha que amo Deus perfeitamente?

O bispo hesitou, desalentado. Então, disse:

– O que você pensa, Benedict?

– Não sei – respondeu Benedict, com aflição. – Suponho que sim. Por que outra razão eu tentaria realizar o Seu trabalho? Por que teria me tornado um padre?

– Eu sei – disse o bispo. – Sim, acho, eu sei, você ama Deus profundamente. Teve uma vocação genuína, desde o início. Cada um de nós ama Deus de um modo diferente. Assim como nem todas as flores são iguais, o amor também não é o mesmo. E há também graus de amor. Deixe-me colocar as coisas assim, pelo que conheço de você. Você ama Deus à sua própria maneira. Mas não acho, apesar de seus sacrifícios, que você ame seus semelhantes com muito ardor. Concorda?

Benedict ficou sobressaltado. Ele não tinha, de modo algum, pensado nisso. Envergonhado, disse:

– Acho que tenho tentado. Tenho dado o melhor de mim. Isso não é amor?

– Não inteiramente. Um homem pode amar Deus, mas não ter amor pelo irmão. Isso não é uma coisa nova mesmo para um homem muito devoto. Você sabe o que os protestantes dizem? "Os protestantes amam o homem, mas não amam Deus, e os católicos amam Deus, mas não o homem." Essa é uma afirmação muito genérica, e como toda afirmação genérica, não é inteiramente verdadeira. O ideal é o perfeito amor por Deus e por nossos semelhantes. Mas, meu caro Benedict, é completamente válido ter o desejo intelectual para amar ambos, mesmo se não temos o desejo emocional. É, acredito, suficiente desejar. Deus entende mais do que sabemos. E com certeza, se a gente quer amor, ele virá.

Benedict pensou nisso e rezou interiormente pela graça do perfeito amor por Deus e pelo homem. Disse a seguir:

– Vossa Senhoria já viu a estranha flor do Sr. Joshua Fielding, que ele chama de C'est Égal?

– Oh! O velho Joshua! Certamente já vi a flor. Linda, não é? Ele nunca diz a ninguém onde a encontrou.

– Ele sempre foi assim, diferente?

– Joshua? Caro Benedict, na verdade, o homem não tem nenhuma excentricidade. Pés no chão e tudo o mais. O que faz você pensar que ele é... diferente? Eu desejaria que tivéssemos mais homens ricos na Igreja tão diferentes quanto ele! Dessa forma, centenas de padres não estariam morrendo de fome em todos os lugares do mundo. Ele é um santo. Estou convencido disso. Já conversamos inúmeras vezes. Ele está cheio de graça santificada.

"Antes eu também estivesse", pensou Benedict.

Durante a semana seguinte ele andou, rezou e pensou muito. Certa manhã, tia Amanda disse alegremente:

– Benedict! Enquanto você batia pernas, meu caro Joshua trouxe-lhe quatro de suas encantadoras flores e deixou-lhe uma carta. Abra-a e leia para mim.

As flores tinham sido colocadas em um dos melhores vasos de cristal de tia Amanda, e brilhavam na poeira vitoriana da sala de visitas como ouro vivo. Benedict tocou uma pétala, certo de que ela não sentiria como as flores sentem. Mas ela sentiu. Possuía um calor incomum, como se saído do sol. As flores exalavam fragrância, como se respirassem. Benedict abriu a carta e leu:

Meu jovem e caro amigo,

Quando você receber esta carta, terei partido para sempre da sua vista mortal. Ninguém neste mundo jamais me verá vivo de novo. Esta noite, ouvi o chamado quando o meu relógio bateu meia-noite e hoje entrarei na porta dourada para sempre. Rejubile-se comigo.

Joshua Fielding.

– Bom Deus! – gritou tia Amanda. – O que está ele querendo dizer? Benedict? O que você está fazendo?

Mas Benedict já saíra voando e o eco da batida da porta o perseguiu pela rua, em direção à casa do Sr. Joshua. Um criado transtornado respondeu à sua batida na porta. Não, ninguém havia visto o Sr. Joshua hoje. Não era usual que saísse de casa assim tão cedo. Já haviam mandado procurar no clube, ninguém o havia visto lá. Não havia pedido o desjejum. Não havia nenhum ruído em seu quarto, desde que ele se retirara na noite passada. Onde o Sr. Joshua vivera quando jovem? O criado olhou espantado. Não, ele não sabia. Mas espere, padre, por favor. O Sr. Joshua gostava demais de obsequiar as crianças de uma certa rua, aos domingos; dava-lhes dinheiro e lhes trazia caramelos, e frequentemente mandava caixas de roupas novas – que capricho, roupas novas – para os velhos de lá. O nome da rua? "Tenho-a na ponta da língua, padre. Espere um momento..."

Benedict sabia que padres não seguram pessoas inofensivas pelo braço e as agarram e gritam com elas, mas esqueceu-se disso agora. Arrancou literalmente do criado o nome da rua da favela, e então saiu em disparada. Alguns quarteirões adiante, encontrou uma carroça e jogou-se no assento viscoso de couro, prometendo ao homem uma libra se ele corresse. O cavalo galopou, e Benedict se grudou ao assento, enquanto a carroça balançava no calçamento de pedras e ruidosamente corria pelas ruas. "Se eu pelo menos chegar a tempo!", pensava desesperadamente o jovem sacerdote. Mas, por que queria chegar a tempo, não sabia.

– Aqui estamos, vigário – disse o cocheiro, animado pela cédula que ganhou. Não era da sua conta ficar pensando por que um sacerdote estaria com tanta pressa para alcançar um bairro de favela cheio de crianças catarrentas, operários, bares sinistros e barulhentos, mulheres velhas em farrapos sujos. Missão de misericórdia, como eles a chamavam. Benedict voou da carroça e correu pela rua abaixo. Não é domingo, lembrou-se com alguma incoerência. A rua estava viva com barulho, crianças correndo, berros, gritos, o estrondo dos carrinhos, os brados de mulheres, as vozes estridentes das prostitutas. Ah, lá estava o comprido muro de tijolos, e sobre ele o telhado e as chaminés de fuligem do depósito. Um muro comprido, muito comprido, percorrendo a extensão da rua. As pedras do calçamento estavam quebradas. As casas do lado oposto se agitavam com barulho e multidão. Estranhamente, ninguém andava junto ao muro, exceto o próprio Benedict, e estava quase correndo, procurando e rezando – com que finalidade, ele não sabia.

Então viu o Sr. Joshua andando serenamente na sua frente, e aí parou e piscou, incrédulo. Ele passeava como um jovem, balançando a bengala, a cartola rebrilhando sedosamente no sol esfumaçado. Benedict chamou com voz rouca:

– Sr. Joshua, espere!

O velho se voltou e sorriu para ele, nada surpreso. Seu rosto era o de um jovem feliz. Tocou seu chapéu em saudação, virou e continuou. Benedict correu atrás dele. O Sr. Joshua parou outra vez.

No muro havia uma porta amarela, pequena e estreita. Joshua encostou a mão nela, que se abriu, e entrou. A porta se fechou atrás dele. Ele se fora.

Benedict correu para a porta. Alcançou-a e pressionou a mão, arquejando. Era de ouro brilhante, macia e como metal, ao toque. Benedict se arremessou contra ela com toda a sua força. Ela não se mexeu. Bateu nela com os punhos e gritou:

– Sr. Joshua! Sr. Joshua! Saia!

Sentiu a mão pesada em seu ombro. Benedict virou a cabeça e viu um homem corpulento atrás dele, com o boné de lã caindo nos olhos e um cachimbo malcheiroso na boca.

– O que foi, amigo? – perguntou o operário. – Você não ficou doido, ficou?

– Ajude-me a abrir esta porta! – gritou Benedict.

Os olhos de porco do homem se arregalaram.

– Que porta, vigário?

Benedict virou-se. Não havia absolutamente porta alguma. O muro se estendia à sua frente e atrás dele em toda a extensão da rua.

– Havia uma porta! – exclamou Benedict. – Aqui! Você não a viu, homem?

O outro balançou a cabeça, olhou meio de lado para o jovem padre e grunhiu:

– Nunca houve uma porta aqui desde que o muro foi construído. Só o portão, no outro lado. O senhor não está com a cabeça fora do lugar, está vigário?

– Eu vi a porta. Estava aqui. – Olhou para as mãos. Havia nelas massa de cimento e pó de tijolos, e sangravam devido aos minúsculos cortes. – A porta... – murmurou o jovem padre, estupefato. – Eu a vi também.

– Nunca teve porta aqui – disse o operário. – Coisa estranha essa, um vigário tagarelando na rua como um bêbado. – Cautelosamente, o operário curvou um pouco a cabeça para farejar o hálito de Benedict. O padre não estava bêbado, mas será que havia perdido o juízo? Estava respirando como um homem que sofreu um ataque. – O senhor não quer entrar lá, vigário – perguntou o homem, lembrando-se de que, com os doidos, deve-se conversar com calma –, pela porta do outro lado?

– Claro – disse Benedict, correndo desesperado outra vez pela rua e virando apressadamente a esquina. Estava sendo seguido por gritaria e zombaria de crianças e mulheres, as quais não ouvia. Alcançou o grande portão de ferro, aberto para deixar entrar uma imensa carreta, entrou correndo pelo portão e se encontrou no pátio, exatamente como o Sr. Joshua descrevera, todo de barro e pedregulho. Correu por ele para alcançar o ponto onde vira a porta, seguido pelos olhares e gritos dos trabalhadores que estavam por ali. Então, viu um grupo de homens parados acima de alguma coisa, resmungando e praguejando. Benedict parou. Ele sabia exatamente o que veria. O grupo aumentou, e alguém gritou para chamar um médico. Devagar, pesadamente, Benedict se aproximou dos homens que se separaram, para deixá-lo ver o que era para ser visto.

O Sr. Joshua estava deitado, morto, no chão de barro e pedras, sorrindo alegremente, com os olhos abertos fixando o céu. A gema grande e viva em seu dedo era agora apenas uma pedra de cor cinza, com o fogo extinto, as cores desaparecidas para sempre com a alma que a havia usado.

– Como é que o almofadinha veio parar aqui? – perguntavam os homens. – Não vimos ele entrar pelo portão. Você estava parado mesmo aqui, não estava, Harold? Você viu ele antes?

– Nunca – disse o outro, atônito –, nem sinal dele. Morto como um peixe, né? Num maldito momento ele não estava aqui, no outro estava. Caramba!

Então, os homens vagarosamente tiraram os bonés empoeirados, pois Benedict estava se ajoelhando diante do Sr. Joshua e começando a oração pelos mortos.

– Cantei missa no seu funeral – disse o velho padre Hughes aos outros amigos de vovó. Sei por que ele me escreveu. Queria que visse a porta por mim mesmo, e para crer no que ele me havia contado. Eu creio. Contudo, ainda não entendo. Não completamente. Só um pouco. Uma coisa eu sei, entretanto. Ele mudou minha vida. Nunca mais fui realista outra vez, desejando prova de todas as coisas. – Olhou para as suas mãos murchas, que haviam batido tão inutilmente na porta de ouro. Depois levantou os olhos para perguntar. – A investigação? Oh, "morte por causas naturais". Mas jamais se encontrou alguém que tenha visto Joshua vivo dentro do muro, ninguém o viu entrar pelo único portão. Ninguém o viu cair e morrer. Quanto a mim, fui chamado para depor. Simplesmente, disse que sabia que o Sr. Joshua costumava passear por aquele lado da cidade e que eu desejava vê-lo para um assunto de importância. Nunca disse a ninguém até hoje, exceto a meu bispo, o que vi... a porta dourada pela qual o Sr. Joshua entrou, cheio de júbilo.

– Mas, padre, e as flores que ele lhe mandou? – perguntou vovó.

– Ah, sim, as flores. – Padre Hughes ficou por uns momentos calado. – Quando voltei para a casa da minha tia, elas haviam desaparecido. A água estava lá, e o vaso, mas nenhuma flor. Tia Amanda estava nervosa. Ela acusava os empregados e tive de pôr um fim nisso, depois que ela os levou às lágrimas. Havia só um perfume no ar, que durou por muitos dias, muito tempo depois que Sr. Joshua fora enterrado, ao lado dos pais. Ninguém jamais viu C'est Égal outra vez, e as da estufa também desapareceram, sem deixar nem mesmo uma pétala para trás.

5

— Você irá para casa amanhã, Rose – disse Cook.

Rose olhou-a com desalento, ignorando que era uma criança que merecia ser censurada por não desejar voltar tão cedo para os amorosos pais.

– Mas padre Lewis nos prometeu uma história amanhã! – disse, com protestos repetidos e insistência infantil.

– Você não quer ver seus queridos pais amanhã? – perguntou Cook, em tom severo.

– Não.

Cook arqueou as sobrancelhas, mas Rose apenas caiu em lágrimas.

– Por que não quer ir para casa? – perguntou Cook, com curiosidade.

– Gosto daqui – soluçou Rose.

– Com *ela*?

– Vovó? Oh, ela me mostrou todas as suas borboletas hoje de manhã, as douradas, com rubis e esmeraldas e seu grande anel de esmeralda. Disse que está guardando o anel para mim. Não quero ir embora! – Novos soluços. – Não temos nada em casa como o que tem vovó!

– Provavelmente, têm melhor! – disse Cook, filosofando. – Mas *ela* recebeu uma carta esta manhã, para mandar você de volta. Não que ela esteja derramando lágrimas. O que há de errado com você agora? – acrescentou Cook, enquanto Rose engolia doloridamente.

– Minha garganta está doendo – disse Rose.

– Certo – disse Cook, que teria deliciado os psiquiatras modernos com sua esperteza. – Bem, vamos ver o que podemos fazer, acho que essa garganta vai melhorar se você não for para casa amanhã. Você não perderia uma daquelas histórias!

A garganta dolorida estava tão ruim na manhã seguinte que vovó, impaciente, mandou um telegrama para os pais de Rose. Mal havia o telegrama sido enviado e já não podendo ser cancelado, a garganta melhorou milagrosamente. Vovó, ao ser informada do fato, olhou para Rose com um sorriso sardento e disse:

– Não sabia que você gostava tanto assim de mim, mocinha. Você pode ficar e ouvir o padre Lewis. Mas preste atenção: ele é galês, e todo mundo sabe que os galeses são doidos e contam histórias estranhas.

Padre Ifor Lewis e os homens de Gwenwynnlynn

– Começou – disse o padre Lewis, com sua voz galesa, macia e cadenciada – quando o mais velho de meus primos de terceiro grau, padre Andrew Lewis, me escreveu uma carta muito estranha. Ele estava com a mente agitada. Não explicou o que era, pois nós, celtas, um povo misterioso, por instinto, adoramos mistérios. Mas era óbvio que ele estava realmente perturbado e queria meu conselho. Havia alguma controvérsia a respeito do bispo, um homem agitado, que gostava de tudo muito certo e ordenado. Creio que a mãe dele era inglesa.

Os outros padres sabiamente concordaram com isso, compreendendo perfeitamente. Todos os ingleses gostavam de ordem e limpeza, e no campo das coisas do espírito e do misticismo eram capazes de ficar acima dos assuntos e dos aborrecimentos mundanos.

– Além disso – continuou o padre Lewis –, o bispo era muito jovem, e jesuíta. E todo mundo sabe que ninguém é mais esperto, elegante e realista do que um jovem jesuíta. Meu primo não era nenhuma destas coisas e o bispo o apavorava com suas exigências de "explicações completas, exemplos, nomes e detalhes, escritos de modo claro e em ordem". – Padre Lewis fez uma pausa. – Há muito de bom comerciante desperdiçado em um jesuíta. Naturalmente precisamos de tais mentes, mas eles fazem muita pressão, e pessoas do interior detestam ser pressionadas. Sabem que todos os relatórios do mundo e todas as espertezas nunca fizeram uma espiga de milho amadurecer mais depressa ou uma tempestade parar sua fúria no horário... no horário dos homens. Eles têm respeito pela natureza.

– Ah, sim – disseram os padres do interior, na casa de vovó.

Padre Andrew, na realidade, tinha um problema. Antes de ter certeza de algo, apesar de todo desejo de seu espírito, cheio de abundantes exemplos e detalhes, desejava o conselho, ou, pelo menos, o encorajamento de um parente, a quem havia orientado no sacerdócio e que era 22 anos mais novo. Assim, padre Ifor foi em sua ajuda, na pequena cidade galesa de Gwenwynnlynn, uma cidade de mineiros, encravada num vale de escarpadas montanhas violetas, próxima ao mar.

– Eu ouvira falar dos irlandeses "selvagens" ou escoceses "frios" – disse padre Ifor, com um olhar sorridente e educado, aos seus amigos reunidos ao redor da lareira de vovó. – Mas os galeses, apesar de serem seus parentes, são bastante diferentes. Um galês é capaz de ser mais combativo do que um irlandês, menos inclinado ao bom humor ou à anedota, e ainda mais ativo do que um escocês, embora isso dificilmente pareça possível. Quase sempre é mal-humorado, impetuosamente rápido para aguentar insultos, dogmático e intolerante, e poderia golpeá-lo enquanto o olha, se você lhe dirigir uma expressão precipitada. Além disso, em média, ele é menor do que seus consanguíneos, os irlandeses e os escoceses, tem normalmente uma grossa cabeleira vermelha, zangados olhos azuis, um rosto vermelho e as narinas distendidas do homem beligerante. Tais homens são em geral aventureiros; o galês, usualmente, não é assim, ele raramente emigra. Talvez esteja todo o tempo comprometido com brigas, e tem de trabalhar muito duro na sua terra selvagem e solitária para se permitir fantasias de ouro além-mar. É inclinado, também, a detestar riqueza... dos outros... e se ressente disso como um insulto pessoal. Quanto a seu orgulho – aqui padre Ifor balançou a cabeça –, Deus o ajude. Tenho ouvido dizer que os galeses estão fazendo a imprensa americana, desde já, aclamar suas atividades sindicais nas regiões produtoras de carvão. Podem-se esperar cabeças quebradas onde quer que um galês fixe residência.

– Minha irmã – disse o padre McGlynn, com um sorriso saudoso – casou-se com um galês. Mas ele era 20 centímetros mais baixo e ela tinha a mão grande. Se aparecesse um olho roxo, seguramente seria no rosto do marido.

– É por uma boa razão que o inglês chama o galês de "galo vermelho" – disse o padre Ifor Lewis –, e Gwenwynnlynn estava cheia de galos vermelhos e galinhas vermelhas e do povo mais barulhento que se possa imaginar. Eles conseguem dissuadir o próprio Lúcifer, mesmo as crianças. Já ouvi isso ser negado, mas uma terra violenta, eu tenho visto, cria um povo violento. Ou talvez seja porque só um povo violento permanece em uma terra violenta. Os outros, discretamente, se mudam para um lugar diferente. Todos os italianos são artistas, porque, como é possível viver em um país tão bonito de cores, e canções e magníficas formas naturais e não ser artista? As pessoas são mais parecidas com sua terra do que alguns de nossos cientistas "avançados" gostariam que acreditássemos.

"Meu primo, Andrew, entretanto, era um galês diferente. Era educado, simples e bom, embora nos anos de sua juventude tenha tido o cabelo vermelho do galês, ardentes olhos azuis e pouca paciência. Os anos haviam levado seus cabelos vermelhos e a paixão dos olhos, curvado as pequenas costas e tornado mais lentos seus membros ativos, mas ele nunca perdeu a gentileza que, sabe Deus, certamente não veio de seu povo! Ele, no entanto, possuía o ressentimento galês da opressão, dos privilégios da riqueza arrogante e da injustiça. Acreditava combater o mal com o bem e a paciência... – Padre Lewis parou, olhando gravemente para seus colegas padres, que logo exibiram uma expressão devota. Sorriu para si mesmo – em vez dos punhos, do punhal e da clava – acrescentou padre Lewis com uma piscadela.

"Bem – falou com sua voz melodiosa –, eu conhecia bem a aldeia do meu primo, nasci lá e o visitava, embora não nos últimos 12 anos. Escória, pilhas de lixo fumegante das minas, o cheiro de carvão, buracos, sujeira, fumaça, poeira, choupanas pequenas e humildes, pequenos jardins escurecidos, o cheiro do mar à noite, a chuva suja e a terrível parede da desolada montanha mais além. Uma aldeia muito pobre. A população católica compunha quase metade do total de habitantes. Eles eram muito mais pobres do que os seus vizinhos, e o fanatismo estava em toda parte. A igreja do meu primo estava em ruínas; não havia escola para as crianças, enquanto a igreja anglicana estava bem instalada e seus frequentadores sempre pareciam mais bem-vestidos. Não eram mineiros. Eram comerciantes, o que me faz lembrar da advertência de Napoleão. Pois bem, precisamos de comerciantes também, ainda que eles tenham carruagens na aldeia do meu primo e se pareçam com os ingleses e fiquem felizes se são confundidos com eles, naquele lugar esquecido por Deus. O que prova, certamente, que mesmo os galeses são de fato humanos, embora isto tenha sido motivo de controvérsia em Londres.

Os outros padres ouviam atentos.

Padre Lewis empertigou-se um pouco.

– Pode-se sempre censurar o orgulho, mas o orgulho de um galês é uma coisa terrível. Não deve ser desprezado, pois ele vem da coragem. Um galês, nas aldeias de carvão, necessita de toda coragem que Nosso Senhor possa lhe dar. As minas, naturalmente, eram de propriedade dos ingleses, proprietários ausentes, como são chamados.

"Gales é um lindo país, embora selvagem. Montanhoso. Rochoso. Desolado. Mas muito bonito, e muito frio, enfrentando o selvagem oceano, tão amargo de alma. Tem grandeza e um terror misterioso e uma história assustadora e valorosa. Sim, eu o conheço bem, pois nasci lá, e sua visão permanece em minha alma."

O irlandês, disse padre Lewis, tem se apegado à Igreja através da fé e da devoção. O escocês, parcialmente, porque despreza os *sassenachs* e não quer ser mandado por ninguém, mas o galês mantém sua religião, se católico, por pura e inusitada teimosia, e ninguém consegue enganá-lo. O irlandês pode ser respeitoso no confessionário, o escocês, reservado e cauteloso. O galês vai argumentar ruidosamente com o padre se suas opiniões colidirem quanto ao peso do pecado, e especialmente quanto à penitência. Um irlandês raramente escreve ao bispo para se queixar de um padre; entretanto, isso é muito comum com um galês; ele se queixa todo o tempo. Está convencido de que, se não lutar por si mesmo, alguém tirará vantagem dele, mesmo um padre que, sendo também, tem coisas para dizer a respeito do vasto consumo de álcool que um conterrâneo pode ingerir, com resultados desastrosos. Se o álcool quase sempre é desastroso para um irlandês – o escocês normalmente não é tão suscetível, já que o uísque é tão caro –, ele é venenoso para um galês, como para os homens mais violentos. E o galês bebe, a menos que pertença à seita batista ou metodista; e mesmo nesse caso, ele frequentemente relaxa sob a simples pressão de sua natureza. E das circunstâncias.

Foi com alguma depressão que padre Ifor entrou em um trem para Gales, lembrando a pobreza, a fuligem, as ruas malconservadas, as pequenas choupanas e a igreja em ruínas, a amarga miséria do presbitério do seu tio, e a atmosfera toda impregnada da angustiante desgraça da aldeia. Já fazia 12 anos que ele havia visto tudo aquilo e tinha piedosamente esperado que, pelo menos, outros 12 se passassem. Mas o velho primo Andrew era, como os seus conterrâneos, orgulhoso demais para se queixar das suas preocupações pessoais, e assim, se ele havia chamado Ifor, era porque havia uma razão imperiosa. Enquanto o trem seguia para Gales, a característica das pessoas no vagão de terceira classe mudava, de modo que se tornavam progressivamente mais baixas, mais atarracadas ou troncudas, o cabelo e rosto mais vermelhos, os olhos mais furiosamente azuis, os lábios mais sombrios. Suas roupas, também, se tornavam mais pobres e remendadas. Padre Ifor suspirou. Espiou o grande relógio antigo de prata, que seu pai lhe dera por ocasião de sua ordenação, e viu que dentro de uma hora estaria em Gwenwynnlynn. Olhou ao redor na estação seguinte. Havia começado a chover, uma chuva prematura de verão, fria e escura. Uma pequena garoa ininterrupta. A estação era pequeníssima, as paredes de granito, o teto da grossa ardósia preta da região. Mas as pessoas esperando na plataforma, para surpresa de padre Ifor, pareciam bem-vestidas e contentes. Uma reunião regional, talvez? Então percebeu que eram operários, e não classe média, e que usavam bonés de lã de bom tecido, e suas botas eram polidas. Um feriado? Padre Ifor balançou a cabeça. Não, nem mesmo um feriado anglicano. Aquela estação era a última parada até Gwenwynnlynn, e assim os homens e as mulheres que estavam alegremente no trem, conversando em voz alta, eram habitantes da vila do seu primo. Tinham a pele lustrosa e avermelhada dos bem alimentados e os olhos brilhantes e espertos dos que se sentiam bem de corpo e alma. Homens e mulheres usavam um chapéu de acordo com os padrões da cidade, e algumas moças usavam xales que pareciam de rendas de lã.

Eles correram para os vagões de terceira classe, mas padre Ifor percebeu que uns poucos, com ombros retos e cabeças vermelhas erguidas, iam também para a segunda classe. Os que entraram na terceira classe com padre Ifor ou olhavam para ele de forma sombria e explosiva – o que os definia como não sendo católicos – ou tocavam no chapéu e faziam reverência, o que demonstrava que eram católicos. Ele se virou no banco de madeira, em direção ao homem de meia-idade que estava próximo, e disse um pouco tímido:

– Será o senhor talvez de Gwenwynnlynn?

O homem inchou o peito como um galo e retirou o boné por um momento. Então dobrou os braços grossos no peito.

– Nós somos! – disse, com orgulho. – E é a melhor aldeia do país! Sou um mineiro, padre, mas sou bem pago! Vivo numa cabana, mas o teto é firme e as paredes pintadas, e há muito presunto e carne na despensa! Não como antes. Foi quando apresentamos as leis para os proprietários ingleses, e pedimos! Eles com seus milhões de libras! E talvez – acrescentou sem muita convicção – eles tenham se movido em direção à caridade cristã e à decência. – Olhou em volta com arrogância, e os vizinhos o viram e concordaram com a cabeça. – Na minha opinião, foi nossa firmeza quando pedimos salários melhores e maquinaria. Um homem mostra as leis para o inglês se ele for um homem de espírito.

Outro homem de meia-idade, remendado e manchado com pó de carvão, falou bem alto:

– Muito tolo você, homem de Gwenwynnlynn. Nós temos os mesmos proprietários, nós temos o espírito também, e eles fizeram nada por nós. É o santo que vocês têm na aldeia esquecida por Deus, que vou visitar para ver meu pai, e foi meu pai que me contou.

O homem bem-vestido tirou o chapéu novamente, colocou-o no joelho, fixou nele o olhar e deu de ombros.

– Bem, é assim como é. Eu acho que são os donos e nosso espírito...

– Espírito! – escarneceu o outro. – Nós somos homens de espírito, e quanto à briga, eu me lembro, lutamos como os homens de Gwenwynnlynn e...

Padre Ifor reconheceu todos os sinais de uma briga física violenta que se iniciava e, embora ninguém gostasse de ver uma luta de boxe ou uma disputa mais do que ele, estava agora muito interessado na conversa para permitir que brigassem. Isso poderia conduzir a um enorme tumulto entre todos no vagão, e havia duas ou três mulheres jovens que estavam grávidas. Disse apressadamente ao homem bem-vestido:

– Sou o padre Ifor Lewis, primo em terceiro grau do seu próprio padre. Ele me pediu para visitá-lo e parecia preocupado. Talvez o senhor possa me dizer por que, ele é um homem velho...

O homem deu uma risada gostosa.

– Sou Harlock James, às suas ordens, padre. Então Vossa Reverendíssima é o jovem de quem o velho padre nos falou, embora a palidez da cidade lhe dê a aparência de mais velho. – Seu rosto mudou e tornou-se piedoso. – Os homens de Gwenwynnlynn acreditam que temos um santo entre nós, pela graça de Deus, e pensamos que é seu primo, padre Andrew.

Padre Ifor olhou fixamente o Sr. James, que se agitou todo importante no assento, e todos ouviram atentos.

– Ele tem o coração e a alma de um verdadeiro santo, padre, e foi meu pai quem me contou antes de morrer, e possa Deus descansar sua alma. A despensa do padre Andrew vivia vazia e ele passava fome conosco. Não havia consertos na igreja e na casa paroquial, nem nas cabanas. Nada havia senão trabalho – disse com um toque de amargura – nas malditas minas sujas, e havia crianças que choravam, pois nunca tinham o suficiente para comer, e ninguém tinha um copo de cerveja sábado à noite. Nunca uma moeda extra para bater contra outra – olhou para o homem rude perto dele. – Ele sofreu conosco, o padre Andrew, e ficou encurvado. Nem uma bicicleta ele podia ter, para visitar os doentes e moribundos na maldita chuva, lama e sujeira. Tudo a pé, nunca se queixando, padre. Nunca pedia. E então escreveu muitas cartas para os ingleses donos das minas, durante muitos anos. Eles não cansavam suas cabeças gananciosas para responder. E todo o tempo, padre Andrew estava conosco, e nunca, mesmo quando estava faminto, pegava um pouco do que era nosso quando lhe ofereciam, e nunca aceitava um copo de cerveja que o pagassem. Um santo. E ele escreveu as cartas. – O Sr. James parou ostensivamente. – Alguém deve ter comovido o coração de pedra de seu proprietário inglês, pois começaram a chegar alguns homens à aldeia e a consertar as cabanas, e havia novas máquinas para as minas, de modo que o pó do carvão não ficava muito tempo no ar, a igreja foi reconstruída, e um convento, e as quatro irmãs vieram para ensinar na escola nova. Com dois xelins se comprava o que antes custava seis no mercado e nas lojas, e em cada feriado havia um ganso, um pernil e batata em cada porta, e foi providenciado um carrilhão de sinos italianos para a igreja e novas batinas para o padre. – Ele parou e lançou um olhar triunfante para o estupefato ouvinte. – O padre ganhou uma carroça pequena com um bom cavalo. As ruas receberam calçamento novo. Um médico veio, fixou residência, e nós não pagamos nada! Tudo nos é dado. Nem um *penny* leva, e as pílulas e xaropes são de graça também, e o doutor vem em uma bonita carruagem às cabanas quando é chamado, igual ao príncipe de Gales com sua barba. – De novo, o Sr. James fez uma pausa. – Hoje foi dia de depositar dinheiro, por isso estamos todos aqui. Pois nossos salários subiram, duas vezes. – Olhou desdenhosamente para o seu rude vizinho. – Sim, eu concordo. É o santo que nós temos, o padre Andrew, e você quer me dizer por que vocês não merecem um santo próprio de vocês?

– Santos – disse padre Ifor, apressado – não vão aonde são merecidos. – Sua mente estava cheia dos mais desordenados pensamentos. – Vocês... vocês falaram com o padre Andrew sobre isto?

– Falamos! – disse enfaticamente o Sr. James. – Vossa Reverendíssima nos toma por idiotas? – O homem se benzeu. – E nenhuma palavra ele diz, a não ser para nos convocar à missa diária, à penitência, às boas obras e à caridade.

– Santos sempre falam dessa maneira – disse o vizinho. – É a linguagem que eles têm.

O Sr. James ignorou-o como um inferior que não merecia um santo, sem dúvida por causa de uma massa de pecados mortais e veniais, e portanto não digno de ser tratado como cristão.

– Sou um metodista – falou outro homem, com sarcasmo – e recebo o que os seus católicos recebem também, e se é um santo que vocês têm, ele não está se incomodando em saber a que igreja a gente pertence.

– Os santos – disse padre Ifor, de novo apressado – vêm para todos os homens, como fez Nosso Senhor. Eles não têm favoritos. E como está meu primo, o padre Andrew?

– Um novo homem! – exclamou o Sr. James. – A velha Granny Burke trabalha para ele, em troca o padre cuida de sua neta órfã. – Seus olhos cintilaram como fogo azul. – Digam-me – falou, mirando tanto o metodista quanto o rude vizinho –, como foi curada aquela criança? Estava toda curvada, como uma mulher velha, com as pernas e ombros retorcidos desde o nascimento, quando a mãe morreu, e possa Deus dar descanso à sua alma. Ela se arrastava pelas ruas e se sentava no meio-fio, como um nó, a face retorcida de dor. Então, certa manhã – a voz do Sr. James baixou reverentemente, enquanto os outros se benziam – ela brincava na rua com a face rosada e nenhum defeito nas pernas ou nos braços, e cantando como um anjo! Ela conta a história, e nós acreditamos, que uma noite viu um homem todo vestido com luz, e ele a tocou e a benzeu, e quando ela acordou... – a emoção o engasgou e uma menina soluçou.

– Ah... – disse padre lfor, gaguejando. – Foi meu primo que ela viu em sonho?

O Sr. James limpou a garganta.

– Como pode uma pequena guardar o rosto de um santo no sonho? Era um homem luminoso, e a menina conta que cada dia padre Andrew lhe dava uma bênção especial e rezava por ela, pois boa cabeça ela tinha, e não era torcida como o corpo. Agora a criança está na escola. – Deu um longo suspiro. – Nós temos ido, uma porção de nós, falar com o padre Andrew e ajoelhamos para a sua bênção, que ele dá, mas não admite que é santo. De fato, fala que não é santo e só pede orações e o resto.

– Houve uma trapaça no último verão feita por um dos homens de Gwenwynnlynn – disse o rude estrangeiro –, e foi uma sujeira, de modo que o seu santo não tem feito muito bem a vocês, parece.

– Santos – disse bem alto padre Ifor – não seguem só os mais merecedores. Foi o próprio Nosso Senhor quem disse que veio para salvar os pecadores e não os bons, que já estão salvos. – Não pôde reprimir um sorriso, apesar de sua confusão. – Pode ser que os homens de Gwenwynnlynn fossem uma turma de pecadores, mais do que os de qualquer outra aldeia?

O rude estrangeiro deu uma gargalhada e bateu no joelho remendado.

– Isto eles são. Eu me lembro...

– Não posso falar pelos romanos – disse o metodista, rígido –, mas observamos nossos deveres fielmente e vocês não vão nos achar nas ruas ou no campo, jogando bola ou brigando, lutando, quebrando o sabá. Ou bebendo.

– O sabá – disse padre Ifor, que era, acima de tudo um combativo galês – foi criado para o homem e não o contrário. Espero – disse ao Sr. James – que a devoção entre os fiéis tenha aumentado, e que a missa diária não seja assistida apenas pelo sacristão e os coroinhas.

– A igreja fica cheia até as portas! – exclamou o Sr. James. – Atulhada até as paredes! Há também muitos batistas e metodistas lá, tentando esconder o rosto! – Ele sorriu, de súbito. – Ah, o senhor deveria ver a igreja, padre! As maravilhosas imagens novas. O gesso da Mãe Santíssima estava desbotado e quebrado. Agora há uma nova estátua dela e de outros, e é o orgulho da aldeia. E as toalhas do altar! Linho irlandês e as mais finas rendas. E as taças! De prata folheada a ouro. E a Custódia! E os castiçais, os mais finos, de prata maciça, as janelas de vitrais, não vidro comum. Igual às igrejas metodistas e batistas – acrescentou triunfante.

– Não somos de imagens e outras coisas terrestres – falou o metodista, que parecia um pouco deprimido.

– Pode-se ter beleza no coração também, meu filho – disse-lhe o padre, de modo gentil.

O metodista sorriu-lhe com uma timidez rara para um galês, e com profunda gratidão.

– Nosso Senhor – continuou padre Ifor – falou nas montanhas áridas, nos campos e nos mercados poeirentos. É o que está no coração de um homem.

O Sr. James franziu a testa.

Padre Ifor notou e disse, com severidade:

– Parece que se vocês... hã... têm um santo, Harlock James, ele não lhes fez muito bem em termos de caridade cristã. E tolerância com o próximo e seus modos.

O semblante do Sr. James mudou com a súbita fúria de galês e seus punhos se fecharam. Padre Ifor olhou duro para ele, e os outros observaram, alertas. O Sr. James se acalmou.

– Eu não procuraria o primo de um santo para dizer isso – replicou com dureza.

– Acho – disse padre Ifor – que meu primo não deu a entender que é santo, para você ou para mim. Na realidade, sua carta foi aflita.

– Todos os santos ficam aflitos quando sua santidade é percebida – disse o Sr. James, com voz de deliberada superioridade.

– Então eles deviam ser imitados e não deveria haver jactância de contas bancárias – disse padre Ifor. – E deveria ser observado que o que os católicos têm agora em Gwenwynnlynn tem sido dado aos protestantes também.

– Só para trazê-los à luz – replicou o Sr. James, teimosamente.

Padre Ifor refletiu por alguns momentos.

– Esta pode ser uma explicação razoável. Os proprietários das minas estão se tornando mais bondosos.

– Não em outras cabanas – disse o Sr. James, orgulhoso. – São os mesmos proprietários, também.

– Meu primo poderia ter sido muito persuasivo.

– Isso porque ele é um santo, padre.

Padre Ifor permaneceu em silêncio. O Sr. James começava a aborrecê-lo. Naturalmente, tudo poderia ser explicado por padre Andrew e, como todo galês, ele era eloquente. Mas havia aquela criança... Como tinha sido recuperada em um instante?

Como se tivesse lido seus pensamentos, o Sr. James disse:

– Têm acontecido outros milagres. As vacas da Sra. Brandiff, uma viúva, estavam morrendo, e não sabíamos por quê. Depois ficaram sadias e pariram bezerros. Houve também o caso do velho Benjamin, cego desde que era rapaz. Ele abriu as pálpebras uma manhã – o Sr. James parou –, e enxergava. E os proscritos, eles vieram ao padre Andrew e confessaram, assim de repente, e ficaram santos, eles próprios.

Uma mulher jovem falou rapidamente:

– Eu não tinha filhos, era casada há dez anos, sempre os perdendo no terceiro mês. – Corou e deu uma olhada em padre Ifor, pois, apesar de tudo, ele era um homem e mulheres não conversavam tais coisas com homens, nem mesmo padres. – E agora – continuou, com nova resolução – tenho um, o mais lindo.

– E eu – disse uma mulher de meia-idade, com ar ainda jovem –, eu tinha câncer – tocou o busto com timidez –, não havia esperança, o doutor falou. Mas certa manhã acordei e ele tinha desaparecido. Era o maior caroço, o mais feio.

– A igreja – disse padre Ifor – não se baseia em milagres para declarar santo um homem ou uma mulher, mas sim na prática de virtudes heroicas. Muitos milagres não são verdadeiramente milagres. Ocorreram durante o próprio processo de cura da natureza.

Um homem idoso subitamente ficou em pé no vagão oscilante e se apresentou ao padre Ifor. Muito cerimonioso, tirou as botas, depois as meias de lã, enquanto os outros observavam, balançando as cabeças. Ele estendeu um pé rosado largo, com dedos perfeitos, para o padre.

– Olhe para mim maravilhado, padre. Eu tenho testemunhas. O fogo queimou mais da metade do meu pé, nas minas. Durante vinte anos eu manquei, e se não fosse por meus vizinhos, pobre como sou, minha boa esposa e eu teríamos morrido de fome, apesar do pouco que eles nos davam. Então, certa manhã depois da missa, senti um fogo novo em meu pé, sentei no meio-fio e tirei as botas e as meias – olhou para os outros ao redor, que balançavam as cabeças de novo – e meu pé voltara a ficar bom, como quando eu era moço! Como ele está agora. Isso seria o "próprio processo de cura" da natureza, entre um momento e outro, padre? A recuperação do meu pé?

– É verdade? – implorou padre Ifor aos outros, que gritaram: "É sim, é verdade!"

– E meu marido, que estava morrendo – disse uma mulher, corajosamente – com o padre ao seu lado, com a extrema-unção, abriu os olhos, sentou-se e levantou-se da cama. Ele tinha tuberculose e ficou bom. Ele está no nosso campo agora, com a cevada.

– Não é desconhecido – disse o padre Ifor, pouco convencido – que com a administração da extrema-unção uma pessoa recupera...

A mulher balançou a cabeça com vigor.

– Não nego, padre, mas meu marido agonizava há um ano, tossindo sangue, e com o coração para fora, magro como um esqueleto; então sem perceber, e de um momento para outro, ele ficou curado.

– Talvez uma maldição tenha sido removida da aldeia quando Sir Oswold Morgan morreu – disse o metodista, rindo um pouco.

– Sim. Aquele era um homem mau! – exclamou o Sr. James. – Um próprio homem de Satanás. Um homem mau, blasfemo, cruel. Posso crer em uma maldição, pois o homem era uma.

– Um homem malvado – concordaram os outros em coro. – Um homem sem coração ou bondade.

– Um baronete vivia na sua aldeia? – perguntou padre Ifor, incrédulo.

– Isso mesmo. Ele nasceu aqui e foi embora, um sujeito feio, mal-encarado, com uma maldição nos lábios por tudo que os pais eram, e uma praga na aldeia. Nunca alguém foi tão odiado. – O próprio rosto do Sr. James ficou feio. – Lembro-me bem dele. Cheio de maldade e baixeza. Voltou para tripudiar da gente, com sua nova casa maravilhosa e sua zombaria ao padre Andrew, e a risada para o padre Andrew, e ele próprio, católico batizado, sem nunca ter ido à igreja ou à missa.

– Como ele se tornou um baronete, enriquecendo – perguntou padre Ifor.

– Só Deus sabe como – disse o Sr. James. – Talvez ele fosse um ladrão, ou pior. Mas um homem só volta para seu lar quando está morrendo ou deseja cuspir no seu povo, que é melhor do que ele na alma, por isso veio.

– Ele... não gostava... do padre Andrew?

– Odiava. Ria dele nas ruas. Ele o envergonhava. E onde ele passava, vinha o mal.

– Como, por exemplo? – perguntou padre Ifor.

Mas o trem já fazia o barulho para parar e eles estavam em Gwenwynnlynn. Absorto, padre Ifor olhou pelas janelas e logo ficou atônito. A plataforma preta de madeira tinha desaparecido, havia sido substituída por um belo calçamento de pedras coloridas, com um desenho assimétrico. As áridas e extenuadas encostas, como ele se lembrava, eram agora uma desordem de rosas vermelhas de verão e canteiros de resistentes violetas.

– Sim, está bonito agora, não está? – disse o Sr. James, todo orgulhoso. – Foram os proprietários!

– É estranho que não tenham feito nada para as outras aldeias – disse padre Ifor. Procurou sua pequena bagagem, mas o Sr. James levava-a nos ombros em direção à porta.

– Nenhum primo de nosso santo carrega sua própria bagagem – disse, pisando firme. – Sim, mas espere, padre, até o senhor ver a própria Gwenwynnlynn!

Uma pequena carruagem com um pequeno cavalo e um cocheiro estavam à espera. O cocheiro pegou a bagagem do padre Ifor, tirou o boné e sorriu radiante.

– O padre não pôde vir, padre Ifor – avisou ele. – Tem andado indisposto. Ele já está perto dos 80, o senhor sabe.

– O padre Andrew anda nisto por aí? – perguntou o padre Ifor, quando o cavalo trotava e eles se sacudiam nas polidas pedras escuras da rua.

– Sim, mas nem sempre. Ele prefere a bicicleta – replicou o cocheiro, na voz sonora que se usa para falar de outra pessoa ternamente amada –, para fazer exercício.

Padre Ifor refletia, enquanto eles passavam por uma rua limpa sinuosa após outra, cheias de pequenas casas confortáveis, debaixo de sólidos telhados de ardósia, amontoadas juntas, e de prósperas lojinhas. Porém, mais do que tudo, cheias de mulheres e crianças bem-vestidas e com boas botas! Uma imensa fortuna havia mudado Gwenwynnlynn de desastrosa pobreza e miséria para tudo isto. Não era possível que os "donos" tivessem feito isto. Não, nunca. Padre Ifor conhecia-os bem. Ele próprio tinha sido um mineiro.

Então ficou vagamente ressentido. As pessoas aqui aceitavam que tudo tivesse sido feito para elas tão misteriosamente, com uma espécie de orgulho, como se fossem mais merecedoras que as outras. Era com o seu orgulho que ele se ressentia, pois sabia que não eram diferentes dos habitantes das desoladas aldeias através das quais o trem tinha resfolegado e gemido. Seu orgulho pomposo! Tinham seu "santo" e sua prosperidade... achavam que o mereciam! Isso era intolerável.

– Como está o padre? – perguntou ao cocheiro.

– Não tão bem, padre, e estou triste por ser eu a lhe dar as notícias. Tem a mesma aparência de meu pai quando estava velho e cansado, como se tendo pensamentos não deste mundo. Bem distantes, se Vossa Reverendíssima sabe o que quero dizer.

Havia um grande mistério ali. Padre Ifor não via o primo há 12 anos, e só tinham se correspondido de tempos em tempos, apesar de o amor entre os dois sempre ter sido profundo. Se o padre Andrew estava perturbado, e ele normalmente era o mais severo dos homens, então não estava reagindo como os santos reagem, nem teria pedido com tanta urgência ao primo tão mais jovem para visitá-lo a fim de "aconselhamento". Naturalmente, tinha havido São Vicente de Paulo, e seu trabalho com os pobres, arrancando dinheiro dos homens nobres de sua própria classe em nome da misericórdia cristã, da caridade, e pelo amor de Deus. Padre Andrew, entretanto, sempre tinha sido pobre; não pertencia à fidalguia, que dirá à nobreza. E jamais houvera algum homem rico em Gwenwynnlynn, exceto aquele... como era o seu nome? Os donos? "Ora", fez o padre Ifor.

Sabia-se que santos, no passado, haviam desempenhado com frequência o milagre de aumentar a quantidade de comida em época de fome e tinham feito igualmente outras coisas miraculosas, mas padre Ifor duvidava que qualquer santo moderno pudesse produzir dinheiro para mudar a aldeia desta forma. Afinal, as notas do Banco da Inglaterra não podiam ser falsificadas, nem mesmo por um santo, pensou o padre Ifor, com um sorriso débil. Ele pensou no primo. Padre Andrew possuía várias das virtudes heroicas; como todos os clérigos de todas as religiões, eles deviam tê-las e praticá-las diligentemente para ser tolerantes com seu povo e trabalhar para salvar suas almas. Nenhum homem se tornara sacerdote como meio de ganhar a vida, tal como trabalhar nas minas de carvão ou em fábricas. Padre Ifor conhecia ministros protestantes e um ou dois rabinos. Com frequência, eles se compadeciam juntos, de uma maneira indireta, cientes que Deus lhes havia conferido Sua graça peculiar, mas se admirando de que a estupidez vivesse eternamente nos corações insinceros dos homens e na dureza de seus corações! Apesar dos profetas; apesar do sacrifício do Calvário.

Era assim que padre Andrew possuía muitas virtudes heroicas. Seria possível que tais virtudes houvessem se expandido para as dimensões da verdadeira santidade? Era possível. Mas ainda... Padre Ifor olhou para a montanha violeta, com o rosto tocado pelo vermelho sol poente. A carruagem passou por um minúsculo lago azul, que refletia parte da montanha em uma sombra púrpura, e tornava a borda do sol fogo escarlate. Vieram depois trotando pela rua em que ficava a igreja do padre Andrew e seu presbitério.

A igreja havia sido maravilhosamente restaurada. Alta e estreita, o telhado parecendo lavado com água vermelha sob o sol poente, a cruz flamejando. Exibia uma aparência de modesta imponência, que nunca possuíra antes. O presbitério também fora restaurado. O jardim da frente estava repleto de flores. Padre Ifor viu um grupo de respeitáveis homens e mulheres vagando perto do portão do jardim. Mas o pequeno portão da frente estava bem fechado.

O cocheiro parou a carruagem com um gracioso salto ornamental, ignorando os amigos aldeões e, com um largo gesto de importância, ajudou padre Ifor a descer da carruagem, o que o irritou um pouco, pois não era decrépito e estava no vigor de sua vida. Os homens na rua removeram os gorros de lã, as mulheres e meninas inclinaram-se humildemente. Olharam-no com uma solenidade maravilhosa, mas incomodadas. Ele tentou sorrir para elas, mas era um pouco difícil sob as circunstâncias, de modo que abriu o portão e pisou no passeio do jardim. A pequena multidão logo o acompanhou.

– Esperem, agora! – exclamou o cocheiro. – Vocês não vão incomodar o padre. Fora, vão embora!

– Queremos apenas ver um pouco o padre Andrew, Tom – disse timidamente uma mulher.

– Vocês vão vê-lo na missa amanhã – disse o cocheiro, fechando o portão.

"Muito bem", pensou padre Ifor, aprovando. Pôs a mão no trinco da porta da casa e ela se abriu, deixando-o dentro da pequena sala. Um fogo aconchegante queimava na lareira, havia duas cadeiras confortáveis de que ele não se lembrava. E um tapete de Bruxelas! Um gato pardo se levantou, ronronando. O cocheiro depositou a bagagem do padre atrás da porta do quarto que ele havia sempre usado e disse:

– O senhor quer se lavar, padre?

– Sim. Mas onde está padre Andrew?

– Aqui, Ifor – disse uma voz velha e frágil. Padre Andrew estava encolhido de encontro à parede, na penumbra, perto da janelinha que dava para o quintal. Espantado, padre Ifor pensou: "Ele está se escondendo. Mas por quê?"

Padre Andrew veio ao seu encontro, caminhando devagar, cansado, e padre Ifor viu seu rosto magro, anguloso, excessivamente preocupado e triste. Mas quando sorriu, o velho olhar de pálida exaltação aparecia de novo ao redor dos obscurecidos olhos azuis, e abraçou o primo, dizendo:

– Graças a Deus você pôde vir, Ifor!

– Aqui estou! – exclamou padre Ifor com um falso entusiasmo. – Tudo ficará bem.

– Assim espero – suspirou o velho. Ele parou, afastou-se do primo e disse: – Eles o estão alimentando melhor, pelo que vejo. – Suas mãos frágeis tremiam visivelmente.

– Alimento-me regularmente agora – disse padre Ifor. Mas seu primo estava olhando para o cocheiro.

– Obrigado, Tom. Pode ir.

O cocheiro pareceu desapontado. Esperara alguma misteriosa revelação, algum "sinal" que pudesse contar na taberna, à noite. Mas os dois padres permaneceram em silêncio, e assim ele curvou a cabeça para a bênção do padre Andrew e saiu, fechando reverentemente a porta atrás de si.

– Dane-se – falou padre Andrew com absoluto sentimento e com a sua velha paixão.

Padre Ifor jogou sua cabeça leonina de galês para trás e rugiu com uma risada de alívio.

Padre Andrew ouviu aquela risada e relaxou. Começou a dar risadinhas bem baixinho. Empurrou o primo pelo braço.

– Fora daqui, vá se lavar, e depois teremos nosso jantar e conversaremos. E Deus sabe – falou, com sentimento renovado – como preciso disso!

– Tenho ouvido muito da história – disse padre Ifor. – Os aldeões, no trem, de modo que você pode poupar parte de sua força. Você é um santo, realmente? – perguntou com alguma malícia.

Padre Andrew gemeu e levou a mão à cabeça branca. Padre Ifor entrou rindo na miniatura de quarto, onde ele havia conhecido tantas manhãs frias e noites amargas e geladas. Olhou o lustroso chão escuro, a cama nova de baldaquim, o grande crucifixo na parede, a confortável cadeira de couro. Tirou a batina e então se lembrou de uma coisa. A batina do primo era muito bem-feita, mesmo amarrotada, e confeccionada com tecido de qualidade. A sua, em comparação, era um saco de aniagem. Ainda admirado, foi até a cômoda, despejou água do bonito jarro na bacia, lavou-se vigorosamente e se enxugou com uma excelente toalha de linho. Voltou para a sala, onde padre Andrew olhava melancólico para o fogo, com o gato parado nos joelhos. Sua mão fina, cheia de veias, estava afagando distraidamente o animal.

– É o gato da Sra. Burke – disse, como se pedindo desculpas –, mas o animal gosta muito de mim. Sente-se, Ifor. Tem conhaque em uma garrafa na mesa perto de você, e dois copos.

Padre Andrew acendera um lampião, o colocara sobre a cornija da lareira e fechara as persianas por cima da janelinha de vitral. Ouvia-se um murmúrio do lado de fora, e o nariz de padre Andrew contorceu-se com irritação.

– Eles não têm casa ou trabalho? – resmungou. A garrafa de conhaque estava quase cheia. Os copos eram finos e agradáveis ao toque. Os dois sacerdotes bebericaram apreciando em silêncio. O fogo crepitava, o gato ronronava.

– Dispensei a Sra. Burke à tarde, de modo a podermos falar em paz. Mas há a neta dela...

– Ouvi sobre ela no trem. Se um galês não puder fazer mais nada, pode, ao menos, ter uma conversa loquaz e descritiva. Foi de fato um...

Uma cor indistinta tomou conta das faces caídas de padre Andrew. Ele disse, com ênfase e força juvenil:

– Um milagre? Sim, foi. Um milagre. Assim como o restante.

Padre Ifor ficou um pouco deprimido. Esperara que o primo pudesse lhe dar uma explicação racional para tudo o que tinha ouvido. Mas o mistério estava se aprofundando.

– Então – começou padre Ifor, hesitante –, há um... hã... santo por aí?

– Um santo. Não há nenhuma dúvida disso. Mas eu estava cego, até quase tarde demais. Sir Oswold Morgan.

Padre Ifor ficou espantado.

– Malvado. Um homem de Satanás. Blasfemo. Cruel.

– Foi o dedo de Deus – disse padre Andrew, suspirando. – Eu nunca o tinha visto, até quase tarde demais. E agora, o bispo deseja um relatório completo e depois vai mandar um dos seus espertos jovens padres decidir se o assunto deve ser levado a Roma. – Fez uma pausa. – Será! Isto eu sei! O dedo de Deus. E aí, teremos nosso santo local e Deus sabe que Gales precisa de um nestes dias. Não há dúvida de que Oswold Morgan será certamente canonizado.

– Falaram dele no trem, e as coisas que ouvi...

– Este é o problema. – Padre Andrew olhou para o primo, o azul da sua juventude brilhando nos seus olhos. – A igreja não tem ensinado sempre que os santos não são reconhecidos como tal, ou admitidos por homens cegos? É este o caso. Ninguém estava mais cego do que eu mesmo, e que possa Deus me perdoar.

– Ouvi dizer que ele o odiava, Andrew.

Padre Andrew balançou a cabeça com tristeza.

– Ele não odiava ninguém, nem mesmo os que o odiavam. Ele só odiava a injustiça, a pobreza, a exploração do homem pelo homem, a dureza do coração dos seres humanos e sua falta de caridade. Odiava todo o pecado. Para o pecador, ele só tinha piedade e bondade. Como você tem visto e ouvido. – Ele se pôs de pé, cansado. – A Sra. Burke preparou nosso jantar. Só precisamos escaldar o chá. – Ele observou o primo. – É uma fina refeição. Vamos apreciá-la, antes que eu lhe conte mais.

Os dois entraram na pequena cozinha, que estava aquecida pelo fogo, uma chaleira aquecia na trempe e a mesa havia sido posta com uma toalha de linho branco, na qual estavam travessas de presunto e de carne de boi, língua e arenque, e havia pães quentes cobertos com um pano muito limpo, mostarda em um potinho de prata, couve-de-bruxelas fria com um molho apetitoso e diversos outros pratos. Padre Ifor logo revelou-se guloso e o anotou mentalmente, para que na confissão contasse que, durante as orações antes da refeição, sua boca se enchera d'água, com o cheiro da boa comida. Como penitência de pré-confissão, ele cerimoniosamente ajudou o velho primo a sentar-se e insistiu para que ele se servisse primeiro. Padre Andrew deu-lhe um sorriso malicioso, compreendendo, e aumentou o pavio do lampião na mesa, para que a comida pudesse ser vista em toda a sua glória sedutora, sem nenhuma fatia rosada de presunto ignorada ou um corte de carne negligenciado na obscuridade.

– Coma – disse padre Andrew. – É toda para você, pois eu como pouco, para pesar e repreensão da Sra. Burke.

Padre Ifor comeu, colocando de lado a incrível história da santidade de um homem "mau". Sua faca e seu garfo moviam-se com rapidez, e algumas vezes chocalhavam como castanholas. Padre Andrew mal tocou a fatia de presunto e um pedaço de pão; sentia-se encorajado e feliz. Ifor tinha bom senso, apesar de ser um místico sob vários aspectos. Era um conforto tê-lo em casa, um lenitivo para a alma, pois embora se soubesse que Deus, e todos os Seus santos e anjos, e particularmente Sua Bendita Mãe sempre ouviam uma oração e os choros do coração de um homem, fazia bem à alma ter a presença de um ser humano que falava alto a linguagem humana e em quem se podia confiar. Ifor não era jovem, mas padre Andrew o via como tal e lembrava o dia em que o menino só tinha 12 anos e chegara até ele dizendo: "Quero ser padre. Como o senhor. Será o desejo de Deus." Um robusto menino de 12 anos, das minas, já enegrecido pelo carvão, cheio de bolhas e há três anos fora da escola. Sua força vinda do próprio povo. Por causa da humildade e inferioridade do povo, tinha vindo o Salvador. Mundo sem fim.

Eles beberam devagar e com prazer o chá preto, quente e doce.

– Vamos deixar tudo para a Sra. Burke lavar. Fazer qualquer coisa, embora eu tivesse feito isso durante tantos anos até ela vir para cá, seria considerado por ela um sacrilégio, ou até um descrédito da sua habilidade doméstica. – As faces afundadas de padre Andrew estavam bastante coradas, e ele parecia mais feliz.

Os dois voltaram para a sala, depois de dar ao gato comida e um pires de generosa nata amarela. Padre Andrew exibiu uma garrafa de fino Porto.

– O "santo" parece tratar você bem, também – disse padre Ifor, deliciado.

– Eu não queria nada – retrucou padre Andrew com súbita gravidade. – Mas foi sua vontade abençoada. Para mim. Metade da sua fortuna foi para ajudar a aldeia, para sempre, e a outra metade para a Igreja. Recusar o que ele me deu o teria magoado e pouco pude fazer por ele, considerando minha cegueira e estupidez. – Padre Andrew bebeu o Porto. – Você não se lembra dos Morgan, pois Sir Oswold era mais velho do que você, Ifor, e ele saiu de Gwenwynnlynn antes de você nascer. Era filho único, o pai era mineiro e foi morto em uma das mais desastrosas explosões de minas de Gales. Oswold tinha então só 11 anos, e a mãe, para sustentar a si e ao rapaz, foi para as minas também, pois naquela época as mulheres e crianças também trabalhavam nas minas, e rara era a voz que se levantava em protesto. Ela não deixaria Oswold trabalhar lá, pois queria que ele estudasse. Para ser padre, ela dizia. Eu não soube disto até...

"Que pensamentos entravam na mente daquele rapazinho, quando sua mãe chegava das minas em casa se arrastando, o rosto escurecido, as mãos feridas, imunda, com roupas andrajosas? Ele não permitiria isto, não! Sacrificaria o que mais desejava e iria para as minas, e ela ficaria em casa. Não, disse a devotada mãe. Então aconteceu outra explosão e ela morreu. Ele ficou só, um rapaz grandalhão de 12 anos.

"Desde criancinha, fora sério, calado e desinteressado das coisas que os outros meninos adoravam. Embora pudesse superar qualquer rapaz de sua idade, ou mesmo mais velho, nas corridas, nas lutas ou em arremesso, ele tinha outras preferências, que eram os livros. E acima de tudo, Deus, justiça, caridade e bondade. Olhava em volta e via a miséria e o desespero na aldeia, a fome, as mulheres e as crianças nas minas, os homens alquebrados, a fumaça, a escória e a fealdade que a ganância tinha criado. Ele viu as goteiras dos telhados nas choupanas, a ignorância, a vida animal impingida a seu povo, quando este devia ser reconhecido como constituído por filhos de Deus, tratados com justiça e honestidade, e não como bestas pelos donos, lá na Inglaterra. O galês também não era homem, e não queria um pouco de alegria e música na sua vida, algumas moedas no bolso e um pouco de carne na sua pobre mesa?

"Estes eram os pensamentos que o mantinham afastado dos outros meninos e faziam seu rosto melancólico e sombrio, por isso o chamavam mal-encarado e anormal. Ele foi falar com o padre antes de mim, que não era galês, e expôs sua justa ira perante ele, mas o padre o censurou e falou de humildade, submissão e eternidade. Oswold disse-lhe com nova e estranha cólera: 'E como é possível um homem pensar como homem, quando é forçado a viver como animal, sem aquela segurança que o animal tem de um abrigo quente à noite e da comida de que necessita?' Viver como os mineiros estavam vivendo, de modo algum era viver, disse Oswold. Era uma traição de Deus pedir que Seus filhos passassem fome pacificamente, sem receber algum fruto do seu árduo trabalho. Assim, Oswold saiu da casa do padre com ódio inflexível. A velha governanta mexericou e comentou-se que Oswold havia insultado o padre e abandonado sua Fé. Era agora um apóstata, bem como um estranho, e todos o odiavam, apesar do padre censurá-los por sua falta de caridade. O jovem Oswold recusou a crisma. Se Deus era também contra ele, dizia em seu coração, e não tinha mais amor aos Seus filhos do que tinham seus opressores, então não queria nada com Deus. Assim pensa a mente jovem, severa e intolerante, especialmente quando está sensivelmente doente pela desgraça, o desgosto e a justa cólera.

"Oswold foi para as minas com uma resolução silenciosa e ardente. Mas nenhum homem, mulher ou criança falavam com ele, nem mesmo os protestantes, de quem se deveria esperar estar do seu lado, contra o padre. Ele era um proscrito. Suportou todos os insultos nas minas, com energia e caridade secreta, e estas são heroicas virtudes. Recebeu os golpes dos homens ignorantes e zombadores e não os revidou. Conheceu a miséria que tudo inspirava, pois o homem se voltará contra o homem no seu desespero e odiará o ser humano mais próximo, por causa do horror de sua vida. Por compreender isso, Oswold era verdadeiramente um santo.

"Quando o padre, que timidamente começava a compreender, foi a uma mina recém-aberta para orar pela segurança dos trabalhadores, Oswold ficou de lado com um rosto frio e orgulhoso, os lábios crispados, e isto enfureceu ainda mais as pessoas. O padre tentou falar com ele, mas não foi ouvido. O padre escreveu-lhe cartas, e ele nunca apareceu. Vi as cartas que Oswold guardou. Sua cólera não era contra o padre, mas contra Deus. E, enquanto trabalhava, ele pensava mais e mais. Dormia numa simples choupana arruinada. O que podia economizar, ele furtivamente dava para as crianças, uma moedinha ou duas. Se um ganso de Natal aparecesse misteriosamente na porta do padre ou na de uma viúva faminta com filhos, ninguém sonhava que Oswold tinha, ele próprio, passado fome por muito tempo para fazer aquilo, ele com a "cara feia e sinistra", a "blasfêmia" e sua reclusão. Nem eu teria sabido se não tivesse visto uma carta do padre, na qual aquele velho arrependido expressava suas suspeitas e implorava ao rapaz que fosse vê-lo. Mas Oswold não foi, pois era um jovem galês teimoso e não podia perdoar Deus por toda desolação, morte, ruína e sofrimento.

"Um dia, quando tinha 15 anos, Oswold desapareceu. Mas escreveu ao padre, com a letra bonita e cuidadosa, que aprendera sozinho, e era a carta de um homem, não a de um adolescente. Encontrei-a em um dos velhos livros do padre, jazendo esquecida em uma caixa desfeita pelo tempo. A carta dizia: 'Não voltarei enquanto não puder libertar meu povo da crueldade daqueles que o oprimem e da indiferença de Deus. Solicito-lhe que esqueça minhas palavras ásperas, mas não as próprias palavras, apenas sua intemperança. Se for possível ao senhor, padre, reze por mim, embora eu não vá rezar por mim mesmo! Estou só, como todos os homens estão sós!'

"Quando li aquela carta – continuou padre Andrew –, eu soube. Mas isto foi há três anos, e muito tempo se passara, e era quase tarde demais. Levaria muitos dias, Ifor, para lhe contar o que Oswold fez quando saiu de Gwenwynnlynn, no silêncio da noite, com quatro xelins no bolso, e tudo que possuía no mundo estava no seu corpo descarnado. Em sua juventude, o carvão era retirado dolorosamente com as mãos, picareta e pá. A mão de obra era barata. Quem se importaria de inventar qualquer máquina que fosse tornar mais leve o trabalho? Quem iria se importunar com homens, mulheres e crianças que periodicamente morriam nas minas ou gastavam suas vidas curtas arfando e respirando as poeiras que inalavam, pegando uma tuberculose, depois de anos nas minas? Eles não se queixavam; portanto não tinham nada do que se queixar! Os mineiros de Newcastle, na Inglaterra, tinham um melhor horário e melhores salários, pois ingleses, tão perto de Londres, protestavam com frequência. Mas Londres, para os galeses, ficava em outro mundo. Foi para as minas de Newcastle que Oswold se encaminhou, e ele estudou, leu, observou e pensou e, de repente, de modo brilhante, despertou; o que uma máquina poderia fazer para salvar a carne e o sangue do homem!

"Ele inventou a máquina. Os proprietários não teriam nenhuma. Mas havia os sindicatos de mineiros reunindo forças na Inglaterra, e assim Oswold dirigiu-se a eles, que exigiram a máquina. Oh, houve motins, greves, ameaças e a polícia, mas os sindicatos eram quase tão teimosos quanto os galeses. Nessa época, na Inglaterra, as mulheres e crianças eram proibidas de trabalhar nas minas, e os homens estavam começando a compreender que tinham tanto direito de viver quanto a fidalguia e a nobreza, o clero anglicano, os senhores fazendeiros e os proprietários de cavalos puros-sangues. O próximo passo, para Oswold, foi apelar à desprezada burguesia da Inglaterra, aos comerciantes e aos grandes negociantes e donos de fábricas, pois a revolução industrial estava ganhando grande poder na Inglaterra. 'É para aquela poderosa classe média da Inglaterra que todos os homens de boa vontade deveriam se curvar em homenagem', falou-me Oswold há três anos. Pois eles não tinham nenhuma tradição de arrogância, fidalguia, família e títulos, e não eram intelectuais que falavam e não agiam. Possuíam seu próprio ressentimento contra a classe mais alta, que os desprezava, e estavam próximos o bastante dos operários – pois quase todos tinham sido pobres no princípio, e oprimidos – para sentir simpatia, ultraje e companheirismo. De modo que ressentimento e caridade, por uma vez, juntaram as mãos em nome dos sofredores, e há ocasiões, Ifor, em que especulo se o ressentimento e o rancor são de todo maus. Deve-se lembrar da revolução americana...

"Oswold, com seus desenhos e sua eloquência, logo despertou o interesse dos fabricantes, que tiveram a satisfação do apoio dos sindicatos, em complemento. Eles enfrentaram uma súbita e formidável situação, pois contrariamente ao que o homem médio crê, o 'preguiçoso' e o 'luxurioso' são muito conscientes de qualquer coisa que vá ameaçar um simples *penny* que possuam. Eles podem ser adúlteros, ou mesmo muito pior, e podem tomar sol, para o qual fogem sempre que faz frio em sua terra, e podem parecer indiferentes aos acontecimentos do mundo, mas com o surgimento da mais leve sugestão a respeito de seus investimentos, eles se tornam homens resolutos, com objetivos cruéis. Nações podem cair; déspotas podem subir, milhares podem ser massacrados, e eles seguem seus caminhos serenos de prazer – desde que tais catástrofes não afetem seus bolsos.

"E assim foi que os donos das minas afirmaram aos operários que a maquinaria os substituiria e os atiraria para fora do trabalho e para a privação. Mas eles não conheciam Oswold. Ele tinha fatos na mão. Lembrou àqueles jornais que publicariam o que ele dissesse – e não deixe ninguém gabar-se de uma imprensa livre, Ifor! –, que a mesma controvérsia surgira ao tempo da invenção da máquina de costura, da locomotiva e do motor a vapor. 'Em vez de tirar o trabalho de homens, as máquinas produzem trabalho para os homens, em grande escala', dizia ele. Também aumentavam o conforto do homem, alargavam sua mente e o libertavam do trabalho mais árduo. Os jornais contrários a Oswold atacaram-no como inimigo dos trabalhadores, e não é estranho que esses jornais fossem aqueles cujos proprietários desprezavam os empregados e tudo que eles representavam. Tais virtudes inesperadas se tornaram incongruentes, mesmo para os mais irrefletidos. Os fabricantes fizeram as máquinas de Oswold e pagaram-lhe os magníficos *royalties* que ele exigiu. Ele fez outras invenções que representariam mais segurança nas minas. Elas eram caras; por esse tempo, mesmo os jornais que o haviam apoiado pararam. Então Oswold e os sindicatos lutaram sozinhos e ganharam. Nunca será completamente seguro trabalhar em uma mina, mas os maiores riscos poderiam ser eliminados, e um homem não é merecedor de sua vida?

"Oswold tornou-se um homem muito rico e foi armado cavalheiro, como Sua Majestade declarou, por serviços aos seus conterrâneos. Ele não se casou, pois era celibatário de coração. E agora estava com 62 anos, e todas as suas lutas o haviam desgastado. Lembrou-se de Gwenwynnlynn e voltou para cá, para morrer à vista das montanhas, à vista do cemitério onde seus pais, seus avós e seus ancestrais antes dele tinham sido enterrados. E à vista da igreja cujo velho padre, agora morto, não o tinha compreendido de início. Ele viu Gwenwynnlynn como ela era e decidiu mudá-la, e assim fez, pois no coração de cada santo existe o mais profundo amor por Deus e por seus filhos. Veja, primo Ifor, ele tinha forçado a venda das minas de carvão de Gwenwynnlynn para si próprio. Mas ninguém soube disso. Nem mesmo eu, até três anos atrás, quando Oswold já estava à beira da morte.

A pesada chuva fria fazia o fogo pipocar na lareira, e padre Andrew pôs mais carvão, usando o atiçador para ajudar. Olhou para o jovem Ifor, que estava pensativamente mirando seu copo de vinho.

– Sem pressa, Oswold tentou comprar as outras minas mas não conseguiu, pois mesmo sendo rico, o homem não pode fazer tudo sozinho, e ele havia feito seus amigos jurarem que silenciariam a respeito do que já fizera. Estes amigos eram os líderes pobres do sindicato, lutando em todos os lugares, e como eles o amavam devotadamente, deram-lhe a palavra. Oswold não tinha outros amigos. Santos raramente têm amigos, são em geral odiados e ridicularizados, pois amam, e o amor é sempre rejeitado por homens de coração duro. Devemos considerar Nosso Senhor... e a situação do mundo, que não melhora de modo mensurável. Quem está interessado em uma história de jornal sobre a caridade e o sacrifício de um homem? Mas deixe um membro da família real cometer a menor indiscrição, ou os dirigentes de famílias reais do continente, ou deixe uma nova moda ser introduzida, ou um assassinato de proporções impressionantes ser cometido, ou uma atriz ser envolvida em um grande caso com uma "personagem notável", e o povo ferve com uma animação imbecil e não fala de outra coisa nos bares e nas ruas. Oswold não receava que seus feitos fossem mencionados com qualquer destaque nos jornais. Não matara ninguém, não conquistara nenhuma amante notória, não escandalizara ninguém, não se engajara em criação de cavalos dos quais se poderia esperar ganhar o Grande Prêmio, não fizera nada vergonhoso, nada cruel. Desta forma, por que deveria ser-lhe dado espaço nos jornais?

– E ele voltou para Gwenwynnlynn – disse Ifor, colocando mais vinho nos copos. – Ele estava desgastado, cansado. Mas tinha sido odiado aqui.

– Oswold desejou fazer o que chamou de "uma aldeia moderna", de modo que os outros pudessem ver e seguir. Eles irão, decerto. Poderão não fazer hoje, nem amanhã, mas farão. O que tem sido feito por Gwenwynnlynn será conhecido. Levará algum tempo, mas será conhecido. Oswold tinha seus escritórios em Londres. Deixou provas de que era possível não só manter os rendimentos anteriores, instalando melhores condições, mas também aumentá-los! E nenhum homem rico pode ficar para sempre afastado de tais possibilidades.

– Mas ninguém aqui soube, Andrew? Por que isto?

O velho padre suspirou.

– Santos não fazem propaganda própria; homens bons não saem procurando fazer nome no mundo. Eu não sabia. Oswold construiu uma casa para si próprio em Gwenwynnlynn, ele que não tinha mulher ou filhos. Ele me falou, muito mais tarde, que nunca tivera uma casa antes e que queria uma agora. É o instinto do homem, seu instinto para abrigo quando está doente, ou velho, ou quando é novo e tem esposa e crianças. Mas... ele não havia perdoado Deus.

– E você o considera um santo?

Padre Andrew sorriu.

– Uma vez, quando eu era criança, li a história de um homem que chorou por Seu povo, e lamentou-se por eles. Ele é Nosso Senhor. E depois li outra história de um homem que também chorou por seu povo e por seus sofrimentos e censurou Deus por eles, e então ajudou o povo, mantendo-se desconhecido desse povo. Quando ele morreu e foi confrontado pelo Juiz, o Juiz perguntou: "Quem está aí para defender o homem?" E uma multidão se levantou e gritou: "Ele nos libertou da dor, por causa do seu amor e misericórdia, e nos guiou para a paz, apesar de nossos olhos estarem cegos naqueles dias." E o Juiz disse: "Você tem feito o bem, Meu abençoado servo, pois, quando abrigou os remanescentes, os alimentou e os vestiu, você o fez por Mim."

Uma barulhenta ventania de verão arranhava a chaminé. O gato pardo pulou no colo de Ifor, que o acariciou absortamente. Lembrou-se de novo do ódio e desrespeito da aldeia por Oswold Morgan, aquele homem amargo e fascinante, e se sentiu humilde.

– Nós de Gwenwynnlynn não o conhecíamos – disse padre Andrew. – Os meninos da aldeia atiravam pedras nas suas janelas e as quebravam. Ele mantinha o rosto frio e duro e não falava, vagava sozinho por suas terras. Lia e estudava. E não rezava. Lembrava-se dos pais.

"Eu não teria sabido de nada, mesmo no princípio, quando ele estava aqui, se não tivesse saído para as minhas andanças, esperançoso de poder construir uma escola para as nossas crianças. As irmãs estavam aqui, mas não havia escola. Fui à magnífica casa de Oswold, e ele próprio abriu-me a porta. Tomei coragem e pedi-lhe dinheiro, e ele disse: 'Não dou dinheiro nenhum para a Igreja.' E retruquei: 'Deus não o abandonou. Você O deixou.' Ele murmurou uma praga e fechou a porta na minha cara.

"Uma semana depois, porém, as irmãs receberam um bom pedaço de terra perto do pequeno convento que tinham, e receberam uma carta de Londres dizendo que um doador anônimo dera-lhes a terra. Além disso, não deviam se preocupar com a escola. Ela seria construída de imediato. E assim foi, uma escola para fazer a aldeia palpitar de orgulho e alegria. Isso não foi mais do que o começo. Mas você ouviu o restante dos homens de Gwenwynnlynn, no trem. Amanhã, vou levá-lo à igreja, antes da missa, e você vai me ajudar, e lhe mostrarei o que Oswold Morgan fez por ela."

– E como você finalmente ficou sabendo? – perguntou Ifor, com interesse apaixonado.

– Deus revela as coisas de repente, de modo que todos possam saber de uma vez, ou, por Sua maneira misteriosa, as revela aos poucos e bem devagar, para que as estúpidas mentes cegas, como a minha própria, aprendam. O homem é teimoso na sua estupidez e prefere seus preconceitos à verdade.

"Minha primeira suspeita surgiu na tarde de um domingo quente, ensolarado e calmo para Gales, depois do meu jantar. Eu andava a pé, pois não tinha nem mesmo uma bicicleta para visitar os doentes, os velhos e os moribundos. E, em uma rua, vi Oswold com as mãos na bengala, em sua luzente carruagem com dois cavalos negros. Ele observava algumas crianças brincando, as que ele havia resgatado da fome, da doença e do trabalho prematuro. Ele não falava; não ria. Só olhava, e parei como se alguém tivesse puxado minha batina e dito: 'Veja o que você deve ver.'

"As crianças brincavam, o cocheiro estava no seu assento alto, e Oswold, sentado em sua almofada, com os cabelos brilhando ao sol debaixo do vistoso chapéu de seda. Então, aos poucos, as crianças se aproximaram da carruagem e começaram a olhar o homem que, sem sorrir, lá estava, e chegaram mais perto, sem falar. Elas pararam de brincar. Encostaram-se na carruagem e olharam solenemente para aquele rosto amargo e absorto; ele olhou-as por sua vez, e foi como se uma troca fosse feita, pois, de súbito, uma menina tirou a fita vermelha da trança, estendeu a mão e a colocou na mão de Oswold. Ele a alisou, agradeceu com a cabeça e seguiu na carruagem. As crianças continuaram a brincar, e eu parei e pensei: 'Um gesto pequeno, mas importante. As crianças viram seu amor por elas, embora as sábias pessoas mais velhas nunca tivessem percebido nada. Ele as tinha atraído com aquele amor, como o fogo atrai um homem frio.'

"E naquela mesma noite fui ao lar de um mineiro que estava morrendo de tuberculose, como sua mulher já lhe contou no trem. O homem estava inconsciente. Todos se ajoelhavam ao seu redor. Tínhamos rezado a ladainha pelos moribundos. Eu estava dizendo, enquanto o homem soltava seu último suspiro: 'Encomendo você, querido irmão, a Deus Todo-Poderoso, e o confio a Ele, que o criou, de modo que pela sua morte...', quando, de repente, o moribundo piscou os olhos, a cor surgiu-lhe nas faces, ele se sentou, olhou ao redor e gritou... É verdade, o homem que estava morrendo gritou: 'O que é isto?' E olhou para a sua mulher chorando, para as crianças chorando, para os amigos e para mim, e ficou estarrecido.

"Você pode imaginar o júbilo quando ele jogou de lado o cobertor, riu e pediu comida! Mas eu tinha ouvido passos solitários na escuridão da rua e disparei para a porta, velho como sou, e vasculhei a rua. Havia um fio brilhante de lua no céu... e vi Oswold Morgan caminhando vagarosamente, batendo a bengala no calçamento, a cabeça curvada. Fui atrás dele e, apesar de ser velho, corri como um jovem e segurei-lhe o braço. Ele franziu a testa com sua maneira sombria, e eu disse: 'O homem que estava morrendo está bem...' Ele puxou o braço de minha mão e disse: 'Você está louco, velho padre?' E continuou seu caminho. – Padre Andrew balançou a cabeça. – Ele não sabia, certamente. Mais tarde, porém, muito mais tarde, ele me contou que sempre caminhava daquele modo, tarde da noite, discutindo com Deus por que Ele permitia o sofrimento, a tristeza e a dor dos inocentes. Ele não sabia, também, que estava cego. Não sabia que estava rezando! Não sabia que estava pedindo piedade para as pessoas nas casas fechadas pelas quais passava, e que sua alma inteira estava prostrada em sua desesperada oração, cheia de fé. Um homem que discute com Deus e clama por misericórdia para os outros é um homem que crê, independentemente do que diga. Ele é amor, e Deus jamais fica calado diante de um grito de amor desinteressado; Deus sempre responde, Ifor, de um jeito ou de outro."

Os dois sacerdotes encheram os cachimbos de tabaco; o gato amarelo ronronava; o pequeno relógio sobre a lareira bateu nove notas suaves; o vento batia na chaminé como um coração incansável, e a chuva estalava nas janelas, mesmo através das venezianas.

– E assim acontecia – continuou padre Andrew, depois de puxar bem com seu cachimbo e de tirar os chinelos para que as solas dos velhos pés pudessem se aquecer na grade da lareira. – Cada vez que um milagre ocorria, Oswold Morgan estava passando na noite. Eu sempre soube. Quatro vezes o vi com meus próprios olhos e, em outras ocasiões, fiz as mais prudentes perguntas, de modos mais casuais. Alguém, eu perguntava, vira Oswold Morgan aquele dia, e as pessoas felizes me olhariam com impaciência e me diriam: "O que temos com isso? Sim, agora me lembro, eu o vi passando. Foi bom ele não saber desse milagre que o senhor fez, padre, pois ele nos teria amaldiçoado!"

"E foi então que fiquei finalmente assustado, pois Deus sabe que não sou santo, e essa foi a primeira vez que me ocorreu, embora deva ter havido outras ocasiões, que eu estava sendo tratado como um dos abençoados. Falei à minha gente: 'Não fiz tal coisa, nem foi feita por meu intermédio. Deus pode fazer milagres através do Seu escolhido, mas Ele não me escolheu!' Mas tudo que falei com paciência, depois com exasperação, e por fim como advertência ao pecado, foi ignorado. Eu, Andrew Lewis, um humilde padre, um homem sem merecimento e um pecador, não era santo! Mas alguém desconhecido o era e, embora tardiamente, acabei por saber quem ele era, embora próprio não soubesse.

"Há maneiras de fazer investigações com discrição. Levei algum tempo, com a ajuda do bispo e de seus amigos em Londres, para saber quem havia tornado alegre esta aldeia. Mas o bispo havia jurado segredo e me pediu para vê-lo em Cardiff; e eu fui, e ele me contou. Era determinação de Oswold que a aldeia não conhecesse seu benfeitor. Se seu nome fosse divulgado, ele advertira seus procuradores e outros, ele se retiraria imediatamente e deixaria Gwenwynnlynn para sempre.

"Fiquei com meu angustiante problema. As pessoas se ajoelham para a minha bênção, que sempre dei. Mas quando se dirigem a mim como a um santo, então devo protestar. Você as viu no meu portão, hoje à noite..."

– Mas Oswold Morgan está morto – disse Ifor. – Você pode contar a eles.

Padre Andrew balançou a cabeça.

– Não é fácil decidir. Deixe-me contar-lhe – pediu. – Uma tarde, fui ver Oswold Morgan, outra vez, determinado a olhar aquele estranho rosto frio, rezando para que alguma explicação me fosse dada. Encontrei-o doente, perto da morte, assistido só por uma mulher velha e viúva, que concordava em ficar perto dele. Você compreende, o povo diz que ele é "do diabo". Pedi à mulher para sair, e então palavras que eu não planejara vieram-me aos lábios e eu disse: "Eu o conheço, Oswold Morgan, e não estou mais cego."

"Ele olhou para mim, de sua cama, de sua cama grande de dossel, coberta com os mais finos cobertores, e me fez a mesma pergunta que havia feito antes: 'O senhor está doido, velho padre?'

"Mesmo sem ser convidado, sentei-me a seu lado e olhamo-nos fixamente por um longo tempo, e ele foi o primeiro a desviar os olhos, taciturno. Percebi como estava fraco e doente, perto da morte. Eu disse: 'Venha para casa, meu filho, pois seu Pai está esperando. Ele sempre esteve com você, e você não sabia?'"

Padre Andrew bateu o fornilho quente do cachimbo.

– Oswold não falou durante um longo tempo; ele deve ter dormido um pouco, por causa da sua fraqueza. Então, de repente, seus olhos se abriram e, como uma criança, ele disse: "Abençoe-me, padre, pois eu pequei."

"Ouvi sua confissão. Fui à casa dele dia após dia, e ele me revelou tudo o que lhe contei. Confessou suas boas ações como alguém confessaria seus pecados, e sorria para mim, de modo obscuro e inusitado. Mas ele ainda não sabia que, ao passar pelas casas dos moribundos, dos doentes ou dos aleijados, sua incessante intercessão por eles os havia curado. Não lhe contei. Deus lhe contaria na ocasião propícia.

"Uma tarde, quando me preparava para visitá-lo, tive o impulso de levar a hóstia e os santos óleos. A ideia veio-me como uma ordem, e lágrimas correram de meus olhos. 'Oh, não', eu dizia dentro do meu coração, pois o médico havia falado que Oswold estava melhorando e que seu grande coração estava se reanimando. Mas, mesmo assim, obedeci àquele comando silencioso e fui à sua casa na bicicleta que havia misteriosamente encontrado perto da porta certa manhã, e quando as pessoas me viram, e o que estava na minha mão, tiraram o chapéu, imaginando quem estava morrendo.

"Era o que eu temia. Meu amigo estava morrendo e estava só. Calado, pois não tinha mais respiração, observou-me preparar a mesa perto dele com uma toalha branca. Em silêncio, ele mirou o crucifixo que eu colocara, as velas acesas, e a garrafa de água benta, e o prato com outra água na qual lavei as mãos. Enxuguei-as numa toalha. Estávamos sós. Eu disse: 'Paz para esta casa... O Senhor me borrifará com hissopo, oh, Senhor, e ficarei limpo; o Senhor me lavará, e ficarei mais branco do que a neve.'"

Padre Andrew parou. Tirou um lenço enorme e assoou o nariz.

– Peço a Deus que me poupe – sussurrou – de ter de administrar este sacramento outra vez a alguém que, agora sei, amei tão ternamente, conheci e honrei.

– Mas foi um privilégio – disse Ifor. Ele ainda estava um pouco duvidoso.

Padre Andrew concordou.

– Mas meu coração é humano, apesar de tudo. Abençoei Oswold; orei como um padre deve orar. Eu o ungi. Sozinho, rezei a ladainha para os moribundos. E então, pela primeira vez, aqueles olhos quase mortos brilharam, e Oswold sussurrou: "Pedi um único favor a Deus: que você soubesse e viesse hoje."

"Administrar o sacramento da extrema-unção a um santo é uma graça que não é dada a muitos – disse padre Andrew, com alguma perplexidade. – Por que Ele deu tal graça a mim, neste pequeno lugar esquecido, naquela casa solitária? Mas deixe-me continuar. Eu tinha acabado de dizer: 'Vá deste mundo, oh, alma cristã', quando Oswold, com um sorriso de incrível beatitude, balbuciou como uma criança contente e fatigada, e adormeceu. Não houve luta, nem um último suspiro ou gemido. Ele morreu na mais extrema paz, e na morte virou a cabeça esperançosamente e sorriu de novo, como se reconhecendo alguém que o amava e tinha vindo encontrá-lo.

"Fiquei um pouco com ele, rezei e vi sua paz jubilosa na morte, como se nunca a tivesse conhecido em vida. Então fechei-lhe os olhos, dobrei-lhe as mãos e deixei-o só. Eu... eu mandei um telegrama para o bispo, à noite. E o bispo respondeu que a Oswold Morgan deveria ser dado funeral cristão, e que eu teria brevemente outras informações.

"Não havia ninguém no enterro, apenas eu, os coveiros, os quais pressionei para fazer o serviço contra a vontade deles, o sacristão e as irmãs. Não havia nenhum dos que haviam sido curados suas intercessões por, nenhum dos que comera por sua causa, embora antes passassem fome..."

– Mas eles não sabiam – disse Ifor, gentilmente.

– Certo. Vê que ser humano eu sou, que não posso mencioná-lo? Em uma semana, três importantes procuradores chegaram de Londres, portando documentos e o testamento de Oswold. Já lhe disse o conteúdo. Mas deram-me uma carta dele, escrita antes de morrer. Pedia-me, como seu desejo mais profundo, que eu nunca revelasse aos homens de Gwenwynnlynn como os tinha ajudado a obter conforto e felicidade, como e havia salvado tantas vidas, consertado suas casas e ruas, e sua igreja, dado-lhes escola e outras inumeráveis alegrias. Por fim, como falei, ele não sabia que suas intercessões haviam também realizado os maiores milagres para eles. E assim guardei bem este segredo e todos os outros. Mas escrevi ao bispo e ele me pediu relatórios completos dos milagres e das virtudes heroicas, muito acima do comum, que Oswold Morgan praticou. Neste meio-tempo, estou ficando encurralado. Meu aborrecimento cresce a cada dia, por ser tratado como um santo que fez maravilhas. Mas devo atender o último pedido de Oswold.

Ifor soprou seu cachimbo. Fez uma volta pragmática em seu pensamento.

– Não está afirmado no testamento que as pessoas não devem saber, ou que se forem informadas sobre como Morgan as beneficiou, o testamento se tornará nulo e inválido?

– Ifor! – exclamou o padre Andrew um pouco escandalizado. – Não! Não está assim expresso no testamento, claro! Mas sua carta para mim...

– Era o pedido de um grande homem que não sabia que era... hã... santo – disse Ifor. – Mas como ele está sem dúvida no céu e agora ansioso para receber orações e interceder por miseráveis pecadores, você deve ignorar aquela carta meramente mortal. No entanto, isso está nas mãos do bispo e finalmente nas mãos de Roma. Enquanto isso, Andrew, você deve fazer sua parte, informando aos poucos o seu rebanho sobre o que Oswold fez por ele e continuará a fazer através do testamento. Isso vai, sem dúvida, chocá-los. – Ifor falava com certo prazer. – Mas os homens precisam de choque regularmente, já descobri isso. Os homens não aceitam facilmente no coração outros a quem odiaram, pois desta forma ficam envergonhados, e isso é intolerável. Para os galeses, é ainda mais difícil que para os outros. – Tomou um pouco mais de vinho e olhou para o rosto abatido de seu velho primo. – Olhe por este caminho, também. Quando os espertos jovens padres do bispo chegarem a Gwenwynnlynn e o povo não souber a respeito de Oswold, os padres receberão os relatórios mais escandalosos, o que provavelmente acabará com o assunto. E que injustiça para com o seu amigo, o santo!

– Ifor – disse Andrew após alguns momentos –, que cabeça você tem! Você está completamente certo!

Ifor era bastante malicioso e disse:

– E ocorreram outros milagres desde que Oswold morreu?

Andrew pensou. Finalmente disse:

– Não estou absolutamente certo disso. Já faz aproximadamente três anos...

– O dedo de Deus – murmurou Ifor. – Se não têm havido outros milagres, milagres autênticos, por três anos... Ah, bem, deixe o bispo decidir. – A malícia fazia seus olhos cintilarem. – É possível, afinal, que seja você o santo, Andrew!

A PESADA CHUVA de verão havia diminuído quando Ifor ficou só de novo, preparando-se para dormir. Mas um frio relâmpago azul cortou as venezianas da janela. Era difícil para ele, considerando o que tinha ouvido aquela noite, concentrar-se em suas orações. Então, justamente quando estava a ponto de pegar no sono, seu ombro direito o incomodou outra vez. Uma irritação muito leve que desaparecera algumas semanas atrás. Não era bem uma coceira; não era bem uma dor. Estivesse ele com sono, nem teria percebido. Era uma picada muito tênue, que poderia até ser só sua imaginação. Tocou a área sob o camisão e estava como ele se lembrava: uma saliência muito pequena na pele. Não a havia tocado deliberadamente durante algum tempo. Parecia, ao seu dedo, um pouco maior agora do que antes.

A picada, se havia alguma, não estava na pequena saliência. Estava nas imediações. Aborrecido, Ifor acendeu outra vez o lampião, tirou o camisão de dormir, ficou em pé diante do espelho da cômoda e observou a área em seu ombro largo.

Estava consideravelmente maior do que se lembrava: o lugar estava muito escuro, bem em cima da omoplata. E logo abaixo da saliência, uma outra menor, de uns 2 milímetros de diâmetro, enquanto a primeira, para sua surpresa, tinha crescido cerca de 6 milímetros. Ele experimentou pressioná-las. A maior estava um pouco dolorida, mas a irritação não era imaginária.

O violento relâmpago azul correu através das venezianas e houve um estrondo imediatamente em seguida. O quarto zumbiu. Ifor murmurou uma oração. Vestiu o camisão de novo. Então se lembrou de algo que lhe forneceu um extraordinário sentimento de alívio. Alguns anos antes, haviam surgido algumas verrugas nas mãos, e tinha aparecido uma marca atrás do seu ombro direito e outra num lado do rosto. "Coma alguns cogumelos", dissera o médico, sabiamente, entendendo que verrugas são um mistério e surgem e desaparecem de tempos em tempos pelas mais ridículas fórmulas mágicas. Assim, Ifor comeu cogumelos, confiante na sagacidade do doutor, e as verrugas desapareceram, exceto duas pequenas, escuras, perto da omoplata. Ele não pensou no assunto durante anos. Aparentemente, duas haviam permanecido depois de tudo e tinham se tornado pretas. Pretas. O alívio desapareceu. Havia algo de sinistro na palavra, alguma vaga conexão... ele foi para a cama e, no meio da tempestade, pegou no sono.

Tinha esquecido inteiramente o assunto quando acordou pela manhã.

Durante os dias seguintes Ifor viveu sereno e contente, compreendendo que devia estar cansado antes de vir para a aldeia, pois sentia um agradável langor antes de ir para a cama. O povo do selvagem e heroico país, do penetrante azul-celeste dos lagos, das desoladas montanhas e das enferrujadas elevações, dos rápidos córregos, das vozes macias e musicais, tudo isso despertara suas velhas lembranças, e a cada dia ele se tornava mais galês, até mesmo para desenvolver uma irascibilidade que acreditava ter superado. Sua voz readquiriu o velho sotaque. Ele ajudava na missa; tornou-se uma visão familiar aos homens, que tiravam seus chapéus, às mulheres, que faziam mesuras, e às crianças, que sorriam timidamente para ele. Substituía Andrew na missa algumas manhãs pois, apesar dos protestos do velho, era evidente que sua carne mortal estava muito fatigada. A igreja, estreita e pequena, era como uma joia – por causa de Oswold Morgan.

Ifor encontrou o médico, que vivia num casebre novo perto de um riacho, e ele e Andrew lhe confiaram o conteúdo da carta de Oswold. O médico, também católico, concordou com Ifor que o pedido fosse então ignorado, pelo bem de Oswold e dos moradores.

– Deus não pretende que seus santos sejam ignorados – disse ele. Contou a Ifor a milagrosa cura de Mary, a pequena neta da Sra. Burke. – Um absoluto, autêntico milagre. Examinei a criança pessoalmente logo que cheguei aqui. Nem mesmo a melhor cirurgia poderia tê-la ajudado. Nem o melhor remédio, nem mesmo o ópio aliviava suas crises periódicas de dor. O senhor tem visto a garotinha, padre? Bem, e então? Não é a imagem da saúde e da vivacidade? Há um outro assunto que está angustiando o padre Lewis. Ele não pode, com toda honestidade, continuar deixando Sir Oswold ficar desconhecido e os aldeões continuando a olhá-lo como um santo, envergonhando-o, para o mal de suas próprias almas e talvez do próprio padre Lewis, a não ser que a verdade venha à luz. Vou ajudá-lo pessoalmente – acrescentou, enquanto mostrava ao padre seu ótimo consultório. – Quando meus pacientes vierem aqui, direi: "Você deve sua cura, ou esta ajuda, a Sir Oswold, que me pagava e continua a me pagar através do seu testamento, e você deve agradecer-lhe em suas orações!" – A cara vermelha galesa do médico pareceu velhaca. – Ah, eu queria dizer isso há muito tempo, mas Sir Oswold me pediu para não contar, e agora nada me impede.

– Uma raposa – disse padre Andrew ao primo mais tarde, porém ternamente. – Seu salário é enorme. Era bem conhecido em Cardiff e é muito conhecido do bispo, o que será uma ajuda quando os inteligentes padres jovens chegarem. Como Oswold o persuadiu a vir para cá e, lembre-se, não desaprovo, embora... Não sei, Ifor, mas isto, por si só, já é um milagre.

Naquele domingo, depois da Sagrada Eucaristia, padre Andrew subiu ao púlpito e disse simplesmente aos paroquianos:

– É uma linda igreja a nossa, e não há nenhuma mais bonita, apesar de ser tão pequena, em Cardiff. Por isso, devemos agradecer, em nossas orações, àquele que a fez para nós, Sir Oswold, que nos amava, nós que tão pouco merecíamos seu amor.

O médico já havia espalhado a história entre seus pacientes e eles, pesarosos e com algum ressentimento humano e expressão de descrença, a comunicaram aos amigos e parentes. O quê? O velho Oswold, com a cara amarrada, o blasfemo, o homem que jazia enterrado no cemitério deles que, pelos termos do seu testamento, não queria nenhum monumento? Eles o haviam odiado; como seres humanos, haviam abraçado seu ódio neles próprios, e não renunciariam a ele de boa vontade. "O médico é um burro", diziam nas tavernas, "é uma brincadeira que está fazendo conosco." Ah! uma brincadeira. Ela foi comodamente aceita, e com suspiro de alívio. "Ele terá uma brincadeira", disse o jardineiro do médico. "Eu me lembro..." E ouviam-no com atenção e alegria. E então, padre Andrew fez seu surpreendente anúncio domingo e, como padre, ele não mentiria.

Padre Andrew, suspirando, viu rostos estupefatos, admirados e pálidos. Eram suficientemente maus. Mas os rostos indignados fizeram seu coração queimar. Indignado. Por que os proprietários tinham dado provas de não ser cristãos, por causa da sua falta de caridade, do seu ódio, da sua estupidez! Ressentimentos coraram semblantes já rosados pelo sol e vento. A vergonha cintilou malignamente em olhos orgulhosos.

– Se eles tivessem coragem – disse o padre Andrew a Ifor, enquanto jantavam –, profanariam sua sepultura, alguns deles, pois estão zangados. Oswold era um deles; ousou ficar rico e assim se afastou. Seu trabalho, sua imaginação, seu gênio: tudo foi como nada para eles. Preferiram ter os sentimentos mais vis sobre ele, em relação ao seu dinheiro. Ele nasceu nesta aldeia, por isso – o tolo raciocínio deles continua – não pode ter sido importante. Mas o pior crime que cometeu foi ajudá-los. Levantou-os de uma mera existência animal à condição de seres humanos. Não, as pessoas não mudaram desde a primeira Sexta-feira Santa. Elas ainda adoram estraçalhar e destruir aqueles que os ajudam.

A velha Sra. Burke disse de modo perspicaz, pois era uma personagem privilegiada:

– E talvez estejam certos, padres, e peço o seu perdão por isso. Pode ser que eles saibam que não merecem nada, e assim, por que deveriam receber alguma coisa, sem nenhum mérito próprio?

– Uma idosa filósofa de saia – disse Ifor, logo em seguida elogiando a velha senhora pela suculência do assado. – Sra. Burke, acho que a senhora pronunciou uma profunda verdade.

Ela fez um movimento de cabeça com prazer, mas padre Andrew, pensou Ifor, teria de estragá-lo.

– Lembro-me – disse o velho padre – que você foi uma, Sra. Burke, a dizer que era sacrilégio enterrar Sir Oswold no cemitério consagrado.

Mas a Sra. Burke estava pronta para ele e disse com vigor:

– Eu não sabia que ele tinha sido o instrumento do milagre para a garotinha, padre.

– Oh? Estão agora atribuindo milagres a Sir Oswold!

A Sra. Burke ficou exasperada.

– Padre! Um homem que dá ao seu povo o que deu Sir Oswold deve ser um santo, e se há milagres por aí, então ele deve ser a causa, e há milagres. – Ela deu um suspiro de desapontamento, pensando em sua perda de prestígio por deixar de ser governanta de um santo. De repente, seu rosto se iluminou e seus velhos olhos cintilantes se fixaram no padre Andrew. – E pode ter acontecido, padre, que o senhor lhe mostrou sua obrigação, ele a cumpriu e então...

Padre Andrew gemeu e levantou a mão.

– Sra. Burke – disse alto e devagar –, nem mesmo visitei o pobre senhor até ele se encontrar no leito de morte, e nunca havíamos conversado até então. E isso foi muito depois de ele ter transformado em paraíso onde havia sido um pequeno inferno, e bem depois dos milagres.

De certa maneira, o povo transferiu seu ressentimento contra Sir Oswold para os dois padres e, durante os três dias seguintes, só o sacristão, os coroinhas e as irmãs compareceram à missa. "Isso vai mostrar-lhes", comentavam nos bares. Mas o que seria mostrado não estava completamente claro. Evitavam, também, o médico, por participar do ressentimento geral. No domingo, entretanto, a igreja estava repleta outra vez. Não por causa do perdão, mas por causa da obrigação, do treinamento e do hábito. Assim, foi com involuntária dureza que padre Andrew rezou:

– *Bonum est confidere in Domino, quam confidere in homine.**

Aqueles que haviam sido curados começaram a falar da grande capacidade do médico, o que gerou confusão, pois este estava do lado dos objetos imediatos do descontentamento, ou seja, os padres. Então, muito lentamente, a igreja começou a ser revisitada por rezadores solitários e havia mais gente nas missas diárias. Mas os galeses, como padre Ifor sempre dizia, eram teimosos. Deixe-os parar de odiar a si mesmos, no seu próprio tempo certo, por serem estúpidos e não cristãos e deixe-os começar a perdoar a si mesmos, de novo no seu devido tempo, e "eles vão mudar de opinião". Padre Andrew não estava tão esperançoso e ficou muito feliz quando ouviu a primeira confissão "depois do tumulto" e o penitente disse: "Sou culpado de falta de caridade porque odiava Oswold Morgan, que colocou o telhado na minha casa e construiu a boa escola para minhas crianças."

"Sou culpado, sou culpado, sou culpado." O refrão aumentou, com fervor crescente. E aí um dia a sepultura isolada, sem marca de Sir Oswold, exceto por uma pequeníssima cruz de madeira que Andrew havia colocado ali, estava cheia de flores remanescentes do verão, e as pessoas estavam felizes outra vez, tendo perdoado a si mesmas.

Enquanto isso, padre Ifor ajudava padre Andrew a reunir suas anotações para o relatório ao bispo. Eles costumavam fazê-lo depois do chá, e o mais rápido possível, já que havia uma carta bem impaciente do bispo, e padre Ifor deveria terminar logo suas férias, que tinham sido estendidas depois de súplicas e explicações.

O primeiro frio do oceano cinza-escuro e das sombrias montanhas já estava na terra, quando padre Ifor disse ao primo que

---

*É melhor confiar no Senhor do que confiar no homem. (*N. do E.*)

deveria partir na segunda-feira seguinte. O rosto de padre Andrew tornou-se abatido.

– E o tenho feito trabalhar tanto, rapaz – disse ele –, tanto! Apesar da boa comida, você perdeu peso, e há fadiga nos seus olhos e palidez na sua boca. – O velho pareceu mais alerta e ficou alarmado. – Você deve visitar o Dr. Brecon, para conforto do meu próprio coração.

Padre Ifor protestou, mas para suavizar a preocupação do primo, acompanhou-o ao consultório do Dr. Brecon aquela tarde. O consultório estava cheio como sempre, mas um padre tinha preferência, e assim Ifor não precisou esperar.

– Bem, muito bem – disse o médico –, temos mais encrenca em nossas mãos? – Mas olhou com agudo interesse para padre Ifor.

– É bobagem – disse Ifor. – Estou muito bem de saúde. Só vim aqui para satisfazer ao padre Andrew.

O médico auscultou e examinou, usando novos e brilhantes instrumentos que intrigaram o padre.

– Tudo está funcionando bem – disse o médico, finalmente. – Coração, pulmões, estômago, intestinos. Para um homem de sua idade, padre, o senhor está muito bem. Coloque a camisa. – Mas aí ele disse rapidamente: – O que é isso, o que é isso? – Pegou o padre pelo ombro nu e o empurrou para mais perto da janela.

– Duas verrugas que tive, de um grande sinal de anos atrás – disse impacientemente Ifor.

O médico pegou uma lente de aumento e, em silêncio profundo, examinou as verrugas. Ainda em grave silêncio, alcançou a axila de Ifor e investigou com os dedos. Então se sentou ereto.

– O que está errado? – perguntou Ifor.

O médico foi à sala de espera e chamou o padre Andrew, que veio apreensivo, mediante a expressão do rosto do Dr. Brecon.

– Há algo errado com Ifor? – perguntou ansioso.

O médico abriu a boca e a fechou. Olhou para as mãos como se as odiasse.

– Nós somos homens – disse padre Andrew. Padre Ifor, observando o médico, vestia lentamente a batina. – O que é?

– O pior possível – disse o médico e sua cara de raposa se contorceu de dor –, não podia ser pior. Melanoma. E já está metastático. Há um... tumor... sob as axilas, um caroço horrível.

– O que significa? – sussurrou padre Andrew. Padre Ifor abotoou a batina. Seus dedos tremiam um pouco. Preto. Agora ele sabia, e se lembrava.

– Há ocasiões – disse o Dr. Brecon – em que eu desejaria ter tido bom senso e me tornado um mineiro. Sente-se, padre Andrew, sente-se. – Olhou para Ifor. E disse, desesperadamente: – Afinal, vocês são padres e sabem que vida e morte... – Sua voz parou.

– Ifor é tudo que resta da minha família, é tudo que tenho – disse padre Andrew, e imediatamente deixou de ser padre e passou a ser um homem aterrorizado, só e triste. – O que é este melan...

Padre Ifor falou pela primeira vez, suavemente.

– Câncer negro é o nome popular para isso, Andrew.

– Fale então, por favor, padre – pediu o médico, que tinha perdido a coragem.

Ifor pegou o braço do primo e olhou dentro dos lacrimejantes olhos azuis.

– Não há cura, Andrew. Isto quer dizer... Morte. Já se espalhou. Quer dizer que em breve estarei morrendo, Andrew.

Padre Andrew colocou as mãos cansadas e manchadas no rosto e seus ombros curvados estavam arfando.

– Somos padres – disse Ifor, suplicando. – Sabemos que a morte está tão perto como um irmão. Ela é o portal para a vida eterna e para a Beatífica Visão.

– Haverá dor? – perguntou padre Andrew, o rosto escondido pelas mãos, com lágrimas.

– Sim – disse o Dr. Brecon. – Mas não é uma coisa lenta. Não... – e abaixou a voz – na situação em que está agora.

– E temos medo da dor? – perguntou Ifor ao primo. Mas, afinal, ele era homem e sentiu náusea retorcendo os intestinos e um medo humano. – O desejo de Deus será cumprido – disse, e teve tanto medo como nunca tivera antes, nem mesmo quando foi apanhado na mina por uma explosão e resgatado no último momento.

O Dr. Brecon foi ao seu armário de medicamentos, apanhou um punhado de comprimidos pequenos de cor cinza, os colocou em um vidrinho e entregou-o a Ifor, sem dizer nada.

– Morfina? – perguntou o padre e o médico assentiu. – Ainda não sinto dor.

– Mas sentirá – disse, o médico, com ar triste. Ele hesitou. – Posso dar uma olhada de novo, mais de perto?

Foi para distrair Andrew mais do que qualquer outra coisa que Ifor consentiu. O médico encontrou mais glândulas linfáticas invadidas e pequenos tumores espalhados.

– Sim, dor... – disse o médico, numa voz monótona que não ousava expressar sua emoção. – Muito em breve. Sugiro-lhe que peça ao bispo que o alivie de suas funções, padre. Vou lhe dar um papel para mandar para ele. – Sentou-se à escrivaninha, aliviado por não ver os dois padres ao desempenhar a tarefa, e escreveu rapidamente.

– Um erro, talvez? – implorou padre Andrew, quando o médico terminou.

O Dr. Brecon balançou a cabeça.

– Padre, estudei em Edimburgo e vi muitos iguais. Não há erro. Mas se padre Ifor quiser fazer outra consulta em Cardiff ou Londres, posso conseguir isso.

Padre Andrew, à vista dessa mínima esperança, estava todo trêmulo. E também padre Ifor, que escreveu primeiro para o bispo e depois foi à Harley Street, em Londres – conhecida por ter muitos consultórios e clínicas –, e ficou fora durante quatro dias. Mas, antes de voltar para Gwenwynnlynn, ele visitou o bispo.

Chegou à casa de Andrew sorridente. Ao vê-lo assim, Andrew agitou as mãos e gritou:

– Foi um erro?

Ifor abraçou-o e disse, calma e firmemente:

– Não, o Dr. Brecon estava certo. Tenho o relatório dos médicos da Harley Street. É até pior do que ele nos falou. Mas somos homens e, mais do que isso, somos padres. No entanto, de certa forma, tenho boas notícias para você. O bispo me permitiu ficar com você até... –

Aí não pôde mais falar, pois o rosto do velho padre se tornou muito aterrorizado, e ele ficou completamente imóvel.

– Até você morrer – murmurou o padre mais idoso.

– A quantos de nós é permitido permanecer com aqueles que amamos e que nos são estimados até a morte? – perguntou Ifor, tentando não pensar nas noites sem dormir que havia passado, na sua pesada fadiga e no latejamento dos caroços.

– Não pode haver operação? – indagou padre Andrew.

– Não neste caso, Andrew. Eles podem cortar... a parte negra... mas reaparece muito depressa. E se espalha. Não há cura. Mas não devemos rezar para que algum dia haja cura para esta doença, Andrew? Não fique assim. Sou só um homem, embora padre, e tenho os temores de um homem. Veja, estou aqui com você outra vez, e deve me confortar e me ajudar... – Parou, pois de repente o rosto de Andrew ficou radiante e seus olhos estavam brilhando.

– Já sei – gritou Andrew. – Como é possível que eu ainda seja estúpido! Vou pedir a Oswold para interceder por você. De modo que será um milagre! – Ele bateu palmas como uma criança encantada.

Padre Ifor estava deprimido. Sentou-se, superado pelo cansaço. Não era merecedor da intercessão de um santo; padres aceitam a vontade de Deus. E Oswold não tinha sido reconhecido como um santo, exceto por padre Andrew e por umas poucas pessoas naquele vilarejo perdido. Mas ele falou, gentilmente:

– Se isso lhe der alguma... paz... Andrew! Você não deve esperar nada, entretanto.

– Não houve nenhum milagre desde a morte dele que eu possa admitir como um milagre! – gritou padre Andrew. – Isto está sempre em nossos relatórios, que não enviamos ainda para o bispo. Talvez seja a vontade de Deus... o dedo de Deus... que deva haver outro, e incontestável!

– Não se deve provocar Deus – disse Ifor.

Andrew ficou visivelmente ofendido.

– Será que rezar é provocá-lo, proferir uma piedosa e humilde oração, para que Ele nos assegure, a nós, Seus padres, que Oswold é um dos seus abençoados, um santo?

– Neste caso, receio que sim. Desejamos que Oswold seja reconhecido como um santo e declarado abençoado e canonizado. Somos simples galeses, somos eloquentes, e podemos implorar uma boa causa. De forma isolada, levantaria suspeitas.

– Seus relatórios da Harley Street e o relatório do Dr. Brecon! – disse Andrew, não ouvindo. – Deixe-me guardá-los em segurança! E depois, Ifor – disse, com a paixão de um jovem –, venha comigo à igreja; vou rezar para Oswold curá-lo, pela graça e merecimento de Nosso Divino Senhor!

Ifor pensou no sábio Advogado do Diabo em Roma, que, com muita sagacidade, iria questionar a "santidade" de Oswold Morgan e olharia de esguelha para dois simples padres, que estavam aparentemente à espera de que um dos seus patrícios recebesse a grande honra da Igreja. Ifor, o galês cujo orgulho não havia nunca sido realmente abatido, pensou no ridículo que cairia sobre Gales. Podia ver a si mesmo e a Andrew, que estava quase caduco e senil, em Roma, e os arcebispos, os cardeais, e as perguntas, perguntas, perguntas. Ele tremeu.

– Não faça isso, Andrew – suplicou, pois para um galês a morte é melhor do que a humilhação. E pensou em um "esperto padre jovem" em Cardiff, que provavelmente nem era galês, que sorriria de maneira superior para os dois insignificantes padres de paróquias obscuras, e insinuaria que eles queriam fazer-se de "diferentes", com um milagre próprio. Ifor estremeceu. Depois ficou aliviado. Nunca alcançaria tal milagre, certamente, e assim nunca seria questionado. – Muito bem, Andrew – disse com ternura –, vamos à igreja, rezemos como sempre rezamos para que apenas o desejo de Deus seja feito.

Os dois foram à igreja, e padre Andrew correu como uma criança, puxando Ifor pela mão.

Era um dia frio e claro, e todas as janelas da igreja, muito altas e estreitas, cintilavam como pedras preciosas multicoloridas. Elas tinham mais o aspecto das iluminuras sobre pergaminho dos monges medievais do que de vidros, pois havia profundidade e cores vivas. Destacavam-se vívidas e intensas, nas ásperas paredes de pedra cinzenta, como visíveis rezadores ardentes. As paredes se levantavam estreitas até um rústico teto abobadado, do qual pendiam as correntes douradas de antigos candelabros, próprios para receber uma multidão de velas. As estações da Via-Sacra, diante das quais Ifor havia várias vezes se ajoelhado antes, pareciam vivas, tão delicados, finos, puros e preciosos eram os mosaicos. As pessoas falavam das imagens da Bendita Virgem Maria e de São José como "pedra", mas eram do mais fino mármore de Carrara, maravilhosamente esculpidas, como eram os painéis dos altares. Mas, inevitavelmente, os olhos eram atraídos para o magnífico altar-mor, encimado por um enorme crucifixo, evidentemente de ébano e marfim, de modo que as pessoas acreditavam, quando distraídas por um momento, que ali estava a verdadeira cruz original e que o que estava nela era de carne. Ele fazia desviar os olhos do alto candelabro de prata, faiscando com compridas velas brancas. Ele fazia desviar os olhos de tudo, exceto de si mesmo.

"Algum dia", pensou Ifor, enquanto se ajoelhava ao lado do primo, "isto será um santuário, um lugar que não pode ser esquecido, fosse ou não Oswold Morgan um santo" – o que Ifor não podia ainda aceitar completamente. "Com certeza existiram santos amedrontados, santos irascíveis, santos que castigavam com línguas eloquentes, e santos cheios de santa irritação, santos que não foram amados ou que nem mesmo haviam sido amados durante suas vidas, mas seguramente nenhum tipo fora tão obscuro e grosseiro quanto Oswold Morgan, tão universalmente odiado, exceto por um velho padre e um médico – bem, sim, havia as crianças, mas padre Andrew era um romântico e poderia ter lido naquele episódio das crianças silenciosas e da entrega da fita algo que não estava realmente lá. Talvez Oswold tivesse o hábito, no seu isolamento, de atirar moedas para os moleques das ruas – como uma simples rebelião humana contra o ódio universal que o rodeava –, e assim as crianças tinham ido à carruagem simplesmente em gananciosa expectativa. Uma aldeia inteira não podia odiar tanto um homem assim, como todo mundo, se ele tivesse quaisquer qualidades santificadas discerníveis a um olho perspicaz. Sim, ele havia feito muito para a aldeia, mas poderia ter sido como vingança pervertida. Homem tão sagaz, esperto e inteligente, capaz de acumular fortuna, por meio de gênio inventivo, deve ter sabido que algum dia seus beneficiários descobririam quem ele era e então sofreriam nas suas almas, por sua falta de amizade. Isso alimentaria extraordinariamente uma alma vingativa! E ele havia tomado cuidado – note isso agora, querido velho Andrew, na profundidade de suas fervorosas orações – para que seu nome nunca fosse conhecido daqueles que ajudou, não sendo, pois, incluído no testamento! Certamente ele tinha desejado ser conhecido, mesmo que fosse apenas após a sua morte, e tinha desejado sua vingança não só sobre a aldeia mas sobre a Igreja. Estava ele rindo no...? Onde estava Oswold Morgan nesta hora?"

Um pouco meio envergonhado por seus pensamentos, quando deveria estar rezando, Ifor olhou para o padre Andrew, que estava de olhos fixos no magnífico crucifixo, os lábios se mexendo, o rosário pendente das mãos, as contas deslizando, uma por uma, pelos dedos. Seus olhos cansados estavam brilhantes, claros e confiantes. O ardor de seu amor a Deus colocara um leve brilho nas suas feições. "Aqui", pensou Ifor, "está um santo, se é que havia um, e talvez não tenhamos de olhar para mais longe".

Contudo, havia coisas estranhas ainda não explicadas. Atribuir a cura dos moribundos e dos aleijados ao trabalho de Satanás para enganar o povo seria ficar com os fariseus e gritar: "Ele está com o diabo!" E era absolutamente conhecido que, quando Satanás e seus anjos agiam, nunca escolhiam um lugarzinho escondido, longe dos caminhos normais do homem. Gostavam de ostentação, admiração e trombetas; os santos faziam o que faziam de maneira quase furtiva, não pedindo nada, exceto que os homens amassem Deus, e certamente o embelezamento de uma igreja contendo a Sagrada Eucaristia dificilmente estaria no seu programa de trapaça! Contudo...

Ifor concentrou-se nas orações. Ele se submetia ao desejo de Deus, mas pensava na ignomínia de uma morte dolorosa, cheia de gritos. Se for apenas o Vosso desejo, rezava ele, que eu morra no silêncio da noite, apenas com Andrew ao meu lado! Ou mesmo sozinho, na Vossa presença, com o Vosso mais Sagrado Nome nos meus lábios. O orgulho galês, pensando na proximidade e na agonia da sua morte, era ainda orgulhoso e temia que, na sua morte, se esqueceria que era um padre e fosse apenas como outros homens.

Então ouviu uma voz dentro dele: "Um fariseu?"

Bateu no peito com os punhos fechados e rezou pedindo perdão. Estava suando um pouco, mesmo na friagem da igreja, e pôde sentir o latejar ameaçador das glândulas cancerosas, uma palpitação de pequenos tambores. Podia até sentir aquele vazamento dentro dele, apressando-se a cada dia, quase hora a hora, o escoamento de sua vida para o momento da morte. Seu corpo humano inteiro se sobressaltou, como se sobressaltava com tanta frequência agora, nos alarmes iniciais, consciente do seu terrível perigo, consciente da resoluta aproximação do inimigo. Ifor podia ouvir seus passos no latejamento de sua carne; o corpo instintivamente clamava por libertação, mas não havia lugar para ir, senão o túmulo.

O suor se tornou pesado na testa de Ifor e entre as omoplatas, onde a morte já havia instalado seu selo. "É natural que eu esteja com medo", disse a si mesmo, como já havia dito a outras pessoas tantas vezes antes. O próprio Nosso Senhor não havia conhecido a agonia e o humano receio da morte, no Getsêmane? Ah, era mais fácil falar aos outros do que a si mesmo!

Ele sentiu um toque no ombro, e Andrew, sorrindo, sussurrou-lhe que iria visitar a velha Sra. Forde, mas que Ifor poderia ficar, se quisesse. Ifor, na fraqueza do seu medo e de sua morte lenta, concordou, e Andrew o deixou. Podia ouvir o retumbar dos passos de Andrew e de seu movimento nas pedras, e, enquanto se ajoelhava, apertou a testa febril no encosto do banco à sua frente, agradecido pelo frescor.

Finalmente levantou a cabeça. Não podia dizer a si próprio que estava em paz. Aquele entorpecimento da mente e da alma não era paz; nem mesmo resignação. Não havia ninguém na igreja, estava só. Olhou para as velas bruxuleantes no altar, suspirou, olhou para outro lado e olhou outra vez.

Não tinha visto aquele homem entrar, o homem em pé em frente ao genuflexório e olhando firmemente o grande crucifixo. Devia ter entrado quando Ifor e Andrew rezavam, lado a lado, e havia se sentado no banco da frente, e aí, tendo completado suas orações, examinava o altar. Um estranho, então. Ifor nunca o havia visto antes, um homem alto, curvado, metido num terno cinza-escuro de cidade, com a cabeça branca brilhando um pouco na luz, o cabo da bengala pendente no braço. Estava de costas para Ifor, e a excelente confecção de suas roupas era evidente para o curioso olhar mortiço do padre. O homem se ajoelhou no genuflexório, juntou as mãos e pendeu a cabeça. Para que estava este estranho rezando? E por falar nisto, o que estava tal homem fazendo ali, naquela aldeia solitária? Não havia casas maravilhosas ou hospedarias que tal homem pudesse visitar, ou onde pudesse ficar. Um proprietário, então, da Inglaterra? Era incomum que viesse, pois os donos mandavam seus agentes, e era raro que algum aparecesse, mesmo no melhor dos distritos mineradores, e Gwenwynnlynn não era uma das minas mais ricas.

Seria ele um estrangeiro que ouvira falar daquela linda igrejinha apertada e viera visitá-la como se visita um santuário?

O estranho levantou-se, olhou para o crucifixo outra vez, ajoelhou-se. Então, muito devagar, como se estivesse em profunda reflexão, caminhou pelo corredor em direção a Ifor, que fingiu estar absorto em debulhar seu rosário. Não eram boas maneiras encarar estranhos, especialmente para um padre. Aqueles que vinham rezar tinham direito à privacidade.

Os passos lentos surgiram firmemente pelo corredor e pararam. Ifor, pelo canto dos olhos, viu lustrosas botas finas, a ponta de uma bengala de ébano e o excelente tecido das calças. O homem queria falar com ele, trocar pelo menos um sorriso. Assim, Ifor, depois de uns segundos, levantou os olhos.

Ele viu um rosto sombrio, absorto com os olhos mais azuis que já vira – um rosto sério e olhos melancólicos. O nariz era forte e beligerante, o queixo maciço e fendido. A larga boca era séria e não sorria. Então, como Ifor continuava a olhar desamparadamente, o estranho sorriu e, no mesmo instante, a gravidade e a seriedade desapareceram e o rosto sério tornou-se doce e terno.

Ifor começou a se levantar, de maneira involuntária, mas o homem gentilmente balançou a cabeça. Então olhou firme dentro dos olhos de Ifor e tornou a sorrir. Era um sorriso de fraternidade e compreensão. Saiu do lado do padre, andou pelo corredor em direção à distante luz do sol e à porta aberta, e desapareceu.

"Oh", pensou Ifor surpreso. Permaneceu mais uns momentos, depois saiu da igreja. A rua estava quase vazia, com exceção de algumas crianças brincando, pois as mães estavam preparando o chá e não era hora de os homens saírem das minas. Entrou na casa paroquial. A Sra. Burke colocava a toalha na cozinha para o chá dos padres, e a chaleira estava fervendo na trempe. A velha deu-lhe um sorriso maternal, ansioso, pois todos agora sabiam que o jovem primo do padre Andrew estava realmente muito mal. Ifor sabia que o médico não havia contado, mas suspeitava que Andrew pedira aos seus paroquianos que rezassem por ele.

– Bem, agora sua aparência está reanimada, padre – comentou ela –, e espero que o senhor tenha algum apetite para um bom chá.

Ele começou a sorrir, depois parou.

– Falando nisso – disse, com surpresa animadora –, sinto-me anormalmente faminto, Sra. Burke. – Examinou suas sensações; porque seu estômago não estava embrulhando como era usual nestes dias, com o cheiro de salmão esquentando na panela, ou à vista de um pratinho de presunto rosado. Na realidade, sentia fome! – Vou me lavar. Logo padre Andrew estará aqui, e estou ansioso pelo chá!

Entrou em seu quarto, e só quando fechou a porta foi que tomou consciência, com chocante assombro, que o latejamento no tumor desaparecera e que um súbito e incrível sentimento de bem-estar, como se o sangue tivesse sido renovado, percorria todo o seu corpo. Sentiu-se como um jovem ou, pelo menos, de novo como um vigoroso homem de meia-idade. Não se sentira assim durante todas aquelas semanas, não, não, por um ano, ou mesmo por dois anos. "Calma", disse a um coração que estava acelerado com o próprio pasmo, "há melhoras possíveis". Esta devia ser uma.

Desabotoou a batina. De repente, seus dedos pararam. Aonde tinha ido o verão, ou ele tinha acabado e não percebera? A luz brilhante do sol da tarde nunca tinha parecido tão pura e penetrante, ou pelo menos não parecia assim há muito tempo. As flores prematuras do outono inundavam o pequeno quarto com seu perfume; teria sido assim antes e ele não tinha tomado conhecimento? Tudo que fosse vida, repentinamente, se tornou mais rápido, mais perto, mais novo e tudo tão querido e repleto de paz.

Há muito tempo não sentia expectativa e impaciência, o que, no entanto, ocorria com ele agora, uma maré exultante. Seus dedos vibraram quando desabotoou a camisa e tirou o colarinho. "Obrigado, querido Senhor abençoado", disse, "o Senhor ouviu minhas preces e me deu sua paz e bênçãos nestes meus últimos dias. Ter isso vale mais do que uma vida inteira, e jamais vou me esquecer."

Tirou a camisa e olhou no espelho sobre a cômoda, e novamente ficou admirado, pois havia cor nas suas faces outra vez e os olhos estavam cintilando. Tocou as faces e a testa, bem devagar, maravilhado. Estavam frias e frescas ao toque. Então, muito lentamente, sua mão caiu, e ele estava se mirando no espelho, com os olhos dilatados, e ficou boquiaberto.

Ficou assim durante muito tempo, depois virou de lado, e olhou o ombro no espelho. As terríveis manchas negras tinham se desvanecido. Onde existiam, havia agora duas tênues marcas rosadas, como se dedos tivessem pressionado, por um segundo, a carne sadia. Mas enquanto Ifor observava, as marcas sumiram e a pele estava lisa e imaculada.

– Não! Oh, não é possível! – sussurrou.

Saiu cambaleando para a cama e caiu ajoelhado, espalhou os braços sobre a colcha de lã e chorou.

Não ouviu a batida à porta, pois lágrimas e orações tinham sido incoerentemente misturadas em uma grande tempestade de ação de graças e adoração, humildade, vergonha e contrição.

– Ifor! – exclamou Andrew, assustado. – O que é?

Ifor ficou em pé e agarrou Andrew pelos braços, com o rosto ainda banhado em lágrimas.

– Diga-me! – gritou. – Fale como é o rosto de Oswold Morgan, e sua aparência!

Andrew olhou confuso.

– Diga-me – implorou Ifor. – Pois acho que o vi!

– Ifor, Ifor – gaguejou o velho padre. – Oswold Morgan... ele era alto e arqueado, com um rosto escuro, sobrancelhas pretas espessas, olhos azuis como um lago, o queixo de um homem decidido, um rosto sério, a cabeça branca... Ifor, o que você disse?

Ifor ficou calado e arquejou um pouco. Depois falou com humildade.

– E o vi, na igreja, quando fiquei só. Foi a intercessão dele... sua oração, Andrew... – respirou profundamente. – Veja! – gritou com voz exaltada e virou-se para que Andrew pudesse ver suas costas. – Veja, sumiu tudo, o inchaço, a dor... Andrew, Oswold é realmente um santo... tive uma visão dele... Andrew!

– Sim – disse o padre Ifor para os rostos absortos ao redor do fogo. – Isso foi há dez anos e, para um homem de minha idade, estou na verdade muito bem. Cada ano sou examinado por três médicos competentes, pois Roma é prudente. Os relatórios afirmam que estou livre do melanoma. O padre Andrew e eu fomos chamados a Roma para a investigação. O Advogado do Diabo foi duro conosco, e algumas vezes agiu com prepotência. E foi duro também com o Dr. Brecon. E não foi menos rigoroso com os ótimos médicos da Harley Street, os quais confessaram a verdade e disseram que "não tinham explicação" e com desagrado admitiram que foi milagre. Roma não anda depressa com esses assuntos. Pode levar muitos anos, mas um dia, se não durante minha própria vida, haverá um novo santo anunciado entre a companhia dos abençoados para os quais as orações devem ser dirigidas e sua intercessão implorada. Ele foi conhecido pelos homens como Sir Oswold Morgan, mas, para Deus, foi conhecido como seu servo... Oswold de Gwenwynnlynn, que praticou virtudes heroicas, como só um santo pode praticar e que amou seus semelhantes com todo o seu coração, e continua, até hoje, a responder às preces daqueles que procuram sua intercessão com fé e piedade, com temor e esperança, e confiando na misericórdia de Deus infinito. – Ifor sorriu. – Enquanto Roma prudentemente continua seu caminho, os homens de Gwenwynnlynn já estão reverenciando seu santo; e eu, que sou seu padre desde que meu primo faleceu há oito anos, não posso censurá-los quando cobrem o túmulo de Oswold Morgan de flores, e se ajoelham diante dele para rezar, embora não exista nenhum monumento sobre ele. Poucos sabem onde ele jaz, exceto aqueles que o amam. Os homens de Gwenwynnlynn.

6

Naquela noite a pequena Rose, em prantos, rezou fervorosamente ao "santo" Oswold Morgan de Gales para que pudesse permanecer na casa de vovó por mais algum tempo. Pois um novo padre havia chegado para tentar trazer vovó de volta aos sacramentos. Ele dissera ao grupo, depois que o padre Lewis terminou sua história de Oswold Morgan:

– Ah, é a fé que na verdade remove montanhas; no entanto, quantos homens sabem disso? Mas é estranho que a dúvida sempre aumente a fé, da mesma maneira que dizem que o fogo tempera as finas lâminas de Toledo; de modo que homem algum conhece o segredo tão bem quanto eles. Duvidar vem de Satanás, é o que dizem, e conheço bem isso. É o teste de fogo.

– Algumas vezes acho que ele queima todos no fogo em que está e não deixa sobrar nada – disse vovó secamente.

O padre Timothy Donahue ponderou sobre essa afirmação, soprando seu cachimbo.

– Se for assim, então a fé não era nada, um bambu seco pronto para queimar. Mas se contém seivas... – Padre Donahue era alto, mas não tanto quanto seus colegas irlandeses, embora mais alto que os galeses e os ingleses. Possuía olhos pretos intensos, mas doces, vivos e espertos para a sua idade. – Se contém seiva – repetiu. – Eu não deveria ser orgulhoso, eu sei, mas humilde, pois a fé vem de Deus e não pode ser imposta, apenas concedida. – Ele tremeu um pouco.

A pequena Rose logo ficou extasiada. Então retornou o terrível pensamento de que deveria ir para casa no dia seguinte, e perder esse conto promissor. Assim, ela passou pelo menos meia hora implorando a Oswold Morgan que intercedesse junto àquele vago mas poderoso Deus de todos os homens santos. (Ela pensou nele como alguém rigoroso e ameaçador, e rápido com o chicote, e não para ser esquecido e não para dar misericórdia, exceto com relutância, assim ela havia aprendido em casa. Mas Oswold Morgan, estava certa, tinha acesso àquele ouvido severo e por isso lhe implorava.) Embora tentasse, nenhuma doença incapacitante veio em seu socorro.

No café da manhã, Cook sorriu-lhe, mas considerando o sorriso inconveniente, ficou séria.

– Parece que *ela* tem uma carta de sua mamãe e seu papai pedindo para segurar você mais um pouco. Alguma coisa aconteceu.

Com remorso, Rose exultou. Ah, devia ter havido outra briga, e ela poderia ficar. Suas orações a Sir Oswold Morgan tinham sido atendidas.

Padre Donahue e a sombra da dúvida

– Eu estava indo para a aldeia de Carne, na Costa Oeste da Irlanda – começou padre Donahue – e sentia alegria e gratidão, pois teria minha própria paróquia e não mais seria cura em Dublin, intimidado pelos irascíveis padres velhos. Oh, irascível eu sou também, agora, depois de todos estes anos de reumatismo e da obstinação da minha gente, Deus os ame, mas eu era jovem então, e dizia a mim mesmo, na inocência do meu coração, que não seria um padre ameaçador, gritando aos velhacos no confessionário por causa de um pecado venial e ameaçando com o fogo do inferno as velhas mulheres que escondiam seus níqueis sem se importar com as missões, fazendo as pobres irmãs tremerem de medo por causa de uma assumida pressa nas suas orações. Não iria berrar com os homens por causa de uma cerveja, por mais que bebessem nos botequins sábado à noite... homens com o seu trabalho duro e mãos mais duras no arado, em todas as horas que o Senhor lhes concedia.

"Não, eu seria um santo, e eles me chamariam o bom padre Timothy. Não há um padre jovem que não sonhe com a santidade – acrescentou o padre Donahue, com um olhar dominador para os padres mais novos ao redor do fogo. – É um sonho heroico, maravilhoso, mas muito raramente alcançado, meus rapazes. São Patrício foi um santo – acrescentou um pouco mais gentilmente –, mas não um santo irlandês; e há muitas lições ali para serem aprendidas.

"Eu estava com 24 anos e nada me irritava, pois teria minha própria paróquia. O velho padre McGowan me disse quando saí: 'Olhe, você está saindo de minha jurisdição, rapaz, e estou vendo alegria no seu rosto tolo. Aqui você esteve debaixo das minhas asas; agora Nosso Senhor o chamou para a batalha, e possam os santos ajudá-lo!' Ele riu de modo anormalmente amargo. Arrumei minha pequena bagagem, e estava feliz por ir. Quando apertou minhas mãos, o padre disse: 'Dê lembranças minhas ao padre Sullivan, um homem abençoado, de Larney, aldeia vizinha, 25 quilômetros a leste. Peça-lhe para se lembrar de mim em suas orações.'"

Padre Donahue não tinha a menor intenção de visitar outro "padre velho" em Larney ou em qualquer outro lugar naquele dia, com o coração jubiloso ao sair do presbitério em Dublin, um ou dois dias antes do primeiro domingo do advento. Estava certo de que o padre Sullivan não só era velho, mas também inculto, e que murmurava o latim compreendendo-o apenas parcialmente. Não havia razão para crer que não fosse também muito irascível e que não tivesse nenhuma fé em padres jovens encaminhando-se para suas primeiras paróquias sem um guia. Aconteceu, no entanto, de um momento para o outro, uma violenta tempestade de neve, e o trem atolou na estação de Larney. O violento vento branco fustigava seu corpo através das roupas e transformava seu sangue em gelo. Foi dito ao padre Donahue que haveria um atraso de várias horas. Ele contou as moedas no bolso e a única nota de uma libra, e decidiu que o padre Sullivan, "um padre irascível", iria no mínimo oferecer a um homem, mesmo a um padre jovem, um gole de bom uísque escocês e convidá-lo a um jantar substancial, embora naturalmente sem sabor. Além disso, não podia ficar na estação sem morrer congelado. Enquanto os homens aumentavam o fogo e limpavam os trilhos, ele, o jovem sacerdote, estaria abrigado junto a um fogo, com uma bebida nas mãos e um jantar aguardando em uma mesa afetuosa.

Ao certificar-se que o trem não sairia da estação dentro de, no mínimo, quatro horas, pediu informação e abriu caminho vigorosamente através da neve para a casa paroquial do padre Sullivan. Padre Donahue havia crescido em uma pequena aldeia irlandesa e lá viveu até entrar para o seminário, mas havia esquecido, Deus tenha piedade dele, quão triste, lúgubre e miserável uma aldeia irlandesa poderia parecer perto do pôr do sol, numa penumbra cheia de neve. Silêncio. Uma alvura deprimente, ventos açoitantes como chicotes congelados. Chaminés soltando fumaça. Nenhuma vivalma para ser vista. Se um cão latir, o som vai ecoar e tornar a ecoar de encontro às colinas brancas e dos telhados das cabanas de palha. Uma misteriosa luz violácea em todos os lugares e nos baixos recortes dos bancos de gelo. Árvores retorcidas e desoladas. Abandonadas, abandonadas. Pela primeira vez padre Donahue pensou na aldeia de Carne, que seguramente não era mais animada do que esta, e seu coração jovem começou a bater com velocidade alarmante. Como ele havia esquecido? Olhou para o Oeste; havia uma mancha cor de sangue nas nuvens cinzentas e acima dela um minúsculo lago verde de ar, congelado o suficiente para enregelar o coração de um homem.

Mas o presbitério, muito pequeno, era quente e cheio de luz, embora cheirasse, como pareciam cheirar todas as casas paroquiais, a cera, parafina e terebintina e ao que poderia ser apenas o odor da santidade. (Esta última, tristemente, tinha faltado nos dois presbitérios em que ele vivera em Dublin, pois ambos os velhos padres tinham temperamentos irascíveis e pouca paciência. "E não é de admirar", disse padre Donahue com tristeza, enquanto meditava naquele crepuscular inverno e nos quatro anos passados em Dublin e nas despensas vazias.)

Padre Sullivan era um homem baixo e gordo, de cintilantes olhos negros, um sorriso doce e generoso e uma cabeça de grossos cabelos extraordinariamente brancos, enrolados sobre toda a sua testa, ouvidos e até muito abaixo da nuca. Tinha a compleição de um querubim, e sua mão rechonchuda era quente e cordial. Seu perfil era forte, ainda que suave e benigno. Ficou deliciado ao ver o "moço" do padre McGowan, pois havia rezado naquela manhã para que o moço pudesse encontrar tempo para visitá-lo. O velho padre estava muito feliz, afável e cheio de hospitalidade. Melhor ainda, o fogo de sua diminuta sala estava muito quente, seu uísque levantava o ânimo, e havia um belo ensopado, prometeu ele, fervendo na cozinha, enriquecido com carneiro, batatas e cebolas e, para depois do jantar, bolinhos e chá preto doce.

Tinha a mesma idade que o padre McGowan e, enquanto reabastecia o copo do jovem sacerdote com uísque, despejava perguntas sobre o "moço". Como estava o querido Tom e a irmã doente que tomava conta da casa; como estava Dublin; e como estava o povo se recuperando desde a Grande Fome?

– A princípio, eu vi com um pouco de arrogância aquele simples padre velho – disse o padre Donahue –, aquele padre velho que falava como uma criança na Grande Fome, como se não a tivesse sofrido na própria carne. Todavia, enquanto ele tagarelava, era sabedoria que eu via em seus grandes olhos negros, e compreensão no sorriso fácil. E estou confessando, aqui e agora, que aquilo me interessava menos do que o delicioso cheiro do cozido borbulhando na cozinha e dos bolinhos que estavam assando ali perto. O uísque corria por meus dedos frios. Eu tinha esperança de que o trem não partiria naquela noite e que eu pudesse dormir perto do fogo, no chão junto à lareira, embrulhado em um ou dois cobertores.

O jovem padre ficou surpreso de ver seu anfitrião falar do padre McGowan como "querido Tom", aquele velho amedrontador, que era um terror na sua paróquia. Assim, com alguma confusão, ele aceitou outro copinho de uísque e não notou o suspiro do padre Sullivan quando o padre mais velho segurou a garrafa contra a luz. Felizmente, pelo que foi deixado na garrafa, a governanta do padre Sullivan, uma velha sombria, perguntou-lhes com irritação se não pretendiam tomar chá naquela noite. Eles foram para a cozinha e se alimentaram com avidez. A governanta, prima do padre Sullivan, de quem ele aparentemente morria de medo, murmurou um monólogo a respeito do apetite de homens jovens e do que haveria à mesa no dia seguinte, exceto aveia, que era ruim para o estômago do padre Sullivan. O jovem sacerdote não deixou esse fúnebre monólogo detê-lo, pois tinha ouvido a mesma arenga em Dublin, e as velhas, com a graça de Deus, invariavelmente conseguiam alimentar seus fardos, às vezes até de forma suntuosa. Mas na sua juventude isso o aborrecia, pois as velhas pareciam não ter nenhuma reverência com o clero, olhando os padres como simples crianças que deveriam ser protegidas do apetite de clérigos visitantes, paroquianos intransigentes e sempre "do bispo". O monólogo sempre terminava com "o bispo", como foi essa noite, junto com os bolinhos. Mas logo que os dois padres saciados voltaram à sala, a velha senhora gritou para o padre Sullivan:

– O senhor não pode esquecer de escrever a carta para o bispo esta noite, pois vou levá-la para o correio!

– Meu Deus! – murmurou o padre Sullivan, sonolento, enquanto aquecia os dedos sob as luvas de lã na lareira e ouvia a tempestade. – Minha prima é uma pessoa intratável. Não sei o que ela quer que eu escreva para o bispo. Eu me esqueci.

– Parece que as velhas primas e tias detestam os bispos – disse padre Donahue, também sonolento.

– E os bispos apanham suas roupas e correm da vista delas – disse padre Sullivan, dando uma risadinha. – O que faríamos sem elas, Tim?

Padre Donahue passou a noite lá, enroscado perto do fogo, amontoado com cobertores e xales, tendo sido assegurado pela prima velha de que o trem não partiria até a manhã seguinte. Como ela sabia, padre Donahue não perguntou; ele conhecia essas velhas, que tinham o dom de ver o futuro. Considerava-as almas ignorantes, mas sempre as ouvia, de forma um tanto quanto humilde.

– A velha Agnes gostou de você, meu rapaz – comentou o padre Sullivan depois da missa na manhã seguinte.

Padre Donahue duvidou, lembrando-se das reprimendas e carrancas de Agnes. Mas quando estava saindo para a estação, Agnes gritou-lhe:

– Procure Jack, se você precisar dele. Não se esqueça!

– É a capacidade de prever que ela diz que tem – disse padre Sullivan, apertando as mãos do seu hóspede. – Apesar de o bispo não gostar, ele está fora há muito tempo, longe do campo, sentado lá em Dublin... – parou. Depois repetiu, piscando o olho: – Não se esqueça!

– Não vou me esquecer – prometeu o padre Timothy Donahue, corajoso de novo, na brilhante manhã branca. Animado, pôs-se a caminho da estação e não se surpreendeu ao tomar conhecimento de que o trem de fato não tinha partido na noite anterior, mas estava formando uma generosa coluna de vapor exatamente naquele minuto e gritando a partida para Carne. "Como se", pensou o padre, "o atraso fosse por minha culpa".

A distância até Carne era de apenas 25 quilômetros, mas o trem parecia parar em cada estábulo e em cada portão de fazenda. Dessa forma, Tim Donahue teve muito tempo para refletir sobre sua nova paróquia, temeroso que se parecesse com Larney. Não ficou desapontado em suas premonições. Carne era ainda menor, e, dentro da visão e do som do barulhento mar escuro, muito mais fria do que Larney, e certamente abrigava menos cidadãos prósperos, se isso fosse possível.

Dois homens idosos, com perneiras e polainas de lã, usando grossos gorros velhos, receberam-no na estação, limpos e penteados, mas mostrando muita pobreza, com os cotovelos remendados.

– Carne não parece grande coisa, padre – disse com educação um deles –, mas temos bons corações. A casa do padre é apertada, e também a velha igreja. – Ele observou a expressão de desânimo do padre e deu um tapinha em seu braço, como um avô. – Não é como Dublin, acho, mas amamos os bons padres aqui e não somos insolentes no confessionário.

O padre Timothy ficou um pouco encorajado com isso. Os dois levaram-no para um cabriolé, empilharam cobertas em cima dele e dirigiram em marcha veloz.

– O velho padre não pôde vir recebê-lo – gritou o outro homem idoso, por cima do estrondo dos cascos do cavalo no calçamento molhado de pedras pretas. – É o reumatismo que ele tem.

"Sem dúvida, logo vou ter reumatismo também", pensou o padre Timothy, melancólico, tremendo mesmo debaixo de todos os cobertores, que cheiravam fortemente a cavalo, e se encolhendo quando o vento gelado batia-lhe no rosto. A neve caíra ali também, e as colinas escuras atrás da aldeia estavam como listradas com ela, como veias pálidas, fazendo Carne se amontoar debaixo de um acolchoado branco. A rua principal (não havia mais do que quatro outras ruas) era estreita, desarrumada, alinhada com lojas muito pequenas, cujas janelas estavam cobertas de névoa e havia, no meio delas, algumas tabernas atraentes. "Esta deve ser uma aldeia de bebedores", pensou padre Timothy, lembrando-se das excelentes tabernas de Dublin. Havia também uma hospedaria, com uma bonita placa azul, vermelha e branca estalando ao vento, anunciando que seu nome era "O Falcão Atirador". "Pássaros não atiram", pensou o padre, para se distrair das suas premonições, "mas o nome tem um som animado".

O homem idoso o informou que o "velho padre" iria embora no dia seguinte e que as boas irmãs tinham arrumado a casa paroquial e o estavam esperando para saudá-lo... Padre Timothy tremeu... Todas as quatro. Sua governanta não vivia na casa; era uma viúva com cinco crianças e "trabalhava" para o padre diariamente, incluindo o jantar do domingo, saindo ao pôr do sol. Isso animou um pouco o padre Tim. Era filho único de uma grande família de meninas, primas e tias, e nas ocasiões em que havia sido pároco auxiliar, as empregadas, como dragões que eram, o intimidavam e o consideravam simples rapazinho, que precisava não só de atenção maternal, de cachecóis e de meias quentes, mas também de orientação. Uma delas conhecia mais teologia do que um advogado local muito estimado que se orgulhava desse conhecimento, e era dada, em momentos casuais, a discutir pontos obscuros de doutrina com o cura.

O "velho padre" trancara-se discretamente em seu quartinho para escapar das freiras e da governanta que trabalhavam para ele, alegando violentas dores reumáticas. Não apareceu até ouvir vozes masculinas, e soube que seu alívio estava ali à mão. Então se arrastou dolorosamente do quarto para a sala, que parecia atulhada de gente, tão pequena, e saudou o padre Tim com expressão sincera de alegria.

– Um vigoroso rapaz – disse, acenando com a cabeça, mostrando o brilho dos velhos olhos cansados e dando ao padre Tim a distinta impressão de que ele precisaria mesmo ser "vigoroso" em Carne.

O minúsculo presbitério era na realidade "apertado", tão apertado que a sala ficou cheia de vapor com o calor do fogo da lareira e com a transpiração do comitê de recepção. Padre Tim teve uma visão confusa das paredes de tijolos pintadas com um branco mortiço – "Isso foi feito ontem, por mim mesmo", disse orgulhosamente um dos velhos – e elas ainda cheiravam irritantemente a cal. As poucas cadeiras eram pretas e fortes, assim como a única mesa, com o seu lampião de parafina sem cheiro algum, que queimava cheio de fumaça contra a monótona obscuridade do dia de inverno.

– Encantador, encantador – murmurou o "velho padre", que estava obviamente morrendo por uma bebida para diminuir suas dores, uma bebida que não ousara tomar na frente das freiras, todas elegantes com seus hábitos, exceto a madre superiora. Ela era uma das menores mulheres que padre Tim já havia visto, com o rosto de um anjo de faces rosadas, os mais bondosos olhos azuis e a mais terna das bocas cor-de-rosa. Padre Tim, analisando-a, viu que tinha um gênio como um holocausto, uma natureza esculpida em ferro sólido e uma obstinação de fazer inveja a uma mula. Parecia ter cerca de 30 anos, e por isso deveria estar com 60 ou no início dos 70, sem nunca ter conhecido uma dor ou uma pontada na vida. Ela concedeu-lhe o mais doce e o mais submisso dos sorrisos e ele a ouviu dizer silenciosamente e de modo bastante claro: não haverá nenhuma tolice de sua parte, padre, e nenhuma interferência nos nossos negócios; dessa forma, preste atenção para conhecer seu lugar desde o início. Conheço vocês: cheios de zelo e vivacidade, mas o domaremos!

Certo! Padre Timothy respondeu friamente na sua mente, na sua melhor maneira de Dublin. Ela lhe deu um sorriso radiante, com certeza sabendo o que ele tinha falado, e ele teve certeza de que Santa Cecília nunca havia tido tal alegria, o que o abalou muito. Havia nela uma certa santidade afetada, abrilhantada com triunfo. Ela compreendera inteiramente que ali estava um rapaz que havia passado a maior parte da vida sob o domínio firme de mulheres, e sabia quando não desafiá-las; e ficou satisfeita.

As freiras finalmente partiram, depois de receber a bênção do padre Timothy, movendo-se num grupo compacto, já fervilhando com as observações que iriam fazer quando estivessem a sós. Timothy não teve a menor dúvida de que a madre superiora as confortaria com a garantia de que ele não as aborreceria com a sua interferência.

– Uma alma carinhosa – sussurrou o "velho padre", falando de irmã Mary Grace. – Tanta piedade, tanta devoção e... – ele parou para refletir – tanta energia... – olhou para o padre Timothy e deu uma gargalhada – uma santa, rapaz, uma santa.

– Foi o que percebi – disse o padre Tim.

O "velho padre" deu-lhe um tapinha no ombro para animá-lo, mas balançou a cabeça saudosamente.

– Vou aconselhá-lo a não contradizê-la. Pensa que é dona da escola, pensa que é o juiz da aldeia e não há vivalma que não fique reduzida à metade só de olhar para ela. Ah, mas agora uma boa bebida para aquecer os nossos corações.

A neve caía sem parar. Os dois padres tiveram um lauto jantar, embora sem sabor. A Sra. Casey adorava pratos cheios, pois sempre levava as sobras para a sua ninhada de filhos, por isso ela amontoava as batatas amassadas, os nabos, o pão e a carne cozida, mantendo um olho vivo nos padres para não se empanturrarem.

Depois de um razoável cochilo após o jantar, o "velho padre" levou o padre Tim para uma visita à aldeia. Havia uma bicicleta, que era propriedade da igreja. Os dois foram a pé. Os habitantes tinham muitos negócios na rua principal e pareciam sempre estar agrupados no caminho dos padres, de modo que padre Tim soube que estava sendo inspecionado e pesado em balanças muito escrupulosas. Isso fez com que se sentisse desconfortável e rígido quando eram feitas apresentações a algumas das mais importantes pessoas. Ele conhecia essas inspeções de padres "novos", pois já estivera empenhado nelas com sua família quando era menino, e sabia também que havia muito pouca caridade nessas inspeções. Especialmente entre as senhoras, que deviam ficar em casa nesse dia frio e desagradável, cuidando das suas juntas reumáticas.

Sua paróquia, naturalmente, não era só Carne, mas toda a área ao redor.

– Ah, aqui é um lugar adorável na véspera de Natal, logo antes da missa da meia-noite – disse o "velho padre", um pouco saudoso.

Os dois voltaram para o chá e o "velho padre" levou o padre Tim à diminuta igreja, muito asseada, muito pobre, com imagens coloridas, porém terrivelmente ruins e baratas. Não havia nenhuma que não pudesse ser comprada por três ou quatro libras em Dublin, em uma loja religiosa das ruas mais afastadas. Mas o altar-mor brilhava com compridas velas brancas, como se os castiçais fossem de puro estanho, e o crucifixo era passável, embora espalhafatoso. Só havia uma janela de vitral; as outras eram de vidraças comuns.

Isso revelou mais a padre Tim sobre a situação financeira de Carne do que qualquer outra coisa. Um irlandês pode passar fome e morar numa palhoça semicongelado, mas adora ver sua igreja "ter o melhor". Padre Tim sentiu profunda compaixão pelo povo de Carne. Os habitantes da aldeia "sobreviviam cada um do bolso do outro", foi tristemente informado, e vendiam vários bens para os pequenos fazendeiros das redondezas. Os fazendeiros também não eram exatamente prósperos. Em suma, Carne se parecia muito com a aldeia da infância de Timothy, cuja lembrança nunca deixou de deprimi-lo e não pôde deixar de pensar, com alguma saudade, no presbitério de Dublin.

Padre Timothy achou que o "velho" padre partira na outra manhã com uma inusitada alegria, apesar de sua expressão de relutância. Padre Tim não havia dormido bem no catre provisório da sala. Tinha ouvido o mar escuro uivando tão alto que parecia a ponto de engolfar a casa. Assim, à tarde, ele ficou a sós com a Sra. Casey, ocupada em sua tarefa de lustrar cada artigo de ferro disponível, da lareira ao fogão de ferro e tijolo na cozinha. O cheiro da grafita, misturado aos de parafina e terebintina, cal e cera e tudo o mais, deu ao padre dor de cabeça, por isso foi à igreja rezar para pedir paciência e alívio para sua saudade de casa, e força para cumprir seu dever. Em sua volta, o velho padre McGowan, em Dublin, perdeu sua irritação e se tornou um santo benigno, um homem de santidade e de monumental caridade.

A igreja estava repleta na missa da manhã seguinte. Naturalmente, a época do Advento poderia ser, em parte, responsável por alguns desses devotos frequentadores da missa, mas padre Tim tinha suas dúvidas. Os paroquianos o observavam com olhos de falcão pelo mais insignificante atraso ou gesto desajeitado. Suspirou. Cada irlandês era, na realidade, um padre de coração, e Deus ajude Seu pastor se não corresponder às expectativas. As velhas, eram, claro, as piores. Eram, em espírito, como a irmã Mary Grace. A madre superiora era a mais vigilante de todas, e embora a igreja fosse assustadoramente fria, o jovem padre Tim percebeu que estava suando. Os rostos dos ajudantes da missa não expressavam nada, senão admiração e reverência, e eles próprios eram rigorosamente polidos. Mas padre Tim conhecia bem os coroinhas! Ele mesmo havia sido um. Estes rapazes iriam fazer devidamente seus relatórios aos pais a respeito do novo padre. Foi com desespero pessoal que padre Tim rezou: "*Ad Te, Domine, levavi animan mean: Deus meus, in the confido; non erubescam, neque irrideant me inimici mei. Etenin universi qui te exspectant non confundentur.*" O órgão fez mais do que chiar. Grunhiu. No hino de entrada grunhiu muito alto; os comungantes mexeram a cabeça com satisfação. Quanto ao coro, seus três integrantes estavam resfriados. A coleta foi de exatamente duas libras, três xelins e dez *pence*. Rememorando sua aldeia natal, o padre ficou um pouco animado. Era uma boa coleta, comparada à de Carne.

A irmã Mary Grace ofereceu-lhe, na tarde seguinte, um relato vivo dos assuntos da paróquia. Sem levantar a voz, a mais doce que ele já ouvira, ela o fez saber que as coisas estavam sob controle devido à sua vigilância e autoridade. Padre Timothy se empertigou em sua cadeira e viu que não estava, de modo algum, impressionando essa santa senhora que o deixava ver, embora de modo muito cortês, o limite de sua paciência quando colocou o que, para ela, pareceram perguntas tolas. Ela estava se retirando quando se voltou rapidamente para ele, tão rápido que o assustou.

– Está mais ou menos na época do diabo dar o ar de sua graça – disse ela.

– O quê?! – gritou padre Tim, confuso.

– A cada vinte anos – disse, segura de si. – Esteja preparado, padre.

– Oh, o que é isso?! – exclamou. – E na época do Advento!

Ela balançou a cabeça de modo desaprovador.

– Sempre nas épocas mais santas, padre!

Ele a fitou dentro dos olhos, semelhantes a uma madrugada irlandesa, e percebeu que ela não estava brincando. Ele pensou. Lembrou-se das histórias da infância. Satanás tinha um mau hábito, na verdade, de se apresentar nas piores ocasiões, para confundir os fiéis.

– Hum... – disse padre Tim, que tinha assistido a muitas preleções sobre o assunto da superstição – e como vai ser a aparência dele, irmã?

Ela cruzou os braços com cuidado e considerou a pergunta.

– Quem sabe? – murmurou, misteriosamente.

– E a senhora talvez já o tenha visto alguma vez, irmã?

Ela assentiu, ainda mais misteriosamente.

– Logo que o velho padre chegou.

Padre Tim foi levado a se perguntar qual dos padres novos transformou Satanás em uma coisa natural para uma paróquia, uma ideia que não era lisonjeira. Ele próprio se agitou. Já era tempo de modernizar remotas aldeias irlandesas e libertá-las de superstições proibidas. Falaria sobre isso no domingo seguinte. Sentou-se diante de sua lareira solitária aquela noite após o chá e preparou mentalmente seu sermão. A Sra. Casey entrou para lhe dar boa-noite. Carregava nos braços uma sacola preta de corda, de considerável tamanho, mas padre Tim foi discreto e não perguntou o que continha. A sacola exalava, no entanto, o cheiro do pudim que foi servido no chá. Bem, apesar de tudo, uma trabalhadora merecia seu salário, e a maior parte do salário de mulheres pobres como a Sra. Casey eram os restos das mesas dos padres, e quem poderia questionar tal fato, em vista das cinco crianças sem pai?

Padre Tim estava relendo pela quinta vez a *Imitação de Cristo*, um exercício que se impusera durante o tempo do Advento. Cada vez que lia, encontrava mais do que havia encontrado antes, e por isso lia, levantando-se ocasionalmente para avivar o pavio do lampião e atirar um pedaço de carvão no fogo. O vento estava muito barulhento naquela noite e o mar o acompanhava. Era uma noite solitária, mas pacífica. O pequeno relógio em cima da lareira tiquetaqueava. A neve voltara a cair. A cama naquela noite, debaixo de meia tonelada de cobertores, seria bem-vinda.

O único problema era que não sentia sono, como normalmente ocorria àquela hora. Murmurou algumas orações preparatórias e virou outra página. O mar bramia bem debaixo da janela, pensou, o negro e feio mar. O relógio não parava de bater.

Houve um súbito estrondo muito alto, como o de uma veneziana solta ao vento, ou melhor, um som como um tiro de pistola. Padre Tim pôs de lado o livro e o cachimbo e foi verificar o que ocorrera. A pequena casa tinha exatamente quatro janelas, e todas estavam bem fechadas. A única porta estava trancada. Depois de feita a inspeção, o padre disse alto: "Bobagem!" O fogo queimava furiosamente. Houvera de fato uma mudança no ar, uma mudança sutil? "Bobagem." Deveria se lembrar de repreender a irmã Mary Grace, mesmo sendo madre superiora. Teria ela criado o hábito de espalhar superstições entre as pobres pessoas? Não parecia provável. Era uma mulher que transpirava bom senso. No entanto, havia dito...

Padre Tim fez suas orações e se recolheu. O quarto estava muito escuro, a pequena cama muito fria. Não era de admirar que o reumatismo fosse frequente na aldeia, com tanta umidade. Ele se levantou e abriu a porta do quarto para que o último calor da sala pudesse entrar. O tiro soou de novo, mais alto do que antes, algo como o barulho de um canhão de calibre médio. Árvores estalando no frio? Mas não estava muito gelado, apesar da neve. "Será que os demônios, com humor, sempre anunciavam sua chegada com armas de fogo?", perguntou-se ele. Se for assim, então sua inventividade tornara-se muito crua. O jovem padre voltou para a cama, bocejando dessa vez, e caiu em sono profundo, o sono do jovem justo, cheio de fé.

Não gostara da irmã Mary Grace, pois sentira medo dela. Mas, nos dias seguintes, passou a respeitá-la. Ela mantinha a aldeia organizada. Era, na verdade, um sargento instrutor. Não havia nada por fazer, em lugar algum, nenhuma bagunça para reorganizar, nenhuma confusão. As pessoas iam fielmente para a confissão, e sempre por ali pairava a figura da irmã Mary Grace. "Sem dúvida, ela as alinha em pelotões", pensava padre Tim, "e as arrasta de suas camas de doente". Havia poucos pecados em Carne, conforme descobriu. Parte disso devia-se à pobreza. Mas então, seria a pobreza aliada da virtude? Usualmente era o reverso. Os homens reuniam-se nas tabernas e bebiam cerveja e discutiam; algumas vezes brigavam e se embebedavam com alguma bebida mais forte do que cerveja, mas, aos domingos de manhã, inevitavelmente, madrugavam tão puros como o primeiro dia da criação, e enchiam a igreja.

Em todos os lugares as mulheres e as crianças, e mesmo os homens, diziam: "A irmã Mary Grace já se encarregou desse assunto, padre." Era mesmo. Qualquer dia, pensava o padre com presságio, ela vai me chamar para me tomar o catecismo. Evitava a santificada senhora cuja cara era a de uma mocinha desabrochando. Deixava-lhe recados escritos com a Sra. Casey, chamando sua atenção para algum equívoco ou fazendo sugestões firmes. Estava começando a ser um tormento para o seu lado. Ele começou a pensar em escrever ao próprio bispo. Mas não tinha dúvidas de que a irmã Mary Grace já havia intimidado o bispo, por isso não adiantaria.

Não podia encontrar nada de errado com a mulher. Esse era o problema.

A época era de orações, de preparação para o nascimento do prometido Salvador, e era uma época de alegria. As pequenas lojas formigavam de esposas de fazendeiros comprando presentes. Uma luz mais brilhante cintilava nos olhos das crianças esperançosas. Os cavalos galopavam. Mesmo os velhos ostentavam um ar alegre. As irmãs estavam preparando o presépio. Cânticos de Natal eram ensaiados na escolinha, sob o som da régua de irmã Mary Grace. E a neve caía, peneirada na penumbra, macia como uma oração, silenciosa e tão bela e paciente. Se não fosse pelo onipresente rugir do mar implacável, padre Tim estaria contente.

O povo de Carne era sadio, exceto pelo reumatismo penetrante. Também vivia até idades memoráveis, mesmo para os irlandeses, que consideravam 80 anos apenas a meia-idade. Havia pouquíssimos chamados noturnos para a extrema-unção, e praticamente nenhum enterro. Havia muitos batismos. E alguns casamentos apressados, mas necessários, sob circunstâncias silenciosas, devido à época. Depois os jovens voltavam alegremente para desempenhar, legitimamente, os ritos que vinham desempenhando ilegitimamente. Ninguém apontava o dedo, o que denotava caridade. Padre Timothy era agora capaz de encontrar rostos familiares em grupos e conversar com quase todos os aldeões, chamando-os pelos seus nomes de batismo. Até se permitia acreditar que era estimado, e não estava errado. Normalmente, pequenas aldeias sempre suspeitavam de um novo padre no seu primeiro ano e o conservavam sob estreita vigilância. A Sra. Casey lhe havia assegurado que ele tivera a tácita aprovação da irmã Mary Grace, e achou que ele deveria sorrir de prazer. "Ah, mas ela e o velho padre tinham suas raras brigas", disse com uma pitada de melancolia. Padre Tim era mais ágil com os pés do que o antigo padre, e assim conseguia habilmente evitar a irmã. Sim, na verdade, ela era uma santa. Teria preferido uma mulher menos santa e que não ficasse todo o tempo preocupada com o trabalho. Não que faltasse humor à irmã Mary Grace; era cheia de piadas. A aldeia a adorava e tremia quando ela se abatia sobre algum habitante, com seu hábito voando e com um olhar não tão santo nos magníficos olhos azuis.

– Ela devia se candidatar a prefeita, isso sim – disse padre Tim à Sra. Casey, que primeiro deu uma risadinha e depois olhou com desaprovação.

Padre Tim fez compras de Natal na cidade. Comprou para a mãe um jarro de porcelana, que ela receberia com orgulho e alegria. Comprou bijuterias para as irmãs. Comprou para o velho padre McGowan, de Dublin, seis finos lenços e ficou espantado consigo mesmo. A moça do correio selou tudo cuidadosamente e despachou o pacote.

De repente, era véspera de Natal. Nada fora esquecido, graças à irmã Mary Grace. Não houve nenhuma confusão de última hora, nenhum grito repentino de desespero. Nenhuma emergência. Tudo estava esplêndido, mas um pouco monótono. O padre desejou passar casualmente na escolinha para ouvir os últimos ensaios dos cânticos ou do coro, mas teve medo da irmã Mary Grace. Sabia, por instinto, que ela não gostava de aparições casuais. "Eu deveria pedir uma entrevista", pensou com tristeza, "ou um bilhete de entrada, talvez". Cogitou outra vez escrever ao bispo, dizendo que os talentos de irmã Mary Grace estavam desperdiçados naquela pequena Carne. Ela deveria ser a reverenda madre em algum grande convento, de preferência a 5 mil quilômetros de distância, na América, por exemplo, que era um país de missões.

O último correio antes do Natal trouxe uma carta do velho padre Sullivan, de Larney, desejando ao seu jovem irmão em Cristo as alegrias da época. Padre Sullivan prometia visitar padre Timothy em breve, depois dos feriados, e isso mexeu com o coração solitário do jovem. Descobriu que realmente estava se sentindo solitário. Padre Sullivan tinha alguns velhos amigos em uma aldeia logo ao sul de Carne, a apenas uma hora de bicicleta.

Chegou então a noite de Natal e havia a fina fragrância de uma cebola recheada sendo feita na cozinha pela Sra. Casey, preparada para o gordo ganso, contribuição de um fazendeiro. Havia também o bom cheiro de carne recheada, sidra e sopa, e dos bolos de aveia assando.

– A senhora vai acabar comigo, Sra. Casey – disse padre Tim, agilmente roubando uma pequena torta. Suas vestes tinham sido consertadas, remendadas e costuradas onde fora necessário, e ele olhou-as orgulhoso, brancas como a neve e rebrilhando. Sua mãe as havia comprado para ele de segunda mão, havia apenas um ano.

O jovem coração do padre Timothy cantava com reverência, alegria e gratidão essa noite, em sua primeira casa própria, em sua própria paróquia, e na hora de celebrar a grande missa de exaltação, na sua própria igreja. Podia sentir inclusive alguma afeição pela irmã Mary Grace e sua disciplina militar.

Não estava cansado, embora tivesse ouvido confissões a tarde toda. Sempre havia alguns rapazes e moças que, suplantados pela alegria do ar na aldeia, tinham andado fazendo algumas discretas comemorações por conta própria e descoberto, com atraso, que estavam em estado de sério pecado. Padre Tim nunca deixava de se admirar com a negligência da humanidade, que nunca esquecia delícias proibidas e invariavelmente esquecia a virtude. Mesmo estando ao alcance dos braços da irmã Mary Grace. E onde encontram um lugar em que ela não esteja, vai além de minha compreensão, pensava.

A missa do galo era especialmente tocante para ele, pois havia nascido na batida da meia-noite, no justo momento em que milhares de coros entoavam a angélica alegria. Por isso, com um passo leve, entrou na igreja ao som do hino do introito. "O Senhor me disse, você é meu Filho e neste dia gerei você... Por que os gentios se enfureceram e o povo planejou coisas fúteis? Glória ao Pai..."

Nunca uma missa foi mais heroica, mais majestosa naquela igreja tão pequena, com o mar convenientemente clamando à porta e o vento varrendo os beirais dos telhados. Tudo estava perfeito. O coro havia se recuperado dos fortes resfriados. Não havia fungação na igreja, não havia desajeitados tropeções. As pessoas se levantavam, se ajoelhavam e se sentavam como uma única pessoa. Cheio de júbilo, com o coração transbordando em ação de graças, padre Tim benzeu-se com a hóstia sagrada. Recebeu a hóstia e caiu em profunda contemplação. "*Quid retribuam Domino pro omnibus quae retribuit mihi? Calicem salutaris accipiam, et nomen Domini invocabo. Laudans invocabo Dominum, et ab inimicis meis salvus ero.*" As velas flamejavam. Essa não era uma pequena igreja, era uma vasta catedral.

Foi então, nesse mais sagrado momento, que o mais terrível ocorreu. Pois, claramente, na mente do padre foi dito, com calma frieza:

– Que blasfêmia é esta?

Ele ficou tão chocado que cambaleou um pouco. Todo o seu corpo se tornou dolorosamente frio e começou a tremer. Levantou a cabeça atordoado. A voz disse:

– Você crê que o Grande Senhor do universo infinito condescenderia em dar importância ao seu mundo, à mais insignificante de todas as manchas de poeira e que nasceu de uma donzela judia há mil novecentos e tantos anos atrás... para salvar estas criaturas miseráveis se curvando e se benzendo como você? Blasfêmia! Blasfêmia!

A irmã Mary Grace tirou os olhos das suas mãos postas e olhou para cima, alerta, todos os seus instintos alarmados. O que havia de errado com o jovem padre? Ele deveria agora estar se persignando com o cálice e cantando "*Sanguis Domini nostri Jesu Christi custodiat animam meam in vitam aeternam. Amen*". Mas ele estava parado, aturdido, com o cálice nas mãos, de costas para o seu povo e era como se tivesse sido atingido por uma pedra e não pudesse se mexer. Um dos coroinhas levantou os olhos, assombrado.

– Blasfêmia – repetiu a voz calma e terrível na cabeça do padre. – Você ensina que é grande pecado não acreditar na misericórdia de

Deus ou supor isto. Muito pior é ensinar que Ele tem até consciência de sua existência. Ele, Senhor de dez centenas de bilhões de sóis e seus planetas ao redor deles. Você beberia Seu sangue e comeria Sua carne, você, um homem ignorante entre crianças ignorantes?

Com enorme esforço e apenas por força mecânica do hábito, padre Timothy se benzeu com o cálice e murmurou com dificuldade: "*Sanguis Domini nostri Jesu Christi custodiat animam meam in vitam aeternam. Amen.*"

– Blasfêmias – repetiu a voz. – Você acredita mesmo que é imortal? Você tem visto morrer os animais no campo, e homens nas suas camas, e houve alguma diferença, pelo menos um lampejo de que uma alma tenha efetivamente deixado seu corpo humano? Não, não houve. Você nem mesmo é blasfemo, pois não há nada para blasfemar. Tolo! Reconheça sua tolice e parta, com os restos de dignidade que lhe restaram.

O órgão tentou emitir algum som; o coro limpou a garganta. A irmã Mary Grace sentiu um arrepio de profundo medo quando padre Timothy se virou débil e ainda assim rigidamente nos seus calcanhares e viu seu pálido rosto cego e os olhos negros fixos. Mas ele murmurava, de maneira audível apenas para os que estavam nos primeiros bancos. "*Misereatus vestri omnipotens Deus, et, dimissis peccatis vestris, perducat vos ad vitam aeternam. Amen.*"

Irmã Mary Grace apertou as mãos no peito com um medo crescente. Tentou ver uma simples luz naqueles olhos vazios, mas nem mesmo as velas os iluminavam. Era como se o padre estivesse olhando para algum abismo terrível e não pudesse impedi-lo.

A voz calma estava murmurando zombeteiramente:

– Mas não há Deus para perdoar! Invocá-lo é invocar o vento descuidado, que é violento mas sem consciência do que faz.

Se alguma vez padre Tim tivesse tido dúvidas, nesse momento seria capaz de dizer calmamente, em seu íntimo:

– Vá e deixe-me em paz.

Teria sido a velha luta uma vez mais, e de novo superada. Mas ele era um soldado destreinado no campo de batalha, pois nunca havia duvidado nem sido ferido antes.

De alguma forma, foi capaz de prosseguir, por mero instinto e memória, porém nada havia nele agora, a não ser um negro silêncio e um frio mortal. Não havia voz, nenhum raio de luz, nem alegria, nem júbilo, nem reverência. Nada havia onde antes brilhava uma chama. Havia uma surdez entorpecida no seu ouvido, de modo que mesmo sua própria voz soava distante como um eco, e o coro era apenas um som longínquo e impertinente. Em algum lugar dentro dele havia um vasto cataclismo, como se algo desejado acima de toda a vida houvesse sido derrubado e destruído, acima de toda a lembrança e acima do auxílio das orações.

As velas ofuscavam-lhe os olhos e os umedeciam. Ajoelhou-se e se mexeu quando devia, revoltado. Quem eram aqueles diante dele que se levantavam, que caíam, que dobravam as cabeças como marionetes, como tolos objetos sob o seu domínio? O que representavam para ele e para qualquer Deus? Se houvesse um Deus...

Ele devia falar e falou, languidamente, pesado, com um cansaço que nunca sentira antes, consciente da fraqueza, mas seguro por ela. Então houve um hiato na sua mente que, nunca, pelo resto da sua vida, conseguiu preencher. Simplesmente foi incapaz de se lembrar do que aconteceu ou mesmo se alguma coisa aconteceu. Sua próxima lembrança real foi vendo-se na sua cadeira diante da lareira, e a mão da Sra. Casey segurando um copo de bebida, deslizando na sua vista. Ele a empurrou para o lado; seu corpo estava encharcado de suor gelado e tremendo. As vestes eclesiásticas – em algum momento ele as havia tirado, mas não se lembrava. Em frente a ele estava sentada a madre superiora, irmã Mary Grace. Estava muito pálida. Seu frescor tinha desaparecido e era um rosto velho que estava voltado para ele, os lábios brancos e as faces enrugadas.

Ele não conseguia falar. A Sra. Casey falou com suavidade por ele:

– Ah, que coisa dura é estar em uma igreja estranha, entre estranhos, e sozinho! Tome um gole, padre.

– Deixe-o em paz – disse a freira, calmamente. Depois, acrescentou com mais suavidade: – Sim, é fatigante. Uma xícara de chá quente seria melhor, Sra. Casey.

A Sra. Casey foi à cozinha, balançando tristemente a cabeça.

A irmã Mary Grace curvou-se em direção ao jovem padre e murmurou:

– Padre? O senhor não está doente?

Ele gemeu. Sentiu-se entorpecido e ausente. Disse:

– Que papel de tolo fiz de mim mesmo?

– Não, não, padre. Foi perfeito, isso foi. – Era uma voz velha que falava agora, não mais animada e autoritária. – O senhor sentiu algum calafrio?

Ele pareceu pensar a respeito, mas não o fazia. Acenou com a cabeça e disse:

– Sim. Um calafrio. – Como seria possível celebrar a missa da manhã? Como seria possível comer, dormir e beber de novo? Viver de novo? Deus tenha piedade de mim! Ele falava consigo mesmo e era como se alguma coisa se agitasse dentro dele e ouviu a voz calma e fria outra vez: "Que Deus?"

Colocou as mãos magras sobre o rosto e se sentiu muito doente e alquebrado. Teve então um pensamento violento: pegaria a bicicleta e iria embora imediatamente, e nunca ninguém que o tivesse conhecido o veria outra vez.

– Apenas uma desilusão honesta – disse a voz. – Mas honesta ela é. Vá então, e não volte, é sua obrigação, pois você não é hipócrita.

– E o senhor me deixaria buscar o jovem cura do padre Dolan? – perguntou a irmã Mary Grace, ansiosa. – Para a missa de amanhã? De Murtagh's Woods? – (Essa era a aldeia que ficava a 8 quilômetros, e padre Tim agora conhecia bem o padre Dolan e seu novo cura.)

Hesitou. Então sua força irlandesa naturalmente retornou, bem como o bom senso. Devia pensar a respeito do que lhe acontecera. Não lhe dera um nome ainda, nem pensava que tinha acontecido, exceto na sua imaginação. Nesse meio-tempo, ele se conduziria apropriadamente. Seu corpo dormente e a mente estavam em completa apatia.

– Obrigado, irmã. Senti um calafrio. Agora já passou.

A Sra. Casey voltou com o chá doce quente, com bastante creme, e ele bebeu bem devagar, olhando para o fogo, que não o aquecia. Quando levantou de novo os olhos – e parecia que um longo tempo se passara –, a irmã Mary Grace tinha ido embora e a Sra. Casey estava sentada na cadeira.

– Não gosto da sua aparência, padre, mas há cinco pequeninos me esperando em casa...

– E é uma noite fria e escura – disse padre Timothy, recobrando-se um pouco. Uma noite fria, escura, repetiu para si mesmo. – Vá, então, Sra. Casey.

– Voltarei de manhã.

"Vá, vá!" Ele gritava dentro de si mesmo. "Preciso ficar só!"

Ela se levantou, dirigiu-lhe vários olhares hesitantes e saiu.

O padre pensou que quando estivesse só seria capaz de raciocinar com clareza e com segurança. Mas, em vez disso, foi como se sua alma tivesse sido congelada com todos os pensamentos, e que ela estivesse estendida a 2 quilômetros abaixo de espesso gelo verde em outro planeta. Podia sentir apenas que o mal se agitava nele, aquela agitação ativa e vigilante que nada tinha a ver com ele e era independente dele. Era, diria mais tarde, como o murmúrio seco de algo que não sossegava ou dormia, mas deslizava entre as ruínas da imensa coisa que havia se despedaçado em seu coração.

Era a manhã de Natal e ele não rezara, pois não conseguia rezar. Ou melhor, não tentaria rezar, pelo recente medo mortal de alertar o horror dentro dele. Enquanto apenas se retorcesse nas ruínas e não falasse, não estaria tão ameaçado. Foi para a cama e não soprou a vela, mas ficou olhando a parede fria até chegar a hora de se levantar para a missa.

A notícia tinha se espalhado, por intermédio da irmã Mary Grace, que o jovem padre "não estava em si" e que, a qualquer erro ou deslize, deveriam fazer vista grossa. Eles fizeram, mas não sem alguns tristes balanços de cabeça e de murmúrios posteriores.

– Devo ter comido parte do bom jantar de Natal da Sra. Casey – disse padre Tim aos amigos da vovó. – Mas não me lembro. Só me lembro de ter escrito uma carta desesperada ao padre Sullivan em Larney, suplicando-lhe que viesse me ver o mais rápido possível, pois precisava dele tanto quanto da própria vida. A Sra. Casey a colocou no correio.

Mal a Sra. Casey havia saído com sua sacola preta de cordas totalmente cheia, ele vomitou, não uma, mas muitas vezes. Ele, que não lembrava jamais haver vomitado antes, na sua jovem e vigorosa vida. O esforço de vomitar o fez em pedaços. Cambaleando, o rosto vermelho, caiu na cama e deve ter adormecido. Mas não permitia a si mesmo pensar. O horror estava ainda rugindo dentro das ruínas no seu interior e atreveu-se a não alertá-lo. Atreveu-se a não manter diálogo com ele.

"Se não há Deus, como posso viver?", disse apenas uma vez para si mesmo, pois a coisa se agitava ansiosamente, e ele ficava surdo com aquela voz. Esperaria pelo padre Sullivan que deveria receber a carta no dia seguinte. E com que presteza viria o velho padre, que havia insistido para ser chamado, se necessário?

Padre Sullivan chegou após dois dias de inferno. ("Sei agora o que é o inferno", dizia padre Tim aos seus amigos. "É a total ausência de Deus. É um inferno acima da resistência – esta separação entre Deus e a alma.")

Padre Tim poderia ter chorado com angustiado alívio quando padre Sullivan chegou, com seus cachinhos brancos e seu rosto angélico e recortado, o perfil suave. Apertou as mãos do padre mais jovem e estudou-lhe o rosto com uma expressão de preocupação paternal. Disse ao "moço" que ficara tão angustiado com a carta que havia implorado ao padre Dolan que mandasse seu cura para a paróquia de Larney por um ou dois dias, para poder visitar Tim. Durante esse tempo estava hospedado em Murtagh's Woods com o padre Dolan.

Os dois sentaram-se diante do fogo e padre Tim começou a falar, primeiro gaguejando, depois com palavras violentas, em voz alta de desespero e com gestos largos e desordenados. Falou como se estivesse no confessionário.

– Eu me acuso de blasfêmia, de todos os pecados mais escuros que infestam a mente do homem! Mas não chamo isto de blasfêmia, pois como pode ser blasfêmia, se não existe Deus? Padre, nunca duvidei, em nenhum momento da minha vida, desde que pude dar os primeiros passos até esta véspera de Natal. Mas a dúvida devia estar lá, infeccionando-se. Sou um homem honesto, padre. Não posso continuar a ser um hipócrita, mas ainda assim preciso ser, até parar de duvidar ou... ir embora.

Padre Sullivan não respondeu durante algum tempo. Ele tinha ouvido gravemente. Estava mais grave agora. Colocou o resto do fumo do cachimbo e o acendeu, soprou-o vagarosa e pensativamente. Depois olhou diretamente o padre Tim.

– Não é errado duvidar. Todos os santos duvidaram.

– Assim aprendi – disse padre Timothy, esfregando o rosto branco com os nós dos dedos. – Mas, embora eles tenham caído, levantaram-se de novo, tropeçando. Eu nem mesmo consigo me levantar.

– Não há virtude, penso, em nunca ter duvidado – disse o velho padre. – Falta de oportunidade não é graça, tanto em castidade como em fé. A oportunidade deve vir, e ela sempre vem, de forma inesperada, rapaz. A mente deve rejeitar; a alma deve rejeitar a dúvida.

– Diga-me! – gritou padre Timothy. Ele parou e havia lágrimas nos seus olhos. – Como pode um homem viver sem Deus, um padre ou um pastor, um lenhador, ou um fazendeiro, um banqueiro ou um rei?

Padre Sullivan sorriu friamente.

– Eles vivem, eles vivem – disse. – Mais pessoas vivem sem Deus do que com Ele. A criança pensa que o mundo está cheio de fé. O homem sabe que não é assim.

Padre Tim olhou para ele silenciosamente, atordoado, sem entender.

– Nem você deve crer – continuou o velho padre, com escárnio – que homens sem fé são infelizes, que as marcas de sua dúvida e de sua rejeição ficam como buracos de varíola em seus rostos. Tenho encontrado muitos deles. Muitos deles. E muitos são homens bastante felizes, pois creem só em si próprios e são dependentes apenas de sua própria força.

Padre Tim umedeceu os lábios. Não conseguia desviar os olhos da face rosada e tranquila perto dele. Disse, debilmente:

– Não sou tão jovem ou inexperiente, padre, para não saber que o mundo está cheio de homens infiéis e que não sofrem por suas dúvidas. Mas... e depois?

– Você está falando, acho, de depois da morte? – O lábio do padre Sullivan levantou-se. – Mas por que deveria o pensamento da eternidade afligir o homem sem fé? Ele não crê na eternidade, na vida da alma. Ele crê que, quando morre, está tão morto quanto o seu cão.

– Mas e depois da morte? – murmurou o jovem padre. O suor frio começava de novo.

Padre Sullivan disse, cauteloso:

– Sabe, estou pensando que a Igreja não é tão explícita sobre a situação da alma depois da morte, a menos que a alma seja tão santa que assim vá diretamente para o céu. Há milhares de conjecturas. Sabemos que há o purgatório, mas que espécie de ambiente é... isto não sabemos. Ensinam-nos sobre o inferno, e mais tem sido escrito sobre ele do que sobre o céu, e acreditamos que é a eterna separação entre Deus e a alma, o que é inacreditável agonia – fitou padre Tim e havia uma estranha intensidade em seus olhos, que não mais brilhavam.

– Mas... – gaguejou padre Tim – se não há Deus, nem céu, não há inferno.

Uma estranha dureza surgiu na voz do padre Sullivan:

– Certamente existe inferno. Certamente existe inferno. Um homem pode acreditar nisto e não crer em Deus, pois pode dizer para si mesmo: "Deus está morto."

Padre Tim tremeu, e o gosto ácido estava de novo na sua boca. Vagamente, como se estivesse mergulhado em profunda penumbra, ele viu a tremenda ruína que estava nele, despedaçada e morta, derrubada e destruída. Disse, com fraqueza:

– Mas se não existe Deus, e toda religião é pantomima... ah, e você vai pensar que é uma pergunta infantil..., por que ou como estamos aqui, dois homens diante de um fogo, padres, conversando como estamos conversando?

– É falado pelo homem sem fé através dos anos, e por muitos dos sábios, também, que isso é oportunidade cega e acidental. Ou ilusão. Não tenho argumentos. Fé é uma graça: não podemos querê-la para nós mesmos. Este é o ensinamento da Igreja. É um dom de Deus. Se ela se afasta de você, então a Graça foi retirada.

– Mas por quê? – gritou padre Tim.

– Não sei – respondeu padre Sullivan com tom rude. Olhou através da janelinha, fixando os olhos no dia frio e cheio de neve. Depois disse, com uma voz mais animada: – Mas em seus argumentos... e eles são seus, não meus... se não há Deus, não há Graça, não há fé. Assim, não há "por quê".

Padre Tim fitou-o de novo e viu que o velho padre sorria de modo estranho e que estava – não era possível! – desdenhoso. Padre Timothy tremeu na cadeira e padre Sullivan, murmurando alguma coisa, colocou mais carvão no fogo. Ele queimou imediatamente e sua luz vermelha iluminou o velho.

– Acha que sou desprezível – disse padre Tim com o coração partido.

– Tenho desprezo por um homem que não conhece sua própria mente, mas é fiel e cheio de orações em um dia e cheio de dúvidas e rejeições no outro. – Padre Sullivan falou com vagarosa ênfase e com um brilho cruel nos olhos.

Uma voz inteiramente diferente falou dentro de Timothy, uma voz que ele nunca havia ouvido antes. Era cadenciada e terna: "Você não ouviu o clamor a Deus? 'Eu creio! Ajudai minha descrença?' Este é o clamor do homem, do seu nascimento até sua morte, é o grito de toda a humanidade. Você não está só. Cristo compreende. Ele próprio não perguntou ao Seu Pai, quando estava na cruz, por que Ele o havia abandonado? Era sua natureza humana que estava gritando."

"Sim, sim!", sussurrou Tim no coração. Ele sorriu um pouco, trêmulo. Olhou para o padre Sullivan, que estava vigilante e, sim, seguramente insolente. Era estranho que ele também parecesse um pouco perturbado. A súbita luz nos olhos do jovem padre morreu.

– Se há Deus – disse padre Sullivan –, Ele certamente respeita mais um homem que honesta e abertamente tem dúvidas e que não recebeu o dom da fé do que o hipócrita. Ele mesmo não denunciou os hipócritas?

O frio, a escuridão e o silêncio se apoderaram de padre Timothy outra vez.

– Diga-me o que devo fazer – implorou. O fogo não o aquecia. Ele rompia em chamas e fazia barulho na chaminé, mas não o aquecia.

– Seja um homem honesto. E vá embora – disse o padre Sullivan com o máximo de rigor. – Acha que Deus, de quem você duvida, terá um homem no seu altar-mor que duvida como você duvida? Pelo menos, se não por outra coisa, você deve ter respeito pelo que lhe foi ensinado e pelas multidões que vivem por estes ensinamentos. Eles estão errados, você está pensando; é tudo fantasia, você está pensando. Para você aquela é a presente verdade. Você é um bom rapaz, bonito. Poderia partir agora, com uma carta no correio para o seu bispo, e estar no porto em duas horas, a tempo de tomar o próximo navio para a América. Um rapaz forte e sadio como você... – Ele suspirou. – E no novo país esquecerá, e, como dizem, é um país rico, e um homem honesto com alguma cultura pode fazer fortuna.

– O que está dizendo? – gritou padre Tim, agarrando os braços da cadeira.

– A verdade. E é a verdade que você está conhecendo no seu coração.

– Minha alma – disse padre Tim.

Padre Sullivan levantou os olhos com impaciência.

– Você não disse que não acredita na alma? – Ele se levantou. – Pense nisto. O trem parte para o porto em uma hora. Escreva sua carta ao bispo. Você não deve ser visto em sua fuga... que é uma fuga honesta. Vá em silêncio.

Padre Timothy ainda era jovem e estava ferido e sangrando, e padre Sullivan não o ajudou como ele desejava, nem o confortou, e por isso ele gritou como um menininho:

– Você me odeia!

– Odeio todos os tolos! – retrucou padre Sullivan e pegou o casaco, vestiu-o e colocou o chapéu. – Mas quem mais vive neste mundo? Ainda prefiro um homem honesto. – Tirou seu pesado relógio de prata e o observou. – Não há mais que cinquenta minutos.

– E você... você está me dizendo que devo fazer isso?

– Eu não mando – disse padre Sullivan friamente –, apenas sugiro. – Caminhou em direção à porta e parou com a mão gorducha no trinco.

– Você me faria abandonar... tudo isto... – disse padre Tim num último apelo angustiante – deixar meu rebanho, fugir...

– Caro rapaz, você já abandonou, já deixou seu rebanho, você fugiu desde a noite de Natal.

– Sua bênção, pelo menos – disse padre Tim e, no seu desespero infantil, caiu de joelhos.

Padre Sullivan fitou-o com rancor.

– Não tenho bênção nenhuma para você, rapaz. – E saiu.

Padre Timothy, bem devagar, lutou com os pés. O coração batia descompassadamente. Sentia-se um tanto quanto desesperado, cheio de terrível angústia e aflição. A Sra. Casey estava fazendo compras. Só voltaria dentro de uma hora. Padre Tim então pensou na irmã Mary Grace, a velha senhora que servia a Deus com juventude e ardor. Obteria ajuda dela, já que padre Sullivan se recusara a ajudá-lo.

– Aquela velha boba? – perguntou a voz fria e calma. – Uma mulher velha como um soldado velho, com a mão pesada e nenhum conhecimento. Você, um padre, recorreria a tal pessoa?

– Não – disse o padre, angustiado. Olhou para o relógio na lareira. A aldeia estava silenciosa, os homens no trabalho, as mulheres fazendo compras para a família ou em casa cuidando dos filhos. Febrilmente, padre Tim correu para o quarto e escreveu uma carta abjeta (mas honesta) para o bispo. Então contou o seu dinheiro. Tinha cinco libras. Era o bastante para a passagem? Certamente não. Mas ouvira falar de jovens fortes trabalhando pela passagem. Um alvoroço selvagem e desordenado tomou conta de sua mente, como uma tempestade através da qual seus pensamentos fracamente o investigavam e o dirigiam. Atirou suas poucas peças de roupa dentro da mala. Abriu a porta do armário para procurar as roupas clericais. Como fora a sua batina branca parar ali? Ele deve tê-la tirado em casa. Viu o rosto santo da mãe, sorrindo, cheio de amor e fé. Chorou e enterrou o rosto na batina e foi como se finalmente tivesse morrido.

Se não tivesse visto a batina, que o comoveu, que o fez lembrar a mãe, que a comprara com tanto orgulho, fé e amor, ele teria ido. Estaria no trem. Teria escapado para sempre, para o inferno do exílio longe de Deus. Mas a visão das roupas o superou. Ele se sentou no chão frio, levou a batina até o rosto e chorou, dizendo e repetindo, alto, e cada vez mais alto:

– Deus tenha piedade de mim, um pecador. Deus Pai Todo-Poderoso, dê-me Sua Graça outra vez! – Segurou as vestes nos braços como um homem segura um salva-vidas e agarrou-se a elas. As lágrimas corriam-lhe pelo rosto, gotejavam no seu peito e caíam nas mãos.

Ouviu uma batida forte à porta e pensou: "É o padre Sullivan de novo, ele me ridicularizou, não me deu nenhum conforto e é tido como um homem sensato, compreensivo e bom. No entanto..." A batida tornou-se imperativa, então ele limpou os olhos, ficou em pé e foi para a porta enfrentar o padre Sullivan, e dizer algumas palavras amargas ao homem a quem havia pedido as águas do consolo e da esperança, e em vez disso tinha recebido o fruto do Mar Morto.

Mas era o padre Dolan de Murtagh's Woods na soleira da porta, ofegando e vermelho por causa da corrida de bicicleta. Ele sorriu ao ver o jovem padre e em seguida o sorriso desapareceu. Entrou na sala rapidamente demais para um velho, e foi logo perguntando:

– O que é isto, rapaz, o que é isto?

Padre Tim curvou a cabeça, caminhou debilmente de volta para o fogo e caiu na cadeira.

– Ah, então é verdade. Há alguma coisa errada. Cheguei a tempo, meu filho?

O relógio tinha avançado meia hora. Timothy não conseguia falar. Padre Dolan aguardou com amorosa paciência, vendo o rosto desfigurado e a agonia nos olhos do jovem padre. Por fim, disse gentilmente:

– Sim, é verdade. E foi por isso que o pobre Jack Sullivan me pediu para vir vê-lo imediatamente, na carta que recebi dele esta manhã. Um assunto de "extrema urgência", dizia ele. Conte-me.

Mas padre Tim repentinamente se agarrou à cadeira, apreensivo.

– O que você está dizendo? – exclamou padre Tim. – Padre Sullivan saiu daqui faz menos de meia hora! Ele estava nesta sala. Ele...

– Isso não é possível – disse padre Dolan, tão grande quanto um urso, dono de um rosto imenso e agradável. – Ele quebrou a perna na véspera do Natal e pediu para eu mandar meu cura, que está lá desde então. Não foi o padre Sullivan que você viu, Tim, mas um estranho. Quem era ele?

– Quem era ele? – repetiu padre Tim, estupidamente. Então ele agarrou os braços da cadeira – Mas eu o conheço! Fiquei com ele em

Larney! Não podia estar enganado! Ele disse que veio em resposta à minha carta!

– Então os anjos o transportaram – disse o padre Dolan, vendo a perturbação do jovem e tentando aliviá-lo com uma piada. – E o que o anjo, mascarado de padre Sullivan, disse a você? Ou o padre Sullivan, apoiado pelo anjo, com uma perna quebrada?

Padre Tim voltou-se, branco como a morte, mas disse, olhando dentro dos olhos do padre Dolan:

– Ele me disse para deixar a igreja, meu rebanho e fugir, e escrever para o bispo contando sobre minha desistência.

Padre Dolan ficou chocado, mas falou com bastante calma e bondade:

– Continue.

Padre Tim então contou-lhe. A Sra. Casey chegou com o saco de compras, mas, vendo os padres conversando tão absortamente, moveu-se como uma sombra dentro da cozinha. Pôs a chaleira no fogo e tirou os bolos de aveia e a geleia. Ela conhecia padre Dolan e sabia que era um ótimo homem, com sua compreensão e sua força, apesar de tão velho. O pobre jovem padre precisava de tal homem em sua estranha desgraça.

– Então – disse padre Dolan sombriamente –, não foi o velho Jack Sullivan, que vai ficar de cama por vários meses, que Deus o ame. Mas quem?

Os dois se entreolharam em silêncio e houve um súbito calafrio na sala.

Padre Dolan então falou devagar:

– Censuro meu rebanho por causa de superstições. Tudo pode ser explicado, sempre digo isso, claro. Mas nunca acreditei nisto inteiramente. O céu... e o inferno... estão mais perto de nós do que suspeitamos.

– Então – disse padre Tim –, era... um demônio. – O mal rugindo dentro dele havia desaparecido. A calma quebrada estava ereta, brilhante e branca de novo. Não havia mais a voz calma e fria.

Padre Dolan balançou vigorosamente a cabeça e assoou o nariz.

– Isso mesmo! E a misericórdia de Deus o salvou, pois no seu coração você acreditava verdadeiramente. Dúvidas sempre acontecem conosco, muitas vezes. Não pense que não acontecerá outra vez, meu filho. Certamente virá, mas Deus tem sido bom para você. Ele o deixou olhar no rosto do Destruidor, pois sabia a criança que você era, que não estava ainda preparado. Ele não deixaria o inimigo levá-lo, na sua inocência. Da próxima vez você estará preparado e terá de lutar, pois o mal não desiste tão facilmente. Será um teste mais forte, então.

– Então não foi ilusão? Eu não sonhei?

Padre Dolan hesitou. Superstição deve sempre ser extirpada. Mas ele estava transbordando de segurança e disse:

– Não foi uma ilusão. Você não sonhou. Ah, veja o belo chá que a Sra. Casey nos trouxe. Não vamos desfrutá-lo?

Padre Tim teve o efêmero mas alegre pensamento de que um chá seria um conforto doméstico depois do confronto com o eterno Adversário. O amor de Deus vinha num bom chá bem como em uma revelação enlevada.

Os dois desfrutaram o chá com entusiasmo. Enquanto o saboreavam, padre Timothy disse:

– A irmã Mary Grace teve suas ansiedades. É verdade o que ela disse, que Satanás estaria por perto. Ele vem a cada vinte anos, mais ou menos, atrás de um jovem padre, na sua inocência e arrogância, que crê saber mais do que velhas senhoras dedicadas ao serviço de Deus. Devo ir a ela amanhã, contar-lhe e pedir seu perdão.

– Não vai fazer isso! – disse padre Dolan, servindo-se de outro bolo e de geleia. – Conheço essas freiras velhas. Estão sempre no meu pescoço, sempre com críticas e censuras. Não as faça ficar orgulhosas. Conheço a irmã Mary Grace há muito tempo. Uma adorável, maravilhosa freira, uma verdadeira filha de Deus. Mas não é bom deixar uma mulher saber que estava certa o tempo todo! – Deu uma risadinha. – Existem algumas coisas que devem ser discretamente conservadas longe das mulheres, mesmo das santas como a irmã Mary Grace.

7

Era inevitável, naturalmente, que Rose tivesse de retornar à casa dos pais, que a receberam com saudações de carinho e que estavam num estado de grande euforia um com o outro. Rose não confiava nessas situações, mas as observava com a sábia indiferença da infância. Era um verão extraordinariamente frio e lúgubre, e como consequência, o humor dos pais de Rose não permaneceu alegre por muito tempo. Entretanto, nunca chegaram ao ponto em que era necessário enviar Rose "para fora de novo, para a velha diaba".

"A velha diaba" estava se divertindo muito com seus parentes na Irlanda, e um dia, depois de uma briga cordial com algumas de suas irmãs mais velhas, ela foi para o Mediterrâneo com viva disposição. Enviou um cartão-postal para os pais de Rose: "Estou me divertindo aqui. Pena que vocês nunca visitarão este lugar adorável; mas vocês não o apreciariam, estou certa." Isso despertou tanta raiva na mãe de Rose que ela jurou nunca mais falar com a sogra nem dar-lhe o prazer das visitas da "pequena Rose", no futuro. Rose ficou tão angustiada que a melancolia do verão parecia parte e parcela dela. Sentia saudades até do velho papagaio da vovó e do seu jeito de agarrar o cabelo da menina no bico e puxá-lo com alegria.

A solitária criança tinha poucas companheiras de brincadeiras, pois achava desagradáveis seus jogos turbulentos, infantil seu humor grosseiro e sua inata crueldade demasiada para uma sensível menina suportar. Elas a lembravam a vovó em alguns aspectos, e uma vez perguntou à mãe:

– Algumas pessoas não crescem, mamãe?

Mamãe respondeu:

– Claro que não. Elas morrem jovens.

– Vovó não morreu – disse Rose pensativamente.

Isso divertiu tanto a mãe que a observação tornou-se uma anedota de família ou, no pelo menos o que os severos Covenanters consideravam anedota. Um dos tios se referia à mãe, daí em diante, como "a velha criança", para distingui-la das verdadeiras crianças da família.

Passaram-se vários anos antes que Rose descobrisse que, na realidade, "algumas pessoas não crescem". Vovó era uma delas, e Rose era agradecida por isso. Vovó podia não ser amada pela família, mas para aqueles homens cansados e esgotados que a visitavam em sua casa ela era uma benfeitora.

Afinal, veio um outono mais melancólico ainda que o verão, e Rose foi à escola para tormentos piores, sob o olhar da Srta. Brothers. Quando devia estar aprendendo as contas, ela ficava pensando nas estranhas histórias que tinha ouvido na casa de vovó. Então começou a pedir ao Sr. Oswold Morgan, e a todos os outros santos dos quais ouvira falar, para libertá-la e fazê-la voltar ao esplendor da casa de vovó, aos confortantes bolos de Cook e, acima de tudo, aos bondosos e santos homens ao redor da lareira.

Mas foi apenas em novembro que o humor de papai e mamãe ficou suficientemente irritável como o clima, para provocá-los a outra briga. Por um ou dois dias os dois ficaram apenas emburrados e Rose começou a temer que nunca chegariam à situação explosiva e que jamais reveria a casa de vovó. Lembrou-se também que mamãe dissera que ela nunca voltaria lá.

No último dia de novembro, um dia particularmente ruim, os gênios efervescentes dos pais de Rose explodiram em chamas. A pequena Rose regozijou-se com a tristeza e, ansiosa, observava e esperava pelo momento em que mamãe arrastaria sua mala do pequeno armário de baixo da escada. Chegou da escola um dia, molhada e abatida, para encontrar a bagagem já arrumada, o melhor casaco de veludo azul preparado (com a pele branca na cintura) e a sombrinha nova. Os olhos de mamãe estavam cintilantes com fúria antecipada e Rose, olhando a bagagem, não se incomodou com o tapa que levou por "chegar toda molhada como um cachorrinho afogado". Ela nem ligou para a injustiça. Estava indo visitar a vovó outra vez.

Foi como se Rose nunca tivesse estado fora, exceto que vovó comprara novos vestidos para mostrar a uma espantada menina, além de algumas joias que adquirira em Biarritz.

– Então, eles estão brigados de novo? – disse a Rose, referindo-se aos pais da menina.

– Sim. Ainda há aqui alguns romanos, vovó? – perguntou Rose, alegre.

Sim, para o jantar. Vovó havia aparentemente aceitado o fato de que Rose estaria presente ao redor da lareira, ou pelo menos não perceberia a neta no canto da chaminé. Ficou muito "fascinada" com um padre um tanto jovem, um irlandês com um elegante sotaque inglês, que tinha uma história para contar, uma que Rose nunca esqueceria, embora tenha esquecido muitas outras ao longo dos anos.

Padre Padraic Brant e o gueto*

– Não há nada que levante mais o espírito de um padre, de quem se espera que tenha santa gratidão, que ser elevado a monsenhor – disse padre Brant, falando na sua precisa voz inglesa, com o sotaque apenas um pouco afetado. Ele havia estudado durante um ano em Oxford, e os outros padres, compreendendo, ignoraram polidamente seu sotaque. Ele reparou e sorriu um pouco, de forma pesarosa. – Entretanto – continuou ele –, como os padres são apenas humanos, é luta árdua, algumas vezes, deixar de se exaltar com o sentimento de puro regozijo humano misturado ao orgulho. Alguém foi reconhecido, afinal, como um pouco superior aos padres comuns. A Igreja, sabendo disso, tem um modo inteligente e antigo de convocar os monsenhores em momentos inesperados, e muitas vezes inconvenientes, e colocá-los em estradas e caminhos, e humildes trabalhos para "ajudar" algum apertado velho pastor, ouvir confissões e celebrar missas, em paróquias menos notáveis. Depois de algumas poucas experiências na prática da humildade, um jovem monsenhor passa a entender que seus deveres compreendem serviço mais árduo para Deus e Seus fi-

*_Pale_ no original. Refere-se à parte da Irlanda sob domínio inglês. (_N. do T._)

lhos e que sua elevação significa simplesmente isso, e não uma honra pessoal. Ele só recebeu convite para trabalho mais pesado, para o qual fora preparado pela Graça de Deus, dando-lhe uma melhor constituição física e uma mente melhor... não através dos próprios méritos, mas só pelos méritos de Nosso Senhor. Logo depois da minha elevação, eu não o entendia inteiramente. Meus pais, em Sligo, não tinham meios que lhes possibilitassem viajar para Londres, mas me enviaram felizes bênçãos e expressões de alegria. O bispo, em Londres, um velho homem e velho amigo, concedeu-me saudosamente uma folga, e dessa forma pude visitar meus pais. "E não fique se gabando", disse ele, piscando. O bispo tinha muita sabedoria; lembro-me de ter corado. Isso foi há vinte anos.

Todos ouviam, atentos.

– Foi uma reunião alegre com meus pais e todos meus irmãos e irmãs e muitos tios, tias, primos, parentes afins e todos os parentes colaterais. Estavam muito orgulhosos de mim. Fiquei um tanto pomposo, mas todos pareciam esperar por isso, e assim me tornei ainda mais pomposo. Meu sotaque inglês aumentou, bem como minhas maneiras polidas. Estavam admirados, e não ressentidos. Se meu papai tivesse me dado um vigoroso chute, isto me teria feito um bem tremendo, mas que humilde pai irlandês de um monsenhor se lembraria que esse monsenhor era o fruto de sua própria carne, um chorão no berço, o antigo usuário de fraldas molhadas, o menino sujo gritando com trôpegos passinhos? Tais lembranças, na presença de um candidato ao bispado, seria um sacrilégio para esse pai, que provavelmente era, na visão de Deus, muito mais merecedor do que o filho. Assim, nada era bom demais para mim na velha e fustigada propriedade, de minguados hectares, mesmo com mulheres da família cortando despesas domésticas para me servir gulodices, e os parentes homens sendo pródigos com o melhor uísque irlandês e os barriletes de cerveja. Os homens da aldeia se pavoneavam orgulhosamente por ali e falavam sobre a outra aldeia próxima, que não podia jactar-se de ter um monsenhor. Como eu era naturalmente pedante e tinha, até então, uma insuspeita reserva de esnobismo, ou de ficar se gabando, como o bispo havia dito, tornei-me um elegante cavalheiro inglês. De fato, tão elegante eu era que o proprietário inglês, quando visitei sua mansão, a alguns quilômetros de distância, me convidou para jantar! Embora minha família, naturalmente, detestasse os *sassenaghs*, todos ficaram desarmados pelo convite, o que evidencia as paradoxais qualidades da natureza humana. "É possível", disse aos meus pais, em meu sotaque refinado, "que eu possa lhe fala da palavra de Deus".

"Receio", continuou monsenhor Brant, "ter esquecido tudo a respeito 'da palavra de Deus' quando cheguei à mansão, pois o inglês falava só de armas e tiros, o que me interessou, e sobre os resultados da Grande Fome naquele lugar algumas décadas atrás, que matara tantos da minha gente e que reduzira as rendas dos senhores proprietários. Além disso, eu estivera esmagado pela grandiosidade de sua casa, pela altivez de seus criados, pela excelente mesa e pelos suculentos vinhos. Ele enviara uma carruagem para mim, e a carruagem me levou de volta para casa e foi só então que me lembrei de não haver absolutamente falado sobre Evangelho. Pior, recordo-me que o inglês, zombeteiramente, me falou: 'Brant? Brant? Não é um nome inglês, e não irlandês?' E repliquei: 'Realmente não sei', bebendo, com o ar mais afetado, no copo de ouro e cristal. Mas devo voltar atrás um pouco. Um tio-avô sem filhos, que tinha ido para Londres e feito fortuna com importação e vendas de cobertores irlandeses, tecidos e outras mercadorias variadas – um comerciante esperto, aquele –, gostava muito de mim na infância. Ele era viúvo sem filhos. Estava convencido de que eu me parecia bastante com ele, e como os homens gostam de si mesmos com entusiasmo e devoção, estendeu esse narcisismo para mim. Persuadiu meus pais a me deixarem viver com ele em Londres. Ele me enviaria para Oxford! Faria de mim um cavalheiro. Mais, insinuou que eu provavelmente seria seu único herdeiro. Tudo isso deslumbrou meus pobres pais que tinham uma ninhada para alimentar, abrigar e vestir, numa época em que se lutava ainda para superar os efeitos da Grande Fome. Eles não podiam me proporcionar um desenvolvimento rápido, e assim fui morar na confortável casa burguesa do tio Padraic Brant, em Londres. Não ficava em um bairro de classe, pois era ocupado por comerciantes e alguns médicos e advogados medíocres de classe média baixa, mas em comparação com minha casa antiga, era o próprio salão do Palácio de Buckingham. Tio Padraic (cujo nome meus humildes, mas inteligentes pais, puseram em mim) tinha uma empregada também, uma velha de olhar severo e mão enérgica, que não gostava de crianças; eu tinha então 9 anos.

"Não pude ir para as melhores escolas particulares, naturalmente. A fortuna do tio Padraic, embora confortável para padrões irlandeses, não era exatamente excepcional. Além disso, ele era um 'ninguém'. Mas enviou-me para a melhor escola que podia pagar, sendo ele próprio um pouco esnobe, e foi a minha primeira experiência em uma escola cujos professores não eram irmãs de caridade e não estava sob a direção de um padre. Em suma, era uma escola secular. Tio Padraic foi severamente criticado por esse motivo por seu pastor, mas era um homem teimoso. 'Deixe o menino ter suas experiências, padre. Não vão dar nenhum prejuízo a um bom rapaz católico.'

"Talvez isso tenha me feito algum bem", disse monsenhor Brant, pensativo, "embora não por alguns anos, e de maneira contrária. Meus colegas de sala tentavam imitar o esnobismo, o alheamento e o refinamento daquilo que eles respeitosamente chamavam 'seus superiores' e seus esforços foram tão bem-sucedidos nesta direção que se tornaram enfadonhos e vulgares. Como sabemos, nada é tão vulgar como um imbecil que exagera o refinamento, e assim o parodia. 'Seus superiores', entretanto, logo os poriam nos seus lugares, assim que entrassem na sociedade. Mas isso seria no futuro. Eles, acho, não tinham ainda aprendido que o verdadeiro refinamento é simples, despretensioso e cortês.

"Quando fiz 14 anos, tio Padraic me mandou para uma escola recém-aberta, dirigida por padres jesuítas, que tentaram dar-me um pouco de juízo. Receio que não tenham conseguido grande coisa. 'E de onde vem o nome Brant?', perguntou-me um padre jovem. 'Não é um bom nome irlandês.' Eu tinha 'passado', mais ou menos, como um rapaz inglês, ou, no mínimo, como um escocês-irlandês, entre meus colegas anteriores, embora isso não tenha sido por deliberação consciente de minha parte. Eu havia simplesmente decidido que cavalheiros evitavam confusão e controvérsia a qualquer custo, o que os verdadeiros cavalheiros de modo algum evitavam. Não discutia religião com os meus colegas antigos, que eram todos anglicanos, e receio que lhes tenha permitido – na minha perseguição por nobreza e refinamento – pensar que eu era 'protestante'. Um metodista ou batista, digamos. Isso era o que pensavam, e não os esclareci.

"Metade dos padres jesuítas eram irlandeses; os outros eram ingleses. Tornei-me um favorito dos ingleses, talvez porque alguma culpa que tivessem, só muito conhecida deles próprios, os havia favoravelmente atraído para mim. Se a Igreja não é olhada com imensa estima na Inglaterra hoje, apesar dos Norfolks, ela era vista com grande desprezo, medo e aversão nos dias da minha infância. Um católico – inglês, escocês ou irlandês – podia ter pouca esperança de 'subir na vida', como se falava então, e digo socialmente, pois mesmo católicos de fortuna e títulos não eram convidados para as melhores festas e acontecimentos dos meus semelhantes.

"Só aqueles que são ou já foram discriminados podem entender o que isso quer dizer", disse monsenhor Brant com alguma amargura. "É difícil, especialmente para jovens orgulhosos, e eu era orgulhoso. Pessoas jovens querem a estima dos colegas. Esse desejo está enraizado na natureza humana. Ser desprezado, ser ignorado, ser posto de lado por um gesto, ou um movimento de ombros, ou um olhar frio, fere além do que se pode imaginar. E fere por toda a vida. Um homem é um homem, e aqueles que o consideram menos que um homem e desafiam a sua humanidade por razões exclusivas de raça, posição ou cor, desafiam o Próprio Deus, que nasceu de um pobre pequeno e oprimido, de uma mulher desprezada pelos homens e pelos grandes nobres de Jerusalém que, embora do seu próprio sangue, consideravam-se muito mais cultos e civilizados do que o desventurado povo de Nazaré, e preferiam esquecer que milhares de seus irmãos judeus não conheciam nem grego nem latim, e não podiam discorrer sobre o último filósofo ou sobre o modo mais refinado de pôr a mesa para o jantar, e não podiam, acima de tudo, conversar com conhecimento sobre as culturas do mundo.

"Nenhuma outra espécie em todo o mundo odeia seu semelhante como o homem. Um lobo é respeitado pelos seus companheiros lobos, pela sua condição de lobo, e é assim com todos os outros, exceto o homem. É notável, e uma das mais implacáveis de todas as anedotas, que só a ovelha estúpida e meio idiota rejeita um dos de sua própria espécie se sua lã for negra em vez do predominante amarelo sujo. É um comentário sobre a humanidade, que tem mais do que apenas uma semelhança com as ovelhas.

"De qualquer maneira", prosseguiu monsenhor Brant, depois de refletir um pouco, "eu era sensível, como todos os meninos são sensíveis, e não queria ser desprezado e rejeitado, e não queria lembrar que Nosso Senhor tinha sido também o mais desprezado e rejeitado dos homens. Eu desejava ser encantador, inocentemente feliz, aceito pelos meus pares. Se, por deixar que meus companheiros acreditassem em uma mentira que eu não havia pronunciado, e se por causa disso fosse prazerosamente aceito nos jogos de hóquei ou outros esportes e divertimentos, e não alvo de escárnio, eu ficava contente. Receio ter ficado histérico quando tio Padraic me mandou para a escola dos padres jesuítas, pois então assumiria abertamente minha condição – um pária na sociedade protestante inglesa. Meus antigos colegas me ignoravam nas ruas. O isolamento me envolveu, o triste, degradante e desprezível isolamento do gueto. Durante alguns meses tornei-me fisicamente doente, e chorava à noite.

"Não pude me tornar, durante longo tempo, um membro da minha própria comunidade. Dentro da escola dos padres jesuítas havia esnobismo e aspirações a mais ou menos um tolo 'refinamento'. Os meninos católicos ingleses conservavam-se afastados dos meninos católicos irlandeses, ou, na melhor das hipóteses, tentavam 'domá-los', como diziam. 'Alguém devia mostrar aos protestantes que nem todos os católicos são simples, ignorantes ou incultos', me disse um menino mais velho, pensando que eu era inglês. 'Nós temos um dever para com a Santa Religião.' Nessa defesa ilusória descansávamos nossos escrúpulos destruídos e nos tornamos mais ingleses do que os ingleses, com reflexos da Igreja Anglicana (oficializada) nas nossas maneiras, sotaques e comportamento geral. Esse era todo o resultado de nosso pecado e orgulho, que é a arma mais poderosa de Lúcifer.

"Quando fiz 16 anos, tivemos uma palestra de um padre jesuíta visitante, que falou sobre vocações para o sacerdócio. Eu considerava vocações de maneira inteiramente diferente e estava pensando em direito ou medicina. Direito, naqueles dias, era olhado como a profissão de maior prestígio, embora eu fosse atraído para a medicina. Gosto de acreditar que, apesar de desconhecido para mim naquela época, queria, em meu jovem coração, servir à humanidade. Mas o padre jesuíta reunia duas condições importantes: era um fidalgo muito elegante e falava como um perfeito inglês, além de ser eloquente e dedicado. A Igreja, disse, necessitava não só de humildes padres paroquiais, que eram, afinal – ele acedeu com um sorriso condescendente –, o sal da terra, mas também de homens de cultura e grande inteligência. (O nome do padre era Burnham, e era inglês.) Tive um súbito e grande alívio, e não gosto de pensar no total significado desse alívio, que parecia prometer me libertar da discriminação e, ao mesmo tempo, servir para a humanidade sofredora. Foi esse duvidoso alívio que me inspirou a expressar francamente e deixar escapar que eu pensava ter vocação.

"É estranho dizer, parecia que eu realmente tinha. Debaixo de toda aquela grande hipocrisia e triste ânsia para ser aceito e não desprezado, devia haver uma tremulante alma humana que realmente ansiava por servir. Meus professores me questionaram durante horas; se alguns dos mais espertos pareciam um pouco em dúvida ou pensativos no início, eu os ignorava. Encontrando neles grande resistência, era inspirado pelo ardor e pela veemência. Em suma, finalmente fui aceito para o seminário. Meu entusiasmo foi duramente testado, pois a Igreja não quer ter um coração dividido. Fui perseguido, e reagi com mais resistência, mais ardor e devoção, até que, finalmente, muito antes de ser ordenado, eu era, em todos os recônditos do meu coração, um padre. Por essa impressionante graça de Deus, nunca poderei expressar inteiramente minha gratidão.

"Meus pais tiveram entusiástica alegria, enquanto tio Padraic se controlou para restringir seu entusiasmo e uma vez me chamou 'um maldito idiota'. Eu amava tio Padraic, mas tinha amado mais a sua fortuna. Agora amava só a Deus. Durante aqueles anos no seminário, conheci a primeira paz que tinha conhecido na vida, primeira verdadeira dedicação.

"Bem, eu estava ordenado. Já mencionei como me tornei um padre franciscano? Havia admirado profundamente os padres jesuítas ingleses e alguns dos irlandeses, mas o dedo de Deus me dirigiu para os franciscanos, e suponho que nunca saberei como isso aconteceu. Alguns dos padres jesuítas ficaram desapontados com a minha escolha, mas os mais velhos e mais sensatos abaixaram a cabeça, e se livraram de todas as suas dúvidas originais a meu respeito.

"Fui designado para uma das mais pobres e mais insignificantes paróquias, no lado Oeste de Londres. No início, senti-me um pouco rebelde. Era um jovem padre culto, inteligente e educado, e ali estava, um vigário de almas em uma paróquia cuja pessoa mais rica era um homem que negociava arreios e outras mercadorias do ramo de cavalos, e as mais pobres eram prostitutas, trabalhadoras ocasionais, faxineiras, varredores de rua, bêbados, espancadores de esposas e doentes físicos e mentais. Violência era coisa costumeira, e vício, a diversão principal. Falei que era um 'pouco' rebelde? Esta palavra é muito atenuante! Estou certo de que passava mais tempo ajoelhado do que em pé, rezando para pedir humildade, consolo e ajuda. Rezava a São Francisco quase sempre. Houve ocasiões em que me perguntava por que havia escolhido sua ordem. Mas, de novo, essa era a Graça de Deus.

"Com o tempo me foi dada outra paróquia. Sem orgulho, posso contar a vocês, amigos, que meu bispo ficara satisfeito com o que eu fizera naquela própria assustadora, embora esteja certo de que foi só através da intercessão de São Francisco de Assis e da Graça de Deus. Cada paróquia era melhor do que a anterior. E, finalmente... eis-me monsenhor, e fui à Irlanda visitar meus pais.

"Foi toda aquela adulação dos humildes, e dos parentes, que me desmanchou. Eu me envaideci. Meu nome era Brant e não Murphy. Era muito jovem e, apesar de padre, era também tremendamente humano. Exibia-me. Andava com passadas elegantes. Meu sotaque inglês – pois havia passado um ano em Oxford, por insistência do tio Padraic, para me testar, assim ele disse, esperançoso – tornou-se extraordinário. No último dia na Irlanda, o velho padre da paróquia local, que tinha um lampejo verdadeiramente endiabrado nos olhos, presenteou-me com um cajado de abrunheiro. Olhei nos seus velhos olhos sábios e fiquei embaraçado. Teria eu realmente sido tão tolo, tão óbvio? Não obstante, meti o presente no fundo de minha elegante mala – que me fora presenteada, por minha promoção, pelo velhíssimo tio Padraic, e tomei o barco para Liverpool, onde peguei o trem para Manchester e Londres. É triste lembrar que, quando estava no barco, atirei furtivamente ao mar o grande pacote marrom de comida que minha mãe tinha preparado para mim, apesar de ter conservado a garrafa do melhor uísque irlandês que um tio me dera. Tive um instante de pesar por ele não ser escocês.

"O trem estava lotado... quer dizer, a terceira classe e a primeira... dois navios haviam chegado da América. Eu tinha pensado em viajar na primeira classe, mas não havia lugar no vagão. Quanto à terceira... isso era impensável. Eu era agora um monsenhor. Sosseguei minha consciência com a observação de que não havia lugar também na terceira classe. Encontrei um vagão de segunda classe que não estava cheio demais. Havia negligenciado minhas leituras e por isso procurei um compartimento que não estivesse agitado. Para minha surpresa, achei um que estava totalmente vazio, coloquei minha mala no porta-bagagem e me instalei com um livro, muito erudito, sobre a vida de São Francisco. O livro era também assombrosamente monótono. Eu havia prescrito esse livro para mim mesmo como um exercício espiritual. Sentira o vago pressentimento de que precisava dele.

"De repente, a porta do compartimento se abriu. Imaginei que o intruso fosse um padre tão jovem quanto eu, e em seguida vi que era um católico-anglicano. Ele me lançou um olhar, impacientemente atirou a mala no porta-bagagem e escolheu um assento oposto ao meu, próximo ao corredor, de modo a ficar tão longe de mim quanto possível. Não era bispo; apenas um padre anglicano. Provavelmente tinha uma paróquia no campo. Era um vigário e observei, pesaroso, que ele possivelmente passava aperto com os dízimos e com as velhas sovinas, com as matronas e suas filhas casadouras que sem dúvida o perseguiam de maneira implacável se fosse ainda solteiro, com os grosseiros homens da região, seus cavalos e suas bolsas fechadas, com as solteironas que observavam tudo e eram arrogantes, com os nobres rurais a quem tinha de se submeter, suplicar fundos e apaziguar, e com as velhas viúvas ricas que colocavam botões no prato de coleta. Assim, de modo benevolente, tive piedade dele.

"E, naturalmente, ele me desprezava por ser romano. Por minha vez, eu o desprezava como um simples padre anglicano atormentado, obedecendo a ordens do seu senhor, o bispo. Suas roupas eram, de longe, melhores do que as minhas. Usava perneiras também, modestas. Tinha ainda uma fina bengala. De repente, pensei no cajado em minha mala. Sua bengala tinha um castão de prata, com lindos ornamentos. Fez questão de colocá-la junto ao joelho. Abriu um jornal de Londres e fingiu estar logo absorto nele.

"Isso mesmo, ele era jovem como eu, e ambos tínhamos uma distância considerável a percorrer, antes de fazer pelo menos 27 anos. Ele era tão alto, tão magro e tão elegante quanto eu. Possuía um rosto estreito, comprido e avermelhado, um nariz fino e comprido, olhos azuis protuberantes e uma boca fina e impaciente. As mãos eram tão macias quanto as de uma moça, e seus cabelos louros eram macios também. Em pouco tempo ocorreu-me, de repente, que fisicamente podíamos ser irmãos! A única coisa que nos separava eram os nossos hábitos.

"O trem não saía do lugar. Havia assobios, guinchos e tinidos, mas ainda lhe restavam alguns minutos antes de se movimentar.

"Ora, ingleses são surpreendentemente tímidos. Mas, uma vez que essa timidez é quebrada, tornam-se os mais amigáveis e atenciosos dos homens. Mas quebrar a timidez é algo formidável, e nem sempre conseguido.

"Eu elaborava meus pensamentos caritativos enquanto o jornal farfalhava diligentemente e só via os finos joelhos negros, as polainas e as bem engraxadas botas pretas. Não fui bem-sucedido. Que pedante tolo, dizia comigo mesmo, pois acima de qualquer coisa eu era irlandês, apesar do meu nome, e os irlandeses são um povo amigável. Ele me fez recordar os colegas de escola, e de repente me senti rebaixado e rejeitado de novo. Como sou irlandês, meu sangue começou a esquentar. Um miserável padre anglicano, provocado pelas mulheres da sua paróquia, servil com a nobreza, conciliando matronas com suas filhas, fingindo ter interesse em cavalos e cães! Que vida era essa?

"Ao virar o jornal, inadvertidamente ele o deixou cair e se inclinou para apanhá-lo. Quando levantou a cabeça comprida e fina, nossos olhos se encontraram. Teria visto minha raiva, meu ansioso desprezo? Ou viu, afinal, que éramos dois jovens juntos? Ou teria pensado que eu era inglês e tinha visto nossa semelhança? Poderia ter sido todas essas coisas. Poderia também ter sido porque estávamos solitários e inseguros a respeito de nós próprios. Ele deu o mais calculado dos sorrisos, pronto a anulá-lo, se eu não respondesse. Retribuí o sorriso. Ele indicou o jornal.

"– Povo bestial, os russos – comentou. – Está havendo outro *pogrom*. Completamente incivilizados!

"– Completamente – concordei, com o meu sotaque de Oxford. Ele olhou surpreso, logo satisfeito.

"– Nunca se sabe – disse, sombriamente –, com tal povo. Bárbaros, realmente.

"– Nunca se sabe – repeti.

"– Completamente não inglês – falou.

"– Completamente – retruquei.

"Ele parou, e nos fitamos com cuidado.

"– Sou padre Francis Cutledge, de Old Riding, Sussex – comentou, afinal.

"– Sou monsenhor Brant – falei com um toque detestável de orgulho –, de Londres.

"– Brant – retrucou, pensativo. Seu rosto brilhou. – Você é parente de Sir William Brant? De Devonshire?

"Sorri. Temo ter sido um sorriso superior.

"– Não – respondi.

"Agora ele estava certo de que eu não só era inglês, como também provinha de uma família provavelmente muito melhor do que a de Sir William. Ele dobrou o jornal com cuidado nos joelhos. Estava preparado para conversar, ser tolerante. Afinal, éramos cavalheiros ingleses, embora eu fosse, infelizmente, um 'romano'.

"– Ah – falou, timidamente –, meu pai era... hã... um romano.

"– Verdade? – perguntei, interessado.

"Ele anuiu com a cabeça.

"– E... também minha mãe. Uma convertida.

"Pareceu ligeiramente deprimido.

"– E você se tornou um católico-anglicano? – perguntei.

"Ele me estudou. E não levantou a jovem cabeça orgulhosa.

"– A gente tem de ir aonde nossas convicções e nossa consciência levam.

"– Certo – concordei.

"Sendo inglês, ele não revelou outros segredos. Olhou de novo para o jornal e repetiu:

"– Povo bestial, os russos. Intolerantes. Ignorantes. E perigosos.

"– A Questão Oriental – assenti, usando uma das senhas de Oxford.

"Sorriu, e seu rosto era o de um menino.

"– É bom lembrar que, na Inglaterra, tais maldades, barbaridades e intolerâncias são desconhecidas. E que também não temos guetos aqui.

"– Não visíveis, de qualquer modo – falei. – Não tão importunos.

"Não pude deixar de ter aquele gostinho.

"– Mas somos o povo da Carta Magna – disse ele, corando um pouco. – Não somos bárbaros. Em política, lidando com o império, somos tolerantes com todos os povos.

"– Por exigência – disse eu. – O império ruiria se... nós... fôssemos intolerantes. Mesmo o súdito, os colonos, não suportariam arrogância demasiadamente evidente e mau tratamento. Afinal, são homens, também.

"– Exigência? – perguntou, surpreso. – Nunca pensei que nós, ingleses, fôssemos exigentes.

"– De fato, é verdade. Afinal, passei a maior parte da minha vida em Londres, você sabe.

"Assim, virei londrino, ainda por cima. Provavelmente conhecia grande parte da nobreza; provavelmente tinha parentes metidos em altas finanças e em política. É preciso lembrar os Norfolks. O pobre rapaz parecia um pouco deprimido, e receio não ter sentido nenhuma onda de caridade cristã. Estava pensando na Grande Fome, que tinha matado incontáveis pessoas da minha própria raça, sem nenhuma ajuda dos ingleses. Pensei em proprietários ingleses, e nos coletores de impostos, aqueles homens mais do que detestáveis. E pensei em Cromwell, que tinha empurrado para o mar homens, mulheres e crianças irlandeses, e que os havia chamado de 'piolhos e lêndeas'. Meu coração começou a arder.

"– Mas em tudo – disse o outro homem – somos um exemplo para o mundo. A única parte civilizada da América, por exemplo, é Boston, onde vivem os descendentes das famílias inglesas.

"Pensei na velha madre superiora de um convento em Boston que, há algumas décadas, havia sido cruelmente maltratada até a morte por uma ralé de bostonianos, em seu próprio convento, e no ataque às suas freiras, a violação do altar, a dispersão das hóstias e sua profanação.

"– Ah, sim, Boston – murmurei. Pensei no ódio, no desprezo e na aversão impostos aos imigrantes católicos irlandeses de Boston, na tomada à força de saias, no ataque aos padres nas próprias ruas, as crianças assustadas nas escolas paroquiais, os mais degradantes trabalhos que meus patrícios tinham de aceitar naquele Centro de Cultura exportado da Inglaterra, os insultos abertos infligidos, a zombaria e o escárnio. O gueto. De repente, meu coração ardeu por outra razão, que não política, social ou religiosa: o ódio do homem contra o homem, a crueldade monstruosa e indesculpável do homem pelo irmão. Minha alma estava repleta de sentimento de justiça. E foi quando Deus testou-me, e também o padre anglicano, o vigário Cutledge, que também era tão estupidamente justo quanto eu.

"A porta do compartimento abriu-se, e vimos um homem muito estranho espreitando-nos meio tímido. Poderia ter no máximo 30 anos, mas aparentava ser muito mais velho, pois tinha uma bonita barba luxuriante, sedosa, preta e ligeiramente amarelada. Era alto e emaciado, vestido de modo estranho, de fato, com calças pretas que só chegavam aos joelhos. Daí, até as botas características, usava meias brancas de algodão. Tinha uma longa capa preta até os joelhos, mesmo até mais abaixo, que agitava ao seu redor. Usava ainda um curioso chapéu preto. Mas o que afinal chamou nossa atenção foram os grandes olhos negros, brilhantes e faiscantes, a excessiva brancura da pele atrás da barba, o nariz delicado com narinas salientes.

"Tudo isso teria sido chocante o suficiente para delicados ingleses que não tivessem preconceito. Mas o homem exalava um cheiro muito estranho, composto de naftalina, comida diferente e tinha um ar completamente não britânico. Não usava luvas. Suas longas mãos brancas tremiam tênue e constantemente. Carregava uma bagagem de formato muito exótico.

"– Por favor? – disse, para os nossos rostos atentos. – É... Não é...?

"Ficamos tão chocados pela estranha aparição que nada dissemos. Então o vigário Cutledge instintivamente saiu do seu assento distante e se plantou bem à minha frente! Jornal, bengala e tudo. Nós nos unimos contra o estranho. Ele ultrapassou a porta, assustando-se quando ela deslizou às suas costas, pois o trem tinha começado a se movimentar. Sentou-se tão longe de nós quanto possível, sem dúvida sentindo nossa animosidade, instintiva e infantil, a um estrangeiro. Olhou por um longo momento para nós, jovens de nariz comprido, cabelos louros, rostos corados. Então, suplicante, estendeu um pedaço de papelão para nós.

"– É? – murmurou.

"O vigário Cutledge se mexeu com repugnância. Eu me forcei a olhar o cartão.

"– Passagem – falei alto. – Muito bem.

"Ele refletiu por um instante, traduzindo para a sua própria língua. Então balançou a cabeça animadamente e nos concedeu um sorriso radiante, que mostrava excelentes dentes e a mais não britânica expressão.

"– Bom – disse orgulhoso. Estava tão orgulhoso que mal podia se conter. – Ingless, ingless. Sabem alemão, não?

"– Não – disse friamente o vigário Cutledge.

"Ora, ambos éramos jovens cultos e conhecíamos alemão e francês. Podíamos ter conversado com o homem em alemão. Mas não. Quase joelho a joelho, nos aconchegamos. Nós, britânicos. Nós, não preconceituosos, tolerantes, povo construtor do império.

A bengala do vigário Cutledge roçava meu joelho. O estrangeiro obviamente não entendia que havia sido rejeitado, não só como uma pessoa vulgar que começava uma conversação sem o minueto das boas maneiras em um vagão público, mas também porque era um estrangeiro. O vigário Cutledge me passou, apressado, uma seção do seu jornal, e deixei o livro sobre São Francisco cair de lado. Ambos nos enterramos nas páginas. O trem corria ao longo dos melancólicos muros cinzentos de Liverpool e começou a resfolegar na sua curta viagem para Manchester.

"– Está certo? Mant-chest-arr? – disse o estrangeiro, ansioso, para nossos rostos cobertos de jornais.

"– Manchester – falei rispidamente.

"– Bom – murmurou ele.

"Nós líamos. Eu estava bem consciente da presença do estranho e do seu odor, que se tornava um tanto intolerável no compartimento fechado. Mas ambos estávamos tão temerosos de mudar – o que teria dado ao estrangeiro a oportunidade de conversar conosco ou fazer um comentário – que suportávamos a proximidade e suávamos. Percebi, após uma olhada furtiva da beirada do jornal, que ele conservava o chapéu na cabeça. Quem seria ele? O que estaria fazendo na Inglaterra?

"– Esquisitas... hã... as pessoas vindo para a Inglaterra agora – murmurou o vigário para mim.

"– Perfeitamente – respondi.

"– Uma questão foi recém-levantada na Câmara – murmurou o vigário.

"– Compreensível – falei, e possa Deus me perdoar.

"– Ele está indo só até Manchester – disse o vigário. – Nós seguimos para Londres.

"– Seja grato por pequenas coisas – falei, na minha terrível voz arrogante. Tive um sentimento de solidariedade com o vigário. O livro de São Francisco cutucava minha coxa de maneira penetrante. Com impaciência, empurrei-o para o lado. Lia o editorial do *The Times* a respeito do último *pogrom* e pensei nos meus ancestrais irlandeses. – Bestiais – observei ao vigário apontando para o editorial. – Alguém Devia Fazer Alguma Coisa Sobre Isto.

"– Sem dúvida – disse ele, tendo habilmente captado meu sotaque.

"– Ora, somos um povo civilizado no mundo, estou certo – retruquei.

"– Realmente – disse o vigário.

"Desconhecendo a nossa combinação de sotaque com sotaque, o estranho tinha se mudado para o outro lado para nos encarar. Estendeu a mão e tocou meu joelho gentilmente. Assustei-me, deixei o jornal escorregar um pouco. Ele estava sorrindo e apontava para o meu colarinho e depois para o do vigário.

"– É... és? – tentou, lutando impotente pela palavra.

"– Padres – disse o vigário, em voz alta e denotando a rejeição usada com estrangeiros.

"Não gostei daquilo. Não o considerava um 'padre'. Apontei para mim.

"– Monsenhor – falei ao estrangeiro de grandes olhos negros, suplicantes e transparentes, e barba esquisita.

"Ele sorriu de novo, radiante. Lutou com as palavras no seu reduzido vocabulário inglês. Então, seus olhos brilharam. Apontou para mim com prazer.

"– E... és... padre? – ele verificava minha faixa púrpura.

"– Monsenhor – disse o vigário indiferente –, *não* bispo!

"Ele havia-me relegado a uma classe baixa. Dediquei-lhe um dos meus mais indiferentes olhares.

"– A próxima promoção – comecei.

"Ele me deu um sorriso superior.

"Eu não era anglicano. Não era realmente reconhecido. Nunca seria reconhecido. Na Inglaterra. Era discriminado. Fiquei subitamente doente de raiva e de recordações e furioso por estar com raiva. Olhamos com desdém um para o outro, o vigário e eu. Servíamos ao mesmo Deus e nos olhávamos com superior aversão. O estranho ficou momentaneamente esquecido. Aí ele disse, em ondulante voz gutural.

"– É... homens de Teus. Santo Éss Nom?

"– Padres – disse o vigário.

"– Sou um monsenhor. Da Santa Igreja Católica – comentei.

"– Homens de Teus... Santo Éss Nom – disse o estranho, encantado.

"Não podíamos compreender seu encantamento. Trocamos outro olhar indiferente.

"– Santa Igreja Católica – disse o vigário. – Com que autoridade...?

"– A Sucessão Apostólica – falei. – Vocês não têm isso. Sua religião é representada pelos homens. A nossa é a Igreja, fundada por Nosso Senhor.

"– Pode haver alguma controvérsia aqui – disse o vigário, com astúcia. – Nós pretendemos...

"O estranho me cutucou outra vez.

"– É... homem, você... um rapaz... Teus...

"– Muitos são os chamados, mas poucos os escolhidos – disse o vigário.

"– Esco-lhido? – perguntou o estranho, atordoado.

"Eu estava sentindo menos hostilidade para com o estranho. Apontei para mim mesmo. Fiz um gesto, apontando claramente para cima, depois apontando para mim mesmo. O estranho olhou espantado outra vez. Impaciente, apontei para fora, pela janela, em direção ao céu, e depois para mim mesmo.

"– Ahhhh! – exclamou, acenando e dando uma boa risada. Juntou as mãos.

"Finalmente, pensei, ele tinha alguma reverência para com o clero. Mas por que eu não tinha falado em alemão – se ele entendesse alemão? No entanto, aquela reverência! Animei-o um pouco.

"– Santo Éss Nom – falou, curvando a cabeça.

"– Santo é o Seu Nome. O Santo dos santos – ele entendeu.

"O vigário se inclinou em minha direção e sussurrou:

"– Não é um pagão, certamente.

"Eu não havia me esquecido de que era também discriminado, mas como um homem culto não podia mostrar meu desprazer, e como padre, deveria ser tão simples e humilde como meu Senhor. Lutei poderosamente comigo mesmo. E disse... possa Deus me perdoar.

"– Não cercado pelas trevas, pelo menos.

"– Mas estes estrangeiros – murmurou o vigário.

"Éramos de novo irmãos, em esnobismo, produtos das escolas particulares.

"– Ah, sim – suspirei.

"O estranho me olhava intensamente, com aquele seu sorriso brilhante.

"– Na Inglaterra – disse ele. – Ess na Inglaterra... – lutou para encontrar a palavra certa; brigou por ela. Então, desesperadamente, fez um gesto de bater, socar com força, cortar a garganta.

"– Não – disse eu, entendendo todos os gestos.

"– O que ele quer dizer? – perguntou o vigário.

"Tive algum prazer na resposta:

"– Ele quer dizer que não matamos pessoas aqui na Inglaterra, se forem diferentes de nós!

"– Certamente não! – disse o vigário, chocado. – Somos um povo civilizado! Mas estes estrangeiros! Como podemos fazê-lo entender que, pária como ele é, um estrangeiro, e estranho, e não inglês, ele está seguro?

"Seguro, pensei. Onde, em nome de Deus, é seguro para um homem viver? Seguro de seu inimigo, o irmão-homem?

"O estranho havia se recolhido. Sua cabeça, coberta com o chapéu, estava inclinada, as mãos postas. Murmurava palavras estranhas, balançando para a frente e para trás na cadeira. Minha pele começou a formigar com um terrível aviso. O trem então entrou na estação de Manchester.

"Havia uma multidão do lado de fora, ansiosa, procurando em todas as janelas, correndo para cima e para baixo, gritando um com o outro, apertando. Não por mim, não pelo vigário. Senti-me muito só, e muito jovem.

"De repente, os rostos ansiosos, procurando, estavam na nossa janela, e a alegria os iluminava. Levantavam as vozes em animada exaltação.

"– Rabino! Rabino! – gritavam e apontavam para o estranho com alegria.

"O estranho se levantou, e acenou para os que vieram lhe dar as boas-vindas. Levantou sua estranha bagagem. Deu-nos um sorriso, apontou para o céu e para si mesmo. Falou gentilmente e com doçura, apontando para si mesmo:

"– Éss... Rússia. *Pogrom*. É vindo para Inglaterra. Rabino – procurou nossos rostos confusos e o seu próprio, entristecido, e havia lágrimas nos seus olhos. – É... esposa... sassinata. – Fez um gesto de pisar no solo, até a altura da coxa, três vezes. – É... criança... sassinata – mostrou três dedos. – Sassinatas.

"Eu conhecia um pouco de hebraico e entendi o que disse quando falou:

"– O Senhor dá e o Senhor tira. Bendito seja o Nome do Senhor.

"– O que ele disse? – perguntou o vigário, cujo rosto estava vermelho agora.

"Não respondi.

"O rabino nos observava. Então levantou a mão, abençoando-nos.

"– Éss homens de Teus. Pons homens.

"Saiu do trem e nós ali, sentados, não procuramos nos entreolhar. O rabino estava absorto com o seu povo alegre, que o abraçava e beijava nas faces. Ele se salientava, mais alto do que o restante, radiante, feliz. Livre.

"Então o vigário falou, em voz baixa:

"– Nada bom. Nós. Nada bom, de jeito nenhum.

"– Nada bom, de jeito nenhum – repeti e fitei-o. – Tampouco sou inglês. Sou irlandês.

"O vigário estendeu a mão. Eu a apertei. Em silêncio, completamos nossa viagem para Londres. Rodamos ao longo do caminho, guardamos nosso silêncio desesperado, culpado.

"Viajamos em silêncio. No gueto de nossa desumanidade. Um irmão falou conosco, um homem de Deus, como nós próprios, e o rejeitamos. Nós o desprezamos. Tínhamos desprezado um ao outro e ridicularizado um ao outro.

"E assim será para sempre", disse monsenhor Brant, "até que o homem aprenda que nenhum homem é indesejável aos olhos de Deus. Que saibamos isto, antes de morrer. Antes de morrer."

8

Naquela noite Rose se lembrou de que uma vez, andando com a mãe, tinha visto um homem de pele escura com uma capa comprida e um turbante. Crianças curiosas o seguiam, apontando e fazendo brincadeiras entre si.

– Ora, mamãe – disse Rose a seu marido, muitos anos depois – pode não ter sido a mais gentil das almas. Mas havia uma coisa que ela nunca pôde tolerar, que era insultar um homem, menosprezá-lo ou tratá-lo com desprezo, por causa de sua raça ou de sua cor. "Ele é como Deus o fez", costumava dizer, "e quem somos nós para questionar Deus e perguntar-lhe por que não criou todos os homens de uma só cor, tão iguais como ervilhas na vagem? E se ele tem uma religião diferente da nossa, é assunto dele, e entre ele e seu Deus. Se a sua religião não é boa, então cabe a nós mostrar-lhe seu erro, mas não persegui-lo por isso."

"E assim, quando fui para a cama aquela noite, falei com o Sr. Oswold, eu ainda tinha muito medo de Deus, que nunca em minha vida iria desprezar ninguém por ser o que era, desde que não fosse um homem cruel. Senti-me muito virtuosa enquanto adormecia. Não é decerto uma questão de virtude, mas de decência e compreensão humanas. De qualquer forma, me lembrei daquilo sobre mamãe, depois da história do padre Brant."

Na noite seguinte, Rose encontrou um velho padre, baixo e muito gordo, com um rosto jovial, as faces da cor de peras maduras, e olhos iguais a uvas azuis ao sol. Ele ria muito; parecia aproveitar bastante a vida. Ademais, logo fez amizade com o papagaio, uma criatura que detestava todo mundo. O papagaio, entretanto, tornou-se completamente piegas com o padre Ludwin, e insistiu não só em dar-lhe uma noz, como o estudou com cuidado para ver se o padre a comia. Padre Ludwin comeu. Ele cuidadosamente manteve uma expressão educada, embora a boca se mexesse; depois disse a todos, ao redor da lareira:

– Nunca digam ao seu anfitrião que não gostam de tal prato. Animais são especialmente sensíveis quando oferecem uma guloseima.

– E o que temos aqui? Um novo São Francisco de Assis? – sorriu vovó.

Padre Ludwin retribuiu o sorriso.

– Um belo pensamento – disse. – Lembro-me que uma vez um cachorro me deu um pedaço de perdiz podre. Tomei óleo de rícino depois daquele petisco. E isso me faz lembrar da "mulher-demônio" e seus cães. Isso foi há muito tempo, perto de Glasgow. Ah, que cães ela possuía. Mas devo lhes contar. – Ele se sentou e sorriu.

Padre Alfred Ludwin e a mulher-demônio

– Eu era um padre muito sabido, realmente, quando fui enviado para uma grande aldeia, não muito distante de Glasgow. Era a minha primeira paróquia. A aldeia, como descobri com satisfação, era animada, laboriosa, responsável e independente, com uma disseminação de protestantes, a maior parte constituída por grandes proprietários de terras, que viviam em suas propriedades e faziam muito, em amor fraternal e assistência mútua com católicos, para aumentar a prosperidade geral. De fato, em nenhum outro lugar encontrei tanta compreensão e caridade cristã, pois em minhas outras paróquias católicos e protestantes viviam sempre como cães e gatos.

"A aldeia havia já desenvolvido um tipo de máquina de tecelagem de *tweed* que, de maneira surpreendente, simulava o *tweed* feito em teares domésticos. Além disso, era menos áspero e tinha menos tendência para despregar do corpo como se ele próprio tivesse uma vida dura e seria... hã... maldito se se adaptasse ao perfil de qualquer figura. Consequentemente, o tecido era muito vendido nas ilhas e nas colônias, e mesmo na América, onde cavalheiros e damas preferiam não se coçar com violência nos *tweeds*, quando a temperatura subia um pouco acima do congelamento. Esse tecido era mais flexível, aprazível e agradável, feito com um espírito de combinação inteligente. A fábrica que o tecia empregava muitos homens e algumas mulheres com bons salários, e seu proprietário possuía ideias esclarecidas quanto ao relacionamento entre empregadores e empregados. O produto era mais barato do que o *tweed* escocês comum, pois Glasgow estava bem à mão para exportar.

"A aldeia tinha três boas escolas, uma presbiteriana, uma secundária e uma paroquial. Eram tão cordiais os relacionamentos que o padre anglicano, o ministro presbiteriano e eu nos revezávamos para proferir graciosamente palestras para os alunos. Confesso que as minhas eram quase sempre expressas na linguagem mais sublime, que as crianças polidamente recebiam com alguma perplexidade. Mas nessa ocasião, como falei, eu era jovem e sabidão, e convencido de que nunca poderia perder uma oportunidade de instruir e edificar a mente jovem, como se dizia então. Receio que muitas vezes eu os entediava, mas eles tinham sido rigidamente treinados em cortesia.

"Conquanto fôssemos tão cordiais, ficava subentendido que nenhum de nós – católico, anglicano ou presbiteriano – devia usurpar o território do outro. Era um acordo de cavalheiros, não escrito, mas firme, como descobri. Só íamos às escolas e só visitávamos um ao outro quando convidados. Meus sonhos de um apostolado pessoal começaram a murchar. Descobri então que minhas mãos estariam completamente cheias com o meu próprio povo. Minha paróquia ficava perto do limite da aldeia, era bastante rural, e seus fazendeiros eram mais prósperos do que a maioria dos fazendeiros em outras áreas. A prosperidade deu-lhes muita independência de pensamento, e não há nada mais independente do que um escocês com uma conta bancária e um pequeno depósito particular em algum lugar da casa, bastante carne de boi ou de carneiro, ou um grande frango gordo aos domingos. Meus patrícios são por natureza brigões e inclinados à irritação, e procuram, incessantes, o que chamam de 'discussões', mas que na realidade são brigas, com frequência sangrentas. Eram, naturalmente, todos advogados, pois, como falamos antes, todo escocês é um advogado, um diácono, ou tem um pouco de ministro.

"Minha gente era isso tudo, e também todos eram, sem exceção, puritanos. Isso não é extraordinário entre os escoceses. Apesar de não serem avessos a se desviar ocasionalmente do bom caminho, não apreciam muito fazê-lo e odeiam que os vizinhos o façam. Os mais fanáticos dos puritanos eram homens que tinham namorado mais do que os outros. E suas esposas, que nunca eram enganadas, odiavam as garotas e senhoras alegres que ameaçavam o calor da família, porém, mais do que isso, odiavam os xelins e peças de ouro escondidas nas latas de chá, de açúcar, ou no colchão. Uma escocesa perdoará uma escapada do marido, se não for muito flagrante, mas se sentará implacavelmente nos bens particulares da família para se assegurar que nenhuma parte deles vá acabar no bolso da saia de uma prostituta. Adultério para uma escocesa, acho, é menos uma violação de um dos mandamentos do que uma violação dos xelins e libras dos seus esconderijos. Talvez isso conte para o fato de que prostituição é pouco menos comum entre as alegres mulheres escocesas do que em outras raças. A senhora da casa é usualmente a guardiã da bolsa.

"Assim, enquanto eu descobria maridos sérios que algumas vezes tinham negócios em Glasgow, não encontrei moça nenhuma a quem a dura e relutante primavera enganasse o bastante para se 'esquecer de si mesma' e praticar uma travessura nos campos floridos com botões-de-ouro. Eram também espertas. Na Escócia, o amor sempre teve um árduo trabalho na competição com o dinheiro. 'Apaixonar-se sem mais nem menos' nunca rendeu qualquer dinheiro a uma garota saudavelmente alegre, e sempre havia o perigo de não conseguir um marido virtuoso na aldeia, pois os homens falam, vocês sabem, mesmo os escoceses. Assim, virtude na Escócia nunca é posta em perigo demasiadamente... a virtude da castidade, é claro.

"Minha paróquia não estava muito segura de mim no início, e eu certamente não estava muito seguro de mim mesmo. Além de tudo, sussurrava-se, minha mãe era uma *sassenach*, e eu tinha passado mais tempo na Inglaterra do que na Escócia. (Como descobriram essas coisas, não sei, mas o escocês, embora negue, é um vigoroso mexeriqueiro, especialmente nas aldeias). Tinham receio de que, quando eu descobrisse a prosperidade abundante no lugar, começasse a falar de modo severo de dízimos, e não há nada que um escocês deteste mais do que dízimos, o que o faz lembrar dos coletores de impostos ingleses. Pelo menos é o que dizem. Mas eu sabia, instintivamente, que o sussurro tinha se espalhado: 'Olho vivo no nosso pastor. Ele não é mais do que um rapaz, e rapazes são imprevidentes.' Assim, enquanto eu era eloquente no meu púlpito sobre as necessidades da Igreja e de missões estrangeiras, e talvez de outra escola e da propagação da fé, estava desconfortavelmente certo de que as bolsas das mulheres eram bem fechadas e que os homens tinham abotoado seus bolsos. A princípio eu ficava irritado, pois essas pessoas eram opulentas. Mais tarde usei meios mais tortuosos para conseguir dinheiro. Eu disse tortuosos? Errado. Tive de aprender táticas brutais. Mas isso é outra história.

"Havia uma proprietária de impressionantes domínios nas cercanias de minha paróquia. Minhas paroquianas logo me informaram, assim que cheguei, que a proprietária, uma escocesa como elas próprias, era uma 'mariposa', que não é um termo elogioso, e pode ser usado para indicar uma mulher mal-humorada, uma moça que ria e dançava demais, uma prostituta ou uma mulher de virtudes abertamente questionadas. A essa proprietária em particular cabia a última das definições. Ela era a Jezebel encarnada, mas senhora de tais vícios e diabruras que faziam minha gente imaginar por que Satanás não aparecia em uma nuvem de fogo sobre a mansão e carregava a pobre mulher em chamas e com cheiro de enxofre."

Uma mulher católica?, perguntou padre Ludwin imediatamente. Ah, bem, se o senhor tiver uma mente larga como o Atlântico. Antigamente ela vinha com o marido ouvir missa todo domingo e faziam chover (desaprovação aqui) moedas de ouro e cédulas nos pratos de coleta, e podia ser vista no confessionário todo sábado. "Uma perfeita fanática", como uma das senhoras assegurou ao padre Ludwin, "e sempre com as freiras ao redor. Mas", elas acrescentavam sombriamente, "isso não foi por muito tempo. Não mais do que seis meses. Foi ela quem mandou o antigo padre mais cedo para a sepultura. Não é de admirar, com o seu comportamento repulsivo, depois que o marido morreu. Ela não o viu depois disso, nem as irmãs." E então, não mais de um mês depois de o marido ter morrido, lançou-se numa carreira de grande maldade. "Cheia de pecado mortal e tudo o mais, padre. Pecados mortais a um *penny* a dúzia."

O marido da senhora, através de uma série de mortes, tinha herdado amplas terras, os campos, os belos prados, a gloriosa casa, o gado e os carneiros, os pastos e o título. Foi inesperado. Ele era apenas o quarto na linha de sucessão para o título, e um advogado de Glasgow, e sua mulher, embora pobres, tinham generosamente passado o seu direito legítimo. Havia grandes acontecimentos na mansão, na suave colina, entre enormes árvores velhas, antes que o jovem lorde McLeod tivesse... morrido! Toda a elite local era convidada com frequência para dançar ao som de violinos, e muita gente vinha de Glasgow para passar semanas. Tudo terminou quando George, lorde McLeod... morreu. Passou algum tempo antes que o jovem ouvido do padre Alfred escutasse algo peculiar na entonação de "morrer". Ele estivera muito desorientado antes.

Qual era o "pecado mortal"? As senhoras baixavam os olhos e, com delicadeza, mandavam o padre falar com seus maridos, que, embora cautelosos, eram mais explícitos. Pecado mortal... adultério constante entre a "nobreza" local. Nunca mais assistiu à missa dominical. Nunca mais os deveres da Páscoa. Nunca mais festinhas no gramado de Whitsuntide, para as quais todos eram convidados. Blasfêmia. Pragas sobre o "velho padre" quando ele ousou tentar visitá-la.

– Ela tem agora uma cara ruim, padre. Uma cara como o diabo, o próprio, furioso e selvagem como ele.

– Filhos? – perguntou padre Alfred.

Houve sorrisos deliberados e cabeças balançando. Ah, não, o lorde e a esposa ficaram pouco tempo casados. E sem dúvida seu mestre, Satanás, a informava sobre os métodos de evitar os contratempos de um bastardo, apesar de deitar toda noite com os nobres locais. "Sempre um homem depois do outro; ela não vê muito de cada um; ela deve fazer trocas para suas travessuras e divertimentos."

Sua idade? As mulheres deram de ombros. A mais velha, maldosamente adivinhou como, no mínimo, 30. A mais nova generosamente calculou que era muito mais jovem, talvez não mais de 23 anos. Aparência? As mulheres mais velhas encolheram os ombros e falaram de caras de demônios. As mais novas tristemente sugeriram incrível beleza. “Ela tem isso, padre, pois quem mais poderia atrair os homens para um diabo vivo em carne humana?” Raramente era vista. Mas sempre, toda noite, a mansão cintilava com luzes, vida, riso e música. E então, à meia-noite, quando as pessoas decentes estavam na cama, as luzes por fim se apagavam. Padre Alfred ponderou sobre quem ficava andando, ou acordado, para ver luzes se apagarem à meia-noite.

Criados? Sim, isso. Três velhas de Glasgow e protestantes, que nunca tiveram uma palavra civilizada nem pararam para conversar nas de lojas ou nas ruas. Mulheres altas, caladas, em carroças, que ignoravam a mais agradável das saudações. “Os próprios demônios, padre, sem dúvida.” Havia jardineiros durante o dia, da aldeia, que eram bem pagos e nunca a viam. Afetavam estar muito assustados, mas o pastor decidiu que era fingimento ou seus salários altos demais.

Lady McLeod dormia o dia todo, depois que os seus amantes iam embora, e só se levantava quando o sol se punha. Corriam rumores de que caminhava dentro dos seus altos muros sozinha, apertando as mãos e chorando, antes da chegada dos hóspedes. Ela andava, e com frequência, nas florestas, nas clareiras. Os jardineiros relatavam assustadores lamentos e gritos. Lady Martha, sem dúvida, estava conversando com os diabos em seus passeios solitários e recebendo deles ordens diárias.

– E ela nunca vai à missa, nem mesmo no domingo de Páscoa? – perguntou padre Alfred.

Pesados gestos de cabeça. Um fazendeiro, mais informado do que os outros, sugeriu missas negras, e se benzeu, tremendo.

Padre Alfred era jovem. E bastante curioso. Preocupava-se com uma alma cristã que aparentemente estava, de maneira irremediável, condenada. Ou, talvez, louca. Mas o que a havia enlouquecido, então?

Os fanáticos puritanos falavam ao padre em atear fogo na mansão e expulsar “os demônios”. Incêndio premeditado, disse o padre em tom severo, não era aprovado pelas autoridades públicas. Então, teve uma inspiração. Faria perguntas em outro lugar. Ficara curioso para saber como e por que o jovem senhor havia "morrido". Seria lady Martha outra lady Macbeth? Ele procurou o chefe de polícia, que não era católico. Padre Alfred já havia ouvido, até então, bastante conversa sobre Satanás, missas negras e diabos nos bosques, prados e campos verdejantes.

Avistara a propriedade de muito longe, com depressões suaves, vividamente primaveril, e os altos muros distantes que escondiam a grande "casa", e os portões fechados, e ouvira os constantes latidos e rosnados dos muitos cães de guarda andando dentro dos portões. O som ameaçador chegara até ele com os ventos do oeste, um clamor ameaçador como o de chacais.

O chefe de polícia era um homem magro, musculoso e "moreno", com um sorriso aguçado. Era bem mais velho que padre Alfred, mas nem o delicado padre era tão simplório. Por isso, padre Alfred teve de apertar os lábios com força para não sorrir quando o outro homem logo o informou, com um gesto sofisticado, de que não era "crente", mas "pertencia à escola agnóstica". O padre duvidou muito que o Sr. Marshall pudesse definir agnosticismo, mas concedeu-lhe o esperado gesto de desaprovação com a testa, recebido com deleite, sentindo-se um considerável hipócrita enquanto o fazia. Deveria ser muito cuidadoso, para não deixar o chefe de polícia suspeitar por um instante sequer que o jovem padre o tomasse por um homem inculto, embora competente com os seus deveres.

– E qual é o seu assunto, padre? – perguntou o chefe de polícia, incapaz de impedir, com sua voz "agnóstica", a inevitável reverência e a secreta inveja do escocês pelo clero.

O padre olhou em volta do empoeirado escritório, pensativo.

– É o assunto de uma certa senhora. Uma católica relapsa, talvez. Lady Martha McLeod.

– Ah, aquela! – exclamou o chefe de polícia com interesse. – Um negócio esquisito, ali. Espero que o senhor não tenha ouvido as bobagens de sua própria congregação e suas histórias.

– Diga-me o senhor mesmo, por favor – pediu padre Alfred. Ele parou. – Prefiro ir às fontes autênticas e não ouvir boatos.

O chefe espalhou-se, olhou-o com benevolência, relanceou os olhos pelo escritório, bufou e se tornou pomposo. Contou, no entanto, uma história meticulosa, sem detalhes sinuosos.

O jovem lorde tinha assumido o comando das propriedades e trouxe a jovem esposa para a mansão.

– Ah, uma beleza rara, aquela – disse o chefe. – Encantadora como uma rosa em botão. Não é de admirar que as moças por aí a detestassem logo de início, e suas mães e as solteiras. A idade dela? Não mais de 22, mesmo agora, e pode ser menos.

George, lorde MacLeod, era um jovem tímido e retraído, 20 e poucos anos, um pouco mais baixo do que a linda esposa, louro, magro, delicado de feições, de mãos e de voz. Apesar de ser, sem sombra de dúvida, um escocês e amante da zona rural, era para todos um homem da cidade, com algumas características que ofendiam tanto os nobres da terra como o povo da aldeia em geral. Não matava nada, independentemente da necessidade. A terra tinha sido coberta de mato, por negligência.

– O antigo dono tinha ficado caduco – disse o chefe de polícia –, e os jardineiros tinham tirado vantagem e se empenhado em invadir a propriedade, o que chamavam de caçada, em pleno crepúsculo, após concluírem o trabalho diário.

As "praguinhas" também prosperaram. Doninhas, coelhos roendo árvores novas, raposas, esquilos – tudo. E cucos dizimando os ninhos das aves canoras e gralhas em tais quantidades nos carvalhos e lariços que eram uma maldição para todos os fazendeiros na vizinhança. Mas o jovem senhor não permitia atirar em nenhum deles, nenhuma espécie de caçada. Dizia que Deus tinha criado os animais antes que criasse e abençoasse o homem, e que a terra era tanto seu lar como era o lar do homem depois do pecado original. Muitas foram as brigas entre ele e o velho padre, cujo minúsculo jardim estava sendo destruído pelas "praguinhas". Ao homem, dizia o antigo padre, tinha sido dado domínio sobre toda a terra e sobre todos os animais. "Mas não para matá-los, injustificadamente", dizia o jovem senhor de forma obstinada. "Só o homem destrói suas próprias espécies. A raposa e o lobo têm mais moral do que o homem, pois não cometem pecados mortais." Algumas vezes, o velho padre gritava, o jovem era invariavelmente respeitoso, mas teimoso. Era também vegetariano. Quando ele e a jovem lady McLeod tinham hóspedes, havia peixe à mesa e pratos de ovos, mas nenhum pernil, assado ou ave. Comia pouco, recusava o peixe, consumia os ovos e muitos vegetais.

Havia muitos veados na grande propriedade, e os criados relatavam que o jovem senhor saía de manhã muito cedo para observá-los, assim como os pássaros e as "praguinhas", através de binóculos. Quando o denso inverno chegava, havia comida espalhada para todos. Não era de se admirar, então, que os animais parecessem amá-lo, e pastavam na própria grama da sua janela ou brincavam nos largos peitoris das janelas, e construíam seus ninhos junto às largas portas de carvalho. Suas vozes enchiam toda a terra de barulho, que George, lorde McLeod, achava delicioso, de longe mais delicioso do que as vozes dos seus irmãos homens, a quem parecia temer um pouco.

Era a jovem lady McLeod que se envolvia com festividades e que convidava os hóspedes. Alegre, encantadora e viva ("Deve haver sangue francês ali", disse o chefe de polícia, suspirando), ela se tornou querida num abrir e fechar de olhos. Percebia-se que ela adorava o marido e que a adoração era recíproca. Bem no meio de uma festa ao ar livre, eles, invisivelmente, procuravam um ao outro para um aperto de mãos, para um sorriso e, atrás de algum arbusto, um beijo rápido. Mas estavam casados havia só uns poucos meses e por isso podiam ser perdoados pela "exibição".

Embora George não caçasse e não mostrasse interesse em cavalos ou esportes, era querido por todos, pois era bom, gentil, atencioso e caridoso. Era também muito devoto. Sua jovem esposa possuía os mesmos dotes. O velho padre, ele próprio um homem obstinado, que portanto naturalmente não gostava de obstinação, às vezes se enfurecia com George a respeito de algumas das suas opiniões menos ortodoxas sobre os animais inferiores, mas não tinha nenhuma outra queixa. O jovem senhor reconstruiu a igreja "de cima a baixo", importou sinos italianos e construiu uma nova casa paroquial pequena, desde o chão, com fogão e luz a gás. Ele pagava o salário da irmã mais velha do padre, que tomava conta da casa. Pôs mais lareiras no convento, conservava os depósitos de carvão cheios e dava finos lenços de linho às irmãs, bem como outros presentes bem-vindos, e reformou a escola da paróquia. Não havia nada que o antigo padre pudesse ao menos insinuar, que não fosse logo feito, e feito de maneira pródiga.

Mas se dizia que lorde McLeod – "e mesmo eu achei que era blasfêmia", disse o chefe de polícia – acreditava firmemente que todos os animais, mesmo as "praguinhas", tinham almas, diferentes das dos homens, mas almas apesar de tudo. "Veja São Francisco", dizia ele. "Ele considerava os pássaros seus irmãos e irmãs. Ele não estava usando imagens, falava em fatos." Os animais eram inocentes; só o homem era mau; só o homem poderia cair em sério pecado mortal. E Jesus não amava a inocência sobre todas as coisas, Ele próprio tão inocente?

O antigo senhor tinha uma sala de armas, onde se viam todas as espécies imagináveis de armas mortais. George, sendo um escocês econômico, fez com que o mordomo, um ardente caçador e atirador, mantivesse as armas bem-conservadas e lubrificadas. George frequentemente insinuava que algum dia venderia as armas, uma observação que chocava o velho mordomo, que estivera com o velho proprietário também. Tudo isso foi salientado durante a investigação...

– Investigação? – perguntou padre Alfred, abruptamente.

– Sim. Mas vamos chegar lá, senhor – retrucou o chefe de polícia, com alguma reprovação.

– Houve alguma suspeita de que lorde McLeod foi assassinado? – perguntou o padre, que era um devoto de Sherlock Holmes.

O chefe o observou por alguns minutos e disse:

– Eu ia chegar lá, senhor. – O padre sentou-se na beirada da cadeira, impaciente.

A sala de armas era sempre mantida trancada. George guardava a chave e só a entregava ao mordomo para ele lubrificá-las, limpá-las e limpar a sala. Ninguém jamais entrava ali.

Os empregados e a jovem lady McLeod discretamente escondiam de George que havia muita caçada ilegal e invasão à sua propriedade durante os meses do outono. Mas, de algum modo, ele descobriu. Talvez tenha descoberto um veado ferido ou um pássaro morto com um tiro no peito. Ele manifestou um ataque de fúria como a esposa e os empregados nunca haviam presenciado. Foram afixados avisos na terra e relacionadas penalidades. Carregando um grande porrete, que todos duvidavam que usasse, mesmo com o mais flagrante dos invasores, sendo homem tão pacífico, caminhava vários quilômetros todos os dias em sua propriedade e, às vezes, à noite, com um lampião, à procura de qualquer malandro que pudesse desafiar os avisos e ousasse caçar. Lady McLeod, ciente da constituição delicada do marido, aprovava as caminhadas diurnas e muitas vezes o acompanhava. Mas as buscas noturnas a alarmavam e a apavoravam, apesar do ar pacífico da aldeia; não tinha havido um único prisioneiro na cadeia por mais de cinco anos, e aqueles que ocasionalmente a ocuparam antes tinham sido homens que haviam encarado o vinho até que ficasse, de fato, vermelho demais.

Assim, lady McLeod sabia que George não estava em perigo vindo de qualquer invasor ou caçador à noite, sendo eles muito mais espertos na floresta do que ele, um homem da cidade. Mas temia que tropeçasse em alguma pedra, ou caísse no fundo do ribeirão que cortava a propriedade, ou tivesse a cabeça arrancada por algum galho saliente, ou que ficasse perdido na escuridão. Chegou a ir com ele nas poucas noites em que se aventurou a sair com seu porrete e a lanterna, mas isso terminou quando o médico descobriu que ela estava "em estado interessante".

– Mas pensei que não houvesse filhos – comentou padre Alfred. Na verdade não havia, disse o chefe, em tom ríspido. A pobre jovem havia perdido a criança, um fato que não foi do conhecimento geral.

Ah, e havia cada festa e cada baile na mansão! O jovem senhor e a esposa estavam comemorando em segredo, e todos estavam curiosos, mas nada foi dito a ninguém. Era evidente que estavam alegres demais com a ideia de uma criança. O médico testemunhou esse fato na investigação. Padre Alfred, apaixonado por histórias de investigações, chegou-se mais para a beira da cadeira.

No último setembro, bem no início do mês, há quase um ano, George e a mulher estavam sentados juntos ao fogo, ele lendo, ela bordando. Ouviram um tiro distante. George, também como uma bala, se precipitou da cadeira. O velho mordomo tinha ouvido o tiro – e nunca ninguém havia, como dessa vez, se aproximado tanto da mansão – e correu para o seu patrão, que já estava vestindo a jaqueta, com a lanterna e o bastão ao lado. Era uma noite escura, sem luar. George poderia sofrer um acidente no escuro. O mordomo e a senhora suplicaram-lhe, mas ele era teimoso. Enfrentaria o invasor; iria agarrá-lo pela nuca e arrastá-lo ao juiz. Estava firme na sua resolução, esse homem pequeno, justo e gentil, o rosto avermelhado de ódio. "Não haverá crime nas minhas terras. Com licença, Andrew."

Só o pensamento de George agarrar um invasor e arrastá-lo alguns quilômetros até o juiz fez até a alarmada senhora sorrir, e também o mordomo. Ele não ouviria os argumentos deles. Até gritou. Isso trouxe a própria cozinheira, de outras partes da casa, com as mãos debaixo do avental. Era uma mulher sensata, mas George não a ouvia também. Saiu disparado de casa, gritando suas ameaças. Lady McLeod, na sua situação e com medo, desmanchou-se em lágrimas. A cozinheira correu para ela e tentou consolá-la. O mordomo abriu uma caixa de biscoito e remexeu o fogo. O patrão não encontraria ninguém. Voltaria logo. Mas a jovem senhora empurrou para o lado as cortinas, olhou o céu escuro e chorou, ciente da inabilidade do senhor em lidar com terreno acidentado. Assim, a cozinheira e o mordomo ficaram com ela, entretendo-a com chá e finalmente, após uma ou duas horas, com conhaque. E ambos testemunharam no inquérito policial. Não largaram a pobre moça por um momento sequer. O relógio no sótão abobadado bateu meia-noite. O mordomo deu a lady McLeod mais conhaque, a cozinheira segurava suas costas na cadeira. A moça insistia em ir procurar George pessoalmente. Implorou aos empregados que fossem com ela, um pensamento aterrorizante, naquela escuridão. Um vento penetrante de outono havia começado, alto e autoritário, nas portas e janelas, e agora a chuva caía forte. Não havia dúvida de que George estava perdido e que vagava por algum lugar no escuro, no frio, no vento e na chuva. Lady McLeod acendeu lâmpadas em todas as janelas. Mandou o velho mordomo andar pelos gramados, balançando um lampião (ele era agora o único homem da casa). Às 3 horas da manhã, dominada pelo cansaço, pelo susto e pelo conhaque, a jovem senhora adormeceu na cadeira. Às 5 horas, o mordomo, encharcado e arrasado, foi à aldeia reunir homens dispostos a procurar o jovem senhor.

Os homens estavam dispostos, incluindo os poucos policiais. Eles iniciaram a busca pelo jovem senhor na floresta e em cada centímetro da propriedade, começando nos primeiros albores da madrugada. Tinham certeza de que, em algum lugar, ele jazia indefeso, talvez com uma perna quebrada, pois havia trechos ruins com pedras e buracos na terra. Gritavam na penumbra tempestuosa da manhã, com a chuva chicoteando-lhe os rostos e apagando as lanternas. Andaram, espreitaram e chamaram durante horas. Perto de meio-dia, encontraram George McLeod numa moita cerrada. Morto com um tiro. Uma pistola de sua própria sala de armas estava na sua mão e não havia sinal algum de que outra pessoa tivesse estado nas vizinhanças.

A BALA, APENAS uma, penetrara na sua têmpora direita, e seu rosto mostrava queimadura de pólvora. Fora assassinado quase à queima-roupa. A polícia e os homens já haviam pisado o chão e espalhado folhas caídas. Um dos policiais, o chefe, fora na frente, para "avisar" a jovem senhora da morte do seu marido. O restante dos homens iniciou a dolorosa marcha de volta à mansão, carregando o corpo encharcado e ensanguentado. Ao chegar descobriram que a senhora, ao ser informada, emitiu um grito terrível e um criado saíra correndo para buscar o médico em uma carroça. Ela perdeu a criança algumas horas depois e não emergiu do seu estupor senão após 24 horas. Seu único parente era uma tia em Glasgow, e foi-lhe enviado um telegrama. George só tinha primos distantes, e eram mulheres, espalhadas pela Escócia. Todas chegaram. A casa pululava com elas, com o padre e as irmãs e a multidão de amigos de George entre os moradores da vizinhança. Foi relatado no inquérito que lady McLeod dissera, quando acordava do seu estupor:

– Quem mataria meu George, meu querido, de forma tão cruel, tão impiedosa? – Mantivera-se muito calma e pálida e dissera ao chefe de polícia e ao padre, enquanto jazia na cama: – Quem mataria meu George, e por quê?

Mais que depressa, asseguraram-lhe que havia sido um acidente terrível, mas ela balançou a cabeça e repetiu vezes sem conta: "Crime, crime, crime."

Ela nunca chorou depois disso, mas seu rosto macio e fascinante se tornou imóvel e selvagem. Compareceu tranquilamente ao inquérito e insistiu que o marido fora assassinado. George sequer podia suportar olhar um revólver ou qualquer outra arma de fogo, e muito menos tocar em uma. Ele tinha saído correndo de casa, só com o seu porrete e a inadequada lanterna, para capturar o invasor e levá-lo à justiça. O marido havia, disse ela, sido deliberadamente atraído para a morte, pois todo mundo conhecia seus hábitos e seu ódio a caçadores e invasores.

Foi o mordomo quem descobriu que uma pistola, uma das mais antigas, estava faltando da sala de armas e mencionou o fato ao chefe de polícia. Não, ele não tinha a chave, mas a sala estava destrancada. Ele descobriu isso algumas horas depois que George fora trazido morto para casa. A chave da sala de armas foi achada no bolso de George.

Só poderia haver uma conclusão para o inquérito: morte por acidente. George, sem que o seu mordomo, a cozinheira e a esposa soubessem, tinha parado impulsivamente na porta da sala de armas e retirado uma pistola, esquecendo-se de trancar a porta depois, em sua pressa. Foi tateando no escuro, ameaçando e gritando, caiu, e a sua arma disparou e o matou.

– Assassinato – dizia lady McLeod sem parar, olhando para os jurados. – George jamais pegaria em uma arma, em nenhuma circunstância. Ele sequer pensava nelas. Vocês ouviram isso dos lábios do próprio Andrew. A chave no bolso de George não significa nada. Ele sempre a conservava com receio de que pudesse ser encontrada pelos jardineiros ou por alguma pessoa descuidada. Teria preferido matar-se do que matar outra pessoa, mesmo em defesa própria. George foi assassinado.

Ela se sentou no recinto do júri, o rosto atormentado mas com a voz calma, as mãos juntas enluvadas, o véu preto de viúva caindo sobre os ombros. "Crime", repetia. Todos pensavam na sua situação desastrosa, a perda do marido e da criança e se olhavam desconfortavelmente com um pensamento: que ela se tornara louca.

– Mas eu próprio não pensava assim – disse o chefe de polícia. – O rosto de lady McLeod era bravio, realmente, mas calmo, e ela falava com absoluta autoridade, como se soubesse, sem qualquer sombra de dúvida.

O chefe de polícia a havia interrogado com delicadeza. Lorde McLeod tinha algum inimigo? Não, nenhum que ela soubesse. Um parente para herdar o título, terras e dinheiro? Não. Tinha criado um clima hostil na aldeia, ou talvez mesmo em Glasgow? Não, todos amavam George. Ela respondia a cada pergunta com clareza e sem tremer.

Em que, então, baseava suas terríveis suspeitas de que ele havia sido assassinado? Ela disse ao júri.

Antes de recobrar a consciência naquele dia aterrador, ela "vira" George. Ele tinha vindo falar com ela com sangue no rosto e no pescoço, e estava branco e rígido. Ele lhe disse que havia sido assassinado, fria e deliberadamente na floresta, mas que não conhecia, por enquanto, o assassino. Ela, sua esposa, deveria encontrar o assassino e entregá lo à justiça.

– Ora – disse o chefe de polícia –, é sabido que nós escoceses somos clarividentes e lady McLeod era escocesa, apesar de ter recebido educação inglesa.

O júri ouviu com seriedade. O chefe de polícia continuou a fazer perguntas. Nenhum jurado duvidou que ela tivesse realmente visto o fantasma do marido e que tivesse ouvido sua mensagem de que fora assassinado. Mas eram dias modernos. Assim, o veredito de morte por acidente foi pronunciado com relutância. Lady McLeod levantou-se, olhou devagar para o júri e saiu da sala.

A história não termina aqui. Lady McLeod chamou a própria Scotland Yard. Um inspetor investigou a área do crime, fez perguntas a todas as pessoas envolvidas, consultou o chefe de polícia e os jurados, os criados, o mordomo. Ouviu com atenção as histórias das excentricidades de George a respeito dos animais e sua acusação aos seus semelhantes por sua insensível crueldade contra os inocentes. Podia tal homem, encontrando um animal morto, ter perdido a cabeça e atacado o caçador recém-descoberto, que o teria então matado em defesa própria? O chefe de polícia considerou essa pergunta. Não, não era possível. Sua Senhoria não poderia nunca ter ameaçado alguém com uma pistola, quanto mais fazer uso de uma. Além disso, o mordomo e a cozinheira testemunhavam que ele apanhara apenas seu porrete e a lanterna e correra para a morte. Tinham ouvido a porta bater atrás dele, segundos depois. Não podia ter parado na sala de armas e apanhado a pistola, mesmo que fosse o tipo de homem destinado a fazer tal coisa ou mesmo pensar nisso. As armas haviam sido limpas duas semanas antes, e a porta da sala fora trancada pelo próprio mordomo, que entregou então a chave ao patrão. Não havia possibilidade de que a sala tivesse ficado destrancada. Dessa forma, só um homem tivera acesso àquela sala em duas semanas, e aquele homem era George, lorde McLeod, que nunca entrava na sala.

– A única evidência – admitiu o chefe de polícia ao inspetor – de que Sua Senhoria tenha sido assassinado era a insistência de lady McLeod, de que vira o fantasma do marido e que ele lhe havia contado.

O inspetor não acreditava em fantasmas. Estudou e reestudou as provas, lendo durante horas. Suspirou, balançou a cabeça. Morte por acidente. Foi à mansão e repetiu isso à Sua Senhoria. E ela disse: "Crime, crime, crime."

Sua convicção era tão arraigada que demitiu todos os empregados, incluindo o velho mordomo, contratou três mulheres sérias de Glasgow e empregou jardineiros que não viviam na propriedade. Em algum lugar, ela acreditava, estava escondido o assassino de George, talvez um criado, talvez um operário, talvez alguém da aristocracia, seus amigos.

Então, surpreendentemente, quando o marido "mal tinha esfriado na sepultura", com a aldeia toda chocada, ela retomou suas festas e festividades, e a mansão ficava iluminada até meia-noite e lá havia danças e violinistas. E sempre um homem, um homem diferente, lá permanecia, para compartilhar a cama da senhora. Um escândalo. No início, rumores circulavam que a senhora sabia mais sobre a morte do marido do que admitia. Sua insistência de que George fora assassinado, seu chamado da Scotland Yard tinham sido um "subterfúgio" para desviar a suspeita sobre si mesma. O inspetor, em Glasgow, ouviu esses boatos e, em silêncio, fez várias outras visitas ao chefe de polícia. Sem que a senhora soubesse, ela teve toda sua vida investigada, bem como a vida pregressa do seu marido. Nada foi descoberto. E os escandalosos acontecimentos na mansão continuavam e aumentaram em fervor e alegria.

– E isso é tudo? – perguntou padre Alfred.

– Tudo – disse firmemente o chefe de polícia.

– E o que o senhor acha?

O homem encheu o cachimbo devagar e com cuidado, riscou um fósforo e o acendeu.

– E o que eu acho? – disse, pensativo. – Acho que Sua Senhoria foi assassinado.

– Por lady McLeod ou por alguém que ela empregara para fazer o trabalho?

– Não, não – disse o oficial, enfaticamente. – Não lady McLeod, e o senhor fará bem em não ouvir as maldades. Mulher-demônio! Ah, elas têm o miolo mole. E ciumentas, mesquinhas e cobiçosas, sempre preparando escândalo. Nunca houve moça bonita a quem as mulheres não tivessem aversão, com mentiras e histórias.

O chefe de polícia lançou um olhar desafiador para o padre.

– Sou agnóstico – disse – e não creio em... coisas. Mas creio que a alma do jovem proprietário esteve de fato com ela e lhe disse a verdade, que ele foi assassinado a sangue-frio.

Padre Alfred não era "agnóstico" e era decididamente vidente, apesar das admoestações da Igreja contra "superstições". A Igreja, apesar de tudo, reconhecia aparições, embora dentro de certas normas.

– Mas por que alguém mataria lorde McLeod?

O chefe de polícia encolheu os ombros e olhou sombriamente para o padre.

– Isso eu não sei. Mas, com certeza, ele foi assassinado. Vi a verdade nos pobres lábios encantadores de Sua Senhoria, e nos seus olhos. Ela não mentiu.

Padre Alfred também estava certo disso. Estava também receoso por lady McLeod, que tinha se "afastado" da Igreja, havia amaldiçoado o velho padre, que só desejava confortá-la, e que fazia festas devassas na mansão quase toda noite; e que era adúltera. Assim, padre Alfred procurou seu colega anglicano, que disse ter chegado à aldeia três meses após a morte do senhor e, por conseguinte, não sabia de nada. Padre Alfred procurou o ministro presbiteriano.

– Sim – disse o Sr. Russel. – Creio que Sua Senhoria foi assassinado e assim pensamos todos – acrescentou. – A senhora? – Deu de ombros. – Não está nos poderes de um homem conhecer uma mulher. Eu nunca a vi. E qual poderia ser o seu interesse, se me permite perguntar?

– Sua alma – disse padre Alfred, com ar triste.

Que história dolorosa, pensou mais tarde, mas não sem alguma agitação, austeramente interpretada por ele como amor à justiça e à salvação da alma de lady McLeod, que estava agora enegrecida com muitos pecados mortais. Seria ela uma assassina? Padre Alfred, cauteloso, se aproximou das freiras, que o esmagaram com negativas indignadas, especialmente a velha madre superiora, que fora confidente de lady McLeod.

– Sua língua, irmã – murmurou padre Alfred para a velha senhora, que se tornara veemente e hostil.

– Não direi uma palavra contra a pobre moça – gritou a madre superiora –, embora ela não queira ver-me agora! É o seu coração que está partido. Doida? É possível. É das suas preces que ela precisa, padre, e não da sua curiosidade – acrescentou ela, com alguma astúcia, que fez o jovem padre corar.

Assim, o padre Alfred, seguido pelos olhos faiscantes da madre superiora, entrou na sua bonita e bem cuidada igrejinha e rezou pela alma de lady McLeod. Após o jantar, aquela noite, ele releu seu livro favorito sobre Sherlock Holmes. Esse era outro caso de "porta trancada", sem dúvida. Mas o que ele estava pensando? A própria Scotland Yard confirmara o veredicto de morte por acidente.

O dia seguinte estava suave e dourado em suas insinuações outonais. Padre Alfred pensou na Úmbria, enquanto olhava seu jardinzinho e via a luz ampla e dourada. Quão penetrante eram os perfumes da grama cortada, das frutas amadurecendo, das colheitas!

Ele pegou a bicicleta e amarrou, com prudência, um saco no guidom, contendo um cacete pequeno mas resistente, um grande pedaço de flanela e várias sobras de sua própria despensa. Suas pernas curtas mas musculosas movimentavam-se rapidamente, e dentro de pouco tempo, embora coberto de pó, ele chegou aos muros altos da casa dos McLeod. Encostou a bicicleta de encontro à estrutura de granito e pesquisou o território inimigo. Os muros eram encimados por formidáveis pregos de ferro de pelo menos 30 centímetros de altura, e padre Alfred suspeitou que vidros quebrados estavam salpicados entre eles. Quando estava inspecionando com cautela, ouviu um som apressado e a seguir o latido e o rosnado de cães do outro lado. Padre Alfred conhecia tudo sobre cães e ordenou que ficassem quietos. Não ficou de modo algum surpreso quando os rosnados e latidos abaixaram para confusas lamúrias e murmúrios interrogativos. Descobriu um trecho onde faltavam dois pregos e estudou o muro. Fácil! Atou o saco à sua capa, encontrou fendas para apoiar os pés e começou a escalar o muro; os cães no outro lado o questionavam.

– Sei o que estou fazendo – advertia, e eles, em resposta, murmuravam respeitosamente. – Apenas sejam pacientes – disse. Os cães ganiram um pouco. Escalou com cautela, estudando a argamassa e as pedras. Sua cabeça emergiu por cima do muro e os cães ficaram estáticos. – Belos rapazes – disse-lhes. – Apenas sejam pacientes. – Como suspeitara, havia vidros espalhados no topo e ele os removeu com uma flanela grossa. Os espaços entre os pregos: seriam eles suficientes para as suas gordas nádegas? Decidiu que seria um pouco apertado, mas o mundo não era um pouco apertado para todos? Balançou as pernas sobre o muro e retorceu-se no seu topo como um querubim pequeno e robusto. Os cachorros lá embaixo sorriram para ele. Cães grandes, negros, cinzentos e peludos. O padre abriu novamente a sacola e atirou para baixo pedaços de carne, frango e biscoitos com presunto e alguns ossos e observou-os agarrá-los com prazer. Nenhum dos cães era menor do que um lobo de bom tamanho.

Amava todos os animais. Sabia que comida era uma simples apresentação e que depois iam querer mais informações. Por isso, esperou até que os cães se agrupassem de novo debaixo dele.

– É certo – disse racionalmente – que vim para uma missão. Espero que vocês compreendam, rapazes!

– Certamente – disse o cachorro mais velho, que agora falava por todos.

Padre Alfred latia de volta com tonalidade moderada. O cão mais velho deu uma ordem e todos os animais, no mínimo 15, se deitaram e fixaram os olhos seriamente no padre.

– Acho que vamos esperar algum tempo pela patroa – disse padre Alfred, dirigindo-se ao líder.

– É, no mínimo, cortês – respondeu o cão velho. – Afinal, temos uma ordem a cumprir.

– E eu também – retrucou padre Alfred. Olhou ao redor. Jamais vira tal beleza antes. Gramados verdes, como sedas franzidas, avançavam desde os muros e se elevavam de uma maneira imponente até uma mansão baixa, comprida, cinzenta, quase sufocada por carvalhos e lanços. Aqui e ali, canteiros flamejavam com flores vermelhas de outono, e algumas árvores eram quase estranguladas por videiras escarlates. Além da casa, a terra se enchia de hortas e caramanchões. Abelhas zumbiam na sua extrema pressa; os pássaros observavam o jovem padre. O silêncio era total, ensolarado e cheio de paz. As janelas distantes cintilavam como ouro.

– Uma pessoa poderia ser feliz aqui – disse padre Alfred ao cão mais velho.

– É verdade. Nós somos felizes. Todos, menos a senhora – respondeu o animal.

– Por quem devemos esperar – disse padre Alfred, experimentando.

– Por quem devemos esperar – confirmou o cão velho, tranquilo.

– Ah, bem – suspirou o padre –, entendo sua posição; mas estas pedras são infernalmente desconfortáveis.

O cão mais velho fungou com simpatia e seus companheiros o imitaram. Mas o velho cão ficou firme. Ali não haveria mudança. Ele era apologético; deve-se ser fiel às responsabilidades. De que outra forma poderia o mundo sobreviver?

– É claro – disse o jovem padre.

Ouviu um súbito som de risada feminina. Os cães logo se levantaram e se mantiveram atentos. O mais velho caminhou majestosamente para onde uma moça estava parada, à sombra de um enorme carvalho.

– Por que estavam latindo, meus cães tolos? – perguntou com voz suave e juvenil.

– Não estávamos latindo; estávamos conversando – disse padre Alfred.

– Perdoe-me – retrucou ela, zombando. – Soava inconfundivelmente como latidos.

– Então a senhora não entende os animais. Eles têm uma linguagem própria, e é burrice nossa nunca ter tempo de aprendê-la.

– Bem, bem – disse a moça –, o que temos aqui? Outro São Francisco?

– Nada disso. Mas tenho vivido com cães toda a minha vida e algumas vezes a sua conversa é muito interessante. – Padre Alfred perscrutou a figura magra debaixo da sombra intensa das árvores.

O cão velho disse:

– Devemos ter paciência.

– Tenho todo o tempo do mundo – respondeu o padre.

– Sobre o que estão vocês dois conversando agora? – perguntou a figura magra, indefinida.

– Estamos tendo paciência com a senhora – disse padre Alfred. Ele desejava que a moça emergisse da sombra azul-escura, de modo a poder vê-la com clareza.

– É mesmo? – disse a voz, um pouco fria.

– Por exemplo – disse o padre –, gostaria de vê-la e de conversar com a senhora. Não gosto de espreitadores.

– Nem eu – disse a sombra. – O que o senhor está fazendo em cima do meu muro?

– Esperando para falar com a senhora.

– Não falo com padres.

– É uma infelicidade sua, lady McLeod. Suponho que seja este o seu nome.

– Sim. E o senhor quem é? O padre de fraldas que acabou de chegar?

Padre Alfred considerou grave essa afronta.

– Tenho 22 anos... longe de ser um menino.

– Um pouco mais velho – concordou a sombra.

Houve um silêncio. O cão velho olhava para trás e para o padre, implorando mais paciência. O padre concordou, balançando a cabeça. As abelhas zumbiam. Os pássaros perguntavam uns aos outros o que estava acontecendo. O vento era fraco.

– A senhora não vai me convidar para descer?

– Por que o senhor não desce?

– Seus cães têm um dever. A menos que a senhora dê uma palavra, ficarão honrados em me despedaçar se eu pular para baixo.

A moça manteve-se em silêncio um instante. Então disse, numa voz estranha e macia:

– O senhor conhece a respeito de animais, não?

– Queridas criaturas de Deus – disse padre Alfred. – Ele deve ter um grande senso de humor, fantasia e alegria. Afinal, Ele fez o rouco papagaio com suas cores espalhafatosas. Deu ao cão um sentimento de honra e de humor. Deu dignidade aos gatos e deu gargalhada às gralhas. Enfeitou a lagarta com o arco-íris e deu extravagância ao touro. Falou ao nobre elefante sobre monogamia e fidelidade e informou o tigre a como usar suas listras para se proteger do inimigo. Explicou princípios seguros de acasalamento ao ouriço-cacheiro e ensinou às águias como treinar seus filhotes. Ele... – padre Alfred parou, pois ouviu um som de choro.

– O senhor fala como George – disse a jovem voz feminina, asfixiada em soluços.

– Talvez – disse o padre – George quisesse que eu viesse vê-la.

– Acho – disse o cão mais velho – que ela me dará a ordem para deixá-lo descer. Peço desculpas...

– Nenhum pedido de desculpas é necessário – replicou o padre. - Entendo perfeitamente.

A moça mandou que o cão mais velho ficasse quieto.

– Você viu? – disse o cão mais velho para o padre e se deitou. Os outros cães obedeceram à sua palavra.

O padre, cauteloso, desceu do muro. Os cães abanaram os rabos e observaram sua marcha. O cão mais velho trotou até onde ele estava e beijou sua mão humildemente.

– Belo rapaz – disse o padre, esfregando-o detrás da orelha –, gostaria que os homens fossem tão bons.

– Pare com este latido – disse a moça, emergindo das sombras. – Não é absolutamente clerical. – Ela parou diante de padre Alfred, bem mais alta do que ele, e mais esguia; muito mais esguia no seu leve vestido azul-claro, que varria a grama. Era como uma flor azul balançada pelo vento. Os cabelos dourados caíam despenteados nos ombros, como uma capa. Os olhos eram azuis, o rosto pálido contraído, belos lábios brancos e narizinho pontudo. Via-se ao redor dela uma aura de inquietação e agonia. Seu rosto se tornou convulso.

O padre precisou de um ou dois segundos para compreender que ela estava tentando sorrir para ele e que não estava apenas fazendo careta.

– Como vai o senhor?

Padre Alfred esfregou as nádegas.

– Parece que não consegui me livrar de todos os vidros.

A moça contemplou-o por alguns momentos e então riu alto, e os cães se levantaram de uma vez e riram com ela. Padre Alfred tocou o lugar dolorido e examinou o dedo. Não havia sangue. Aí ele riu também.

– Por que o senhor não tocou o sino? – perguntou lady McLeod.

– Se eu o tivesse feito, a senhora me teria deixado entrar?

– Claro que não – concordou ela, examinando-o meticulosamente com os olhos. – O senhor não me parece tão terrível – hesitou. – Gostaria de tomar um chá?

– Seria maravilhoso. Forte, claro.

Ela o guiou até a casa, e ele pôde ver como era magra enquanto o vestido azul balançava. O vento suspendia seus dourados cabelos compridos e revelava o contorno desfigurado das faces brancas e as marcas de sua dolorosa agonia ao redor da encantadora boca. Então essa era a "mulher-demônio" da aldeia, essa moça sofredora, essa moça atormentada e perdida. Os cães os seguiam, tecendo comentários entre si. O mais velho andava ao lado do padre, tocando-lhe a mão, ocasionalmente, com o nariz frio.

– É muito triste – disse o cachorro.

– É, posso perceber – retrucou o padre.

– Mas o que atormenta a humanidade, quem governa a terra? – perguntou o cachorro.

– Acredito – replicou o padre – que você vai ser poupado desse conhecimento.

– Vocês dois estão conversando de novo – a moça olhou por cima dos ombros.

– Estávamos apenas fazendo alguns comentários dolorosos – disse o padre.

– George – disse lady McLeod, continuando com a cabeça curvada – sempre falava com os animais. Exatamente como o senhor. O senhor fala, de verdade?

– É claro que falo.

A grama era como veludo sob o solado do sapato. O vento espalhava seu perfume. O sol era uma bênção, e uma promessa. A mansão cinza repousava sob esse emaranhado azul de sombras, a porta agora estava aberta e havia uma mulher carrancuda na soleira.

– Maggie – disse lady McLeod –, leve chá, bolos de aveia com geleia de morangos e algumas fatias de bolo inglês para a sala de visitas.

– Não ouvi a sineta – disse Maggie, olhando com afronta para o padre.

– Não a toquei. Passei por cima do muro – disse o padre Alfred, com um desejo humano de derrotar a mulher.

– Por cima... – começou ela e então olhou para os afetuosos cães.

Lady McLeod mostrou o caminho através do salão abobadado de pedras com suas janelas de vitrais, em direção a um cômodo ensolarado mais além, suave, cheio de pinturas e alegre com tapetes feitos à mão.

Como era de esperar, o cão mais velho os seguiu e se deitou sobre as botas do padre, contemplando-o com gratidão.

– Espero que o senhor possa ajudá-la – disse ele. – Mas qual é o problema?

– Deus o abençoou. Você nunca saberá, pois não é assassino.

– Ela tem um coração de ouro – disse o cão, após pensar um momento. – Ela nunca faria mal a uma coisa viva.

– Isto eu sei. Agora.

– Gostaria de saber sobre o que vocês estão falando – disse lady McLeod, que se sentara perto deles.

O padre estudou-a.

– Acabamos de trocar informações sobre a bondade de nossa anfitriã.

A moça abriu a boca ligeiramente e depois a fechou com um entalhe pálido de silêncio.

O chá foi trazido pela arrogante Maggie, que partiu com os calcanhares se chocando. Lady McLeod encheu uma xícara para o padre Alfred e, depois de pequena hesitação, encheu uma para si.

– Por que o senhor veio? – murmurou ela.

– Só por uma razão: conhecer a senhora, descobrir se posso ajudá-la.

A moça baixou o bule de prata e encarou-o.

– Ninguém, a não ser eu mesma, pode me ajudar. – Quando o padre respondeu, ela olhou-o apressadamente, com uma chama nos olhos azuis. – O senhor sabe tudo sobre o fato! – gritou.

– Sei o que tenho ouvido.

– George foi assassinado – gritou ela de novo.

– Também acho. Quero ajudá-la a descobrir o assassino e entregá-lo à justiça.

A moça colocou a xícara na mesa e recostou-se na cadeira, uma figura flácida de exaustão, muda e desesperada.

– Tenho tentado por um ano – sussurrou. – Quase toda noite.

– Através do pecado mortal?

Ela abriu os olhos para ele, largos e brilhantes.

– Não tenho cometido nenhum erro – disse, devagar e com calma –, exceto meu pecado mortal de ódio e o pecado da raiva. Ainda os cometo. Nunca terei paz enquanto não encontrar o assassino de George.

O padre olhou em direção à xícara. Acreditou nela. Então ela não havia cometido adultério, apesar de todas as histórias.

– E quando encontrá-lo – disse, suavemente –, irei matá-lo com as próprias mãos. Não haverá juiz nem jurados, não haverá enforcamento. Eu mesma o matarei. – Colocou as mãos no rosto, as mãos frágeis e quase tão transparentes quanto porcelana. – O senhor nunca conheceu George. Ninguém o conheceu, exceto eu. Ele era um santo.

– E um santo deseja que você encontre seu assassino? E que o mate com as próprias mãos? – O padre estava muito alarmado.

A moça deixou cair as mãos. Balançou a cabeça.

– Não. Ele quer que eu encontre o criminoso e o entregue à justiça. Mas a lei demora! Ele poderia escapar.

– O assassino não escapará à justiça de Deus.

A moça ficou em silêncio, mas sua boca pálida se contorceu em zombaria.

– Conte-me a respeito – pediu o padre. – Conheço a história; conheço o resultado da investigação. Sei o que a senhora testemunhou, que o seu marido lhe apareceu depois de morto.

A cabeça da moça caiu sobre o peito.

– Vi George outra vez – murmurou. – Ele ainda não conhece seu assassino. E não poderá perdoar, por isso não está em paz. Não sei se ele está no purgatório. Ele não me disse. Mas não está em paz. Teme por mim. Tem medo que eventualmente seu assassino... que eu venha a amá-lo e casar-me com ele. O assassino de George. E assim, há alguns meses, George me disse que nenhum trabalhador da aldeia, ou nenhum criado o havia matado, o havia coberto de terra, sem se confessar, na morte e na eternidade. Foi um dos nossos amigos. Aqui, pertinho, ao alcance da vista e do ouvido.

– Ah, poderia ser ilusão – disse o padre. – A senhora tem sofrido demais.

A moça balançou a cabeça de tal forma que seus cabelos dourados voaram como um redemoinho.

– O senhor não sabe! – gritou. – Desde o momento em que chegamos aqui, os homens...! Os jovens solteiros! Muitos deles vêm tentando de uma forma ou de outra fazer amor comigo! Olhe para mim agora, velha e branca, mas eles ainda vêm!

O padre olhou para o jovem rosto pálido, agora duro e furioso, mas ainda incrivelmente belo.

– Eles sabiam que eu nunca me divorciaria de George, não podia – disse a moça, em voz baixa e sussurrante –, por isso um deles decidiu matá-lo, para me deixar livre, de modo a poder casar de novo. Deve ser alguém que me quer e quer o dinheiro de George, alguém que não seja rico demais, e que não seja casado. Assim, faço meus jantares e meus bailes e cada vez procuro um homem diferente, dando-lhe tudo o que ele quer para beber, e ainda mais, então eu sussurro para ele ficar. E ele fica bêbado, embriagado, depois que os outros se vão. Aí converso com ele, gentil, amavelmente, falando que não amava George e que o amo. O senhor não pode compreender? – gritou ela, desesperada. – Uma dessas noites, um homem confessará. Quando estiver bêbado o suficiente e com a promessa da cama diante dele, e de casamento! Ele me dirá que o fez por mim!

Perturbado e assustado, o padre se levantou e começou a andar compassadamente, pensando. A mulher o observava, apertando e soltando as mãos. O cachorro o observava, ansioso.

Por fim, padre Alfred parou na frente dela.

– Alguma vez já lhe ocorreu, minha senhora – disse, com ar sombrio –, que sempre há amanhã e que o jovem se lembrará de que confessou? Um homem que matou uma vez, matará de novo. Ele só pode morrer uma vez. A senhora corre perigo mortal.

A moça deu uma risada furiosa. O cão tremeu. Padre Alfred não se mexeu.

– Perigo! – gritou. – O senhor acha que vou deixá-lo viver até de manhã? Vou matá-lo de imediato. Não tenho medo de pistolas, como George tinha!

– A senhora vai então se transformar numa criminosa – disse o padre. – Então, não vai nunca mais encontrar seu marido de novo. Nunca vai conhecer Deus, ou possuí-Lo; a senhora acha que seu marido quer que isso aconteça?

– Eu vou matar – disse calmamente a moça –, vou matar o assassino de meu George querido e que arruinou minha própria vida. Não haverá julgamento para ele. – Olhou súbita e ferozmente nos olhos do padre. – Algum homem já confessou para o senhor?

– Se tal tivesse ocorrido eu não poderia lhe contar.

Ela sorriu de forma estranha e balançou a cabeça.

– Então, ele não confessou. – Ela se levantou.

O padre não se mexeu.

– A Santa Madre Igreja não significa nada para a senhora?

– Nada significa nada para mim, nem mesmo Deus, enquanto o assassino de George estiver livre e seguro.

– A senhora, na verdade, tem cometido pecado mortal – disse o padre. – A senhora já é criminosa no seu coração.

Ela suspendeu as mãos, impaciente, e depois deixou-as cair. Sorriu, e não foi um sorriso verdadeiramente sadio.

– Quando eu o tiver matado, padre, me confessarei ao senhor, e o senhor me absolverá.

O padre não respondeu. Pegou o chapéu e olhou-a.

– Gostaria que a senhora me prometesse alguma coisa.

– Não.

– Gostaria que a senhora me prometesse que quando e se descobrir esse homem, contará a mim e ao chefe de polícia e deixará o assunto em nossas mãos.

– Não – disse lady McLeod.

O cão velho parecia ansioso e acompanhou-o até a porta.

– Há alguma maneira de poder ajudá-lo? – perguntou o cão.

O padre olhou-o com seriedade.

– Não sei. Realmente não sei. Mas rezarei enquanto isso.

O OUTONO ESCURO chegou, junto com o estrépito dos ventos, e o céu ficou baixo e sombrio. Veio o inverno, com neve e tempestades e alguns filetes de gelo pendentes dos telhados. Em poucas semanas seria Natal. As crianças patinavam nos pequenos lagos e entoavam cânticos, e padre Alfred discutia com o organista, que não gostava de canto gregoriano e queria música mais animada para os dias santos. As freiras estavam irritadiças, resfriadas, e padre Alfred se sentia deprimido.

Ninguém lhe confessara o crime no confessionário. Padre Alfred conhecia bem sua paróquia. Os nobres católicos vinham se confessar com mais regularidade quando se aproximavam os dias santos, mas nenhum homem confessou assassinato. Padre Alfred selecionou os nobres jovens e solteiros que não tinham vindo se confessar e fazia indagações a si próprio, noite após noite. Ele os via na missa, mas não na confissão. Refletiu com cuidado sobre cada um deles, em particular sobre aqueles que não tinham vindo à mesa da comunhão. Então concluiu que não havia nenhum assassino, exceto na conturbada mente de lady McLeod e na mente do chefe de polícia, e que lorde McLeod tinha realmente morrido de acidente. Padre Alfred rezou pela alma do jovem, morto na sua juventude e na plenitude de seu amor e colocou seu "fantasma" fora dos seus pensamentos.

Havia apenas 12 jovens solteiros, dentro de seus 20 e tantos ou 30 e poucos anos, entre as famílias católicas, as famílias do município. Padre Alfred fora convidado aos lares de seus pais, ou irmãs mais velhas ou tias, para jantares familiares. Era horrível pensar que algum desses homens finos pudesse ter cometido um crime, e o padre estava ficando cada vez com mais vergonha de si mesmo ao ser convidado às suas casas. Havia alguns solteiros mais velhos, superatraentes e efeminados, que o padre descartou como não tendo mostrado absolutamente qualquer interesse pelo sexo feminino. Um desconfortável pensamento o acometeu: o fato de haver homens na cidade que não eram católicos e portanto nunca viriam se confessar. Se um deles fosse o assassino, poderia nunca ser descoberto. De qualquer maneira, o padre conseguiu receber alguns convites junto a essas famílias, através de seu colega anglicano. Seus anfitriões e anfitriãs e seus filhos jovens e solteiros eram almas de serenidade, prolíficos em boas obras e sem nenhuma objeção ao "romano". Um número menor de nobres era de presbiterianos, e padre Alfred, em três meses, conseguira encontrá-los também, se um filho, solteiro e jovem, existisse na casa. Nunca encontrara pessoas mais finas.

Alguns dias antes do Natal, ele foi chamado para ministrar a extrema-unção a um homem muito velho. Começava a cair uma tempestade de neve, e ele pedalou com esforço a bicicleta para chegar logo em casa. Encontrou o chefe de polícia esperando-o na sua sala quente e pequena, assobiando alegremente para os periquitos em suas gaiolas douradas.

– Ah! – disse o policial, sorrindo. – Eu poderia ter lhe economizado todo o transtorno se o senhor tivesse me perguntado, mas não! O inspetor e eu estivemos lá antes do senhor. – Sorriu ele afavelmente ante a expressão desconcertada do padre. – Grandes mentes – disse o chefe de polícia de modo jovial e generoso – correm nos mesmos canais. Não há um rapaz que não tenha sido observado e investigado. Mas o senhor teve bons jantares, não é, e é agora querido por todo o município – deu um risinho e balançou a cabeça. – E que história é essa de o senhor andar falando com cães? Ah, tudo se torna público na cidade. Há alguns que dizem que o senhor é clarividente e há quem diga que o senhor tem o miolo mole. Ainda está lendo Sherlock Holmes, hein?

O jovem padre mudou bruscamente de cor e perdeu a paciência.

– Foi o senhor quem disse que lorde McLeod foi assassinado!

– E foi – disse o chefe, calmo. – Mas pensei que nas suas perambulações o senhor pudesse ter descoberto alguma coisa. Então?

– Não – disse o padre Alfred. – Chá?

– Não há nada mais forte? – falou o policial, piscando um olho.

Padre Alfred retirou sua preciosa garrafa de conhaque velho e copos pequenos. Os dois se sentaram de frente para o fogo e refletiram. Então o chefe de polícia disse, pensativo:

– Minha gata... Ela é bastante vidente. E o que os cães lhe disseram, padre?

Padre Alfred o olhou com ar suspeito, mas o policial estava de fato interessado, e por isso o padre respondeu:

– Estão preocupados com a patroa. Olhe, o senhor não crê que posso realmente falar com os cachorros...?

Mas o chefe de polícia balançou a cabeça.

– Eu falo com a minha gata, e ela é muito sensata. Quando penso seriamente nisso depois, acho que estou doido. Mas não estou, nem o senhor. – Hesitou. – Então, os cães estão preocupados com a mocinha. Eu também. – Encarou o padre. – Ela vai acabar levando uma bala se continuar dessa maneira.

– De que maneira? – perguntou o padre, espantado.

O chefe de polícia piscou de novo, sério. Ergueu dois dedos.

– Sou policial por mais tempo do que o senhor tem vivido, rapaz, e não sou tolo, embora eu mesmo esteja dizendo isso. Nem o inspetor é tolo. Sabemos o que ela está tramando e, parece, Sua Alteza também.

Padre Alfred ficou tão aturdido que reabasteceu os dois copos.

O chefe ergueu agora três dedos:

– Três de nós. É um mistério como o senhor entrou na mansão, o senhor parece tão suave, e jovem, e rosado no rosto. E gordinho. Mas ouvi a história. – Ele se levantou e espreguiçou. Não estava sorrindo. – Sou o chefe de polícia, e todos conhecem meu trabalho. O inspetor não está aqui. Mas há comentários das suas escapadas por aí. É um grande mistério para todos os policiais como os comentários viajam, sem nenhum sinal de comunicação humana. Jovem senhor, contenha-se na sua igreja, com os seus vinhos e com seus jovens. Deixe as investigações para mim. – Ele balançou um dedo magro no rosto do padre. – Eu tinha um rapaz de sua idade, morto na Índia. Não será nenhum prazer para mim encontrar uma bala no senhor, em alguma manhã escura, quando estiver espreitando.

– Eu não espreito – disse o padre com furiosa dignidade.

O chefe de polícia suspirou, balançou a cabeça e partiu. Todas as ansiedades e aborrecimentos voltaram a mortificar o padre Alfred. Escrevera várias vezes para lady McLeod, implorando-lhe que viesse vê-lo, e ela não havia respondido. Ele não voltou à mansão, pois isso traria uma pressão muito grande à gentileza dos cães. Não se faz isso a amigos. Ouvia histórias recentes sobre os acontecimentos na mansão, cada uma mais escandalosa, e finalmente foi obrigado a prevenir seu rebanho sobre o sério pecado de maledicência pelo prazer da maledicência e pela falta de caridade cristã.

A mansão estava escura na véspera do Natal e não havia festa. Um número considerável dos protestantes da aldeia desdenhava a celebração de Natal, assunto sobre o qual o padre Alfred e seu colega anglicano balançaram a cabeça com desânimo. Mas o Ano-Novo era um negócio diferente para todos os previdentes escoceses, pois não era necessário dar presentes, exceto um pedaço de arenque defumado ao entrar em uma casa. O novo ano avançava e logo chegou o deprimente fevereiro, com céus escuros e ruidosos, ventos barulhentos e fustigantes e longas noites frias.

Num dia particularmente ruim, o padre encontrou a arrogante Maggie em uma peixaria. De início, ela se recusou a reconhecê-lo, apesar de todos os sorrisos que ensaiou. Então ele se esgueirou de lado e disse em voz baixa:

– Como está lady McLeod? Tenho me preocupado com ela!

A mulher resfolegou, pareceu querer dizer alguma coisa, então fechou apertadamente sua grande boca cinzenta. O padre esperou. Ela deu de ombros.

– Está doida – disse ela e por um instante o padre viu apreensão e piedade nos olhos duros. – Não vai demorar muito... – Ela se virou abruptamente e saiu da loja.

Padre Alfred não conseguiu dormir naquela noite. Pouco antes da meia-noite, ele pôs um capote sobre a roupa de dormir, saiu a olhar na direção da mansão. Viu a cintilação distante de inúmeras luzes, irradiando-se contra o céu carregado e lúgubre. Parara de chover, mas o ar estava pesado e nublado, carregado de sentimentos perniciosos. O padre, suspirando, voltou para seu fogo baixo, à espera do sono. Então, com um tremor, ele adormeceu e a última brasa cintilou.

Começou a sonhar. Sonhou que ouviu uma forte batida à porta e um grito, mas quando foi abri-la não havia ninguém, nem mesmo uma sombra. Sonhou que voltava para o fogo. As pancadas recomeçaram, estrepitosas, e ele começou a acordar, com o som alto nos ouvidos e com o débil choro. Mas quando correu até lá, recordou-se do sonho da batida à porta, que provavelmente não existira, exceto na sua mente adormecida. Se não fosse pela confusa choradeira no degrau da porta, nem a teria aberto, embora já estivesse com a mão no trinco. Soava como um grito desesperado de criança, ou de um homem morrendo. Abriu de repente a porta.

O grande cão peludo preto e cinza da mansão estava lá, o chefe dos cães, o líder. Quando viu o padre, levantou-se nas patas traseiras e se atirou no seu peito, como se estivesse implorando, e o padre instintivamente agarrou-o nos braços e apertou-o com força. Então foi tomado por um sentimento de desastre.

O lampião do lado de fora, embora tênue, mostrava as patas do cachorro pingando sangue.

– Pobre rapazinho! – gritou o padre, e agarrando-o, como se fosse um irmão ferido, arrastou-o para dentro de casa para examiná-lo. O cão resistiu, choramingando, com os olhos aterrados rolando suplicantes, com a língua pendendo.

O padre examinou uma das patas dianteiras, enquanto as lamúrias do cão se tornavam frenéticas. Percebeu logo o que havia acontecido. O corajoso animal tinha, na verdade, conseguido escalar o alto muro de pedras da mansão; o valente coração havia ignorado os vidros cortantes do topo do muro. E então pulou para o outro lado e veio correndo procurar o padre.

Padre Alfred não perguntou como o cão soubera onde encontrá-lo, ou por que tinha vindo. E disse, alto e com calma:

– Sim, sim, irei já. Fique calmo, amigo. Preciso vestir alguma coisa e depois pegar a bicicleta.

– Venha, venha logo – choramingava o cão. – Ela está correndo terrível perigo!

– Eu sei – disse o padre, com o coração acelerado, enquanto punha as calças, depois as botas e por último a capa.

Correu para a porta, com o cão ao seu lado e parou, correndo os olhos pela sala. O atiçador da lareira! Era pesado, curto e largo. Foi até o abrigo, pegou a bicicleta e os dois, o homem pedalando e o cachorro, correram lado a lado para a mansão, como duas sombras silenciosas e desesperadas debaixo do céu agourento.

Não havia vivalma, nem mesmo um dos policiais. Não daria tempo para procurar um deles, o padre sabia, mas de que modo sabia, ele não podia explicar. Usava todo o fôlego que tinha para rezar. E o cão corria ao lado dele tão silenciosamente quanto a morte, ainda mais veloz do que ele próprio, apesar das patas sangrando, feridas.

O padre baixou os olhos para o cão e disse:

– Vou precisar de você. Você é melhor do que um exército.

Eles atingiram o muro. O cachorro, porém, correu ao longo do muro até um portão e esperou, arquejando ruidosamente no silêncio do escuro. Estava escuro demais para se enxergar qualquer coisa, mas os olhos do cão eram cintilantes e intensos, como acontece com os animais à noite. O padre experimentou o alto portão de ferro, mas estava trancado. Então começou a escalá-lo, o atiçador oscilando desajeitadamente no bolso da capa. Era mais difícil de transpor, realmente, do que o próprio muro. O padre ouviu um som arrastado abaixo dele e disse:

– Não, espere. Vou abrir o portão para você, se eu puder.

Ele estava empapado de suor, já na metade do caminho. Já podia ver as janelas superiores da mansão, todas às escuras. Teve um simples pensamento sobre por que os outros cães não estavam uivando e então descobriu. O líder havia ordenado que ficassem quietos. Quando atingiu o topo, pôde ouvir a respiração comprimida, e via o brilho dos seus olhos lá embaixo. Agora é a vez das estacas pontiagudas. Mas, pelo menos, não havia vidros. Ele rasgou a capa, as mangas, as calças para atravessar as estacas, e uma das mãos começou a sangrar.

Conseguiu ultrapassar e começou a descer depressa. Se pelo menos tivesse uma luz! Teve de tatear a fechadura na profunda escuridão. Ah! Era um ferrolho engenhoso, não uma fechadura, um ferrolho que só podia ser alcançado do lado de dentro. Puxou-o para trás com toda a força, pois era grosso e forte. O portão rangeu, abrindo um pouco. O grande cão, em um instante, empurrava-o com o corpo. Logo ele estava correndo em direção à casa com os outros cães atrás e, entre eles, tropeçando, ia quase voando o padre Alfred, com o atiçador balançando na mão.

A mansão estava toda às escuras, com exceção de uma comprida faixa de luz entre as cortinas, no primeiro andar. Padre Alfred correu para ela, tentando ver dentro do cômodo. Viu de relance uma parede branca, a borda de um retrato, a sombra avermelhada do fogo. Tentou a janela, mas estava fechada. Disparou para a porta, mas estava fechada também. Voltou para a janela e espatifou os vidros com o atiçador.

Escutou dois sons trovejantes e um lamento perto do ouvido, em seguida o uivo de um cachorro que aparentemente tinha sido atingido. Uma pistola. Então o padre subiu com dificuldade sobre o parapeito da janela e estava quase caindo dentro da sala quando ouviu outro som. A abertura da porta de fora, e então uma tênue faixa de luz e, naquela luz, a sombra de um homem.

– Pegue-o! – gritou o padre com energia para o velho cão. Este saltou sobre o homem, que emitiu um grito desesperado. Padre Alfred, satisfeito, entrou no rico cômodo.

Lady McLeod, num vestido branco, de seda e rendas, jazia com o rosto no carpete vermelho da sala, sem movimento, a cabeça dourada caída entre os braços jogados no chão. Gemendo, o padre correu e se curvou sobre ela e, temeroso, virou-a de costas; seu rosto estava lívido, os olhos fixos e arregalados, a língua parcialmente saindo da boca aberta. Havia manchas roxas ao redor da garganta. Tinha sido estrangulada. Rezando, o padre sentiu seu pulso, embora desesperançado. Era apenas perceptível. Ainda estava viva. Levantou a voz num grito alto pedindo ajuda, depois aspirou profundo e apertou a boca contra a da moça, para fazê-lo a respirar. Aos poucos, ele tomou consciência de vozes, gritos, luzes e ganidos de cães, mas sua atenção estava toda concentrada na moça. Apertou-lhe as costelas e soltou-as, e soprou o fôlego da vida dentro dela. Pelo canto dos olhos, vislumbrou cenas de saias turbilhonando e gritos chamando a polícia. Ouviu uma porta batendo, depois o chocalhar de arreios e as pisadas de cascos. Alguém, pensou com indiferença, havia finalmente chegado para ajudar.

Para dentro e para fora, sopro a sopro, uma lenta mas firme pressão nas costelas delicadas. Ele havia aprendido esse método de respiração artificial e já havia salvado muitos jovens de lagos e rios, na escola. Concentrou todos os seus esforços, todas as suas preces silenciosas, toda a extrema gratidão de que era capaz, para salvar essa vida. As costelas começavam a se contrair e a expandir um pouco, por sua própria conta? Ele não parou para ver. Inspirava e expirava. E mentalmente rezava.

Então os lábios frios e inchados debaixo dos deles começaram a se aquecer e mexer. Deu uma rápida olhada no rosto da moça. A cor cinza estava sendo substituída por uma sombra branca e mais clara. Os olhos fixos estavam fechados e os cílios dourados vibrando. O padre continuou até que a moça reviveu convulsivamente e se contorceu com a própria respiração; agarrou-a, expeliu-a. Ela fez isso várias vezes e então o padre percebeu que viveria. Tentou se levantar. A sala rodou ao seu redor e ele desmaiou.

De muito longe, depois de muito tempo, ouviu uma voz dizer:

– Está tudo terminado, mocinho! Aqui, beba isto. – Havia um copo frio nos seus lábios e, obediente, ele bebeu o conhaque. – Um mocinho corajoso – disse a voz do chefe de polícia, e outro homem respondeu.

– Sim, e ele é tudo isso, senhor – comentou outra voz masculina.

– Não o afogue ou o estrangule com isto, Bob. Deixe-o engolir devagar.

Padre Alfred engoliu devagar e agradecido, os olhos ainda cerrados, pois um enorme peso parecia estar em cima deles. Não sabia onde estava e apenas depois de tomar todo o conhaque, pôde observar para si mesmo: "O que é isto? Onde estou?"

Abriu os olhos dolorosamente para um clarão de muitos lampiões. O cômodo – que cômodo? – parecia fervilhar de homens e mulheres, embora realmente estivessem ali só o chefe de polícia, três policiais, o médico e dois empregados. Então o padre rememorou tudo e tentou sentar-se. Ele estava deitado, percebeu vagamente, em algum sofá comprido coberto com veludo verde. Tentou gritar, falar. O chefe de polícia pôs a mão em seu ombro e padre Alfred caiu para trás, fraco.

– Sua Senhoria está na cama – disse o chefe – com uma de suas criadas, que é enfermeira, e sob efeito de remédio. Vai ficar boa, rapazinho, antes que nasça outro dia. E foi o senhor quem salvou a vida dela! – acrescentou, com admiração. – Como é que conseguiu isso, afinal?

– Não fui eu – disse o padre em voz grasnante. – O cão veio me procurar e me falou – estremeceu involuntariamente. – O pobre cão valente! Onde ele está?

– Em seu canil – respondeu o médico –, convenientemente enfaixado e dormindo, acho. Então ele foi procurá-lo? Porque não conseguia entrar em casa e sabia-se indefeso contra uma pistola. E ainda há quem os chame de animais sem inteligência!

– O homem? – perguntou o padre após um momento, com medo.

O rosto do chefe de polícia escureceu com fúria e ódio.

– O cachorro estava segurando-o como a morte, com a ajuda dos outros, quando chegamos. É o jovem Laurance Highland.

O padre podia ter chorado. Laurance Highland, filho único de Sir William e lady Highland, o filho da sua idade madura. Os Highlands, católicos praticantes fervorosos, pessoas piedosas, boas, simples, generosas e caridosas. Eles amavam tanto o filho, rapaz alegre, bonito, sorridente, 26 anos, que nunca havia maltratado um ser vivo na sua vida, nem mesmo uma raposa ou coelho até a noite em que matou lorde McLeod, pelo amor de sua esposa.

O padre teve de ouvir tudo isso, mesmo quando repetia para si mesmo que nunca teria acreditado. Ele era o único de quem realmente nunca suspeitei. Não Laurance, que, em estado de pecado mortal, tinha recebido a sagrada comunhão devotamente todo domingo e que havia confessado só os mais leves pecados veniais. Por que ele fez isso? Para desviar qualquer suspeita que alguém pudesse ter dele, se é que alguém as tinha?

Aparentemente, nem mesmo lady McLeod havia desconfiado dele, pois foi o que ela sussurrou quando a levaram para a cama. Mas era solteiro e jovem. E também a tratava com deferência, respeito e cortesia, ao contrário dos outros, que insistentemente a cortejavam. Entretanto, esta noite ela o confrontou, como confrontou os outros, com bebida, depois com palavras macias, depois com amor fingido. E ele reagiu, e quase com orgulho disse-lhe o restante, pensando que, pelo que fizera, ela cairia em seus braços! Em seus braços embriagados, tateantes, com exclamações de amor!

Eles ficaram sozinhos na sala de visitas, depois que todos os convidados se retiraram e que os criados estavam dormindo lá em cima nos seus quartos, no sótão. Lady McLeod, rindo, e com ódio e crime no coração, desembaraçou-se dele com alguma desculpa e correu à sala de armas para procurar a mesma pistola que tinha acabado com a vida do seu marido. Voltou, para encontrar Laurance escarrapachado, sonolento, mas sorrindo, no sofá de veludo verde. E ela lhe disse que iria matá-lo.

Ele, decerto, fingiu estar mais bêbado e com mais sono do que realmente estava, pois deixou seu rosto ficar tonto e inexpressivo, levantando-se um pouquinho no sofá, mirando diretamente a arma apontada para ele. Era esguio e atlético. Daquela posição semi-inclinada, arremessou-se como um míssil sobre a moça, ela cambaleou para trás sob o impacto e deixou a arma cair. Então ele a agarrou pelo pescoço, no seu terror pelo que tinha revelado e começou a estrangulá-la até a morte, quando padre Alfred arrebentou a janela.

Ele teve uma visão da cabeça do padre, jogou a moça no chão, pegou a arma e atirou. Acreditando ter atingido o padre, por causa do uivo agudo do cão, ele correu para a porta, quando foi capturado pelo velho cachorro.

– Ele confessou tudo, e está agora na cadeia – disse o chefe de polícia. – E será enforcado. Não há mais luta nele, agora que seus pais sabem, que Deus tenha piedade das suas pobres almas.

– Mas como pôde o cachorro, aquele grande bruto, ter escalado o muro tão depressa e trazido o padre? – perguntou o médico, maravilhado. – Não é possível, naturalmente, mas o cão deve ter percebido, olhando a dona através da janela, que ela estava em perigo, muito tempo antes de Laurance ter confessado com orgulho, na sua embriaguez, muito antes de ela buscar a arma; muito antes de Laurance agarrá-la pela garganta. Não é possível...

– É tudo isso – disse o chefe de polícia, em tom solene. – Temos a prova.

O médico novamente balançou a cabeça, maravilhado.

– Nunca saberemos.

– É uma coisa maligna chamar um animal de bruto – disse o outro, com pena; deu ao padre outra dose de conhaque e depois, pensando bem, serviu-se, serviu o médico, e, após uma pausa, serviu os três homens. Eles deixaram o padre bebericar sozinho por um momento e imaginaram em que estava pensando. Pensava em como os Highland haviam sido bons para ele. Foram os responsáveis pela construção da escola paroquial no tempo do "velho padre". Eles, que eram tão generosos com as missões. Eram eles... Lágrimas encheram os olhos do jovem padre. Ele nunca tinha amado qualquer mulher, exceto a mãe, as três irmãs e uma velha tia. Em teoria, sabia que o homem às vezes matava por causa de uma mulher. Nunca encontrara o fato antes. No entanto, embora Laurance tenha matado por lady McLeod, ele tentara matá-la também. A sede de matar, então, era mais forte do que o amor.

O ser humano era completamente escuro de alma, vilão em seus pensamentos, traiçoeiro nas palavras e ação, mais bestial do que qualquer pobre besta, indigno de confiança. Todavia, alguém morrera por ele; alguém o havia considerado digno de salvação.

– Senhor, tenha piedade de nós. Cristo, tenha piedade de nós. Senhor tenha piedade de nós! – O jovem padre, as lágrimas correndo pelo rosto, murmurava suas preces, curvava a cabeça e juntava as mãos.

No dia seguinte, ele voltou para ver lady McLeod, tocando o sino do portão e sendo logo admitido pelo policial de serviço. Mas primeiro foi ver o amigo no canil e foi saudado com amor, risos e orgulho pelo animal enfaixado.

– Nós a salvamos. Nós dois.

O padre beijou a cabeça peluda e esfregou as orelhas ásperas.

– Não, você a salvou – respondeu.

Então foi visitar a senhora, que estava sentada na cama, com a garganta enfaixada.

Os olhos dela transbordaram lágrimas quando o viu e estendeu as mãos para ele; sua acompanhante discretamente saiu do quarto. Mas padre Alfred não aceitou a mão oferecida. Não ouviu as dolorosas palavras de gratidão sussurradas. Esperou até que ela terminasse. E então olhou firmemente em seus olhos.

Ela baixou a cabeça, juntou as mãos e sussurrou.

– Padre, dê-me sua bênção, porque pequei. Eu me acuso de tentativa de assassinato...

Ela fez uma confissão completa, embora vacilante, e depois um perfeito Ato de Contrição. E o padre a absolveu dos seus pecados.

– Contudo – disse padre Alfred aos seus amigos, ao redor do fogo –, se ela não tivesse feito o que fez, o assassino nunca seria apanhado. Era uma mulher corajosa. Mas, como disse São Paulo, agora vemos através de vidros escuros... ela se casou com um dos amigos de George dois anos depois e tiveram quatro lindas crianças.

– E o bom cão? – perguntou vovó.

– Ah, lady McLeod o deu para mim em gratidão, e ficamos amigos íntimos até ele morrer de velhice, em meus braços. Nunca tive melhor amigo ou mais compreensivo. E às vezes eu penso... é possível que George, lorde McLeod, estivesse certo, afinal.

9

Na noite seguinte, padre Weir, um alto e magro escocês, disse:

– Sempre penso na história do padre MacBurne e o chefe valente, que ele nos contou no ano passado. Aquele chefe era um déspota, me lembro bem, aquele chefe, mas um déspota benevolente. A gente imagina qual é o pior. Um déspota benevolente crê ser mais sábio que seu povo; um déspota cruel o despreza. Contudo, no fim, são a mesma coisa.

"Conheci uma vez um déspota cruel e ele era, naturalmente, o mais infeliz dos homens, pois a crueldade não está na natureza do homem, a menos que ele seja um demônio, e há tantos demônios!, para agredir seus semelhantes.

"Ian MacVicar era um déspota cruel, mas tinha alma, e por isso era desesperadamente infeliz. Era também orgulhoso e desdenhoso. Quase não tinha amor na vida. Mas devo lhes contar sobre ele."

Padre Thomas Weir e o problema da virtude

– Eu era realmente um padre muito jovem, ingênuo e acanhado, quando fui enviado para a minha primeira paróquia nas montanhas – disse o padre Weir. – Tinha na época um problema no peito e me disseram que me faria bem viver no campo e próximo do mar. Minha mãe encheu minha valise com pesadas roupas de lã que ela tecera e me despachou com dois pares de grossas meias nos meus pés e dois pulôveres no peito. Eu era magro como uma enguia, mas minhas roupas me engordavam. Cheirava a óleo canforado, pois minha mãe, que Deus dê descanso à sua alma, acreditava nele, e parti encharcado de óleo debaixo de uma camada de flanela vermelha... também no peito. Lembro-me bem do meu rosto, acima daquilo tudo, alaranjado e vermelho, os olhos tremendo de timidez.

"Estava todo temeroso, também, pensando em uma paróquia minha, sem nenhum superior para me salvar. Minha paróquia era pobre naqueles dias. Havia trinta famílias católicas, em uma aldeia de seiscentas outras. As outras eram presbiterianas escocesas. Sua ocupação era criação de carneiros e comércio, pesca para diversão e bebida, quando as pobres almas podiam se permitir isso, pois as noites eram longas e frias, e sequer havia lá um espetáculo de marionetes, fantoches, ou uma pantomima para trazer um pouco de alegria às pessoas. Ah, mas havia algumas brigas esplêndidas aos sábados; qualquer coisa servia, particularmente religião. Mas o domingo era morto, passado na igreja, ou dormindo, ou se recuperando das duras festividades do uísque da noite anterior.

"O escocês, se católico, não se aproxima de sua religião com o espírito de alegria e satisfação como faz seu irmão irlandês. Ele é tão obstinado quanto seu vizinho presbiteriano, e assim eu sabia que teria problemas, pois meu pai era um montanhês. Quando ele bate no peito na missa, ele o faz com austeridade, não como a pancadinha do inglês. Começa a tossir até o fim da celebração. O coro geme; não canta. O montanhês no confessionário é escrupulosamente autêntico; a ponto de ser excêntrico. Acho que poucos católicos escoceses estão no inferno; eles aborreceriam o próprio demônio, com uma permanente declaração dos seus pecados.

A aldeia era ainda pior do que o padre infantilmente esperava, em seus momentos mais depressivos. Ficava dependurada quase na beira de um grande penhasco, e todas as casas eram de monótona pedra cinzenta, com fachadas de palha ou ardósia e todas as pequeníssimas ruas calçadas, cinco ao todo, contornavam-se agarradas umas às outras. À direita da aldeia, subiam as colinas marrons cobertas de urzes lúgubres e ásperas, onde carneiros pastavam. Mesmo no verão, quando o padre Weir chegou, fazia muito frio, o sol raramente brilhava, o céu se juntava sobre a aldeia em pesados cobertores pardos. O odor do mar e dos pinheiros nunca abandonavam o ar sombrio e sempre em movimento, e adicionava à tonalidade sua própria melancolia. As cores predominantes eram o preto, o cinza e o marrom, que não eram iluminadas pelas florezinhas na luta para sobreviver naquele clima. O único centro de diversão era a taverna, chamada, sem nenhuma inspiração, "O Cardo". Em tudo ela era a mais desolada aldeia do que qualquer outra que padre Weir já vira. Era muito limpa e muito pobre. E também violenta.

A "igrejinha", chamada, claro, de Santo André, era tão pequena que parecia de brinquedo, e limpa e desolada por dentro. Mesmo o altar-mor era desolado, e o crucifixo tinha sido limpo tantas vezes que todo o dourado desaparecera e só a madeira nua permanecia. As imagens eram minúsculas, as toalhas de pano tecido em casa, ásperas, embora engomadas até se acabarem. O chão era de pedra, os bancos de madeira estreitos e inacreditavelmente desconfortáveis, os genuflexórios não acolchoados, bem como o parapeito de comunhão. Só havia uma janela de vitral. Essa, contudo, era estranhamente bonita e cara.

– O proprietário MacVicar a doou – disse a governanta em tempo parcial do padre, uma senhora gorda de meia-idade, coproprietária da taberna local, junto com o marido. Por um momento, o padre se alegrou. Um paroquiano rico o bastante para presentear a igreja com uma janela como aquela, não só tinha gosto como também era devoto e caridoso. A governanta arruinou suas esperanças observando que o senhor feudal não era católico.

– Então, por que ele fez isto, Sra. Logan?

A governanta deu de ombros e não respondeu. Sendo ele próprio um escocês, o padre sabia que não receberia mais informação dessa fonte. Ele seria capaz, dentro de um ano ou dois, de descobrir por que o senhor feudal tinha sido tão generoso e tão tolerante, mas duvidava. Em três anos seria mais provável, apanhando fragmentos de fontes diversas.

O presbitério consistia em um cômodo razoavelmente grande que servia de sala e gabinete, um quarto que mal dava para um cão pastor virar-se, e uma cozinha com paredes de tijolos e uma grande lareira, na qual era preparada a comida. A lareira era a única fonte de calor para a pequena cabana, e portanto, se não quisesse morrer congelado, o padre teria de deixar a porta da cozinha aberta todo o tempo. Isso não permitia conversa sigilosa na sala, e padre Tom suspeitava de que a Sra. Logan mantinha as orelhas em pé o tempo todo. Não havia nada de que uma mulher gostasse mais do que ouvir algo picante e malicioso, de preferência escandaloso. Os escoceses poderiam ser reticentes sobre informações sólidas, mas eram muito mexeriqueiros.

As paredes da cabana – isso é, os dois cômodos fora a cozinha – eram de desagradável madeira escura, sem iluminação. O padre dependurou seu grande crucifixo, onde deveria haver uma lareira, os daguerreótipos de qualidade duvidosa de seus pais, e uma litografia ruim e tosca do Sagrado Coração de Jesus. A mobília da sala consistia em um pequeno canapé não acolchoado (perto de onde a lareira deveria estar), duas cadeiras retas tão duras como um escocês congelado e uma mesa de madeira. Havia também uma pequena estante com alguns livros se desmanchando, a maioria em latim. Padre Tom colocou sua própria coleção de livros junto a essas relíquias e tentou sentir-se menos deprimido.

Sua família era pobre, mesmo para o padrão do povo de Edimburgo, mas tinha pelo menos se permitido alguns confortos, tais como um confortável colchão de penas. O jovem padre descobriu que a cama de sua casa era feita de pranchas de madeira, nas quais um colchão de palha, fino e que espetava, tinha sido estendido. Os cobertores pareciam feitos de crina de cavalo. Ele logo se sentou e escreveu à mãe para lhe pedir que mandasse seu velho colchão de penas e alguns cobertores. Teve outro pensamento: procurar lençóis. Não havia nenhum. Assim acrescentou lençóis à sua lista. Toalhas? Três antigas, marrons, parecendo panos de saco, e assim acrescentou toalhas à lista; esperava que a mãe não ficasse alarmada demais pelo seu cordeirinho, e então escreveu: "Esta não é uma aldeia rica, e gosto de minha roupa de cama e pequenos confortos." Tinha esperança que a mãe incluísse alguns de seus bolos e que o pai, um homem bondoso e antigo montanhês, mandasse uma garrafa de uísque. Ele ia precisar dela nas noites mais críticas.

Seus reticentes paroquianos não o visitaram em sua primeira noite, mas a Sra. Logan o informou de que eles tinham "servido" a despensa em sua homenagem.

Animado, pois tinha um excelente apetite, o jovem padre examinou a despensa. Ela continha um presunto bem pequeno, uma peça de carneiro, um saco de farinha de aveia, três vidros de geleia, um saco de batata, outro de nabo e uma caixa de couves-de-bruxelas um tanto murchas. Havia ainda um atraente saco de aveia, uma caixa de peixe defumado sequíssimo e duro, uma dúzia de ovos e um frango fresco, uma lata de chá barato e manteiga. Os paroquianos, como a Sra. Logan orgulhosamente informou, manteriam seu estoque de comestíveis, com o estímulo dela própria – e ele "não morreria de fome"! Agradecido, pensando no seu salário, o padre expressou sua gratidão. Então, notou duas gordas e bonitas garrafas do melhor uísque das montanhas.

– Ah, aquilo! – disse a Sra. Logan, com mais orgulho.

Era presente do proprietário MacVicar, que pessoalmente não tocava na caixa, sendo um abstêmio; ele o havia comprado na taverna por bom preço.

O Sr. MacVicar estava assumindo qualidades animadas e deliciosas. O padre iria visitá-lo quase imediatamente.

– Eu não faria isso, padre – falou a Sra. Logan, balançando a cabeça. – Ele não gosta de padres e católicos.

Então por quê? A Sra. Logan tornou a balançar a cabeça de forma intolerante. Agora o Sr. MacVicar se tornara misterioso e, como todos os escoceses, o padre adorava mistérios.

– Ele é um homem duro, mas um santo – disse a Sra. Logan, com loquacidade incomum. Um santo presbiteriano escocês era uma ideia peculiar, e o padre pensou sobre isso enquanto comia sua simples mas farta refeição de bolo de aveia, chá, uma fatia de presunto, geleia e um pedaço de bolo de sementes aromáticas, contribuição da Sra. Logan para a prosperidade geral do sacerdócio.

Dez pessoas, todos homens e mulheres velhos demais para serem muito curiosos, vieram às vésperas naquela longa noite. Se viram seu novo pároco, não deram sinais disso. O padre voltou para a sua cabana. Chovia pesadamente naquela noite fria. E a chuva veio ao longo dos beirais e desceu pelas janelas antigas e deixou poças no chão de laje.

– Não há muita coisa que o senhor possa fazer sobre isso, padre – disse a Sra. Logan, resignada. – A cabana é muito velha.

– Por que os homens não a consertaram? – perguntou o padre Tom, indignado, esquecendo a timidez autodesculpável.

– Bem, padre, eles consertaram, mas é uma casa velha, o telhado não vaza, só com o vento oeste.

Padre Tom se imaginou na sua casa durante todos os terríveis invernos do Norte, com o vento oeste. Não tinha dúvidas de que o vento de inverno soprava sempre do oeste nessa latitude, acrescido de um toque de gelo polar. A Sra. Logan, que na realidade tinha uma casa muito confortável, informou-o de que os homens "tinham estado bem ocupados" com os carneiros e ovelhas. Padre Tom, sentindo-se inusitadamente ao comando da situação, pela recente indignação que experimentava, disse:

– É bobagem o que a senhora diz, Sra. Logan. Os cordeiros já viraram carne agora.

Os homens tiveram tempo de sobra para consertar o telhado antes da chegada dele. O padre sabia o que os detinha: o custo. Ele, padre Weir, tinha uma doença no peito e não ia morrer por todos eles, por causa de uma ou duas libras. O calor na face e no corpo não diminuiu, e ele quase correu para a casinha de ferramentas atrás da igreja, à procura de uma escada. Encontrou-a, trouxe-a para a cabana, subiu nela e inspecionou o telhado inclinado. Ah, era o que havia pensado! Muitas ardósias grossas estavam faltando, pelo menos 15 delas, em lugares estratégicos. Examinou as outras; estavam boas. Seu pai tinha construído casas desde as fundações e lhe ensinara a arte de colocar ardósias, bem como rebocar paredes de tijolos.

Desceu animado da escada. Era uma bela manhã, fria, clara e brilhante, com um toque de outono no ar – e um frio vento claro soprando com força. Havia vinte pessoas na missa, a maioria velhos, mas já havia celebrado muitas missas em que ele, o coroinha e o sacristão ficavam a sós. Literalmente marchou para a cozinha, pediu um carrinho de mão e perguntou onde o comerciante de ardósia tinha sua loja. A Sra. Logan, que logo na noite anterior havia confidenciado que o novo padre era "jovem e não ia aborrecer, vou controlá-lo", ficou desconcertada com a coragem de padre Tom, que realmente era tão grossa quanto a massa de uma torta.

Parecia que o vendedor de ardósias, tijolos, pedras e cimento tinha a sua loja na mesma Bannoch Road em que ficavam a igreja e a casa paroquial.

– Vire à esquerda, padre – disse a Sra. Logan, muito chocada por ver o padre empurrando um carrinho pelas ruas.

Padre Tom se pôs a caminho, com o carrinho fazendo muito barulho, retumbando no calçamento. Havia pouquíssimas pessoas nas ruas. Os homens estavam trabalhando, as mulheres ocupadas em suas casas, as crianças ajudando ou brincando nos pequenos jardins. Contudo, padre Tom teve a singular ideia de que cada renda de cortina tremulava quando passava pelas casas, e estava, sem dúvida, certo. Os presbiterianos ficaram sobressaltados e balançavam as cabeças. Os católicos ficaram embaraçados e curiosos. A árida e nua ruazinha estava repleta da fria luz do sol, e havia um vento irritante. Padre Tom estava grato pelos dois pulôveres da mãe debaixo de seu hábito, e mesmo pela flanela vermelha – saturada com cânfora – no seu peito. Percebeu, de repente, que apesar da chuva na noite anterior e do frio, ele não havia tossido desde a chegada. Estava muito preocupado com esse sinal de melhora, tão preocupado de fato que o carrinho despercebidamente trombou com uma bicicleta no caminho e ouviu-se um grito alarmante.

Padre Tom parou imediatamente. Estava olhando suas mãos brancas, enquanto rodava, agradecido pela nova força, e por isso mesmo, não estava atento. Uma bicicleta, então, estava caída ao lado, no alto meio-fio e um jovem, baixinho, vestido de preto, estava sentado ao lado dela, após a colisão. Seu chapéu preto tinha sido atirado para fora da cabeça, e ele agora o estava escorando com o cotovelo e olhando seu estado com desânimo.

– Eu... sinto muito! – exclamou padre Tom, que sempre gaguejava, especialmente quando encontrava estranhos. – Eu não o vi... – Socorreu o homenzinho e foi saudado com um dos sorrisos mais doces que jamais vira na vida. O estranho parecia ter aproximadamente a sua idade, 22 anos, mas era muito menor e muito mais fraco. Tinha belos cabelos vermelhos, grandes e tímidos olhos azuis, uma boca generosa e o nariz grande do verdadeiro montanhês.

– Não foi sua culpa, senhor – disse de forma educada, enquanto padre Tom agitadamente o limpava com seu lenço. – Pelo visto o senhor é o novo padre.

– Bem, sim – disse padre Tom, enrubescendo. O outro jovem corava também. – Você seria um dos meus paroquianos?

O outro homem ficou ainda mais vermelho e, exatamente como padre Tom, gaguejou.

– Não, não... é... quer dizer... eu sou o ministro! – disse num esforço supremo, como se estivesse para engasgar.

Eles olharam um para o outro na sua intensa timidez, as faces enrubescidas. Então riram, de início comedidamente, depois com alívio, como se reconhecendo um irmão. Apertaram-se as mãos.

– Bruce Gregor – disse o ministro. – *Não* MacGregor! – Ele parou, e as joviais faces avermelhadas se tornaram muito firmes. – *Não* o clã de MacGregor!

Sua veemência surpreendeu padre Tom.

– Oh? – murmurou. – Não... não o clã dos MacGregors!

– Não – disse o ministro, dobrando os finos braços curtos sobre o peito e dirigindo um olhar desafiador para o rosto do padre.

– Eu... compreendo... – disse padre Tom, indeciso.

Os braços do ministro se desdobraram, suas faces se tornaram rubras, a boca tremeu e ele sacudiu um dedo para o jovem padre.

– Eu não seria um MacGregor nem para salvar minha alma! – disse e não gaguejou dessa vez. Seus olhos azuis cintilaram com paixão, pareciam se tornar úmidos e, de repente, um fogo saiu dele.

– O clã dos MacGregors é... é... um clã católico – disse padre Tom, encolhendo-se um pouco, como se pensasse ter sido insultado.

O ministro sobressaltou-se e a umidade aumentou nos seus olhos.

– Não é... não é... esse, rapaz! – falou ele, gaguejando. – Não, não esse. É o meu sogro. Um MacGregor.

Padre Tom ficou tão surpreso que ficou de boca aberta. Pensava que o ministro fosse recém-saído do seminário e tivesse menos de 20 anos. Contudo, era casado.

– Seu sogro... ele é católico, Sr. Gregor?

– Não esse. Receio que ele não tenha Deus. Não vem à igreja desde que casei com a minha Betsy. – Parou, numa miserável confusão.

– Valha-me, Deus – disse padre Tom, com simpatia.

O ministro tentou sorrir. Assoou o nariz num lenço imaculado, tão cerzido quanto o próprio lenço do padre.

– Não me importava se não fosse por Betsy, sua única filha – disse o ministro. – Ela fica com o coração apertado, e não tem mais que 17 anos – corou outra vez e olhou para os lados –, e com um pequenino mamador vindo aí, também.

– Valha-me, Deus! – repetiu padre Tom.

– Oh, mas não vou segurá-lo, senhor – disse o pequeno ministro, envergonhado de sua súbita paixão. Olhou para o carrinho.

– Ardósias – anunciou padre Tom. – A casa tem goteiras.

O Sr. Gregor balançou tristemente a cabeça.

– Como a nossa. Panelas e potes no quarto de dormir. – Achou que tinha dito alguma coisa ligeiramente indecente para o seu irmão celibatário e ficou logo enrubescido de novo.

– E não há ninguém para consertar sua casa? – indagou padre Tom que julgara que a maioria dos ministros vivia com conforto.

– Ninguém – respondeu o ministro. – É tão difícil agora que Betsy e eu nos casamos. Não há outra igreja no lugar, e apesar da frequência, há muito pouco no prato de coleta agora. É tudo culpa dele; ele dirige o mald... o lugar. E não há saída daqui ainda; minha primeira congregação. Bom Sr. MacVicar!

– Ah! – exclamou padre Tom. – O que colocou a janela na minha igreja? E me deu um bom uísque, também!

O ministro anuiu.

– É a maneira de zombar de mim – sorriu Bruce, deprimido. – Peça ao esplêndido velhinho para colocar um telhado na sua casa e ele mandará seus homens correndo antes que o sol se levante amanhã. Não que ele o ame, mas é só para zombar.

Padre Tom pensou, surpreso. Então olhou para o carrinho.

– Quinze ardósias... de quantas você precisa na igreja?

– Mais ou menos a mesma coisa. E onde nós vamos arranjar os homens para fazer o trabalho?

– Eu próprio o farei.

– Você? – O ministro estava inteiramente espantado.

Padre Tom não pôde evitar levantar o queixo com orgulho.

– Não é difícil. Meu pai me ensinou.

Um ligeiro toque de inveja sombreou a voz infantil do Sr. Gregor.

– Um homem de qualidades, hein? Bem, um bom dia para você, senhor, e talvez possa tomar chá comigo e Betsy no domingo!

– Tenho um presunto grande – disse padre Tom. – Irei, se puder levar um pedaço de presunto. Não conseguirei comê-lo sozinho, e ele pode estragar.

O jovem ministro pareceu logo ficar com fome. Montou na sua bicicleta.

– Minha Betsy faz uma bela torta de groselha – vangloriou-se. – Vamos esperá-lo – fez uma pausa. – O Bob Velho, é, ele vai enganá-lo, se não tomar cuidado. Pechinche com ele.

Todas as cortinas da rua estavam se mexendo. O sol frio cintilava nas janelinhas reluzentes e rolos de fumaça subiam de chaminés de pedra, de encontro a um céu azul furiosamente batido pelo vento setentrional. O troar do carrinho ecoava no total silêncio. Padre Tom alcançou a loja de Bob Velho ao virar a Bannoch Road, que era também o fim da aldeia. Pilhas de ardósia, montes de madeira e grande quantidade de tijolos se acumulavam no chão, e havia um cheiro de serragem no ar e mau cheiro de estrume de cavalo. Dois cavalos, de fato, estavam amarrados ali perto, e o próprio Bob Velho estava em uma cadeira de balanço fumando seu cachimbo, à espera de fregueses. Era gordo, largo e alto, com cabelos brancos e um grande bigode branco; usava uma grossa jaqueta e um boné de *tweed*. Os olhos eram muito azuis e penetrantes, e se abriram com espanto ao ver o jovem padre com o seu carrinho. Então se levantou, rispidamente, tirou o boné, relutante, e se afastou nos calcanhares.

– Você deve ser o novo romano – disse sem qualquer saudação.

Padre Tom sempre recuava com qualquer ato brusco e sempre corava com uma observação rude.

– É o que eu sou – disse. Subitamente, sem que soubesse a razão, endireitou as costas. – Vim comprar ardósias. Trinta delas.

– Ardósias? – perguntou Bob Velho, como se nunca tivesse ouvido a palavra antes.

– Ardósias. Estão bem ali, se o senhor olhar.

O rosto largo e desgastado do velho se escureceu, mas padre Tom mirou-o firmemente nos olhos.

– Ardósias – disse Bob Velho, apressado, e mostrou com o pé uma pilha delas e ficou parado à espera. Soprou com violência o cachimbo, e uma nuvem azul quase escureceu seu rosto.

Padre Tom soltou o carrinho e examinou as ardósias com ar crítico. Balançou a cabeça.

– Não servem nem para uma casa de bonecas – disse, esfregando o dedo na borda de uma delas. – Desintegram-se com a primeira neve. Não tem melhor?

– Está insultando minhas ardósias? – interpelou Bob Velho.

– Estou sim – disse padre Tom, surpreso com a sua própria atitude. – Se não tem melhores, vou a outro lugar.

Bob Velho resmungou qualquer coisa, que o padre suspeitou ser uma enorme obscenidade. Então mostrou outra pilha.

– E Vossa Senhoria poderia se dignar a examinar aquelas?

"Sua Senhoria" gastou tempo examinando as ardósias melhores. Eram boas. Mas padre Tom era escocês e se preparou para o combate.

– Não são tão boas quanto as de Edimburgo.

– E como Vossa Senhoria pode saber?

– Sua Senhoria conhece tudo a respeito de ardósias.

– Ah, bem! – disse o Bob Velho. – Duvido.

– Trinta ardósias – disse padre Tom. – Isto dá seis xelins para o lote.

– Você está doido? – gritou Bob Velho. – Eu...

– Pagou por atacado – disse padre Tom, com uma pose de fadiga. – E o senhor mesmo as cortou, também, sem dúvida.

Bob Velho colocou as mãos na larga cintura e ameaçou:

– Se você não fosse um ministrinho ou tal coisa, eu ia rebentar seus miolos, rapazinho.

Os dois se olharam como inimigos. Aí Bob Velho disse:

– Dez xelins.

– Seis, e seja rápido com isso, ou serão cinco.

– Nove! – gritou Bob Velho, ficando roxo.

– Cinco – retrucou padre Tom.

Acertaram nos sete xelins, e Bob Velho penosamente carregou as grossas ardósias no carrinho. Experimentou uma das alças e ficou logo feliz com o peso. O "romano" ia ter um trabalhão levando aquilo ao longo do calçamento de pedra! Que desloque as malditas costas. Padre Tom tirou os sete xelins da sua magra reserva.

– Você é pior do que um judeu – disse Bob Velho – para pechinchar.

– Deus tenha pena de um pobre judeu que pechinchar com um escocês – retrucou padre Tom, sério. – Vocês têm judeus nesta aldeia, então?

– Nem um! Nunca vi um.

Padre Tom balançou a cabeça.

– É sempre o estúpido que insulta o estúpido. Um bom dia para o senhor, e cuidado com a língua no futuro.

Estava tão aturdido com a sua nova maneira de ser, descoberta apenas naquele dia, que não ouviu as imprecações do velho, que o acompanharam. Meditou no seu novo eu durante todo o cansativo caminho de casa. Tinha Deus lhe concedido uma nova graça? Era ainda demasiado jovem para saber que se tornara forte ao encontrar Bruce Gregor, ainda mais jovem que ele, mais vulnerável, mais acanhado e mais tímido do que ele mesmo, e necessitando muito de proteção e simpatia. Suava profusamente quando encostou o carrinho na casinha e descarregou-o. Limpou o rosto, abanando-se com o chapéu surrado, e olhou para o telhado. Duas horas de trabalho, no máximo. Esquecera-se por completo da sua doença. Entrou em casa para fazer a refeição, uma fina fatia de presunto assado, purê de batatas, purê de nabos, bolos de aveia, manteiga e chá. Comeu com novo vigor, e a Sra. Logan dedicou-lhe um sorriso natural de aprovação. Então, ela suspirou.

– E quem o senhor vai arranjar para colocar as ardósias, padre?

Padre Tom tomou um grande gole de chá.

- Eu mesmo.

- O senhor mesmo!

- Sim, senhora.

A Sra. Logan ficou escandalizada.

- O senhor está brincando, padre!

- Não estou brincando. Posso fazer um bom trabalho. Meu pai me ensinou.

A Sra. Logan jogou as mãos para cima.

- Mas padre! O escândalo!

- Não há nada de escandaloso no trabalho honesto, Sra. Logan - respirou forte. - Macacos me mordam se eu morar debaixo de um teto com goteira! - Estava começando a se espantar com sua reação, e com sua irreverência. Levantou-se até toda a sua altura, que não era nada pequena.

- Nosso Senhor não pediu aos grandes nas cidades para fazer o seu trabalho. E ele próprio era carpinteiro.

Ele estava com uma agradável sensação de cansaço e foi tirar um cochilo no seu minúsculo quarto, despojado como uma cela, e teve o sono mais profundo e suave de sua vida. Quando acordou, havia quatro velhos senhores aguardando-o para discutir assuntos da igreja e para informá-lo sobre a aldeia. Deu-lhes um pouco do uísque do Sr. MacVicar, aceito com prazer e timidez, e bebeu também um gole. Não se recordava de ter se sentido tão vigoroso desde a infância.

- O *squire* MacVicar - começou um dos velhos, balançando a cabeça com orgulho - é um homem justo. Um santo.

Agora padre Tom podia satisfazer sua curiosidade. O Sr. MacVicar tinha o mais fino carneiro da região e muitos rebanhos e empregava muitos pastores. Era também o proprietário de metade da aldeia. Possuía os ricos pastos distantes 5 quilômetros e tinha rendimentos das tavernas de seis vilas. Era também "investidor", o que padre Tom tomou ao pé da letra para significar que ele tinha propriedade e ainda dinheiro e ações em Edimburgo, seu lar original. Viera para cá na juventude por causa também do problema no peito. Agora, era praticamente o senhor da aldeia e das vizinhanças, e era também altivo em sua aparência senhoril.

Ele havia fundado e estabelecido uma escola gratuita e era até recentemente – o velho tossiu – quase o inteiro apoio de sua igreja. Mantinha suas casas "bem-conservadas" e estabelecera um fundo para o apoio das pessoas velhas, outro para os doentes e indigentes temporários e fornecia todos os gansos da aldeia no Natal e todos os seus presuntos ou cordeirinhos para o domingo de Páscoa. Não fazia diferença entre presbiterianos e católicos. Embora deva ser admitido, disse outro velho, que ele não tinha amor para aqueles que chamava "romanos". Ocorria justamente o contrário. Era um homem justo, piedoso, econômico e caridoso, embora genioso, quando contrariado.

– Se já houve alguma vez um homem sem pecado, padre, este é o Sr. MacVicar.

O Sr. MacVicar não fumava nem bebia. Ele vivia simplesmente em uma casa "rua abaixo", não diferenciada das de seus vizinhos, exceto pelo grande jardim, os móveis e as cortinas. Sua vida era austera, quase rigorosa. Pagava salários extraordinariamente altos e esperava, assim como recebia, bom trabalho de volta. Ele era "rigoroso" com os pecadores, os preguiçosos, os beberrões e os fumantes. Exigia que os outros vivessem tão puramente quanto ele, exceto os católicos, os quais ele há muito tempo tinha resolvido que eram moradores da Escuridão Externa; contudo, tanto "fazia" para os católicos como para "sua própria gente". Justo. Firme. Severo. Inatacável. Todos os velhos concordaram.

– E a sua esposa? – perguntou padre Tom com um rosto inocente.

Eles balançaram a cabeça. A pobre senhora morrera há dez anos. Havia uma governanta na casa, e um jardineiro para o jardim e trabalhos externos.

– E nenhum filho? – perguntou padre Tom, mais inocente.

Só uma filha. Os velhos senhores não se mexeram nas suas cadeiras duras, mas sutilmente pareceram se contrair juntos, como se em defesa do proprietário. Betsy MacVicar, uma garota adorável, que não casara bem.

– Triste, triste – disse padre Tom, encorajando e habilmente reenchendo os copos. Os velhos senhores piscaram eloquentes olhares, beberam o uísque e nada disseram por um certo tempo. Então o mais loquaz, com a face envelhecida corada pelo uísque, falou.

A filha do Sr. MacVicar havia desposado o jovem ministro da igreja presbiteriana. Eles tinham fugido para a Gretna Green quando o pai de Betsy recusara consentir.

– E o que ele tinha contra o ministro? – perguntou padre Tom.

Eles se entreolharam de forma desconfortável. Bem, parece que o pai dela não gostara do ministro desde o princípio, quando ele ali chegou, menos de dois anos atrás. "Um rapaz mole", eis como o proprietário o chamara, e ele não gostava de rapazes assim. Além disso, o ministro era "muito pobre", sem bens, e não podia nunca decidir-se a "falar aberto", mesmo aos mais rabugentos da sua congregação (e quando um escocês é rabugento, pensou padre Tom, ele pode fazer o próprio diabo balançar de inveja). O jovem ministro não provinha da classe alta, como o Sr. MacVicar, herdeiro de considerável fortuna. O pai dele tinha uma loja simples de calçados em Glasgow e era um morador de fronteira, o que queria dizer, naturalmente, que havia mais do que suspeita de sangue *sassenach* na família. O ministro protestou que era puro montanhês, e fora apenas por acidente que seus pais foram para Glasgow, mas o proprietário não acreditou nele e assim a aldeia também não. Era evidente que aquilo de que o Sr. MacVicar proprietário não gostava, todos os seus vizinhos automaticamente não gostavam.

Mesmo antes do casamento, o senhor feudal havia tentado remover o Sr. Gregor. Mas as autoridades em Edimburgo eram tão inflexíveis e teimosas quanto ele próprio. A aldeia era pequena, e o Sr. Gregor era um jovem de caráter impecável, disseram, duramente. Era sua primeira paróquia, e as autoridades insinuaram claramente que, se ele sobrevivesse nessa aldeia, sobreviveria em qualquer lugar. Em suma, eles não tinham uma opinião muito boa do proprietário e da aldeia, o que era pura maldade. (Padre Tom teve uma súbita simpatia pelas "autoridades" de Edimburgo, independentemente de quem fossem.)

Assim, nessas circunstâncias, disseram os velhos senhores, o *squire* não podia ser culpado por retirar apoio da igreja presbiteriana, e a congregação dava o mínimo possível para o sustento da igreja, do ministro e de Betsy. Ela tinha feito sua cama, Betsy, e podia deitar nela. Os velhos concordaram de maneira solene. Padre Tom era muito jovem e muito bondoso. Ele quase sentiu o primeiro ódio de sua vida contra o Sr. MacVicar. Não tivesse encontrado o Sr. Gregor aquela manhã, e poderia ter sido muito crítico como esses velhos e teria falado de desobediência aos pais, e coisas assim. Mas havia encontrado o Sr. Gregor e, naquele momento, havia sentido uma simpatia fraternal por ele, e um vago desejo de ajudá-lo de alguma maneira.

O proprietário pretendera construir um novo presbitério para o ministro, mas quando conheceu o Sr. Gregor, imediatamente retirou a oferta. Seu dinheiro não iria abrigar um rapaz sem qualidades perceptíveis, sem família e sem bens. O proprietário era do clã de MacGregor, por parte de sua mãe. Padre Tom levantou a cabeça, alerta, pois seu pai fora um verdadeiro montanhês, com um vago parentesco com o clã. Padre Tom sentiu que seu rosto fino começava a queimar, com animação.

– A mãe do senhor feudal era católica, então?

Os velhos pareceram vagos. Bem, não haviam conhecido os pais do proprietário. Ele não era muito jovem quando chegou aqui. Tinha pelo menos 30 anos. Depois de ter se estabelecido na aldeia, o que levou cinco anos, foi a Edimburgo buscar uma esposa e trouxe sua mulher para casa.

– Uma encantadora mocinha, como Betsy – disse um dos velhos. – E com pouco mais da metade da idade dele. Ele esteve a ponto de morrer quando ela faleceu.

O proprietário, que tivera um amor excessivo por Betsy antes de sua mulher morrer – sua filha única –, tornou-se obsessivo com ela depois. Não havia nada bom demais para Betsy. Ela fora para uma escola, uma excelente escola em Edimburgo, onde morava com a cunhada do Sr. MacVicar, tia dela, uma viúva muito rica. Trouxe a filha para casa quando terminou o curso e pretendia levá-la ao exterior dois meses depois. Aí ela se apaixonou pelo jovem ministro e se casaram com urgência. O pai, disse o velho, ficou completamente louco por algum tempo. Então começou a vingança contra a filha e seu marido.

– Que homem bom! – disse padre Tom com ironia.

Mas os velhos senhores o levaram a sério, balançavam a cabeça em coro dizendo "sim". Fosse ele católico e seria inevitavelmente chamado de santo e decerto canonizado no futuro. Pena que não fosse católico.

– Eu acho – disse padre Tom, suprimindo sua cautela escocesa – que a Igreja sobreviverá sem tê-lo como fiel.

Isso deixou perplexos e confusos três dos velhos senhores, mas o quarto olhou astutamente para o jovem padre. O padre não parecia tão terno, mas o que ele queria dizer com aquela tímida observação? Havia um rasgo de maldade naqueles olhos, também. O velho começou a rir. Ele gostava de um rapaz espirituoso e havia pensado a princípio que ao jovem padre, infelizmente, faltava aquela virtude recomendável.

O padre perguntou se o proprietário gostava do ministro anterior ao Sr. Gregor. Outra vez os velhos trocaram olhares enviesados. Bem, não. O proprietário não gostara de nenhum dos dois. Nem do anterior aos dois. Ele os havia desencorajado também, mas era culpa deles, não do proprietário. Rapazes fracos. Displicentes. Sem caráter. Padre Tom balançou a cabeça severamente para si mesmo. Estava começando a formar uma boa ideia sobre ele: *squire*. Na aldeia não havia irmãs de caridade. As crianças católicas frequentavam a boa escola gratuita do proprietário, e a nenhuma das crianças protestantes era permitido zombar delas. O padre, naturalmente, deveria ensinar às crianças o catecismo. Com o tempo, e com o crescimento das famílias católicas, as irmãs viriam. Padre Tom esperava, um pouco cruelmente, que isso não acontecesse tão cedo. Irmãs invariavelmente tomam conta de uma paróquia e a dominam.

Então, um velho disse que o proprietário tinha realmente oferecido ao "velho padre" um convento para as freiras, mas que, por alguma razão, o "velho padre" tinha recusado de forma polida. Isso despertou o interesse do padre Tom; o velho, entretanto, não teve explicação.

Padre Tom quis saber o que o padre da aldeia mais próxima, com muitas famílias católicas para justificar a presença de um padre, pensava do Sr. MacVicar.

– Um santo! – disseram os velhos, já no degrau da porta.

Padre Tom decidiu não visitar o seu irmão em Cristo por algum tempo. Sua teimosa maldade escocesa tinha sido despertada em favor do jovem Sr. Gregor e de sua novíssima esposa, que estava grávida. Havia um pensamento vago pairando como uma abelha em sua mente.

Havia apenas quarenta crianças católicas na aldeia, e as idades variavam de um mês a 12 anos. Só 16 frequentavam a aula de catecismo. As famílias católicas eram, na maioria, de meia-idade ou mais velhas. As mais jovens não criavam mais filhos do que os vizinhos protestantes. Dentro de poucos dias, padre Tom já estava estabelecido na sua paróquia e tinha encontrado toda a sua gente. Não podia entender a si mesmo, e ficou maravilhado. De onde tinha adquirido essa nova força, esse novo ânimo, esse novo senso de autoridade? Ele escreveu aos pais. "Não tossi desde que aqui cheguei. O ar é muito saudável, embora frio. Tenho ótimo apetite, e estou muito animado. Os senhores não me reconheceriam." De fato, o jovem padre não estava conhecendo a si mesmo.

Uma sexta-feira à tarde, trouxe a escada para fora, encheu uma cesta com ardósias e subiu no telhado inclinado de sua casa. Era estranho, pensava, enquanto martelava e cortava, que ninguém parecia se preocupar. Um martelo ecoava para cima e para baixo na rua. Não soube, até mais tarde, que tinha escandalizado sua própria gente e embaraçado os protestantes, que achavam "totalmente horrível" para um sacerdote ficar se arrastando e pregando em todo lugar, sem o casaco e com o pulôver arregaçado. Ninguém, naturalmente, se ofereceu para ajudá-lo ou para fazer o trabalho. Os homens estavam "muito ocupados" e muito cansados à tarde. Além disso, havia má-fé, tanto entre católicos quanto protestantes. Eles o justificavam dizendo a si mesmos que o sacerdócio deveria estar acima do desejo de ter um telhado arrumado. Os velhos profetas e homens santos tinham vivido em cavernas no deserto ou em florestas, e não pensavam em nada disso, tendo as mentes fixas só em Deus. Quando a Sra. Logan repetiu essa opinião ao padre Tom, ele disse: "Os velhos profetas e os homens santos viviam em climas quentes e não em lugares esquecidos por Deus, como este. Não terei uma goteira sobre a minha cabeça no inverno."

Bob Velho expressou sua opinião de que o novo padre era um opressor dos pobres e não pagava salários e, além disso, era sacrílego e não tinha nenhum respeito pela sua vocação. Se é que se pudesse considerar que ser "romano" é ter vocação. Ele havia roubado suas ardósias. Isso era um exemplo do que os "romanos" fariam, se algum dia tomassem o controle da Escócia outra vez. Seus amigos concordaram, embora duvidando que Bob Velho pudesse perder alguma coisa nas ardósias.

O bom tempo claro estava se mantendo; as cabanas de pedra ao longo da rua refletiam o sol como vida, as pedras escuras do calçamento cintilavam; o céu tinha a linda aparência de uma água-marinha polida. Mas ninguém estava por ali. Padre Tom assobiou umas dolorosas baladas a respeito de donzelas perdidas e pais cruéis e depois mudou para baladas ainda mais dolorosas sobre um jovem valente marinheiro perdido no mar. Quanto mais trágica a balada, mais feliz ele ficava, enquanto sentia todos os seus músculos se espicharem elasticamente no trabalho e o vento frio encrespar-lhe os cabelos. Como todo mundo sabe, o verdadeiro celta revela seu contentamento cantando os mais desastrosos acontecimentos da vida. E quando sua garganta lateja mais forte que seu coração é mais feliz, um assunto que um simples *sassenach* possivelmente não podia entender.

O telhado era muito inclinado, mas o jovem padre Tom deslizava para cima e para baixo, sentindo-se mais estimulado pelo movimento, com os calcanhares e dedos dos pés escorando nos beirais como alavanca, com os joelhos agarrando as ardósias como apoio. "Ah", pensou, "a santidade é entrelaçada com trabalho árduo. Trabalhar é rezar". Cantou uma canção particularmente assustadora, que tinha a ver com a morte de uma criança nas ondas apressadas do mar, e que ao pôr do sol ela podia ser ouvida chamando, chamando, chamando... Alegremente, o martelo ia se tornando mais animado e os olhos do padre cheios de lágrimas, enquanto pensava naquele lamento isolado e infantil, e o pó azul e vermelho descia.

Estava tão absorto que não ouviu o ruído dos cascos de cavalo nas pedras, e não ouviu o ruído cessar, nem viu o cavaleiro sentado abaixo dele, observando-o com interesse. Quase perdeu o equilíbrio quando uma voz alta e sardônica disse:

– Não me admiro que a moça não volte para casa, com uma canção como aquela para consolá-la, e com tal canto.

Padre Tom, na metade do caminho, curvou-se pesado sobre as ardósias e olhou com cuidado por cima dos ombros. Logo percebeu quem era aquele homem alto, grisalho, vestido de *tweed*, pois se lembrou da frase que a Sra. Logan e os outros tinham usado: "um homem altivo com um ar altivo". Seu rosto de imediato se tingiu com vários tons de vermelho. A boca se abriu de modo infantil.

– Uma fina ocupação para um padre – disse o homem altivo, com os olhos como pedaços de pedras pálidas e polidas.

O coração do padre Tom bateu um pouco descompassado de embaraço, mas logo ficou aborrecido:

– O senhor conhece uma melhor, talvez? – disse, sem gaguejar.

A Sra. Logan afastou a cortina e examinou o Sr. MacVicar com horror, e por um momento pensou que ele trazia um sorriso diabólico no rosto. Mas estava também envergonhada pelo padre.

– Tal como rezar pelas almas com as velhas... vigário – disse o proprietário.

– E tal como rezar pelas almas dos velhos... se essas não estão perdidas – disse padre Tom e se lembrou que deveria se arrepender dessa resposta inteligente muito mais tarde.

O homem deu um sorriso irritado, mas seus olhos assumiram uma rigidez de pedra. Ele continuou:

– Não perdemos nosso espírito no claustro.

– Eu tenho um bom pai – disse o padre, imaginando se seria um pecado se sua cesta de ardósias escorregasse e caísse como folhas em cima do cavaleiro, cujo cabelo era tão preto como carvão e cujo casaco parecia do melhor cetim.

O Sr. MacVicar pensou a respeito, com o rosto escurecendo a cada momento.

– E o que quer dizer com essa observação? – perguntou finalmente.

Padre Tom refletiu. Ele não estaria fazendo ao pequeno ministro nenhum bem, inspirando nova hostilidade nesse homem muito rígido e hostil, de figura reta e rosto arrogante.

– É muito sutil – disse o padre. – Se um rapaz tem um bom pai, ele não terá medo do mundo quando for homem.

– Hum... – disse o proprietário, com suspeita.

Padre Tom retomou seu hábil trabalho. O proprietário trouxe o cavalo para mais perto, até que seus olhos ficaram no nível dos beirais mais baixos.

– Não tão mau – observou. – E onde um jovem padre teria aprendido a manejar ardósias?

– Meu pai – disse o padre Tom, fazendo a rua retumbar com seu martelo.

– Estou vendo – acrescentou o outro, com uma pose de desprezo.

– Mary, chame o gado de volta, o gado de volta, o gado de volta! Mary, chame o gado de volta, através das areias do rio Dee! – cantou o padre, a voz latejando de forma calamitosa.

– Bom Deus! – exclamou o Sr. MacVicar, colocando as mãos enluvadas nos ouvidos. – E você vai atacar os ouvidos das pobres pessoas com essa voz quando estiver celebrando a missa?

Padre Tom parou. A abelha que voejava sobre sua mente zuniu um pouco mais perto e mais estridente.

– E levantar os mortos nas matinas?

– Não tenho recebido queixas – disse padre Tom, olhando seriamente para o cavaleiro.

– Nem mesmo na missa solene, padre? Nem mesmo no Glória? – O Sr. MacVicar deu uma risadinha maldosa.

– Compreendo – disse o padre. – Minha igreja tem tido o prazer da companhia de Vossa Senhoria, talvez?

– Não eu! – disse o proprietário. – Não gosto de pantomima.

Padre Tom recitou:

– *Quare fremuerunt gentes, et populi meditae sunt inania?*

O MacVicar fungou.

– Eu sei latim, rapazinho.

– E já que sabe latim – disse padre Tom, inocentemente –, saberá também onde tal hino ocorre, e a ocasião.

O Sr. MacVicar deu aquele seu sorriso melancólico.

– Acha que sou tolo? É na missa de meia-noite, Natal, o hino de entrada.

Padre Tom olhou para ele, lá embaixo, com uma bela afetação de infantil admiração.

– O senhor tem tais palavras e hinos na igreja presbiteriana, talvez? Ah, bem, ah, bem! Se for assim, então o dia de todos os Rebanhos e de todos os Pastores está bem próximo!

O Sr. MacVicar lançou-lhe um olhar de desprezo com silêncio mortal e seus malares salientes se avermelharam. Padre Tom sorriu para ele com imaculada inocência, à espera de que ele limpasse a garganta.

– Sou um homem viajado. Estive em muitas catedrais dos países papistas – esperou um momento. – Não gosto do seu tom. Não estou "caçoando" nem "planejo coisas fúteis".

– Muito, muito bom – disse padre Tom. Olhou dentro da cesta. – Agora, se eu pedisse a Vossa Senhoria para reabastecer minha cesta com as ardósias, o senhor faria isso para mim, evitando que me arraste para baixo?

– Desça a cesta – disse o senhor feudal, com voz irascível.

Padre Tom se curvou e deu-lhe a cesta. Para surpresa do padre, ele desceu do cavalo e a encheu com ardósias.

– Você tem uma pilha aqui. Quantos malditos buracos você tem em seu telhado?

O padre observou o trabalho que já tinha realizado.

– Quinze.

– Mas há mais aqui.

– Sim. Tenho outro trabalho para fazer, outro telhado quebrado como este.

– Não em uma das minhas casas! – exclamou o homem, suspendendo a cesta. (A Sra. Logan, espiando por trás das cortinas, não podia acreditar nos seus olhos.)

– Não – disse o padre. – Sei que as suas estão todas bem-conservadas.

– Eu cuido delas. Você quer brigar comigo sobre isso? – Como padre Tom não respondesse, ele acrescentou: – E não há ninguém da sua própria gente para fazer o trabalho para você?

– Os homens estão muito ocupados com os carneiros, as lojas, e os pastos de seus animais.

– Talvez nós não gostemos dos párocos que temos.

– Alguns carneiros, os rebeldes, talvez não gostem dos pastores, senhor. Mesmo assim, os pastores os protegerão da tempestade. Nosso Senhor não nos prometeu carneiros com boas maneiras e corações generosos, cheios de amor. Muitos carneiros têm o diabo.

– Um fino sentimento cristão, este! Um sentimento papista. Não permitimos ao ministro dizer isso de um de nós.

– Calvino disse. E houve Knox, um homem corajoso com a língua. Os carneiros estão ensinando os pastores desta vila, senhor?

– Oh, dane-se! – retrucou o Sr. MacVicar.

– Não é próprio para o senhor dizer isso – falou padre Tom, absorvendo-se no trabalho. Escorregava por todos os lados, examinando com olhar crítico, cortava aqui e ali. Esperou para ouvir o cavalo ir embora, mas só ouviu silêncio, exceto quanto ao seu próprio barulho vigoroso.

– A ardósia que está usando não é boa – falou por fim o proprietário.

– Pode um homem esperar bondade em todas as coisas, neste mundo? – perguntou o padre, examinando a ardósia. – É, está certo, senhor. Fui logrado. Foi Bob Velho, um malandro.

– Quanto lhe cobrou?

– Sete xelins pelas trinta.

– Você disse que ele logrou você? Menino, você logrou ele! – O Sr. MacVicar deu um risinho nervoso de novo. – Ele não gosta de romanos. Você bem que o trapaceou!

Padre Tom não respondeu. Estava olhando aborrecido para a ardósia. Ah, bem, poderia parti-la e colocá-la próximo aos beirais, num lugar pequeno. Ele a cortou.

– Gosto de um homem habilidoso – disse o proprietário.

– Sei assentar tijolos também – confirmou o padre.

– Ora, você sabe! E, sem dúvida, construir uma casa toda?

– Sim – disse o padre com orgulho. – Uma boa casa.

– Não se meta onde não é chamado. Você está no lugar errado.

– Nosso Senhor era um carpinteiro – retrucou o padre. – Poderia me dar alguns pregos também?

O Sr. MacVicar, resmungando, desmontou outra vez e deu-lhe alguns pregos.

– Você não vai jantar bem, depois das coletas nas missas?

– Sem dúvida – concordou o padre. – O senhor influirá ainda nisso. Ah, bem, o bom Senhor também teve fome, e não tinha casa para proteger sua cabeça.

– Você tem uma língua impetuosa, mocinho. Qual é o meu problema se você passar fome? Não sou romano.

– Ouço boatos – disse padre Tom. – O senhor tem mão forte nesta aldeia. Sorri, e um homem tem o estômago cheio. Franze a testa, e um homem janta mingau de aveia sem leite ou melado. – Olhou para o Sr. MacVicar. – Há pessoas que têm um grande império, e algumas que têm um império do tamanho da mão de um homem. Nenhum dos dois está contente.

– Sou um homem justo. – O proprietário estava estranhamente furioso.

– Assim dizem todos os tiranos. Não há nenhuma diferença entre vocês.

– Você vai moderar a sua língua, rapaz, ou a aldeia verá você pela última vez.

– É? Então o senhor vai conhecer meu bispo e vão beber o seu uísque juntos?

– Dane-se! Sou um homem do direito e da justiça, mas não tolerarei zombaria de alguém como você.

Padre Tom, devagar e com cuidado, virou-se, de modo que suas costas se apoiaram no declive do telhado.

– Ah, então o senhor é um homem do direito e da justiça? O senhor mesmo admite isso? Não há humildade no senhor, só orgulho, que foi o pecado acima de todos, que atirou Lúcifer no inferno. "Aqui o Todo-Poderoso não construiu para sua inveja." Não, o Sr. MacVicar constrói seu próprio infernozinho.

O proprietário ruborizou-se, e em seguida ficou branco como um cadáver. Agarrou o chicote e começou a subir a escada, e o padre observou-o subir em silêncio solene. A cabeça do proprietário subiu até o nível do joelho do padre e ele pôde ver seus olhos ainda mais claramente na perfeição daquela luz, e estavam cheios de maldade, ódio e vingança.

– O senhor é um homem muito mais velho do que meu pai – disse o padre. – E não posso chutar sua cara ou revidar. É a sua vantagem.

O proprietário olhou para o chicote, depois para o padre e então arremessou o chicote no chão. Os dois homens se encararam em silêncio. Finalmente, ele falou, com muita calma.

– E você acha que eu levantaria minha mão para um padre?

– E por que não? O senhor tem levantado sua mão muitas vezes para um homem, não tem?

Ele olhou para o padre outra vez e desviou o olhar. Deixou seus olhos perambularem pelas novas ardósias que tinham sido colocadas.

– Há uma que não está muito boa, perto da chaminé – disse e subiu mais alto na escada. Estava ainda mortalmente branco, e o padre podia ver a tensão ao redor de sua boca. – Eu não o tomaria por um homem de espírito. Você não é mais do que um rapaz, um fedelho chorão, fresquinho do peito da mãe. E onde conseguimos este fino espírito corajoso?

– Aqui – disse o padre, com um gesto que compreendia toda a aldeia.

– É boa então para alguma coisa, a minha aldeia.

– O senhor pode possuir a terra e as casas, mas não possui as almas assim como nenhum homem, a menos que ele deixe. Vou rezar por tal homem.

– Então você vai rezar por todos eles. – retrucou o Sr. MacVicar.

– E para o senhor também, aproveitando a oportunidade.

O rosto do proprietário mudou de novo.

– Você não vai fazer suas orações indecentes para mim! Não quero nenhuma das suas orações papistas! Eu tenho feito com... – Parou. Então subiu ainda mais alto e apontou para a chaminé. – Isso vai cair e despedaçar sua cabeça insolente. Está quase caindo agora.

– Eu sei. Vou comprar massa e consertá-la. – O padre se voltou bem devagar outra vez, cortou uma ardósia estragada e substituiu-a. O outro homem observava.

– Dou a um homem o seu direito. É um trabalho surpreendente o que você está fazendo. Muita gente poderia aprender com você.

– Preciso de mais pregos – disse o padre e o proprietário, parecendo meditativo, desceu e foi buscar mais pregos. Padre Tom começou a cantar; o proprietário estremeceu e depois se juntou a ele – uma voz era de tenorino e a outra de baixo profundo:

> Oh, nunca, nunca foi deserto o reino da Escócia.
> Pois o patriota, o poeta patriota, então!
> Em brilhante sucessão se levantam
> Para seu ornamento e proteção!

Terminaram com uma nota alta e vigorosa. Nenhuma alma apareceu, apesar de a rua ter vibrado com a melodia. Eles sorriram um para o outro.

– Não vou voltar atrás – disse o proprietário. – Você tem uma voz terrível. Vai atrofiar os tímpanos dos seus fiéis.

A abelha estava zumbindo muito depressa na mente do padre.

– Ficarei mais encantado em atrofiar os seus. – O rosto do Sr. MacVicar ficou frio e sombrio.

– Terminou? – perguntou, quando o martelo parou.

– Sim, terminei – confirmou o padre, e seguiu-o escada abaixo. Estavam em pé, cara a cara agora, ambos altos, mesmo para montanheses, mas um maciço e outro esguio.

– Você vai precisar de alguma carne nesses ossos. Uma ave depenada. Viria para o chá hoje à noite?

– Não. Há o meu sermão, e amanhã é dia de confissão.

– Domingo, então?

A Sra. Logan ouviu essa troca e colocou a mão na boca, espantada.

– Não, mas lhe agradeço. E não posso ir segunda-feira; tenho outra casa para consertar.

– Vou lhe mandar um homem. Não é direito um padre ficar consertando as casas de outras pessoas. É vergonhoso.

Padre Tom teve uma visão torturante do "homem" do proprietário aparecendo no presbitério para consertar o telhado do jovem ministro e sorriu de forma pressurosa. Ficou surpreso por todo esse episódio. Ah, mas o homem tinha um caminho, apesar de todas as suas tiranias e seu coração duro, orgulhoso e virtuoso, sua falta de humildade, sua arrogância. E a abelha estava muito insistente na mente do padre Tom agora, zumbindo com muito barulho.

– Irei terça-feira para o chá, senhor, se lhe agrada.

– Terça-feira, então, está bem – concordou o Sr. MacVicar. Ele montou agilmente no cavalo, que estava focinhando o padre. O jovem deu-lhe um tapinha no nariz. – Você tem uma cara agradável – disse o proprietário de repente; empurrou as rédeas e saiu galopando pela rua.

O singular encontro espalhou-se por toda a aldeia, não muito depois do demorado crepúsculo, através dos mexericos ávidos da Sra. Logan. A taverna tagarelou sobre ele. O proprietário ficou "encantado" com o jovem padre. Quando já estava muito escuro, ele tinha também ajudado a "martelar as ardósias". Havia rumores animados entre o rebanho do padre Tom, de que o proprietário prometera substituir todos os vidros comuns das janelas da igreja por vitrais similares ao que ele já dera. Havia até rumores de que ele seria "convertido".

– Teremos finalmente um santo próprio, Ian MacVicar – disse otimista um dos católicos. Um bebê, nascido à meia-noite, foi chamado Ian, em homenagem ao primeiro "santo", que estava de forma melancólica, bebendo uísque demais àquela hora. Às duas da manhã, ele estava muito bêbado e dormiu em um sofá na sua sala. Fazia isso com frequência, e sua governanta era leal e devotada, e portanto ninguém nunca soube. "Ele tem seus aborrecimentos", dizia a si própria, balançando a cabeça. Ela esfriava um vidro de água de cevada e o levava solidariamente ao seu patrão, de manhã. Era muito triste sofrer de estômago delicado.

As duas missas tiveram uma assistência encorajadora aquele domingo. Os comungantes formigavam no parapeito de comunhão. Aquela tarde, padre Tom, sentindo que as coisas estavam se encaminhando muito bem de verdade, visitou seu irmão em Cristo, o reverendo Bruce Gregor e sua Betsy. O presbitério era tão minúsculo quanto o do padre Tom, mas menos bem cuidado, e as ardósias eram vistas de forma desordenada sobre todo o telhado.

Havia, no entanto, um lindo jardinzinho com um arco-íris com flores de verão tardias, e quando entrou na casa, o padre logo ficou impressionado com o ar de amor e inocência que o impregnava.

O jovem pastor ficou encantado e trouxe sua novíssima esposa pela mão. Ela estava visivelmente grávida e, com acanhamento, tentou esconder seu estado. "Os rumores tinham sido corretos", pensou o padre. Era uma moça encantadora, com cachinhos marrom-claros, grandes olhos negros, uma aura de rosa cultivada e uma boca da cor de um cravo particularmente brilhante. Era tão pequena quanto seu marido. Era evidente que se amavam muito. A própria presença deles iluminava a singela sala como o próprio sol.

– Tortas de groselha da minha Betsy – anunciou Bruce, com orgulho.

A garota ficou ruborizada. Todos ficaram ruborizados. O chá estava um pouco quente e fraco. Havia um tablete de açúcar, um jarro de creme e não só a elogiada torta e biscoitinhos frescos, mas geleia de groselha e um pouco de manteiga. Padre Tom não havia esquecido sua parte na festa; tinha solicitado à Sra. Logan que cozinhasse uma grande porção de presunto. Ele o havia então embrulhado em um pano de prato branco que ela trouxera de sua própria casa. Não havia dúvida de que era imprudência dele visitar o pequeno ministro, que vivia fora do âmbito de quase todo mundo. O Sr. MacVicar não gostaria disso, de jeito nenhum.

O ministro tentou esconder quão desesperadamente faminto estava, por isso começou afirmando não estar com fome, que tivera um bom jantar, feito pela sua Betsy, e que o padre devia comer a maior parte do presunto. Betsy "provaria" um pouco. Mas padre Tom resolutamente insistiu que comera no jantar um pedaço de carne e que, em consequência, não sentiria fome por uma semana. Assim, primeiro com relutância, depois com a avidez própria da juventude, o ministro e a esposa caíram sobre o presunto e o comeram com um toque de alegria nos rostos. Padre Tom, sentindo-se rico, cheio e mais velho, podia ter chorado em solidariedade. Isso não o impediu de desfrutar os biscoitos e a torta, e ele os destroçou. Havia apenas 61 anos entre os três jovens ao redor da mesa, se tanto.

Começou a chover, e o ministro atirou um pouco de carvão no fogo. A sala esfriou e escureceu. Betsy acendeu uma lâmpada de parafina. A pequena chaleira cantava sobre o carvão. Betsy puxou as cortinas. Os jovens sacerdotes se sentaram diante do fogo e beberam o chá. Padre Tom arrependeu-se de ter esquecido de trazer o uísque que o proprietário lhe deixara. Ele animaria o ministro, e o padre se divertiria com o pensamento de ver o ministro bebendo o uísque do sogro. Betsy foi até a copa para lavar os pratos.

O ministro gaguejou.

– Espero que não ache impertinente, mas eu... ouvi que o... proprietário, em pessoa... convidou-o para tomar chá na casa dele na terça-feira. É só um boato, talvez?

– Não. Ele foi muito cortês. – Sorriu de maneira nada eclesiástica. – E eu o insultei.

A boca do ministro se abriu com consternação.

– Não teve medo dele, então?

– Dele? – disse padre Tom, com imponência. – Um homem de gênio e orgulho detestáveis, mas uma alma humana, apesar de tudo – acrescentou, apressado.

O ministro aparentemente considerou isso um vasto exagero e lançou um olhar desalentado para o fogo, com o seu fino cabelo vermelho como uma auréola de cobre sobre a cabeça comprida. Então voltou os olhos espantados e fascinados para o padre valente.

– Invejo sua coragem.

Ninguém, nenhuma vez antes, tinha invejado a coragem do padre Tom. Ao contrário. Ele sentou-se muito ereto na cadeira dura e seu colarinho reluziu. Em cada centímetro parecia o Homem Maduro. Sacudiu as mãos, desaprovando:

– Um tirano insignificante, e não é por culpa de ninguém, a não ser das pessoas da aldeia, que ele é assim.

Começou a chover do telhado e o ministro olhou-o com desânimo.

– Não vazava tanto aqui – comentou, e correu para buscar uma panela para aparar os pingos. – Só a copa e o quarto – acrescentou, enquanto voltava com a vasilha.

Padre Tom olhou para o teto caiado e marcou o lugar com os olhos. Imaginou se deveria dizer ao pequeno ministro que um "homem" viria reparar seu telhado no dia seguinte, sendo ele próprio o "homem". Não. Eles já ficariam embaraçados o bastante quando chegasse com o seu carrinho ali e pedisse uma escada.

– Você tem uma escada, Bruce?

– Uma escada?

– Sim, se alguém vier arrumar o telhado, não vai precisar trazer a sua – disse o padre, paciente.

– Uma escada – repetiu o ministro, pensativo. Ele chamou a esposa: – Betsy, temos uma escada? – Ela lhe garantiu, da copa, que havia uma escada "por aí". O jovem ministro suspirou. – Mas ninguém virá ao presbitério, Tom. Só havia oito pessoas na igreja esta manhã. Quatro xelins ao todo no prato.

Padre Tom pensou no presunto. Pelo menos o casal teria carne por alguns dias, e se arrependeu de toda a geleia, manteiga e biscoitos que comera.

– O velho padre... ele tinha muito medo – comentou Bruce. – Mas o povo dele ia à igreja... – ele lançou um olhar interrogativo para o padre.

– É um pecado grave perder missa aos domingos, a não ser por motivos sérios – disse o padre.

– Ah, deve ser uma coisa maravilhosa ter tal autoridade – falou o ministro, com avidez.

– Deus é a Autoridade – retrucou o padre, com alguma surpresa, pois ele sabia pouco do presbiterianismo escocês. – A obrigação de obedecer é do homem. Um homem não tem nenhum mérito próprio, exceto o que Nosso Senhor lhe concede através de Seus próprios méritos. Um homem deve trabalhar com Deus, na salvação de sua própria alma.

O jovem ministro pareceu um pouco confuso com isso.

– Sim, mas Deus predestinou o homem antes de seu nascimento para o céu ou para o inferno e, às vezes, penso que o senhor feudal esteja predestinado para o céu e Betsy e eu para o inferno.

Padre Tom achava tal ideia inteiramente despropositada.

– Um homem tem livre-arbítrio – disse, cauteloso, e de repente lembrou-se da doutrina presbiteriana da predestinação.

– Ah, isso ele não tem – comentou cabisbaixo o ministro. – Não inteiramente, mas só dentro dos limites da predestinação. O homem é o títere do seu destino predeterminado.

Padre Tom tinha sido ensinado a não se envolver em discussões com outro clero a respeito de pontos de fé, pois não era "prudente" e apenas incitava a inimizade. Mas ele era jovem, e a própria ideia de tal crença inflexível o deprimiu e o atingiu. A vida era bastante dura, Deus sabia, mas quão mais dura seria se a sombra do inferno pairasse no espírito de um homem, de modo que ele acreditasse que nenhum mérito que pudesse adquirir, e nenhuma fé que lhe fosse dada, o salvaria se o seu Senhor havia determinado jogá-lo dentro do fogo eterno.

– Você quer dizer – disse o padre, apavorado – que a alguém como o proprietário, desprovido de coração e que só tem virtude, é assegurado o céu se isto foi determinado antes do seu nascimento?

O ministro concordou.

– Sim, de fato, se tem virtude, cheia e transbordante, embora nenhum coração. Sou homem pecador, eu sei, e sempre fico a imaginar onde repousa o meu destino. No inferno, talvez, pois sou às vezes rebelde. E a rebeldia não é o sinal de Satanás?

– Contra o que você é rebelde? – perguntou o padre, sentindo-se como se estivesse em alguma escuridão pesada, cheia de covas e dragões.

O ministro deu dois suspiros.

– Eu me rebelo porque ninguém tem a coragem de vir à igreja porque o proprietário me odeia, assim como os que ficam do meu lado. A vida da aldeia depende da sua boa vontade. Eu me rebelo porque a minha Betsy chora para estar com o seu pai, que ela ama, mas ele agora não a quer. Eu me rebelo quando ela, que espera o nosso filho, finge não ter apetite para que eu tenha alguma coisa para comer. Eu me rebelo porque o coração do homem é muito duro e não há bondade nele, só escuridão. "O homem é desesperadamente malvado e cruel, desde a juventude." O Mestre mostrou o caminho, mas o homem não o segue e ri do seu pastor. Eu me rebelo porque eu, o ministro, sou tão fútil! E sou tão pobre de espírito. Eu me rebelo porque o proprietário atemoriza a nossa região e ninguém ousa se opor a ele, que não deixa ninguém ter pequenas alegrias e prazeres na vida, em nome da virtude.

Todas essas coisas não pareciam "rebeldia" para o padre, e ele disse, de forma calorosa:

– Isso não é rebeldia, Bruce! Isso é bom e não mau. O proprietário é um homem mau e cruel, apesar de tudo o que faz em nome da virtude. O mal é um excesso de virtude, muitas vezes. Você tem uma consciência muito escrupulosa, e escrúpulo é muitas vezes um erro.

O ministro ficou um pouco chocado, sentou-se para trás e encarou o padre.

– Tom! A consciência do homem não pode ser escrupulosa demais!

Não estamos falando a mesma língua, pensou o padre com angústia, e achou, de uma maneira escrupulosa, que a semântica podia ser uma barreira pedregosa entre o homem e seu irmão, não os trazendo juntos, mas colocando-os separados. Nunca tivera Sócrates em alta conta, tão obcecado era pela sua exata definição de termos e sua exata semântica, que havia perdido contato com o calor do coração do homem, mas agora concordava que Sócrates talvez tivesse tido razão. Padre Tom pensou na torre de Babel. Ela fora não só a causa de novas línguas entre os homens, mas tinha confundido a mesma língua que todos falavam em comum.

Foi um alívio para o padre quando a pequena e encantadora Betsy timidamente se juntou outra vez aos dois jovens. Ela parecia cansada. Sentou-se e lançou um olhar ansioso para o padre.

– Tenho ouvido comentários de que o meu pai não está muito bem – murmurou. – Ele pareceu assim ao senhor? – Os olhos dela estavam cheios de um amor desventurado.

– Ele pareceu excepcionalmente bem, na verdade – disse padre Tom com generosa serenidade. Desejou acrescentar o dito escocês: "O Diabo toma conta dele", mas isso não só seria não cristão, como teria perturbado a pequena Betsy. Não pôde resistir, no entanto, a dizer ao ministro: – Deus não "determina" um destino imortal do homem quando Ele cria a alma desse homem. Deus dá ao homem livre-arbítrio. Se Ele não desse, então Ele seria o criador do mal e não do sublime e absoluto bem.

O ministro ficou vivamente chocado.

– Ele dá ao homem a escolha – continuou o padre, decidido. – Ele sabia, quando criou a alma da Mãe Abençoada, que ela aceitaria Cristo como Seu Filho, mas ela tinha o livre-arbítrio de aceitar ou não. Deus é onisciente, mas a vontade do homem é a dele próprio.

O ministro ficou embaraçado com esta súbita torrente de dogmas e envergonhado por ter posto o padre nessa posição. Seus olhos inocentes se encheram de lágrimas.

– Nem mesmo sou um bom anfitrião – disse, com grande arrependimento. – Pensei em fazer de você um amigo.

– Não sou um bom hóspede – retrucou padre Tom, também arrependido. – Cada um tem sua crença. Não devemos ofender ninguém. Perdoe-me. Você é não só meu amigo, mas também meu irmão.

Um comovente alívio inundou o jovem rosto do ministro e ele estendeu a mão com sinceridade. Nunca antes estendera a mão para alguém, por causa da sua timidez, mas sempre esperava para ver, primeiro, se o aperto de mão seria desejável para os outros. Os dois sacerdotes apertaram-se as mãos, Betsy se sentou timidamente, e o padre Tom, agora definitivamente sentindo que era um Homem Maduro – de fato muito mais maduro – foi embora, pensando.

A manhã seguinte, fria, árida e precoce com o forte vento norte, encontrou o padre rodando seu barulhento carrinho em direção ao presbitério, para empolgação dos observadores atrás das cortinas. Bateu animadamente na porta e Betsy, pálida e com olhos sonolentos, atendeu.

– Bom dia, Sra. Gregor. Pode emprestar a escada sobre a qual falamos ontem?

Betsy olhou para o carrinho cheio de ardósias, com o martelo e pregos, e engoliu em seco.

– O senhor? – murmurou ela. O padre acenou com aquela sua maravilhosa nova firmeza e, sem falar, Betsy gesticulou em direção ao fundo da casa.

O padre foi buscar a escada e a posicionou de encontro aos beirais, tirando com cuidado o casaco e o chapéu, e colocando-os no portão. Flexionou os músculos, encheu a cesta e subiu.

Betsy chegou ao pé da escada e o chamou timidamente.

– Padre, se meu pai souber disso vai expulsá-lo da aldeia.

– Ele não vai expulsar ninguém, a partir deste dia – retrucou padre Tom, examinando o telhado com um olhar de perito.

Betsy fitou-o com olhos enormes e estonteados.

– Não é próprio de um clérigo – murmurou.

– Não é próprio trabalhar? Devo discordar, Sra. Gregor.

– Bruce não vai gostar.

– Bruce vai gostar de um telhado perfeito – respondeu, com tom de autoridade, o que de imediato tornou a moça respeitosa.

Ela se retirou para dentro da pequena casa.

Os protestantes estavam horrorizados com o pensamento de um "romano" reparando o presbitério e os católicos ficaram indignados e embaraçados. Um padre consertando o telhado de um herege!

– Não vou levantar a cabeça outra vez – declarou a Sra. Logan a um vizinho, depois que ela correu até a taverna para espalhar as novidades.

A taverna não abrira oficialmente, mas as pessoas estavam lá, como num lugar de encontro comum para a disseminação do escândalo. Mas o Sr. Logan era sério e, enquanto soprava um copo e o polia, falou:

– Isso vai enfurecer o proprietário, mas não vai fazer meu coração derramar lágrimas para adorá-lo. – Ele não sentia nenhum amor pelo proprietário, que, embora "investisse" em numerosas tavernas em aldeias próximas, sempre pregavacontra a bebida. Um grande hipócrita ele é, pensou o Sr. Logan, ressentido. Maior do que ele nunca vi. Se não fosse por ele, haveria mais alegria na aldeia e mais convivência aberta. Agora um homem tinha de beber quase em segredo para evitar aborrecê-lo, e segredo, pensava o Sr. Logan, era o pai do pecado! E os domingos! Parecia mais a morte do que a própria morte; mesmo as crianças não ousavam rir nos seus carrinhos, nas ruas. Tal era o comportamento do proprietário. Era um pecado, mas os próprios católicos não ousavam ter alegria e relaxamento aos domingos na aldeia, nem mesmo no jogo das ferraduras ou nas cantigas suaves na porta da rua. Nosso Senhor queria que o homem sofresse no dia de descanso? Não, não!

Padre Tom sentiu o mesmo isolamento que encontrara ao seu redor quando consertava o seu próprio telhado. Cortinas eram puxadas, mas nenhum rosto apareceu. O martelo troava. Padre Tom começou a cantar. Dedicou fervorosamente seu coração à velha Escócia em transtornada entonação. Cantou, com vibração, baladas que falavam dos sofrimentos dos verdadeiros escoceses nas mãos dos *sassenachs*.

– Escocês que tem o sangue de Wallace. – gritou para o forte vento frio: – Seja bem-vindo ao seu leito de sangue!

Até os inválidos levantaram-se de suas camas e capengaram até as cortinas para observar a visão escandalosa de um sacerdote pregando, cortando e se mexendo em cima de um telhado. "Como um besouro, sem nenhum respeito pela sua vocação", era o consenso geral. Mas, finalmente, alguns senhores muito idosos, de ambas as religiões, se reuniram diante da casa e acrescentaram suas vozes vibrantes aos coros animados. Algumas vezes o padre Tom fazia uma parada para guiá-los com um martelo, lá de cima, como o maestro de uma sinfonia. Era, de fato, muito escandaloso.

De repente, os velhos senhores com seus bonés caíram no silêncio, o padre Tom olhou para baixo para ver o proprietário no seu cavalo.

– Bom dia para o senhor – disse o padre, saudando-o com o seu martelo. – Não me esqueci de que irei tomar chá com o senhor amanhã.

O rosto do proprietário ficou de uma interessante cor pálida, azulada, e seus olhos cintilaram com alguma coisa que não era alegria. Os velhos humildemente tiraram seus bonés e então se afastaram bem devagar, não de todo, mas a uma distância pequena.

– Em nome do inferno, o que está fazendo? – perguntou o Sr. MacVicar com voz macia.

Padre Tom pareceu surpreso.

– Estou consertando um telhado.

– Desça já daí – disse o senhor feudal, ainda mais suavemente.

Padre Tom acertou uma ardósia e pregou-a no lugar. O retinir do martelo ecoou no silêncio profundo e brilhante. Depois, ele disse:

– Não.

– Você está fazendo o trabalho de Nosso Senhor, não está?

– Sim, estou.

– Desça! – O proprietário não levantou a voz, mas os velhos afastaram-se mais alguns metros. A aldeia prendia sua respiração coletiva.

– Posso deduzir – disse padre Tom, examinando com critério outra ardósia – que o senhor não me quer para o chá amanhã?

– Desça! – O proprietário levou o cavalo quase até o alto da casa.

– Não – disse padre Tom. – É uma vergonha que a casa do pequeno ministro não seja digna de um homem ou um animal. Este seu animal dorme melhor no seu estábulo do que sua filha em sua cama nesta choupana.

– Dane-se – disse o proprietário. – Deverei puxá-lo do telhado?

Ninguém, nem mesmo o mais irascível velho padre, jamais havia falado com padre Tom desse jeito, e por isso ele não soube que a súbita batida forte de seu coração e o quente inchaço do rosto eram o resultado de intensa raiva. Agarrou-se ao telhado e segurou o martelo com força.

– O senhor não vai me puxar de lugar nenhum – retrucou, falando entre dentes. – O senhor é um velho mau com o diabo no coração! Acha que fiz isso para envergonhá-lo? O senhor não está tão alto no meu conceito assim. Comprei estas ardósias antes de ter o azar de colocar o olho no senhor, e com esta finalidade. Fora daqui, homem, e vá ajoelhar-se e arrepender-se!

O azulado transformou-se em roxo espesso no rosto do proprietário. Todo o seu grande corpo vibrava. Disse ao velho mais próximo:

– Tammy, vá buscar o policial.

O velho saiu em disparada, o rosto assustado. Padre Tom engoliu um profundo suspiro após outro para controlar o batimento selvagem do coração e, em seguida, retornou ao trabalho. Os golpes nas ardósias eram extremamente duros e uma delas estilhaçou e voou em pequenos fragmentos. A aldeia observava. Padre Tom testou a chaminé e viu que precisava arranjar bastante massa para as pedras. O rosto estava molhado com suor frio, o suor gelado da raiva.

O policial chegou na sua bicicleta, um homem pequeno com um enorme bigode vermelho e orelhas que se projetavam por baixo do boné. Ele desmontou e olhou para o proprietário, que apontou para o padre com o chicote.

– Mande aquele... aquele padre sair do telhado, que não é propriedade dele, George!

Padre Tom olhou para baixo, por cima dos ombros, viu um policial desnorteado e sorriu de leve. Ainda estava um pouco ofegante.

– Informe seu velho amigo que não é propriedade dele também, guarda – retrucou o padre.

O policial estava nervoso e apreensivo, pois era um dos paroquianos do padre Tom.

– Padre, o senhor pode descer, por favor? – pediu ele.

– Por quê? Estou cometendo algum crime?

– Padre, é escandaloso! – suplicou o policial.

– Isso é! – concordou o padre – Escandaloso que um ministro do evangelho deva viver sob um telhado que goteja e não há um homem nesta aldeia corajoso ou bom o bastante para consertá-lo. Uma brava súcia de rapazinhos vocês são!

O policial ficou corado.

– Padre, isso não é correto. O senhor tem permissão para trabalhar neste presbitério?

Padre Tom parou. Não havia considerado este aspecto da questão. Então viu a bicicleta do Sr. Gregor aproximar-se em velocidade frenética e se agachou no telhado até o ministro se acercar da casa e inteirar-se da situação. O homenzinho parecia esmagado de vergonha, medo e aflição. O padre sorriu para ele, de forma tranquilizadora.

– Bruce – disse com afeto –, aproveitei esta oportunidade para reparar o telhado da sua casa. Tenho a sua permissão?

O proprietário manteve-se de costas, em seu cavalo, para o trêmulo jovem ministro e permaneceu indiferente, mas Bruce olhou para aquelas costas formidáveis, depois para o padre, e umedeceu os lábios pálidos.

– Não há nada que possa feri-lo mais do que você já tem sido ferido – disse o padre gentilmente. – Não há nada a temer, a não ser Deus.

– Eu... – começou o ministro. A porta se abriu e o rosto branco de Betsy apareceu. Havia lágrimas nas suas faces. Seu pai manteve-se indiferente e frio em relação a ela também.

– Betsy, meu amor – disse o ministro, em desespero.

A moça avançou porta afora. A essa altura haviam-se juntado aos velhos vários jovens, algumas mulheres e muitas crianças. Ela olhou para o perfil aborrecido e rancoroso do pai, depois para o rosto trêmulo do marido, depois para o padre, lá em cima. Disse com clara voz juvenil:

– O bom padre está consertando nosso telhado, Bruce. Você vai agradecer-lhe gentilmente por nós? – Colocou as mãos brancas sobre o ventre com o filho e seus olhos firmes, marrons como um riacho na primavera, fixaram-se nos do marido.

Bruce lançou-lhe um olhar longo e ansioso, e ela sorriu. Então uma coisa surpreendente aconteceu. O jovem ministro sentiu-se bem maior e mais forte. As feições que sempre haviam sido ternas se tornaram duras, e naquele momento a juventude do ministro abandonou-o e ele se tornou um homem.

– Como pode um homem agradecer a alguém tão bom como o padre Tom? – perguntou ele. – Só posso rezar por ele, para que Deus o abençoe.

O padre fechou os olhos por um minuto. Então disse ao policial:

– O senhor vê; tenho permissão.

O policial tirou o boné e coçou a cabeça. Então se lembrou de que ele era a lei. Disse à pequena multidão, em tom severo:

– E vocês não têm nada melhor para fazer tão cedo no dia do que impedir um homem de trabalhar?

A multidão levantou o menor porém o mais confiante dos hurras, sorriu e se dispersou alguns metros mais. O policial se endireitou e lhes mostrou uma carranca por baixo de suas sobrancelhas vermelhas. Eles afastaram-se mais alguns metros.

– E o senhor – disse o policial ao Sr. MacVicar –, há alguma coisa que eu possa fazer pelo senhor?

O proprietário bateu o chicote no cavalo e ele pulou à frente.

– Às cinco, amanhã! – padre Tom gritou para ele.

O Sr. MacVicar disparou pela rua, e os cascos do cavalo tiraram faíscas nas pedras.

– Você tomará chá conosco após terminar o seu trabalho, Tom? – perguntou o jovem ministro, que agora estava de pé no degrau da porta, com o braço em volta da esposa. Sentia bem maior e forte agora, e ela se encostou nele.

– Com todo prazer – respondeu o padre, dando marteladas ruidosas.

– Cante outra canção! – pediu alguém do povo.

O padre cantou:

> Eis aqui a liberdade que foi lida para ele!
> E para ele foi escrita a liberdade!
> Ninguém nunca temeu que a verdade fosse ouvida!
> Exceto aquele para quem foi grafada a verdade!

O ministro se juntou ao animado coro, e as paredes de todas as casas ecoaram o canto de volta. Betsy olhava para o marido com orgulho e alegria.

Oh! Ninguém nunca temeu que a verdade fosse ouvida! Exceto aquele para quem foi grafada a verdade! Verdade!

ENQUANTO A PEQUENA multidão se juntava ao animado coro, todos os olhos se voltaram para a rua em direção à casa do proprietário.

O VENTO OESTE veio com um rugido durante a noite e despachou o verão daquela terra com suas lanças de relâmpagos e seus estrondos e trovões. Mas os telhados das casas dos sacerdotes não vazaram, embora as ardósias chocalhassem com rajadas de granizo e a água escorresse sobre elas como rios em miniatura. Padre Tom se estendeu alegremente na cama dura e ouviu a tempestade, certo de que a sua casa estava segura e também a casa do ministro. O mar precipitava-se no alto promontório no qual a aldeia se empoleirava e urrava ao voltar, furioso, e todo o ar estava saturado com o sal e o cheiro dos pinheiros. As colinas curvavam-se servilmente sob o relâmpago e ecoavam o trovão. Esta não é uma noite para homem ou animal, pensou o padre enquanto adormecia.

Muitos fiéis compareceram à única missa na manhã seguinte, apesar de toda a chuva e do vento, e quando padre Tom se virou para abençoar seu rebanho, viu o lampejo de orgulho em muitos olhos naquela luz opressiva. Estavam orgulhosos dele! Quase todos vieram à mesa de comunhão, e os olhos orgulhosos brilhavam para ele. Nosso próprio padre!, pareciam dizer. E tudo o que ele fizera havia sido consertar um telhado.

A Sra. Logan o informou, quando entrou em casa, sacudindo a água dos ombros, de que ele tinha um visitante.

– É o velho Jim – disse ela, com uma voz curiosa. – Não vale nada, esse Jim.

Padre Tom duvidou que houvesse alguém que não valesse nada na aldeia, exceto o Sr. MacVicar, o homem de virtude monolítica. Não podia se lembrar de nenhum "velho Jim". A Sra. Logan, fungando enquanto esquentava o salmão defumado, disse que Jim era pagão, nem mesmo um presbiteriano. Decerto não tinha sido nem batizado. Não tinha esposa ou filho, mas vivia o que a Sra. Logan discretamente descreveu como uma vida não cristã. Era um pândego, o próprio filho de Satanás e o segundo em dinheiro, depois do Sr. MacVicar. Nascera em algum lugar "por aí", mas exatamente onde ninguém jamais descobriu. Possuía uma pequena fazenda que não cultivava, e nenhum animal, a não ser um rebanho de carneiros. Seu dinheiro? Tinha sido um contrabandista "há muito tempo", em algum lugar da Inglaterra, era o que se dizia. Mas ela, a Sra. Logan, não se queixava. Ele passava muito tempo na taverna, e era um dos seus mais valiosos fregueses.

– Mas é a boca ruim que ele tem, padre, e há muita gente que se benze quando o velho passa ou faz o sinal contra mau-olhado.

– Mas, então, o que ele quer comigo?

A Sra. Logan deu de ombros.

– Não é para se confessar, disso pode ter certeza, padre! – Ela insistiu para que o padre comesse seu desjejum antes de ver a visita. – Ele está empesteando a sala com aqueles seus charutos de Londres, padre!

Então o padre comeu o salmão e um ovo cozido, depois de tomar um prato fundo de mingau de aveia, leite e melado, e beber um bom chá quente. A Sra. Logan se queixou apenas uma vez a respeito do presunto que havia sido dado ao jovem ministro, mas seus olhos estavam também orgulhosos. Pensar que foi o nosso próprio padre quem fez o proprietário se retirar como um mau estudante. E nem sequer ficou embaraçado!

Padre Tom abriu a porta da sua sala conjugada com o gabinete, onde estava congelando. Hesitou ao ver uma grande nuvem de fumaça subindo de uma cadeira, e então olhou de volta para a cozinha. A Sra. Logan fingiu estar totalmente absorta, lavando a louça. O padre fechou a porta, tremeu e avançou para o minúsculo cômodo.

– O senhor queria me ver? – perguntou.

A nuvem se mexeu e uma figura baixa e gorda saiu dela, uma figura rústica, vestida de *tweed* áspero e grosso. Então o padre viu um rosto extraordinariamente redondo, muito velho e bem-disposto, e os olhos mais marotos e brilhantes que ele já encontrara. Por alguma razão, desejou rir, pois o riso pairava sobre todo aquele corado e forte ancião. Não a gargalhada de maldade, mas a alegria viril de um homem que apreciara muito a vida e que continuava a apreciá-la inteiramente.

O personagem corpulento e baixinho estendeu a curta mão.

– Jim Ferguson, meu rapaz – apresentou-se o velho, com uma voz ressonante, que ecoava como uma gargalhada. – Será você o sacerdote, o padre Weir?

O aperto de mão era tão forte quanto o de um jovem; o padre estremeceu. Ele asseverou ao Sr. Ferguson que era mesmo o padre e perguntou o que poderia fazer pelo visitante. O Sr. Ferguson se acomodou na cadeira, soprou outra nuvem de fumaça e ofereceu um charuto ao padre.

Padre Tom nunca havia fumado um daquele tipo. Aceitou-o, e o Sr. Ferguson o acendeu para ele, vergando-se com agilidade para riscar um fósforo na sola da bota de ótima qualidade. O padre baforou; o charuto era excelente.

– Quero entrar para sua Igreja, senhor – disse o Sr. Ferguson.

Padre Tom sentou-se bem ereto.

– Por quê? – exclamou.

O Sr. Ferguson apontou um dedo vermelho para ele.

– Jurei, quando era rapaz, que nunca entraria para a igreja de homem algum, a menos que esse homem tivesse sangue nas veias, e não leite. Tenho uma opinião muito baixa do clero, romano ou protestante.

– Oh! – disse padre Tom, dando outra baforada. – Charuto fino, este.

– Não o estou ofendendo, senhor?

– Não – disse o padre, depois de pensar um momento. – Cada homem tem sua própria opinião. Mas por que o senhor quer entrar para esta Igreja?

O Sr. Ferguson deu uma risadinha tão contagiante que o padre se viu, ele próprio, dando também uma risadinha.

– Eu soube da briga que teve com o Sr. MacVicar, e ali está um homem que odeio – falou com vivacidade. – Um homem sem virtude, capaz de dar náuseas em um homem bom. Eu o conheço há muitos anos e nunca o vejo sem vomitar. Então o senhor o pôs para fora e lhe retribuiu palavra por palavra! Ele, que sempre teve o clero se arrastando a seus pés e lamuriando como um desmamado.

O padre refletiu enquanto fumava.

– Ah, esta é uma razão incomum e estranha para querer entrar para a Igreja. O senhor é cristão, Sr. Ferguson?

– Não, graças a Deus – disse o Sr. Ferguson, com prazer.

– O senhor não tem nenhuma formação religiosa?

– Nenhuma – respondeu, orgulhoso. Acenou para a porta fechada da cozinha. – Sem dúvida a Sra. Logan já lhe falou a meu respeito. Ela não conhece a verdade toda! – Deu de novo uma risadinha vigorosa.

O padre limpou a garganta e se desviou de uma vasta nuvem de fumaça.

– O senhor está pensando, nesta altura de sua vida, Sr. Ferguson, na sua alma imortal?

– Nada disso!

O padre se aprumou na cadeira. O homem devia ter pelo menos 80 anos.

– O senhor crê em Deus, então? – perguntou padre Tom.

– Nem um pouquinho. Mas sou um homem que ouve. Vou ouvir o senhor hoje, meu jovem, educado como um banqueiro *sassenach*.

– O senhor não *quer* acreditar em Deus? – perguntou o padre, um pouco desesperado.

– Ora, por quê? – perguntou o Sr. Ferguson, em tom suave. – O que Ele tem feito por mim? Fiz tudo por mim mesmo, e não vou lhe dizer como! – Riu de novo e balançou alegremente a cabeça, rememorando seus dias de juventude.

– Mas então por que deseja entrar para esta igreja? – O padre Tom levantou um pouco a voz.

O velho apontou um dedo para o padre.

– O senhor – disse ele, coçando a cabeça como um gordo galo velho –, o senhor ora, crê em Deus?

– Eu creio, claro!

– Ah, bem – disse o Sr. Ferguson, em tom suave. – É o suficiente para o velho Jim. O senhor acredita, e então o velho Jim acreditará.

– É necessário um poco ma que isso para se ter fé – disse padre Tom, desconcertado.

– Diga-me então, e seja rápido a esse respeito, pois vem aí outra tempestade. – O Sr. Ferguson se endireitou na cadeira e esperou.

Os pensamentos do padre entraram em redemoinho. Ninguém no seminário nunca falara de qualquer situação parecida com essa ou como lidar com ela. E aqui estava uma alma anciã definitivamente destinada ao fogo. Padre Tom fitou os vivos olhos azuis, maliciosos, mas não maus, e para o rosto resoluto que o admirava.

– Suponha então que comecemos com o catecismo. – Ele se levantou e caminhou até o pequeno estoque de catecismos, e o velho o observou, cauteloso.

– Não há muita carne debaixo destas saias – comentou ele. Padre Tom, assumindo a mais extrema dignidade, pôs o catecismo na larga palma vermelha da mão aberta para recebê-lo.

– Não sei ler – confessou o Sr. Ferguson, e piscou –, o que não me impediu de ficar rico.

– Há alguém que possa ler para o senhor?

– Minha velha amiga. Ela lê o suficiente, e escreve.

– Eu... pensei que o senhor não tivesse esposa, Sr. Ferguson.

– E não tenho, senhor. É só uma velha amiga. Estou com ela há cerca de quarenta anos; bonita, ainda.

O padre ficou chocado. O Sr. Ferguson encarou-o com expectativa amigável.

– O senhor quer dizer... quer dizer – gaguejou o padre – que não se casou... com sua velha amiga?

– Não. Não acredito nisso. – O Sr. Ferguson estava agora um pouco impaciente.

– Vocês estão vivendo em pecado! – desabafou o jovem padre, horrorizado.

O Sr. Ferguson ficou interessado.

– Estamos? O que é pecado, senhor?

Padre Tom estava pasmado. O velho realmente era primitivo. Um pagão, de verdade.

– Pecado... pecado... é a desobediência às leis de Deus, Sr. Ferguson! E Deus não aprova que homens e mulheres vivam juntos sem serem casados!

– Ah, bem, ah bem! Ele é igual ao proprietário, não é?

– Não! – quase gritou padre Tom, e a Sra. Logan, com o ouvido atrás da porta, recuou de medo. – Deus *não* é como o Sr. MacVicar!

– Então – disse o Sr. Ferguson, um pouco chocado – ele é o Homem para mim. – Olhou para o padre com ansiedade. – Não o ofendi? O senhor compreende, qualquer pessoa como o *squire* provoca náusea em qualquer um. Havia duas mocinhas na aldeia que foram deixadas órfãs; sem pai e sem mãe. Sem lar. Então elas fizeram favores aos rapazes e o Sr. MacVicar as expulsou. Quando o inverno chegou, as pobres coitadas foram encontradas mortas na floresta. Eu não estava aqui; se estivesse, teria dado às duas algum dinheiro para que pudessem ir até Edimburgo, a fim de abrir uma loja ou coisa parecida. Eram belas garotas – os olhos azuis se encheram de ódio e lágrimas.

A qualidade da misericórdia, pensou o padre, confuso. O homem virtuoso tinha enviado duas crianças para a morte; o homem mau as teria salvado.

– Elas têm uma sepultura bonita agora – disse o Sr. Ferguson. – O antigo ministro deixou que fossem enterradas no cemitério da igreja, e há uma bela pedra em seus túmulos... O proprietário tentou impedir, mas ninguém pode parar o velho Jim! – suspirou fundo. – O Sr.

MacVicar não lhes deu pão, às pequenas meninas, mas o velho Jim lhes deu uma lápide. Com os seus nomes, como uma advertência ao proprietário e aos diabos da aldeia.

Padre Tom conhecia tudo sobre o problema do mal, ou pelo menos julgava conhecer alguma coisa. Mas não tinha vivido o problema da virtude antes. Quem era o homem mau, o Sr. MacVicar ou o Sr. Ferguson? Decidiu, após refletir um pouco, que o *squire* era o homem mau, e o Sr. Ferguson, que "vivia em pecado", era realmente um homem bom. "Valha-me Deus, pensou o padre, há grandes problemas nesse mundo, e algumas vezes não sabemos nos situar."

– Mas o Sr. MacVicar, como ouvi, fez boas coisas para a aldeia, a escola e o asilo de velhos, a comida...

O Sr. Ferguson agitou a mão em sentido de rejeição.

– É a reputação de virtude que ele tem, mas sei que é um homem mau. Tem um rosto ruim, e um coração ruim.

O padre estava inclinado a concordar, mas logo afastou o pensamento. Não tinha a menor ideia de como tratar esse assunto, de modo que fechou os olhos e orou pedindo auxílio. Quando os abriu, descobriu que o Sr. Ferguson o olhava com preocupação.

– Está doente, senhor?

– Por quê?

– O senhor fechou os olhos e se encostou. – Mexeu em um bolso muito grande e exibiu uma garrafa de uísque. – Um pequeno trago.

– Eu estava rezando! – disse padre Tom, exasperado.

– Para quê? – O Sr. Ferguson estava profundamente interessado.

– Para o senhor!

– Ora, é muita bondade sua, meu rapaz. – Pensou nisso por um momento. – Por quê?

Padre Tom nunca havia desejado xingar na sua vida, mas agora sentia necessidade de uma boa blasfêmia. Gemeu interiormente e lembrou a si mesmo de fazer um perfeito Ato de Contrição à noite.

– O senhor precisa. É um pecador, Sr. Ferguson.

– E sou agora? – O Sr. Ferguson estava mais interessado do que nunca.

– O senhor reconhece o certo e o errado?

O Sr. Ferguson revirou aquilo na mente, com grande concentração. Então balançou a cabeça, ansioso, desejando agradar a esse jovem tão peculiar.

– Eu sei! A gente nunca rouba de um pobre ou de um homem bom e nunca mata, a menos que o bast... o demônio queira matá-lo. E odiamos os *sassenachs*.

O padre parecia ferido mortalmente. Mas se lembrou dos padres missionários na África negra. Eles tinham de começar do zero absoluto, como ele teria de começar. Ah, não era diferente! Deus havia atendido suas preces. Ele deu um sorriso discreto.

– O senhor e sua... sua... velha amiga terão de se unir em um casamento legal. Antes, nada pode ser feito. Qual é o nome dela?

– Florrie. – O rosto do Sr. Ferguson tornou-se afetuoso. – Ela estava em uma casa, em Londres. A mais bela jovem de toda a casa.

O padre estremeceu. Um pagão e uma Madalena.

– Florrie de quê?

O Sr. Ferguson coçou seu tufo de vigorosos cabelos brancos.

– Não sei. Não perguntei.

– E o senhor vive com... com... ela há quarenta anos?

– Quarenta e um. Eu me lembro que foi numa véspera de Natal que a conheci.

O padre tornou a estremecer.

– Ah, aquela foi uma noite animada – disse o Sr. Ferguson, entusiasmado.

O padre levantou a mão. Não tinha nenhuma vontade de ouvir sobre aquela noite animada!

– O senhor vai trazê-la e se casar diante de mim? ("Seria correto?", perguntava padre Tom a si mesmo com nova rebeldia.)

– Eu o farei! – gritou o Sr. Ferguson. – Se isso lhe agrada, senhor.

– Não é a mim que o senhor deve agradar. É a Deus!

– Bom – disse o Sr. Ferguson. – Ele é o nosso Deus, e Ele será o meu. Vamos tomar um gole?

O padre sentiu que precisava terrivelmente de um gole, e então pegou a garrafa, limpou o bico com a manga e bebeu um pouco mais do que um pequeno gole. Ele desejou que o seu bispo não estivesse tão longe. Mas, quando estão na África, os padres encontram-se muito longe de seus bispos.

– Florrie... hã... irá querer se casar com o senhor, Sr. Ferguson? – O uísque desceu muito quente e reconfortante na úmida salinha.

– Oh, Florrie não me desagrada em nada, senhor. – O Sr. Ferguson estava muito feliz por ver a cor voltar ao rosto do jovem. – Nunca ouvi uma palavra irritada dela. Uma mulher mais admirável não nasceu. Minha linda Florrie. Falei com ela sobre o senhor a noite passada, e ela logo ficou apaixonada. Esteve na sua igreja, senhor, quando era uma mocinha.

– Uma católica! – O padre sentiu o corpo enrijecer de novo.

– Bem, sim. Mas ela não sabe muito a respeito. Tem o papel, mas é só. Perdeu os pais quando era jovem, e foi deixada na rua.

O padre gemeu alto agora, e então tomou outro trago de uísque, que Deus o perdoasse, mas precisava dele. Disse resoluto:

– Traga a sua... sua... senhora... amanhã, Sr. Ferguson, com o papel, e vou testemunhar o casamento. (Será que criaria escândalo? Mas os nativos da África... decerto o padre casava-os primeiro. Era a única coisa certa.)

O Sr. Ferguson ficou de pé como um jovem. Apertou a mão do padre.

– Farei isso, senhor. Diga-me a hora, e viremos. E aí o senhor vai me deixar entrar para a igreja?

A mulher era católica, mesmo sabendo pouco ou nada sobre o fato, e este ancião iria desposá-la; e ela aprenderia com ele tudo que deveriam saber. Padre Tom tinha uma forte esperança, outra vez, de que o caso não fosse motivo de escândalo. Mas o que mais poderia fazer? Não poderia instruir na fé um velho que estava em pecado. O casamento deve vir primeiro, após o batismo. Seria como batizar um bebê.

– O senhor será batizado? – perguntou o padre.

O velho olhou para ele, confuso.

– Cristianizado.

O Sr. Ferguson concordou com a cabeça, ansioso.

– Isto eu quero. Florrie me disse a noite passada. Não quer ir para o céu se eu não puder ir também.

Um pouco desnorteado, padre Tom acompanhou o hóspede à porta. Uma bela carruagem o esperava. E um cocheiro! O Sr. Ferguson estava olhando a igreja com desaprovação.

– Não parece esplêndida, senhor. Vou construir uma nova igreja para o senhor.

O padre, mais desnorteado do que nunca, olhou o ancião caminhar apressado para a carruagem e dar um salto para dentro dela, como um anão travesso.

Em seguida o padre voltou para a cozinha e encontrou a Sra. Logan com o rosto muito vermelho e um sorriso encabulado.

– Espero que tenha ouvido tudo, Sra. Logan – disse em tom severo. – Se não, vou lhe contar. E é um sério pecado mexericar ou repetir o que ouviu nesta casa. – Saiu decidido, percebendo como o rosto da pobre mulher mudara.

O vento oeste havia cessado pela hora do chá, e o céu, apesar de escuro como chumbo, não ameaçava mais chuva. As pedras da rua estavam molhadas e enlameadas. Padre Tom tomou o caminho da casa do Sr. MacVicar.

Enquanto caminhava, o padre ponderava sobre o que havia aprendido a respeito das caridades verdadeiramente magníficas do proprietário, sua grande preocupação com os velhos, os doentes, os inválidos e aleijados da aldeia, os cegos e os repentinamente desvalidos. (O padre raciocinava sobre a razão pela qual o proprietário tinha sido tão vingativo com as jovens órfãs que haviam "feito favores aos rapazes" quando foram abandonadas sem dinheiro. Ele era contra o "pecado". As moças não haviam apelado para ele na sua terrível situação angustiosa. Do ponto de vista do proprietário, isso era imperdoável, pois não estava pronto todo o tempo para socorrer os desamparados?) Entre as inúmeras outras coisas que tinha feito, estava o estabelecimento de uma pequena e sólida biblioteca, gratuita, algo desconhecido por aqueles lados. A escola era realmente excelente. Um dos pequenos cômodos continha réplicas de obras de arte; todas, no entanto, retratando a pureza. Às crianças era servida sopa, pão, e carne ou peixe para sua refeição do meio-dia, de modo que nenhuma passava fome e seria forçada a correr para a casa no furioso clima de inverno. O proprietário tentara comprar as casas velhas dos seus primitivos donos, de modo a poder renová-las, repará-las e "conservá-las em boas condições". Como um escocês, pensou o padre, ele deveria conhecer o orgulho feroz dos seus patrícios pela propriedade, mas ele falhara nesse caso.

As ruas eram bem-conservadas. Ele pagava os salários do policial, dos professores da escola gratuita, dos varredores das ruas. Havia introduzido um método de lavoura entre os fazendeiros que prevenia a erosão de suas terras, e lhes emprestava dinheiro a juros baixos para manter os banqueiros das cidades em apuros. Havia construído um pequeno campo para jogar bola fora da aldeia. Em suma, não havia nada de que ele não tivesse cuidado para tornar os habitantes da aldeia mais felizes, mais saudáveis, mais instruídos.

Entretanto, era um tirano. Sua palavra era lei, mesmo acima da do prefeito, cujo salário ele havia aumentado, sem elevar os impostos dos habitantes. Não aceitava o pecado tolerantemente, e sua intolerância excedia de muito longe a usual intolerância escocesa. Não podia fechar a taverna, pois isso levantaria mais oposições e poria em perigo seu pequeno czarismo. Opunha-se à bebida. Travava uma luta ferrenha contra o fumo e não permitia a homem algum – velho ou fatigado – fumar na sua presença e desfrutar seu cachimbo.

Era temido, embora elogiado. Quando um moço inofensivo como o padre o havia desafiado, seus próprios beneficiários haviam levantado um tímido hurra; eles haviam sorrido para o padre na missa – os católicos. Haviam sorrido para ele, todos eles, nas lojinhas, nas ruas. Não havia, pensou o padre Tom, amor algum por qualquer déspota, ainda que benevolente, especialmente entre os escoceses, e o padre se alegrou com isso. Mas os déspotas – benevolentes ou cruéis – nunca aprendiam que o amor pela liberdade era inflexível na alma de todos os homens, exceto pelos naturalmente covardes e servis, que tinham suprimido em si o dom de Deus, por pura cobiça e satisfação de seus desejos imediatos.

"Não existe homem compreensivo!", pensou o jovem padre repentinamente e naquele momento perdeu para sempre sua juventude, e as almas dos sábios e antigos padres mortos se juntaram para vir em seu auxílio, como sempre faziam. Seus pensamentos o deprimiram. Pensava que o homem era intrinsecamente simples, que o bem e o mal fossem exatamente definidos com uma ampla área entre eles, que os homens tivessem a capacidade da gratidão, e que pregassem a unidade e a pureza acima do falso e do impuro, e Deus acima do Diabo.

Deu uma parada para olhar o céu e colocar ansiosamente uma pergunta à sua fria e sombria inacessibilidade. Uma enorme resposta começou a se misturar nas profundezas de sua mente, mas era ainda indistinta. Continuou a andar, ainda pensando, muito devagar. Um cão latiu em algum lugar, e as sólidas colinas atrás da aldeia ecoaram o som solitário. O sol começava a cair, formando um borrão escarlate no céu ocidental, amorfo detrás das nuvens.

"Por que", pensou o padre, "tinha o Sr. MacVicar, um homem culto e inteligente, vindo morar nesse lugar isolado e desolado, para essa aldeia à beira de um penhasco, afrontando o mar? O que havia ali para estimular e preencher sua mente? Que amizade poderia ter entre esses pequenos fazendeiros, negociantes, criadores, tosquiadores, fabricantes de uísque? Que vozes lhe responderiam nos sotaques que conhecia, e em palavras que não eram completamente comuns e simples? Era um homem não só de substância, mas de educação e criação. Por que teria vindo para cá, com tantos outros lugares no mundo?"

O padre chegou à casa do proprietário. Não era maior nem mais ornamentada do que as bem-conservadas casas vizinhas. Os jardins de frente e dos fundos, contudo, estavam cheios de cor e da escura espessura de velhas árvores. Havia até uma estufa! A aldrava da porta de carvalho não era simples como as outras, das demais casas, de ferro. Era um objeto fino de cobre polido com a forma da cabeça de uma ninfa do mar. O degrau da porta era de cobre também. O padre levantou a aldrava e o som agudo foi repetido na extensão de toda a rua tortuosa. Uma mulherzinha com um rosto frio e pálido apareceu em seguida, com um gorro cheio de babados nos cabelos brancos e um avental, também de babados, sobre um vestido preto. Encarou o padre de maneira inamistosa.

– O que o senhor quer... padre? – perguntou, com voz ameaçadora, olhando com desprezo para os seus hábitos.

– O Sr. MacVicar me convidou para o chá, hoje.

Ela o rejeitou com seus olhos hostis.

– Ele não me falou nada a respeito.

– Pergunte-lhe – sugeriu padre Tom e ficou surpreso com a irritação da própria voz.

Ela hesitou. Então, seu rosto transformou-se.

– Vou lhe dar um pequeno conselho. Volte outro dia. O Sr. MacVicar... ele não está em si.

O padre pensou. Teria o proprietário ordenado que ele voltasse?

– Ele lhe disse para não me deixar entrar?

Ela balançou a cabeça.

– Não, não é isso. Apenas, ele não é o mesmo.

– Doente?

Ela ficou tão aliviada com esta oferta, que a aceitou depressa demais.

– Sim, isso! Ele está doente!

O padre forçou o ombro com educação e empurrou a porta aberta.

– Então vou vê-lo. Ele me convidou e vai ficar imaginando por que não vim. – Ele se viu em uma saleta de tijolos, brilhando com cera. Seguia-se uma série de pequenos cômodos. O padre agora estava familiarizado com a planta de tais casas e foi direto ao cômodo onde sabia ser a sala de visitas.

Ali, a melancolia do dia era intensificada por uma pesada penumbra. E o ar estava cheio de um inequívoco odor acre de uísque. Cheirava como uma taverna cheia de gente. As cortinas tinham sido cerradas sobre as pequenas janelas. As formas dos móveis mal podiam ser delineadas. Apenas a menor das chamas de um carvão brilhava na lareira reluzente, parecendo um olho vermelho na escuridão.

A governanta ultrapassou o padre, parou na sua frente e falou com voz estrídula:

– Patrão, não é minha culpa! Ele forçou a entrada! Tentei mantê-lo do lado de fora!

A pouca luz que havia na casa fluiu da saleta e delineou a esguia figura juvenil do padre. Ele sentiu-se sob implacável inspeção de algum lugar da sala. Ouviu então a voz do Sr. MacVicar, engrossada de bebida, arrastada.

– Deixe-o em paz. Entre, homem, entre e alegre seus olhos. Saia, mulher.

– Chá, patrão? – perguntou ela, timidamente.

– Não, nenhum chá. Se ele não beber uísque comigo, não beberá nada. Acenda a luz antes de sair, mulher.

A mulherzinha saiu em disparada para a sala e acendeu um lampião. A luz fosca e melancólica apenas contribuiu para aumentar o abatimento e a depressão. E havia o próprio *squire* afundado em uma cadeira grande, com uma garrafa ao lado, outra no chão e um copo na mão.

Padre Tom ficou chocado. Não podia acreditar que esse homem grande e amarrotado, monolítico, em sua cadeira próxima ao fogo, despenteado, desgrenhado, com a barba por fazer, era o Sr. MacVicar que conhecera, arrogante, senhoril e ereto como um carvalho, em seu cavalo. Os olhos ferozes estavam avermelhados e afundados. O queixo caído no peito. O nariz grande tinha uma aparência achatada. Apenas a boca mantinha sua força.

– Talvez não esteja gostando do que está vendo. – Endireitou-se na cadeira. Podia estar excessivamente bêbado, mas estava consciente, e agora havia mesmo um ar maligno na sua voz arrastada. – E você será o primeiro a saber, além da Sra. Foy, que sou alcoólatra.

O padre olhou-o com piedade repentina, misteriosa, profunda e dolorida. O proprietário encarou-o com os olhos faiscando de zombaria e desprezo.

– Sim, agora venha sentar-se e unir-se à minha comemoração.

– O senhor me convidou – murmurou o padre.

– Sim, eu o convidei. Bem, venha. Você está esperando alguma coisa, seu tolo?

O padre entrou na sala e sentou-se próximo ao proprietário; reconheceu que a cadeira era larga e macia, e que o resto da mobília podia ser descrita não só como luxuosa, mas elegante. Mas seus olhos estavam fixos no Sr. MacVicar. Esteve a ponto de dizer "Talvez eu deva voltar outro dia", quando foi parado. Foi como se mão forte tivesse sido posta sobre sua boca.

– Tome uma bebida. Vai lhe fazer bem – disse o proprietário, e tateou a mesa ao seu lado à procura de outro copo. Encontrou-o. Com a cuidadosa e decidida precisão de um homem alcoolizado demais, ele o encheu quase até o máximo e o estendeu ao padre, que o pegou. O proprietário observou-o. O padre bebeu o uísque. Jamais bebera algo tão bom assim. O frio suor dos seus ossos, que não provinha só do clima, começou a aliviar.

– Gosta do meu uísque?

– Gosto – disse o padre, e foi como se outra pessoa estivesse lhe fornecendo as palavras e ele apenas as repetisse de modo obediente.

Os olhos embaçados do Sr. MacVicar vagaram pelo cômodo, focalizando, ora uma mesa, ora uma pintura na parede recoberta de lambris, ora o chão, ora o fogo. Finalmente, eles se voltaram para o padre.

– Você vai contar para a cidade, sem dúvida.

– O senhor sabe muito bem que não.

Uma mudança extraordinária aconteceu com o rosto do proprietário. Ele se endireitou na cadeira. Pareceu eletrizado por algum ódio e rancor que superou mesmo a sua embriaguez.

– Ah! É verdade, você não vai contar! Mas no seu negro coração você vai condenar, vai recusar sua simpatia, vai levantar suas saias imaculadas! Rezará por mim, talvez, mas na sua cruel superioridade, vai pensar que sou uma alma perdida! Dane-se você, eu não o conheço!

O novo instigador misterioso fez o padre tomar outra dose cuidadosa de uísque, rolá-lo na língua e engoli-lo com uma expressão ponderada.

– Ótimo uísque.

O Sr. MacVicar olhou-o fixamente, observou-o para perceber o menor tremor, o menor olhar de repugnância, o menor medo.

– Dane-se – disse, em voz macia.

– Não é apropriado para o senhor dizer isso. Ninguém é condenado por ninguém, senão por si mesmo.

– Conheço o seu jargão! – gritou o proprietário e golpeou o grande joelho com o punho. – Ninguém é rejeitado por Deus! A própria pessoa rejeita Deus e se aparta d'Ele!

– Isso – disse o padre, suspendendo o copo para estudar o uísque à luz do fogo – não é presbiterianismo. – Bebeu um pouco mais e levou um instante para se maravilhar com o seu novo eu. Um mês antes, teria se afundado com medo do proprietário. Sua timidez o teria feito retirar-se, tremendo. No entanto, estava sentado, diante de um homem blasfemo, selvagem e embriagado, e podia falar com calma e sentir apenas a mais dolorida das compaixões!

O proprietário reabasteceu o próprio copo; o uísque espirrou na sua mão. Ele disse, falando alto para si mesmo, em voz áspera, contida:

– Por que me aborreço com este padre tolo, um garoto, um rapaz de penugem nas bochechas, uma criança serena, saída das saias da mãe? Por que não o atiro para fora da minha casa, este choramingão falador de mentiras? Por que o tenho tolerado tanto tempo na minha aldeia, este criador de casos, troçador de autoridade? O que ele representa para mim?

O padre ficou em silêncio; revirou o copo na mão. Olhou para ele. Sentou-se calmamente na cadeira, ouvindo como se estivesse no confessionário.

– Dane-se! – gritou o senhor feudal. – Por que não me responde?

– Não é a mim que você pergunta.

– A quem, então!

– Deus.

Como se o nome tivesse sido um terrível precipitador de acontecimentos, o proprietário saltou da cadeira, e tão violento foi o seu movimento que ela virou com um estrondo. Ele caiu sobre o padre, agarrou-o pelos ombros e sacudiu-o com mais violência ainda.

– Oh, amaldiçoe-me! – gaguejou furioso. – Olhe para mim! Eu sou um padre! Um padre ordenado! Um monsenhor! É o que sou! E quem é você?

O copo caiu da mão do padre e se estilhaçou na lareira. Um pavor gelado o percorreu. Sua mente rodopiou. Desejou levantar-se, voar.

Entretanto, algo mais do que as poderosas mãos do proprietário o mantinha preso à sua cadeira. Era mais do que medo que lhe secava a boca, a língua, seu palato. Não podia acreditar no que tinha ouvido, mas sabia que devia acreditar.

O proprietário soltou-o após outra violenta sacudidela. Então, como um homem possesso, deu um salto para trás. Com uma força quase demoníaca, arrastou uma comprida mesa estreita para o centro do cômodo. Voou para um armário encostado em uma parede e arrancou dele peças de toalha de altar, brancas e finas, com seda e bordados. Estendeu tudo na mesa. Correu ao armário outra vez e tirou um candelabro e o pôs na mesa; mostrou um crucifixo alto e primorosamente belo, com o corpo reluzindo com o brilho do ouro. Pôs o crucifixo na mesa, também. Trouxe uma imensa Bíblia encadernada em couro, faiscando com letras douradas. Apanhou um cálice, de ouro puro, um magnífico sacrário, um cibório, finas toalhas, uma custódia como o jovem padre jamais vira. Tudo cintilava à luz do lampião e do fogo.

Bem devagar, e de forma inexorável, apareceu perante os olhos horrorizados do jovem padre o altar-mor, completo em cada detalhe, cada artigo feito com a arte mais elaborada, e brilhando com as luzes douradas. Ele sentou-se, incapaz de se mexer. Disse a si mesmo que estava testemunhando uma blasfêmia, mas não conseguia se mover. Estava aterrorizado, mas longe, em sua mente, ouvia um murmúrio confortador e tranquilizador. "Eu sabia, de algum modo eu sabia", respondeu humildemente ao murmúrio e tremeu.

Agora o furioso proprietário voltou ao armário e apanhou uma alba e uma batina, que brilhavam como prata, com magníficos bordados. Colocou a alba por cima de suas roupas e vestiu-a. Levantou as mãos para o crucifixo e falou, com uma voz alta e agonizante:

– Fazei-me puro, oh, Senhor, e purificai meu coração, de modo que, tendo me tornado puro com sangue de cordeiro, possa merecer uma recompensa eterna! – Cambaleou. Pegou a borda da mesa, firmou-se nela. Olhou para o crucifixo, tomou sua base nas mãos. Abaixou a cabeça de encontro aos Santos Pés. Gemeu: – *Sanctus, Sanctus, Sanctus.* – Gemeu de novo e mais uma vez, até que cada objeto no cômodo vibrou com aquele gemido alto e terrível.

Bem devagar, ainda meio cambaleando, ele se virou e encarou padre Tom. Seus olhos estavam selvagens e distantes, como se olhasse um pôr do sol, e angustiados.

E começou a falar, debilmente, distante:

– *Dextera Domini fecit virtutem dextera Domini exaltavit me; non moriar, sed vivan, et narrabo opera Domini!* – Estendeu as mãos para as vestes reluzentes. Vestiu-as. Parou, vestido como um padre. Parou de pé, alto e brilhante, com o rosto atormentado.

Então ele viu o padre Tom. Sua boca despencou; o rosto se tornou o rosto de um ancião ferido. Cambaleou em direção ao padre, caiu de joelhos e cobriu o rosto com as mãos.

– Padre, dê-me a sua bênção – gemeu. – Pois eu pequei!

PADRE TOM, NO salão da vovó, suspirou naquela noite.

– Se eu tivesse corrido, como quis fazer, então a alma desse homem teria sido perdida. Grandes são os mistérios e a misericórdia de Deus!

A história do proprietário era a história do orgulho demoníaco.

Desde a sua mais tenra infância, ele sabia que tinha vocação para o sacerdócio. Mas seus professores em Edimburgo tinham duvidado, desde o início. Admitiam que ele tinha grande vocação, piedade e absoluta fé. Havia, no entanto, seu orgulho. Era de família orgulhosa, arrogante e próspera, e do clã dos MacGregors. O venerável sangue dos reis escoceses corria nas suas veias. O orgulho venerável era ainda mais forte. Ele havia tentado ser humilde e simples. Havia, certamente, convencido até o bispo de que se tornaria um excelente padre. O bispo, ele próprio do clã dos MacGregors, sabia o que significava ser orgulhoso. Ele havia transmutado seu próprio orgulho interior na defesa de servir a Deus e à sua Igreja. O bispo pensou que o mesmo ocorreria também com o jovem Ian MacVicar. Dessa forma, o aspirante a padre tinha ido para o seminário e havia tentado conter sua arrogância e altivez. Lembrara-se, repetidas vezes, que o seu Senhor tinha lavado os pés dos Seus apóstolos. Mas, em seu coração, achava que esse era um gesto degradante. Pensara até, nos recessos do seu coração, que Cristo não teria andado com os humildes, os obscuros, os analfabetos, os pecadores. Ele, Senhor de todos, não se teria rebaixado até essa ralé, o povinho barulhento e suado dos mercados e dos portos de pesca.

O poderoso Senhor do céu havia, de forma incompreensível, se associado aos párias, aos medíocres, aos desconhecidos, aos angustiados.

Em um momento de blasfêmia, mais tarde, questionara Deus. Era esse o seu Reino? Se era, ele não queria nada com Ele. Cometera o pecado de Lúcifer.

Nessa época, ele não era apenas padre. Tinha sido elevado a monsenhor. Além disso, era um administrador consciencioso, excessivamente escrupuloso e inflexível.

De modo paradoxal, enquanto desprezava os obscuros, os simples, os ignorantes, os aparentemente inúteis, os sem importância, era caridoso com eles. Gastou grande parte de sua fortuna em benefício dessa gente. Foi só quando, sem nenhuma desculpa de sangue, sem *noblesse oblige*, sem posição social, eles assumiram uma estúpida arrogância e jactaram-se e tiranizaram, em sua estupidez, que ele se tornou cruel. Era muito simples para ele, os humildes deveriam se dar conta de que eram humildes; os ignorantes deveriam compreender sua ignorância; os não importantes aos olhos do mundo deveriam estar cientes de sua falta de importância. O Senhor deles tinha sido humilde, simples e bondoso de coração. Eles adquiririam estatura se O seguissem em humildade, simplicidade e bondade. Mas quando se tornavam mendigos ricos, a cavalo, deveriam ser rebaixados, as rédeas tiradas de suas mãos. Era notório que quando tinham uma "pequena e breve autoridade" espezinhavam seus companheiros.

– Não há nada mais vil do que um estúpido homem grosseiro em posição de autoridade ou em suposição de autoridade e importância – disse Ian MacVicar ao bispo.

O bispo estava inclinado a concordar. Não achava apropriado que um homem sem treinamento nas artes da civilização aspirasse a um serviço público, ou à autoridade. Essa situação levava ao caos e, eventualmente, à loucura e ao despotismo. Era notável, admitia o bispo, que o mais feroz dos tiranos ascendia da ralé e dos homens sem família. Era também notável que fossem desapiedados com seus antigos companheiros, odiando-os e odiando também seus novos associados, por sua nobreza e posição social, invejando-os e tentando humilhá-los. Pois o homem de criação inferior sabe, no seu coração, que não tinha nenhum direito à posição que ocupava e assim se vingava de todos.

– Foi a ralé de Jerusalém que uivou para Pilatos, "Dê-nos Barrabás!" – disse Ian MacVicar ao bispo.

– Mas foram os aristocráticos fariseus que incitaram a ralé: os sutis, bem-nascidos e cínicos fariseus. Deve se lembrar disso – retrucou o bispo.

Passou-se um longo tempo antes que o bispo descobrisse que o jovem padre era um fariseu. Passou-se longo tempo antes que entendesse que ele e Ian não estavam falando a mesma língua.

O bispo tentou ser paciente. Tentou explicar, solidarizou-se e esclareceu, mas Ian tinha ido longe demais em seu orgulho e em seu ódio, que agora abarcava toda a humanidade. Era duro com os pecadores e os intimidava; absolvia, mas com desprezo; celebrava missa com uma expressão que dava a entender que os que se ajoelhavam na igreja estavam cometendo blasfêmia por sua presença diante do Mais Santo dos Santos. Era irascível na sua autoridade; algumas irmãs de caridade temerosamente o consideravam louco, com o passar do tempo. Ele aterrorizava seus curas com o seu desdém pela humanidade, sua simplicidade, sua bondade com os ignorantes, os desnorteados, e os pecadores. Andava com pompa pela paróquia como um tirano, dignando-se a conversar apenas com os que se curvavam perante ele, e tratando os que o encaravam com um olhar intimidador. Fitava as faces calmas daqueles a quem administrava a Santa Comunhão, e eles ficavam assustados com o seu olhar de insulto e repugnância. O bispo chamou-o de novo, e dessa vez o velho foi severo. Ian deveria ir para um retiro, aprender lá a humildade que lhe faltava, aprender que todas as almas eram preciosas para Deus, e amadas por Ele, e não era Ian que deveria julgar, e julgar com tanta crueldade e vingança.

A essa sentença de disciplina, Ian quase perdeu o juízo. Arrancou com ímpeto o colarinho clerical e arremessou-o aos pés do bispo.

Tirou a batina e jogou-a para o bispo. Fez isso com violência, mas sem proferir uma palavra. Então, olhou para o bispo com furor e puro ódio e disse:

– Terminei com isso. Não servirei a nenhum Deus de quem se assegura, conforme o senhor diz, que ama os desgraçados que tenho na minha paróquia e que tive nas paróquias antes desta, e as prostitutas, os bêbados, os imundos, os maus, os ignorantes e os loucos. Não serei mais obrigado a orar com os velhos e a ouvir suas lamúrias senis; não terei mais de me sentar no confessionário para ouvir pecados desprezíveis, dignos de cães e não de homens. Meus olhos não serão ofendidos com a visão dessas criaturas que se dizem humanas, mas são o mais degradante dos animais. Não mais darei a hóstia para os indignos e os criminosos, para os animais velhacos e chorões que cheiram a uísque, a carvão e a esterco! Isso não é para mim! – Saiu apressado da presença aterrorizada do bispo e andou com o seu silêncio, amargo silêncio, para o seu presbitério, e, sem nada dizer aos seus curas, embalou suas coisas e saiu sem uma palavra.

Sua família, ferida, virou-lhe o rosto. Rico, quebrado de coração mas não de espírito, ele a abandonou e procurou o lugar mais obscuro que pôde encontrar, com a raiva e violência crescendo, sua amargura aumentando. Não queria mais nada da Igreja, ou mesmo de Deus. Encontraria um lugar onde poderia governar, recompensar adequadamente os humildes, rebaixar os presunçosos, e onde sua palavra fosse lei. Seria um homem completo agora, entre homens de sua escolha, e não um padre prudente que tinha sempre de oprimir sua natureza. Casar-se-ia. Geraria filhos, nos quais poderia instilar seu próprio orgulho e altivez e fazê-los donos de seu próprio direito. E assim tinha vindo para essa aldeia remota e isolada e havia estabelecido suas próprias regras, suas próprias medidas de justiça, suas próprias perversidades, e homem nenhum ousaria dizer-lhe não ou discutir sua palavra.

Tinha, em suma, como o padre Tom havia falado de modo tão inocente, criado seu pequeno inferno particular, desprovido de Deus. Tinha se exilado. Em todos os sentidos, excomungara a si mesmo.

Seu avô, o mais rico de toda a família, deve ter compreendido. Ele deixou a Ian sua fortuna, para amargura e revolta dos outros membros.

Virtuoso, secretamente caridoso, justo, Ian tinha muitos atributos de um santo, exceto um: não tinha humildade. Teimosamente pensava que muita humildade significava apenas chafurdar nas sarjetas com os desprezíveis e os subumanos, não levantá-los, mas ser um deles. Isso ele não podia fazer, quando era padre e mesmo quando não era. Não tinha entendido nada.

Quando já havia passado sua juventude, casou-se. Após seis meses de casamento, estava paradoxalmente horrorizado e se afastou da sua perplexa jovem esposa. Passou a ter a vida ascética de um padre. A esposa pensou que ele não a desejava e morreu na sua angústia. Ele teve a filha amada que imaginara, nos lugares escuros e amargos do seu coração, como uma eterna virgem, pura e imaculada. Ela se casou, e ele quase perdeu o juízo. Não até que fosse quase tarde demais; no dia em que padre Tom viera à sua casa, compreendeu que nunca, nem uma vez, havia contado à filha a sua própria história e que nunca lhe havia ensinado sua velha fé. Ele a havia culpado apenas pelos pecados dele próprio; colocou-a para fora de casa e tentou apagá-la da memória. Ela se tornou para ele um símbolo de sua fantasia, na sua situação excomungada. Ela era uma violação dele mesmo.

Ninguém na aldeia sabia, claro, e ninguém tinha compreendido esse homem complexo e desventurado. Todos o receavam. Sua própria agonia alimentava o terror. A cada gesto de servilismo, a cada palavra covarde e humilde, a cada visão de um olhar de medo, ele se tornava mais arrogante, mais rancoroso, mais desapiedado. O próprio genro tremera ao vê-lo. Os ministros anteriores tinham se arrastado para ele; os padres anteriores o tinham considerado um homem frio e brutal e um inimigo pessoal.

Então padre Tom, na inocência e pureza de sua alma, o desafiara. Padre Tom não teve medo. Apesar de toda a sua timidez, o padre tinha-o aceitado. Padre Tom havia olhado para ele com afeição infantil! Tal fato havia animado Ian MacVicar, que estava determinado a tentar conter sua coragem infantil, perturbar sua alma juvenil, atirar o jovem padre na confusão e finalmente na submissão lamuriante.

Em poucos dias, ele havia falhado por completo. E padre Tom havia lhe mostrado, em estonteante revelação, o que de fato era ser padre.

O próprio padre Tom não tinha compreendido o que fizera a Ian MacVicar, mas os padres sensatos que rodeavam o fogo na casa de vovó sabiam com exatidão. Padre Tom, como um homem velho, só podia dizer:

– Ele atingira o ponto de tensão, o pobre homem. Ele estava pronto para a sua salvação.

Os outros padres sorriram e se entreolharam.

– Nunca havia imaginado encontrar o problema da virtude intrínseca. Mas lá estava ela, e fiquei confuso e perplexo.

– E o que o senhor fez? – perguntou vovó.

– Ele se confessou comigo, naquele dia chuvoso, soturno e fustigado pelo vento, naquele lugar isolado e solitário. Escrevi ao meu bispo e então, receando não ter me expressado bem, fui falar com ele e expus o caso de Ian MacVicar. Eu estava receoso de não ter me comportado de modo apropriado. Mas o bispo sorriu. Ele escreveu a Ian, que foi falar com ele.

O velho padre Tom acendeu o cachimbo.

– Ian foi de novo um padre, em todos os sentidos. Viveu o resto da vida como vigário, em lugares humildes e isolados, como aquela aldeia. Só o vi uma vez depois daquela. Era o mais feliz dos homens, e o mais amado. Quando morreu, todos lamentaram, mesmo os que não eram da Igreja. O próprio bispo celebrou a missa solene de réquiem. Deixou toda a sua fortuna para a filha e o jovem ministro. As autoridades de Edimburgo então acharam a aldeia muito abaixo do ministro, e o levaram de volta. O casal teve um lindo filho. – Padre Tom retirou a borra do cachimbo. – Deram-lhe o nome do avô, Ian. Ele se tornou padre. – Sorriu para os amigos. – Os caminhos de Deus são estranhos e maravilhosos!

10

Ainda era cedo, embora começasse a escurecer lá fora. Todos refletiam sobre o conto do padre Weir, seu problema de virtude e o Sr. MacVicar.

– Não há branco ou preto – disse vovó, como se aliviada.

– Oh, mas há! – disse padre Joseph Shayne. – Há pecado e há inocência. Os que acreditam se encontrar em algum lugar e alguma vez, são o que os filósofos estão começando a chamar de relativistas. Em suma, estão privando-se de valores, como os absolutos de Deus, com todas as leis morais. Não importa quão intrincado o assunto e o homem, eles invariavelmente farão emergir depois de estudos o fato de que não há senão pecado... ou inocência. É verdade que os inocentes cometem algumas vezes um mal, mas se o mal não está nos seus corações ou nas suas intenções, então eles não serão culpados.

"É verdade que os maus às vezes fazem o bem, mas tal não é sua intenção interior, e sim a misericórdia de Deus. O que é preto não pode virar branco, e o que é branco não pode virar preto, exceto através de intenções.

"Sempre se volta à alma íntima do homem. O que ele pretende? O Bem ou o Mal? Seus atos exteriores não seguem sempre sua intenção.

"Uma vez eu estive em contato com uma situação que parecia característica do Mal, mas não era realmente o Mal. Devo contar-lhes, caros amigos, se tiverem paciência."

Padre Shayne e o problema do mal

– Para os muitos novos, os absolutamente inocentes, os verdadeiramente santos, o mal não é problema pessoal. Ah, eles pensarão, isso é bom e isso é mau, isso é luz e isso é escuridão, e onde está o homem que não pode enxergar, pelo bem da sua alma? Mas os padres da Igreja sempre sabem que não é uma coisa simples. Eles têm discorrido sobre esse assunto através dos séculos e são muitos os de nossa dividida irmandade que chegaram à conclusão de que Satanás é uma fantasia útil, maldade apenas para o olho ignorante do homem e, se houver um problema de mal, pode ser resolvido por leis do governo ou por humanitarismo. Mas digo-lhes, meus filhos, esta noite, o mal não é uma abstração, mas também não está muito claro. Pode ser uma das maquinações do próprio diabo, o mal número um. É uma das confusões que ele ativa no meio de nós, de modo que paramos as nossas preocupações e perguntamos: "O que é o Bem e o que é o Mal?"

E nem sempre, como falo com vocês agora, podemos estar certos. Só Deus pode estar certo. Porque ele é Todo Misericordioso e Todo Amor.

Padre Joseph Shayne foi mandado para a sua segunda paróquia aos 30 anos e era bastante amadurecido, sendo um dos novos padres recém-chegados às Ilhas, esperto, vivo, com algum conhecimento do mundo, tolerante e muito polido. Possuía um grande senso de humor, coragem e força, e observava o homem e o mundo com um olho quase urbano. Era exatamente o homem, pensou o bispo, para dirigir a pequena mas luxuosa paróquia, a cerca de 30 quilômetros de Londres, e não muito distante do castelo de Windsor. A aldeia, com cerca de 3 mil almas, abrigava coronéis aposentados e outros oficiais da ativa, viúvas velhotas e prósperas de Londres, fazendeiros, solteironas razoavelmente ricas, que haviam herdado dinheiro tarde demais na vida para obter vantagens, diretores de escola aposentados que recebiam pensão e tinham outros recursos, prósperos comerciantes, professores, três médicos e vários advogados. Não importa a classe trabalhadora a que pertenciam, essas pessoas, agradáveis e gentis, viviam principalmente no passado e eram muito arredias, desprezavam Londres, mas iam à cidade várias vezes por ano para fazer compras e visitar os velhos amigos ou para passar em seus clubes.

O bispo imaginou que padre Shayne estaria muito bem naquela aldeia, embora com cerca de quinhentos católicos apenas e nenhum membro da aristocracia. O padre era irlandês, mas um irlandês "respeitável", como os ingleses o chamavam. Sua família em Dublin fora muito próspera, e ele tivera uma infância feliz, despreocupada e mimada – sendo filho único – e frequentara o melhor seminário, onde se associara a jovens ricos como ele e a padres, de certa forma, conhecedores da vida. Era um erudito em latim e grego e gostava de despender todo o tempo disponível em traduzir Homero e Virgílio, para seu próprio prazer. Era também eficiente em alemão, francês e italiano. Apreciava a arte e fazia algumas garatujas em aquarela, e sabia diferenciar a boa da má pintura. Seu sotaque irlandês não ofenderia os novos paroquianos e tinha a boa índole, solene, gentil e agradável desses irlandeses que não conheceram a pobreza e a fome. De fato, como disseram alguns dos seus colegas padres, se ele tivesse ido para a América, teria sido um político de valor, sem dúvida.

Seu predecessor, recém-falecido, era de outra estirpe de irlandeses, melancólico e severo, e pouco tolerante. Ele nunca soubera transformar um insulto em uma piada, uma afronta num sorriso.

– Não que, naturalmente, seja meu pensamento que você vá compactuar com princípios, dogma ou doutrina, meu filho – dissera o bispo –, mas ninguém usa a própria cabeça como aríete, usa?

– Não usa – replicou padre Shayne, de maneira um pouco distorcida.

O bispo deu-lhe uma breve explicação sobre sua nova paróquia. A maioria dos habitantes era constituída de anglo-católicos, exceto os colonos das fazendas, os empregados domésticos, os comerciantes e outros similares, que pertenciam à Igreja Anglicana Reformada.

– Mas todos eram muito agradáveis com seu falecido irmão, meu filho – disse o bispo. – Os nobres eram especialmente gentis. No entanto, ele os aborrecia, atemorizava-os. Eu mesmo tive diversas queixas dos fiéis da sua nova igreja, São Jorge, porque o pobre velho era muito inflexível em vários assuntos não tão importantes. As irmãs de caridade também não gostavam dele. As boas irmãs são em geral intolerantes com os padres, de qualquer forma, mas eram particularmente intolerantes com o padre Tom. – O bispo suspirou.

– Então é necessário muita prudência? – perguntou padre Shayne.

– Ah, sim, prudência. Uma das maiores virtudes!

Padre Shayne concordou, mas não pôde deixar de pensar nos velhos padres de sua infância, que não eram nada prudentes e nunca sabiam quando segurar a língua se suas consciências fossem desafiadas ou se surgisse um problema difícil, e que eram como os profetas antigos: inflamados, ferozmente dedicados, apaixonados com o seu amor a Deus, e o diabo que se cuidasse! Mas esses eram tempos modernos, e se a Igreja devia prosperar na Inglaterra protestante, os padres deviam se movimentar com cautela e urbanidade. E prudência. Subitamente, e isso o exasperou, padre Shayne desvalorizou a prudência e não a considerou, pelo menos por uns momentos, como uma das mais brilhantes virtudes.

– A casa é pequena, mas bonita – disse o bispo –, com um agradável jardim de flores e árvores e um canteiro de hortaliças. Você poderá se divertir com ele à tarde, embora um jardineiro faça o trabalho pesado. A governanta é uma senhora idosa que não precisa dos baixos salários, mas trabalha no presbitério por amor a Deus, e morava com duas filhas viúvas rua abaixo, mulheres de meia-idade que vivem em circunstâncias confortáveis. Você vai encontrar lá muitas cabanas curiosas, cobertas de palha, e há três hospedarias no estilo da velha Inglaterra. Em suma, você vai gostar muito.

Parecia, pensou padre Shayne, que ainda estava com seus 30 anos, um refúgio aconchegante para algum padre velho bondoso que fosse enviado para pastorear. Olhou de modo penetrante para o bispo, que lhe sorriu de volta, serenamente, e disse:

– Ah, sim, há um senhor feudal lá, de uma velha família irlandesa distinta, com a esposa e filhos. O Sr. Geoffrey Gould. Infelizmente, o velho Tom não se deu bem com ele, e por isso o Sr. Gould é, receio, um católico relapso. A Sra. Gould também é irlandesa, mas presbiteriana, e de Belfast. As crianças são católicas, claro. Os pais se casaram na Igreja, e entendo que a Sra. Gould seja uma senhora encantadora, e só nominalmente protestante. O pobre velho Tom tinha muito medo dela.

– Por que, meu senhor?

O bispo pôs os dedos nos lábios, pensativamente.

– É melhor você conhecer a história toda. O velho Tom a conhecia, e ela o assustava terrivelmente. Você compreende, o Sr. Gould foi julgado pelo assassinato da primeira esposa, em Belfast. A atual Sra. Gould era uma amiga de juventude da falecida senhora, e também esteve sob suspeita. O Sr. Gould foi absolvido. Ele se mudou então para aquela aldeia perto de Londres, e só Tom conhecia a história. Você sabe como essas pessoas vivem isoladas. Qualquer coisa que ocorra fora da Inglaterra não tem a menor importância, e ninguém nunca pareceu ligar o Sr. Gould ao tão notório caso de Belfast. Tenho dúvida se eles, ao menos, leram tais acontecimentos irlandeses nos seus jornais, apesar de os ingleses adorarem ler sobre crimes e achar isso um assunto arrebatador. Sempre me perguntei por quê. Talvez porque tenham se tornado pessoas tão respeitáveis, comedidas e polidas neste século da rainha Vitória, e o velho sangue alegre ferva insatisfeito em suas veias, o sangue alegre que incentiva a conquistar o mundo e a ter uma vida tumultuada enquanto o fazem.

"Bem, de qualquer forma, o Sr. Gould, que teve três crianças com a primeira esposa, desposou a atual Sra. Gould, Srta. Florence Osborne, pouco mais de um ano após a sua primeira esposa ser... hã... assassinada. Vieram então para a Inglaterra quase imediatamente e tiveram duas outras crianças. O Sr. Gould é muito rico, herdou uma grande fortuna e é um investidor sagaz. Vive tranquilo com a família naquela aldeia, e é tão popular quanto um homem reservado consegue ser. A Sra. Gould, entretanto, participa de todas as feiras de mulheres e não sei mais o quê, e as crianças são muito felizes."

O padre ouvia-o, atento.

O bispo limpou a garganta.

– Sabe, filho, sou primo em terceiro grau do Sr. Gould, ou melhor, meio terceiro primo. É muito complicado para explicar, portanto não vou tentar. O Sr. Gould é uns vinte anos mais novo do que eu, e nunca nos encontramos. Nem sei se ele está informado do nosso parentesco. – O bispo tornou a limpar a garganta. – Estou preocupado com ele e sua família. O velho Tom estava a ponto de soltar uma bula de excomunhão por sua conta, contra Geoffrey Gould.

– Por quê?

– Bem, ele estava convencido de que, absolvido ou não, o Sr. Gould matara a esposa, ou que a atual Sra. Gould fizera isso, e o Sr. Gould não admitiu nem o crime, um grande pecado mortal, nem que tivesse conhecimento de culpa do crime de sua esposa. Você compreende, ela nunca foi julgada.

Padre Shayne assobiou.

– Então ela não pode se abrigar atrás do recurso da *res judicata*?

– Não. Não sei exatamente o que o pobre velho Tom queria. Desejaria que o Sr. Gould expusesse sua esposa para vê-la enforcada, com todas as cinco crianças abandonadas? Realmente não sei! E como o Sr. Gould não admitiu ser o criminoso, nem ter conhecimento de que a atual Sra. Gould teria sido a criminosa, então só poderia receber do velho Tom absolvição condicional. Este ficou quase desvairado. Escreveu-me dizendo que mal conseguia dar a Geoffrey a Santa Comunhão, depois de ter ouvido a história do próprio Geoffrey... na qual ele não acreditava... ao mesmo tempo em que Geoffrey, para evitar uma situação bastante desagradável, parou de ir à missa. Mas sua esposa levava as crianças todos os domingos e, pelo menos, uma outra vez por semana, o que costumava deixar Tom muito abalado. Insinuou a Geoffrey que ficaria feliz se o Sr. Gould não entrasse na igreja, e Geoffrey, muito justamente, disse que era uma atitude não cristã e intolerante, e mandou o velho padre para o inferno.

– O que fez o velho Tom pensar que um dos dois havia cometido o crime?

O bispo apertou os lábios.

– Ele me escreveu contando que o seu instinto dizia que um deles cometera o crime, ou talvez os dois, em conspiração. Ora, não se duvida do instinto, em especial do instinto irlandês, que significa o que é chamado vidência. O velho Tom era sensitivo; éramos amigos desde a nossa mais remota infância, e me lembro que muitas vezes... bem, isto não é pertinente. Mas tornou-se mais arraigado em sua opinião, com o decorrer do tempo. Achava a Sra. Gould uma mulher má, satânica, embora eu a considerasse bonita, ainda jovem. A falecida Sra. Gould... hã... morrera há cerca de sete anos.

"Ora, é indefensável que um homem seja posto para fora de sua própria Igreja, como Geoffrey foi. Isso tornou a situação muito ruim para as crianças, especialmente para as três primeiras, que sabiam que o pai era muito caridoso e devotado à religião. Eles já perguntam, sem dúvida, por que o pai não vai à missa. Em breve suas perguntas se tornarão mais direcionadas. Não se pode ludibriar crianças para sempre, você sabe. O mais velho tem 15 anos, a mais nova, 4. O pai vai finalmente herdar um título de baronete. A família tem não só dinheiro, como posição. Ah, a coisa toda é muito trágica!

"A situação precisa ser tratada com muita prudência. O velho Tom era um daqueles bravos velhos padres que, quando se convencia de uma coisa, não podia ser removido de sua posição. Um era o assassino, ou ambos, ou um era assassino e outro tinha conhecimento da culpa do outro e estava guardando silêncio. O velho Tom tinha alguns pontos: o prematuro segundo casamento do Sr. Gould, após a morte da esposa. O fato de que a Srta. Florence Osborne estava visitando a casa deles, naquela ocasião. Era evidente, para Tom, que os dois desejavam descartar-se da pobre senhora porque estavam apaixonados um pelo outro, e a queriam fora do caminho, e que, sem dúvida, haviam cometido adultério enquanto a falecida Sra. Gould estivera viva.

"Ele, no entanto, deixou de dar importância a uma coisa. A falecida Sra. Gould descobrira ser portadora de uma séria doença do coração, após o nascimento do terceiro filho. Na verdade ela quase morreu. Ficou semi-inválida por um ano, daí em diante, e depois passava mais tempo na cama do que em pé. Tinha uma enfermeira de plantão, uma boa jovem de Cork, que depôs no julgamento. Rose tinha saído para sua noite de folga, deixando a Sra. Gould aos cuidados do marido e da amiga visitante, a Srta. Osborne. Ela só retornou na manhã seguinte, para descobrir a Sra. Gould morta na cama. Havia morrido, revelou a autópsia, de uma overdose de seu indispensável estimulante para o coração. A enfermeira jurou que havia preparado as gotas em um copo para a Sra. Gould tomar à meia-noite, a dose regulada com cuidado. A Sra. Gould tinha tomado o remédio e morrera.

"O Sr. Gould, após longo interrogatório, foi preso. Houve uma investigação. Foi decidido que ele tinha administrado a dose fatal, pois admitiu ter ido ver a mulher à meia-noite e dado a ela o remédio. Assim ele foi julgado. Mas não havia motivo aparente. Amigos, vizinhos e empregados testemunharam que ele era um ótimo e atencioso marido. Era um homem muito reservado, e assim não puderam testemunhar que ele era muito afetuoso com ela. Um vizinho afirmou, com um pouco de malícia, que a Sra. Gould não era uma mulher de temperamento agradável, mas o júri não levou isso em consideração. Um homem não mata a esposa se ela é um pouco irritante, ou um pouco petulante, especialmente se é inválida. A menos que queira se livrar dela e casar com outra pessoa. A Srta. Osborne foi interrogada. Ela admitiu que havia visitado a Sra. Gould às nove horas naquela noite e ficou um pouco, para conversar com a amiga de infância. A enfermeira havia saído há pouco, e tinha dado à Sra. Gould a sua dose das oito e meia, antes de sair. A Srta. Osborne foi enfaticamente veemente em sua afirmação de que a Sra. Gould parecia mais animada do que o usual. Ela deveria ser acordada à meia-noite para a última dose da noite, e essa era uma tarefa do Sr. Gould. A Sra. Gould tomava também sedativos regularmente, pois a doença cardíaca era, às vezes, dolorosa, e assim ela dormia demais."

– A enfermeira afirmou que havia alguma coisa entre o Sr. Gould e a Srta. Osborne?

O bispo hesitou.

– Sim, a moça era nova e um pouco fantasiosa. Ela disse que achava que o Sr. Gould e a Srta. Osborne "gostavam" bastante um do outro. Eles se conheciam muito bem desde que a primeira Sra. Gould se casara com Geoffrey, e Florence os visitava com frequência, às vezes por um dia inteiro, outras por uma semana. Quando lhe perguntaram o que ela queria dizer exatamente por "gostavam", a enfermeira disse que o Sr. Gould e Florence sempre caminhavam juntos à tarde, e brincavam alegremente com as crianças. Não há nenhuma dúvida de que Florence é devotada aos filhos do Sr. Gould, e eles a ela: é uma excelente madrasta, esposa e mãe. Tom não pôde negar isso.

"Mas não havia motivo para o crime, se é que houve crime. A finada vinha de uma excelente mas muito pobre família irlandesa e o Sr. Gould era rico. Ele não iria antegozar a fortuna com a morte da esposa. Ao contrário, havia sustentado os pais dela até morrerem e era a própria imagem da bondade. E você não pode acusar um homem de desejar outra mulher de maneira tão crítica a ponto de matar a esposa, quando os sinais de afeto entre ele e a outra mulher são caminhar juntos e brincar com as crianças.

– Poderia a Sra. Gould ter morrido de causa natural ou ter cometido suicídio?

– Não. A autópsia revelou que ela morreu de superdosagem do seu remédio. E, apenas na véspera, o padre tinha ouvido sua confissão e lhe dado a Sagrada Comunhão. Não extrema-unção. Ela não estava em perigo de morte iminente; na realidade o médico acreditava que ela ganharia força e se recuperaria em cerca de um ano. O padre fez uma declaração confirmando isso, que o Sr. Gould parecia estar de muito melhor humor naquele dia, do que antes. Segui o caso de perto, apesar de nunca ter me encontrado com a primeira Sra. Gould.

– Poderia a enfermeira, pensando na sua noite de folga, ter sido apressada demais e acidentalmente preparado o remédio em quantidade exagerada?

– Isso foi-lhe perguntado. Não, ela era enfermeira de um dos melhores e mais modernos hospitais de Dublin, e seus superiores tinham dela um alto conceito. Ela causou boa impressão no júri, apesar de sua juventude. Competente, segura, cuidadosa. Suas referências eram das melhores. Nunca fora conhecida como descuidada.

– Ela gostava da Sra. Gould, meu senhor?

– Bem, você sabe, enfermeiras são muito profissionais e discretas. Ela apenas disse que algumas vezes a Sra. Gould era um pouquinho difícil, o que, considerando sua doença, era de se esperar. A enfermeira demonstrava a caridade de sua profissão. Além disso, ela precisava ganhar a vida. Tagarelar e falar demais não fariam nenhum bem a ela, nas mentes dos pacientes futuros e médicos. Aliás, o médico afirmou que a enfermeira era muito competente e cuidadosa, e havia sido prevenido para dar à Sra. Gould só as gotas especificadas do remédio, em meio copo d'água a cada três horas, parece. Ela estava com a família há mais de um ano.

– Onde está agora?

– Ah, sei o que você está pensando! Não, a moça não estava ligada ao Sr. Gould. E ela mantém agora uma alta posição no seu antigo hospital. Seu caráter é impecável. E é uma boa católica.

– O senhor tem quaisquer pensamentos sobre o assunto, ou opiniões?

O bispo vacilou. Então, disse, seriamente:

– Não creio que o Sr. Gould matou a esposa. E não creio que a Srta. Osborne o fez. Afinal, o remédio foi administrado pelo Sr. Gould à meia-noite, três horas após a Srta. Osborne vê-la. Não creio que a Sra. Gould cometeu suicídio, ou preparou ela própria o remédio. O Sr. Gould informou que, devido à sedação, ele teve considerável dificuldade para acordá-la, e a enfermeira dissera que era sempre assim.

– Então, o que pode ter acontecido?

– Não sei. Mas agora que fui tão sincero com você, meu filho, vai entender por que estou enviando-o para aquela aldeia. Geoffrey, apesar do parentesco distante, é ainda meu parente. Temo por sua alma imortal. Estou preocupado com seus filhos. Tenho esperança de que você vá acalmar as coisas e trazer Geoffrey de volta aos sacramentos. Terá de ser feito com delicadeza e com prudência. Você é apenas dez anos mais jovem do que Geoffrey; a atual Sra. Gould é apenas um pouco mais velha que você. Realmente não sei o que pode fazer, mas seu tato e sua diplomacia me impressionam! Você compreende, não pretendo que permaneça muito tempo naquela paróquia. Poderá ser muito deseducativo para um jovem com a sua inteligência.

Mas padre Shayne estava ainda absorto com a história.

– Alguém foi ver a Sra. Gould depois de meia-noite, para ver se ela precisava de alguma coisa?

– Que detetive você daria, meu filho! A Scotland Yard foi prejudicada por você ser padre. Sim, o Sr. Gould foi vê-la às duas horas da manhã. A Srta. Osborne estava com ele. Eles tinham passado longo tempo ao redor do fogo conversando, conforme depuseram. Viram a Sra. Gould na obscura iluminação da lâmpada noturna. Podiam ouvir a sua leve respiração. Estava profundamente adormecida e não acordou durante a noite, como afirmou a enfermeira, pois Rose dormia em uma maca no quarto.

– Poderiam tê-la acordado e lhe dado na sua condição de atordoamento, a dose fatal?

– Sim, poderiam. Foi por isso que Geoffrey, o Sr. Gould, foi julgado. Ambos juraram não tê-lo feito; às duas horas, a pobre mulher estava viva. E os médicos que a examinaram disseram que provavelmente morrera duas horas mais tarde, no máximo. Você deve se lembrar que, apesar de o coração da Sra. Gould não ser muito forte, ela não corria real perigo iminente. De fato, estava tendo uma recuperação bem lenta. Por isso não havia necessidade de alguém olhá-la depois daquela hora. Além disso, havia um sino ao lado da cama; se ela precisasse de alguma coisa, era só acioná-lo. O médico ordenara que o seu sono não fosse perturbado após a dose de meia-noite. E a enfermeira estava lá às sete, três horas depois da morte. A Sra. Gould, disse, era um "horror" azul, que, segundo os médicos, poderia ter sido por causa da superdosagem, que asfixiou o coração ou talvez o tenha superestimulado.

– Se não fosse pelo rápido segundo casamento... aqueles dois devem ter tido alguma paixão um pelo outro, meu senhor.

– Sim, a Srta. Osborne ficou para ajudar o Sr. Geoffrey com as crianças durante vários meses, pois ele evidentemente tinha sofrido um choque, e as crianças amavam a jovem Florence. O amor pode crescer muito depressa sob tais circunstâncias. Além disso, meu filho, um homem culpado não se casa de novo tão depressa como Geoffrey se casou. Ele seria prudente e esperaria pelo menos dois anos, para evitar suspeitas. É de fato muito trágico.

Padre Shayne pensou muito sobre o caso, sendo normalmente curioso, durante a viagem para a aldeia. Ninguém dera à Sra. Gould a dose fatal de seu remédio. Contudo, ela morrera de superdosagem. Não era provável que ela tenha acordado entre as 2 e as 4 horas da manhã, e ingerido a dose fatal que a matara. Ela sabia que não devia tomá-lo; além disso, vivia parcialmente drogada. Não cometera suicídio. Se ocorresse a menor suspeita, o padre não teria permitido o enterro cristão. Ninguém a havia matado, contudo ela morrera. Todos os empregados foram interrogados. Tinham dormido a noite toda. Afirmaram que o Sr. Gould era muito atencioso com a esposa e ficou muito chocado com a sua morte. Eles foram rápidos e discretos.

Também estavam acima de suspeita. Nenhum deles tinha razão para matar a pobre senhora, e estavam com a família desde que o Sr. Gould e a primeira esposa se casaram.

Vai ser muito interessante a minha paróquia!

Era, na realidade, bastante monótona. Agradável. Mas infernalmente monótona. Todos eram educados, mesmo as pessoas anglicanas da classe trabalhadora, que raramente gostavam de "romanos". Tudo se movimentava de modo muito rotineiro e suave, e padre Shayne começou a pensar na aldeia nesses termos. Era um jovem culto e vigoroso e encontrava pouco o que fazer, além dos seus deveres regulares. O velho jardineiro mostrara-lhe logo que não gostava de interferência no jardim, e insinuara que um homem da cidade não seria capaz de diferenciar uma abóbora de uma cenoura, ou uma rosa de um lírio. Era pleno verão, e o tempo estava extraordinariamente bonito. Era época de férias, e as irmãs estavam se relaxando tanto quanto gostavam. Além do mais, elas precisavam manter um olho rigoroso no novo padre. Nunca se sabia sobre esses jovens, todos com novas ideias e entusiasmos, o que podia ser perturbador para mulheres equilibradas de meia-idade, como elas próprias. Havia alguma crítica à brincadeira que ele fazia, não fazia? Corria um pouco quando rezava a missa falada e tinha um brilho impaciente nos olhos quando passeava pela aldeia.

A aldeia praticamente não tinha pecado, pelo menos foi que o padre Shayne pôde descobrir pelo seu pequeno rebanho. Era uma aldeia confortável, amigável, animada e bastante amistosa para os padrões ingleses. Muitos dos velhos coronéis e viúvas estavam de férias no Lake Country, ou estavam visitando parentes em outras partes do país, ou estavam se aquecendo na praia. Assim estavam dois advogados; só um médico permaneceu de plantão. Era também uma aldeia saudável, a região muito bonita, o pessoal das fazendas muito cortês. Padre Shayne esperava alguma ociosidade, mas não tanta assim. Agora que tinha mais do que esperava, descobriu que seus livros não o interessavam tanto quanto usualmente. Além disso, o clima o atraía. Podia passear no seu jardinzinho muito bem cuidado, mas estava sempre ciente do olho suspeito do jardineiro e raramente ousava curvar-se para cheirar suas próprias rosas. Gostava de usar as mãos, mas não havia nada para consertar na sua encantadora cabaninha. Tentou pintar algumas das fascinantes paisagens que via. E bocejava, sonolento.

Sabia, agora, que o bispo não tencionava conservá-lo ali muito tempo. Entendeu que deveria fazer alguma coisa sobre a família de Geoffrey Gould. Ele devia ser "prudente"! Isso ele era, e ninguém falou com ele sobre os Goulds, que viviam numa bela casa de pedra em uma colina isolada, bem no fim da aldeia.

Estariam fora, em férias, como a maioria dos outros ricos do local? Padre Shayne não podia sair sem mais nem menos e perguntar sobre eles, pois teoricamente nada devia saber de sua existência. Algumas vezes, na missa, percorria os olhos brevemente pelos fiéis, para ver se identificava alguém que se parecesse com os Goulds. As crianças mais velhas já teriam saído da escola; havia muitas na missa dominical. Esperou qualquer dos Goulds no confessionário. Nenhum, que ele soubesse, veio. Olhou nos registros da igreja. As duas filhas mais novas do segundo casamento tinham sido batizadas ali. Alice, 6 anos; Gordon, 4. Havia registros a respeito da crisma do jovem Geoffrey, agora com 15 anos, e Elsa, com 14, e da primeira comunhão de Eric, de 10. O Sr. Geoffrey Gould, embora tenha sido praticamente excomungado pelo velho padre Tom, foi visto nos registros com grandes contribuições anuais para a igreja de São Jorge, uma quantia que teria sido respeitável nas mais ricas paróquias de Londres. Havia comprado novos sinos de ótima qualidade para a igreja há apenas três anos, o que mostrava que não tinha tanto rancor contra o padre anterior. Pagara também os luxuosos genuflexórios, e havia doado um bonito tapete ocidental que fluía dos degraus do altar-mor até a mesa de comunhão, ali juntando-se a pesados carpetes cor-de-rosa ao longo do resto do comprimento do gradil. E aquela linda janela cor-de-rosa acima da grossa porta encerada, italiana e preciosa: ele a doara também. Em memória da sua falecida esposa amada, Agnes Brady Gould (teria o fato causado náuseas ao velho Tom?). O órgão, de excelente marca, fora um presente do Sr. Gould; possuía um belo tom profundo, e enchia a pequena igreja com um ressonante estrépito na missa cantada. Em suma, tudo de valor fora doado pelo proprietário Gould.

Dinheiro para aliviar a consciência? Um esforço de expiação? O padre Shayne percebeu naquelas duas ou três semanas emboloradas, modorrentas, monótonas, que estava dando importância demais ao assunto, completamente fora de proporções. Desculpou a si mesmo, recordando-se da profunda preocupação do bispo. Deveria ir àquela casa distante para uma visita amistosa? Afinal, os Gould eram seus paroquianos. Teria uma desculpa. Mas algo o fez hesitar.

Como o restante dos aldeões, estavam de férias. Padre Shayne comeu o desjejum de morango com creme, sopa de aveia, arenque e ovos e um bom chá, e ruminou. Algumas vezes perambulava na direção da casa. Não via ninguém, a não ser jardineiros, ninguém brincando debaixo das árvores de carvalho, nenhum alvoroço de brilhantes vestidos de verão das meninas, nem a sombra da Sra. Gould, nenhum sinal do senhor feudal. Os verdes gramados faiscantes estavam vazios, as brilhantes janelas, sem vida. Sim, eles deviam estar fora. Ou, lembrando o velho Tom, de quem padre Shayne não pensava agora com indulgência, estavam fora da igreja. Isso, naturalmente, não só era um grande pecado, mas era perigoso para as crianças.

Padre Shayne foi ver a madre superiora, uma majestosa senhora, cuja própria presença o intimidava. Falou com ela.

– Madre, tenho registros de uma família Gould aqui, e de seu profundo amor pela nossa paróquia. Contudo, não me lembro... eles estão fora?

Ela lhe endereçou um olhar longo, vagaroso, penetrante e pensativo. Depois disse:

– Acho que não. Tenho visto o jovem Geoffrey, Elsa e Eric todos os domingos na missa das dez.

– Oh?

– E a pequena Alice, com sua babá.

– Oh?

– A Sra. Gould não é católica. Uma senhora adorável.

– Oh?

Ela lhe deu um sorriso firme.

– O Sr. Gould foi severamente ofendido pelo padre Thomas McGinnis. Claro, tal fato não deveria afastá-lo dos seus deveres religiosos. Mas é compreensível.

– Não é compreensível perder a missa aos domingos – retrucou padre Shayne, em tom severo.

A irmã deu-lhe um sorriso ainda mais firme.

– Além disso, é seu dever, e um pecado estar ausente.

– Pode-se ter medo de cenas, padre. Declaro que foi um grande pecado da parte do padre McGinnis, e lhe falei a respeito – retrucou a irmã no mesmo tom do padre, fazendo-o corar.

– Cenas?

– Não é assunto meu, padre. Houve algum problema entre o padre e o Sr. Gould. Não sou curiosa.

Repreendido e sentindo-se com 10 anos e com clara sensação de que a irmã superiora o havia golpeado com uma régua pela sua impertinência, padre Shayne voltou ao seu gabinete, enfurecido. Não restava dúvida que a velha senhora estava do lado do proprietário, embora ciente de que ele estava cometendo um grave pecado por afastar-se da Igreja. Mas era também possível que o velho Tom o houvesse realmente proibido de ir à missa, por si só um grande pecado. A Igreja recebe pecadores com ternura e calor, não com raiva. Ela só pede penitência e arrependimento. O velho Tom, então, não ouvindo nada sobre penitência e arrependimento pelo que considerava pecados mortais, ficara ofendido. O assunto fora, na verdade, muito mal conduzido, e era muito errado a irmã superiora tomar partido do proprietário quando não conhecia as circunstâncias. O padre pensou em chamá-la e censurá-la, mas se encolheu ao pensar no assunto. Ainda estava magoado.

Padre Shayne saiu para dar uma volta pela aldeia, admirando, como sempre, suas lojinhas bem-arrumadas, as boas construções, as casas encantadoras – mesmo as mais pobres –, todas resplandecendo com flores de verão, as ruas limpas e sinuosas, seu ar de contentamento sob o sol de verão. Uma pastoral, pensou. Estava enfadado. Ficaria alegre se os ausentes retornassem, embora significasse outono chuvoso e inverno. Como teria o velho Tom conseguido a história do Sr. Gould? Se tivesse sido no confessionário, seus lábios estariam selados. Devia tê-la ouvido confidencialmente, sem o segredo do confessionário. Se o proprietário estivesse em casa, teria medo de ir à casa paroquial para mais cenas, pois, sem dúvida, ele sabia que o velho Tom havia feito confidências ao bispo, e o bispo ao novo padre.

Padre Shayne foi ao castelo de Windsor em um lindo dia. Estava repleto de turistas de Londres. Ficou na longa fila, bocejando. Achou o castelo de Windsor muito monótono também. A rainha estava lá, claro. Ela odiava o Palácio de Buckingham. Sua bandeira tremulava em uma torre cinza. A única coisa interessante foi a Guarda dos Granadeiros, com seus chapéus de pele de urso, uniformes vermelhos e os pés aparatosamente em posição de marcha. Ele olhou os vastos jardins, a vista sobre o muro fascinante. Mas o padre estava inquieto. O bispo devia estar esperando, pelo menos pela primeira carta, e não havia nada para escrever. Mas... prudência, prudência. E, claro, discrição. Coisas sem importância, realmente, quando a alma de um homem estava em perigo. Quando a Igreja não era tão prudente, ela ia, como o Seu Senhor, procurar a última ovelha nos lugares mais perigosos e a trazia ternamente para casa. E "prudência" e "discrição" que se danem! Provavelmente mais civilizações haviam caído sob o domínio dos bárbaros por sua política de prudência, acordo, e cortesia do que por qualquer outra coisa. A diplomacia era verdadeiramente o mais eficiente presente de Satanás aos governos.

Padre Shayne, com alguns pensamentos impetuosos, pedalou de volta até a aldeia. Quando entrou em casa, a governanta avisou-lhe, com um olhar atento, que tinha visitas no gabinete. Subitamente, ele teve uma grande esperança, que foi destruída quando viu três crianças esperando-o. Mas, como amava crianças, saudou-as com afeto e se sentou junto a elas, sorrindo.

O grupo consistia em um menino de cerca de 15 anos, uma menina de cerca de 14 e um menino de mais ou menos 10. O mais velho, com voz controlada, apresentou-se como Geoffrey Gould, a menina como sua irmã, Elsa, e o mais novo como seu irmão, Eric. Padre Shayne se endireitou na cadeira atentamente, e seu rosto fino e inteligente corou com interesse e nova esperança renovada.

– Acho que não os tenho visto na missa... na confissão... – falou.

– Nós estivemos na missa – retrucou Geoffrey.

Era um rapaz alto, triste, muito magro e obviamente muito emotivo, pois suas feições desordenadas eram ágeis e expressivas. Os cabelos, negros e ondulados, caíam sobre a testa como se fosse uma menina, pensou o padre, ou um pouco à moda de Byron. Mas era evidentemente aristocrata, e suas maneiras eram perfeitas. O padre olhou para Elsa, uma criança adorável, com uma mecha de cabelo dourado macio, uma face rígida e angelical e lindos olhos azuis. A boca, no entanto, tinha um tremor contínuo, que ela pateticamente tentava esconder.

O menino mais novo, Eric, logo despertou a atenção do padre. Ele sentou-se de maneira bastante polida na cadeira, mas não parava de se mexer, embora de modo controlado. Um tremor contínuo mantinha seus músculos em movimento quase imperceptível; as sobrancelhas bonitas, sobre os arregalados olhos negros, moviam-se para baixo e para cima. Os cabelos castanhos e sedosos caíam sobre a testa; a boca tremia; o nariz se contorcia; as mãos não ficavam paradas, perceptivelmente; os pés tinham um tênue movimento de pular. Quando ele sorriu para o padre, sua boca tímida realmente se mexia para os lados.

Os três apresentavam uma magreza anormal, embora aparentassem ser bastante saudáveis e estivessem vestidos com roupas caras.

– Gostaria de falar com o senhor a sós, padre – disse Geoffrey.

Logo os outros dois irmãos se levantaram. Então o padre observou outra coisa; a menina, Elsa, pendia para um lado e, quando ela andou, notou que mancava. O defeito não era muito pronunciado, mas a incomodava, pois a perna esquerda era mais curta que a direita.

– Pois não – disse padre Shayne. – Seus irmãos podem aguardar na sala. – Ele foi até a porta e a abriu. Elsa foi primeiro, mancando, boca tremendo; Eric seguiu-a, cheio de contorções e movimentos. Será que a pobre criança sofria da dança de São Vito? Elsa inclinou a cabeça ao passar pelo padre; o menino também, querida criança! Por alguma razão, o padre sentiu um nó apertado na garganta, enquanto seguia o menino e a menina com olhar triste. Então fechou a porta e voltou-se para Geoffrey. O menino estava inclinado para a frente na cadeira, as mãos fortemente apertadas entre os joelhos. Ele estudou o padre com uma intensidade apaixonada.

– É sobre meus pais – começou de repente. – Tentei falar com o padre McGinnis sobre eles, mas ele logo me interceptou. Falou sobre o mandamento de honrar pai e mãe. Desta forma, nunca ouviu o que eu queria lhe dizer. Padre, o senhor acha que se deve esconder a verdade por causa desse mandamento? Se o senhor acha, então não vamos incomodá-lo mais. Sairemos já. – Mexeu-se para a frente na cadeira, e os olhos negros eram vigilantes e resolutos.

– A sua verdade vai revelar os pecados de outros? – perguntou padre Shayne.

– Sim. Mas alguma coisa é mais importante: a alma de meu pai e a sua paz de espírito, e a sua volta aos sacramentos. – A voz do rapaz era forte e intransigente. – Se o senhor se recusar a ouvir, então deveremos ir. Nós... – hesitou – temos sido abordados de maneira muito bondosa pelo vigário Martin, que acredita que o padre McGinnis comportou-se de forma abominável com meu pai.

O vigário Martin era o pároco da igreja católica anglicana local. Era um cavalheiro esplêndido e erudito, de meia-idade, e padre Shayne havia conversado muitas vezes com ele. Se tal homem tivesse procurado caridosamente aquela família, enquanto ela havia sido rejeitada pela sua própria igreja, então o velho Tom havia apresentado um "comportamento abominável".

– O vigário Martin sabe o que você quer me contar, Geoffrey?

– Sim. Eu mesmo lhe disse. Padre Shayne, não queremos deixar a Igreja. Não seríamos felizes de novo. Mas fomos postos para fora, ou melhor, papai foi, e aonde papai vai nós vamos também!

Bem, agora estava ali um problema desanimador. Não podia ser definido em termos contundentes de bem e mal. Padre Shayne se agitava. Depois de pensar um pouco, ele disse:

– Diga-me, Geoffrey. Sei que deseja que isso fique em segredo. Quero ajudá-lo. Francamente, sua família tem me preocupado. Se acho que você está a ponto de cometer um pecado... – Parou, pois o rosto de Geoffrey mudara, tornando-se um pouco frio e distante. Então, o menino sorriu.

– Se eu pecar, me confessarei e pedirei sua absolvição, padre.

Havia uma atmosfera como que de desespero ao redor do menino, o que era lamentável na sua idade. De repente, ele levantou o espesso cabelo da testa. Através da fina pele escura corria uma longa e profunda cicatriz. Geoffrey permitiu que o padre a olhasse por um momento e deixou os cachinhos caírem sobre ela.

– Minha mãe fez isso comigo – disse, sem emoção – quando eu tinha 7 anos. O senhor observou Elsa coxear. Minha mãe foi a responsável; ela a atirou escada abaixo e quebrou suas pernas em vários lugares. O senhor viu Eric. Ela bateu a cabeça dele contra o chão até deixá-lo inconsciente. Ele estava com 2 anos na época, e quase morreu. Tem uma lesão cerebral. Minha mãe nos fez isso. – Olhou para o horrorizado padre, que ficou muito pálido. – Eu cometi pecado contra aquele mandamento, padre? – perguntou, com voz grave.

Padre Shayne vacilou. Seu coração estava batendo com raiva ao ouvir tamanhas crueldades. Finalmente, pôde dizer:

– Deixe-me julgar um pouco mais tarde, Geoffrey. Continue. – Quem teria feito estas coisas? A madrasta? Ou a mãe verdadeira? Era impossível que fosse a mãe! – Seu pai! – exclamou o padre. – Certamente ele sabe o que a madrasta fez aos seus filhos! Por que permite estas coisas horríveis? Há a polícia... – O velho Tom, afinal, estivera certo. A madrasta era má; se ela podia fazer coisas assim às crianças indefesas, então podia cometer crimes sem o mais leve arrependimento.

O menino estudou o padre. Então contorceu a boca, bem devagar, amargurado.

– Eu disse, padre, minha mãe. Não minha madrasta. Nós a chamamos mamãe Florence e a amamos, pois é boa e amável conosco, e nos ama. O senhor compreende, sou o mais velho. Papai pensa que éramos novos demais para lembrar, e para ajudá-lo; tenho fingido não saber. Elsa e Eric não se lembram. Pelo menos, acho que não se lembram. Nunca falamos sobre esse assunto.

– Sua mãe! – exclamou o padre. Estava estupefato. Então, pensou: a pobre mulher deve ter ficado louca.

– Minha mãe conseguia enganar todo mundo, menos papai e eu – disse Geoffrey. – Ela até conseguia fazer o nosso padre pensar que era santa. Tinha o rosto muito cruel, e era um rosto sorridente. Odiava papai. Odiava-nos.

– Por que, Geoffrey? – O padre mal podia crer no que estava ouvindo.

– De fato não sei, padre. Mas não sou uma criança. Sei que há pessoas malvadas no mundo, que adoram fazer coisas cruéis e malignas, que mentem, difamam e caluniam pelo simples prazer de fazê-lo.

Era um terrível pensamento para um jovem, pensou o padre.

– Mas não são loucas – continuou o jovem –, são apenas más. Alguns dos meus professores na escola em Londres, bons professores que nunca reconheciam uma pessoa má quando viam uma e viviam tão absortos no seu ensino, no futebol, no críquete, eram pessoas simples! Acreditavam que as pessoas más eram doidas, ou o mundo havia sido tão duro para elas, que estavam só retaliando. Não é verdade, padre. Encontrei alguns rapazes na minha própria turma que eram maus só pelo prazer da maldade! São Paulo não falava nessas pessoas? O senhor crê no mal absoluto, não crê, padre?

O padre sobressaltou-se. O velho problema do mal. Ele repassou seu treinamento doutrinário.

– Decerto, Geoffrey, sei que inúmeras pessoas neste mundo são puramente más, amam o mal e fazem o mal, e prosperam com ele. A Bíblia Sagrada fala muito nelas. Não são loucas, ou maltratadas. Apenas pertencem à tribo de Satanás.

O menino suspirou.

– Obrigado, padre. Minha mãe não era louca e não tinha nenhum ressentimento contra o mundo. Achava papai um tolo porque era bom e caridoso, e não ouvia suas mentiras rancorosas contra seus amigos, e suas mentiras a respeito dos filhos. Ela costumava me acusar das coisas mais vis, e Elsa também, e só tínhamos 8 e 7 anos, e Eric apenas 2. Uma vez encontrei algum dinheiro debaixo do meu travesseiro, uma boa quantia. Na época, tinha 7 anos. Acabava de perder um dente e queria colocá-lo debaixo do meu travesseiro. – O menino deu um sorriso tímido ao mencionar essa superstição infantil. – Encontrei lá o dinheiro e o levei ao papai, que foi quem o colocara lá. Minha mãe gritou que eu o havia roubado, que ela o tinha guardado naquela tarde! Papai me levou de volta para a cama e disse: "Sua mãe só estava brincando, Geoffrey, claro. Não pense nisso." Mas pensei nisso. Esse foi apenas um dos muitos episódios acontecidos em nossa casa.

O padre ficou em silêncio. O menino continuou:

– Minha mãe desprezava papai. Ele era rico, mas ela queria muito mais. Quando estava irada, ele a contestava. E assim fez-nos sofrer, pois sabia como papai nos amava. Conheço um colega na escola que tem uma mãe exatamente como ela, e ele não vai à sua casa de férias. Visita parentes perto de Bournemouth. Quando papai fazia algo pela nossa igreja, ela se encolerizava e atirava coisas para todo canto, tais como a coleção de porcelana de Meissen do papai. Ela gostava tanto de destruir seus tesouros! Mas ele sempre dava à igreja em nome de ambos, e aí os padres vinham agradecer-lhes, e mamãe ficava toda graciosa e sorria do modo mais carinhoso! Era muito bonita, parecia com Elsa, e as pessoas... Como as pessoas podem ser estúpidas!... a amavam porque ela era muito bonita. Era também encantadora, para os amigos, para o clero, e mesmo para os criados; o senhor compreende, ela quase sempre conseguia cometer suas violências quando os empregados estavam de folga, ou de férias, e a família estava só. Assim ninguém sabia, exceto nós, ou talvez o velho Meirinho, nosso mordomo em Belfast. Ele não era um meirinho, naturalmente, mas era tão rigoroso e tão correto, que o chamávamos assim. Acho que mamãe nunca enganou Meirinho. Ele a odiava. Mas no julgamento, em nosso benefício, ele nada disse.

O padre, produto de treinamento intensivo, ouvira e observara atentamente, pois sabia, além de qualquer sombra de dúvida, que Geoffrey lhe estava contando a verdade. Seu horror aumentou.

– Você sabia sobre o julgamento, Geoffrey? Você compreende, eu mesmo sei alguma coisa sobre ele.

O rapazinho se levantou e começou a andar pelo cômodo, muito agitado.

– Claro que sabia! Todos tentavam esconder o fato de nós, mas eu sabia! Escondiam os jornais e eu os encontrava. Papai não estava de férias, como tentou me contar antes que a polícia o levasse. Estava preso. Mamãe Florence... ela então estava conosco... fingia que tudo estava tão bem e sereno, e eu a deixava acreditar no que ela queria que acreditássemos. Era o mínimo que podia fazer por ela.

– E você só tinha 8 anos.

O menino gesticulou, impaciente.

– Não sei por que as pessoas pensam que meninos de 8 anos são completos idiotas! Ou bebês! Quando crianças, sabemos mais sobre as pessoas do que vamos saber depois. – Fez uma pausa. – Não acho que papai matou minha mãe. Mas se ele o fez, fico alegre! – Fechou os punhos e seu rosto juvenil ficou distorcido por um instante. – Fico alegre! Fico alegre por ela estar morta! Poderia ter matado um de nós se não tivesse morrido. Não – acrescentou após outra pausa –, ela sempre saberia parar perto do crime. Era muito esperta. Fez tudo o que fez a nós com reserva e cuidado, e sabia que papai nunca a comprometeria. Por nossa causa! Isso era tolice dele, que deveria ter nos levado embora, antes de tudo acontecer. É o que não posso perdoar, não ter deixado minha mãe. Mas ele me explicou, quando eu era criança, que mesmo a pior das mães é melhor do que nenhuma. Não creio, padre, não creio! E então, depois que Eric nasceu, papai me disse: "Compreenda, Geoffrey, que sua mãe não era responsável. Ela é tão doente e deve ter estado doente por muito tempo." Não acreditei nisso, tampouco. Ela se encolerizava de modo tão terrível e berrava e gritava, quando estávamos a sós, e ameaçava, e acho que todo aquele ódio cruel machucou seu coração.

– Ninguém sabia, os vizinhos, os amigos, os criados?

– Não sei. Talvez alguns soubessem. Mas, no julgamento, todos quiseram proteger papai, pois o amavam. Não queriam falar sobre minha mãe, porque assim papai pareceria ter tido um motivo para matá-la. Foi absolvido pelo fato de não ter havido nenhum motivo para... assassiná-la.

O padre levantou-se de repente, foi até a janela e olhou a arrebatadora floração do seu jardim. Sem se virar, disse:

– Você acha que ela foi assassinada, Geoffrey?

– Não sei. Não acredito que papai a tenha matado... não sei. Se ele o fez, então Deus entende. Se mamãe Florence o fez, foi por todos nós. Não é crime, padre, se o senhor mata para se defender, ou defender os indefesos. A Igreja sabe disso.

O padre se virou e voltou para a sua cadeira, estudando as costas da mão. O problema do mal. Pensou naquelas crianças, tão terrivelmente feridas de corpo e de alma. Carregariam as marcas do mal por todas as suas vidas; sofreriam para sempre, mesmo que o mais jovem não se lembrasse de todo do que o havia machucado, e quem... Em sombrio pesadelo, na solidão, nas mágoas, nas dificuldades, no abatimento, a sombra cruel da dor e temor, meio esquecida ou completamente esquecida, pairaria sobre eles, realçando sua angústia, aumentando seu fardo e seu peso. Ele, padre Shayne, havia muitas vezes se ajoelhado ao lado dos leitos de velhas e velhos, que, na agonia da morte, gritavam enternecidos por suas mães, como crianças evocavam algum tormento ou sofrimento que haviam suportado quando crianças muito pequenas, jovens demais até mesmo para compreender, jovens demais para reter o pesadelo na memória consciente. O corpo, o cérebro, se esqueciam. A alma nunca se esquecia. E ele se lembrara, também, como tinha estado ao lado desses feridos com angústia ou doença mortal, e como subitamente exclamavam: "Oh, eu tinha me esquecido! Nunca pensei nisto até agora! Como posso suportá-lo?" A memória, pelo menos por alguns momentos, era ainda mais terrível do que a situação presente, e deve ter assombrado seus sonhos por toda a vida, desconhecida, não exorcizada.

– Você não pode perdoar sua mãe, meu filho? – perguntou a Geoffrey.

O rapaz sorriu-lhe amargamente outra vez.

– Como posso perdoar minha mãe quando a igreja não crê no meu pai ou, se matou minha mãe, não o perdoa?

– A Igreja requer arrependimento verdadeiro, contrição e penitência, Geoffrey.

O rapaz pensou profundamente, e a cicatriz da sua sobrancelha encolheu. Depois disse, fatigado:

– Como pode o meu pai lamentar por nos ter salvado de nossa mãe? Sim, sei que o senhor vai dizer que o assassinato é um pecado mortal extremo. Mas ele fez o que fez... se ele fez... para proteger-nos e salvar-nos. Como pode estar sentido? – Ele esperou, mas o padre não respondeu, e o menino gritou: – O problema do mal! É nisto que o senhor está pensando! Eu próprio venho estudando-o e, algumas vezes, o senhor não pode dizer, pode, padre? O senhor não pode dizer!

"Minha pobre criança", pensou o padre. "Há alguma coisa que você talvez não saiba. Que talvez seu pai tenha matado sua mãe, não só para salvar os filhos, mas para poder casar-se com outra mulher. Talvez. Quem sabe?"

– Geoffrey! Você crê que existe a mais leve possibilidade de a sua madrasta ter matado sua mãe?

O menino ficou calado.

– Já pensei nisso – disse, por fim. – Se o fez, sou-lhe grato, também. Ela nos ama. Nossa mãe nos odiava. Nunca soubemos a razão. Acho que ela pensava, no princípio, que papai era mais rico do que supunha. Lembro-me de ouvi-la gritar com ele quando eu era criança. Ela odiava Belfast, queria viver em Londres, queria viajar, ser livre, gritava com papai. E depois ela o amaldiçoava porque havíamos nascido. Segundo ela, nós a tínhamos aprisionado. Se não tivéssemos nascido, ela poderia fazer tudo, ir aonde quisesse, o que havia sonhado fazer quando era moça de família pobre. Ela nos amaldiçoava, na frente de papai, e nos batia.

"Mamãe Florence nos visitava nas férias, e por um mês no inverno. Sempre a conhecemos. Fora colega de escola de minha mãe. Sempre a amamos, também. Era também muito rica e nos trazia belos presentes. Mamãe a invejava, eu sei, invejava-a porque não era casada nem tinha filhos. Invejava-a por ser rica. A única coisa, dizia mamãe quando estava de bom humor, era que ela era muito mais bonita que mamãe Florence, e aí ela franzia a testa e dizia: 'Grande bem a beleza me faz, afinal! Presa nesta casa com filhos que nunca desejei, e casada com um homem que não tem espírito nem imaginação!'"

– E sua mãe era católica, Geoffrey, e não queria vocês?

– Ela não queria ninguém senão a si mesma, padre. O senhor pensa que só porque era católica automaticamente amava as crianças, mesmo as suas próprias? Ah, ela fazia um espetáculo e tanto quando o padre nos visitava! Ela nos fazia vestir com belas roupas, segurava Eric nos joelhos e nos beijava, e o padre pareceria sentimental. Quando o padre saía, ela nos despachava, mandava tirar a roupa e ia para a cama gemendo. Estava sempre gemendo. Não acho que ela fosse tão doente como os médicos diziam que era. Era muito inteligente. Conseguia enganar até os médicos.

O mal, pensou o padre, nem sempre tem uma monstruosidade ao seu redor, ou mesmo a lúgubre grandeza descrita por Milton. Ele pode ser medianamente venenoso e feio, e viciosamente pequeno. Pode ter a face da áspide, bem como a face de um grande anjo decaído.

– Meu pai era infeliz com minha mãe – disse Geoffrey, após algum silêncio. – Não posso nunca me lembrar de vê-lo sorrir antes de sua morte. Às vezes, à noite, eu olhava através da minha janela e o via andando pelo jardim, sob a lua, e às vezes ele fazia assim com as mãos. – O menino torceu as próprias mãos. – As únicas vezes em que sorria era quando estava brincando conosco e quando mamãe Florence nos visitava. Aí tudo era feliz para papai e para nós. Era como se alguém abrisse janelas em uma casa mofada e deixasse o ar e o sol entrarem. O senhor entende? – indagou o menino, meio desajeitado.

– Sim, acho que sim – hesitou o padre. – A sua mãe alguma vez se indispôs com... a senhora que vocês chamam de mamãe Florence?

O menino encarou-o. Então seu rosto ruborizou-se rapidamente e brilhou, e a boca crispou-se com repugnância.

– Sei o que quer dizer! Mas não é isso! Tentaram insinuar isso no julgamento. Eu mesmo o li. Papai e mamãe Florence passeavam juntos à tarde, às vezes a sós, às vezes conosco ou nos levavam para um passeio na cidade, na nossa carruagem. Foi depois que Eric nasceu e minha mãe permanecia quase sempre na cama. Antes disso, meus pais e mamãe Florence iam juntos.

O padre mergulhou de novo nos seus pensamentos, enquanto o menino o observava num crescendo de impaciência e desespero.

– Geoffrey, se sua mãe tivesse sido completamente má, como foi possível para sua madrasta ter cuidado dela e tê-la visitado?

– Oh, minha mãe sempre protegeu mamãe Florence; tinham sido companheiras de quarto na escola. E minha mãe... já lhe contei... podia ser encantadora quando queria. Falei-lhe que mamãe Florence era muito rica. Era órfã também. Minha mãe adorava pessoas ricas; ela sempre as queria ao seu redor. Como mamãe Florence não tinha família, suponho que ela se apegou à minha mãe quando eram garotas e então, quando meus pais se casaram e tiveram filhos, ela adotou todos nós... de certa forma. O senhor não conhece mamãe Florence. Ela é realmente a santa que mamãe pretendia ser. O senhor compreende, padre, ela quer entrar para a Igreja, para ficar com todos nós e porque sua fé é verdadeira. Mas o padre McGinnis a pôs para fora também.

– Para fora, Geoffrey, são palavras ásperas. Não acho que foi tão duro assim.

– Então o senhor está com preconceito – retrucou o menino, categórico, e se levantou com desespero resignado. – Por favor, nos desculpe. Vamos embora agora. Não serviu para nada, não é?

O padre também se levantou. Pôs a mão nos ombros altos do rapaz.

– Acho que serviu muito. Não o censurei, não é? Não o interrompi quando falou de sua mãe com tanta amargura e, sim, ódio. Verdade seja dita. Geoffrey, sei que você quer ajudar seu pai. Quero que vá para casa e diga-lhe que me contou tudo e que eu gostaria de vê-lo. E sua madrasta também.

Lágrimas dolorosas encheram os olhos do rapaz.

– Obrigado, padre.

O padre observou-os sair, as sofridas crianças. Abençoou-as com ternura. Viu como Geoffrey se preocupava com os irmãos, protegendo-os, enquanto os levava embora pela rua. Agora eram saudáveis, viviam em um lar de amor e felicidade. Mas sempre, por toda a vida, permaneceriam feridos. Era necessário ensinar-lhes como viver com as suas feridas, para que não ficassem para sempre arruinados. Precisavam não da supressão da verdade pelo pai, mas do conhecimento pleno. Uma coisa ruim, exposta à luz do sol, seca e morre. Ou, no mínimo, perde um pouco do seu terror em mútua divisão. "O silêncio é sempre o aliado de Satanás", pensou o padre. E ele pode ser hipócrita, mesmo com a melhor das intenções.

O padre foi à igreja e rezou para pedir iluminação, ajuda para desembaraçar essa terrível teia do mal, que estava também misturada com muito bem. O mal era como a videira que crescia no tronco de uma árvore e misturava suas folhas manchadas com as boas. Nenhuma superava a outra. Elas viviam numa espécie de neutralidade. Era realmente um assunto confuso e não para ser resolvido dizendo não ou sim. Nem sempre. Não era sempre absolutamente claro.

Dê-me sabedoria, rezou o padre, a sabedoria de discernir o mal do bem, e o bem do mal.

Esperava que o Sr. Gould e a esposa o visitassem no outro dia. Mas não vieram. Nem no próximo, ou no seguinte. "Será que devo visitá-los?", pensou o padre, rememorando a procura de Cristo pelas ovelhas desgarradas. Estava quase decidido a ir quando, uma sexta-feira à tarde, enquanto preparava seu sermão, a governanta anunciou o proprietário e sua senhora.

Entraram juntos no gabinete, o homem alto e um pouco curvado, muito parecido com o filho mais velho, contudo mais tranquilo e mais triste com a idade, o fogo turvo de Geoffrey nos olhos pretos, os anéis negros do cabelo de Geoffrey entremeados de camadas brancas. Era esguio e gracioso, e a primeira impressão do padre Shayne foi de grande bondade, temperamento dócil e enorme paciência. A esposa, Florence, alta e esguia como ele, parecia comum à primeira vista, mas quando sorria, como fazia agora, ficava subitamente bonita, com lindos olhos grandes cinzentos e uma pele perfeita. Seu chapeuzinho leve de verão escondia apenas parte dos macios cabelos castanhos, e fitas violetas estavam atadas debaixo de um queixo firme, embora feminino. O corpete do vestido de verão, de cor violeta-claro, mostrava sua figura juvenil. Babados e franzidos caíam-lhe aos pés. Ela se movimentava graciosamente como o marido e sentou-se perto dele com as mãos enluvadas segurando a sombrinha.

Padre Shayne percebeu que os dois o estavam estudando tão intensamente como ele o fazia.

– Estou feliz que tenham vindo. Descobri o quanto o senhor fez por esta igreja. Eu deveria tê-lo visitado antes...

– Presumo que o senhor saiba o que o padre McGinnis sabia, padre? – falou o proprietário, de modo gentil.

O padre ficou um pouco aborrecido; teria Geoffrey desobedecido quando foi orientado para contar ao pai sobre a visita das crianças?

– Sim – respondeu. – Devemos ser francos. Economiza tempo. Imagino que senhor saiba que o meu bispo é seu parente distante.

O proprietário sorriu.

– Sim. Sempre quis conhecê-lo, e pretendia procurá-lo em Londres. E então – seu sorriso desapareceu – surgiram dificuldades. Não queria embaraçá-lo. Padre McGinnis me dizia sempre, e tenso, que escrevera ao bispo a meu respeito e da minha família. – Parou. – O bispo acreditava no padre McGinnis? – Sorriu. – Ou deixaremos de ser francos agora?

– Não. É hora de completa honestidade. Minha permanência aqui é temporária, creio. Fui enviado para cá principalmente para conhecê-lo e ajudá-lo. O meu bispo não crê que o senhor seja culpado de... assassinato. – Olhou para Florence Gould. – Nem acredita que a Sra. Gould seja culpada.

"Sr. Gould, o senhor sabe que o seu filho Geoffrey veio aqui me ver e que me contou sua própria versão e... experiências?"

O proprietário Gould olhou de forma apologética para a esposa, enquanto dizia:

– Sim, eu sei. Florence, Geoffrey se lembra. Ele se lembra de como ficou com a cicatriz, e se lembra dos maus-tratos que os outros dois receberam. Ele se lembra de tudo.

– Oh, não! – exclamou Florence, com profundo desgosto e tristeza. – Achei que ele era jovem demais; e você tentou tanto protegê-lo, Geoffrey, e eu também. – Havia lágrimas em seus olhos.

– Eu mesmo achei que ele não se lembrava – disse o proprietário. – Fiquei chocado quando me contou, na semana passada. Tinha rezado muito para que ele não se lembrasse.

– Mas por que ele não nos disse, a pobre criança? – perguntou Florence, com a voz enternecida.

– Porque sabia que queríamos acreditar que ele não se lembrava. Queria proteger nossas encantadoras fantasias.

– E Elsa e Eric?

– Não sei, Florence – disse o pai, baixando a voz. – Estou certo de que Eric não sabe. Ele mal tinha dois anos quando aconteceu. E Elsa... você sabe quão calada ela é.

– E que pesadelos ela tem! – exclamou Florence e uma lágrima correu-lhe pela face. – Eu achava que eram só os pesadelos normais que uma criança tem, e a confortava.

– Parece – disse padre Shayne – que tem havido algo menos do que franqueza na sua casa também. Sr. Gould, sou padre e sempre estou ao lado do leito dos moribundos e ouço seus gritos e tudo o que dizem. A mente se esquece, pois ela só pode suportar uma parcela. Mas a alma nunca esquece. Em vida, as memórias da alma colorem toda a existência. Na morte, elas são algumas vezes insuportáveis. O senhor quer que seus filhos conservem o silêncio para protegê-los com sua terna sensibilidade. Ou quer ser franco com eles, falando sem rancor e amargura, mas contando-lhes a verdade para que assim tenham menos para carregar nas suas vidas futuras, que serão duras o suficiente, só Deus sabe.

O casal olhou para ele em silêncio fúnebre.

– O seu filho, Geoffrey, não é criança. Em poucos anos, será um homem maduro. Alguém, em algum lugar, se recordará daquele crime... ou caso, e o ligará a ele. O senhor fugiu para esta aldeia, para enterrar-se em silêncio pelo bem dos seus filhos. Mas não pode imunizá-los contra o mundo. Não falo só de Geoffrey, Elsa e Eric, mas também dos filhos de vocês dois. Será agradável para eles ouvir de estranhos que o pai deles foi julgado por assassinato? Eles se admirarão porque o senhor nunca lhes contou. E vão começar, apesar do seu amor por eles, a fazer perguntas a si mesmos, tais como: "O meu pai será culpado? Minha mãe será culpada? De assassinato?" O senhor deseja que isso aconteça?

– Oh, meu Deus! – exclamou o proprietário, em atitude de prece. – Não! Não!

– Então deve começar a dedicar ao assunto reflexões mais sérias. Sugiro que fale logo com Elsa, e lhe diga como ela adquiriu seu defeito físico. É mais do que possível que ela se lembre. Fale com ela racionalmente, sem culpar ou desculpar a mãe. Crianças, acima de tudo, gostam de fatos, pois são realistas. Diga-lhe que perdoou sua esposa pelo que ela fez ao senhor e aos seus filhos e que Elsa deve aprender a perdoar. Então, quando ela for um pouco mais velha, conte-lhe os fatos a respeito da morte da mãe. Assim ela terá mais confiança no senhor desde o início. Ela é muito calada. A criança não me falou uma única palavra enquanto esteve aqui. Tal silêncio, em uma criança, é sinal de perigo. Talvez, mesmo agora, ela não confie no senhor, pois pode não ter o espírito de caridade do irmão mais velho.

"Dessa forma, depois de alguns anos, quando ela souber sobre a mãe, diga-lhe que nada daquilo que ouvir vai importar, que ela deve acreditar no senhor e que não é culpado pela morte de sua esposa."

O rosto sombrio do proprietário tornou-se muito pálido. Olhou para a bengala que prendia nos joelhos. Aí disse, bem devagar:

– Florence, pode nos deixar a sós por um momento?

Ela ficou ereta na cadeira, o rosto empalideceu e ela falou com veemência:

– Não! Padre Shayne está certo. Sejamos francos. Certo, certo, não temos nada a esconder.

Padre Shayne ficou rígido com o choque. Encarou o proprietário.

– Sr. Gould, o senhor não matou sua mulher, matou?

O proprietário ainda olhava sua bengala.

– Não sei – disse em voz baixa.

– Geoffrey! – A exclamação da esposa foi alta e terrível.

– O senhor não sabe? – continuou o padre. – Como é possível que o senhor não saiba?

Florence não desgrudava o olho do marido, com os olhos abertos e faiscando, o peito se levantando em um profundo suspiro. Mas ele estava olhando para o padre, mostrando um rosto aflito.

– Simplesmente não sei – repetiu. – O senhor conhece os detalhes da morte da minha esposa? Sim. Estou alegre por não ter de repeti-los.

"Na véspera da... morte... de Agnes, ela esteve de pé durante muitas horas. Florence fora nos visitar. Agnes tinha imprevisíveis acessos de fúria. Ela poderia estar sorrindo e alegre num momento, e a seguir poderia estar furiosa. Era... um transtorno, para usar a maneira inglesa de não dizer tudo. A casa vivia tensa, pois nunca se sabia. – A suave voz irlandesa vacilou, tornou-se rouca, enquanto ele se lembrava. – Geoffrey me falou que contou tudo ao senhor. Agnes podia ser superficialmente sentimental e afetuosa. Meu Deus, venho tentando com tanto empenho esquecer!"

O padre ainda estava num estado de total perplexidade, mas disse:

– Esquecer nunca fez bem realmente. É melhor lembrar e depois tentar perdoar.

– Sim, sim. O senhor está absolutamente certo, padre...

– Geoffrey! – gritou a esposa. – Você não matou Agnes. Você não a matou, você não a matou!

O proprietário tocou de leve o braço de Florence e disse:

– Não sei. Por favor, deixe-me continuar; não se exalte tanto, minha querida. Padre, minha mulher estava de bom humor no dia anterior à sua morte. Ela se confessou com nosso padre e tinha recebido a Sagrada Comunhão. Estava se sentindo muito melhor, embora tivesse de tomar um sedativo brando para aliviar a dor. Estava sofrendo de angina do peito, e isso é doloroso, já me disseram. Não corria perigo de vida, mas estava lânguida, uma semi-inválida, embora persistisse em acreditar que era uma inválida completa. Acho que era para me desencorajar – sorriu com tristeza – a pedir relacionamento conjugal. Ela nunca quis filhos e não gostava dos nossos. Ah, Geoffrey lhe falou? Ele sabe de tanta coisa, e eu nunca soube disso. É muito triste para ele.

"Sempre achei que os filhos devem dar boa-noite aos pais, e assim os levei ao quarto de minha esposa. Eric era um menino infatigável, com pouco menos de 2 anos, e correu pelo quarto, na sua maneira usual, o que sempre aborrecia minha mulher. Sem querer, ele virou uma mesinha de minha mulher, que estava coberta de miniaturas delicadas, objetos de arte. Quase todos quebraram, claro, ao cair no liso chão encerado. – Apertou com força os olhos fechados, como se se recusasse a se lembrar. – Geoffrey permaneceu; Elsa... ela não parecia sentir-se feliz na presença da mãe, tinha saído... agora sei que se recorda de alguma coisa. Meus pobres filhos. Assim, só eu e Geoffrey vimos o que aconteceu depois daquele incidente. Agnes saltou da cama aos berros, e antes que eu pudesse impedi-la, ela já havia agarrado Eric pelas mãos, atirou-o com violência ao chão e estava batendo de forma selvagem sua cabeça contra o chão, sem parar. Aconteceu como um relâmpago. Quando, por fim, pude alcançá-los, Eric estava inconsciente.

"Carreguei-o para fora do quarto, com Agnes aos berros às minhas costas. A enfermeira, que estava tornando chá na sala dos empregados, veio correndo e fechou a porta atrás de mim. Levei Eric ao seu quarto e chamei Florence. O senhor compreende, nunca quis que os criados soubessem nada a respeito de Agnes. Tinha medo de que eles mexericassem e que Geoffrey e Elsa pudessem ouvir. Receio, porém, que eles possam ter sabido de algo...", abriu os olhos afundados e olhou para o padre.

– Eles sabiam – disse o padre Shayne duramente. – Por isso, testemunharam ao seu favor no tribunal, Sr. Gould. Eles devem ter sido muito devotados ao senhor.

– Bem – a voz do Sr. Gould tinha se transformado na voz de um velho –, como são bondosos... Coloquei Eric na cama, a babá veio, e menti que ele havia caído. Ele ainda estava inconsciente, e seu rosto parecia... morto. A babá quis chamar logo um médico e aí Eric abriu os olhos, sua cor voltou, e ele começou a chorar. Agradeci a Deus. Achei que não deveria mandar chamar o médico, olhos de médico são muito astutos. Nosso médico descobriria logo que aquilo não fora mero acidente. Havia muitos... demasiados lugares inchados e sangrando atrás e nos lados da cabeça. Pensei que tudo ficaria bem com ele, pois parecia estar completamente normal. Só disse a Florence. Ela teria suspeitado, dentro das circunstâncias, conhecendo Agnes. Sabia como as outras crianças tinham ficado tão... feridas. Eu precisava contar para alguém! – gritou o desesperado pai. – Era demais para carregar sozinho! Precisava ajudar Geoffrey, que presenciara tudo. Ele havia saído do quarto aos gritos, quando Agnes começou a... e assim Florence passou horas com ele aquela noite, acalmando-o.

– E mentindo para ele – disse o padre. – O senhor sabia que ele era uma criança inteligente e ainda assim mentiu para ele. O que ele deve ter pensado de vocês dois!

O proprietário gemeu.

– Eu sei. Agora. Mas como pode o senhor deixar uma criança compreender a enormidade de tal coisa?

– Crianças têm muito mais força do que nós – disse o padre. – Elas podem entender tudo, exceto a mentira daqueles a quem amam. Crianças não só são realistas, mas são naturalmente cínicas. Esperam tudo do mundo e nunca se surpreendem. Elas têm medo, mas esperam. É o seu instinto. Mas ninguém a quem amam deveria mentir para elas, pois nunca se esquecem de mentiras e as interpretam mal pelo resto da vida. Mas continue, por favor.

– Obrigado – murmurou o Sr. Gould, abatido. – Lembro-me de quando minha mãe morreu. Eu tinha a idade de Geoffrey, cerca de 8 anos. Sabia que ela estava doente. Ouvia nas portas, como toda criança assustada faz, e como suponho que Geoffrey e Elsa faziam. Soube quando ela morreu, apesar de não estar perto do quarto, quando ela nos deixou. Mas meu pai aproximou-se de mim e disse que minha mãe estava muito doente e que alguém, um dos empregados, me levaria à casa da minha tia, que ficava a uns 3 quilômetros. Minha mãe precisava de sossego, alegou meu pai. Será que ele não sabia que eu podia ver seu rosto pálido e os olhos vermelhos? Será que ele não sabia que eu conhecia tudo sobre a morte? Eu o amava, mas nunca confiei nele depois daquilo, embora tenha compreendido que ele mentira para me poupar. E assim, suponho, ocorre o mesmo com Geoffrey. Eu me admiro como me esqueci!

"Bem, de qualquer forma, Florence permaneceu com Geoffrey até que ele adormecesse, muito além de sua hora usual. E fiquei com Eric e a babá. Ele parecia estar completamente normal pela meia-noite, embora a babá se preocupasse com os ferimentos da cabeça. Entretanto, ele teve um sono calmo. Mas, pela manhã, piorou. Fiquei com ele durante horas. Estava agitado e febril, e algumas vezes parecia não me conhecer. Sou tão culpado! Naturalmente o dano já havia sido feito no seu cérebro, mas ainda assim sou muito culpado. Agnes, naturalmente, tinha recuperado seu bom humor. Ela riu a respeito do episódio, e fiquei com medo de contar-lhe que Eric não parecia bem. O senhor compreende, padre, eu estava sempre tentando protegê-la contra si própria."

– Compreendo – disse severamente o padre. – Proteção demasiada estava acontecendo naquela casa, o que, inevitavelmente, conduziu à tragédia. Sr. Gould, naquele dia deixou de amar a sua esposa?

O proprietário o encarou.

– Tinha deixado de amar Agnes seis meses após nos casarmos. Não estivesse ela esperando Geoffrey, eu a teria deixado na ocasião Mas havia o meu filho a considerar... e com tal mãe. Fiquei tão feliz com o nascimento de Geoffrey que decidi que era meu dever como bom pai e marido católico tentar modificar Agnes, para desviá-la de suas maneiras violentas, ódios e fúrias imprevisíveis. Durante algum tempo, ela pareceu mais gentil e mais contente. Prometi-lhe uma visita ao continente quando se recuperasse do nascimento de Geoffrey. Então, ficou grávida de Elsa. Ela não pôde me perdoar, embora eu não saiba o que pensava que eu podia fazer. – Ele suspirou. Olhou de relance e viu a esposa chorando em silêncio. – Estas são coisas que um homem não discute na presença de uma senhora, mas não se vá, Florence.

– Eu me pergunto como você podia... até mesmo olhar para ela – disse Florence, em tom doentio. – Sempre faço a mesma pergunta através de todos estes anos. Pois eu sabia tudo sobre Agnes naquela ocasião; foi por isso que eu sempre os visitava. Achava que podia ajudá-lo a proteger as crianças.

– Bem, bem – continuou ele, com uma voz moribunda. Tentou trazer vida de volta à voz. – Florence e eu ficamos preocupados com Eric. Conversamos o dia todo a respeito de chamar o médico, mas falamos também do escândalo. Nosso médico teria ficado ofendido. Ele podia até mesmo ter chamado a polícia. Era muito rigoroso. Tínhamos que pensar nas outras duas crianças, e mesmo a própria Agnes. E, enquanto o dia progredia, Eric parecia melhorar, não, Florence?

– Sim, um pouco. Decidimos aguardar até o dia seguinte para ver como Eric se comportava. Nós não percebemos...

– Estou certo – disse o padre, meio irônico – de que estas palavras são ouvidas mais no inferno do que em outro lugar. "Nós não percebemos." Mas, por favor, continue.

– O senhor não pode imaginar como ficamos agitados e tolhidos. Tentamos esconder também tudo dos empregados. Queríamos ainda proteger a dignidade e o nome de Agnes, e agora vejo que tudo foi inútil. Eles sabiam todo o tempo.

"A enfermeira de Agnes, Rose Hennessey, era uma boa enfermeira, embora fosse bastante jovem. Era sua noite de folga; tinha amigos em um lugar mais distante da cidade. Trabalhava muito, pois era difícil aturar Agnes, para dizer o mínimo. Ora, ela afirmou no tribunal que antes de sair me dissera – Florence e eu estávamos discutindo a situação de Eric na sala de visitas – que havia preparado o remédio da

Sra. Gould e eu deveria dá-lo a ela à meia-noite. Só me lembro de ouvi-la dizer: 'Por favor, dê o remédio à Sra. Gould à meia-noite.' Florence não se lembra de nada, também. Estávamos perturbados demais para ouvir as palavras exatas."

O padre sentou-se e pensou. Então perguntou:

– Era costume de Rose preparar o remédio de sua esposa antes de sair para sua noite de folga?

As mãos do proprietário se agarraram na bengala.

– Perante Deus – disse com profunda tranquilidade –, não me lembro. Nem me lembrei no dia. Eis por que não sei. Rose disse que era seu costume, para me poupar o trabalho, e para ter certeza de que a dose exata, três gotas, tinham sido medidas. Mas não me lembro! O senhor deve acreditar em mim. Não me lembro! As últimas 24 horas tinham varrido do meu pensamento qualquer pessoa, exceto Eric.

"E assim, à meia-noite, entrei no quarto de minha esposa. Estava mais do que semiadormecida. O copo, cheio d'água, estava na mesa de cabeceira. Contei as gotas do remédio incolor, pinguei-as dentro da água e a acordei. Ela estava num mau humor terrível. Disse que não precisava de minha ajuda; continuou a falar sem parar, mesmo no seu estado semi-inconsciente. Repetia sem parar que desejaria nunca ter se casado comigo e que não queria filhos. Ela me chamou de... vários nomes. Mandou-me sair do quarto. Disse que eu tinha vindo só com um objetivo. – O rosto dele ficou rubro. – E saí. E isso é tudo, perante Deus. Mas não entendo como uma dose dupla pode tê-la matado. O remédio era forte, sim. Os médicos da autópsia disseram que ela morreu de superdosagem, que uma dose dupla poderia ter-lhe causado severo mal, mas não teria sido o suficiente para matá-la. Florence! O que é isso?

Florence estava muito rígida na cadeira, com um olhar de profundo pavor e com o rosto terrivelmente abalado.

– Geoffrey! – gritou. – Oh, querido Geoffrey, eu a matei!

– Não! – disse o marido. Ele tentou empurrar a cabeça dela para o seu ombro, mas ela resistiu e se afastou dele.

– Deixe a Sra. Gould contar a sua história – interveio o padre com voz estridente. Mas seu coração estava martelando; o marido...

estava protegido, pela "coisa julgada", não podia ser julgado de novo. Mas a esposa, não.

– Nunca li os jornais! Não podia suportar! – disse Florence, com voz sofrida. – Só me lembro do que você próprio me contou, que tinha dado a Agnes seu remédio. Não pensei que você tivesse adicionado qualquer coisa a ele. Você nunca me disse!

– Florence, minha querida! Naturalmente você não leu os jornais e depois disso nunca mais falamos no assunto. O que está errado?

Florence voltou-se, desesperada, para o padre.

– O senhor deve acreditar em mim! Não li os jornais! E, como Geoffrey, pensei que Rose só tivesse falado "por favor dê à Sra. Gould seu remédio à meia-noite". O senhor tem de acreditar em mim! A moça estava com pressa. Ela afirmou que preparara o remédio e que nos avisou. Não acho que tenha avisado. Não acho, agora, que ela alguma vez o tivesse feito! Geoffrey – e agora ela se voltou para o marido –, não nos lembrávamos de que ela o houvesse feito antes e é por isso... Afinal, a moça tinha de se proteger, e é possível que ela, na realidade, pensou ter preparado doses prévias na sua noite de folga. Não sei! Geoffrey, Geoffrey, você *tem* de me deixar falar!

– Florence, você não sabe o que isto significa...

– Não há nenhum bisbilhoteiro aqui – retrucou o padre. – E o que você está me contando não será jamais revelado por mim, a não ser com sua permissão. Por favor, continue, Sra. Gould. Há alguma coisa que queira me contar?

– Sim! – Os olhos de Florence estavam dilatados e febris: – Eu sempre levava a Agnes o seu leite quente das nove horas, quando a enfermeira estava fora. Ele a acalmava e a ajudava a dormir. Como disse Geoffrey, ela estava de péssimo humor depois de permanecer alegre durante todo o dia. Estava sonolenta, mas se recostou para tomar o leite. Vi o copo d'água parcialmente cheio na sua mesinha de cabeceira e o remédio e eu... medi três gotas e as coloquei na água. Ela não me viu. Apenas se queixou, bebeu o leite, suspirou e gemeu. Eu mal ouvi. Ela insultou Geoffrey terrivelmente e tentei não ouvir. Então, levei de volta o copo de leite e disse-lhe que Geoffrey estaria lá à meia-noite para ver se estaria acordada e se havia tomado o remédio. – Florence parou com um soluço forte, seco.

– A senhora falou com ela, Sra. Gould, que as gotas já estavam no copo?

– Sim! Não voltei à meia-noite com Geoffrey para vê-la. Esta era a hora em que os dois ficavam juntos, a sós. Então falei: "Agnes, o remédio está pronto e boa noite, minha querida." Depois, saí do quarto. Ela não deu sinais de ter me ouvido e não me respondeu. Estava num acesso de raiva. Pensei que tivesse ouvido! Mas agora sei que não, ou ela se esqueceu, no seu estado meio inconsciente. Oh, meu Deus, padre! Eu a matei!

– Florence!

O padre levantou as mãos.

– Esperem, por favor – disse. Havia alguma coisa se remexendo na sua mente, alguma coisa vaga. – Sr. Gould, o senhor me disse que, quando foi ao quarto de sua esposa à meia-noite, ela lhe falou que não precisava de sua ajuda. Enquanto o estava censurando, ela não percebeu que o senhor havia preparado as gotas, certo?

– Sim. Ela estava quase totalmente adormecida quando entrei. Tive dificuldades em despertá-la. – Os olhos dele começaram a brilhar, implorando, esperançosos.

– O senhor a viu tomar o remédio?

Fez-se silêncio na sala, tenso, alerta. O proprietário e sua mulher encararam o padre. Então ele disse, bem devagar:

– Não, não vi. Estranho, não me lembrei até agora, que não a havia visto tomá-lo. Só disse que havia posto as gotas na água. Não me perguntaram se, de fato, a tinha visto beber a água! Meus próprios advogados não perguntaram. Nem o promotor público. Nem o juiz. Deduzimos, meus advogados, o promotor, o juiz e eu, que ela havia bebido enquanto eu estava ainda lá. Se eu tivesse pensado... mas as coisas que ela tinha falado comigo, coisas vis, ofuscaram qualquer hipótese na minha própria mente, tais como se eu vira ou não ela tomar o remédio. Lembro de que, quando estava depondo, minha mente se achava desesperadamente preocupada, pensando nas crianças, na desgraça, e perguntando a mim mesmo como elas sobreviveriam, se eu fosse... enforcado. Posso perceber por que não me perguntaram; falei que preparara o remédio e que então acordei minha mulher para tomá-lo.

– Suposições – disse o padre – têm causado uma série de confusão neste mundo e decerto muitos enforcamentos.

O Sr. Gould continuou, como se não tivesse ouvido.

– Se ela não tivesse sido tão abusiva, se o que tivesse dito não fosse tão injusto e tão cruel, teria ficado até que tomasse o remédio. Mas ela me pôs para fora. Disse que não precisava do meu auxílio e que era bastante capaz, embora eu desejasse vê-la morta, de tomar muito bem conta de si mesma!

– Ah! – exclamou o padre, levantando-se animado. – Foi isso exatamente o que ela disse?

– Sim, foi.

– A senhora falou com o Sr. Gould que já havia preparado as gotas?

Florence concentrou-se para se lembrar.

– Disse a Geoffrey para dar à sua esposa o remédio à meia-noite, e que havia um copo na mesinha de cabeceira.

– Mas a senhora não disse que tinha colocado as gotas, nestas mesmas palavras?

Ela olhou para ele, confusa.

– Palavras, palavras? – murmurou. – Não, não. Falei apenas que o copo estava sobre a mesa de cabeceira. – Ela se voltou para o marido. – Foi isso o que eu disse?

– Sim, minha querida – concordou ele e depois hesitou. Ambos esperaram. – Francamente, eu não estava pensando nem um pouco na minha esposa. Não a ouvi direito, Florence. Só de maneira indistinta me lembro que você mencionou o remédio de que Agnes ia precisar à meia-noite, e que havia um copo sobre a mesinha de cabeceira Se você não tivesse dito isso agora, eu não me lembraria de jeito nenhum.

O padre andou de um lado para o outro.

– Sr. Gould, sua esposa disse mais alguma coisa, qualquer coisa, depois de afirmar que não precisava da sua ajuda, e que podia tomar conta de si mesma, e depois de ofendê-lo?

– Ajude-me – pediu o proprietário, de forma quase inaudível. Fechou os olhos outra vez e se concentrou. – Ela só disse que tomaria o remédio quando bem entendesse. – Seus olhos se abriram de repente. Fez menção de se levantar da cadeira. – Eu não me lembrava disso, também! Até agora!

O padre sentou-se e sorriu para as duas pessoas, tão agitadas diante dele.

– Ela estava completamente acordada depois que começou a ofendê-lo, Sr. Gould?

– Um pouco mais tarde, sim. Fiquei alarmado. Ela parecia tão... extrema. De fato, eu, enquanto saía do quarto, pensei se deveria sugerir-lhe tomar uma dose do seu suave sedativo. Atirou em mim o livro que estivera lendo no começo do dia e me acertou no ombro. Ela gritou comigo. Fechei a porta e podia ouvir sua fúria, mesmo quando ia pelo corredor.

O padre deu um sorriso ainda mais largo.

– Ela não o viu preparar o remédio; não sabia que o senhor o havia preparado. Achou que o tivesse expulsado antes de ter a oportunidade de prepará-lo. O senhor a acordou. Ela não tinha como saber que, enquanto dormia, o senhor havia contado as gotas. Rose não a avisou de que havia preparado a mistura, pois ela estava semiadormecida quando Rose saiu. A própria Sra. Gould talvez não soubesse com certeza, mas possivelmente resolveu não se preocupar com o fato.

"Sra. Gould, sei que a senhora foi interrogada e disse às autoridades... a senhora não foi intimada a testemunhar no tribunal?... que pôs aquelas gotas no copo já com água da Sra. Gould?"

– Não. Eu estava terrivelmente transtornada, como o senhor pode imaginar, padre. Sequer pensei nisso! Tudo isso fugiu totalmente de minha mente, até hoje, quando o senhor nos interrogou. Nunca me perguntaram se eu própria havia preparado qualquer remédio – a jovem falou com total veemência e mesmo paixão.

– E a senhora nunca depôs no julgamento?

– Não. O inspetor da Scotland Yard falou comigo em casa. Soube depois que estive sob suspeita, mas se isso ocorreu, nunca fui informada pelo inspetor. Ele conhecia minha tia muito bem. Havia conhecido meu tio; de fato, eu o via com frequência quando era criança, quando morava na casa de meus tios, após a morte de meus pais.

O padre pôde compreender. O inspetor conhecia a moça desde a infância. Conhecia bem seu caráter. Não podia acreditar que ela houvesse matado alguém.

– Antes de dar minha opinião, que creio que explica tudo, gostaria de lhe perguntar, Sr. Gould, se o senhor amava Florence antes de sua primeira esposa morrer.

O rosto elegante e triste ruborizou-se.

– Sim. Eu a amava. Admito.

– Geoffrey! – exclamou Florence, e agora seu rosto se iluminou. – Você nunca me disse! Pensei que tivesse começado a me amar depois da morte de Agnes!

Ele colocou as mãos sobre as dela. Ela tremia.

– Meu amor, eu era um marido e pai católico, amava meu Deus e tentava obedecer à Sua lei. Você era uma jovem na minha casa, amando meus filhos e afetuosa com minha esposa. Não podia lhe contar. Eu lutei. Briguei contra meus sentimentos e rezei. Sabia que estava errado, mas não podia impedir isso. Sabia que a única coisa que poderia fazer seria nunca lhe falar. Não queria amá-la; usei toda a minha vontade para impedir que você soubesse. Desejei não amá-la durante todos aqueles anos e nunca deixei você saber.

– Você nunca me deixou saber – disse Florence, encantada e maravilhada. – Bem, meu querido, eu o amava também. Mas também não lhe falei. Sabia que você era honrado e bom. Se lhe tivesse falado, antes de Agnes morrer, você me teria pedido para nunca mais voltar à sua casa. Não é?

– Eu lhe teria pedido para não voltar mais, para nosso próprio benefício. – Virou-se para o padre. – Contei ao padre Tom que tinha amado Florence durante muitos anos, pelo menos desde o tempo em que deixara de gostar de Agnes. Falei-lhe que eu nunca confessara isso a Florence. Ele não acreditou em mim. Não acreditava em nada. Estava certo de que eu ou Florence matamos minha mulher, por motivos adúlteros e porque desejávamos nos casar. Perante Deus, padre, isso não é verdade.

O padre deu uma risadinha.

– Você está errado. Você e sua senhora, Sr. Gould, realmente mataram sua esposa. E também Rose Hennessey, provavelmente. Portanto, vocês três são culpados de assassinato.

Florence soltou um gritinho desordenado e pôs as mãos enluvadas na boca. Seus fascinantes olhos cor de cinza encararam o padre em profunda desgraça. O Sr. Gould teve um sobressalto.

– E, também meus amigos, a falecida Sra. Gould cometeu suicídio. Depois que o senhor saiu, ela preparou as próprias gotas e bebeu todas as quatro doses. Mas o crime e o suicídio foram feitos sem o conhecimento de qualquer um de vocês. Ninguém quis cometer o crime. Suas consciências estão limpas de qualquer desejo de crime. A Sra. Gould cometeu suicídio, sem sua vontade e sem seu conhecimento, assim como vocês a mataram de forma inconsciente.

"O senhor não podia evitar amar a sua atual esposa. Mas rezou e lutou, desejou o contrário. Por isso o senhor não é culpado de adultério, nem mesmo no seu coração. Deus observa as intenções. Agora, eu gostaria de saber o que vocês pretendem fazer a respeito."

O casal interrogou-se com os olhos.

– Acho que devemos voltar a Belfast e relatar todo o assunto às autoridades – falou o Sr. Gould.

– O senhor tem um nome para limpar?

– Não. Ninguém acreditou que matei minha esposa. Fui absolvido. O julgamento durou apenas vinte minutos, e um chá foi servido. Também não acreditaram que Florence tivesse matado Agnes. O juiz se expressou favoravelmente no veredicto.

O padre andou pela sala, pensativo. O casal o observou, ansioso. Parou na frente deles.

– Se for a Belfast, após todos esses anos, vai reviver o caso. O senhor não poderia ser julgado de novo. Se a Sra. Gould poderia ou não ser julgada é um detalhe técnico. Rose seria importunada de novo, teria o nome manchado, sob suspeita. E seus filhos? Eles são crescidos o suficiente, agora, a maioria deles, para passar por tortura e vergonha. Vocês não poderiam continuar a viver nesta aldeia.

Por isso, eu gostaria de lhes perguntar o que vocês ganhariam? E, a propósito, depois do veredito... estou interessado na interpretação do tribunal.

– Morte por acidente.

– O senhor irá então a Belfast, considerando todos estes fatos?

– O que o senhor aconselharia, padre?

– Dei meu conselho de que vocês não mintam mais para os filhos. Com a consciência tranquila, podem dizer-lhes que não mataram a mãe deles. Eu ficaria só nisso. Nenhuma outra pessoa está sob suspeita, e portanto você não precisa voar em seu auxílio. Naturalmente, se tal eventualidade puder acontecer, então você deve ajudar. Entretanto, duvido que tal ocorra.

Os rostos de ambos estavam cheios de alegria. A juventude retornou-lhes num instante.

– A sua consciência o está incitando a ir a Belfast, Sr. Gould, e reabrir o caso? – continuou o padre.

– Não! No momento, todas as dúvidas que eu tinha, padre, a respeito de minha culpa, desapareceram. Era o que me assombrava, e foi por isso que contei tudo ao padre Tom.

O padre balançou a cabeça.

– O senhor não lhe contou tudo, porque ele não lhe questionou como eu. O velho padre Tom estava certo, acho. Seu instinto era seguro. Sabia que um crime havia sido cometido e, portanto, ficou tão ofendido porque o senhor não confessou. O senhor não falou com ele porque não conhecia a verdade. Deve perdoá-lo; deve pensar bondosamente nele. O padre Tom não pode ser acusado – sorriu. – E o espero para a confissão, amanhã, Sr. Gould. E também na missa, domingo. Afinal, o senhor tem pecado seriamente e negligenciado seus deveres religiosos. O senhor deixou seus filhos sofrerem sem necessidade, sob o falso pretexto de que deveria protegê-los. Apesar da atitude do padre McGinnis, o senhor deveria ter persistido em vez de acreditar que teria sido expulso. Se houvesse persistido, ele poderia afinal duvidar do seu instinto em que tanto confiava. O senhor causou-lhe muito infortúnio, e ele era um velho. Receio que lhe infligirei penitências bastante severas, Sr. Gould.

– Penitências não! Privilégios abençoados! Padre, o senhor livrou-nos do desespero! O que posso dizer, ou fazer, para agradecer-lhe? – exclamou o proprietário em altos brados.

A Sra. Gould, timidamente, estendeu a mão ao padre. Ela sorria radiante, embora as lágrimas escorressem por seu rosto.

– Padre. Eu gostaria de receber instruções religiosas, se o senhor me receber – falou ela.

Padre Shayne não escreveu ao bispo, apesar de tudo. Decidiu ir vê-lo e contar pessoalmente. O bispo ficou muito feliz.

– Assim – disse padre Shayne aquela noite –, o mal foi feito por uma mulher má que odiava o marido e os filhos. O mal fez os pensamentos do marido se voltarem para a sua amiga; o mal resultou em um assassinato inocente e no seu suicídio inocente. Seu caráter tinha feito seus filhos sofrerem física e espiritualmente. O mal, também, tinha sido feito pelo Sr. Gould e sua segunda esposa, por um admirável desejo de poupar aquelas crianças, que apenas queriam deles a verdade sobre sua mãe. Suas vidas haviam sido prejudicadas.

"Não para sempre, no entanto. Geoffrey se tornou padre. Ele é um bispo agora, na América. Elsa se tornou uma esposa feliz e uma mãe alegre. – Ele parou. – Mas o pequeno Eric morreu. Morreu de convulsões, um ano após aquele dia, em meu gabinete. Mas quem sabe se ele teria sido salvo se o pai tivesse chamado o médico a tempo? Outro mal fora feito, por medo de escândalo, e para proteger uma mulher que não deveria ter sido protegida. Se seu marido a houvesse denunciado quando Geoffrey sofreu aquele dano por parte dela, Elsa teria sido poupada do sofrimento, terror e desgraça. Eric não teria morrido. No entanto, tudo foi feito com a mais pura das intenções e com inocência e amor.

"Assim o mal, nesse caso, estava indissoluvelmente emaranhado com o bem e a virtude. É tudo muito estranho. Todavia, não houve nenhuma pretensão de se fazer mal, por isso não houve mal."

11

Os indesejáveis chamados a fim de que voltasse para casa chegaram na manhã seguinte, e Rose viu sua bagagem ser arrumada e chorou um pouco, sozinha. Cook foi firme e taxativa, quando fez para Rose uma última xícara de chá e lhe apresentou o bolinho que acabara de assar.

– Não é – disse ela – como se você amasse sua avó. (E nem ela a você, acrescentou a boa mulher em seus pensamentos. Rose, com a presciência da infância solitária, captou e entendeu o olhar compassivo de Cook.) Não podem ser apenas as histórias que você ouve dos velhos à noite, ao redor da lareira.

Mas eram realmente as histórias, como um grande livro todo aberto e cheio de páginas coloridas em uma vida insípida.

– O que é, então? – perguntou Cook. – Beba seu chá. – Como Cook, obviamente, não gostava de histórias fantasiosas, Rose só podia balançar a cabeça, desconsolada. Mas Cook era sagaz. – Então, são os contos. Eu mesma poderia lhe contar vários deles, se fosse uma mexeriqueira, como alguns que correm de casa em casa. O que há com as histórias, Rose?

– Elas me fazem pensar em Deus – disse a criança, corando.

– Ah! – concluiu Cook. – Eles farão de você uma romana num abrir e fechar de olhos, se os escutar.

Rose bebeu o chá. Se aqueles velhos bondosos, que demonstravam tanto interesse por ela e lhe davam gulodices tiradas de seus próprios pratos – gulodices proibidas para crianças –, eram romanos, então ela também seria uma romana. Ninguém, exceto Cook, jamais havia sido tão gentil com ela antes, ou se importara muito com ela.

– Posso me comportar ainda pior! – disse a Cook, de forma insolente.

– Cuidado com a língua – alertou Cook. Ela hesitou. – Não diria isso ao seu papai e à sua mamãe se fosse você, Rose. Eles nunca a deixariam voltar aqui.

Rose se lembrou de nunca contar aos pais. A primavera veio, e o verão, o interminável verão quente e poeirento de Londres, e então uma visita a Bournemouth com os pais. Ela esperou, impaciente, pelo outono e inverno e ouvia, ansiosa, a irritabilidade crescente das vozes dos pais, enquanto os monótonos dias cinzentos vinham e iam.

Mas em janeiro, antes que a explosão chegasse, Rose estava na casa da avó de novo.

– De novo? – disse vovó. – Nunca pensei que um dos meus filhos tivesse tanto espírito. – Lançou um olhar crítico para Rose. – Se não fosse pelo cabelo vermelho, como o meu, diria que você é extraordinariamente feia, Rose.

Vovó era realmente uma "criança velha". Falava de forma deliberada palavras cruéis, era maliciosa demais; suas maneiras não eram confiáveis e não se esperava dela bondade nem compreensão. Ainda assim, Rose a olhava com afeição, e ela própria ficava assustada. Rose não era uma criança para ser enganada por magnetismo, encanto ou afetações. Ela não considerava a avó bonita. Julgava a avó animada, com sua casa linda, seus vestidos cheios de esplendor, suas joias incríveis e que, em tudo, ela era encantamento.

Vovó a estava olhando exatamente como o papagaio a olhava, a cabeça empinada, os olhos grandes fixos no rosto, a boca sorrindo.

– É uma pena para você ter de vir para cá.

– Gosto daqui – disse Rose.

Vovó, naturalmente, ficou muito envaidecida. Considerou isso uma homenagem pessoal. Deu um tapinha na cabeça de Rose e então, à maneira das crianças, puxou o cabelo de Rose com rispidez e de forma inesperada e riu com o gritinho de dor da menina. Aí, de novo com comportamento infantil, ela ficou um pouco arrependida.

– Tenho um presente para você – avisou e tomou-lhe a mão e subiu com ela as escadas, para o seu lindo quarto. Com orgulho, deu a Rose uma pequena caixa de papelão. Ao abri-la, Rose viu um cordão brilhante de coral. Vovó se envaideceu com a exclamação de prazer de Rose e, por isso, quase a amou. – E, a propósito, há dois velhos amigos seus aqui outra vez, hoje à noite: padre Hughes e monsenhor Harrington-Smith. Sabe o que o monsenhor disse sobre você? Que algum dia você escreveria as histórias que ouviu, e que elas acabariam num livro – deu um sorriso alegre.

Aquela noite, monsenhor Harrington-Smith falou de um concerto a que assistira em Londres e mencionou o harpista, em particular.

– Quase tão bom quanto Stephen Doyle, que toca como um anjo. Eu o ouvi quando era muito jovem. Nós o chamamos o jovem menestrel.

– Eu o conheci bem – disse padre O'Connor e todos olharam para ele, surpresos. – Ele era da minha paróquia. Não só tocava como um anjo, mas...

Padre Daniel O'Connor e o jovem menestrel

– Sim – disse padre O'Connor para os rostos surpresos ao redor da mesa de jantar de vovó –, sou o padre daquela "lenda" e conheci o jovem menestrel. – Olhou para suas velhas mãos cheias de veias, dobradas placidamente na mesa. – Acho que já faz sessenta anos, ou mais.

– Mas ouvi este caso da minha avó, e ela morreu há vinte anos – disse vovó. – E já era velho para ela, na ocasião; e ela falava nele como coisa de muito tempo atrás, antes mesmo que tivesse nascido.

– Lendas têm uma grande tendência de retroceder no passado e se tornar tradição – ponderou padre O'Connor –, e é mais autêntico para um homem dizer "meu velho pai ouviu isso de seu pai" do que dizer "eu mesmo o vi e juro pelos santos". Ninguém crê inteiramente num *homem*, mas o mundo tem uma maneira curiosa de acreditar em lendas. Quanto mais velhas melhor, como se o tempo lhes conferisse veracidade. Era difícil para os apóstolos carregar o testemunho pessoal para a vida de Nosso Senhor, eles que tiveram a bendita graça de vê-lo vivo entre eles... e morreram por ter testemunhado... do que é hoje para um padre carregar o testemunho através da Igreja, da Bíblia Sagrada e da tradição. Os padres ensinavam o que lhes foi ensinado, mas os apóstolos ensinavam o que tinham sabido e visto por si mesmos, e ainda assim as pessoas, muitas delas, não acreditavam nos apóstolos e os matavam. Será que os homens receiam que todos os homens sejam mentirosos, então? Não sei. É surpreendente que as pessoas creiam em lendas, narradas primeiramente por homens já mortos, se tais lendas forem muito velhas. Contudo, foi há sessenta anos que conheci Stephen Doyle e presenciei o que lhe aconteceu.

– Talvez os homens acreditem que uma história que não morre deva ser verdadeira – disse padre O'Flynn.

– Mas há muitos – disse padre O'Connor – que não creem em um diabo possível, que existe de fato, apesar de ser uma verdade que tem sobrevivido há milênios. Mas então pode ser, de fato, que o próprio Satanás tenha estado muito ocupado através dos séculos, persuadindo os homens de que ele não existe. O mal sempre fará isso, o melhor para enganar e destruir. Quem levantará armas contra um inimigo que, com toda sinceridade, não acredita estar em seu rastro?

– E foi o senhor então, padre, quem conheceu Stephen Doyle – disse vovó, maravilhada. – O senhor, que é mais novo que minha avó, que foi quem me contou a história!

– Sim – concordou padre O'Connor. – Não só fui amigo de Stephen Doyle, mas sua testemunha.

"Todos sabemos como as pequenas aldeias remotas da Irlanda eram e são pobres e tristes, e tenho ouvido histórias de meus irmãos em Cristo, nesta própria casa, que passaram fome, trabalharam e sofreram entre sua gente, nessas paróquias. Mas Darcy era, acho, a mais triste e a mais pobre de todas elas, escondida nos verdes vales, com a terra produzindo muito pouco e a fome espreitando na próxima esquina. Nunca encontrei lá um homem que tivesse mais de duas libras que lhe pertencessem, e ele era considerado um nababo se alguma vez na vida tivesse aquelas duas libras juntas. Os jovens saíam para trabalhar em Dublin ou Waterford ou emigravam para a América com suas jovens esposas, pois nada havia para eles em Darcy, onde parecia que só os desesperançados ou os muito esperançosos, jovens e velhos, viviam em uma situação de fome e ansiedade.

"Darcy não produzia nada para vender nos mercados, embora se falasse a respeito de uma fábrica de Belleek estabelecer-se lá. Alguns homens vieram examinar o solo e foram embora, balançando a cabeça. Mas o povo de Darcy, os esperançosos, falavam do dia em que a fábrica seria construída e os grandes salários viriam. Falaram nisso durante todo o tempo em que os conheci, e os conhecia desde que era menino, pois nasci lá, em uma choupana de barro, com telhado de folha de palmeira. E Darcy foi a minha primeira paróquia.

"Cada família em Darcy possuía seu pequeno pedaço de terra fora da aldeia, e todos que pudessem andar, arrastar-se ou enxergar trabalhavam na terra árida. Como não havia dinheiro, usavam o sistema de troca; um homem trocava um cesto de aveia por uma cesta de trigo, o moleiro moía o grão por uma parte de farinha, e dava parte da farinha para o sapateiro, por botas de inverno para seus filhos. As mulheres teciam seus próprios linhos e a lã, e os maridos os trocavam por cevada e aveia, farinha, leite, queijo e um pouco de creme. Era primitiva e deprimente, e ninguém tinha o bastante para comer, ou para se vestir, ou bastante carvão para queimar em suas lareiras. Era motivo de alegria e comemoração quando uma ovelha paria dois cordeirinhos em vez de um, embora o segundo cordeirinho tivesse de ser mantido vivo na cozinha diante do fogo, pois sua mãe não o queria. Se uma vaca parisse duas crias havia mais alegria, pois quando os bezerros crescessem, poderiam ser abatidos e comidos. Nenhuma vaca podia jamais ser morta até que não pudesse mais ser emprenhada ou dar leite, e o mesmo ocorria com as ovelhas e com as porcas. As fêmeas eram tratadas com carinho até o dia exato em que, mesmo um tolo, podia perceber que elas nada mais tinham a dar para a aldeia."

Os homens de Darcy também tratavam com carinho seus burros ou seus poucos cavalos, pois eles carregavam as mercadorias das trocas e puxavam os arados. A morte de um cavalo era a maior calamidade. Como iria um homem substituí-lo? Darcy estava a dias de viagem da cidade mais próxima e do interior, onde só havia lagos azuis e não o mar, onde os navios poderiam chegar. Os cavalos estavam cansados demais e eram muito preciosos para que um homem os usasse para viajar, mesmo até a aldeia mais próxima, para um mexerico com seus parentes, de modo que Darcy permanecia remota e isolada. Mas era abençoada por um detalhe: o clima era temperado e uniforme, protegido pelas colinas do pior efeito que o inverno poderia causar, de modo que o capim nos campos e nas colinas permanecia verde e bom para o pasto por muitos meses. Além disso, embora o clima não fosse o ideal para a produção de aveia e grãos, era favorável às ótimas batatas, e houve anos em que Darcy foi mantida viva quase inteiramente por esses vegetais. Foi um dos poucos lugares em que, durante a Grande Fome, as batatas não apodreceram. A aldeia produzia também carvão para o fogo. Dela extraíam ainda pedra, para a construção da cozinha do moleiro, e da pequeníssima igreja e da casa paroquial.

– Soa grandioso dizer que minha casa e a igreja eram de pedra – disse padre O'Connor –, mas a igreja só tinha assentos para cerca de trinta pessoas, e elas se comprimiam. Os que chegavam tarde tinham de ficar em pé dos lados, em um estreito corredor. Muitas vezes as jovens mães fatigadas se encostavam na pedra fria, enfraquecidas pela fome, segurando os bebês esquálidos, e muitas vezes consagrei o pão com as minhas palavras afogadas pelo choro dos bebês. Embora, estou agora pensando, o som deve ter sido mais doce a Nosso Senhor do que o que minhas orações e do que os lamentos do coro, composto por duas idosas irmãs de caridade e um rapazinho com permanente bronquite. Vocês compreendem, todos nós tínhamos bronquite e tossíamos o ano todo. O clima não era inclemente demais, mas sim a fome. Não tínhamos médico; havia uma parteira velhíssima, e foram muitas as jovens mães que morreram com a criança a quem tinham acabado de dar à luz. Algumas vezes, a criança vivia, e com isso o pai precisava pedir leite a um fazendeiro se não tivesse uma vaca, e, algumas vezes, uma mãe que amamentasse o filho podia ajudar. Contudo, nunca vi uma aldeia com tantos velhos fortes. O centésimo aniversário traria os filhos, os netos, os bisnetos e os trinetos, com um bolo em sinal de respeito, mas não era considerada uma idade excepcional. Enterrei muitos homens e mulheres que viveram muito além da marca de um século, e até o fim tinham cumprido a sua parcela de trabalho. Em Darcy, seria uma vergonha se deixassem de trabalhar por um momento. Ah, era um grande povo, o meu próprio, o de Darcy! E nunca os *sassenachs* os descobriram para cobrar qualquer imposto, o que era uma bênção de Deus.

"Não havia taverna em Darcy. Cada homem contribuía com a sua parcela de malte e pão para o cervejeiro, que fazia a cerveja e a trocava por uma peça de lã ou linho, ou por um par de botas. A cerveja era bebida junto às lareiras, entre amigos. Nunca vi um bêbado em Darcy, ou uma mulher relaxada. Tínhamos pouquíssimo, mas nos orgulhávamos de nós e tínhamos fé e amor uns pelos outros. Tínhamos tudo o que faz uma pessoa ser verdadeiramente rica. Muitos diziam que não éramos ambiciosos, exceto os jovens que emigravam – mas tínhamos nosso Deus e o que mais pode ter um homem? Mesmo que sofra?

"Eu era um jovem padre, mas mesmo os homens e mulheres acima de 100 anos falavam de mim com afeto, como o 'velho padre'. Eles me amavam e eu os amava. Davam-me o que podiam em carne fresca, pão e vegetais e, apesar de ser muito pouco, era tudo o que podiam fazer. As mulheres limpavam minha casinha, composta apenas de dois cômodos, cada um do tamanho de uma cocheira, e nunca houve um presbitério mais limpo. Os homens plantavam flores ao seu redor, e batatas no pequeno jardim, rabanetes e mesmo alguns pés de alface. Aqueles foram os dias mais felizes da minha vida."

As crianças eram tratadas com muito carinho em Darcy, embora poucas sobrevivessem ao nascimento ou ao ano que se seguia, pois significavam mais mão de obra nos campos, mais mão de obra nos teares. As crianças eram ricas em Deus. E assim, todos sentiam pena de Peter Doyle e de sua esposa, que não tinham filhos. Apesar de viverem apenas um pouco melhor do que os vizinhos, sem nenhuma boca ociosa para alimentar nos primeiros anos, sentíamos pena deles. Peter fez 40 anos, depois 50 – e Mary, a esposa, parecia na meia-idade também. Eram ambos pessoas fortes e bem-dispostas, com costas fortes – mas sem filhos. Então, quando Mary fez 45 anos, ela finalmente concebeu.

Como Zacarias e Isabel, eles não puderam, no início, acreditar que tal milagre lhes havia sido concedido. A parteira foi consultada, e a princípio ficou em dúvida. Mary não estava mais em idade de ter filhos; ela havia atingido a "mudança". Mas um mês sucedeu a outro, e o corpo de Mary aumentava. Cada manhã eu encontrava o extasiado casal na missa, e todas as manhãs recebiam a Sagrada Comunhão. Se os vizinhos eram céticos, o mesmo não ocorria com eles. Mary poderia finalmente conceber. Eles não tinham esperanças de um menino; uma menina seria também bem-vinda. Olhavam para todos com sinais de alegria, e no final toda a vila rezava para eles. Padre O'Connor sempre os visitava, só para ver os olhos enlevados de fé e alegria de Mary. Ele desejou, pela primeira vez, que sua igreja tivesse um órgão, pois o que lá havia não podia ser consertado. Naturalmente nunca seria substituído, por falta de dinheiro. As duas irmãs, muito velhas, e o menino, faziam o que podiam com seu canto gregoriano. Mas um órgão seria muito bem-vindo nos domingos festivos, para relembrar o milagre da concepção de Maria. Havia, no entanto, ocasiões em que as irmãs e o menino superavam a si mesmos, e a minúscula igreja soava como um gongo santificado.

A aldeia inteira declarou feriado não oficial quando Mary foi para a cama em trabalho de parto. O cervejeiro, temerário, abriu um pequeno barril de cerveja para os que se mantiveram ao redor da casinha dos Doyles. As irmãs se ajoelharam junto à cama de palha de Mary, e Peter Doyle estava quase fora de si de contentamento e medo, e tinha de ser amparado por padre O'Connor. Era um dia quente de primavera, o cheiro da grama e da brisa no ar, e o sol estava mais brilhante. Tudo parecia auspicioso, apesar do trabalho de parto sofrido e prolongado de Mary. Todos sabiam que ela sofria dor extrema, ela que não havia gerado filho antes. Mas ninguém ouviu seus gritos ou gemidos. Ela suportou sua angústia com sorrisos de alegria e gratidão. Estava quase na hora de dar à luz. Cada vez que seu corpo maduro se contorcia e seus olhos se inflamavam como chama de vela, ela apertava as mãos suadas em direção ao céu.

As horas se passavam. O rosto da parteira estava marcado pela ansiedade. Andava incansavelmente para cima e para baixo junto à cama de Mary, rezando e resmungando. De repente, ela chamou o padre O'Connor: "Ela está morrendo", disse, com a secura de todas as pessoas da aldeia. E assim, padre O'Connor ministrou a Mary a extrema-unção, para o mudo sofrimento daqueles que esperavam. Mary se reanimou de imediato. "Meu bebê vai viver, padre", disse ela. Pouco depois, ela deu à luz um menino, e no momento exato em que ele respirou pela primeira vez, ela respirou pela última, humilde e devotadamente. Peter Doyle sentou-se mudo com seu filho nos braços, e estava tão distante enquanto olhava para o rosto calmo e sorridente da esposa morta, que nem mesmo o padre pôde falar com ele.

– É estranho, mas talvez não tanto – disse padre O'Connor –, que Peter tenha começado a odiar seu bebê. Tivera sua esposa querida durante 28 anos, sua companhia mais amada e mais próxima nas desventuras, nas tristezas, nas esperanças, no amor, na miséria e na alegria. Tinham vivido sozinhos, na individualidade dos seus seres, pela maior parte de suas vidas e se conheciam desde crianças. Mary era tanto parte da vida de Peter como seu corpo. No sentido mais profundo do casamento, eles tinham sido um, desde quase o próprio nascimento. Nenhum dos dois jamais havia amado outra pessoa. Haviam trocado seus primeiros beijos infantis e os últimos. Peter sempre fora "o moço de Mary" e Mary, "a moça de Peter". No período escolar haviam sentado perto um do outro na escola. Tinham sido também filhos únicos. Eram ao mesmo tempo irmão e irmã e marido e mulher. Ninguém nunca vira Mary, desde a mais remota infância, sem ver Peter ao seu lado. Assim, quando Mary morreu, Peter morreu também, embora tenha sobrevivido 13 anos a ela.

Todos ouviam, atentos.

Padre O'Connor suspirou.

– Eu entendi quase de imediato. Lamentei, mas compreendi. Sem Mary, Peter não estava verdadeiramente vivo. Trabalhava na sua pequena terra e voltava para a sua cabaninha, onde morava a tia mais velha do seu pai, já falecido, para tomar conta da criança. A velha Eileen devia estar perto dos 90 anos na época, mas era uma mulher forte e vigorosa. Viveu até próximo dos 103 anos e então morreu, estando Stephen com 12 anos. Nunca, naqueles anos, seu pai conversou com ele, nem com amor, nem com raiva. Falei algumas vezes com Peter, mas ele me encarava com seus olhos azul-claros, e sabia que ele não estava me ouvindo. Aos domingos, ele passava suas horas junto ao túmulo da mulher, murmurando, sorrindo e acenando para ela. É perfeitamente possível que ele nem mesmo soubesse que tinha um filho, embora mais tarde Stephen tenha falado que o pai sempre o odiara. Quem conhece os recessos do coração humano? Stephen trabalhava no campo com o pai, e se tivessem de se comunicar seria só através de gestos. Fora uma vida terrível para um rapazinho, e Stephen chegou à juventude com amargura no coração, e ódio, pois era completamente sozinho. Acreditava que o pai o considerava culpado pela morte de Mary, e que sua vida era uma maldição. Como era rejeitado pelo pai, que também não o reconhecia, tinha certeza de que era detestável e não merecedor de ternura e do amor humano.

"Stephen era um rapaz forte e alto, como o pai, mas com os olhos negros da mãe. Sempre houve uma tormenta neles, desde a primeira infância. Aqueles que rejeitamos, nos rejeitam, é uma verdade que não reconhecemos. Stephen foi para a escola, para que as irmãs pudessem lhe ensinar, mas era um menino inquieto, sempre olhando para além das montanhas. Eu tinha certeza de que ele emigraria para a América, ou, pelo menos, para Liverpool. Mas ele ficou, trabalhando nos campos, ganhando uma moeda aqui e ali, auxiliando o sapateiro, o ferreiro ou o cervejeiro. Trabalhava bem, mas raramente falava. O pai dele ficou mais velho e cansado, e Stephen não falava com ele. Quando foi crismado, Peter não se achava presente. Stephen cantava no coro aos domingos, mas Peter não ouvia. As irmãs adoravam Stephen, mas se afligiam por ele. Era um menino muito calado e muito taciturno, e nunca sorria. Também não pecava, no inteiro significado da palavra. Quando estava no confessionário, sussurrava que às vezes imaginava se Deus gostava ainda dele, mas era tudo. As meninas da aldeia olhavam para ele, pois era um bonito rapaz de cabelos pretos, alto e com olhar penetrante e vago. Nessa época, estava completamente só, pois Peter tinha morrido quando ele tinha 13 anos.

"Lembro-me que era mais de meia-noite quando Stephen bateu à minha porta. Ele me disse que o pai estava à morte e havia pedido o padre. Esse pedido foi quase a única coisa que Peter jamais havia solicitado ao filho. Peter fez sua última confissão, administrei e extrema-unção. Então Peter perguntou pelo filho, e havia lágrimas no seu rosto. Mas Stephen não estava na choupana. Era uma noite tenebrosa de chuva e vento. Voltei para o lado de Peter e fiquei com ele pelo pouco tempo em que viveu. Quando fechei seus olhos, senti a umidade de suas lágrimas e procurei Stephen outra vez. Então fui atrás dos vizinhos e lhes pedi para ficar com o morto, pois era quase hora da missa. Stephen só voltou três dias depois, e ninguém soube onde estivera; e o pai dele foi para a sepultura sem ninguém da família para ficar junto dele naquele momento.

"Não que Stephen fosse um rapazinho sombrio na ocasião, ressentido ou rebelde, pois se assim fosse, ele não teria inspirado tanto amor às boas e velhas irmãs. Uma delas me disse que Stephen era solitário e desesperado, mas muito consciencioso. Trabalhava no pedacinho de terra que o pai deixara e em qualquer outra coisa que pudesse achar para fazer. Deus sabe que eu tinha pouquíssimo dinheiro, mas lhe dava diversos trabalhos no meu jardim. Ele raramente falava com alguém. Tinha o hábito de caminhar sozinho pelos bosques, e uma vez o vi assim, quando o vento era forte e soava nas árvores como mil harpas. Fiquei a distância e o observei, e nunca tinha visto um rosto subitamente tão glorioso, alegre e tão atento. Ele estava ouvindo a grande e estrondosa música do vento e seus lamentos entre os galhos, seu murmúrio e gritaria nas folhas. Tinha então 15 anos e sua aparência era a de um negro potro selvagem.

"Uma vez, na primavera, eu o vi com o rosto virado para baixo ao lado de um riacho, os ouvidos voltados para a água apressada, e estava de novo atento e sorria para si mesmo, cantarolando uma canção qualquer, como se fosse uma música vibrante. Eu o vi muitas vezes assim, nos bosques e na floresta, diante da água, nos campos. Que música ele ouvia, não sei. Eu próprio era acanhado e continuava quando o via, e não ficava à vontade com Stephen nem ele comigo. Eu nem sequer sabia o estado de sua alma, pois quando completou 17 anos não foi mais se confessar, e só ia à missa aos domingos. Não fazia mais parte do coro, desde que sua voz mudara. Sentava-se em silêncio na ponta do banco gasto, e saía só e em silêncio. Havia quem dissesse que ele tinha ficado desequilibrado da cabeça, mas eu não pensava assim. Rezava por ele, tentava conversar com ele. Stephen me ouvia com respeito, mas não respondia. Exceto uma vez – o velho padre sorriu gentilmente. – Ele me disse: 'Padre, sua voz na missa não chega a ser magnífica, mas há uma nota como a trombeta de um anjo.' E então, saiu correndo. Tive os pensamentos mais tolos sobre Stephen depois disso. Perguntei às irmãs, mas elas me disseram que Stephen não tinha mais voz e que sabiam disso desde que ela mudara. Mas uma freira muito velha me falou que ele ouvia o coro com uma atenção pungente e tremia se uma nota estivesse errada."

Stephen tinha apenas 17 anos quando foi dizer ao padre O'Connor que ia embora para as guerras.

– Ora, – disse o padre – os *sassenaghs* não vinham a Darcy para buscar rapazes para as suas eternas guerras e escaramuças, pela mesma razão que não vinham buscar impostos. A aldeia era muito pequena, escondida e isolada e não mantinha negócio com os vizinhos ou com as cidades. Os *sassenaghs* simplesmente não sabiam da existência de Darcy. Tivessem sentido o cheiro de meia coroa em toda a aldeia, o coletor de impostos *sassenagh* lá teria aparecido. Mas não havia nem meia coroa. Era duvidoso que qualquer dos habitantes pudesse reconhecer tal moeda, se a vissem. As pessoas viviam à parte naqueles dias muito mais do que hoje em dia, e raro era o jornal que chegava a Darcy, assim como as notícias até da aldeia mais próxima. Eu tinha os únicos livros da aldeia. Soube que Stephen lera os poucos que eu lera, pois assim me disseram, mas nunca o apanhei em minha cabana. Ele entrava e saía como uma sombra.

"Mas, de alguma maneira, um jornal de Dublin tinha aparecido, em estado deplorável, em Darcy, e há mais de um mês. Havia outra guerra, e bons salários eram oferecidos aos rapazes para ingressar no Exército Real, além de grande oportunidade para aventuras. Assim, Stephen me procurou e me deu os poucos hectares de sua terra. Falei que não os aceitaria, mas os manteria para ele. Ficou então combinado que os homens da aldeia trabalhariam a terra, teriam a metade pelo seu trabalho e dariam o restante para a minha igreja e para as irmãs. Perguntei então a Stephen por que ele queria ir para uma das guerras dos *sassenaghs* – não me lembro agora de que guerra se tratava – e ele apenas sacudiu a cabeça e disse que devia ir para ver como era o mundo além de Darcy. Mencionei que ele poderia ser morto, e Stephen retrucou que isso seria mau para alguém como ele, sem parentes, amigos, ou ninguém para se importar se ele vivesse ou morresse. Foi a primeira vez que o vi falar assim, e falava sem amargura ou autopiedade, e foi uma das coisas mais trágicas que já ouvi. Vi seus olhos frente a frente pela primeira vez, e estavam distantes e perdidos, com toda a tormenta que continham; e então ele partiu. Os habitantes da aldeia espantaram-se com sua partida e falaram outra vez da sua esquisitice, mas logo pararam de mexericar, pois não conheciam bem Stephen, não mais do que notavam a presença de uma árvore silenciosa em seu costumeiro lugar. Decorridos cinco anos, ninguém mais se lembrava de Stephen, e a pequena choupana de barro permaneceu vazia e cheia de poeira. Os homens que trabalhavam no seu pedaço de terra começaram a falar dele como 'os hectares de Doyle'. Não de Peter, como tinha sido, não de Stephen, quando herdara. Era apenas de Doyle, e ninguém recordava do rosto de Stephen, ou o que ou quem ele era. Fora esquecido, exceto por mim e pelas duas velhas freiras que morreram, levando consigo sua memória.

"Então, tão súbita e invisivelmente quanto Stephen tinha saído, ele voltou. Uma mocinha que não se lembrava de Stephen disse-me, empolgada, que ciganos estavam na 'cabana de Doyle' e que a fumaça estava saindo da única chaminé. Fui logo, cruzando os campos dourados do outono. Era outro dia de vento forte, e ele cantava uma canção diferente das que entoava nas outras estações, uma canção de lugares solitários e de desolação e sombras, que ficavam para sempre despercebidas por qualquer pessoa. Quando cheguei à cabana de Stephen, ele estava lá, no degrau da porta, fumando, e era um homem crescido, alto, muito pálido e magro, e a única coisa que se mexia nele era a fumaça do cachimbo. Seus olhos se fixaram em mim, mas não mostrou sinais de reconhecimento. Nem mesmo se levantou, como na época todos os homens faziam quando um padre se aproximava. Apenas me encarou no vazio e fumava. Parei quando virou a cabeça um pouco para o outro lado. E então, enquanto eu cruzava e relva crescida, um raio do sol atingiu-lhe a testa, e vi que perto da sua têmpora direita, havia a mais terrível das cicatrizes. Era comprida, vermelha e retorcida, e repuxava uma das pálpebras, de modo que fazia a mais estranha expressão. Eu já ia falar quando ele disse, com voz incerta e vagarosa:

"– Quem é?

"Parei de novo. Decerto cinco anos não teriam me mudado muito, mesmo em Darcy!

"– Sou seu amigo, Stephen, o padre O'Connor – respondi."

Stephen, bem devagar e desajeitado, ficou em pé e murmurou:

– Bom dia para o senhor, padre.

– Bom dia, está uma bela manhã, Stephen – disse o padre, observando, ansioso, o jovem, agora com 22 anos.

– Sei que é uma bela manhã, padre, pois o vento me conta. Ele me conta tudo a respeito do mar, onde esteve antes da madrugada, como os veleiros cantam nele, como as montanhas rugiram quando ele passou por cima delas, e a teia dourada que as gaivotas fizeram quando voavam juntas ao sol.

Foi o mais longo discurso que Stephen jamais pronunciara na aldeia, e, de repente, ficou de novo parado e silencioso, o sol lavando seu rosto e escurecendo a cicatriz.

– Estou feliz com sua volta, Stephen. Você nunca me escreveu. Não sabia que estava aqui até esta manhã. Bem-vindo ao lar. – Estendeu a mão para o rapaz, mas ele não se manifestou. Magoado, padre O'Connor recolheu a mão. – Onde você conseguiu esta terrível cicatriz, Stephen?

– Nas guerras. Vi grande parte do mundo. Os *sassenaghs* possuem grande parte dele. Foi um ferimento de baioneta, que fez uma explosão na minha cabeça. Como está a minha terra, padre?

– Em ótimas condições – respondeu o padre. Havia algo sobre Stephen que o alarmava. – Você não a viu por si mesmo?

– Nunca mais a verei. Estou cego há dois anos.

O padre tinha ouvido muitas coisas tristes naqueles anos, mas lhe pareceu que essa foi a mais triste, e sentiu que o coração se despedaçara rudemente. O jovem solitário estava agora destinado a uma solidão mais profunda, e o padre desejou chorar. Mesmo a morte de Mary Doyle não tinha sido tão trágica.

Os dois se sentaram no degrau e fumaram juntos à luz do outono, e o padre esperou. Finalmente Stephen falou, e com indiferença, como se essa terrível calamidade tivesse acontecido com alguém que ele não conhecia, mas que decerto a tivesse merecido. Foi em um lugar da África, disse vagamente. E então seu rosto se transformou à menção da África, e contou ao padre sobre as infindáveis chuvas, as florestas, e as pancadas dos poderosos rios quando a água despencava das montanhas verdes. Falou dos cantos e gritos de estranhos pássaros exóticos, do majestoso brado do leão e do riso das hienas, do relincho lamentoso dos hipopótamos e do crepitar do vento nas palmeiras, e do longo gemido profundo dos mares quentes.

– Eu era como alguém que tivesse ficado doido – comentou, um pouco encabulado. – Não podia ouvir tudo. Deitava acordado, para ouvir. Não sabia que Deus tinha tantas vozes, mas o que eu era, senão um rapaz inexperiente de Darcy embriagado pela música? – Juntou as mãos num gesto de admiração e virou os olhos cegos, mas imaculados, para o padre, e eles brilharam com a recordação. – Todas as vozes de Deus. Não havia um único som destoante, apesar de alguns serem terríveis, padre.

Decidira ir para as guerras, disse, porque queria uma harpa. Uma vez tinha ouvido uma harpa, quando estava com 15 anos, já órfão, e havia ido a cavalo até a aldeia mais próxima, e ouviu um velho no gramado, tocando harpa, uma pequena e frágil harpa, e ele cantava uma balada.

– Esqueci o que tinha ido fazer, padre, naquela aldeia. Tinha quatro xelins comigo. Sentei-me no gramado com o velho e dei-lhe três dos meus xelins a fim que tocasse para mim.

Só ao voltar para casa, em seus devaneios, ele se lembrou que havia ido à aldeia buscar certa ferramenta que não havia em Darcy.

Então havia ido a uma casa de espetáculos em Londres, quando era soldado, onde um irlandês tocava uma grande harpa e cantava velhas baladas irlandesas, e a harpa não era tocada por um homem, mas por um anjo.

– Um anjo, padre – repetiu Stephen. – E agora meu coração está ardendo para ter uma harpa só minha, de modo a poder ouvir todas as vozes de Deus sob os meus dedos, nas cordas.

Os *sassenaghs* não pagavam grandes salários, como afirmavam os jornais de Dublin. Mas Stephen economizou o pouco que recebeu.

Então ficou cego na África, por culpa de algum nativo desesperado, durante uma escaramuça, e depois de longas semanas foi mandado de volta a Londres para se reabilitar em um hospital militar. Ensinaram-lhe a tecer cestas, trabalhar em teares e engraxar e colocar solas em botas, com muita habilidade.

– Havia, na ocasião, um novíssimo pensamento em Londres – disse padre O'Connor –, um pensamento muito piedoso, e era devido às mulheres. Era coisa usual jogar na rua um soldado cego ou aleijado, tendo apenas Deus para ajudá-lo e sentir pena dele. As senhoras determinaram que aqueles que tivessem sofrido acidentes em nome de Deus ou da pátria deveriam receber uma pensão. Elas foram parcialmente bem-sucedidas, pois agora Stephen receberia uma libra por mês. Era pouco pelos seus olhos, mas era alguma coisa.

Não haveria mais harpa. Stephen gastara suas pequenas economias no sórdido e imundo hospital militar de Londres com sabão e fumo, uma navalha nova e outras necessidades, ninharias que um governo, presumivelmente grato, não achava digno prover para ele. E o seu soldo de mercenário tinha cessado desde quando se ferira. Não havia queixa na voz incerta e paciente de Stephen enquanto explicava. Nunca havia esperado muito da vida, e só queria uma coisa, uma harpa. Isso lhe era negado agora, e mesmo assim não falava mais com aquela sua amargura incomum, que mostrava, às vezes, antes de sair para a guerra. De fato, sentia-se presunçoso por ter alimentado qualquer esperança, pois era apenas um rapaz de Darcy com um pedaço de terra de nenhuma importância.

– Você é importante para Deus, Stephen – disse o padre, após terminada a lúgubre história.

Stephen balançou a cabeça.

– Não. Meu pai estava certo. Não sou absolutamente ninguém, padre. E agora poderia o senhor dizer, com bondade, às pessoas que não sou incapaz, mas que posso tecer cestas para os bebês, consertar botas, e cuidar de um tear? – Sabia que era difícil receber algum dinheiro, pois havia tão pouco em Darcy, e tinha direito à sua libra mensal para chá e açúcar e suas parcas necessidades. Só esperava viver até o fim de seus dias em Darcy, e ouvir as vozes de Deus!

Padre O'Connor era um irlandês pouco rancoroso, mas agora estava amargamente revoltado contra quase tudo e quase todos no mundo, por causa de Stephen. Fitou os olhos cegos, e os seus próprios se encheram de lágrimas. Bateu no ombro de Stephen e foi aos vizinhos falar-lhes sobre a situação de Stephen e pedir ajuda. Todos ficaram espantados com a severidade do padre e logo retrucaram que ninguém havia conhecido Stephen quando ele enxergava e que sempre fora um rapaz inamistoso, e o que tinham eles do próprio bolso para lhe dar? O padre conhecia a situação deles. Trabalhariam a terra por metade de seu produto e "vocês darão o restante não para a igreja, mas para Stephen, pois ele não tinha nunca vivido, e poucos o tinham, algum dia, amado", disse o padre, sentindo-se como um incendiário e cheio de inominável indignação. Ele foi para a minúscula igreja e dirigiu-se a Deus em uma linguagem algo dura a respeito de Stephen. Ficou logo arrependido. Mas o coração ainda ardia. Não havia, garantiu a Deus, uma harpa em Darcy nem por muitos, muitos quilômetros ao redor. Stephen não tinha dinheiro; ninguém em Darcy tinha dinheiro.

De repente, o padre começou a chorar e a rezar para que, de alguma forma, uma harpa aparecesse debaixo dos dedos de Stephen. Não passaria fome, embora fosse cego. Mas precisava de uma harpa.

– Para Vosso louvor, querido Pai de todos nós – disse o padre, com um leve sentimento de que estava sendo algo exigente e um pouco adulador. Um padre compreendia, explicou padre O'Connor, com humildade, que os caminhos de Deus não eram os caminhos do homem e que a vontade de Deus estava acima da questão.

"Mas Vós, nosso querido Senhor, não nos dissestes que conheceis nossas necessidades e que só é preciso pedir com Fé? Se este é o Vosso desejo – disse o padre, olhando, ansioso, o pequeno crucifixo barato sobre o altar-mor e suspeitando estar sendo um pouco exigente – mandai uma harpa para Stephen Doyle."

Ele esperava que uma harpa se materializasse e que seria a vontade de Deus. Não podia acreditar que estava pedindo uma trivialidade, considerando que o amor fora retirado de Stephen durante toda a sua vida, com exceção do amor de Deus e das duas freiras anciãs, há muito tempo dormindo no pó. É verdade que, quando Stephen se tornara um jovem, ele havia mostrado pouco, se é que mostrou algum, interesse pela Igreja.

– Mas Vós não parastes para dar visão a um mendigo cego? – insistiu ele.

Uma semana depois, padre O'Connor conseguiu que todos rezassem, de alguma forma, por uma harpa para Stephen Doyle. É verdade que todos ficaram perplexos. Por que Stephen Doyle iria querer uma harpa? Precisava de muitas coisas, como consertar sua casa... "consertem-na então", dizia o padre, e os homens corriam para consertá-la, resmungando. Se o filho de Peter Doyle tinha "escapado" para lutar pelos *sassenaghs* e havia perdido a visão, então era tanto desejo de Deus quanto loucura do próprio Stephen. O que Peter teria pensado de tal ato de traição? Um bom irlandês não lutava pelos *sassenaghs*, mas contra os *sassenaghs*. Todos estavam dispostos a fazer o possível por Stephen; era só caridade cristã, embora ele mal tivesse se comportado como cristão antes de ficar cego. Ele falara algumas coisas bem lamentáveis a respeito da religião, como um velho subitamente relembrou. Oh, o padre podia falar do amor de Stephen pelas "Vozes de Deus" e aquilo estava escrito em qualquer lugar, padre, mas ele demonstrara pouco interesse pelos vizinhos, e raramente conversava com eles, e sequer ficou agradecido por terem cuidado de sua terra. Caminhava com a bengala na única rua enlameada, e quando uma palavra amável lhe era dirigida, ele apenas resmungava.

– O pai dele não o amava – disse padre O'Connor. – Ninguém o amava, a não ser a velha irmã Agnes e a velha irmã Mary Francis. Deus me perdoe, mas eu também não o amava. Éramos mais cegos do que Stephen é agora, pois nossas almas eram cegas. Vamos rezar para conseguir uma harpa para ele.

– A harpa mais barata – disse um jovem em tom de autoridade – custa cinquenta libras em Dublin. E onde existem quatro libras em algum lugar em Darcy? Sequer há um cavalo que possa valer cinco libras em Darcy; e mesmo uma vaca poderia ser considerada cara por esse preço.

– Rezem por uma harpa para Stephen Doyle – pediu o padre, sentindo-se como um cruzado em meio a sarracenos pagãos. As pessoas balançavam a cabeça. O velho padre teria ficado louco? Uma harpa para Stephen Doyle, quando as crianças andavam descalças a metade do ano, uma barra de sabão era uma raridade, e só se comia carne uma ou duas vezes por semana? Havia a velha Granny Guilfoyle, necessitada de uma nova muleta, e todo mundo estava economizando sua moedinha para comprar uma para ela. – Não estou pedindo moedas! – gritou padre O'Connor. – Nem um *penny*. Quero apenas que orem! Façam orações por uma harpa! Deus sabe que vocês pedem coisas mais insignificantes! Limpem seus corações e rezem por uma harpa para Stephen; isso vai lhes custar alguma coisa?

Assim, garantidas de que padre O'Connor não ia pilhar um simples bule ou um precioso jarro de açúcar por... uma harpa, as pessoas rezaram, acanhadas. E uma coisa estranha aconteceu, enquanto rezavam por Stephen. Começaram a amá-lo, ou, no mínimo, a olhá-lo com compaixão. Ele agora era o motivo de suas rezas, embora estivessem figurativamente sendo castigados nos joelhos, e é bem sabido que se você reza por um homem, você começa a olhá-lo como querido e importante, esquece todas as suas faltas, e ele assume uma aura. Uma das garotas mais bonitas da aldeia, Veronica Killeen, muito se interessou por Stephen e levava, de vez em quando, um pão quente à sua casa, assado com suas próprias mãos de 16 anos. Era nova demais para se lembrar de Stephen quando ele saíra de Darcy, e decerto ele nunca a havia conhecido. E agora, ele não podia ver suas faces cor-de-rosa, os grandes olhos azuis e o cabelo ruivo. Mas ela possuía uma voz doce, e Stephen adorava ouvi-la falar. Exalava ainda uma fragrância como de capim recém-cortado, e cantava tanto quanto falava. Stephen ouvia suas canções inocentes e pensava em passarinhos na primavera; podia ouvir seus lentos e dançantes passos e sentir a doçura da sua carne. Depois de algumas semanas, ele até podia falar com ela com facilidade. Os pais dela, apesar de rezarem por ele, não estavam satisfeitos, pois Veronica estava sendo cortejada pelo filho do ferreiro, um rapaz muito fino, cujo pai era o mais "rico" da aldeia, e dono da casa mais bonita na estrada lamacenta. Além disso, ele possuía dois cavalos e três vacas, e corria o boato de que o velho ferreiro tinha um primo solteiro em Dublin, dono de "um belo pedaço de propriedade". O filho do ferreiro, com o tempo, herdaria essa incrível riqueza. Veronica foi alertada pelos pais para não se interessar muito por um homem bem mais velho que ela – ele tinha mais de 22 anos agora – e que era cego e, além de tudo, havia lutado pelos *sassenaghs*. Aquilo era digno de um verdadeiro filho da Irlanda? Veronica rodopiou, displicente, os cabelos vermelhos com atrevimento, e seu caso foi trazido ao padre O'Connor, que tinha no mínimo bastante simpatia pela história da garota, e ainda censurou os pais dela pela falta de caridade.

– Vocês queriam que ela tivesse um coração de pedra? – perguntou o padre, enérgico. Muitas vezes descobriu Veronica ajoelhada na igreja, em súplicas ardorosas, e suspeitava quem era objeto das suas orações. Uma adorável moça, pensava, apreensivo, mas o que ela via em Stephen Doyle, pálido e muito magro, mais velho, e cego e dependente da bondade dos seus vizinhos? Perguntou-lhe e recebeu a surpreendente resposta:

– Ah, é o grande homem que Stephen será! – gritou ela e olhou para o padre com olhos de tal maneira radiantes que ele ficou desconcertado.

– Todos somos grandes pela visão de Deus! – retrucou o padre. – Mas é preciso ter um pouco de prudência, Veronica. Você é uma excelente menina e seus pais a adoram. Ah... o que Stephen fala com você, na soleira da porta, à vista de toda a aldeia, ou no passeio a sós pela estrada?

Veronica ficou extasiada.

– Ele me fala das vozes de Deus, padre. Nunca as ouvi antes, mas agora as ouço em todo lugar. Ele abriu meus ouvidos, padre.

– Ele não fala de nada mais? – perguntou o padre, ciente agora de uma ou duas coisas a respeito da natureza humana, e em especial a natureza humana de rapazes e moças.

Veronica hesitou e corou.

– Fala de mim mesma, padre, e sou a mais velha de 12 filhos, a cabana cheia até o teto com todos nós, e ninguém nunca falou só de mim antes.

O padre logo pensou no idílio de Peter e Mary Doyle, que se uniram um ao outro como se ninguém além deles existisse no mundo, e assim apenas mencionou outra vez decoro e prudência a Veronica, e rezou para que tudo saísse bem. Falou com Stephen, que estava tecendo cestos e colocando solas em sapatos – tudo feito de maneira excelente.

– Veronica é como meus olhos. Ela me fala de coisas que não posso ver, padre, ela é um anjo! – disse Stephen.

Padre O'Connor tinha esperança de que Stephen continuasse a olhar Veronica como um anjo por algum tempo ainda, e não como uma maçã vermelha para o apetite de um homem. Stephen riu, com delicadeza, ele que nunca rira antes.

– Quando Veronica me pedir para casar com ela, então casarei, padre. Dou-lhe minha palavra que não a pedirei em casamento.

Padre O'Connor recebeu 15 dólares – três inacreditáveis libras – de um paroquiano que havia ido para a América dez anos antes. Era Natal. Foi um presente pessoal de um homem grato e lutador, que não havia encontrado ruas de ouro nas cidades da América. Rezando para estar fazendo a coisa certa, o padre mandou buscar muitos livros em Dublin, nem todos de caráter puramente religioso, e os deu a Stephen, e sugeriu a Veronica que os lesse para seu protegido – no degrau da porta, com tempo bom.

A harpa estava mais longe da realidade do que estivera no princípio, mas as pessoas rezavam compenetradas, embora tivessem dúvidas particulares quanto à necessidade de Stephen por uma harpa! Ora, uma harpa era uma bela coisa, certamente, e irlandeses adoram harpas. Mas por que para Stephen Doyle, que precisava de novos cobertores e de um arado novo? Não seriam mais importantes do que uma harpa, para um homem que sequer sabia tocá-la, e que nunca lera uma peça de música na sua vida?

Mas se as pessoas tinham mudado, Stephen tinha mudado também. Sentia intensamente a palpável preocupação de todos a seu respeito, com a premonição dos cegos, e achava estranho. Ouvia vozes bondosas, ele que nunca conhecera bondade, a não ser pelas velhas irmãs. Tornou-se um homem diferente, não mais acanhado e fugindo de outro ser humano. Desenvolveu, inclusive, alguma estima por si próprio e parou de acreditar que era detestável e indigno. Chegou a ter esperanças, com o tempo, de fazer amigos verdadeiros. Via-se conversando de maneira muito desajeitada com os aldeões que o abordavam. Trocava suas cestas por necessidades, e no Natal ficou sem fala ao receber presentes, ele que nunca havia recebido um presente antes. Um delicioso ganso assado e recheado surgiu em sua mesa. E enquanto ele descobria a mera simpatia e preocupação humanas, ousou voltar-se para o Deus que ele sentia que nunca tê-lo conhecido ou gostado dele. Seu amor a Deus, seu respeito pelas vozes de Deus, pareciam até presunçosos agora, menos blasfemos. Aproximou-se de Deus, tímido, retraído a princípio, depois convicto de que Deus o acolhia como um filho. Agora se ajoelhava com Veronica todos os dias na missa e recebia a comunhão.

Um dia, o padre disse a Stephen que quando seu pai estava à morte havia perguntado por ele.

– Ele estava querendo fazer algumas reparações. Sabia que não havia sido um bom pai para você e que não o amara. Mas a morte abre nossos olhos. Ele chamou seguidamente por você, para pedir seu perdão, meu filho. Mas você ficou fora por três dias.

Stephen, o reservado e taciturno, deixou cair as primeiras lágrimas que tinha derramado desde a infância.

– Ele sempre me dizia que eu tinha matado a "sua Mary". Ele nunca dizia "sua mãe" para mim, e assim era de acreditar que, não só meu pai me odiava, mas também a minha mãe junto ao trono de nosso Abençoado Senhor. Dividi o amor do próprio amor. Trouxe desastre, por nascer, àqueles que se amavam com carinho. Este é o fardo que carrego sempre, padre. – Depois de uma pausa ele disse: – Eu não tinha ido longe. Estava escondido em um celeiro no campo. Por três dias e três noites, sem alimento. Pensei que, se estivesse fora, meu pai morreria em paz, sem o ódio da minha visão diante dele.

– Você o perdoa agora, Stephen? – perguntou o padre, muito comovido.

– Nunca o culpei. Sempre me culpei.

Assim Stephen, certo de que o pai por fim o havia desejado, avançou outro passo em direção à fé e à graça, e o povo da aldeia, com a chegada da primavera, dizia que Stephen era "outro rapaz". Até os pais de Veronica pararam de desprezá-lo, principalmente desde que o padre informou-os de que Stephen lhe havia prometido que nunca pediria Veronica em casamento. Ele se absteve, com discrição, de dizer-lhes a outra condição que Stephen mencionara, que só casaria com Veronica quando ela lhe pedisse.

O verão chegou, com seu manto amarelo de grãos e as folhas verdes, a floração nos pequenos pastos e os murmúrios de mistério nos bosques. Uma vez padre O'Connor pensou que, como Stephen não falava mais da harpa, ele se resignara com a probabilidade de nunca ter uma. Mas, após uma tempestade violenta, ele disse ao padre:

– Ouvi a música da criação na noite passada, padre, o canto de cordas, o matraquear das águas nas árvores, e depois, de madrugada, o doce hino dos pássaros. Sei, sem saber por que, que eu poderia fazer uma harpa cantar assim, para o encanto de Deus. Sei como os anjos acariciam os ouvidos de Deus e minhas mãos... elas estão ociosas. – Ele captava o forte colorido diante de si, embora não pudesse vê-lo, e suspirou do fundo do coração. – Ouço a música angelical à noite, padre, quando tudo está quieto.

Fazia agora um ano desde que ele voltara a Darcy. E estava forte e muito bem. Havia aprendido a empilhar e a fazer montes de feno tão bem quanto um homem de boa visão, pois suas mãos tinham-se tornado seus olhos, afinal. Nunca se cansava do trabalho. Seus olhos escuros brilhavam de saúde. Ria com frequência, embora discreto, e às vezes até fazia brincadeiras. Não havia lugar nenhum em que não fosse bem-vindo, mesmo na casa dos Killeens, que, impacientes, pressionavam Veronica a se casar com o vigoroso filho do ferreiro. Stephen agora tinha 23 anos, não era mais um adolescente, nem mesmo um jovem. Ele não era nem a sombra do rapaz que partira para as guerras pelo dinheiro dos *sassenaghs*, e não era certamente o oprimido e desesperançado homem que tinha voltado. A lenta apatia de sua voz desaparecera para sempre.

Se não fosse pelo anseio de Stephen por uma harpa, padre O'Connor teria ficado contente por ele ter sido finalmente aceito pelos seus semelhantes por mérito próprio, por ser compreendido e por ter um pouco de amor. O padre rezava, agradecendo a Deus por Stephen ter sido recebido na fraternidade de homens bons, e disse a si mesmo que certamente isso era o bastante. Afinal, todo homem tem anseios secretos que nunca são destinados a serem satisfeitos por causa da sabedoria de Deus. Esses anseios mais preciosos seriam satisfeitos no céu, onde estão os sonhos mais nobres, sem terem sido corrompidos pelo mundo.

A velha Granny Guilfoyle, que tinha um quadril quebrado há vários anos, decidiu morrer em uma madrugada de verão, duas horas depois da meia-noite. Ela morria regularmente quatro vezes por ano, mas como sempre escolhia uma noite adorável para tal fim, padre O'Connor não ficava aborrecido com ela. Além disso, ela já estava bem além dos 100 anos e ganhava a própria vida tecendo capachos para chãos frios. Quando sentiu que estava morrendo outra vez, deu uma batida forte na única janela com a muleta. Uma vizinha piedosa veio às pressas e saiu à procura do padre O'Connor. Ela pediu perdão e disse que a velha Granny certamente estaria morrendo agora. Ela estava deitada com os olhos bem abertos e revirados.

– Ah, agora tenho certeza que os anjos vieram me buscar, padre – disse ela quando ele entrou no único cômodo de pedra de sua cabana. Sua voz era muito forte e jovial, como era normal quando morria... e muito feliz. Todos a chamavam Granny, a vovozinha, ela que nunca teve um homem e nenhum filho. Era o orgulho da aldeia por causa de sua resistência, bom senso e virtude de seu caráter, embora, como diziam os aldeões, "tenha a língua afiada como faca". Ninguém nunca podia se lembrar de tê-la ouvido pronunciar uma palavra maliciosa, apesar de ser uma grande mexeriqueira e conhecer todo mundo "por dentro e por fora". Por isso, como ela estava morrendo outra vez, havia um grupo de pessoas à espera, preocupado, perto da porta aberta, mesmo a essa hora escura e quente da manhã.

Como Granny tinha recebido a extrema-unção vários anos antes, não podia recebê-la de novo. Mandou buscar padre O'Connor para ouvi-la em confissão e prepará-la, através da oração, para o assento no céu, que esperava por ela há infindáveis anos.

– O que a faz pensar, Granny, que a senhora vai morrer agora? – perguntou padre O'Connor, bocejando. Alguém tinha acendido velas junto à cabeceira da cama e havia suspendido a anciã nos seus travesseiros grosseiros.

– Foram os anjos que ouvi – disse Granny. Era pequena e aleijada, os cabelos brancos eram finíssimos e as bochechas, já há muito tempo, haviam caído. Mas tinha os olhos azuis de uma moça sadia. – Como sempre.

– E a senhora ouviu agora? – indagou o padre, abrindo o livro. Sabia que Granny dormia pouco e suspeitou que ela achasse as noites solitárias, tendo como companheira a lua, quando todos os vizinhos dormiam.

Os olhos de Granny fuzilaram o padre, que era jovem bastante para ser seu bisneto, e ficaram ferozmente azuis à luz da vela.

– Está zombando de mim, padre – disse com alguma rispidez. Encostou-se de lado para ver a página do livro e, embora nunca tivesse usado óculos, enxergava como uma águia. – Está na página errada, rapaz – observou, com ar crítico. Tinha toda razão, e o padre logo encontrou a página certa.

Granny se acomodou nos travesseiros, satisfeita.

– Sim, ouvi os anjos e não o vento. Ouvi suas asas e suas palavras.

Como Granny nunca havia comentado sobre visitas angelicais, mas estava convencida de que seu período no purgatório seria muito longo por causa de seus pecados realmente inexistentes, padre O'Connor ficou um pouco curioso. Era irlandês também, e para os irlandeses o sobrenatural está sempre muito perto.

– O que os anjos disseram, Granny?

Ela o olhou, pensativa.

– Está zombando de mim de novo, padre, mas vou lhe contar a verdade. Ah, que voz adorável tinha o anjo passageiro! Ele disse: "Esta é a primeira vez, acho, quando alguém foi, em algum tempo, dado antes."

– Bem? E o que significa isso, Granny? – disse padre O'Connor, impaciente. – "Antes" de quê?

– Ora, padre, é para alguém como eu saber o que significa? Você não foi bem-criado – acrescentou, um pouco severamente. – Fazendo perguntas a uma velha no seu leito de morte! Os jovens são impertinentes, hoje em dia. Mas quando um anjo disse isso, o outro disse "grande é a misericórdia de Deus Todo-Poderoso, e espero que não seja mal-entendido ou tratado de forma profana". Oh, que belas vozes tinham enquanto voavam sobre minha casa! – olhou para os amigos ajoelhados ao lado da cama. – Vocês vão sair um pouquinho, enquanto me confesso com este jovem.

Os vizinhos se retiraram em silêncio. Padre O'Connor sentou-se e pensou. Então balançou a cabeça. Era uma conversa estranha para anjos, enquanto voavam sobre a casa de uma mulher tão velha, e não queria dizer absolutamente nada. Padre O'Connor também duvidou que os anjos falassem no modo irlandês para que Granny, ouvindo por acaso, pudesse entendê-los. Era de opinião que espíritos puros falavam uma língua para não ser ouvida pelos ouvidos humanos, se é que falavam alguma língua. Assim, padre O'Connor dispensou a história angelical e se acomodou para ouvir a longa lista de pecados de Granny, praticamente todos imaginários. Ela fez um perfeito Ato de Contrição. Então o padre chegou à parte mais solene de tudo – o despacho de uma alma humana a ponto de voar do seu corpo a qualquer instante. Ele hesitou. Granny, decididamente, não estava a ponto de voar, ou qualquer outra coisa, e ele deu uma olhada nela. Sobressaltou-se.

Granny, seguramente, estava morrendo agora! Não havia nenhuma dúvida a respeito. A cor tinha desaparecido da sua pele, dos olhos, dos lábios. A inconfundível sombra da morte estava no seu rosto, como a sombra cinza de uma asa invisível e flutuante. Mas ela sorria serenamente para o padre, as mãos cruzadas sobre o peito. O padre logo chamou três dos amigos chegados de Granny e começou a oração pelos mortos. A ladainha fúnebre ressoava através do quarto:

> Senhor, tende piedade dela,
> Cristo, tende piedade dela,
> Santa Maria,
> Todos os Santos Anjos e Arcanjos
> Santo Abel,
> Todos os coros dos justos
> Santo Abraão
> São João Batista...

– Parta deste mundo, ó alma cristã, em nome de Deus Pai, Todo-Poderoso, que a criou; em nome de Jesus Cristo, o filho de Deus vivo, que sofreu por você; em nome do Santo Espírito, que foi derramado sobre você...

Ninguém soube precisamente o momento em que Granny deu seu último suspiro, pois não houve nenhum som de morte, nenhuma agonia da morte. Ela repousava sorrindo nos travesseiros e não houve alteração alguma no seu rosto venerável, nem mesmo quando ficou evidente que tinha morrido. Os vizinhos começaram a chorar, e houve lágrimas nos olhos do padre. Conhecera Granny toda a sua vida, exatamente como havia conhecido os carvalhos das suas montanhas, o marrom dos riachos na primavera, a aparência das grandes rochas à luz do sol, o mármore quebrado e colorido dos céus de abril. Seus pais a tinham conhecido antes dele, da mesma forma que seus avós. Granny tinha levado muito de Darcy com ela para o céu e, em silêncio, o padre lhe enviou um recado no seu voo: "Não se esqueça de nós, Granny, reze por nós." Ele sempre teve certeza, depois disso, que ela momentaneamente parou para ouvi-lo e que havia concordado. Assim, ficou consolado e feliz.

Deixou Granny entregue aos cuidados carinhosos de seus amigos. O grupo de homens e mulheres do lado de fora soluçava em silêncio. Granny nunca fora o retrato de uma santa meiga: não havia sido particularmente benevolente, pois tinha desprezado os irresponsáveis, malfeitores e chorões. Não fora carinhosa com as crianças, pois, estranhamente, considerava-as como cidadãs em potencial para o inferno, a menos que os pais fossem estritamente zelosos sobre os deveres da religião da família e da vida. Mas as crianças a adoravam: à sua porta ficavam sempre grupos delas, apesar do seu modo de bater nas cabeças turbulentas com o seu dedal. Fora amada por todos da aldeia, não pela meiguice que ela nunca possuíra ou por ser prestativa, coisa que nunca desenvolvera, mas simplesmente porque havia sido uma mulher de caráter íntegro, honestidade absoluta, sentimento e orgulho. Nunca, nem uma vez, fora caridosa a respeito do pecado deliberado, e nunca, nem uma vez, expressara qualquer desculpa para ele. Só por aquelas virtudes tinha sido respeitada e amada. Uma vez, quando Stephen

Doyle passou por sua casa com seus passos incertos, ela o chamou, em tom ríspido, e disse: "Meu menino, Deus levou sua vista para que você possa pensar nele e para nunca ver uma coisa má outra vez." Isso foi durante a primeira semana da volta de Stephen. Ele não disse nada, mas enquanto o padre saía da casa de Granny, tinha certeza de que Stephen refletira sobre as palavras de Granny muitas vezes.

A primeira luz da madrugada despontava no Leste, e padre O'Connor, fatigado, esperava ter uma hora ou duas de sono antes da missa. O verão estava sendo ameno. As cabaninhas que se enfileiravam ao longo da rua ainda estavam escuras, e o vasto céu acima delas espichava-se amplamente para as colinas, avolumando-se de encontro à luz brilhante das estrelas. A aldeia ficava distante do mar, mas o vento trouxe um vago cheiro de sal. O padre aspirou o perfume de lírios e rosas na brisa leve. Era uma fragrância intensa, a mesma que ele sentira quando visitara a catedral Santa Maria Maior, em Roma. Não havia um jardim nessa aldeia onde crescessem rosas e lírios, pois a área era úmida demais para rosas, e a estação de lírios havia terminado. O padre ficou em silêncio absoluto, aspirando o belo e poderoso perfume. Tão depressa quanto chegou até ele, o perfume desapareceu.

Atônito, ele andou alguns passos. A luz mortiça da madrugada transformou-se num azul indistinto na rua da aldeia. Então era mais tarde do que o padre O'Connor havia suposto. Se pudesse dormir uma hora, estaria feliz. Olhou de relance a rua adormecida. Estava parado diante da minúscula casa de Stephen Doyle. Olhou, depois tornou a olhar, e sua boca ficou seca.

Ao lado do alto degrau, e ligeiramente encostada nele, estava uma imensa forma coberta, meio triangular. Padre O'Connor soube de imediato o que era, escondida como estava. Nenhum irlandês podia jamais se enganar com aquela forma; estava gravada no coração deles. Tremendo, o padre se aproximou dela na ponta dos pés, piscando os olhos para enxergar mais claro naquela luz baça azulada do início da madrugada, e na expectativa de que o objeto desaparecesse com a próxima piscada. Mas não desapareceu. Ela estava firme lá, à espera, majestosa, coberta com o que parecia ser veludo roxo com uma franja de ouro ao fundo. Havia um ligeiro brilho, como o da seda, no tecido protetor, ou fios dourados. E era o maior objeto de sua espécie que o padre O'Connor já vira. Nem mesmo em Roma tinha visto tão alta e tão longa; uma vez, duas, três vezes, o padre estendeu a mão para tocar o pano, para confirmar o que seus olhos viam, e a cada vez ele a retirava, como se estivesse a ponto de cometer um ato de blasfêmia.

A luz estava se tornando mais forte. O tecido de veludo apresentava um brilho suave. A franja de ouro faiscava. O padre respirou fundo e estava consciente do vento frio da manhã em sua testa molhada. Então, estendeu de novo a mão e tocou o tecido. Era, parecia, o mais delicado dos veludos, como asa de borboleta. Nas finas dobras havia uma espessa camada de poeira como se tivesse chegado de longe, de longe mesmo.

Todo o retraimento do padre o deixou, e ele se viu batendo com força à porta de Stephen, e chamando. Pareceu uma eternidade antes de ouvir o passo lento e a batida da bengala de Stephen dentro da cabana e uma eternidade para a porta se abrir. Então o padre emudeceu e só conseguia apontar para o grande objeto esperando paciente por Stephen Doyle.

– O que é isso? Quem é? – perguntou Stephen, parado com roupa de dormir no degrau da porta, com os grandes olhos vagando e procurando cegamente. Ele pôs a mão para pesquisar e ela tocou o topo do objeto. A mão parou, endurecida. O primeiro raio de sol, de repente, atingiu o topo das árvores mais altas. A mão de Stephen começou a se mover pela forma coberta. Ele murmurou:

– Uma harpa! Uma harpa!

– Uma harpa! – disse o padre. – Uma harpa para você, Stephen. – Colocou a mão no braço de Stephen, mas o jovem ficou todo rígido, olhando diante dele, para o vazio, o rosto branco e parado.

– Quem?

– Isso eu não sei – disse padre O'Connor. – Mas vamos pô-la dentro de casa, ou receio que toda a vizinhança logo estará aqui ao nosso lado.

Stephen era um jovem robusto, e o próprio padre não era fraco, mas os dois precisaram fazer muita força para suspender a harpa sobre a soleira da porta. Uma vez ou duas, o pano deve ter encostado nas cordas escondidas, pois, enquanto a harpa era levada para o único cômodo de Stephen, onde ele vivia, dormia e trabalhava, um débil som chegou-lhe aos ouvidos, um som distante como vozes atrás das nuvens. Por fim, os dois conseguiram colocá-la dentro do cômodo, perto da única janelinha, e o padre, ofegante, limpou a testa. Stephen se ajoelhou, correu as mãos pela forma e murmurou seguidamente, enquanto rezava:

– Quem? Quem? Quem?

– Vamos vê-la – disse o padre, esquecendo-se da cegueira de Stephen. Encontrou os botões de pérola no pano, desabotoou-os com reverência e suspendeu o pano da harpa. Aí ele emudeceu outra vez, com espanto e entusiasmo, e sentiu um grande tremor.

Não era uma harpa comum. Devia ter custado milhares de libras a alguém. Stephen sentou-se nos calcanhares.

– Oh, Deus, quem? – gritou. – Diga-me, padre, como é ela, esta harpa abençoada!

– É tão alta quanto um homem, quase tão alta quanto você, Stephen – disse o padre, com voz estranha. – A moldura é de ouro e uma cabeça de anjo, tão grande quanto a sua, está montada no topo. As cordas são brilhantes e reluzentes como a prata, e a base é de mármore dourado! Stephen!

Não era possível, claro, mas o impossível tinha vindo a Stephen, à noite. O jovem sorriu amavelmente, e lágrimas correram-lhe pela face. Ele pôs os dedos delicadamente nas cordas, ele que nunca havia tocado uma corda de harpa na vida, e logo a sala estava inundada pelo som de águas musicais encrespando-se à luz do sol. Então, enquanto os dedos de Stephen, dedos carinhosos, afetuosos e conhecedores, se moviam outra vez, mais rápido, na sala ressoaram vozes angelicais, puras, exultando, chamando, rezando. O padre nunca ouvira harmonia tão exultante, alegria tão transcendental, ecos que pareciam ser compostos de luz transformada em som.

Stephen juntou as mãos num gesto de prece e êxtase e voltou o rosto cego para o padre.

– Quem poderia ter feito isso, padre, para alguém como eu, um joão-ninguém, escondido em Darcy, atrás do mundo?

Sim. Quem? Quem dera esse presente? Quem havia encontrado esse lugar desconhecido mesmo para os *sassenaghs*, para os cartógrafos e os construtores de estradas? Quem, fora de Darcy, sabia que Stephen Doyle, o perdido, privado da visão e o mais humilde, queria uma harpa? Quem, num acesso de grande generosidade, entregara esse tesouro à noite, sem deixar o nome, esse tesouro que poderia comprar toda Darcy e inúmeras outras aldeias vizinhas? Mesmo a rainha, a própria rainha, teria olhado para ela com respeito e espanto, essa glória poderosa de harpa, e o próprio santo padre se deleitaria com sua música. Um tesouro além do conhecimento de muitos homens. O padre olhou o rosto do anjo no cimo do instrumento, e ele lhe pareceu sorrir. Então o padre se benzeu e não teve ideia nenhuma de por que o fizera.

O sol deslocou-se através da janela e atingiu a harpa, que cintilou, brilhou e ofuscou com toda a sua incrível magnificência, sua beleza sem preço. Nesse momento, o velho sacristão tocou o único sino da igreja e o padre ficou sobressaltado. Missa! Havia passos do lado de fora, ainda pesados de sono, movendo-se em direção à igreja, e vozes sonolentas.

– Ah, Deus me perdoe! – disse o padre, apressado. – Stephen, venha comigo à igreja. Falaremos sobre isso mais tarde!

Andaram o pequeno trecho para a igreja juntos, e Stephen se movia em sonho, murmurando outra vez, sem parar.

– Quem? Quem? Quem? Estou sonhando, padre?

– Se estiver, então eu também estou – retrucou o padre, andando depressa para sua casa, com as pessoas olhando às suas costas. Eles perguntavam a Stephen se havia algo errado com o velho padre, com o seu rosto branco e o olhar estranho. Mas Stephen não podia falar. Só conseguia sorrir, tão radiante quanto a manhã.

Padre O'Connor sentia alegria quando rezava a missa, e seu coração sempre balançava dentro dele quando consagrava o pão, pois sempre ficava admirado e imaginando por que Deus o havia escolhido, um jovem desnutrido nascido em Darcy, para elevar a hóstia sagrada e oferecê-la ao Altíssimo, em sacrifício. Mas nessa manhã sua alegria, admiração e assombro quase o cegaram com lágrimas e suas mãos tremeram, seu coração era uma fogueira de contentamento. Ele beijou o altar e disse:

– *Sanctus, Sanctus, Sanctus* – e toda a sua alma estava em suas palavras e toda a sua veneração.

Ele deve ter comunicado o que sentia ao seu pequeno rebanho, os poucos homens e mulheres nos bancos, pois seus corações se ergueram com humildade com o seu, e nenhum pensamento vagava. Os que foram à mesa de comunhão se moviam como adolescentes e donzelas no meio de campos floridos.

Mais tarde, os fiéis notaram que o velho padre tinha o rosto iluminado, como se fosse um anjo. Um homem guiou Stephen Doyle à mesa de comunhão, e Stephen comungou, curvou a cabeça sobre a mesa e se ajoelhou, não se mexendo por algum tempo, até que todos tivessem comungado. Mesmo quando foi gentilmente tocado, não se mexeu. Um toque mais forte e mais insistente por fim o despertou, e ele se levantou, a expressão distante, deslumbrada e brilhante.

Poucos minutos depois, a aldeia toda sabia da harpa, e os homens, antes de seguir para o trabalho, e as mulheres, antes de fazer o desjejum, se reuniram na casa de Stephen e um por um, como pessoas entrando em um pequeno santuário, entraram para ver a harpa e olhá-la com deslumbramento, boquiabertos, silenciosos e incrédulos. Mas quando se encontravam de novo na rua olhavam-se mudos, esses pobres homens e mulheres de Darcy, que não conheciam nenhuma beleza nas suas vidas, exceto seu amor uns pelos outros e seu amor a Deus, que nunca haviam visto uma rosa cultivada, ou uma janela de vitral em uma catedral, uma joia, uma peça de seda ou veludo, uma corrente de ouro ou qualquer das belezas diárias que rodeavam pessoas mais afortunadas. Elas estavam agora na presença da beleza e estavam esmagadas.

Então aconteceu que algumas mulheres, que tinham ouvido a conversa de Granny Guilfoyle sobre ouvir anjos à noite, se lembraram de suas palavras e elas foram repetidas ansiosa, misteriosa e alegremente. A cada alma foi perguntado se tinha ouvido o som de rodas ou de vozes estranhas na noite, e cada uma balançou a cabeça, agora sobrepujada pela emoção. Ninguém estivera em Darcy naquela noite, nem na noite anterior, ou em qualquer noite em que pudessem lembrar, exceto aqueles que ali haviam nascido e vivido. Quem viria a Darcy, quem conhecia Darcy? Apenas o bispo conhecia, em Dublin, e não era possível que pensasse com frequência na aldeia, exceto quando necessitava de um pastor ou de uma nova irmã. E o bispo nada sabia de Stephen. Quem, então, tinha trazido a harpa? "Os anjos", disseram algumas mulheres idosas com ingenuidade, lembrando-se das palavras da velha Granny: "Ela os ouviu trazendo-a." Elas se benzeram. "E na volta os anjos a levaram com eles, que Deus descanse a sua alma."

Os homens e mulheres jovens zombaram, mas se lembraram que Granny não foi nenhuma contadora de lorotas e havia declarado solenemente, em mais de uma ocasião, que não tinha nenhuma crença em nada que se referisse a fadas e duendes, e considerava aqueles que acreditavam neles "esquisitos da cabeça". A vida de Granny tinha sido tão completa como pão e manteiga; não fora nem mesmo particularmente devota, e levava toda sorte de vantagens por causa da idade avançada. Não era devota de nenhum santo, nem mesmo de São Patrício, e recordava, às pessoas chocadas, que o santo nem sequer era irlandês, mas tinha vindo de algum país pagão. Dava fortes gargalhadas com as histórias de possessão demoníaca e zombava da maneira mais irreverente, mesmo com o padre, e sempre perguntava às irmãs o que, em nome de Deus, as tinha feito "desistir do mundo". Muitas vezes deprimia as pobres e humildes senhoras com suas perguntas e piadas. Porém, com mais frequência, ouvia anjos à noite. Então era lógico que ouvira anjos naquela noite, e quem duvidasse da história de uma velha como Granny, que nunca mentira na vida, estava praticamente cometendo pecado mortal.

Por fim, até mesmo os mais céticos, como o cervejeiro, ficaram convencidos.

Padre O'Connor, em sua cabana, lembrou-se de todas as palavras de Granny. Uma vez, um velho padre lhe dissera: "Se, sob certas circunstâncias, o razoável não aparece e nada pode ser explicado de uma maneira racional, então o incrível permanece e deve ser aceito." Voltou para a casa de Stephen, mas mesmo quando estava a alguma distância, ouviu a música, batendo no coração como vozes angelicais, poderosas e exaltadas, e mais doce do que qualquer das vozes da terra.

– Quem? – perguntou Stephen para o padre, outra vez.

– Não sei.

Stephen sorriu.

– Deus.

Padre O'Connor escreveu para o bispo em Dublin, e o bispo logo publicou uma notícia nos jornais, perguntando se alguém havia "perdido uma harpa". Ele achou isso um aviso tolo e ficou imaginando se Dan O'Connor havia perdido o juízo ou se estava tendo alucinações. Contudo, ele precisava certificar-se. Então redigiu um anúncio para ser publicado "referente a uma harpa perdida" nos jornais de Belfast também, e depois em Limerick. Esperou quatro semanas e não houve resposta. A seguir, mandou dois padres, notáveis por seu bom senso e falta de superstição e muito eruditos, a Darcy. Um era inglês, e sempre se podia contar com um *sassenagh*, para não crer em praticamente nada. O padre inglês passara vários anos em Roma e estava prestes a ser elevado a monsenhor; sua família era rica e ele estudara em Eton. Além disso, era um convertido. Sempre ficava um pouco de ceticismo em um convertido, pensou o bispo, mas se lembrou de que sua própria querida e abençoada mãe tinha sido uma e retirou o pensamento. Mas ficou alegre por padre Lambert querer visitar Darcy.

– Onde fica Darcy? – perguntaram os dois padres.

O bispo pegou o mapa e não puderam encontrá-la.

– Mas sei que está lá! – disse, desconcertado. – A aldeia grande mais próxima fica a cerca de 50 quilômetros de Darcy, e vocês podem perguntar o caminho.

Os ventos e as chuvas tinham chegado e o bispo se lembrou das aldeias irlandesas perdidas e das estradas que se tornavam lamacentas, onde mesmo os mais fortes animais tinham dificuldades em passar. O bispo olhou para o imaculado padre Lambert e sentiu um prazer humano e deplorável.

– Vocês poderão alugar cavalos na aldeia grande, mas receio que terão de fazer a maior parte do caminho a pé – explicou ele.

O padre inglês pareceu um pouco surpreso, mas o padre irlandês, que sabia tudo sobre aldeias escondidas da Irlanda, vindo ele mesmo de uma delas, riu baixinho.

– Grandes botas compridas e um traseiro cheio de calos: isto é do que você precisa nesses lugares pobres, esquecidos de Deus. E é em lombo de mula que você vai andar, padre, e seja agradecido – falou.

Padre Lambert tinha muito dinheiro, pois, apesar de ter feito voto de pobreza, seus amáveis pais o conservavam bem suprido, através de doações: um novo cheque acabara de chegar. Ele viu-se confortavelmente instalado numa carruagem, desde a última estação de estrada de ferro e convidou o padre irlandês, que trocou com o bispo um olhar divertido e um pouco inclemente.

– Sou um velho – disse o bispo, devotamente –, e já faz muito tempo que não vejo uma solitária aldeia irlandesa. Fico feliz porque você estará lá, padre Lambert, e vai voltar com sua história sobre esta... harpa.

Padre Lambert achou toda a viagem uma tolice. Um longínquo jovem irlandês encontrara uma harpa na sua porta, e toda a aldeia estava impaciente com histórias de anjos na noite. Ele conhecia esses irlandeses. Procuravam milagre com tanta ânsia quanto ingleses procuravam moedas. Ah, bem, pobres criaturas, o que mais elas tinham nas suas vidas gastas e esgotadas naquela terra selvagem? E o padre Dan O'Connor era outro dos sonhadores, outro dos que procuravam milagres em acontecimentos comuns. Sem dúvida, algum comerciante de uma aldeia próxima ouvira o desejo de Doyle por uma harpa e, em alguma penitência secreta por seus pecados, tinha mandado tal instrumento para ele. Doyle era cego, certo? Triste. Os irlandeses eram famosos por suas súbitas generosidades, que tinham um toque de infantilidade. Era um povo que adorava mistérios e histórias. De certa forma, pensou padre Lambert, seria uma pena destruir esse mistério especial e essa história, com a luz dos frios fatos. Então, lembrou-se de que era um inglês racional, e prudência e racionalidade eram altas virtudes na opinião da Igreja. Assim, ele partiu com seu irmão irlandês em Cristo, que parecia se divertir em segredo, o que tornava padre Lambert friamente irritável. Começou a encarar a aventura como uma espécie de brincadeira sobre si mesmo.

– Conheço todas essas coisas – disse padre O'Connor, ao redor da lareira da vovó. – Padre Lambert, que se tornou um bispo mais tarde, falou-me delas. Estava abatido, isso estava, quando ele e padre Conway chegaram a Darcy, e não é para menos. Estavam ambos cobertos de lama, e nem mesmo as mulas conseguiram carregá-los nos últimos quilômetros. Os dois tiveram que arrastar os pobres animais, esfolados pelo cabresto, pelo resto do caminho. Padre Conway estava se divertindo, acho, mas padre Lambert, não.

Chegaram no dia de Finados. Padre O'Connor, para surpresa do padre Lambert, era um homem inteligente e não um ignorante, e não tinha nenhuma explicação, nenhum entusiasmo, ou misticismo irritante. Contou os fatos aos visitantes. Eram homens altos e tiveram de abaixar-se na minúscula choupana. Padre Lambert, com grande desânimo, soube que teria de passar as noites dormindo nos cobertores, no chão frio. Padre Conway não achou a situação chocante. Ouviu com atenção a história do padre O'Connor, enquanto padre Lambert franzia o rosto, impaciente.

Stephen Doyle, embebido nas baladas do seu povo, raramente ficava longe da sua preciosa harpa. Ele encantava a aldeia. Só tinha de tocar de leve as cordas para que todos viessem correndo.

– Quanto, padre, você diria que a harpa custaria? – indagou padre Lambert.

Padre O'Connor refletiu.

– Se fosse comprada, então calcularia, no mínimo, cinco mil libras, ou mesmo muito mais.

Padre Lambert ficou incrédulo.

– Decerto você está brincando! – exclamou, após uma visão geral de Doyle. – Quem teria dado tal tesouro a um pobre roceiro?

Padre O'Connor se empertigou:

– Os irlandeses não são roceiros, padre – retrucou com clareza.

Padre Conway, que estava se deliciando com tudo, deu aquela sua risadinha desagradável de novo.

– Stephen Doyle não é roceiro, mas sim um homem de coração, de mente e de amor, e leu todos os meus livros antes de ficar cego. A moça com quem vai casar depois do Ano-Novo é uma jovem esperta, que sabe ler bem e lê para ele à noite.

Padre Lambert ficou um pouco aborrecido. Ele decidiu investigar logo: daria qualquer coisa para sair dessa casinha úmida, com seu cheiro de carvão e carne de carneiro, mesmo quando chovia mais que em Londres. Ele e padre Conway, acompanhados por padre O'Connor, que não estava gostando nem um pouquinho do padre inglês, foram à casa de Stephen. Ouviram o glorioso canto da harpa muito acima do vento e da chuva. Padre Lambert parou admirado, sob a torrente, e disse:

– É isso?

– É isso – respondeu padre O'Connor, implacável.

Stephen, prevenido da investigação um tanto ameaçadora, deixou que os padres entrassem em silêncio em sua casa. O dia estava escuro, o ar pardacento, ventava e chovia muito, e um pequeno fogo ardia na lareira. E, dominando tudo, enchendo o pequeno cômodo com grandeza e majestade, sobrepondo-se aos próprios padres tão altos, estava a poderosa harpa com seu ouro, prata e mármore, encimada pelo rosto de anjo. Brilhava e cintilava, irradiava e ofuscava, como nunca uma harpa havia feito antes, nem depois, e parecia, não um instrumento de metal, mas um ser vivo, em si mesmo.

Ora, padre Lambert tivera o prazer, antes de se ordenar, de visitar as mais nobres casas de ópera na Inglaterra e no continente. Vira harpas no castelo de Windsor e no palácio de Buckingham. Apreciara a visão e a música delas nos lares de grandes amigos. Mas nunca vira uma harpa como essa, nem mesmo na Royal Opera House, durante um balé em São Petersburgo.

Assombrados, silenciosos e espantados, os dois padres visitantes andaram ao redor da harpa, enquanto Stephen permanecia tranquilamente junto à lareira, controlado apenas pela mão gentil do padre O'Connor. Os padres pareciam ter medo de tocar no instrumento. Então padre Lambert por fim se acercou dele e tocou as cordas. Instantaneamente, o ar ficou impregnado com o mais santificado e o mais glorioso dos sons, marulhante e cantante, e houve um murmúrio de sinos em segundo plano. Padre Lambert recuou, branco, surpreso. Padre Conway, involuntariamente, se benzeu.

– Toque para nós, Stephen – pediu padre O'Connor.

Stephen, com passos firmes, foi para a harpa, sentou-se no banquinho junto dela e começou a tocar. O som da harpa parecia um bando de anjos se rejubilando numa simples balada irlandesa de Tara. Os olhos do padre Conway se encheram de lágrimas. Padre Lambert ficou rígido como uma estátua e não havia cor nenhuma em suas faces. As mãos de Stephen vagaram das baladas para algumas canções tristes, que viviam apenas na sua alma, e todos entenderam instintivamente que era uma saudação à própria Rainha do Céu.

– Qual é sua explicação, padre? – perguntou padre O'Connor quando os três estavam de volta à pequena casa paroquial.

– Não há nenhuma – disse padre Conway. – Você nos falou sobre todas as aldeias vizinhas de Darcy, e nós próprios as vimos. Ninguém em Dublin, mesmo generoso, ou mesmo em Londres, poderia ter enviado essa harpa para Stephen Doyle, pois é um tesouro sem preço. E quem daria a tal jovem, conhecido apenas pelas pessoas de Darcy e talvez um pobre companheiro, ou dois, na guerra? É um presente de rei ou de imperador.

– Claro que há uma explicação racional – disse padre Lambert, mas não havia segurança na sua voz. – Investigaremos com mais profundidade.

A investigação silenciosa continuou por um ano, e nesse meiotempo Stephen casou-se com sua Veronica. As pessoas viajavam das aldeias mais distantes a pé, nas suas carroças, ou em mulas e burros para ver a famosa harpa e para ouvir Stephen tirar vida, esplendor e alegria das suas cordas. Então, no verão do ano seguinte, o próprio bispo resolveu ver a harpa com os próprios olhos, coberto da poeira das estradas quentes.

O bispo, naturalmente, ficou admirado. Mas submeteu Stephen a um rigoroso interrogatório. Perguntou se ele conhecera algum grande senhor no exército real. Se havia sido empregado de alguém muito importante, que tivesse ficado comovido pelo seu desejo de ter uma harpa. Stephen não conhecera nenhum grande senhor; não falara a ninguém do seu desejo, exceto a padre O'Connor. O próprio padre compareceu para ouvir perguntas contundentes. Todas as respostas foram simples e sinceras e verdadeiras. O bispo partiu, balançando a cabeça. Ele gastou mais tempo aquela noite com suas orações do que o habitual.

Padre Lambert, aquele inglês frio e distante, não havia esquecido Stephen e sua harpa e falou aos amigos nobres sobre o assunto, sem mencionar, contudo, que havia algo de misterioso sobre o surgimento da harpa. Contou que Stephen Doyle, um gênio musical, ganhara aquela harpa gloriosa, e o mundo deveria conhecê-lo. Era um pecado conservar tal música nos recônditos das colinas em uma parte da Irlanda desconhecida do mundo lá fora. O mundo tinha direito de ouvi-lo.

Quando o assunto foi tratado, com os arranjos definitivos nas mãos do agora monsenhor Lambert, o bispo hesitou, fez orações a respeito e depois concordou fervorosamente. Ele escreveu ao padre O'Connor.

Nessa época, Stephen e sua Veronica tinham um belo casal de gêmeos e eram muito felizes. Ficaram aterrados com a carta do bispo. Stephen deveria sair pelo mundo enorme com sua harpa, e tocar para personalidades em lugares importantes? Por quê? Eles não queriam dinheiro. Tinham tudo o que desejavam no mundo.

O padre retrucou que o mundo não tinha tudo de que necessitava. Era um pecado ocultá-lo, pois quantas multidões teriam os seus corações comovidos por Stephen e sua harpa? Havia outra coisa: por que Stephen pensava que Deus lhe mandara a harpa? Para manter a voz dela e sua música afastadas dos Seus filhos deprimidos, para afastar a alegria da sua música das almas de outros homens?

– Em suma – disse o velho padre O'Connor, relembrando aqueles dias passados há tanto tempo –, Stephen obedeceu ao que sabia ser o certo. Ele, sua harpa e Veronica saíram pelo mundo, de país a país, e a todos os lugares aonde iam, os generais, os príncipes, a nobreza e as damas paravam e choravam quando os concertos de Stephen terminavam. Ele desenvolveu uma memória fantástica. Só tinha de ouvir uma sonata ou uma canção uma vez para repeti-la na sua harpa. Sem visão para ver as notas musicais, só tinha sua alma para se lembrar. Não é importante mencionar que foi despejado ouro nas mãos de Stephen, e ele conservava muito pouco e enviava o restante para a Igreja, para a formação de padres e para as missões. Mandou construir uma bela igreja para mim em Darcy, pôs abaixo todas as insignificantes cabaninhas e construiu outras sólidas, para os que tinham rezado para que ele pudesse ter uma harpa. Stephen sabia que foram suas orações que lhe trouxeram a harpa e tinham dado voz à sua alma.

"Se a harpa tivesse chegado mais cedo, ele ainda não estaria preparado. Teria de purgar seu espírito da velha amargura e do desespero, e teria primeiro que conhecer o coração de seu irmão e amar esse irmão. Então, a harpa não poderia ter sido enviada mais cedo, pois não teria sido recebida como foi, e Stephen não estava pronto."

– É uma lenda muito bonita – disse vovó.

O velho padre O'Connor suspirou e sorriu.

– Não é uma lenda. É a verdade, aconteceu há mais de sessenta anos e eu estava lá. – Pensou um instante e todos esperaram que ele voltasse a falar. – Stephen Doyle morreu há trinta anos, com a esposa e cinco filhos maravilhosos ao seu redor, e os netos. A velha ferida da sua cabeça nunca sarou realmente de todo. Ele desenvolveu um tumor cerebral e morreu agonizante, mas também em paz. Nada havia na sua alma, além de paz e alegria.

– E a harpa? – quis saber vovó. – Onde está agora?

Padre O'Connor hesitou.

– É muito estranho, mas é a verdade. Quando Stephen foi enterrado no maior cemitério de Dublin, os acompanhantes, a maioria deles nas mais esplêndidas carruagens, voltaram para a casa que ele tinha lá. E a harpa havia desaparecido, padre Hughes, tão completamente quanto a sua famosa C'est Égal desapareceu da estufa de seu amigo e da casa de sua tia. Ninguém jamais a reviu.

– Mas tem de haver alguma explicação! – disse o monsenhor Harrington-Smith, que tivera seu pavoroso encontro.

– Há? – perguntou padre O'Connor. – Se há, então nenhum de nós nunca saberá. Quanto a mim, estou pensando na velha oração "O Senhor dá e o Senhor tira", no Seu próprio tempo misterioso.

Um padre, que estivera calado, olhou para monsenhor Harrington-Smith e disse gentilmente:

– E Deus permite que aconteçam coisas muito estranhas. Como o senhor mesmo nos contou, monsenhor. E coisas engraçadas, pois quem pode negar que o Todo-Poderoso tenha senso de humor também, o que torna doce a vida? Estou pensando em Mostarda. Não, não em comestível, um condimento. Um nome, e um nome querido demais para mim. Quero contar-lhes a respeito dele.

O Bispo Quinn e Lúcifer

– Tomei conhecimento do velho bispo, Sua Eminência querida, por terceiros – começou padre Morley –, isto é, de sua juventude, pois ele estava com cerca de 90 anos quando fui ordenado. Nunca houve um homem mais amável, menos de 1,60 metro de botas com saltos para ficar mais alto, e com a altura de um gigante na alma. Não pensem nele como um santo desde o berço, exceto pelo clarão nos seus brilhantes olhos pretos e pela gargalhada tonitruante. Era redondo como um cântaro, aos noventa. Ele próprio me contou que, quando não passava de um patife, um ótimo rapaz brigão, era chamado Mostarda, e chamado pela irmã, que viveu mais de cem anos e esperta como um grilo, até o dia em que Deus a levou para ser uma das suas próprias. Tinha-se que ser duro e cheio de músculos – continuou padre Morley – para viver até a velhice naqueles dias, com a Grande Fome, os invernos irlandeses e os *sassenaghs*. Não há muitos enforcamentos de homens e mulheres pelo uso do verde, a cor nacional da Irlanda, em nossos dias, o que era comum quando Sua Senhoria era rapaz. Mas não vai viver o homem que fizer o irlandês submeter-se a ele, e o bispo não era exceção. Na sua juventude, ele não era nada santo, mas sim um pecador desordeiro.

"Dizia-se que nas brigas de rua... antes de se tornar padre, é claro... o bispo foi muito bem-sucedido com os *sassenaghs* e foram muitos os crânios que ele abriu, com prazer e com um grito de patriotismo. Mas armados com rifles, também, e ele só com um sólido cacete de abrunheiro. Sua irmã me contou, e ela também tinha o clarão nos olhos pretos, que Mostarda estava em todo lugar ao mesmo tempo, encorajando os rapazes para a batalha e girando seu bastão simultaneamente e berrando para o céu com uma voz igual a uma trombeta. Queria morrer pela sua velha Erin, nome poético e patriótico da Irlanda, à menor provocação, e enquanto lutava por esse motivo, fazia o melhor possível, e foram muitos os *sassenaghs* que se arrependeram por cruzar com ele. 'Ah, nunca houve um homem como Mostarda', disse-me sua irmã Eileen, e estava certa de que ele teria expulsado da Irlanda todos os *sassenaghs* com a mão amarrada às costas, se não tivesse subitamente decidido ser padre. E ela lamentou um pouco por isso, como me falou.

"O bispo não me contou sobre sua juventude, mas apenas sobre seus últimos dias de vida. Sua casa em Dublin, também quando era bispo, era pequena e fria e quase tão nua como a mão de vocês, mas era um homem de ferro e fogo, devoção e riso, com uma maneira sensata de olhar no coração. Quando o conheci, ele estava com 84 anos, mas já havia ouvido falar dele. Com um olho na sua própria mocidade, possuía bondade com os pecadores, se eles fossem também patriotas, e tanto um menino de 7 anos quanto um homem de idade avançada sentiam conforto com sua presença e compreensão. Dava penitência e exigia arrependimento, como único dever para com Deus, mas nunca saiu dali uma palavra áspera ou uma recusa de apoio. Fora um grande beberrão no seu tempo, antes do sacerdócio, e qualquer leigo ou padre desesperado incapaz de controlar a bebida procurava-o em busca de auxílio, e daquele dia em diante dominava sua fraqueza. Um homem não queria desapontar o bom bispo, que conhecia e havia percorrido a estrada difícil e fora pecador como ele, mas que não pecava mais. Se um homem pouco maior que o ombro de um rapaz alto podia vencer, então um homem alto e corpulento podia também, pensavam.

"Aos 84 anos ele era bispo, sendo nomeado quando estava com 50 anos, e dificilmente, em todo esse tempo, teve mais do que umas poucas libras para esfregar uma na outra e sua despensa vivia quase vazia. Sempre pedia orações por suas intenções, pelas intenções do Santo Padre, para todo o miserável mundo dos homens, e até para os *sassenaghs*, apesar de admitir que a nenhum irlandês de verdade se podia pedir para amar os *sassenaghs*. Era pedir demais da natureza humana.

"Eram dias em que o fazendeiro irlandês valia pouco mais que um servo russo aos olhos dos proprietários ingleses, e a cada ano a comida era tirada das fazendas para ser enviada à Inglaterra, embora os irlandeses estivessem passando necessidade, a Grande Fome não tivesse ainda terminado e as batatas estivessem ainda apodrecendo nos campos. Se os que levavam a comida algumas vezes não eram mais vistos, e se os soldados, os advogados, ou os agentes vinham procurá-los, ninguém jamais vira os desaparecidos, e tanto os rapazes como as mulheres o juravam. Vocês chamariam isso de pecado mortal? Mas havia bebês nos berços chorando com fome, uma mãe jovem com o seu leite secando por falta de pão, um pai morrendo de fome nos próprios campos que lavrava, ou velhos e velhas roendo sem parar os nós dos dedos nos cantos das chaminés.

"O irlandês não perdoa livremente, e é difícil perdoar quando se tem de empunhar uma pá no solo congelado do inverno, no cemitério, para enterrar a esposa, o filho, ou a mãe, que morreram de fome, e com a comida indo para a Inglaterra. O irlandês perdoará a Inglaterra com o tempo, mas nunca se esquecerá da Grande Fome e nunca esquecerá os jovens que escaparam para a América, permitindo assim que um pouco sobrasse, e podendo obter algum dinheiro para mandar para casa.

"Foi durante uma das piores crises, um dos mais intensos invernos, que as pessoas famintas se rebelaram em Dublin e muitas delas mataram e foram mortas, e que suas almas possam ser relembradas em nossas preces. Segundo escreveu Kipling, poeta inglês: 'Para não nos esquecermos, para não nos esquecermos.' E mais de duzentos jovens foram presos e atirados nas prisões aguardando julgamento, e o bispo sabia que grande número deles seriam enforcados pelo assassinato desesperado, apesar de ter sido em defesa de suas próprias vidas.

"Os juízes eram *sassenaghs*, e o juiz que ia julgar aqueles desgraçados, homens e mulheres, tinha perdido seu sobrinho favorito, um oficial inglês, nos tumultos. Esse juiz era um homem furioso por natureza, mas no momento estava frenético, pois era viúvo, sem filhos e amava o sobrinho. Era triste, terrível, eu sei. E o bispo, na sua casinha gelada, no mais frio dos invernos, também sabia. Apesar dos 84 anos, o bispo era forte como um leão, e se tivesse uma simples refeição ao dia, dava-se por satisfeito. Eileen cuidava da casa e tinha mais de 90 anos, e foram muitas as vezes em que ele dizia não estar com apetite, para que ela pudesse ter a batata, o arenque ou asa de um pequeno frango que estavam comendo há mais de uma semana.

"O bispo oferecia sua fome, e estava sempre com fome, para as almas do purgatório. Não comeria nada, se isso significasse que alguma mãe, criança, ou velho passavam privações, e então não fazia com frequência uma refeição completa. Ele podia suportar a fome, mas seu coração partiu quando soube dos duzentos jovens na prisão e do juiz que os sentenciaria à morte, em vingança; jovens desesperados que haviam lutado e mesmo matado para salvar suas vidas, o que não deu em nada, a não ser nos cadafalsos e em enforcamentos públicos, como uma lição para eles, que tinham lições demais.

"O bispo tinha 84 anos, estava esquálido por falta de comida, e se movia como uma pequena sombra pela casa e desmaiava em silêncio no altar-mor por alguns momentos pela manhã, um silêncio tão profundo que ele sabia quando chegava o desmaio, e descansava a cabeça no altar até que suas faculdades mentais voltassem. Não queria que ninguém se lastimasse por ele, pois as pessoas estavam cheias de pesar, chorando por seus filhos nas prisões, até a igreja ficar repleta com os choros lamentosos. Ele só podia abençoá-los e rezar para que pudessem voltar seus pensamentos para um Deus justo, mas sabia que não encontraria justiça na terra, uma terra que estava se tornando mais dura e mais aterradora a cada dia. Disse ao padre Morley e a alguns outros jovens padres que talvez fosse sua vertigem na missa, certo dia, e sua fraqueza que lhe deram uma visão dos dias vindouros, e a visão era tão assustadora que se encolheu e foi para casa sem fala."

– Ah, não acontecerá em meus dias, eu sei, nem nos seus dias, nem nos dos padres que sucederão a vocês, mas acontecerá, e a menos que os homens então se arrependam e façam penitência pelos seus pecados, então seguramente morrerão, e seu mundo com eles. Não me perguntem sobre essa visão, porque não posso falar dela, pois não tenho palavras, e sou um homem a quem nunca faltaram palavras em toda a minha vida – anunciou ele aos padres.

O jovem padre James Morley era o mais novo de todos os que ele ordenara quando tinha 90 anos; era órfão, e a situação estava um pouco melhor na Irlanda do que antes, e por isso, com frequência, Sua Eminência convidava o padre Morley para jantar. Fazia bem ao seu coração observar "o jovem" devorar o ensopado de carneiro e o pudim, esse mesmo jovem padre pequeno de estrutura, cuja mãe o havia parido no auge da miséria. Em consequência, James Morley era delicado de ossos como um franguinho, e o bispo pensava que entupindo o rapaz de comida o faria mais forte. Uma noite, depois do jantar, o bispo contou-lhe uma história estranha para levantar seu ânimo. James enfrentava dificuldades no presbitério com um velho padre, que tinha não só reumatismo e cataratas, mas também estava quase caducando e precisava ser ajudado em todas as missas. A igreja ficava no bairro mais miserável da pobre Dublin, de modo que havia pouco o que comer na casa. O povo da paróquia era grosseiro, levava vidas duvidosas, e não era dado a muita piedade, e tudo pesava na jovem alma inocente de James Morley.

– O homem precisa de pouco neste mundo, apenas comida suficiente, um abrigo seguro e alguma roupa quente e, sobretudo, amor – disse o bispo ao seu jovem visitante de quase todas as noites. – Precisa trabalhar, de modo que possa se orgulhar de si mesmo e levantar a cabeça, mas não se deve esperar que ele trabalhe todas as horas dadas pelo bom Deus, senão se cansará demais para viver. Deve ter tempo para ser um homem e para se lembrar do seu Deus e de seus deveres religiosos, pois o homem não é só uma criatura. Ele é uma alma, e a salvação de sua alma é o trabalho mais importante de sua vida. Mas nos dias em que eu era muito mais jovem, nos meus 80 anos, os homens trabalhavam de sol a sol, como animais. Havia pouco para eles comerem, e só havia desgosto nas suas vidas. Eles falarão disso aos filhos e netos, e o farão com amargura, o que trará um grande perigo para o mundo. Porém, muitos desses homens contarão aos filhos e netos que, acima de tudo, um homem deve ser livre, pois Deus o fez assim. E, sem liberdade, mesmo tendo comida mais do que suficiente, roupa e abrigo, será pior do que passar fome. Um servo gordo, sem a liberdade concedida por Deus, não é absolutamente um homem de verdade.

Padre Morley sabia que o bispo estava pensando na visão que tivera um dia na missa e esperava que agora ele lhe falasse dela. Mas o bispo começou a falar da Grande Fome, dos tumultos de rua, e dos homens e mulheres errantes que cambaleavam através dos campos com os filhos, à procura de uma batata sadia ou um pedaço de pão. E falou dos duzentos jovens, homens e mulheres, à espera da morte nas prisões de Dublin, falou do juiz enforcador e dos cadafalsos preparados.

Era quase o limite do que o bispo podia suportar. Rezava sempre. Chorava suas doloridas lágrimas antigas, lutava com rebeldia, ficava arrependido e terminava confortado. Mas, no mesmo instante em que vinha o conforto, ele via os rostos duros e desesperados dos jovens nas prisões e ouvia o choro e as orações. Havia tentado entrar nas prisões, mas o tinham feito voltar. Falou de últimas confissões e da extrema-unção e do direito humano do consolo final de sua religião, e os carcereiros riram na sua cara e o expulsaram. Pensou nos pecados mortais entristecendo muitas daquelas almas jovens e esperava que o martírio literal pudesse remover aqueles pecados do sangue. Os jovens haviam lutado por comida e por suas vidas, contudo, mais do que qualquer outra coisa, tinham lutado por seu direito à abençoada liberdade e pelo direito de cultuar seu Deus em paz e sem medo, de ter sua pátria, que Deus lhes dera.

O inverno estava sendo extremamente severo, como os invernos têm o hábito de ser, quando os homens estão na guerra ou em desespero. Só havia uns poucos pedaços de carvão na lareira do bispo e forneciam muito pouco calor aos seus ossos velhos e trêmulos. Não tinha dinheiro para comprar grande quantidade de combustível e sentia muita fome, pois não comia há 24 horas. Eram 10 horas da noite, a neve e o vento estavam soprando e Eileen caíra na cama de cansaço, lágrimas e fraqueza.

O bispo, essa noite, estava mais desesperado do que o normal e soluçava sem parar, rezando sem tomar fôlego. A luz da sua única lamparina, na salinha, era muito fraca, assim como o óleo era muito baixo. Passou as mãos no rosto, esfregando-o em desespero. Então, de repente, sentiu que não estava só, abaixou as mãos murchas e levantou os olhos sobressaltado.

Um jovem muito bonito estava sentado próximo a ele, do outro lado da tênue luz vermelha da lareira. Era o homem mais bonito que o bispo já vira. Estava também maravilhosamente bem-vestido, com calças xadrez de corte elegante, e o colete era de fina seda com brocados vermelhos e bordados verdes. Usava um casaco preto da mais fina lã, a gravata de seda preta era presa com um alfinete de pedra que brilhava como fogo. Era uma figura alta, nobre e elegante, os ombros levantados, e pedras preciosas cintilavam nas mãos brancas. Mas o rosto chamou toda a atenção do espantado bispo. Era escuro, tanto quanto o de um espanhol, ou mesmo mais escuro, e apresentava um esplendor clássico, com sobrancelhas cheias, nariz cinzelado, boca de lábios vermelhos, maçãs do rosto salientes e covinha no queixo. Os olhos eram extraordinários, como pedras preciosas, e do azul mais profundo e mais brilhante, como o do céu à hora do ocaso. Os cabelos eram ondulados, pretos e luxuriantes.

O jovem apresentava um sorriso amável e havia uma expressão de simpatia em seu rosto grandioso. Apesar de jovem, seus olhos carregavam a sombra de séculos de desgostos, ira e ódio, mesmo com toda a sua inocente cor e forma; e parecia muito sábio. Tinha o ar de um poderoso príncipe, mais poderoso do que qualquer imperador ou rei, e a aparência de poder, segurança e orgulho invulneráveis. Assim, o bispo, de olho arregalado, soube exatamente quem ele era e viu que não se tratava de um pequeno demônio, mas do próprio Lúcifer, cheio de grandeza e força terrível.

O coração do bispo soava alto nos seus ouvidos, batia, tremia, e todas as suas pulsações latejavam no seu corpo enfraquecido pela desnutrição. Ele conheceu o maior terror da sua vida.

– Não tenha medo, meu senhor – disse Lúcifer, e sua voz ressoava como música. – Vejo que me conhece. É um homem muito astuto. Pareço-lhe formidável, de fato?

A boca, os lábios e a garganta do bispo estavam secos como pó. Passou-se um momento antes que pudesse responder:

– Mas esta é só uma aparição sua – sussurrou. – Você realmente não tem este aspecto. – Sua mente e seu juízo rodopiavam; ele tentou se lembrar de preces e exorcismos, mas eram como jatos d'água nos seus pensamentos.

Lúcifer aprumou uma sobrancelha indulgente e seu rosto cintilou:

– Como sabe que não tenho esta aparência, meu senhor? Afinal sou um arcanjo, e era considerado o mais bonito de todos... por Ele. Era também o mais amado. Ou já esqueceu?

Ora, como todos os devotos homens da Igreja, o bispo pensava sempre em Lúcifer, e algumas vezes seus pensamentos o fascinavam. Antigos sábios da Igreja haviam especulado sobre ele e seu terrível império do abismo, esse anjo tremendo que havia caído do céu e que era ainda um arcanjo.

– Mas você é um espírito. Você é só espírito. Como posso ver com meus olhos deste mundo? – Juntou as mãos pequenas e tremeu mais ainda.

– Ora, ora. Os homens têm me visto com frequência, através dos anos. Você já leu sobre isso. Mas talvez você também me veja com seus olhos deste mundo e com os olhos da sua alma. Sou tão amedrontador como tem ouvido, e tão horripilante?

O bispo olhou-o por inteiro, outra vez. E admitiu:

– Não. Mas você toma outras formas, tenho ouvido. Você aparenta um rapaz no orgulho da juventude...

– Estou no orgulho de minha juventude. Arcanjos não envelhecem. – Lúcifer estava fazendo graça. – É verdade que tenho aparecido aos homens nos disfarces que eles consideram o mais familiar, e assim muitos ficam desarmados, mas me vestem com sua imaginação. Você me vê como sou, pois é um homem velho, nunca mentiu na vida e não tem ilusões.

– É verdade – assentiu o bispo – que você é muito bonito, mas...

– As mulheres sempre me acharam assim. Sou irresistível para infindáveis multidões delas. Os homens têm me achado agradável, desde o princípio. Sou muito menos rígido do que Ele. – Quando disse essa palavra, seu rosto ficou ainda mais escuro, como se queimado por um fogo interno. – Entendo a humanidade, embora... Ele... tenha tomado a sua forma e vivido entre vocês. Ele entendeu os homens, mas quantos homens O entenderam?... Ele Se humilhou na cruz e na morte, esquecido pelos que tinha amado e salvo, abandonado por Seus amigos. Eu lhe digo, meu senhor: uma vez que os homens me conheçam e me aceitem, nunca me esquecem! – Suspendeu a palma da mão para o trêmulo bispo que, no entanto, continuava curioso, de maneira bem humana, com o coração mais calmo. – Tenho ajudado milhões, nas suas horas mais terríveis, quando suas preces não são ouvidas por... Ele. Nunca deixei de responder ao grito de um homem, quando me chamou. Mas milhões não têm ouvido a voz Dele... em resposta... nem têm sido ajudados.

– É mentira! – gritou o bispo. – Você sabe que é mentira! Nosso Senhor o chamou de pai da mentira, um mentiroso sempre, desde o começo!

– Mas o Pai Dele lamentou-se por mim – retrucou e, por um pequeno momento, houve a angústia mais profunda e sobrenatural no seu belo rosto. – Ele me chamava Estrela da Manhã. Estive na mão Dele, e conheci Sua glória... e O amei. Eu O conheci pelo que Ele era, em tudo que Ele era. Eu O vi cara a cara. Conheci a Beatífica Visão. Diga-me, meu senhor, existe um homem neste mundo, do qual sou príncipe, que pode falar isto sem mentira?

– Não – admitiu o bispo. Pensou um momento. – Você me disse que O amou. Como pôde você, então, se rebelar contra Deus e declarar-se Seu inimigo?

Lúcifer deu um sorriso fraco, com um desprezo que ultrapassava o desprezo dos homens.

– Vocês, teólogos, meu senhor, têm pensado nisso e têm tentado explicar. Jamais conseguirão, com seus cérebros de lama, com seus pequenos corações e suas fracas imaginações, com suas fantasias tão inexpressivas. É entre mim e... Ele.

– Outra vez a angústia marcou-lhe o rosto e logo o bispo conheceu todo o absurdo horror do inferno, seu tormento e solidão. Esse tremendo arcanjo era o Terror, o pavoroso Adversário e tudo que vivia. Mas seu desgosto estava além de toda imaginação, e talvez fosse maior do que seu ódio.

– Quero lhe pedir – disse Lúcifer – para não falar Dele outra vez comigo. Existem coisas além do suportável. Olhe para mim: sou tão sábio quanto Ele, e tão imortal quanto Ele. Durarei para sempre, como Ele durará. Chega. Não falaremos Dele outra vez. – Seu rosto estava tão terrível agora, que o bispo sentiu que estava a ponto de se consumir e se desintegrar pela sua chama. Mas o bispo disse:

– Se você fosse tão sábio... e que blasfêmia esta!... você nunca... – Mas a presença parecia se expandir e inchar e, por um terrível instante, preencher cada canto da sala, o mundo uivante lá fora, o próprio universo. O bispo tremeu na cadeira. – O que quer de mim? – murmurou. – Eu, um pobre bispo, na sua dor?

– Quero... você sabe o que quero – disse Lúcifer, de novo o homem mais bonito do mundo, o mais genial, o mais fascinante, o mais simpático, o mais elegante.

– Minha alma! – gritou o bispo e tateou à procura de sua cruz peitoral.

Os olhos de Lúcifer viram o movimento e a cruz, e seu rosto escureceu ainda mais. Ergueu as mãos contra a cruz, como se ela ofuscasse como o sol. As joias na sua mão pareciam vivas, cada uma estremecendo com vida consciente e atirando saraivadas de fagulhas coloridas na pequena sala.

– Sua alma – concordou Lúcifer e baixou a mão. Sorria outra vez.

– Como foi possível entrar na minha casa? – indagou o bispo, tendo outra ideia. – Eu estava no meio das minhas orações...

– Posso ir a qualquer lugar. E, usualmente, interrompo os homens nas suas orações. Como os homens ousam falar com... – ele parou. – Se há blasfêmia, decerto esta é a mais intolerável de todas. Intolerável. – De repente, houve um brilho mais selvagem e enraivecido nos esplêndidos olhos azuis, e o bispo estremeceu de novo e procurou sua cruz. – Vamos discutir nossos negócios – disse Lúcifer, e era de novo a mais atraente das aparições. – Sua alma.

– Não seja ridículo – retrucou o bispo, e mesmo com o seu terror e seu medo, estava indignado. – Minha alma não é para você, e se fosse tão inteligente quanto o meu pobre padeiro, você saberia disso.

– Você foi um jovem muito violento e muito pecador, há muitos anos. Nunca esqueço tais homens. Eu estava sempre junto de você naqueles dias. Estou ao seu lado outra vez, esta noite.

O bispo benzeu-se apressado. Lúcifer o observava com desconhecida indulgência.

– Você estava em desespero esta noite. E o desespero é um grito para mim. Ou sua memória está falhando de novo, meu senhor?

– Não estava em desespero por mim mesmo – disse o bispo. Podia ouvir o tiquetaquear de seu relógio sobre a lareira, muito alto, muito apressado, como se tivesse ficado um pouco louco. Podia ouvir o vento forte batendo nas janelas, que parecia cheio de multidões de vozes chorosas e perdidas, gritos, choros e súplicas.

– Você estava em desespero por causa daqueles jovens idiotas que morrerão, com certeza, dentro de uma ou duas semanas. Se você tivesse tido fé, não teria chorado tanto e ficado tão desconsolado.

– Eu tenho fé. – O bispo não conseguia desviar a atenção das vozes impetuosas no vento, e estava tremendo de novo, até balançar sua roupa e todo o corpo.

– Então, com sua fé, vá às prisões, diga que se abram a uma simples palavra e soltem os prisioneiros – disse Lúcifer. – Não foi falado por... houve menção ou não de que a fé, mesmo tão pequena como uma semente de mostarda, pode remover montanhas?

O bispo ficou calado.

– Você não tem essa fé, por isso vim visitá-lo.

– Existem algumas coisas que são a vontade de Deus – disse o bispo, e seu rosto tornou-se resoluto e maduro. – Se esta for a Sua vontade...

– Você não estava satisfeito com a Sua provável vontade e é com isto que estava empenhado em suas orações. Você não rezou "Seja feita a Vossa vontade". Você rezou, não para que ela fosse feita, mas para que seus amigos possam ser salvos.

Então o bispo entendeu que havia alcançado o antigo paradoxo das preces do homem: "Seja feita a Vossa vontade... mas não queirais fazê-la!" Ele refletiu sobre isso também.

– Eu não estava pedindo nada para mim mesmo – disse, finalmente. – Estava pedindo misericórdia para outros, se esta for a vontade Dele.

– Estava? – perguntou Lúcifer. – Eu o ouvi durante um longo tempo. Você não disse nada a respeito de... vontade. Você pedia misericórdia.

– Isto nos é permitido. Somos estimulados a rezar assim.

– Não estamos indo a lugar nenhum. – Lúcifer impacientava-se. – Sou muito direto em meus caminhos, e você está sendo descortês, pois lhe pedi para não falar de novo... Nele. Seus jovens morrerão, apesar de suas preces, a menos que esteja disposto a se sacrificar por eles. Ele... não fez... não houve um sacrifício... para salvar muitos mais do que estes? Você se esquivaria a um sacrifício muito menor?

O bispo entendeu que estava sendo tentado de maneira extremamente sutil pelo mais terrível e gentil tentador de todos, e que podia até falar de sacrifícios, misericórdia, e do próprio coração de homens sofredores e vulneráveis. Quantos homens, pensou o velho bispo, com discernimento estranho e aterrador, tinham dado suas almas para salvar outros, na sua generosidade e piedade? Quem sabia? Lúcifer, parecia, nem sempre tentava os homens através da natureza má deles, mas pelos impulsos mais profundos e os mais nobres sentimentos que podem viver no coração das pessoas. Explorava o que havia de melhor naquele homem e o mais sacrificante. Insinuava ao homem que podia fazer o que Deus não faria, ou que não podia fazer. E o homem que ouvisse...

Lúcifer era um mentiroso. Ele não podia continuar falando a verdade. O bispo, reanimado, soltou um longo e trêmulo suspiro.

– Você não poderia salvar aqueles jovens.

– Você se esqueceu. Sempre cumpro minhas promessas. Não existe a menor lenda a respeito de que, tendo dado minha palavra, não a tenha mantido.

O bispo teve de admitir isso para si mesmo. Não podia se lembrar de um pacto com o diabo que não tivesse sido cumprido. Por um preço. Era muito confuso. Podia ver o rosto dos jovens na prisão, assim como o seu choro e suas vozes no vento. Elas partiam-lhe o coração. Seus olhos se encheram de lágrimas.

Estava tão distraído que quando sentiu algo escorando seu joelho, estremeceu violentamente e olhou para baixo. Era só a imensa e gorda gata parda a quem Eileen, em carinhosa recordação da juventude de seu velho irmão, chamava Mostarda. Como toda a sua antiga e aristocrática raça, Mostarda tinha suas próprias fantasias e suas próprias maneiras intimidantes e desdenhosas. Eileen a tinha, não tanto como um animal de estimação, mas por causa de sua terrível atração por ratos e camundongos. (Mostarda, nessa época, era o único membro rechonchudo da família.) Com isso, havia estima e respeito entre aquelas a quem o bispo chamava "minhas duas moças". Amante de animais, o bispo saudara o advento de Mostarda como uma gatinha, cerca de cinco anos atrás, com entusiasmo e exclamações carinhosas. Mostarda logo descobriu que não precisava fazer-lhe agrados, mas podia manobrá-lo muito bem e ameaçar seus petiscos com um simples lamento. Ela mantinha a sua esfregação de perna e suas lambidas para com a dona, e todos os ronronares. Raramente se dignava a virar a cabeça na direção do seu servo sacerdotal e fingia sempre ignorar sua presença.

A cadeira na qual Lúcifer estava agora sentado era de Mostarda, por direito de apropriação. Ela só permitia que Eileen se sentasse nela e nesse caso se enrolava no colo da sua dona diante do fogo. Uma vez, o bispo havia distraidamente se sentado nela, e Mostarda rosnou como um tigre e agachou-se para o ataque, com todos os seus pelos pardos eriçados e os olhos dourados cheios de fogo. Desde então, ele evitava aquela cadeira. E ela não havia nunca se sentado na dele, nem se aproximado dele voluntariamente, exceto quando decidia que algum petisco que ele comia seria dividido com ela.

– Mostarda – sussurrou o bispo baixinho, enquanto a gata fazia pressão nas suas pernas. Mesmo nessa hora desastrosa, ele podia sentir-se surpreso por ela se aproximar dele. A pressão contra a sua perna tornou-se mais pesada e mais forte, pois Mostarda não só era grande como rija e, de repente, o bispo se lembrou do cão que teve quando criança, que se apertava assim no seu colo quando via o dono ameaçado. Era incrível, pensou o bispo vagamente, o fato de Mostarda, que era uma gata, apesar de desprezá-lo, agora se encostar nele como se para protegê-lo...

A cabeça e os ombros de Mostarda se estenderam além do joelho do bispo. Suas costas formaram um arco rígido e poderoso, o pescoço estava espichado na direção de Lúcifer, a grande boca se abriu com um rosnado de tigre e de sua garganta saiu um som selvagem e gutural. Seus olhos dourados cintilavam na tênue luz do fogo, e estavam arregalados e cheios de fúria, ódio e medo. O comprido e grosso rabo era o dobro do tamanho normal e estava ameaçadoramente contraído.

Se o bispo tivesse pensado, algumas vezes essa noite, que estava tendo alucinações por causa da fome e do desgosto, não pensou mais nisso, pois Mostarda definitivamente via Lúcifer e todo o seu perigo e terror. Ela estava protegendo, de vez, seu velho admirador clerical e preparando-se para dar sua vida por ele, se necessário, uma resolução muito contrária à dos gatos em geral; estava horrivelmente assustada, seu corpo rígido tremia. Apesar disso, ameaçava Lúcifer, ela, uma simples e orgulhosa gata, ocupada com os assuntos de sua vida. Sua voz ríspida e corajosa, e sem lamento, desafiava o poderoso Adversário.

– Minha gata – murmurou o bispo – parece tê-lo visto.

– Ela viu – concordou Lúcifer, olhando o animal. – Mas todos os animais veem o invisível. Só o homem, com seus olhos turvos, vê tudo escuro. Os olhos turvos dos homens indistintos, contudo... Ele desonrou a glória que criou, dando não só vida à imagem de Deus, mas lhe dando uma alma também! E depois, morrendo por ela! No entanto, raro tem sido o homem que possui o valor, a majestade, a dignidade, e a inocência do menos importante dos animais. O mais vil dos vis é o homem, e sua história é escrita no sangue dos seus amigos. Eu o tentei, como se diz. Ele precisava de pouca tentação! Nem mesmo o mais faminto e o mais inferior dos vira-latas teria sucumbido à tentação, com tanta facilidade. Ah, e vocês falam de livre-arbítrio, que para vocês só o homem possui. Mas lhe digo que os animais também possuem este livre-arbítrio. Se não o possuíssem, esta sua gata carinhosa não teria resolvido agora me atacar até a morte se eu puser uma mão em você. E esta não é a natureza da família de felinos, eminentemente sensível em todos os modos. Respeito os animais, que não traem ou matam os de sua espécie, nem fazem guerra contra ela. Respeito sua nobre inocência. Mas, pelo homem – agora a voz de Lúcifer caiu para um som de trovão abafado –, não tenho nada senão ódio e o vejo com horror.

O bispo ficou boquiaberto.

– Você... você tem *horror* a nós? Você?

– Isso mesmo. – O sorriso de Lúcifer era de desprezo. – Vocês não são o horror de tudo que vive? Que animal não foge de vocês e os conhece? Que coisa selvagem chega a vocês com amor e confiança? Os próprios vermes se esquivam da sua doença, da sua contaminação. O homem é o inimigo de tudo que vive. E sou o seu inimigo sempre, dessa coisa detestada, degradada, dessa coisa sem nenhuma qualificação. Você sabe que jurei destruí-lo por causa do meu ódio. Quando ouvi, nos concílios do céu, que... Ele... decidiu, muito antes do seu sistema solar e seu mundo terem sido criados, dar Seu único filho gerado para a salvação do homem, me revoltei com pesar e horror. Você me culpa? Que anjo ou arcanjo com inteligência, não teria recuado e se revoltado com tal pensamento?

O bispo, esquecendo o medo, esquecendo o constante rosnar de Mostarda, refletiu sobre isso, pois adorava filosofia e gostava de ouvir pontos de vista opostos, com base teológica. Depois de um momento, falou:

– É verdade que somos terríveis e monstruosos. No entanto, se nosso Senhor quis assumir ele próprio nossa natureza humana e morrer por nós, de modo que pudéssemos ser salvos da morte, então devemos possuir alguma coisa valiosa.

– Suas almas – disse Lúcifer –, suas almas imortais. Ele... e eu... nós brigamos por elas. Tem sempre sido minha intenção mostrar a Ele conclusivamente que vocês e seu mundo não são dignos Dele, e que devem morrer.

– Você deseja triunfar sobre Deus – disse o bispo, absorto na discussão.

Lúcifer balançou a cabeça.

– Não. Desejo mostrar a Ele Sua loucura.

– Isto é blasfêmia – retrucou o bispo, com voz tremida.

Lúcifer riu de novo.

– Não. O homem é a blasfêmia.

O bispo contemplou Lúcifer e pôs a mão nas costas arqueadas de Mostarda. Teve um pensamento estranho e o expressou:

– Você não odeia Deus. Não, você não O odeia.

– Não. Deixo esta suprema monstruosidade para o homem, que é a única criatura que odeia o seu Criador. – Seu rosto bonito mudou, ficou carregado de ódio, desgosto e de terrível solidão. – O tempo está quase chegando, quando a maioria dos homens O odiarão, e este será o meu triunfo. Destruirei aqueles que O amam e eles são sempre tão poucos! E este mundo, do qual sou príncipe, será apenas meu, com toda sua crueldade, impiedade, toda sua blasfêmia viva.

– Isso não é verdade – disse o bispo, que recomeçara a tremer. – Você não pode fazer nada que Deus não permita. – Ele se lembrou da visão na igreja e sua garganta se tornou seca e dura de pavor.

– Mas o homem permitirá, pois nem mesmo Deus interferirá no livre-arbítrio – retrucou Lúcifer.

O bispo balançou a cabeça, sentindo a coragem voltar.

– Conheço as profecias de Nosso Senhor e o que Ele disse do juízo final. Você não triunfará.

– Mas terei tantas multidões de almas! Todas aquelas almas que rejeitaram Deus e escolheram o seu clima natural... o mal. Nem mesmo Ele pode salvar aqueles que O rejeitaram e me deram sua lealdade. Você esqueceu o que Ele próprio disse, que muitos serão chamados, mas poucos serão escolhidos? Meu reino terá incontáveis almas, mas serão poucos os que subirão para Ele. Você se esqueceu?

O bispo subitamente refletiu sobre as especulações e os escritos dos antigos padres a respeito de Lúcifer, e suas conjecturas sobre ele. O homem foi a causa da queda de Lúcifer, diziam. Ele foi a causa do exílio de Lúcifer e do seu grande tormento e desespero. O homem, na verdade, criou o inferno. Não é de se admirar que Lúcifer detestasse o homem! Seria possível, pensou o bispo, como alguns dos antigos padres haviam especulado, que o homem, por sua vez, poderia redimir Lúcifer, fugindo dele e tornando-se tão perfeito em sua vida? O que disse um grande cardeal? "Nós devemos acreditar no inferno, pois a Igreja declara que o inferno existe, mas tão grande é a misericórdia de Deus que duvido, meus filhos, que haja alguma alma lá." Se isso for verdade, então o inferno estava apenas esperando, vazio, a não ser pelos anjos que tinham seguido Lúcifer para fora do céu, até o juízo final, quando Cristo separará os carneiros dos bodes. O bispo foi acometido por uma pressão apavorante e sufocante. Os bodes devem ser poucos, se é que há algum! Se não houver absolutamente nenhum, então Lúcifer seria derrotado, reconheceria a sua derrota e, na sua humildade – e talvez gratidão –, abandonaria seu ódio e sua destruição. Ele se voltaria para Deus de novo, este arcanjo majestoso, e não existiria mais o inferno e haveria júbilo nos céus. Lúcifer, na pior das hipóteses, nunca havia sido covarde ou mesquinho. Isso foi deixado para o homem.

Lembrou-se dos diálogos entre Deus e Lúcifer, sempre conduzidos com cortesia e compreensão. Deus se lembraria da Sua Estrela da Manhã, o mais poderoso e o mais brilhante dos seus anjos? Certamente, pois a Bíblia Sagrada assim afirmava. O homem ficou entre Deus e Lúcifer, como uma ardente e barrenta parede da Morte. Deus perdoou, mas Lúcifer não conseguiu.

A tempestade branca, fora da casa do bispo, rugia com imensa fúria, cheia de guinchos e vozes uivantes, e o bispo voltou a si com um sobressalto. Mostarda saltou nos seus joelhos, nunca tirando seus olhos dourados de Lúcifer, abriu a boca, mostrando todas as selvagens presas brancas. Estava em guarda.

– Nosso pequeno negócio – disse Lúcifer com uma voz quase gentil. – Sua alma, meu senhor, pelas vidas e almas dos seus jovens. Tenho a eternidade, mas você não tem muito tempo.

– Por que desejaria minha alma? Sou um homem insignificante, sem nenhuma importância. Certamente você deveria desejar as almas dos homens pomposos da Terra, os reis e os imperadores, e não a de um miserável e faminto velho bispo como eu, em um país pobre e pequeno.

– Sua humildade é fascinante, e quaisquer que tenham sido seus pecados da juventude, já lhe foram perdoados. Desde que se tornou padre, tem vivido uma vida extremamente santa e irrepreensível. Não é tal alma preciosa para Deus e Lúcifer? Se eu ganhar sua alma, então Ele terá uma grande derrota. Nossos triunfos não são os insignificantes triunfos do homem? Bem...

Durante os momentos de grande tensão, o bispo sempre recorrera a um objeto pequeno mas inestimável, que nunca falhara em confortá-lo e consolá-lo. Seus olhos se voltaram para o bauzinho onde ele estava, preso na própria gaveta. As lágrimas correram. Pensou de novo. Dizia-se que Lúcifer poderia ler os mais íntimos pensamentos dos homens. O bispo visualizou o objeto na gaveta do baú e disse:

– Você pode ler meus pensamentos, suponho?

– Isso mesmo – disse Lúcifer.

– Então em que estou pensando?

– Você está pensando se deveria recusar sua única alma, mesmo que isto signifique a morte, e talvez o inferno, de duzentas outras.

O bispo travou os lábios secos para não rir. Mas não pôde deixar de especular. Por que Lúcifer não tinha lido seus pensamentos, não tinha visto o pequeno item na sua mente? O coração do bispo disparou, cheio de coragem e resolução. Era um mistério, mas ele não tinha tempo agora de especular sobre mistérios.

– Não posso dar a você minha alma nem penhorá-la, por nenhum motivo – disse com tranquila firmeza. Olhou nos maravilhosos olhos azuis de Lúcifer, com as sombras de séculos incontáveis dentro deles. – Mas lhe dou minha vida pelas vidas dos meus filhos nas prisões frias.

– É uma péssima troca – retrucou Lúcifer com uma pequena gargalhada. – Sua vida nada representa para mim e ela pertence a Deus, e não a você, para assim dispor dela, meu senhor. Sua própria oferta é um pecado mortal, não é? – Lúcifer parou, e estava muito pensativo. – É um pecado mortal, bispo? Se for, e você não se arrepender dessa oferta, então posso tomar sua vida em pagamento, e sua alma me pertencerá.

O bispo se encolheu. Lúcifer estendeu a mão cheia de joias para ele, sorrindo, e cada dedo faiscou. Mostarda arremessou a cabeça em direção a ele com um rosnado assustador e mordeu-lhe a mão. Lúcifer contemplou a gata quase com afeto e bateu na cabeça contorcida do bicho com um dedo da outra mão. Imediatamente, Mostarda uivou, assustada, e apareceu no ar um mau cheiro de cabelo queimado e de pelo, e um filete de fumaça se levantou da carne de Mostarda. Chorando alto, o bispo colocou a palma da mão na cabeça atormentada, e o calor esfolou-lhe a pele. Apertou Mostarda no peito, mas ela lutou para se libertar e foi para os seus joelhos, encarando Lúcifer, preparando-se para o ataque, apesar da sua agonia. Agora, ela era uma ameaça amarela, completamente silenciosa.

– Um gesto melodramático – disse Lúcifer com pesar. – É coisa que não costumo fazer. Deixo isso para demônios menores, tais como as almas dos homens. Minhas desculpas. Sua gata não precisava ser convencida, mas você, sim. O tempo está passando. – Levantou a nobre cabeça e ouviu a ferocidade da ventania branca ao longo dos beirais, janelas e portas e escutou seus golpes selvagens.

– Uma crueldade! – gritou o bispo, com lágrimas nas faces. Agarrou as patas traseiras de Mostarda para impedi-la de pular. – Você está errado; não tive intenção nenhuma de cometer um pecado, mortal ou venial, ao oferecer minha velha vida em troca da vida do meu jovem rebanho. Eu a ofereci como os santos ofereceram as deles, para salvar outros do sofrimento e dos cadafalsos. Isto não é considerado pecado.

– Não sou teólogo – disse Lúcifer – em tais matérias de pouca importância. Bem, então, sua alma? Estou ficando impaciente.

– Minha alma, não – disse o bispo, resoluto. – Minha alma pertence a Deus e jamais a você. Mas tenho um tesouro que sempre guardei como mais querido do que a minha insignificante vida, e é este tesouro que estou lhe oferecendo para levar. – Reteve a respiração e observou Lúcifer, imaginando de novo se ele podia ler os seus pensamentos. Lúcifer o estudou com um silêncio afável, e o azul de seus olhos parecia lavar o rosto do bispo. – Minha vida, minhas alegrias e meus pesares estão emaranhados com o meu tesouro – balbuciou o bispo. – Todos os anos da minha vida. Tem mais valor para mim do que qualquer outra coisa no mundo, e assim tem sido. Você aceita?

– É mais importante do que sua vida? Então é tão importante quanto sua alma?

O bispo não respondeu. Suas mãos trêmulas batiam nas costas de Mostarda.

– Se Vossa Senhoria o estima tanto quanto a sua alma, então as fibras de seu espírito estão entranhadas nele.

O bispo fechou os olhos, sofrendo.

– Dizem que não sinto compaixão por nenhum homem – disse Lúcifer. – Mas, estranhamente, sinto compaixão por Vossa Senhoria. Estou sendo muito subestimado. Qual é o seu tesouro?

O bispo ousou abrir os olhos e ficou de novo incrédulo. Falou com grande suavidade:

– Mas certamente você está sabendo, pois não lê os pensamentos e os corações dos homens?

– Hum... – disse Lúcifer, pensativo.

De novo o feroz azul dos seus olhos varreu as pequenas feições enrugadas do bispo, que pôde sentir seu impacto como uma pancada de raio no seu coração. Mas ele não tremeu, então. Esperou.

– Um fino tesouro – disse Lúcifer. – De fato, vale mais para você do que sua miserável vida, e por isso é de valor para mim. Deixe-me pensar um momento. – Não desgrudou os olhos do rosto do bispo, respirando com dificuldade. – Negócio feito – falou Lúcifer, de repente. Ele examinou a mão mordida por Mostarda. Não havia nenhum vestígio de ferimento.

O bispo sentiu a moleza de uma terrível fraqueza, não sabia se de medo renovado ou de alívio, mas era composta por ambos.

– Não vou lhe dar o meu tesouro mais querido até que meus filhos estejam sãos e salvos – parou, conhecendo as trapaças de Lúcifer. – Salvos – repetiu com firmeza. – Não salvos na morte, não salvos por meio de um truque vil, o que não representaria segurança nenhuma. Livres, vivos, salvos... no sentido próprio, de modo que eles possam viver até o fim dos anos que lhes foram concedidos por Deus, em paz e esperança.

– Não posso garantir esperança e paz para todos os corações e almas – disse Lúcifer. – Cada um deles tem o direito de escolher o seu futuro. Mas os tirarei da prisão, os livrarei do carrasco e do cativeiro. Pelo seu tesouro. – Estendeu a mão de novo, e o padre segurou Mostarda.

– Sou um homem de palavra – disse o bispo –, e você sabe disso, acho. Foram muitas as cabeças que golpeei e quebrei na minha mocidade, mas nunca menti consciente e deliberadamente, e com inteiro consentimento da minha vontade. Assim, lhe prometo meu tesouro quando cumprir a sua parte no trato. Você só terá de voltar, e o colocarei na sua mão. – Como Lúcifer não disse nada, o bispo continuou com mais urgência. – Eu lhe dei minha palavra. Você exige pagamento antes de ter cumprido sua própria palavra? Essa não é a lenda que existe a seu respeito.

– Está me pedindo para confiar em você. Eu, que não confio em ninguém. Creio que você vai me dar o seu tesouro, e por isso está feito o negócio. – Levantou-se e era tão alto que quase bateu no teto, e a sala tremeu como se recebesse faíscas de chama branca.

Mostarda rosnou, mas seu corpo rígido ainda se retesou para o arcanjo, em seu desejo de atacar.

– Silêncio, quieta, minha querida – disse o bispo enquanto batia gentilmente na cabecinha da gata. Mostarda se sobressaltou e o bispo levantou os olhos. Ele e Mostarda estavam a sós, e o fogo estava muito baixo, a vela estava pingando e a tempestade de neve sacudia a casinha como um gato sacode um rato.

A porta se abriu de repente, e Eileen estava na entrada, com uma peça de roupa de lã remendada sobre a camisola comprida. Piscou raivosamente para o irmão.

– O que você está fazendo, Bernard, a esta hora da manhã, tendo missa daqui a duas horas, na sua idade, e sem comida no estômago por dois dias?

– Eu... eu estava pensando.

– Ah! – exclamou Eileen, colocando as mãos cheias de veias na cintura. Percorreu a sala com o olhar zangado. – E com quem é que estava pensando, pois ouvi vozes?

– Você ouviu vozes? – perguntou o bispo.

– Seu velho gritinho e uma outra! Você não estava falando com Mostarda!

– Como parecia o som da voz?

Eileen olhou para ele, intrigada.

– A voz de um homem, seu velho tolo! Ou era a voz de um anjo, visitando você? – perguntou Eileen com sarcasmo.

– Sim – disse o bispo.

Eileen suspirou. Amava muito o irmão, mas ele era mais novo do que ela, e considerava-o apenas um rapaz que precisava de cuidados e ameaças.

– Glória aos santos! E você está se vangloriando, com sua caduquice e com seus pecados, e zombando da pobre irmã! Já para a cama, para um sono ligeiro. – Ela fungou subitamente. – E que mau cheiro é este, alteza? Seu cachimbo?

O bispo tentou se levantar, mas logo se sentiu doente e abatido. De repente, Eileen ficou fascinada com Mostarda.

– Veja a gata! – exclamou maravilhada. – No seu joelho, ela que nunca chega perto de você!

– Ah... um pedaço de brasa caiu na sua cabeça – disse o bispo. – Eu a estava consolando.

Eileen aproximou-se de Mostarda e examinou, incrédula, a marca da queimadura.

– Bem, então – disse, depois de um segundo – parece que ela está bem. – Segurou Mostarda com força e se preparou para atirá-la na cadeira que Lúcifer tinha ocupado, mas Mostarda rosnou, contorcendo-se nos braços de Eileen e pulou para o chão.

– Sua própria cadeira! – exclamou Eileen. – E por que ela não quer ficar nela?

Mostarda disparou para baixo da cadeira do bispo com todo o corpo vibrando.

– Será que o diabo a está perseguindo? – perguntou com descrença.

– Ah, estava – disse o bispo, em seu último esforço. E desmaiou na cadeira. Sua última lembrança, antes de ficar inconsciente, foi do poderoso estrépito da tempestade e do choro de Mostarda debaixo de suas pernas.

Quando voltou a abrir os olhos, foi para um clarão do sol faiscando na neve profunda. O médico estava ao seu lado na cama, e ele se sentia doente para morrer. Só conseguiu pensar em um dos seus padres, e sussurrou:

– Jack. Busque-me Jack. Estou morrendo.

– Nada disso – disse o médico. – Febre e fome, mas há um belo frango cozinhando no fogão, que eu trouxe com as minhas próprias mãos. O senhor ficará melhor com a sopa e uma asa. – Ele era um velho bondoso e tinha pouquíssimo dinheiro.

– Não – retrucou o bispo e piscou para tirar a névoa dos olhos. Quando pôde enxergar de novo, sentiu um conforto quente no estômago e calor nos pés.

Uma vela queimava ao lado da cama e a lua espreitava pela janela. Eileen, embrulhada num xale grosso, estava cochilando numa cadeira, perto do irmão. Ela acordou de imediato, quase na mesma hora em que o irmão acordara.

Ele ganhara, disse ela com satisfação, um bom jantar de sopa de frango e batata e o devorara como um lobo, mas agora era meia-noite, e ele devia dormir. Ela colocou a mão encarquilhada em sua testa e balançou a cabeça com mais satisfação. O bispo estava aturdido. Umedeceu os lábios, tentou falar e mexeu com a cabeça para clarear o raciocínio – e o sol bateu nos seus olhos. Era outro dia, mas Eileen disse que se haviam passado dois dias e que o médico estava satisfeito porque a febre tinha desaparecido. O bispo tentou sentar-se; a fraqueza o sobrepujou, ele caiu para trás nos travesseiros e dormiu de novo.

Quando acordou no dia seguinte, sem febre e frio, e com o raciocínio em ordem, a gata estava sentada na cama, nos pés do bispo sobre os cobertores surrados. Seus olhos dourados o miravam sensatamente. O cocuruto havia sido prodigamente untado com o bálsamo perfumado favorito de Eileen, e o cheiro pairava no quarto frio, inundado pela silenciosa luz do inverno.

– Mostarda! – exclamou o bispo, lembrando-se de tudo. Seu coração se acelerou de medo, como se sua mente tumultuada o assegurasse que tinha sido vítima apenas de um sonho febril e de alucinações doentias. Lúcifer não fora ver um velhinho bispo faminto, em sua casinha de Dublin. Lúcifer, o mais poderoso dos anjos, não perdia tempo à procura de almas insignificantes; tais almas eram cortejadas por demônios menos expressivos; um Lúcifer podia ler a mente de todos os homens e, contudo, naquele sonho, ele não tinha sido capaz de ler a mente do bispo, nem mesmo no assunto mais simples. Lúcifer não pode ser logrado. – É o meu orgulho danado – disse ele –, pensar que Lúcifer me acharia digno de tentação! Ah, é o coração mau e orgulhoso que tenho, eu, um bispo! – Olhou para seu anel; estava tão solto agora que Eileen tinha amarrado a parte interna com linha branca, para que não caísse do seu dedo.

Começou então a chorar, relembrando os jovens nas prisões, aguardando a morte pelo crime de se defenderem e de quererem alimento por seu trabalho, para seus filhos e pais, e pelo crime maior de sonhar com a liberdade e independência de culto.

O bispo voltou o rosto para o grosso travesseiro, e o linho áspero logo ficou molhado com suas lágrimas. Mostarda se mexeu agitada nos seus pés, depois escorregou e focinhou-lhe gentilmente o pescoço. O bispo virou-se e acariciou o grosso pelo amarelado da gata, e viu outra vez o grande ferimento cicatrizando-se em sua cabeça.

– Foi um sonho, Mostarda? – perguntou-lhe ansioso.

Mostarda deu um pequeno miado, consolador.

A porta se abriu de repente, e lá estava Jack Morgan, o padre de meia-idade, alto e grande, com o rosto vermelho iluminado, dono dos olhos azuis mais penetrantes da Irlanda.

– Jack, Jack – disse, fracamente. – Eu estava querendo ver você...

O padre, exalando ar gelado, animação e júbilo, ajoelhou-se para beijar o anel do bispo, e seus olhos dançavam de alegria.

– Estive aqui todo santo dia – gritou ele com sua voz cantante. - Rezando diante de sua cama e ouvindo... Vossa Eminência que me perdoe... seus balbucios febris a respeito de Lúcifer! – O padre deu uma risada alta. Antes que o bispo pudesse soltar sequer um murmúrio, Jack Morgan gritou de alegria: – Oh, são as grandes novas que trago esta manhã, meu senhor. As grandes novidades!

O bispo começou a tremer e deu um pulo da cama. O padre riu, entusiasmado, e balançou a cabeça com espantosa alegria.

– O senhor não vai acreditar, meu senhor, mas os jovens estão sãos e salvos! Aquele juiz *sassenagh*... ele foi atirado para fora de sua carruagem, na neve, há três dias e quebrou suas mald... quero dizer, as duas pernas! Foi o juiz Rafferty quem presidiu ao inquérito, um protestante, mas irlandês, e que Deus o ame!

– Conte-me! – gritou o bispo, quando o padre parou de esfregar os grandes joelhos e de balançar a cabeça.

Os olhos de Jack Morgan brilhavam de prazer e felicidade.

– O juiz Rafferty alegou que os jovens não fizeram mais do que se defender, e sentiu simpatia por eles, apesar das destemidas cacetadas e dos tumultos contra a paz e a ordem do reino e do governo de Sua Majestade! Foi lamentável que o outro juiz tivesse perdido o sobrinho, mas quem poderia dizer qual rapaz tinha lhe rachado o crânio? Eram os azares da guerra, disse o juiz Rafferty, e os acidentes da guerra. Ele tinha o rosto ereto e disse ainda que quebrar cabeças era um velho esporte no mundo e nunca terá fim. Ele próprio já quebrou muitas cabeças no rúgbi, e era crime na guerra mas não no jogo? Ah, e a voz suave que tinha, macia como creme e fria como um queijo novo num dia de inverno. O promotor público da coroa protestou, mas o juiz bateu o martelo e a peruca dele caiu-lhe sobre os olhos, e todos riram na sala. O juiz – disse Jack Morgan, com alegria crescente – multou cada rapaz em uma libra e cada moça com oito xelins, e lhes deu uma advertência.

– Oh! – sussurrou o bispo, juntando as mãos, e teve medo de agradecer a Deus.

– Apareceu um elegante senhor – continuou o padre – que pagou a multa por todos eles, pois onde iriam os jovens conseguir dinheiro, eles que nem sequer tinham moedas de cobre?

– Um senhor elegante? – tremeu o bispo, o coração agitado.

– Sim, e não se identificou. Falou de um protetor. Um cavalheiro como um duque.

– Ah! – exclamou o bispo. – Era um homem com o rosto de um anjo?

Jack Morgan olhou para ele, perplexo.

– Não, senhor. Um homem com um grande bigode amarelo. – Riu de novo. – Será que os anjos estão deixando o bigode crescer, agora?

– É que estou feliz porque meus filhos estão livres. Mas o meu coração está pesado porque fiz um pacto com o diabo por causa deles, e não tive fé em Deus.

Jack Morgan abriu a boca. Ele era um homem que possuía um bom senso simples e natural, e pensou que o bispo estivesse febril de novo. Então o bispo pôs a mão em Mostarda e apontou para a sua cabeça queimada. Em sucessivas palavras doloridas, contou ao seu padre favorito sobre aquela terrível noite de inverno. Terminou finalmente com um sussurro rouco.

– Será que existe perdão para mim, Jack? É o que estou pensando!

O padre esfregou a grande cabeça grisalha, encarou o bispo e tossiu. Pareceu fascinado pela história, apesar de duvidar de sua veracidade. Desejou saber sobre a aparência de Lúcifer, e o bispo o descreveu. O padre ficou encantado, e o bispo pensou, com desânimo: Jack estará um pouco invejoso, tanto quanto curioso?

– Bem, bem – disse Jack Morgan, com a voz alta e forte. – Não era o diabo, acho, pois ele não tem chifres e cascos, e não usa vermelho, tão vermelho quanto escarlate?

– Não sou uma autoridade nas aparições dele, e é duvidoso, ou pelo menos eu duvido, que se ele aparecesse aos homens assim, haveria muitas almas perdidas, pelo grande medo. Acho que o vi, tudo é verdade, e ele era a criatura mais bonita que me apareceu na vida. Pois ele não é um arcanjo, e não foi o maior de todos, com um rosto como a manhã? E não ficou cheio de pesar e desgosto? Senti pena dele no meu coração.

– Isso é uma armadilha – disse Jack Morgan, lembrando-se de repente de que era padre.

– Certo, talvez seja verdade – retrucou o bispo.

– Não era ele próprio – falou o padre, benzendo-se. – Se não foi um sonho, foi um anjo de Deus.

O bispo deu um sorriso meio torto.

– Iria um anjo de Deus queimar a cabeça da pobre Mostarda? Iria a pobre Mostarda, desde aquele dia, recusar-se a alojar-se na sua cadeira predileta? Não, era Lúcifer. E fiz um pacto com ele por causa das minhas crianças.

– Sua alma? – exclamou Jack Morgan.

– Não. Meu tesouro mais querido. E virá reclamá-lo logo.

O padre olhou nervosamente por cima do ombro. Então tossiu de novo.

– O diabo só leva almas, meu senhor. Ele não é tentado por... tesouros. Tudo o que é valioso no mundo não pertence a ele? Não é possível que ele tenha feito um pacto com o senhor por coisa alguma, a não ser sua alma.

– Ele não sabe qual é o meu tesouro, Jack.

O padre ficou aliviado e sua cor retornou.

– Se fosse o diabo, meu senhor, ele saberia, não há dúvida, pois ele não lê as mentes das pessoas como um livro?

– Não conseguiu ler a minha – disse o bispo. – Eu o testei e não pôde lê-la.

O padre ficou ainda mais aliviado.

– Então não era Satanás, ou mesmo um dos seus demônios... se é que houve mesmo alguém, o senhor com febre e fome... Pois nenhuma mente humana é fechada para ele.

O bispo desejava acreditar que tudo havia sido um sonho. Talvez um carvão tenha caído na cabeça de Mostarda quando ela se aproximara demais do fogo. E foi a misericórdia divina, só ela, que havia salvado os jovens e os libertado, e a misericórdia de um benfeitor desconhecido que pagara as multas. Nada podia acontecer, pensou o bispo vagamente, sem a permissão de Deus. Com esse pensamento confortador, ele caiu em sono profundo, pois estava ainda fraco.

Quando acordou de novo era meia-noite e sentiu sua velha força retornar. Suplicou a Eileen que fosse para a cama, ela que agora parecia ter não 90 anos, mas 190. Não foi preciso pedir muito; ela colocou na mesa, na frente dele, uma matraca, e se foi, curvada, muito velha e arqueada, para seu próprio quarto e sua própria cama. Estava frio no quarto do bispo, embora a porta estivesse aberta para a saleta, para que o calor do fogo pudesse entrar. Alguém tinha sido bondoso o bastante para mandar carvão para aquecer a casa dele, ou "palácio", como as pessoas pobres gostavam de chamá-lo, em suas fantasias cheias de esperança. O calor do fogo aquecia os pés do bispo, além das meias compridas de lã que usava para dormir no inverno, a vela bruxuleava e havia um lampião queimando em uma mesa na sala, no seu raio de visão. Ajoelhou-se em uma posição recostada, virou a cabeça, olhou para o crucifixo na parede e depois para o genuflexório, esticou as velhas pernas finas para fora da cama e cambaleou até o genuflexório, onde se ajoelhou e abaixou a cabeça sobre as mãos postas. Podia pedir perdão por um sonho, pois será que os homens são responsáveis pelos pesadelos nas suas noites, e pelos fantasmas de sua febre? Se não fora um sonho, poderia ainda assim ser perdoado? Não fizera nenhum pacto, no significado da palavra. Oferecera seu querido tesouro, e Lúcifer aceitara. E isso era impressionante, pois ele devia ter sabido o que era o tesouro, e então, como pôde ter concordado?

De repente, Mostarda miou e mergulhou entre o chão e os tornozelos do bispo e se agachou. O bispo compreendeu, mesmo antes de levantar a cabeça reclinada, quem ia ver. E ali, certamente, estava o próprio Lúcifer, mais bonito do que a lembrança que tinha dele, com a roupa coberta com uma capa de fino veludo, debruado com arminho, o veludo tão negro como a noite e a pele de arminho mais branca que a neve.

– Vim atrás do tesouro de Vossa Senhoria – disse, com voz muito gentil. – Cumpri a minha parte no acordo.

– Você é um sonho? – perguntou o bispo, com o terror renascido.

– Sou o sonho de todos os homens, criança ou ancião, santo ou pecador; sou o sonho de todos os homens.

– E não pode ser ludibriado? – perguntou o bispo.

– Não, não posso ser ludibriado – disse Lúcifer. – Posso ajudar Vossa Senhoria a se levantar?

– Não, não – gritou o bispo, tremendo e aterrorizado. Levantou-se com esforço. Encarou o grande anjo escuro. – Não vai querer o meu tesouro – disse, apertando as mãos no peito, onde o coração batia, descompassado.

– Claro que o quero, pois não é mais importante para você do que a sua vida?

– E você já sabe o que é?

– Certamente. Sei todas as coisas. – Sorriu para o bispo e então, de maneira cortês, se pôs de lado, para que o bispo pudesse precedê-lo ao entrar na sala.

O bispo cambaleou na passagem da porta e olhou para trás, com medo. Lúcifer estava observando o crucifixo com enigmático silêncio, e havia um corte profundo entre seus olhos. O bispo entrou na sala, com sua longa roupa de dormir esvoaçando ao seu redor por causa das correntes de ar que nenhum emboço podia impedir, e se apoiou nas pontas dos móveis. Não ouviu som algum, mas, de repente, Lúcifer estava do seu lado.

– O tesouro – disse, paciente.

O bispo curvou a cabeça e foi ao armário de gavetas e abriu a gaveta de cima. Uma caixa dourada e prateada estava lá, muito velha e amarelada. Ele apanhou a caixa e seus olhos se encheram de lágrimas. Suspendeu a tampa.

Um delicado rosário jazia em uma mecha de algodão cor-de-rosa. Era feito de prata dourada, com contas de pérolas, e a cruz era grande e o corpo primorosamente fundido em puro ouro amarelo. O rosário fora dado como presente de batizado para a sua avó, pela mãe dela, há muito tempo, e por sua vez fora dado para a mãe dele em seu batizado, e raras vezes deixou suas mãos abençoadas, até o dia em que ela morreu. Ela avisara ao filho, muito antes de se tornar padre, que não deveria ser enterrada com ele. Era a vontade do seu coração que o filho ficasse com o rosário e fosse enterrado com ele, pois era um filho muito estimado por ela. A mãe do bispo lhe dera o rosário quando estava à morte.

O bispo cuidara do rosário com carinho por causa da estimada mãe. Recebera a primeira comunhão com ele nas mãos. Nunca o abandonara, mesmo durante os dias em que era um jovem arruaceiro. Estava com ele quando foi ordenado um humilde padre. Sentia que ele era um talismã, o guardião dado pela mãe. Uma vez, por causa de um bolso furado, o bispo o perdera. Teve uma tristeza sem limite. Rezou com fervor para Santo Antônio e um dia o sacristão o trouxe, dizendo que o havia achado numa rachadura perto do altar-mor, embora cada canto tivesse sido vasculhado várias vezes antes. O bispo considerou o fato um milagre. Depois disso, ele o conservava em sua caixa, esperando o dia de deitar no seu caixão, com o rosário nas mãos.

Agora suas lágrimas se derramavam no rosário precioso, e ele colocou as mãos gentilmente sobre as lustrosas contas de pérolas e a cruz, e se voltou para Lúcifer. Fechou os olhos e em silêncio ofereceu-lhe a caixa.

A caixa não saiu de suas mãos e, após um instante, ele abriu os olhos. Lúcifer estava fitando o crucifixo e tinha a sobrancelha franzida.

– Sabe que não posso levar isso – disse, com uma voz muito ameaçadora.

– É o meu tesouro mais precioso. Pertenceu a minha avó e depois a minha mãe; foi benzido, há muito tempo, pelo próprio Santo Padre. Pertenceu à minha estimada mãe, que me deu com suas mãos moribundas. Meu coração está nele, é a coisa mais preciosa que possuo – a voz do bispo tremia. – Não o teria vendido nem mesmo por pão, ou pela minha vida. É o meu tesouro, pois milhares de orações foram ditas com ele, e cada conta é sagrada.

Lúcifer encarou-o e viu seus olhos cheios de lágrimas.

– Sim, sim; é o seu tesouro. E é este tesouro que você penhorou comigo. Diga-me, meu senhor, sabia, quando o prometeu, que eu não poderia aceitá-lo, por muitas excelentes razões?

O bispo pensou com toda honestidade. Então, confessou:

– Não sei. Experimentava extrema angústia. Minha mente não estava completamente em ordem. Mas devo dizer, com sinceridade: esperava que você não o pudesse aceitar.

– Você esperava me enganar?

O bispo refletiu de novo.

– Rezei para que pudesse. Sim, rezei, embora tivesse ouvido falar que você não podia ser enganado e que poderia ler as mentes de todos os homens.

Lúcifer ficou calado.

– Você leu a minha mente?

O grande arcanjo negro começou a sorrir.

– Deverei lhe contar isto? Será o meu segredo. Como penitência, você vai ficar na dúvida por toda a sua vida. Esta dúvida vai animar suas horas ociosas. Não há nada como especulação infinita para dar interesse à existência de alguém.

O bispo fechou a preciosa caixa. Baixou os olhos para ela.

– Estou especulando agora, Lúcifer.

Subitamente, Lúcifer riu. Não foi uma risada má, turbulenta, mas cordial, alegre, fascinante, masculina. É incrível, mas o bispo se viu rindo também, ele que não ria há tantos meses.

– Diga-me – disse o bispo, sentindo dor pelas risadas –, você realmente salvou meus meninos?

– Isso é outra coisa que não vou lhe dizer – respondeu Lúcifer com o belo rosto alegre. – Não sou chamado o Grande Impostor?

Seus poderosos olhos azuis cintilaram e flamejaram com alegria, e seus dentes resplandeceram à luz do lampião.

– Adeus, bispo Quinn. Não me verá de novo, nem nesta vida nem na próxima. Apreciei sua conversa como tenho apreciado a conversa de poucas outras pessoas. Você não é completamente honesto, mas duvido que isso seja levantado contra o senhor, pois agora estou ouvindo risos no céu. – Atirou a cabeça para trás e riu outra vez, aquela risada cordial e divertida. E, de súbito, ficou sério, olhando para o bispo.

– Lembra-se de uma visão que teve, na sua igreja, quando estava desmaiado de fome? Não conte a ninguém sobre ela!

– Por que não?

– Porque é a minha verdade, embora tenha sido profetizada por outro. Você não a verá, nem os jovens padres que lhe sucederão. Mas os que ainda não nasceram a verão, e este será o meu triunfo, meu triunfo final. Muitos serão os que tentarão escapar dela, mas não conseguirão! O homem é uma maldição sobre a Terra, a qual deveria se livrar dele, mas Ele me ouviria, Ele que sabe tudo? Não, não ouviria. Contudo, Ele e eu sabemos que... isto se passará nesta terra, e nós veremos – disse Lúcifer, com ar vingativo. – Quem triunfará, então? No útero do tempo, está sendo criada uma raça de homens que serão meus servos. Salve, e adeus, bispo Quinn, e alegre-se por que não verá esse dia!

– E ESSA – disse o padre Morley – é a história que o bispo me contou, quando eu era jovem e desesperançado. Também fiquei curioso, pois quem o teria ajudado? Tenho também outro pensamento: teria o meu abençoado bispo, com a sua fraude, causada em parte por sua febre e desnutrição e desgosto, elevado Lúcifer um degrau em direção ao céu que havia perdido? Ele gostava de pensar assim, até o fim da sua vida. Mas, enfim, tudo pode ter sido um sonho. Quem poderá dizer?

"No entanto, quando lanço os olhos para o futuro, fico de novo intrigado. Que horror está o homem preparando para si mesmo, que sofrimento para este mundo? Estejam certos de que ele está preparando!"

12

— Houve várias outras histórias que ouvi na casa de vovó – disse Rose ao marido –, me lembro de algumas delas, são apenas fragmentos. Mas essas são as de que me lembrei mais, pois influenciaram muito a minha vida. Vovó nunca voltou "aos sacramentos", exceto no seu leito de morte. Mas as histórias que ouvi de seus amigos me ajudaram a levar-me a eles, e é irônico quando se pensa nisso. Depois que fiz 8 anos, vi vovó pouquíssimas vezes. Ela deixou Leeds, percorreu vários lugares. Ela desejava ver o mundo todo e amá-lo. – Seu rosto se entristeceu. – Mas não posso deixar de pensar nela, lá, sozinha no cemitério, ela que nunca ficara sozinha antes. E não posso deixar de pensar nos últimos dias de sua vida, sem o seu dinheiro, os irmãos mortos, e ninguém para se importar se ela estava viva ou morta. Passou aqueles últimos anos com um dos filhos, e foram anos tranquilos. Conhecendo vovó, sinto que foram uma penitência por todos os seus pecados. Lembra-se como ela estava, quando morreu? Nem pacífica nem resignada. Apenas meio divertida e... sim, aliviada.

– Entretanto – disse William –, ela teve coisas na vida que jamais teremos. Viveu em um mundo heroico, empolgante e aventureiro, apesar de todos os seus defeitos, numa época em que os homens eram realmente homens e não cuidadosos reformistas sob medida. Os padres sobre os quais você me contou eram heróis. E os heróis são todos cheios de lendas, e inventam-se lendas a seu respeito. Penso que o homem moderno será esquecido, pois não há heroísmo nele, nas suas ideias e na sua vida. Ele é medíocre, um nada que só quer uma coisa: segurança. Eis por que a ninhada de Satanás está tendo seu próprio caminho alegre, hoje em dia: não há ninguém para se opor a ele.

– Não sabemos – retrucou Rose, olhando a esmeralda no seu dedo.

– Pelo menos não estão conseguindo nenhuma publicidade – disse William. – Ninguém ousa falar deles, ou conhece alguma coisa sobre eles, e é como se não existissem. Tudo o que ouvimos é sobre os diabos, e estão cada dia ficando mais fortes, embora nossos pretensos intelectuais passem metade do seu tempo nos assegurando de que o homem é realmente bom e nobre, e só precisa reformar suas instituições sociais para ser absolutamente perfeito. Como se o próprio homem não fosse responsável pelo mundo que está fazendo! Mas ele adora lamentar-se de que não é o responsável. Ele não é mau. O seu vizinho, sim, é mau.

– Para mim – falou Rose –, a pior coisa no nosso mundo moderno é o fato de não termos sonhos. Nossos avós tinham. Um único sonho... Deus e Seu amor. Eles construíram sua vida com base nesse sonho e foi por isso que as nações prosperaram. Agora ouço que os americanos estão falando sobre "novos objetivos". É porque nos esquecemos que na realidade temos só uma meta, e esta meta é Deus. Tivemos uma visão, mas a deixamos de lado. Então, devemos inventar outras insignificantes, como encantamentos para os hotentotes e leite fresco de vaca para os bosquímanos, televisão para os nativos do Congo e assistentes sociais para Angola. Que fantasias insignificantes! Nós nos tornamos um mundo de crianças, com todos os vícios de crianças, tais como pequenos prazeres imediatos, insistência aguda, fúria e invectivas contra toda autoridade. Pior ainda, nossas autoridades mundiais, elas próprias, não são mais do que crianças, exceto quando são demônios. Um mundo de crianças e do mal! Eu gostaria de saber o que o bispo Quinn viu na sua visão há tanto tempo!

– Acho que todos sabemos – disse William. – É por isso que todos temos tanto medo. Fizemos tudo. Só estamos assustados por causa da nossa inevitável punição, quer sejamos russos, americanos, ingleses ou franceses. Você se lembra do que os juízes sempre dizem quando condenam alguém à forca: "Que Deus tenha piedade de sua alma!"

Rose, em algum lugar deste mundo, entre os que têm dedicado sua vida a Deus, há homens e mulheres que pedem piedade por nós a toda hora. São esses os heróis, embora não ouçamos falar deles. Pode ser que, finalmente, suas preces irão salvar nossas almas. Não podem salvar nosso mundo, e isso nós sabemos.

fim

EDIÇÕES
BestBolso

Este livro foi composto na tipografia Minion Pro, em corpo 10/12,5, e impresso em papel off-set 56g/m² no Sistema Cameron da Divisão Gráfica da Distribuidora Record.